W0332732

Für Ty Franck,
für all die Schrecken,
und Jayné Franck,
für Jugendstilwunder

Montag

Barbara Baden – das Ass Babel – starrte durchs offene Fenster. Oben floss die Milchstraße als herrlicher vielfarbiger Strom im Bogen über den Nachthimmel – bestäubt mit einer Vielzahl von Sternen, die Barbara seit Ewigkeiten nicht mehr gesehen hatte. In New York City konnte man von Glück sagen, wenn man am von Stadtlichtern und Smog verseuchten Himmel auch nur so prominente Konstellationen wie den Orion ausmachen konnte. Hier in Peru, auf dem Machu Picchu, mitten im Gebirge mit seiner dünnen Luft und fern jeglicher Stadtbeleuchtung, tobten sich die Sterne in all ihrer Pracht aus. Unten, an den steilen Hängen, lag eine neue Stadt, eine Zeltstadt. Viele Zelte leuchteten von innen, und alle glänzten im silbernen Licht des Halbmonds, der über die Hänge des Huayna Picchu kroch, des Gipfels, in dessen Schatten die Inkaruinen lagen.

In den Zelten hausten einige der Komitee-Asse: Earth Witch, Bugsy, Tinker, Llama, Brave Hawk und Toad Man. Und auch UNO-Soldaten. Klaus und Barbara jedoch hatten – wie auch UNO-Generalsekretär Jayewardene – richtige Zimmer in einem der wiederaufgebauten Häuser weit oben am Hang für sich requiriert. Das war einer der Vorteile, wenn man das Kommando hatte.

»Schön hier, nicht wahr?«, hörte sie Klaus – für beinahe alle anderen hier oben war er Lohengrin – hinter sich sagen, und seine Arme legten sich um sie. Sie ließ es zu und lehnte sich an ihn. Als er den Kopf neigte, spürte sie seine Augenklappe über ihren Schädel schaben, und sie betrachtete seine Arme. Seine Haut war trocken, und auf seinen Handrücken bildeten sich schon feine Fältchen. Sie waren nun beide schon weit über dreißig, und in der Ferne blitzte schon die gefürchtete Vierzig auf. Vor acht Jahren, als sie Klaus kennengelernt hatte, war ihr dieser Gedanke völlig unmöglich erschienen. Doch auch ihre Hände, die auf denen von Klaus lagen, sahen nicht mehr so jung aus wie früher, und sie hatte Mühe, ihr Gewicht zu halten. Gelegentlich zeigten sich unter ihren kurzen braunen Haaren auch ein paar graue Exemplare. Sie hatte den Kampf gegen die Falten um die Augen bereits aufgegeben. »Man kann verstehen, wieso die Inkas diesen Ort zu ihrer Hauptstadt machen wollten. Und war es nicht gut von mir, dass ich das organisiert habe?«

»Du meinst ›wir‹, oder?«, fragte sie und spürte sein Lachen mehr, als dass sie es hörte.

»Klar. Wir.«

Das Komitee war in Peru eingeschritten, als absehbar geworden war, dass hochkochende innere Streitereien zu Todesopfern führen würden. Gegenüber standen sich zum einen die Rebellen des Neuen Leuchtenden Pfads, die für die Rückkehr zu den Strukturen des Inkareichs und den Sturz der peruanischen Regierung und der sie am Leben haltenden militärischen Seilschaften eintraten. Angeführt wurden die Rebellen von Assen: Lorra (besser bekannt als Cocomama) und Curare, einem froschhaften Jokerass, dessen Haut und Zunge Gift absonderten.

An der Spitze der peruanischen Regierung saß Präsidentin Keiko Fujimori, die Tochter des ehemaligen Präsidenten Alberto Fujimori. Als angeblich demokratisch gewähltes Staatsoberhaupt erhielt sie Unterstützung der Staatschefs anderer südamerikanischer Staaten, vor allem von jenen

Präsidenten, die selbst Aufstände und Putschversuche zu fürchten hatten. Hinter der peruanischen Regierung stand freilich der Militärapparat, eine gut ausgerüstete Armee mit Waffen, die vielleicht nicht ganz auf der Höhe der Zeit waren, aber dennoch Massenvernichtungen verursachen konnten. Präsidentin Fujimori hatte in ihren letzten Reden deutlich gemacht, dass sie entschlossen war, diese einzusetzen, sollte sie dazu gezwungen sein.

Die UNO-Truppen mit Jayewardene an der Spitze waren vor zwei Wochen eingetroffen, als in der Nähe des Machu Picchu gerade die ersten ernsthaften Zusammenstöße stattgefunden hatten. Die Rotorblätter der UNO-Hubschrauber hatten das Laub rings um die Lichtung aufgewirbelt und alles Grün zu einem fieberhaften Tanz angepeitscht. Unten sah man das schmaler werdende Niemandsland zwischen der peruanischen Kompanie und den Rebellentruppen. Tinkers bewaffnete Drohnen schwebten bereits bedrohlich jaulend über den verfeindeten Linien und wurden beschossen.

Ehe der erste Hubschrauber landete, setzte Babel ihre Wild Card ein. Ihre Fähigkeit, gesprochene Sprache unverständlich zu machen, hatte auf beiden Seiten für Verwirrung und Panik gesorgt, was man an der unkoordinierten Reaktion auf die Ankunft der UNO-Truppen erkannte. Armeen waren nicht kampffähig, wenn die Befehle der Kommandeure unverständlich waren, wenn Offiziere sie nicht weiterleiten und Sergeanten sie nicht an ihre Mannschaften weitergeben konnten. Denn dann wusste niemand, was er tun oder wohin es gehen sollte. Selbst Funksprüche schienen nur noch in einer unverständlichen Unsinnsprache zu erfolgen. Die Verwirrung wurde noch größer, da die UNO-Truppen und ihre Komitee-Asse dieses Problem anscheinend nicht hatten und ihre Aktionen wirkungsvoll koordinieren konnten. Das Geschwader von acht Hubschraubern – zwei

UH-1Y Venoms, in denen die Komitee-Asse saßen, und sechs riesige, zweimotorige Transporthubschrauber des Typs MG-47G Chinook – rauschten in leichter Schräglage heran wie bedrohlich dröhnende Raubvögel. Der Venom »Super Hueys« spie Maschinengewehrfeuer aus und pflügte damit den Boden zwischen den beiden aufeinander zustrebenden Heeren um. Eine Kugel traf eine von Tinkers Drohnen, die in ihre herabregnenden Plastik- und Drahteinzelteile zerfiel. Babel beobachtete das Ganze durchs Cockpitfenster, während Tinker hinter ihr laut fluchte. Der Hubschrauber machte eine schwindelerregende Kehre und landete.

Mit schimmernder Phantomrüstung sprang Lohengrin aus dem Komitee-Helikopter. Bedrohlich schwang er sein Schwert, und sowohl die peruanischen Soldaten als auch die Rebellen wichen vor dem Rotorenwind und den Blauhelmen, die aus den Hubschraubern strömten, zurück. Die Komitee-Asse, die Lohengrin und Barbara zugeteilt waren, folgten ihm, während Tinkers verbliebene Drohnen herabschwirrten und die Rw entlangsausten. Unter den beiden verfeindeten Heeren erbebte die Erde, als Earth Witch innerhalb von Sekunden zwischen ihnen einen breiten Graben aushob und die feuchte, dunkle Erde zu beiden Seiten aufhäufte. Llama, ein in Südamerika bekanntes und beliebtes Ass, trat rechts neben Lohengrin. Zur Warnung spuckte er aus, und der schmierige Speichel flog zehn Meter weit, bevor er nah der peruanischen Frontlinie landete. Hinter Llama erschien Buford Calhoun und verwandelte sich in Toad Man. Wie eine groteske Peitsche flitzte seine Zunge heraus – und bei dem Anblick wichen die Rebellen, die dem Hubschrauber am nächsten waren, hastig zurück, denn das erinnerte sie auf beunruhigende Weise an ihren eigenen Curare. Tom Diedrich – Brave Hawk – segelte furchteinflößend über den anderen Assen und schlug mit den Flügeln. Und ganz hinten stand, als kristallen glitzernde Bedrohung, Glassteel.

Und hinter den Assen nahmen die beiden Kompanien Blauhelme Aufstellung, die Waffen im Anschlag.

Als die Hubschrauber aufgetaucht waren, waren bereits erste Schüsse zwischen den Kontrahenten gefallen, doch jetzt war jegliches Feuer eingestellt worden. Babel stieg als Letzte aus dem Helikopter, da drehten sich die Rotoren schon langsamer. Sie nahm das Mikrofon, das ihr einer der Blauhelme reichte, und sprach. Ihre Stimme dröhnte aus den Lautsprechern der Hubschrauber, und ihre Worte waren nun für alle Anwesenden zu verstehen, egal welche Sprache sie sprachen.

»Diese Schlacht ist zu Ende«, sagte sie. »Ihr legt nun alle eure Waffen nieder. Wenn ihr weitermacht, hat das schlimme Konsequenzen für euch.«

Der Kampf endete mit minimalen Verlusten auf beiden Seiten, und angesichts der Macht, die die Asse und die UNO-Truppen repräsentierten, brachte Jayewardene die beiden Seiten rasch an den Verhandlungstisch, auch wenn es zu sporadischen Zusammenstößen mit widerspenstigen Rebellen oder Soldaten kam, die aber alle durch das Einschreiten von Assen schnell beigelegt wurden. Jayewardene moderierte die Gespräche, doch waren es Babel und Lohengrin, die Jayewardene jeden Abend Ratschläge gaben, was er sagen sollte, um welche Zugeständnisse er bitten sollte und wo Kompromisse möglich waren und wo nicht. Im Verlauf der nächsten Wochen brachten sie die Bevollmächtigten Fujimoris und die Anhänger des Neuen Leuchtenden Pfads einander näher.

Das Flattern eines Falters holte Babel in die Gegenwart zurück. Das Insekt, das sich auf den Vorhang am offenen Fenster setzte, war schön: eine dunkle Erscheinung, locker so groß wie Lohengrins Hände. Auf seinen Flügeln prangten vielfarbige Wirbel, die aussahen wie riesige glotzende Augen. Natürlich wusste sie, was der Falter war und was er repräsentierte: Bei der Einsatzbesprechung hatte man sie über den rätselhaften Schwarzen Boten informiert, dessen Körper sich nur in einem Schwarm dieser Falter manifestieren konnte, und der hörte und sah, was die einzelnen Individuen des Schwarms sahen und hörten. Sein vorausschauender Geist lenkte die Rebellen, auch wenn er sich selbst nie als Anführer des Neuen Leuchtenden Pfads bezeichnete und sich nicht an den Kämpfen beteiligte.

Babel bedachte den Falter mit einem kurzen, schiefen Lächeln. Sie griff den Vorhang, worauf er wegflog. Babel schloss und verriegelte das Fenster. Noch einmal lehnte sie sich mit dem Rücken gegen Lohengrin. Als er die Hände auf ihre Brüste legte, ließ sie es geschehen und wandte sich um, damit sie sich anschauen konnten. Sie sah ihm ins Gesicht.

»Nicht hier«, sagte sie. »Zu viele Augen – verschiedenster Art – und Kameras mit langen Linsen.«

Klaus grinste sie an und berührte seine Augenklappe. »Ich habe nur ein Auge, und das ist auf dich gerichtet.«

Sie zeigte ihm ein halbherziges, trauriges Lächeln. »Wir müssen morgen früh raus, weißt du? Und es ist schon spät.«

»Heißt das, dass wir den Abend nicht verlängern können, meine Liebe? Morgen geht es doch nur um Äußerlichkeiten. Und was die voyeuristische Falterplage angeht: Wir ziehen einfach alle Vorhänge zu.«

»Du bist unmöglich.«

»Nichts ist unmöglich. Wenn du mich fragst.«

»Solange wir zusammenarbeiten, meinst du?«, fragte sie, und er schnaubte amüsiert.

»Dann eben, solange wir zusammenarbeiten«, knurrte er.

Sie nahm seine Hand, erwiderte sein Lächeln und führte ihn zum Bett.

Der Mond stand bereits hoch über dem Huayna Picchu, als sie endlich einschliefen.

♣♦♠♥

Marcus Morgan schlängelte sich aus der Scheune. Normalerweise bewegte er sich geschmeidig und kraftvoll, angetrieben von Schlangenmuskeln, die an der Hüfte ansetzten und sechs Meter weit bis an die Spitze seines leuchtend bunt geringelten Schwanzes reichten. Mit seinem Schlangenunterleib und dem Oberkörper eines muskulösen, jungen Afroamerikaners machte er eine beeindruckende Figur.

Aber jetzt fühlte er sich nicht beeindruckend. Bei jeder Bewegung versuchte er, ein schmerzhaftes Keuchen zu unterdrücken, konnte es aber nicht. Angeschossen zu werden, war scheiße. Er war verletzt. Krass verletzt. Jetzt war ihm das klar, auch wenn er es im Durcheinander der Arena oder in der Euphorie der Flucht nicht begriffen hatte. Er wusste nicht, ob er jetzt noch zum Kämpfen taugen würde, wenn er es müsste. Die Tobsucht, die in der Arena von ihm Besitz ergriffen hatte, war verflogen. Er hoffte, dass er das Kämpfen hinter sich gelassen hatte. Erst mal musste er überleben und nach Hause gelangen. Das wäre schwierig genug.

Beim Anblick der unscheinbaren Gebäude im trüben, flackernden Straßenlicht dachte er: *Sieh dir das an. Ich, angeschossen, gestrandet in Kasach-weiß-der-Teufel-wo-das-ist …*

Er wandte sich um, als eine junge Frau aus der Zuflucht kroch. Sie schwankte auf ihren Pfennigabsätzen, doch wie alles, was sie tat, sah auch das verdammt sexy aus. Schon als sie zum ersten Mal in seine Zelle in Baba Yagas Jokergladiatorenlager geschlüpft war, hatte Marcus sich in sie verknallt. Sie hatte ausgesehen, als käme sie direkt aus der *Vogue*. Zu vollkommen, um wahr zu sein. Mit ihren hellblauen Augen und dem kurzen schwarzen Haar, das ihn an einen weiblichen Filmstar aus den 1920ern erinnerte, die er einmal auf einer Postkarte gesehen hatte. Ihr Alter einzuschätzen, war nicht leicht, doch alles an ihr hatte den Glanz reinster Schönheit und Jugend.

Und ich bin mit ihr zusammen, dachte er. Er konnte es noch immer nicht ganz glauben.

»Dafür bin ich falsch angezogen«, sagte Olena mit ihrem ukrainischen Akzent. Es war eine Untertreibung. Sie trug noch immer die Kleider, die sie in Baba Yagas Casino gebraucht hatte, nämlich als Lustmädchen, mit dem siegreiche Jokergladiatoren belohnt wurden wie mit einer exotischen Extraration Fleisch. Das kurze rote Kleid schmiegte sich hauteng an ihre Rundungen. Es war so eng, dass Marcus die Kontur ihres Bauchs und das Relief ihres Schlüsselbeins sehen konnte. Er ließ den Blick nicht auf ihren Nippeln ruhen, obwohl er es wollte. Sie war umwerfend, aber für ihn war sie nicht einfach ein Stück Fleisch. Sie war mehr. Wenn sie überleben würde, würde er es ihr beweisen.

Eine Sache stimmte nicht mit ihrer Erscheinung. Es war die Glock, die sie sich unter den Gürtel geschoben hatte. Sie war flach an ihren Bauch gedrückt.

Vorhin hatte er sie gefragt: »Wo hast du eigentlich schießen gelernt?«

Sie hatte ihm knapp geantwortet: »Von meinem Vater.« Mehr hatte sie dazu nicht gesagt.

»Bist du fertig?«, fragte Marcus und schlängelte sich ein Stück weiter.

Sie holte zu ihm auf. »Ich denke immer noch, dass wir …«

»Ich geh nicht ins Krankenhaus! Das sind lauter Leute aus dem Casino. Leute, die wegen mir dort sind.«

»Du hast das ja nicht allein verursacht«, grummelte sie.

»Du hast die Krankenwagen doch gesehen, als wir weg sind. Die Militärfahrzeuge. Bestimmt wimmelt es dort von Bullen.«

»Du bist angeschossen. Wenn Leute angeschossen werden, dann gehen sie ins Krankenhaus! Warum bist du denn so dickköpfig?«

»Ich bin Joker. Wenn ich nicht dickköpfig wäre, wäre

ich schon längst tot.« Marcus stockte, als ein schwarzer Geländewagen über die Kreuzung vor ihnen fuhr. Kurz darauf raste ein Polizeiauto mit Blaulicht vorbei, allerdings nicht mit Martinshorn. Im Weitergehen fragte Marcus: »Und was ist, wenn Baba Yaga dort ist? Dann wären wir beide am Arsch.«

»Die ist tot. Wer hat schon Angst vor der?«

Das hatten sie alles schon durchgekaut. Das Krankenhaus kam nicht in Frage, Talas kam nicht in Frage, solange Baba Yagas Schläger herumliefen und sie nicht wussten, wem sie trauen konnten, zumal er als schwarzer Schlangenjoker aus New York auffiel. Nicht nur das, die ganze Stadt schien unruhig zu sein. Während sie sich im Versteck ausgeruht hatten, war Marcus hin und wieder von Schüssen aufgeschreckt worden. Einmal flog sogar etwas in die Luft, so nah, dass Marcus die Erschütterung im Schwanz spürte, und so laut, dass man das Brausen der Flammen hörte. Irgendwann hatten Einsatzhörner ihre immer gleichlautende Botschaft hinausgeplärrt. Das taten sie noch immer. Schreie und hastige Schritte, Kampflärm, Hubschrauberflappen am Himmel. Er wusste nicht, was da überall geschah, aber sie mussten weg hier.

Olena sagte: »Horrorshow hättest du auch umbringen sollen.«

»Horrorshow?«

»Das ist nur einer seiner Namen. Dieser schreckliche Alte, der immer bei Baba Yaga war.« Sie stieß einen kehligen Laut aus, der Ekel und Furcht ausdrückte. »Einmal musste ich in seiner Nähe in der Loge sitzen.« Ihr schauderte, und sie schüttelte die Finger, als würde etwas Faules an ihnen kleben. »Mein Gott. Der ist widerwärtig. Er ist … Ich weiß nicht, was. Manche sagen, das Töten hätte ihm gefallen, dass er Spaß daran hatte und dass die Baba Yaga die Arena nur für ihn organisiert hat. Andere meinten, er wäre ein Ass, das ihr dumm gekommen ist. Zur Strafe hat sie ihn so gemacht, dass er fortwährend leidet und alle es sehen. Ich weiß nicht, was stimmt. Es gab viele Gerüchte.«

Marcus dachte an den verunstalteten sabbernden Alten zurück, der an lauter Schläuchen und Atemgeräten hing. Er sagte: »Wer hat das alles über ihn gesagt?«

Olena ging ein Stück weiter, ohne zu antworten. Doch dann sagte sie knapp: »Wachen. Manchmal haben die endlos gelabert.«

Sogleich wünschte sich Marcus, er hätte die Frage nicht gestellt. Es brauchte nicht viel, damit ihm die schlimmsten Vorstellungen kamen. Wachen, die laberten und laberten, weil sie Olena für sich allein hatten, weil sie eine Hure war und sie …

Er würgte den Gedanken ab und wechselte das Thema. »Wo gehen wir eigentlich hin?«

»Da lang.« Olena zeigte auf eine Lücke zwischen den Häusern. In der Ferne erhob sich ein schneebedeckter Gipfel wie ein Schatten vor dem rötlichen Himmel. »Zu dem Berg.«

»Weshalb dahin?«

Sie schob sich das kurze Haar aus dem Gesicht. »Kennst du einen besseren Berg? Wir gehen dorthin, weil er nicht in der Stadt ist. Wir sind es. Sobald wir ihn erreicht haben, sind wir es nicht mehr.«

»Deine Logik hat was.«

»Komm. Gehen wir.« Sie nahm ihn an der Hand.

Marcus glitt neben ihr her. Sein Schwanz war schwerfällig und tat weh. Die Schmerzen waren wie kantige Scherben. Er hoffte, dass sie anderen Leuten aus dem Weg gehen konnten, sich vorsichtig bewegten und unbemerkt blieben. Doch es brauchte nicht lange, bis er diese Hoffnung aufgab.

Nachdem sie ihren verborgenen Hinterhof einmal verlassen hatten, fanden sie sich in einer mit Leben erfüllten Stadt voller Menschen und Autos wieder. Allerdings herrschte kein normaler Verkehr. Ein Fahrer heizte die Straße hinunter, kurvte wild herum und schnitt anderen den Weg ab. Ständig hupte er und schrie zu seinem Fenster hinaus. Als handelte es sich um ein Wettrennen, raste ein kleines, gedrungenes Auto den Bordstein hinauf und schoss heulend den Gehweg entlang. Marcus und Olena konnten ihm gerade noch so aus dem Weg springen.

»Was soll denn die Scheiße?«, fragte Marcus. »So eilig hat's ja wohl keiner zur Arbeit!«

Olena gab keine Antwort. Sie begab sich in den Strom Fußgänger. Sobald die Leute seinen riesigen Schlangenleib sahen, gingen sie ihm aus dem Weg. Sperrten die Mäuler auf und machten große Augen. Marcus wusste nicht, ob sie wegen seines Schwanzes oder wegen seiner Hautfarbe staunten. Wie auch immer, sie wichen aus.

Auch unter normalen Umständen wäre Marcus die Stadt sonderbar vorgekommen. Die Häuser waren niedrig und hässlich, und ihre Betonfassaden schienen der Abschreckung zu dienen. Auf den Straßen fuhren andere Automarken, die er nicht kannte und die alt aussahen und komische Karosserien hatten. Er hatte geglaubt, in New York alle nur erdenklichen Menschentypen – und Jokertypen – gesehen zu haben, aber solche Leute wie hier hatte er noch nie gesehen. Hellhäutig und schwarzhaarig, mit asiatischen Gesichtszügen, aber ganz anders als die Chinesen und Koreaner, die Marcus aus Jokertown kannte. In mancher Hinsicht waren ihre Kleider exotisch bunt, in anderer aber eintönig und unförmig, manchmal auch ganz normal. All das nahm er vage wahr, doch was ihn verwirrte, war das Chaos.

Ein alter Mann riss an der Leine seines alten Hundes, weil er das verängstigte Tier vom Fleck bringen wollte. Es weigerte sich, und der Mann fing an, mit seinem Gehstock auf den Hund einzudreschen. Ein paar junge Leute kletterten auf einen Laster, der hoch mit Möbeln und Haushaltswaren beladen war. Einer von ihnen schwang eine Axt über dem Kopf und rief Marcus barsch eine Drohung zu. An einer Straßenecke drehte sich ein Mädchen immer wieder im Kreis und rief nach jemandem. Ein Kerl lenkte sein Fahrrad einhändig im Slalom durch den Verkehr und balancierte dabei einen Flachbildfernseher auf der Schulter. In der Luft lag eine Panik, die alle erfasst zu haben schien. Das war offensichtlich, aber was sie verursacht hatte, vermochte Marcus nicht herauszufinden. Sie rannten auch nicht alle in eine Richtung, und er hatte nicht den Eindruck, als würde etwas anderes als sie selbst das Chaos verursachen.

Als er dem slalomfahrenden Fahrradfahrer hinterher sah, fiel Marcus eine andere Sonderbarkeit auf. »Wie kommt es, dass es hier keine Joker gibt?«

»In den Städten«, erwiderte Olena, die die Menschenmasse beobachtete, »sind sie nicht willkommen.«

Eine Mutter, die sich ihr schreiendes Baby an die Brust drückte und ein älteres Kind hinter sich herzerrte, stürmte an ihnen vorbei. Als das Kind Marcus erblickte, bekam es große Augen und fing an zu heulen. Olena fasste die Frau am Arm und redete hastig auf sie ein, doch Marcus verstand kein Wort Russisch. Die Frau wollte sich losreißen, doch Olena flehte sie an. Widerwillig antwortete ihr die Frau und sprach sogar noch schneller als Olena. Dann befreite sie ihren Arm mit einem Ruck und lief davon. Ihr Baby schrie noch lauter.

»Was hat sie gesagt?«, fragte Marcus.

»Das ergibt alles keinen Sinn«, sagte Olena. »Sie meint, dass die Polizei Leute umbringe. Dass Allah sich abgekehrt habe und …«

Neben ihnen krachte ein Auto gegen eine Straßenlaterne. Der Kopf des Fahrers schlug gegen die Windschutzscheibe und platzte auf. Der blutverschmierte Fahrer blieb bewusstlos.

»Meine Fresse!«, rief Marcus. »Was ist denn los?«

Olena sprach ihren Satz zu Ende: »… dass das eine Prüfung sei.« Sie sah Marcus zum ersten Mal an, seit sie in das Chaos eingetaucht waren. »Marcus, du siehst schrecklich aus. Du wirst immer blasser. Wusste gar nicht, dass du blass werden kannst, aber … du hast zu viel Blut verloren!«

»Fang bloß nicht wieder mit dem Krankenhaus an.«

Sie atmete aus. »Wir müssen was finden, wo man dir hilft. Weg von hier. Und zwar schnell.« Sie sah sich um, die Lippen aufeinandergepresst. Da fiel ihr Blick auf einen Laster, der gerade auf die Straße eingebogen war. »Ich bin gleich wieder da.«

»Was? Wo gehst du hin?«, fragte Marcus.

Olena trat auf die Straße hinaus, zog die Glock aus dem Gürtel und ging auf den Laster zu.

♣♦♠♥

Wie zum Teufel, fragte sich Detective Francis Xavier Black, war er in einem Aufzug im vierten Stock eines kasachischen Krankenhauses gelandet, wo er kalte Luft an seinem dürren Hintern spürte, weil das Flügelhemd ihn nicht bedeckte?

Weil jemand dir eine Knarre ins Gesicht gehalten und gemeint hat, du sollst dem Geschrei nachgehen.

Der fragliche Jemand war einer der drei Rambos im Dienst der russischen Gangsterbossin Baba Yaga. Beim Wort »Gangsterboss« denkt man natürlich nicht unbedingt an eine schrumpelige Achtzigjährige mit unglaublich rotem Haar. Doch nach einem Blick in Baba Yagas kalte graue Augen hatte Franny keine Zweifel mehr bezüglich ihrer Rücksichtslosigkeit und Entschlossenheit. Sollte er nicht spuren, würde sie ihn von ihren Brutalos abknallen lassen.

Im Spiegel im Bad hatte Franny sich angeschaut. Seine Augen waren eher blutunterlaufen als blau, er hatte einen Zweitagebart, und seine Haare bildeten fettige Stacheln. Er hatte sich gefragt, wann man ihm eine Dusche gestatten würde, als ein Kerl, »groß wie eine Straßenlaterne und fast so breit wie ein Bierlaster«, ihn aus dem Zimmer gezerrt hatte. Der Umstand, dass der Gorilla einen Zweitausend-Dollar-Anzug trug, wurde von der Tatsache konterkariert, dass er eindeutig kein großer Fan von Duschen zu sein schien. Er schob seine Ausdünstungen wie eine Welle vor sich her, als sie durch den Gang gingen.

In Baba Yagas Zimmer befanden sich zwei weitere Rambos und ein sehr gut gekleideter Mann mit glattem, ausdruckslosem Gesicht, manikürten Fingernägeln, einer glitzernden Rolex am Handgelenk und gegeltem braunem Haar. Er hatte etwas an sich, was Franny an Otter denken ließ. Der eine der beiden Schläger hatte eine Glatze, die im Neonlicht glänzte. Der andere hatte einen großen Rubinohrring und einen dicken Schnauzer. Franny wollte schon sagen, *Hey, die Siebziger wollen ihren Schnauzer wieder zurück,* doch er ließ es sein, weil Baba Yaga ihm ihre toten Augen zuwandte und ihn höhnisch einen Helden nannte. Dann hatte das Schreien angefangen.

Baba Yagas Befehl war kurz und bündig gewesen. »Gehen Sie. Sehen Sie es sich an. Kommen Sie zurück, und sagen Sie mir, was Sie sehen.«

Franny hatte widersprechen wollen. »Schicken Sie doch einen Ihrer bescheuerten Gorillas.«

»Ich werde keinen meiner Leute aufs Spiel setzen, außerdem haben Sie das alles verursacht. Jetzt gehen Sie.«

»Wenn ich das verursacht habe, dann wissen Sie ja, was das …«

Die Alte nicke dem Glatzkopf zu, und plötzlich blickte Franny in die Mündung einer SIG Sauer.

»Okay, das ist ein Argument.«

Franny hatte so lange gezaudert, bis sich die Aufzugtüren bereits wieder schlossen. Er streckte den Arm aus, um sie zu stoppen, und wurde dabei unsanft daran erinnert, dass er eine kürzlich genähte Schusswunde in der Seite hatte und eine weitere in der Schulter. Der Aufzug schien sich vor ihm aufzublähen. Er wusste, dass man ihn mit Schmerzmitteln vollgepumpt hatte, doch Medikamente allein konnten die schleichende Furcht nicht erklären, die ihm die Wirbelsäule hochkroch und seinen Bauch leer und flau zurückließ.

Aus dem Gang kam Rufen und Schluchzen. Franny humpelte aus dem Aufzug heraus, schlurfte mit seinen knisternden Papppantoffeln übers Linoleum. Zwei Sicherheitsleute gingen an ihm vorbei. Sie schleppten eine ältere Frau in Pflegerkleidung, die Unflätigkeiten ausstieß und ihnen die Gesichter zerkratzen wollte. Ihr Gesicht war zu einer wütenden Grimasse verzerrt, an den Lippen klebten ihr weiße Speicheltropfen, und ihre Jacke war auf der Vorderseite blutverschmiert.

Franny drückte sich gegen die Wand. Das Schreien brach nicht ab. Noch mehr Stimmen, Wutgeheul. »Scheiße«, flüsterte er.

Er wurde nicht mehr bewacht. Er hätte das Krankenhaus einfach verlassen und Hilfe suchen können. Doch die Absurdität dieses Gedankens wurde ihm rasch bewusst. Er sprach die Landessprache nicht, hatte kein Geld in der hiesigen Währung, keinen Ausweis, und er trug ein Flügelhemd. Wenn er sich so in New York begegnen würde, würde er sich selbst festnehmen.

Er zwang sich weiterzugehen. Auf die lauten Stimmen zu, das Zentrum des Aufruhrs. Der Druck auf seinen Schädel nahm zu, und es fühlte sich an, als würde ihm langsam etwas die Nervenbahnen entlangkriechen. Ein tiefes, bizarres Summen erfüllte die Luft. Wut auf Captain Mendelberg zu Hause in New York, die *verdammt noch mal nicht zugehört hatte und nie zuhörte, Scheiße, Mann,* Gedanken an Abby, *die ihn ständig abblitzen ließ, selbst wenn er sich den Arsch aufriss, um ihr zu helfen.* Sein Scheißpartner, *der ihm diesen ganzen Mist auf dem Schreibtisch hatte liegen lassen und erst dann seine Hilfe angeboten hatte, als es zu spät war.* Die anderen Polizisten von Fort Freak, *von denen sich kein einziger zu einer verfickten Gratulation herabgelassen hatte, als er zum Detective befördert worden war.* Neidische Arschlöcher, alle miteinander …

Was zum Teufel? Er schob die ungeordneten, wütenden Gedanken beiseite und versuchte, sich zu konzentrieren. Weshalb war er hierhergekommen? Ach ja. Er folgte weiter dem Gang und trat in ein Zimmer, in dem Ärzte panisch an einem Mann auf einer Liege herumdokterten, der einen weißen Arztkittel anhatte. In seinem linken Auge steckte ein Skalpell, sein Gesicht war voller Blut. Zwei Schwestern hielten sich gegenseitig umarmt und schluchzten. Jemand sagte etwas in einer Sprache, die er nicht verstand. Sicherheitsleute schienen die Anwesenden auszufragen.

Einige Infusionsständer standen um das Bett herum, und Schläuche führten von ihnen hinab zu … Franny schreckte entsetzt zurück. Er hatte gedacht, seine Jahre in Jokertown hätten ihn auf alles vorbereitet, doch die Gestalt in dem Bett war mehr als grotesk. Arme und Beine waren verdreht und dürr wie ein Skelett, doch der Bauch war aufgebläht wie der einer Schwangeren kurz vor der Geburt. Er war so aufgedunsen, dass das Flügelhemd ihn nicht ganz bedeckte. Außerdem pulsierte er, ein Zittern lief über seine Haut, und als würde etwas durch seine Blutbahnen und Eingeweide schwimmen, schoben sich unter der Oberfläche langsam lilafarbene und leuchtend rote Flecken.

Das Ding hatte einen Mund, aber die Lippen waren verlängert und glichen dem Rüssel eines Moskitos oder Ameisenbärs. Die gummiartigen Lippen machten Bewegungen wie ein blindes Baby, das die Brust der Mutter sucht. Aus Wangen und Hals traten graue, steinerne, rot geäderte Geschwülste hervor. Das nervtötende Summen, das sich anhörte wie Alufolie auf einer Goldzahnfüllung, kam aus diesem entstellten Mund. Unter den schrumpeligen Augenlidern blitzte es ganz schwach hervor, als wollte er aufwachen.

Der Geruch von Blut, Erbrochenem und Angstschweiß war stärker als der der Desinfektionsmittel und Bettpfannen. Franny prägte sich die Szene so gut wie möglich ein, bevor er rückwärts aus dem Zimmer taumelte. Er torkelte den Gang entlang. Dabei kam er an einem Pfleger vorbei, der an der Wand lehnte, den Hosenladen geöffnet hatte und seinen Schwanz in der Hand hielt. Er wichste kräftig, während er eine junge Krankenschwester betrachtete, die heulend in der Ecke stand.

Mit jedem Schritt, den Franny sich von dem Zimmer entfernte, nahm der Druck in seinem Kopf ab, und das unerträgliche Summen wurde weniger schlimm. Mit steigender Verzweiflung drückte er den Aufzugknopf. Schließlich ging er zum Treppenhaus. Wie sehr es auch schmerzen mochte, er musste hier weg. All seine Wut hatte sich aufgelöst. Doch die Furcht blieb.

♣ ♦ ♠ ♥

Mollie Steunenberg, noch immer benebelt von dem Acht-Fantastillarden-Volt-Stromschlag, der sie an den Titten erwischt hatte, lümmelte auf dem Rücksitz eines Streifenwagens, während der Fahrer auf Französisch ins Funkgerät sprach. Sie verstand nicht, was er sagte, und sie verstand auch nicht, weshalb zum Donnerwetter die Bullen ihr einen Elektroschock verpasst hatten – sie hatten ihr einen verfickten *Elektroschock* verpasst –, bloß weil sie ein paar beschissene Ohrringe hatte mitgehen lassen. War das überhaupt verboten? Sie hätte einen verdammten Herzinfarkt kriegen können. Außerdem hatten die Elektroden zwei kleine Löcher in ihre Bluse gerissen. Ausgerechnet direkt über ihren Möpsen, die jetzt wehtaten, als hätte sie jemand in Brand gesteckt. Verfickte Franzackenpolypen.

Oh, stimmt, fiel ihr ein, *Gendarmes*. So hießen die in Frankreich. Ffodor hatte ihr so Kram beigebracht. Deshalb wusste sie auch, dass die Straßenlaternen, deren Licht in den Regentropfen auf den Fenstern glitzerte, diejenigen der berühmten Champs-Élysées waren.

Er hatte ihr auch beigebracht, dass ein Schaufenstereinbruch Sache von Haudraufs und Kleinkriminellen war. Und deshalb unter ihrer Würde. Aber sie war schneller als jeder Normalodieb, und sie war auch nirgends eingebrochen. Schließlich war sie die Letzte, die das nötig hatte. Also war es nicht ihre Schuld, dass sie erwischt worden war. Das würde sie Ffodor erklären: Was für ein dämliches Pech, dass ausgerechnet in dem Moment die Polente vorbeifuhr, als sie durch die Scheibe gegriffen hatte …

Sie schüttelte den Kopf, um die Benommenheit und die unangenehmen Gedanken zu verscheuchen. Dann zerrte sie an den Handschellen. Die kalte, klirrende Metallkette drückte ihr in den Rücken. Sie hätte ein Interdimensionstor öffnen und abhauen können, aber dann wäre sie auf der anderen Seite mit der Geschwindigkeit des Polizeiautos herausgekommen. Und da sie kein Tor parat hatte, das direkt über einem riesigen Kissenberg lag, wäre das ziemlich scheiße.

Der Wagen erreichte einen Kreisverkehr, und als er sich von der Champs-Élysées verabschiedete, hing er ein wenig schräg in der Federung. Die Beschleunigung stieß Mollie von der Tür weg, und sie fiel um wie ein Sack Kartoffeln.

Dem Elektroschock hatte sie es zu verdanken, dass ihr Muskelapparat dem einer Qualle glich. Das Sitzpolster roch nach Schweißfüßen und altem Zigarettenrauch. Ihr flauer Magen machte einen Purzelbaum. Sie schmeckte Galle.

Mit einem Kuli oder einer Büroklammer hätte sie die Handschellen knacken können. Von Ffodor hatte sie alles Mögliche gele…

Konzentrier dich. Konzentrier dich. Wenn es ganz schlimm kam, steckten sie sie in eine Zelle, und dann würden sie ihr bestimmt die Handschellen abnehmen. Wenn es ganz schlimm kam, musste sie sich nur eine Weile gedulden. Und dann hieß es: *Au revoir, Froschfresser.*

Sie fuhren am Louvre vorbei, und jetzt verstand Mollie, weshalb den Bullen – *Gendarmes* – der Finger so locker am Taserabzug saß. Die Glaspyramide sowie große Teile der Gebäude ringsum steckten immer noch im Wiederaufbau, dabei wurden sie bereits vor Jahren von einem abgefahrenen Ass der alten Garde plattgemacht. Mollie kannte die genauen Umstände nicht. Zu der Zeit damals war sie damit beschäftigt gewesen, eine metrische Tonne verficktes Gold aus der Schatzkammer einer zentralafrikanischen Diktatur zu klauen. Und dabei hatte sie ihn kennengelernt, nämlich …

Sie schüttelte erneut den Kopf, diesmal wütend. Denn bei der Gelegenheit hatte sie auch diesen spießigen Noel Matthews kennengelernt. Noel Matthewskacke. Er hatte sie ausfindig gemacht nach ihrer kurzen Stippvisite im Fernsehen, mit der der ganze Ärger angefangen hatte. Nicht zuletzt wegen dieser Arschgeige Jake Butler, der geschummelt und sie aus der Show gekickt hatte. Aber auch weil sie durch *American Hero* mit diesem Hohlkopf Berman zusammengekommen war. Michael Grapschhand Berman. Michael Nadelschwanz Berman.

Eigentlich hätte sie inzwischen ein gutes Leben haben sollen, aber bisher war alles schiefgelaufen, weil wirklich alle, mit denen sie es zu tun hatte, sich als hochgradige Arschlöcher erwiesen.

Na ja, außer vielleicht einem.

Gelbes Halogenlicht und das silberne Glänzen des Vollmonds brachen sich kaleidoskopartig auf der regennassen Scheibe, als der Wagen wieder durch einen Kreisverkehr kurvte. Mollie beobachtete den Boden in der vagen Hoffnung, dass vielleicht ein Kuli, eine Büroklammer oder sonst ein nützlicher Gegenstand unter dem Sitz hervorrollen würde. Keine Würfel. Sie seufzte. Da sie wegen des Elektroschocks noch immer etwas zitterte, war es mit ihrer Feinmotorik ohnehin nicht weit her. Sie konnte weder das Schloss knacken noch die Kette zerbrechen.

Ffodor hatte beteuert, dass sie auch Tore im Innern von Gegenständen öffnen können müsste, denn es war dasselbe wie eine Öffnung in einer Wand oder in der Luft. Da hatten sie sich tatsächlich einmal beinahe gestritten. *Natürlich* war es etwas anderes. Luft war unsichtbar und bewegte sich. Als sie einmal versucht hatte, sich ein Tor im Innern eines Objekts vorzustellen, hatte sie das schlimmste Kopfweh ihres Lebens bekommen.

Die Handschellen klimperten. Der zweite Bulle, derjenige auf dem Beifahrersitz, Monsieur Erst-Elektroschocken-Dann-Niemals-Fragen-Stellen, warf ihr über die Schulter einen Blick zu. In diesem Blick lag nackte Enttäuschung: Sie hatten eine kleine, etwas pummelige zweiundzwanzigjährige Amerikanerin mit unnatürlich kupferroten Locken in blauer Jeans und Bluse aufgegriffen, die zu viele Sommersprossen hatte, um hübsch zu sein – und kein entlaufenes, hochgewachsenes, heroin-trendiges Pariser Supermodel mit langen Beinen im Teenageralter und einem Rock, der ihr gerade bis zum Schritt reichte.

Mollie erwiderte den Blick. »Supermodels sind Zicken und Kokser, wissen Sie?«

Er sagte etwas zu seinem Partner. Wenn man die Sprache nicht verstand, klang alles gehässig.

Der Wagen ging in eine Kurve, sodass ihr Gesicht wieder ins Polster gedrückt wurde. Wieder drehte sich ihr der Magen um, als ihr der Essensgestank in die Nase drang. Mollie schraubte sich in eine aufrechte Haltung hoch, um nicht kotzen zu müssen. Sie begnügte sich damit, die durchnässte Lichterstadt an sich vorbeiziehen zu sehen.

Der Wagen kam an einem Brunnen vorbei. Sie lächelte.

Schön, dachte sie. *Dann eben auf die ganz entspannte Tour.*

Obwohl ihr Gehirn von dem Taser noch ziemlich matschig war, fiel es ihr so leicht wie Atemholen. Beinahe ohne eine bewusste Willensanstrengung öffnete sie zwei Tore: eines über dem Armaturenbrett und ein viel größeres in dem Brunnenbecken.

Kaltes Wasser ergoss sich in das Auto, als hätte jemand einen Feuerwehrschlauch durch die Lüftung gelegt. Die Froschfresser schimpften unisono – »*Merde!*« (selbst Mollie verstand das) –, während der Fahrer auf die Bremse trat. Sie schlitterten. Das Wasser reichte ihnen schon bis über die Knie und schwappte über die Kopfstützen. Mollie stieß mit der Stirn gegen die Trennscheibe aus Plexiglas. Dann machte sie die Augen zu und konzentrierte sich darauf, den Atem anzuhalten, um bewusstlos zu wirken.

Das Wasser rauschte weiter herein. Innerhalb von Sekunden reichte es bis über ihre Hüfte, doch dann sackte es ab, denn die beiden perplexen Polizisten sprangen aus dem Wagen. Mollie ließ die Tore geöffnet, sodass das Wasser, das aus dem Armaturenbrett schoss, durch die offenen Türen nach draußen schwappte. Trotzdem sammelte sich hinten noch genug, um die Ertrunkene mimen zu können.

Es war nicht leicht, nicht aus der Rolle zu fallen, während die Gendarmes sie aus dem Wagen zerrten wie einen Sack Kunstdünger. Ihre Lunge wollte platzen, als die Idioten endlich merkten, dass sie ihr erst die Handschellen abnehmen mussten, bevor sie eine Herz-Lungen-Reanimation durchführen konnten. Sobald die Handschellen geöffnet waren, gab Mollie ihr Schauspiel auf. Sie sprang auf, taumelte ein bisschen, weil ihr von dem Taser noch immer etwas schwindelig war, und hielt den Atem an.

»Danke, Schwachköpfe«, sagte sie.

Der Fahrer bellte sie an. Er klang nicht zufrieden. Sein Partner fummelte an dem Taser an seinem Gürtel herum.

»O ja«, sagte Mollie. »Probiert das gern noch einmal.« Doch diesmal würde er sie nicht überrumpeln.

Er zielte. Sie öffnete zwei weitere Löcher: eines direkt am Ende seiner Waffe, das andere ein paar Handbreit tiefer. In der Dunkelheit und mit all dem Wasser, das ihm von den Wimpern tropfte, fiel ihm das Schimmern nicht auf. Er drückte den Abzug, kreischte und brach auf der Stelle zusammen, ein zuckendes Bündel. Er hatte sich selbst in die Eier getasert.

Mollie schuf noch zwei weitere Tore. Dem anderen Polypen streckte sie zwei Stinkefinger entgegen, bevor sie aus dem nassen, nächtlichen Paris in das geregelte Chaos des Shinjuku-Bahnhofs in Tokio sprang. Sie stieß mit einem japanischen Büroangestellten zusammen, dessen Nase in einem Manga mit einer drallen Comickarikatur von Curveball auf dem Titelbild steckte. Er schrie sie an. Sie öffnete unter ihm ein Tor und ließ den Perversling in einen stinkenden Kanal in Venedig plumpsen. Dann rannte sie durch die Menschenmenge, krallte sich dabei Geldbeutel und Brieftaschen und ließ überall wütende Pendler zurück. Ein Bahnsteigaufseher nahm die Verfolgung auf, doch sie setzte zum Sprung an und landete auf dem Sand der Cottesloe Beach bei Perth. Ihr Raubzug hatte ihr ungefähr neunundzwanzigtausend Yen eingebracht, also ein bisschen weniger als dreihundert Dollar. Nicht gerade toll, aber auch nicht schlecht für zehn Sekunden Arbeit. Sie warf die Beutel und Taschen auf den Strand und trat einmal quer über den Kontinent in ein Sträßchen in Melbourne, in dem sich eine Wechselstube befand. Fünf Minuten nachdem sie in Paris an dem Brunnen vorbeigefahren war, entdeckte sie in einem Kaufhaus in Sydney einen passenden Ersatz für ihre Bluse. Sie war sogar schöner als die, die die Gendarmes kaputtgemacht hatten.

♣♦♠♥

»Nun?«, wollte die Baba Yaga wissen, als Franny wieder in das Krankenhauszimmer trat. Sie war vielleicht alt und gebrechlich, aber ihre Stimme hatte noch immer einen barschen Befehlston.

Nach einem hörbaren Atemholen erzählte Franny kurz und bündig, als würde er Maseryk und Mendelberg auf der Wache Bericht erstatten.

»Hmmm, vielleicht sind Sie nicht ganz so dumm, wie ich dachte.«

Die Greisin wandte sich an den Otter und sagte etwas, das wie Russisch klang. Der Mann mit dem glatten Gesicht nahm ein unpassendes Abendkleid aus dem Schrank, half der Alten aus dem Bett und ins Bad. Ein paar Augenblicke später kamen sie wieder heraus. Baba Yaga war angezogen. Sie trug die dürftigen Krankenhauspantoffeln statt der Absatzschuhe, die Franny im Schrank stehen sah.

Zu fünft gingen sie zur Tür. Es konnte kein Zweifel bestehen, dass sie verduften wollten. Franny blieb stehen und dachte über das nach, was er in diesen Zweikampfvideos gesehen hatte. Über das unaussprechliche Grauen, das diese Frau, die eben hinausgegangen war, auf einfache Bürger losgelassen hatte.

»Ja, Scheiße, nein«, grummelte Franny und folgte ihnen.

Es tat weh, wenn er rannte, und er kam sich bescheuert vor, weil er sein Flügelhemd hinten zusammenhalten musste. Baba Yaga und ihre Gorillas waren am Haupteingang.

»He! Anhalten! Ihr seid verhaftet!« Die Leute im Foyer starrten ihn an. Eine Frau hinter einem großen Empfangsschalter stand auf und griff zum Telefon.

Baba Yaga beachtete ihn nicht. Franny pfiff auf alle Scham, drückte den Arm gegen seinen Verband und lief schneller. Auf dem Gehweg drängte sich eine Menschenmenge. Polizei, Baba Yaga und ihre Leute. Franny nahm an, dass sie einem Notruf gefolgt waren. Am Bordstein parkte ein Wagen.

Franny packte einen der Polizisten an der Schulter. »Sie müssen diese Frau aufhalten! Sie ist eine Verbrecherin. Eine Entführerin. Eine Mörderin!« Der Beamte runzelte die Stirn und stieß Frannys Hand von seiner Schulter. »Schauen Sie, ich bin auch Polizist!«

Die meisten Beamten waren ins Krankenhaus gegangen, nur ein paar waren noch draußen. Sie sahen fragend zu Baba Yaga hinüber, und Frannys Magen wurde schwer wie Blei. Er wusste zu gut, wie Begünstigung und Bestechung aussahen.

Einer der Polizisten sagte etwas. Es klang wie eine Frage. Der Otter beugte sich zu Baba Yaga herunter und flüsterte ihr etwas ins Ohr. Dann antwortete er dem Polizisten, der seinen Gummiknüppel zückte.

»Ach, scheiße. Echt jetzt?«

Der Knüppel krachte auf seine Schulter. Franny warf sich herum, und der nächste Schlag traf ihn an der Seitenwunde. Sein ganzer Körper wurde von Schmerzen durchspült, und weiße Lichtblitze zuckten in seinen Augen.

♣♦♠♥

Marcus konnte kaum fassen, dass Olena auf die Straße hinaustrat, um den Laster anzuhalten. Wäre er kräftig genug gewesen, hätte er sie aufgehalten. Doch das war er nicht, und deshalb konnte er nur zusehen.

Einen Moment lang war er überzeugt, dass der Laster sie überfahren würde. Und dann war er der Überzeugung, sie würde den Fahrer erschießen. Doch nichts dergleichen geschah. Stattdessen trat sie seitlich an den fahrenden Laster heran, stieg auf das seitliche Trittbrett und streckte die Pistole durchs Fenster hinein. Marcus hörte nicht, was sie sagte, doch die Knarre verlieh ihren Worten Überzeugungskraft. Der Wagen hielt an. Olena sprang herab. Der Fahrer stieg aus, während die Glock die ganze Zeit über auf ihn gerichtet war. Bei ihr sah das so einfach aus.

Sie hatte den Kopf gedreht, schnippte sich eine Haarsträhne aus dem Gesicht und sagte: »Ist wahrscheinlich besser, wenn ich fahre. Steig ein.«

Von der Ladefläche aus hatte er sie durch das offene Fenster zur Fahrerkabine gefragt, wer sie war. Ihre Antwort – »Ich bin ukrainisches Mädchen« – war nicht gerade eine Erklärung. Marcus beschlich der Verdacht, dass mehr in ihr steckte, als er gedacht hatte.

Es beschämte ihn, dass sie *ihn* aus der Stadt herausgebracht hatte, dass sie die Führung übernommen hatte. Doch war es keine tiefgehende Scham. Er war erleichtert, dass nicht alles an ihm lag. Und da die Sache noch nicht kompliziert genug war, schämte er sich auch wegen der Dinge, die er vor ihren Augen in der Arena getan hatte. Hässliche Dinge. Mörderische Dinge. Manches davon hatte er für sie getan, aber trotzdem … Er mochte die Erinnerungen daran nicht. Er erkannte sich nicht in ihnen. Er sah lediglich ein Ungeheuer mit Blut an den Händen und Gift im Mund.

Angesichts dessen kam es ihm beinahe schon in Ordnung

vor, dass er halbtot auf der Ladefläche eines Lasters lag, den ein hübsches ukrainisches Mädchen für ihn gestohlen hatte. Jemandem lag etwas an ihm, und wenn das tatsächlich der Fall war, dann gab es immer noch ein bisschen Hoffnung. Wenn er doch bloß keine solchen Schmerzen hätte. Er blutete noch immer, und ihm war so schwindelig, dass er fast das Bewusstsein verlor …

»Nicht schlafen, mein Held«, sagte Olena und weckte ihn wieder auf. »Wach bleiben, okay? Schlaf später.«

Marcus machte die Augen auf. Wieder sprang ihm die grelle Welt in die Augen. Unter ihnen fiel der Talboden in Richtung Talas ab, trocken und rau. Um sie herum erhoben sich die Vorberge, ein Kamm nach dem anderen, aufeinandergetürmt, immer höher und höher. Der Berg? Da war er, viele Meilen entfernt überragte er eine wüste, fremde Landschaft, wie er sie noch nie gesehen hatte.

Olena stand hinter dem Laster und hielt ihm einen Wasserkrug hin. Ein Stück weiter drückten sich ein Mann, eine Frau und mehrere kleine Kinder vor der Tür eines bescheidenen Hauses aneinander und starrten herüber. Zu ihren Füßen standen die Zigarettenkisten, die Olena gegen Kleider hatte eintauschen wollen. Anscheinend hatte sie erfolgreich gefeilscht.

Ihr aufreizendes Kleid hatte sie gegen eine herkömmliche Kluft getauscht. Ein bunte, aber formlose Jacke, einen Wollrock, der den Boden berührte, und einen Hut, unter dem ihr kurzes Haar vollständig verschwand. Er würde das kurze rote Kleid vermissen, und mit ihren engelsgleichen Gesichtszügen, den hohen Wangenknochen und blauen Augen ging sie nicht gerade als Einheimische durch. Aber von Weitem sah sie so aus. Ungefähr.

Als er nach dem Krug griff, versuchte er zu lächeln, um sich die Schmerzen nicht anmerken zu lassen. Die Anstrengung und dazu auch noch das Reden waren fast zu viel für ihn. »Gefällt mir«, sagte er. »Sieht nicht ...« Er atmete aus und fragte sich, wo seine Puste geblieben war. »Wird dir nicht ganz gerecht, aber das ist vielleicht besser so.«

»Du meinst, dass ich jetzt nicht mehr schön bin«, sagte sie.

»Mein Gott, nein, das meine ich nicht«, sagte Marcus.

Sie bügelte ihn mit einer Kopfbewegung ab. »Egal, jetzt sind wir getarnt.«

Er wollte sie fragen, wie sie auf den Gedanken kam, dass man einen Schwarzen mit einem sechs Meter langen Schlangenschwanz einfach so tarnen könnte, zumal im hinterwäldlerischen Kasach-wie-auch-immer-das-hieß. Aber er tat es nicht. Er wollte sie nicht fragen. Er wusste nicht, wie er damit umgehen sollte, dass sie partout keine Missgeburt in ihm sehen wollte. Andrerseits wollte er bestimmt nicht, dass sich das änderte. Er sagte: »Du siehst toll aus. Wie eine Einheimische.«

»Ich weiß jetzt, wohin wir gehen.« Sie deutete auf die glotzende Familie und winkte ihnen dann zu. »Sie haben mir von einem Dorf erzählt. Das ist gut für uns.«

Sie hievte einen großen Benzinkanister auf die Ladefläche und stieg dann wieder in die Fahrerkabine. Sie startete den Motor und setzte rückwärts auf die Straße hinaus, auf der sie aus der Stadt gekommen waren, einen langen, schmalen Asphaltstreifen voller Staub. Sie fuhren weiter in die Berge hinauf.

»Was ist an dem Ort so gut?«, fragte Marcus durchs Fenster.

»Das wirst du sehen«, sagte sie.

♣♦♠♥

Barbara schlief unruhig. Ein Traum – vielmehr ein Albtraum – kehrte wieder, den sie in jüngeren Jahren schon ein paarmal geträumt hatte, der sie aber lange Zeit nicht mehr belästigt hatte. Eine Erinnerung, die sich unweigerlich in einen Schrecken der Nacht verwandelte.

Sie war kaum zwölf, als ihre Mutter starb.

Als Einzelkind ohne ein anderes Elternteil oblag ihr die Rolle der *shomeret* für ihre Mutter im Bestattungsinstitut. Verwandte und Freunde blieben die Nacht über bei ihr, während sie beim Holzsarg ihrer Mutter saß. Ihre Mutter war am selben Nachmittag erst gestorben – Opfer eines Selbstmordattentäters im Shuk HaCarmel in Tel Aviv. Die Beerdigung sollte am nächsten Tag stattfinden.

Der Rabbi war gekommen und hatte die rituellen Worte gesprochen: »*Baruch atta Adonai Elohenu melech ha-olam dajan ha-emet.*« Dann vollführte er die Kria und riss ihre Bluse auf der linken Seite ein.

»Welch schrecklicher Verlust. Welch furchtbarer Tag. Wie kommst du zurecht, meine Liebe?«, hatte der Rabbi sie mit traurigen und gütigen Augen gefragt. Sie konnte nur den Kopf schütteln.

»Ich verstehe es nicht«, antwortete Barbara, und ihre Stimme wurde vom Schluchzen erstickt, das sie immer und immer wieder befallen hatte, seit sie die schlimme Nachricht erhalten hatte. »Die Polizei … Sie meinten, dass meine Mutter ihnen vor ihrem Tod gesagt hätte, dass sie diesen jungen Mann gesehen hätte, der ging auf den Markt und sah so aus, als wäre er krank oder hätte Angst, ganz bleich und verschwitzt, dass sie ihn angesprochen und gefragt hätte, ob er Hilfe benötige. Er hat sie auf Arabisch angeschnauzt und sie mit den Händen verscheucht, aber Ima spricht kein Arabisch und wusste nicht, was er gesagt hat. Er lief weiter in den Markt hinein, und sie folgte ihm, und da …« Sie schluckte. Die Trauer schmeckte wie Asche und Tränen. »Da hat der Junge oder sonst jemand die Weste hochgehen lassen. Rabbi, vielleicht hat er Ima gesagt, dass sie weggehen soll. Vielleicht hat er sie gewarnt, aber sie hat es nicht verstanden …«

»Niemand kann eine solche Tragödie begreifen«, hatte der Rabbi ihr erklärt, doch seine Worte und der Arm, den er um ihre Schultern gelegt hatte, spendeten wenig Trost. Sie ging die Szene in Gedanken immer und immer wieder durch: Ihre Mutter folgte dem Jungen, wollte ihm helfen, das Licht, die Hitze und die niederschmetternde Erschütterung der Explosion, ihre Mutter fällt hin inmitten der Trümmer und des Geschreis …

In ihrem Erinnerungsalbtraum jener Nacht näherte sie sich dem Sarg. Plötzlich war sie allein: Der Rabbi war nicht mehr da, die Verwandten und Freunde verschwunden. Nur noch das Zimmer und der Sarg. Der Deckel hob sich, aufgedrückt von den blutverschmierten Händen und Armen ihrer Mutter. Barbara konnte nicht wegsehen, sich nicht rühren, war völlig erstarrt. Als der Deckel zur Seite geschoben wurde und mit einem hohlen Schlag fiel, setzte sich die Leiche ihrer Mutter langsam auf. Ihr Gesicht war Barbara zugewandt. Eine Maske reinsten Grauens, von ihrem zertrümmerten Schädel hingen Fleischfetzen herab, ein Auge baumelte aus der Augenhöhle heraus, ein halber Kiefer und ihre Zunge hingen träge herab wie dicke, graue Würmer …

Doch in dieser Nacht in Machu Picchu änderte sich der Albtraum und nahm eine andere Richtung. Nicht der Arm ihrer Mutter hob den Sargdeckel, und es war auch nicht die Leiche ihrer Mutter, die herauskam. Es war der Arm von Klaus im Phantomharnisch, der jedoch gesprungen und geplatzt aussah. Aus dem Sarg erhob sich Klaus' zertrümmerte Leiche und drehte sich langsam zu ihr um, um sie mit einem modernden Auge anzusehen.

Klaus. Nicht ihre Mutter.

Im Traum schrie Barbara, während Klaus' Leiche sich vollends aus dem Sarg erhob und herausstieg. Plötzlich lag sie wach unter der Decke und zitterte vor Angst vor der Erinnerung an den Traum.

»Was ist los?«, hörte Barbara Klaus fragen, der sich schläfrig im Bett wälzte.

Sie wollte ihr rasend pochendes Herz beruhigen. »Nichts«, beteuerte sie. »Nur ein Traum, das ist alles. Schlaf weiter.«

Klaus grunzte. Sie spürte, wie er sich erneut umdrehte.

Sie war kaum zwölf, als ihre Mutter starb …

Der Albtraum von der verunstalteten, zerbrochenen Leiche ihrer Mutter, der sich aus dem Sarg erhebt, verfolgte sie als Teenagerin. Am Tag nach dem Attentat, als der Sarg in die Erde gelassen wurde, wurde Barbaras Karte aufgedeckt. Barbara heulte vor Schmerz und Qual und Angst, und währenddessen verwandelte sich das Beten des Rabbis in eine Aneinanderreihung sinnloser Silben, und die verunsicherten Trauergäste riefen Fragen, die niemand verstand.

Keiner verstand mehr den anderen. Wie ihre Mutter und der junge Mann auf dem Markt …

Etliche Minuten lang starrte Barbara in die Dunkelheit an der Decke und rätselte, was dieser veränderte Traum zu bedeuten hatte, voller Angst, dass er ein Vorzeichen, eine Warnung darstellen könnte. Sie rang mit sich, verlegte sich auf den Standpunkt, dass solche Gedanken irrational und lächerlich waren, doch das Gefühl blieb, auch wenn sie sich zur Logik zwang.

Als sie wieder Schlaf fand – diesmal glücklicherweise ohne Träume –, kam schon viel zu bald das strenge Piepen ihres Handyweckers.

♣ ♦ ♠ ♥

Das Erste, was Franny sah, waren große Füße in Stahlkappenschuhen. Seine Augen fühlten sich gummiartig an, und er hatte den Geschmack von Blut im Mund. Anscheinend hatte er sich auf die Zunge gebissen. Langsam erkannte er in dem Geräusch, das er hörte, einen Automotor. Er lag auf dem Boden der Limousine, eingeklemmt zwischen den einander zugewandten Sitzen. Sie fuhren über eine Bodenwelle, und Franny keuchte vor Schmerz. Er sah nach oben. Glatze, Schnauzer und Mief saßen auf den Notsitzen.

Eine Hand fasste ihm ins Haar, und er wurde zu Baba Yaga herumgedreht. Dabei verschob sich sein Hemd und rutschte über die Hüfte hinauf. Sich in der Gewalt einer Psychopathin zu befinden, war schlimm genug, aber es war noch schlimmer, wenn einem dabei Eier und Schwanz entblößt wurden.

Sie tippte sich mit dem Zeigefinger an die Lippen und musterte ihn. »Sie sitzen ziemlich in der Tinte«, sagte sie.

»Und warum setzen Sie mich hinein?«

»Sie könnten sich als nützlich erweisen. Falls nicht, bringe ich Sie um. Verstanden?«

»Total.«

Sie fuhren weiter. Der Otter grummelte etwas ins Telefon, alle anderen schwiegen. Franny räusperte sich. »Wohin fahren wir denn?«

»Schnauze.«

Zehn Minuten später versuchte er es noch einmal. »Kann ich mich vielleicht hinsetzen?«

»Nein.« Baba Yaga war keine Frau vieler Worte.

Schließlich hielten sie an, und Franny wurde aus dem Wagen gezogen. Er stöhnte, weil ihm die Seite und die Schulter wehtaten. Sie waren wieder im Casino. Nicht gerade ein Ort, den er noch einmal sehen wollte.

Franny schlug vor, ihn zusammen mit dem Otter im Wagen zu lassen, doch Baba Yaga schien nicht sonderlich vertrauensselig zu sein. Glatze hatte ihm eine Knarre in den Rücken gedrückt (die sich auf der nackten Haut extrem kalt anfühlte), und Franny folgte der alten Dame ins Casino. Das war verwüstet. Umgeworfene Roulettetische, überall lagen

Jetons verstreut, deren grelle Farben sich krass von dem teuren Paisleyteppich abhoben. Die Gesichter auf den herumliegenden Spielkarten wirkten erstaunt, wenn sie darauftraten. Auch das Blut machte sich nicht gut auf dem Teppich.

Zwei Typen von der Spurensicherung waren bei der Arbeit. Sie richteten sich auf und nickten Baba Yaga höflich zu, als die an ihnen vorbeiging. Die alte Dame hatte die Bullen in Talas offenkundig gekauft. Aber nachdem er auf einen Wink Baba Yagas hin von Bullen grün und blau geprügelt worden war, hätte er sich das auch vorher schon denken können.

Ein dürrer Kerl in einer gandhimäßigen Windel hastete durch eine Tür aus dem Casino. Der zähe Schleim, der seinen Körper bedeckte, spiegelte, und sein rasierter Schädel glänzte. Der beißende Geruch trieb Franny Tränen in die Augen. Das war der Joker Vaporlock alias Sam Palmer, ein bunter Hund in Jokertown. Ein erbärmlicher Versager, der den Cops als einfacher Dieb bekannt war. Und ein Verräter an seinen Jokergenossen. Laut Wally Gundersons Aussage hatte Vaporlock Baba Yaga geholfen, Joker in ihren Fight Club zu entführen. Diese Anschuldigung war nun bewiesen.

»Scheiße, Baba Yaga … Ma'am. Wir dachten, Sie wären tot. Ich meine, Mann, wir haben uns Sorgen gemacht, als diese Mordsschlange Sie vermöbelt hat. Ein paar von den Jungs haben's auch geglaubt. Aber ich nicht. Ich wusste, Sie würden zurückkommen. Niemand kriegt Sie klein.« Seine Worte klangen flach und gepresst.

Baba Yaga ging gar nicht auf Vaporlock ein, sondern wandte sich zu Glatze und sagte: »Nimm ihn mit.«

Sie durchquerten das Casino. Vaporlock lief zuckend und hüpfend neben der Alten her. »Und, wie ist der Plan, Ma'am? Wir hauen hier ab? Ein paar von denen sind ja echt übergeschnappt, dass sie auf den Gedanken gekommen sind, sich gegen Sie aufzulehnen.« Baba Yaga ignorierte ihn.

Zwischen den Spielautomaten und unter den Tischen lagen noch die Leichen. Franny fand, dass ein Frack dem Tod keinerlei zusätzliche Würde verlieh. Manche hatten Schusswunden. Andere waren einfach tot. Wahrscheinlich Opfer von IBTs Giftzunge.

Der Gedanke an Fräcke brachte auch Frannys dringendste Sorge wieder in den Fokus. »He, ich brauche Klamotten«, sagte er.

»Wir sind kein Herrenausstatter«, versetzte Baba Yaga.

Franny zeigte auf einen Toten. »Er braucht sie nicht. Haben wir nicht ein paar Minuten?«

Baba Yaga betrachtete ihn in seinem kurzen Flügelhemd und mit den ausgefransten Pantoffeln an den nackten Füßen. Ihre runzligen Lippen verzogen sich fast zu einer Art Lächeln. »Na gut.«

Er fand die Leiche eines Mannes, der beinahe seine Größe hatte, zog ihm Mantel, Hemd, Hose, Socken und Schuhe aus. Franny beschloss, keine Unterwäsche zu tragen. Die Unterhose eines Toten anzuziehen, ging ihm einen Schritt zu weit.

»Toilette?«, fragte Franny.

Baba Yaga würdigte ihn keiner Antwort, sondern sah ihn nur scharf an. Franny kehrte ihr den Rücken zu und zog sich an. Die Hose war zu groß und das Hemd zu eng, aber er fühlte sich weit weniger ausgeliefert. Kaum hatte er die Schuhe geknüpft – eine schmerzhafte Tätigkeit, denn wenn er sich vornüberbeugte, zerrte es an der genähten Seitenwunde –, marschierte Baba Yaga auch schon weiter. Ein nicht gerade sanfter Stoß von Mief versetzte auch Franny wieder in Bewegung.

Vaporlock hatte seine Versuche, ein Gespräch mit Baba Yaga zu führen, aufgegeben. Jetzt ließ er sich zurückfallen und ging neben Franny her. »He, Sie kenne ich doch. Sie sind ein Polyp, richtig? Fort Freak?« Franny nickte. »Also, wenn ich Ihnen hier raushelfe, legen Sie ein gutes Wort für mich ein, richtig?«

»Sie sind nicht der Hellste, was?«, fragte Franny leise.

»Hä?«

»Sie sollten sich noch mal überlegen, ob Sie Absprachen mit mir treffen wollen, während *sie* neben uns hergeht.«

»Äh.« Vaporlock sprach deutlich lauter. »Ich meinte nur, falls sie mich nicht mehr braucht. Ich stehe ihr ganz zur Verfügung, es sei denn, sie möchte, dass ich gehe …«

»Sam.« Vaporlock sah zu Franny auf. »Lass gut sein«, sagte er leise.

Sie gingen durch eine Hintertür des Casinos und eine Treppe hinauf. Im zweiten Stock dieses Gebäudeflügels befand sich die Wohnung. Franny sagte die Einrichtung nicht besonders zu. Alles stand mit Möbeln unterschiedlicher Stilrichtungen voll. Ledersessel neben einem Louis-XIV-Stuhl mit unpassendem Lederpolster. Ottomanen mit Fransenbezug und zahlreiche Nippestische.

Baba Yaga betrat, gefolgt von zwei Wachen, ein Schlafzimmer. Von drinnen erklang offenbar ein Schwall Kraftausdrücke. Franny ging zur Tür, um hineinzuschauen. Baba Yaga betrachtete eine riesige Schmuckschatulle auf der Kommode. Sie war verdächtig leer.

Sie rauschte an ihm vorbei, zurück ins Wohnzimmer. Auf ihr Nicken hin schlug einer der Gorillas den Rand eines Orientteppichs um. Darunter kam ein in den Boden eingelassener Safe zum Vorschein. Sie kniete sich davor nieder und drehte die Einstellscheibe. Franny spürte den Blick des Gorillas auf sich, und er sah geflissentlich in die andere Richtung. So viele beknackte Möbel auf so kleinem Raum …

»Sie … kann Leute verwandeln. Und zwar in üble Dinge. Wir reden hier von Möbeln.«

Die Worte des in Ungnade gefallenen und inzwischen verhafteten Hollywood-Produzenten Michael Berman kamen ihm wieder ins Bewusstsein. Einen großen Sessel sah sich Franny etwas genauer an. Das sah nicht aus wie herkömmliches Leder. Er ging darum herum, um ihn von vorn zu betrachten. Die Sitzfläche hatte ein Gesicht. Ein vor Schreck verzerrtes Gesicht mit aufgerissenem Mund. Die Beine schienen geballte Hände und menschliche Füße mit eingezogenen Zehen zu sein. Franny wich vor dem wahnsinnigen Anblick zurück.

Ein Kichern, das klang wie trockenes Laub auf einer Betonfläche. Baba Yaga stopfte händeweise Geldscheine unterschiedlichster Währungen, Juwelenschmuck und Goldmünzen in einen Lederbeutel, doch ihr Blick war auf ihn gerichtet. »Wenn ich Sie töte, Junge, dann sterben Sie keinen leichten Tod.«

Sie genießt meinen Ekel und meine Verzweiflung, begriff Franny. Er brachte seine Mimik unter Kontrolle und zuckte mit den Schultern. »Dann kann ich nur hoffen, dass Sie auf mich schießen. Ich gebe es ungern zu, aber ich gewöhne mich allmählich dran.«

Franny bemühte sich, keines der Möbelstücke anzusehen, aber das war kaum möglich. Baba Yaga war eindeutig eine Wild Card. Er fragte sich, wie sie es machte. Sein verzweifelt umherschweifender Blick fiel auf Vaporlock, dessen Augen erst auf den Beutel, dann auf die drei Schläger und dann auf die Tür gerichtet waren. In Franny verkrampfte sich alles, und er spürte das Ziehen in Schulter und Seite.

Baba Yaga holte einen Stapel Pässe heraus, die mit einem Gummiband zusammengehalten wurden. Ehe sie sie in ihren Beutel stecken konnte, fuhr sich Vaporlock mit der Hand über die Brust und schmierte Glatze, der Baba Yaga am nächsten stand, das klebrige, stinkende Zeug ins Gesicht. Während der Kerl würgte und einknickte, schnappte sich Vaporlock seine Pistole und schoss ungestüm auf Baba Yaga. Gleichzeitig griff er nach dem Beutel.

Franny hatte sich lange vor dem Schuss in Bewegung gesetzt. Er hütete sich davor, das glitschige Ass ergreifen zu wollen. Stattdessen nahm er eine in emailliertes Metall gerahmte Ikone vom Tisch und hieb die scharfe Kante des Rahmens auf Vaporlocks Unterarm. Der Schuss ging ins Leere, traf ein Sofa. Doch statt bleicher Polsterfüllung stob eine Wolke aus roten und fleischfarbenen Partikeln in die Höhe.

Baba Yaga bewegte den Mund, sodass ihre runzligen Wangen noch mehr einsanken. Blankes Entsetzen packte Vaporlock, er warf sich herum und rannte los. Hinter ihm landete ein Speichelklumpen auf dem Boden, doch er war schon zur Tür hinaus und warf sie hinter sich zu.

Franny stürmte ebenfalls zur Tür, noch immer mit der Ikone bewaffnet. Baba Yagas Stimme durchschnitt die Luft.

»Halt!«

»Ich will den Arsch verhaften!«

»Immer der edle Held«, sagte die Alte und nickte in Richtung der Ikone. Franny sah zu ihr herab und erkannte jetzt erst die abgebildete Figur. Es war der heilige Georg, wie er einen Drachen erschlug. »Nun, ich will ihn töten«, sagte Baba Yaga ganz nüchtern. »Aber ich glaube, da werden wir uns beide auf eine Enttäuschung gefasst machen müssen.«

Aus dem Gang vor der Wohnung drangen Männerstimmen herein. Franny verstand nicht, was sie sagten, nur Vaporlocks Stimme setzte sich schrill und wütend durch. »*Ja, die Schlampe ist da drin.*« Es wurde wieder gemurmelt. »Zwei. Einen habe ich ausgeschaltet. Oh, und ein verletzter Bulle. Aber keine Sorge, von dem habe ich schon in New York gehört, das ist ein Waschlappen.«

Franny unterdrückte seinen Ärger und konzentrierte sich auf das unmittelbare Problem. »Wer sind die? Wissen Sie das?«, fragte er.

»Geier, die sich am Aas gütlich tun wollen«, antwortete

sie. Sie packte einen Stapel alter Kassettenbänder in den Beutel.

»Sehr poetisch, doch bringt mich das nicht weiter.«

»Konkurrenten, die eine Gelegenheit wittern. Nun, die werden sehr bald schon in der Hölle ihr Unwesen treiben.« Sie sagte etwas zu Schnauzer und Mief, die daraufhin zu beiden Seiten der Tür Aufstellung nahmen.

»Ich bin ziemlich enttäuscht, dass Sie keinen anderen Weg aus dieser Klemme heraus haben«, fuhr Franny sie an.

Erneut bedachte sie ihn mit ihrem kalten, verschlossenen Lächeln. »Wir können vor denen nicht einfach davonlaufen. Sie müssen zum Rückzug gezwungen werden.«

»Geben Sie mir eine Waffe und ich helfe Ihnen.«

»Ich gebe Ihnen eine Waffe und Sie richten sie auf mich.«

»Wenn ich mich recht erinnere, habe ich Sie eben vor einer Kugel bewahrt. Außerdem sind Sie meine Fahrkarte nach draußen.«

Die Wachen gaben sich Handzeichen. Einer von ihnen feuerte einen Schuss ab, und jemand schrie. Ein Kugelhagel prasselte auf die Verteidiger ein. Mief fiel. Der Tag wurde immer besser, dachte Franny.

Baba Yaga runzelte die Stirn, trippelte ein Stück vor und nahm die Pistole, die Vaporlock hatte fallen lassen. Dann kehrte sie zu Franny zurück und drückte ihm die Waffen in die Hand. Sie schob ihn in Richtung Tür. Es tat weh, denn sie drückte ihm dabei die verletzte Schulter.

»Die sollen es bereuen.«

Franny ging geduckt zur Tür. Dabei spannten sich die Nähte an seiner Seite, und es tat höllisch weh. Er schüttelte den Kopf und versuchte, sich zu konzentrieren. Er wagte einen Blick am Türpfosten vorbei. Kräftige Männer in billigen Anzügen mit Waffen. Ganz ähnlich wie Baba Yagas Männer in billigen Anzügen und mit Waffen.

Frannys kurzer Blick hatte eine erneute Salve ausgelöst.

Er und Schnauzer sahen sich an, ehe sie sich nach vorn lehnten, in den Gang ballerten und gleich wieder in Deckung gingen. Der Rückstoß der Pistole ließ seine Wunden erneut auflodern, sodass er erst einmal ein paar Sekunden verschnaufen musste.

»Bin mir nicht sicher, ob ich was getroffen habe«, sagte er laut. »Bin mir auch nicht sicher, ob ich das will.« Er hatte noch ganz frisch und voller Entsetzen im Gedächtnis, wie er den Joker El Monstro getötet hatte. Schnauzer sah ihn belustigt an. »Okay, dann sprichst du also doch Englisch. Arschloch«, setzte er hinzu, wenn auch nur ganz leise.

Schnauzer und Baba Yaga wechselten rasch ein paar Worte. Dann ballerte Schnauzer wieder in den Gang. Franny schloss sich ihm an. Dabei erhaschte er einen kurzen Blick auf Vaporlock, der sich hinter der Bande herumdrückte. Der Schlitten fuhr nach hinten. Er hatte keine Munition mehr. Kriechend bewegte er sich zu Miefs Leiche hinüber, klopfte dessen Taschen nach Munition ab. Die Schüsse fielen nicht mehr so schnell aufeinander. Baba Yaga klappte einen Teil der hölzernen Wandvertäfelung zur Seite.

Sie bellte etwas auf Russisch, worauf Schnauzer zurückfiel. Er packte den am Boden liegenden Glatze und warf ihn sich über die Schulter. So eilte er durch die Öffnung, durch die Baba Yaga bereits hinausgegangen war. Franny begriff, dass es ganz an ihm lag, ob er ihnen folgte oder nicht. Er warf die nutzlose Pistole weg, biss vor Schmerzen die Zähne zusammen und rannte ihnen hinterher.

Seine Ohren dröhnten noch von dem Geballer, deshalb hörte er nicht, ob die Angreifer ins Zimmer kamen oder nicht. Er gönnte sich den kurzen Moment nicht, den ihn ein Blick zurück gekostet hätte, sondern huschte vornübergebeugt durch die Öffnung. Dort war es so dunkel, dass er die steile Treppe nicht bemerkte. Er stolperte und segelte die Stufen hinunter.

Beim Hockeyspielen in der Highschool hatte er Fallen gelernt, und Schnauzer, der mehr aus Selbsterhaltung handelte denn aus Freundlichkeit, packte ihn am Hosenbund und bewahrte ihn vor einem noch tieferen Sturz. Als er sich wieder aufgerichtet hatte, spürte Franny etwas Feuchtes an sich herabrinnen. Zum Glück betäubten Angst und Adrenalin die Schmerzen seiner neu aufgerissenen Wunde ein wenig.

Es ging durch eine weitere Tür, und dann fand er sich in den Gladiatorenunterkünften wieder, in denen dieser Albtraum gestern erst begonnen hatte. Plötzlich kam ihm die Erinnerung an die Handschelle, die an seinem Handgelenk gebaumelt hatte, an Mollie Steunenbergs spöttisches Lächeln und ihren in die Höhe gehaltenen Mittelfinger. Das Gör hatte ihn im Stich gelassen. Hätte er sie vielleicht besser behandeln sollen? Oder ihr mehr Angst machen sollen? Er verscheuchte das Bedauern und die Zweifel. Er würde einen Weg finden, um nach Hause zurückzukehren, und wenn er dort wäre, würde sich Miss Steunenberg bald einem Richter gegenübersehen.

Die Leichen von Stuntman und El Monstro lagen noch da. Der süßliche Geruch einsetzender Verwesung. Dazu kam der Gestank von schlecht gewordenem Essen auf dem Buffet. Der Geruch von Tod und Verfall. Wenn das nicht die perfekte Analogie zu dem war, auf was Baba Yaga ihr Königreich gründete. Franny schluckte Galle.

Baba Yaga nahm eine Serviette vom Buffet und wischte Glatze Vaporlocks Schleim aus dem Gesicht. Dann schüttete sie ihm einen Krug Wasser ins Gesicht und fing an, ihn zu ohrfeigen. Der mit Juwelen überladene Ring schnitt ihm in die Wange. Glatze stöhnte und kam zu sich. Ein angespannter Wortwechsel auf Russisch, worauf Glatze nickte und sich mit der Krawatte das Blut von der Wange tupfte. Er stand mühsam auf, und dann ging es weiter.

Franny zwang sich, Stuntman im Vorbeigehen ins Gesicht

zu sehen. Eine Hälfte davon war unversehrt. Auf der anderen Seite hing das Auge widerlich über der eingeschlagenen Wange, und der Schädel war eingedrückt.

Ich bringe dich nach Hause, das verspreche ich dir.

Er musste den Impuls unterdrücken, El Monstros Leiche zu treten. Wäre der Joker nicht gewesen, wären er und Jamal inzwischen wieder sicher in New York gelandet, würden sich zuprosten und wären wahrscheinlich nicht vom NYPD und dem SCARE gefeuert worden.

Franny folgte der Alten und ihren beiden Wachen einen Gang entlang zu einer schweren Metalltür. Sie schloss sie auf, und sie gelangten in eine Garage. Ein Lieferwagen mit New Yorker Kennzeichen war hier geparkt.

Außerdem erwarteten sie hier vier weitere Gangster. Schüsse hallten von den Betonwänden. Baba Yagas Wachen gingen beherrscht und eiskalt vor, feuerten Doppelschüsse auf die Gangsterkonkurrenz ab, doch die Luft war zu bleihaltig, als dass eine Kugel nicht irgendwann ihr Ziel fand. Glatze brach schon wieder zusammen, und dieses Mal sah es nicht so aus, als würde er so bald wieder aufstehen.

Franny drückte sich an die Betonwand. Baba Yagas Füße schwirrten an seinem Gesicht vorbei. Er sah auf, als Schnauzer gerade einen der beiden letzten Angreifer erwischte. Den anderen traf ein Sprühregen von Baba Yagas Speichel direkt ins Gesicht. Er fing an zu schreien, fasste sich an die Augen. Dann dehnte sich sein Kopf in die Länge und Breite. Seine Augen traten aus den Augenhöhlen heraus und platzten, sodass Blut und Augenflüssigkeit über das verformte Gesicht liefen. Seine Arme ruckten hinter den Kopf und verschmolzen miteinander. Dasselbe passierte mit seinen Beinen. In sein Schreien mischte sich das laute Krachen seiner Knochen. Sein Körper dehnte sich, bis er ein großes Rechteck bildete. Das Blut und die Augenflüssigkeit liefen nunmehr über das Zifferblatt einer Uhr.

Franny hastete zur Tür zurück. Das war ein verdammter Albtraum – Jamals Tod, die Bestialität im Krankenhaus und nun das. Konnte er wirklich bei dieser mörderischen alten Vettel bleiben? Baba Yaga und Schnauzer gingen an dem Sterbenden vorbei. Offenbar verfügte er immer noch über Stimmbänder, denn unmenschliche Laute drangen aus dem mondförmigen Loch, das das Zifferblatt schmückte. Im Vorbeigehen legte sie eine Hand auf die verformte und leidende Gestalt und gab ihr einen Stoß. Krachend fiel die Uhr um, und die Verwandlung war vollständig.

Baba Yaga blickte zu Franny zurück, der noch immer in der Casinotür kauerte. »Beeilung! Und nehmen Sie eine Waffe mit. Sie müssen sich jetzt nützlich machen.«

Er wollte sich weigern, doch er fürchtete, wie die alte Bestie darauf reagieren würde. Sie war zu dem Schluss gekommen, dass sie ihn brauchte. Es war besser, sich ihr nicht zu widersetzen. Franny hastete an dem Verwandelten vorbei. Eigentlich wollte er nicht hinsehen, konnte es aber nicht lassen. Gütiger Gott, lass den armen Hund tot sein, dachte er. Dann zuckte die lange Standuhr ein letztes Mal, so heftig, dass sie auf die Seite rollte.

Er sammelte zwei Pistolen und ein kleines Maschinengewehr ein. Schnauzer folgte seinem Beispiel. Sie luden alles in den Lieferwagen, und Franny staunte, dass Baba Yaga sich hinters Steuer setzte. Sie legte den Rückwärtsgang ein, und dann ging es die Rampe hinauf und auf die Straße hinaus, während die Casinotür aufging und weitere Gangster herausliefen. Kugeln prallten an der Karosserie ab. Schnauzer lehnte sich zum Fenster hinaus und erwiderte das Feuer. Franny tat es ihm gleich. Die Alte trat auf die Bremse und riss das Lenkrad herum, sodass sie heftig im Kreis schlitterten. Dann stellte sie den Wagen gerade und heizte davon, weg vom Casino. Als sie an der Limousine vorbeirasten, sah er, dass die Fenster eingeschossen waren und dem Otter der halbe Kopf fehlte. Plötzlich war er froh, dass sie ihn nicht im Wagen gelassen hatten.

Mit bis zu hundertzehn Stundenkilometern schlängelten sie sich durch den Verkehr. Franny fragte sich, wo die Alte so fahren gelernt hatte. Jetzt, da die unmittelbare Gefahr vorbei war, merkte Franny an der Hitze und dem Zittern in den Muskeln, dass das Adrenalin, unter dem er bislang gestanden hatte, abebbte. Was bedeutete, dass ihm seine Verletzungen auf einmal sehr bewusst wurden. Seine Schulter pochte im Takt seines Herzschlags, und die Seitenwunde war eine einzige Qual.

Nun, da er etwas Zeit zum Nachdenken hatte, kam ihm auch der Gedanke, dass er in dem Lieferwagen hockte, in dem die entführten Joker zu Baba Yagas gar nicht mal so kleinem Horrorladen geschafft worden waren. Weshalb hatte sie den Fight Club ins Leben gerufen? Inzwischen hatte er sie ja kennengelernt und wusste, dass sie eine eiskalte Pragmatikerin war. Die Gewinne aus den Wetten konnten das Risiko nicht rechtfertigen. Also warum hatte sie es getan? Er beschloss, sie einfach zu fragen.

Sie sah zu ihm herüber. »Jetzt kommen Sie auf die Idee, mal nachzufragen. Nachdem Sie hereinspaziert und alles kurz und klein geschlagen haben. Sie sind ein Trottel, Junge. Sie meinen, Sie wären ein Held, aber es könnte sein, dass Sie die Welt zerstört haben. Ich hoffe, das war es wert.«

»Von was reden Sie da eigentlich?«

»Das werden Sie sehen. Bald wird es die ganze Welt sehen. Kann es aufgehalten werden? Nun, auch das werden wir sehen.«

Sie kamen durchs Stadtzentrum. Sie fuhren über einen Platz mit einer Reiterstatue in der Mitte. Weiter links erkannte Franny das Krankenhaus als Silhouette vor dem Sonnenuntergang. Aus allen Stadtteilen hallten Martinshörner. Einige Polizeiautos rasten mit Blaulicht an ihnen vorbei.

In einer Seitenstraße errichteten kasachische Polizisten massive Barrikaden.

»So schnell. Ich hätte nicht gedacht, dass es so schnell losgeht«, sagte Baba Yaga leise vor sich hin. »Ich glaube, wir nehmen eine längere, sicherere Strecke zum Flughafen.«

Sie wendete den Wagen und verursachte damit ein Hupkonzert unter den anderen Verkehrsteilnehmern. Nach einigen weiteren plötzlichen Abbiegemanövern entfernten sie sich vom Stadtzentrum. Franny saß steif und aufrecht da und hielt eine Pistole umklammert. Manchmal musste er die Hand wechseln, um sich den Schweiß an der Hose abzuwischen. Auf dem Rücksitz pfiff Schnauzer unharmonisch vor sich hin. Baba Yaga starrte auf die Straße, ihr faltiges Gesicht blieb ausdruckslos. Franny fragte sich, welche Gedanken hinter dieser Maske stecken mochten.

♣ ♦ ♠ ♥

Michelle und Adesina huschten gerade noch durch die Tür des mit Graffiti überzogenen U-Bahn-Wagens, bevor sie zuging. Michelle steuerte zwei freie Plätze an, und sie setzten sich. Heute roch es im Wagen einmal nicht nach Urin, und die blauen Plastiksitze waren sogar sauber.

Michelle seufzte erleichtert auf, nachdem sie festgestellt hatte, dass niemand sie erkannt hatte. Ihr langes platinblondes Haar verbarg sie unter einer Baseballmütze, und den Rest erledigte die übergroße Ray-Ban. Ganz ordinär in Jeans und T-Shirt gekleidet sah sie wie jedes andere Möchtegernmodel der Stadt aus.

»Mom«, sagte Adesina und zupfte mit ihrer Klaue an Michelles T-Shirt. Adesina war so groß wie ein Jack-Russell-Terrier, doch sie hatte den Körper eines Schmetterlings mitsamt schillernder Flügel. Nur ihr Gesicht war das eines gewöhnlichen Mädchens.

»Du hast gesagt, dass ich in der Schule Lipgloss tragen darf.« Sie sah Michelle mit ihren braunen Augen an, die ganz groß »bitte, bitte, Mama« sagten. Normalerweise hätte der Trick funktioniert. Doch Michelle war gerade dabei, Grenzen zu setzen.

»Du bist acht«, gab Michelle zurück und rückte die große Prada-Tasche auf ihrem Schoß zurecht. »Make-up darfst du erst mit dreizehn tragen.« In Michelles Ohren klang das sehr mütterlich.

»Du hast Make-up getragen, als du so alt warst wie ich«, spielte Adesina ihren Trumpf aus. *Du kleine Rotzgöre,* dachte Michelle.

»Als ich so alt war wie du, habe ich Make-up getragen, weil das zu meinem Job als Model gehört hat«, sagte Michelle knapp. »Und gehört es immer noch. Hör auf, damit zu argumentieren. Das zieht nicht.«

Adesina schmollte. »Du bist gemein.«

Michelle konnte sich ein Lächeln nicht verkneifen. Selbst schmollend war ihre Tochter bezaubernd.

Sie erreichten die nächste Haltestelle, wo zwei Männer in Jeans und Knicks-T-Shirts zustiegen. Obwohl mehrere Plätze frei waren, kamen sie geradewegs auf Michelle und Adesina zu. *Toll,* dachte Michelle. *Ganz große Klasse.*

»Ist das deine Missgeburt?«, fragte einer von ihnen und zeigte mit dem Daumen auf Adesina. Die Bahn fuhr los, und ein Schwall billigen, aufdringlichen Parfüms schlug Michelle entgegen.

Ihr war klar, dass Adesina den Tränen nahe war, dazu bedurfte es nicht einmal eines Blicks. Sie fuhr Adesina durchs Haar, um sie zu trösten. Sie waren beim Friseur gewesen und hatten ihr Cornrows flechten lassen. Sie sah so schön aus. Wie konnte jemand in Adesina etwas anderes erblicken als ein hübsches Mädchen?

»He, kenn ich dich etwa?«, fragte der andere Typ. Er kam

nicht ganz so arschig rüber wie sein Freund, doch gab er sich alle Mühe. »Du kommst mir bekannt vor. Hab ich dich schon mal genagelt?«

Wow, Junge, dachte sie. *Riesenfehler.*

»Erstens«, sagte sie ruhig, und wer sie kannte, wusste, dass sie zu ruhig sprach, »hört auf, fiese Bemerkungen über meine Tochter zu machen. Zweitens, küsst ihr eure Mütter mit diesen Fressen? Und drittens, ihr langweilt mich und blamiert euch. Also, wollt ihr mich wirklich wütend machen?«

Die beiden Widerlinge brachen in Gelächter aus. »Uuuuh, die ist tough!«, sagte das Parfümfass. Er beugte sich nah an sie heran und wollte sie einschüchtern. Das war eine bewundernswerte Dummheit. Sie lächelte kalt. Er war verwirrt.

Sie sah zu seinem Freund hinüber, der sie anstarrte. Anscheinend dämmerte ihm gerade, wer sie war, und er wich zurück. »Ich glaube, dir fällt gleich ein, wer ich bin«, sagte sie und stand auf. Ihre Tasche fiel auf den Boden.

Dann ließ sie eine Blase entstehen und über ihrer Hand schweben. Es war keine Blase, die explodieren würde, sosehr ihr der Sinn eigentlich danach gestanden hätte. Aber sie würde ihn so hart treffen wie eine Kanonenkugel.

Ehe er reagieren konnte, stieß sie den Überparfümierten mit der Hüfte in die Mitte des Gangs. Mit ihren eins achtzig überragte sie ihn um zehn Zentimeter, und sie war schwerer, als sie aussah. Sie ließ die Blase fliegen. Sie traf ihn im Bauch und warf ihn um. Nachdem er auf dem Boden aufkam, schlitterte er noch gut eineinhalb Meter weit. Die anderen Fahrgäste hoben ihre Füße, um ihn durchzulassen, und widmeten sich dann wieder ihren Tablets und Telefonen.

Mit eisigem Lächeln wandte sie sich wieder seinem Kumpan zu. »Erkennst du mich jetzt?«, fragte sie, während sich in ihrer Hand eine weitere Blase bildete. »Oder muss ich deinem Gedächtnis auf die Sprünge helfen?«

Der Mann hob die Hände. »Es tut mir so leid, Miss Bubbles«, sagte er. »Wir wollten doch nur ein bisschen Spaß machen.«

Inzwischen hatte die Blase die Größe eines Baseballs und wurde immer dichter. Sie wollte sie fliegen lassen. Alles in ihr verlangte schmerzhaft danach. »Macht es Spaß, gemein zu Kindern zu sein und schlimme Dinge über sie zu sagen?«, fragte Michelle, und die Wut verwandelte ihre Worte in ein Knurren. »Macht es Spaß, Frauen in der U-Bahn zu schikanieren und einzuschüchtern? Ihr habt eine seltsame Vorstellung von Spaß.« Sie beugte sich über ihn. »Weißt du, was ich spaßig finde?« Die Blase hob sich über ihre Hand und schwebte dort wie eine Verheißung. Und sie brannte darauf loszuschießen. »Jemanden mit Blasen zu beschießen. Vor allem Ekelpakete wie euch. Gibt nichts Spaßigeres.« Der zweite Kerl erblasste und wich stolpernd vor ihr zurück. Michelle ließ die Blase zwischen ihnen schweben. Solange sie noch nicht entschieden hatte, was sie damit machen wollte, war es nur eine hübsche Kugel.

Die Bahn wurde langsamer und hielt an Michelles Haltestelle. Adesina zog an Michelles Jeans und hob die Vorderbeine. Michelle hob ihre Tasche auf, nahm Adesina und ging zur offenen Tür. Die anderen Leute in der Bahn standen ebenfalls auf, ließen ihr aber den Vortritt. Sie wandte sich noch einmal um und ließ die Blase platzen. »Lasst den Scheiß, Jungs«, sagte sie. »Ihr könnt nie wissen, mit wem ihr euch anlegt. Außerdem benimmt man sich nicht so.«

Sie stand in der Tür, und die anderen Fahrgäste stiegen aus, strömten wie ein Fluss an ihr vorbei.

Dann stieg auch Michelle aus, und Adesina streckte den beiden Männern die Zunge raus, als die Tür wieder zuging.

♣♦♠♥

Midnight Angel hastete die Stufen zum Haupteingang des Bleecker Towers hinauf, ein Hotel in Jokertown, das ihr in letzter Zeit viel zu vertraut geworden war. Sie kniff die Lippen mürrisch zusammen und unterstrich diesen Ausdruck auch noch mit einem Stirnrunzeln.

Hinter dem Empfangstresen stand der übliche Rezeptionist. Er war wie immer akkurat gekleidet, und für einen Zyklopen sah er sehr gut aus. Das Hotel mit seinen altmodischen, aber sauberen und gut gepflegten Teppichen und Möbeln befand sich am Rand von Jokertown. Die meisten Angestellten und Gäste waren Joker der Mittelklasse, und die Hotelleitung bemühte sich sehr um eine freundliche, sichere und unbedingt seriöse Atmosphäre. Größtenteils gelang ihr das auch, aber, so grübelte Angel, in Jokertown konnte sich alles innerhalb von Sekunden ändern.

Er bemerkte sie und nickte ihr ehrerbietig zu.

»Ist er da?«, fragte sie und versuchte erst gar nicht, sich den Frust nicht anhören zu lassen.

»Ich weiß nicht, Ma'am.« Von früheren Begegnungen wusste der Rezeptionist, dass sie Jamal Norwood meinte. »Ich habe Mr. Norwood heute nicht weggehen sehen, aber ich befand mich auch nicht immer in der Rezeption.«

Sie eilte an ihm vorbei zur Treppe, die zu den Zimmern hochführte. In ihren Frust mischte sich Sorge. *Vielleicht ist er zu krank, um den Termin wahrzunehmen,* dachte sie bei sich. *Und zu stur, um nach Hilfe zu fragen.*

Norwood gehörte zu dem Team von SCARE-Agenten, das Angel befehligte, aber anscheinend lief es für ihn nicht gut. Seine Wild Card, die ihn gegen fast alles unverwundbar machte, hatte nachgelassen, sodass er nach körperlichen Auseinandersetzungen schwach und teilnahmslos wurde. Das hatte sich so sehr verschlimmert, dass er derzeit krankgeschrieben war und in der Jokertown Clinic von Dr. Finn behandelt wurde – bisher ohne Erfolg. SCARE hatte einige nationale Spezialisten angefragt, doch Jamal war zu der vereinbarten Untersuchung nicht erschienen.

Ohne große Mühe joggte Angel die Treppe hinauf – sie hatte es sich in den Kopf gesetzt, in Alltagssituationen zu trainieren, statt Zeit im Fitnesscenter zu vergeuden. Fünf Stockwerke ging es hinauf, und die ganze Zeit quälten sie Sorgen um ihren Untergebenen.

Norwood war frech – er hatte ihr den Spitznamen Gebieterin verpasst –, bewegte sich an der Grenze des Ungehorsams, war viel zu dickköpfig und wollte niemanden um Hilfe bitten. Angel war im Süden aufgewachsen, und sie wusste, wie schwer es auch heute noch für einen kräftigen, intelligenten Schwarzen war, etwas aus sich zu machen, deshalb war sie nachsichtig mit ihm. Sie gestand ihm seine Dickköpfigkeit und seine kleinen Aufmüpfigkeiten zu. In gewisser Weise erinnerte Norwood sie an ihren Mann. In den zehn Jahren, die sie mit Billy Ray zusammengelebt und ihn geliebt hatte, hatte sie genau diese Charaktereigenschaften immer wieder erlebt. Sie hatte keine Kinder, konnte auch keine bekommen, und obwohl Norwood nur ein paar Jahre jünger war als sie, hatte Angel ihm gegenüber Muttergefühle. Oder zumindest die Gefühle einer älteren Schwester.

Sie erreichte den fünften Stock, war aber vom Laufen kaum aus der Puste. Vor der Tür angekommen hob sie die Hand, um anzuklopfen, hielt dann aber inne.

Ein Gefühl überlief sie wie das Kribbeln von Spinnenbeinen, die ihr die Wirbelsäule hinunterkrabbelten. Die Wild Card hatte ihr keine Hellsicht verliehen, doch die zehn Jahre, die sie an Rays Seite beim SCARE gearbeitet hatte, hatten ihre Sinne geschärft, sodass sie nun fast übersinnlich waren. Außerdem hatte sie gelernt, ihrem Instinkt zu vertrauen, der ihr nun eine dringende Warnung ins Ohr flüsterte.

Sie verharrte vor der Tür und lauschte. Erst war drin alles ruhig, doch dann hörte sie leises Murmeln, dann wieder Stille. Sie runzelte die Stirn und starrte die Tür an. Angel war nicht von der subtilen Sorte. Ihr schlechtes Gewissen regte sich ein wenig, weil sie wusste, dass Billy stöhnen würde, wenn er die Rechnung dafür bekommen würde – sie hatten eigentlich immer zu wenig Geld in der Kasse –, aber sie musste tun, was sie für richtig hielt. Und das kribbelnde Gefühl in der Wirbelsäule und das Raunen in ihren Ohren sagten ihr, dass es richtig war.

»Erlöse meine Seele von dem Bösen, Herr, und heile das Herz dieser Streiterin«, murmelte sie. In ihren mit Lederstulpen geschützten Händen erschien ihr über ein Meter langes, mit einer Parierstange versehenes Flammenschwert. Sie trat gegen die Tür, dass sie aus den Angeln flog, die Holzvertäfelung splitterte und regnete ins Zimmer.

»Ganz ruhig, Stunt… Meine Güte!«, rief jemand mit fremdländischem Akzent. Das leere Bett und der abgebrochene Befehl, den einer der beiden Männer an der gegenüberliegenden Wand ausgestoßen hatte, sagten ihr, dass Jamal nicht hier war, aber offensichtlich erwartet wurde.

Mit heruntergeklappten Kinnladen sahen die Männer sie an. Sie waren beim Ziehen der Waffen erstarrt. Ihr war klar, dass ihr nur ein Sekundenbruchteil blieb, bevor sie schießen würden. Ihr plötzliches Auftauchen hatte die Männer verunsichert, aber auch die Holzsplitter, vor denen sie sich geduckt hatten. Sie hatten die Arme gehoben, um ihre Gesichter zu schützen. Angel kannte nur ein Mittel: Sie musste sie weiter verunsichern.

Sie winkelte den Arm an und schleuderte ihre Klinge. Rotierend wie eine flammende Sense sauste sie durch das Zimmer, und als sie ihre Hand verließ, ging die Sprinkleranlage an. Der Feueralarm heulte los und vergrößerte das Durcheinander. Aber vor allem staunten die Männer, weil das Wasser den auf der Klinge tanzenden Flammen nichts anzuhaben schien. Angel dagegen war nicht überrascht, denn wie das Schwert waren auch die Flammen unnatürlichen Ursprungs. Beide waren Offenbarungen der Gnade, die sie von Gott empfing, und gleich ihrem Zorn konnte nichts sie löschen, zerbrechen oder auf physische Weise hemmen.

Sie folgte der wirbelnden Klinge, und ohne langsamer zu werden, beugte sie sich nach unten und griff mit einer Hand das Bein eines Tischs. Wie einen unhandlichen Knüppel schwang sie das Möbelstück über ihrem Kopf und stürmte auf die beiden Männer los.

Bei denen schien es sich um Normalos zu handeln, doch passten sie äußerlich zueinander wie ein Komikerpaar. Der eine war klein und dick, der andere lang und dürr. Der Dünne war ein paar Zentimeter größer als Angel. Der Untersetzte hatte lange blonde Haare, die glatt nach hinten geklatscht waren und mit dem Wasser aus dem Sprinkler umso mehr. Hinten waren sie zu einem schmalen Pferdeschwanz zusammengebunden.

Ihre Pistolen hatten sie vergessen, beide duckten sich und zuckten zusammen. Sie stürzten zur Seite, um der wirbelnden Klinge zu entgehen, die die Tropfen aus dem Sprinkler in zischenden Dampf verwandelte. Die Flammen waren vielleicht nicht real, aber sie waren höllisch heiß, und die Klinge war scharf wie Schlangenzähne. Sie durchtrennte den Pferdeschwanz des Dicken, der beim Versuch, sich zu retten, auf den Hintern fiel, und grub das Schwert sich tief in die Wand neben ihm ein.

Der Dicke landete links von ihr, und da das Schwert vibrierend aus der Wand herausstand, verstellte es ihr den Weg. Deshalb drosch sie mit dem Tisch auf den Dünnen ein, der verzweifelt versuchte, seine Pistole auf sie zu richten. Endlich drückte er ab, doch die Kugel zischte über Angels Kopf hinweg, während der Tisch auf Kopf und Oberkörper des Dünnen krachte. Das billige Hotelmöbel zerschellte. Doch immerhin war der Tisch stabiler als der Kerl, der zu Boden ging. Ihm blieb noch ein kurzer Schrei, bevor nur noch ein würgendes Gurgeln aus seinem Mund kam.

Angel warf das Tischbein weg und zog ihr dampfendes Schwert aus der Wand. Sie holte aus, um sich um den Dicken zu kümmern, doch der wollte nichts mehr von ihr wissen. Er verschwand und versank im Boden, schneller als ein Stein im Wasser. Spurlos hatte er sich in Luft aufgelöst, nur ein gekeuchtes Wort hing noch in der Luft.

»*Gospodi!*«

Angel setzte sich auf die Ecke des Betts, seufzte und sagte reflexartig: »Nicht fluchen.«

Sie sah zu dem Dünnen hinüber. Der war noch da, anscheinend am Leben und bei Bewusstsein. Er lag zwischen den Trümmern des Tischs, und seine Arme und Beine bewegten sich kraftlos. Sie schob die Schwertspitze unter das größte Trümmerstück und schnippte es von ihm herunter. Er hatte die Augen halb geschlossen. Er blutete aus dem Mund und einer Nase, die einmal spitz hervorgestanden hatte, jetzt aber platt ins Gesicht gedrückt war. Seine Waffe lag neben ihm auf dem Boden. Auf seiner Brust zwischen den Überbleibseln des zertrümmerten Tischs lag ein Laptop.

Angels Augen leuchteten auf. »Jamals Computer«, sagte sie. Er war in der Tischschublade verstaut gewesen, bis diese auf der Brust des Mannes zersplittert war.

Sie nahm die Hände vom Schwertgriff, worauf die Klinge verschwand. Dann stand sie auf, kniete sich neben den kraftlos ächzenden Gefangenen und hob seine Pistole auf. Sie betrachtete sie, hatte aber keine Ahnung, was es für eine Waffe war. Pistolen mochte sie nicht. Sie nahm das Magazin heraus, überprüfte es (Billy hatte ihr gezeigt, wie man das machte; er mochte auch keine Pistolen, aber er benutzte sie, wenn er musste) und warf die Waffe aufs Bett.

Der Mann ächzte. Angel sah ihn grimmig an. Er und sein fetter Kumpel mussten auf Jamals Rückkehr gewartet haben. Um ihn zu töten. Mörder mochte sie auch nicht.

»Schnauze.«

Der Mann verstummte. Sie nahm das Laptop von seiner Brust. Sie hatte dasselbe Model. Firmengerät.

Angel hörte schnelle Schritte aus dem Gang und stand auf, murmelte ihr Gebet, drehte sich zur Tür um. Sie hatte das Schwert wieder in Händen, als der Rezeptionist wild schnaufend hereinstürzte. Er machte große Augen.

»Um Himmels willen! Was ist denn hier los?«

Angel sah ihn streng an und richtete das Schwert auf ihn. »Erstens«, sagte sie ernst, »fluchen Sie nicht.«

Der Rezeptionist, der sich panisch im Zimmer umgesehen hatte, bis sein Blick auf die vermeintliche Leiche und die Tischtrümmer zu Angels Füßen gefallen war, richtete ihn jetzt wieder auf sie. Er leckte sich die Lippen und rührte sich nicht.

»Ja, Ma'am«, sagte er.

»Zweitens«, sagte Angel, »schalten Sie den Sprinkler ab.« Beinahe hätte sie gesagt: »den verdammten Sprinkler.«

Er nickte folgsam. Der Mörder zu ihren Füßen stieß zwischen seinen aufgeplatzten Lippen ein Stöhnen hervor. Sie sah auf ihn herab. Er schloss die Augen und stellte sich bewusstlos. Angel seufzte. So gern sie ihn für eine Weile für sich gehabt hätte, wusste sie doch, dass er ärztliche Hilfe brauchte.

»Und drittens rufen Sie besser die Polizei.«

Der Rezeptionist nickte hastig, drehte sich um und rannte davon.

»Und bringen Sie mir Handtücher«, rief sie ihm hinterher.

♣♦♠♥

Als sie bei der Carter School ankamen, war der Spielplatz voller Kinder. Einige von ihnen waren Joker. Sie alle hatten die Wild Card. Manche waren aus dem Eugenik-Programm des People's Paradise of Africa gerettet und nach Amerika gebracht worden. Adesina gehörte zu diesen Kindern.

Michelle entdeckte Rusty und Ghost, die am Fuß der Treppe standen, die zur Schule hinaufging. Wallys Eisenhaut sah ziemlich gut aus. Kein Rost war auf ihr zu sehen, und sie glänzte matt in der Sonne.

Yerodin war gerade nichtstofflich und schwebte ein paar Zentimeter über dem Boden. Ghost und Adesina waren gemeinsam aus dem PPA gerettet worden. Wally hatte Ghost adoptiert und sie mit nach New York zurückgebracht, genau wie Michelle es mit Adesina getan hatte. Die beiden Mädchen waren zusammen auf die Schule gekommen und hatten sich angefreundet.

Ghost wurde wieder stofflich und zog ihr Tablet aus der Tasche. Die Mädchen fingen an, die Mehrspielervariante von Ocelot 9 zu spielen, während sie zur Tür hinaufstiegen. Das Spiel war derzeit abartig beliebt, und für Adesina gab es nur noch *Ocelot*.

»He«, sagte Michelle in ihrem mütterlichsten Ton. »Ich dachte, wir hätten abgemacht, dass in der Schule nicht gespielt wird.«

»Das ist doch nur das Sommerprogramm, Mom«, konterte Adesina. Sie sah Yerodin mit einer Miene an, die sagte: »Eltern!«. Ghosts Blick schien ihr beizupflichten.

»Michelle hat recht«, sagte Wally mit seinem heftigen Minnesota-Akzent. »Steckt die Tablets weg, oder wir müssen sie euch wegnehmen.« Es hörte sich nicht einmal entfernt nach einer Drohung an, dafür war Rusty viel zu nett. Die Mädchen kicherten.

»Ach, zum Teufel«, seufzte Michelle. »Ist ja nur das Sommerprogramm. Die machen sowieso vor allem Kunst und

Handwerken und Musik.« Sie steckte die Hände in die Hosentaschen. »Aber das zählt dann zu deinen sechs Stunden Computerspielen in der Woche, Adesina!«

Die Mädchen waren die Treppe schon bis zur Hälfte hinaufgegangen, und Ghost winkte ihr nur zu. Moto und Cesar warteten oben auf sie.

Alle Kinder der Gruppe kamen aus dem PPA, und alle waren dort Opfer von Experimenten gewesen. Michelle konnte kaum glauben, wie normal sie wirkten nach allem, was sie durchgemacht hatten. Als sie im Gebäude waren, drehte sie sich zu Wally um. Der stierte düster auf die Carter School.

Das Gebäude war im Gedenken an Gardener errichtet worden: Das Jerusha Carter Childhood Development Center. Gardener war im PPA gestorben, und Wally war am Boden zerstört gewesen. Michelle war dankbar, dass es einen Ort wie die Carter-Schule für Kinder wie Adesina und ihre Freunde gab. Jerusha würde es gefallen.

»Du kommst zurecht, Wally?«, fragte sie. Seit Gardeners Tod war er nicht mehr derselbe.

»Oh, mir geht's gut«, sagte er. »Kann mich nicht beklagen.«

Es waren immer dieselben Gespräche, wenn sie sich über den Weg liefen. Das hatte etwas Tröstliches. Er log, und sie ließ ihn lügen.

»Was treibst du?«, fragte er. Es gefiel ihr, dass er immer so tat, als würde es ihn interessieren.

»Hab einen Fototermin für L'Oréal«, gab sie mit einem Schulterzucken zurück. »Geht um ein Haarmittel. Die zaubern da was mit dem Computer, damit meine Haare unglaublich schön aussehen. Oh, und in der Werbung trete ich mit Peregrine auf! Ist das nicht geil?«

Wally nickte und lächelte. »Die war echt nett in *American Hero*. Und echt hübsch.«

»Ich weiß. Sie war auch zu mir nett, sogar nachdem ich rausgeschmissen wurde.«

Sie sah auf ihr Telefon wegen der Uhrzeit. »Ich glaube, ich sollte dann mal. Ich habe Babel versprochen, dass ich nach den Aufnahmen bei ihr vorbeischaue und mich beim Komitee auf den neuesten Stand bringen lasse. Voller Tag. Oh, und bleibt es dabei, dass die Mädels am Freitag bei dir übernachten können?«

»Kannst dich drauf verlassen«, sagte er, und jetzt strahlte er übers ganze Baggerschaufelgesicht. »Dann machen wir Cupcakes, essen Pizza und spielen die ganze Nacht *Ocelot*. Ich habe sogar so Cherry-Witch-Plüschpuppen gefunden.« Plötzlich wirkte er verblüfft. »Dieses Spiel raffe ich überhaupt nicht. Ocelots und Hexen. Das hat doch keinen Sinn.«

»Das ist eine Phase. Auf so krass niedliche Sachen springen kleine Mädchen halt an. Und deine Übernachtungspläne klingen super, Wally.« Sie umarmte ihn, ehe sie zur U-Bahn ging.

♣♦♠♥

Franny brauchte weder Russisch noch Kasachisch zu verstehen, um Kraftausdrücke zu erkennen. Schnauzer tobte, Baba Yaga blieb ganz ruhig. Der Motor des Lieferwagens klopfte sacht, während er abkühlte. Sie standen in dem leeren, widerhallenden Gewölbe eines Hangars auf dem internationalen Flughafen von Talas. Es lagen ein paar Radklötze herum, und an einer Wand standen ein paar hohe Spinde und eine Werkbank.

»Ich nehme an, hier sollte ein Flugzeug parken?«, fragte Franny schließlich. Baba Yaga wirbelte auf dem Absatz herum und ging zum Lieferwagen zurück. »Nicht gerade sehr gesprächig, was?«, fragte Franny Schnauzer, dem anscheinend die Kraftausdrücke ausgegangen waren.

Ehe sie beim Wagen anlangte, stolperte die Alte. Franny war rechtzeitig bei ihr, sodass sie nicht auf den ölbefleckten Boden fiel. Sie war zwar klein, aber es bereitete ihm doch heftige Schmerzen in der Schulter und der Seite. Er keuchte. Baba Yaga hatte die Augen halb geschlossen und war sehr blass.

»Immer der Held, was?«, krächzte sie.

»Einigen wir uns auf Gentleman. Meine Mutter hat mich gut erzogen.«

Schnauzer trat mit besorgtem Blick zu ihnen. Wieder wechselten sie hastig ein paar Worte. Da Franny nichts verstand und sich nicht einmischen konnte, beschloss er, sich die Spinde anzuschauen. Vielleicht hatte dort jemand Straßenkleider eingeschlossen. Mit einem schlecht sitzenden Frack erregte er nur Aufmerksamkeit. Die Spinde waren abgeschlossen, aber die Schlösser sahen billig aus. Deshalb griff er zu einem Schraubenschlüssel, der auf der Werkbank lag, schwang ihn mit dem gesunden Arm und öffnete das Schloss mit einem Schlag.

»Was machen Sie?«, rief Baba Yaga.

»Ich suche nach einem weniger auffälligen Outfit. Ich will nicht mehr wie ein Actionheld aus einem Spionagethriller herumrennen.«

Ihr Blick glitt an ihm auf und ab. »Träum weiter«, war ihr trockener Kommentar.

»Wahrscheinlich hat Ihre Mutter Sie schlecht erzogen.« Er machte die Türen auf und hatte Glück: In einem der Spinde hingen Kleider. »Hat sie Ihnen nie die Klopfer-Regel beigebracht?«

»Was ist die Klopfer-Regel?«

»Wenn man nichts Nettes zu sagen hat, soll man den Mund halten.«

»Dumme Regel.«

Aus unerfindlichen Gründen belustigte ihn der Schlagabtausch, und Franny musste ein Lächeln unterdrücken. »Also, wie sieht der neue Plan aus?«

Anscheinend war das Kontingent an Worten, die die Alte Franny zugestand, aufgebraucht, denn sie gab ihm keine Antwort. Stattdessen setzte sie sich auf den Rücksitz. Schnauzer lehnte in der Tür, und wieder sprachen sie kurz auf Russisch miteinander.

Mit einem herrischen Wink wurde Franny zum Lieferwagen zitiert. »Gehen Sie ins Terminal. Erkundigen Sie sich. Und nein, den kann ich nicht schicken.« Sie nickte in Schnauzers Richtung. »Man weiß, dass er für mich arbeitet.«

Franny sträubte sich nicht, denn so entkam er Baba Yaga. Und er befand sich auf einem internationalen Flughafen – ein Umstand, der ihn einigermaßen erstaunte, den er aber gern hinnahm. Hinter dem Lieferwagen zog er den entwendeten Frack aus und schlüpfte in die Jeans. Die Jeans war zu kurz, und das Hemd ging gar nicht, weil es viel zu klein war, deshalb sah er sich gezwungen, das Anzughemd anzulassen. Das hatte aber einen Blutfleck. Um ihn zu verdecken, zog Franny das Jackett darüber. Ohne die Frackhose mit ihren Streifen jedoch wirkte das Ganze nicht so vornehm, und er war sich sicher, dass er damit nicht gerade ein Modestatement machte.

Er ging in Richtung Terminal. Es roch nach Treibstoff, und die Sonne stach auf die Asphaltbahn herab, sodass seine pochenden Kopfschmerzen noch schlimmer wurden. Er ging um das Hauptgebäude herum, bis er zum Vordereingang gelangte. Es herrschte der übliche Betrieb von Fluggästen, uniformierten Flugbegleitern und Sicherheitsleuten und großen Männern in dunklen Anzügen und verdächtigen Beulen unter den Armen. Sie beäugten jeden, der die Halle betrat. Anscheinend rechneten Baba Yagas Konkurrenten mit ihrem Erscheinen. Insofern hatte die Alte recht, Franny kannten sie nicht, er konnte einfach hineinspazieren und …

Seine Gedanken stockten. *Und was?* Er hatte kein Geld und keinen Pass. Mit der Polizei reden? Die Polizei schien hinter den diversen Gangstern zu stehen. Vielleicht würde ihm jemand ein Telefon zur Verfügung stellen? Für einen Anruf in die Staaten? Klar, das konnte er sich abschminken. Nein, er musste sich damit abfinden, dass er kein Flugzeug besteigen würde, das ihn aus diesem Dreckskaff bringen würde. Im Moment war Baba Yaga der einzige Weg, um hier wegzukommen. Vielleicht würde sich ihm Gelegenheit bieten, an einen Teil der Beute in ihrem Beutel heranzukommen, und dann könnte er über andere Optionen nachdenken.

Wieder einmal musste er an Mollie denken und an das, was durch ihr Fluchttor hindurchgeblitzt war. Sie war nach Paris gegangen. Scheiße, Mann, nach Paris!

Er kehrte in den Privathangar zurück. Baba Yaga stierte ihn nur an. »Die warten nur darauf, dass Sie aufkreuzen«, erklärte Franny.

Die Alte nickte und sprach mit Schnauzer. Der ließ den Lieferwagen an. Franny kletterte auf den Beifahrersitz, und sie fuhren los.

Und wieder kurvten sie am Rand der Stadt herum, bis sie zur Einfahrt einer Schnellstraße gelangten. Dort stand ein Polizeiauto mit Blaulicht, an dem ein Beamter lehnte. Baba Yaga bellte einen Befehl, und Schnauzer fuhr an der Einfahrt vorbei.

Es folgte eine weitere hastige und unverständliche Unterredung, worauf Schnauzer umkehrte und wieder zurück zum Flughafen fuhr. Nur diesmal rauschten sie daran vorbei. Der Venusgürtel bildete einen rosafarbenen Bogen am Horizont, und darüber glimmten Sterne. Daran erkannte Franny, dass sie nach Osten fuhren, aber wohin?

»Wohin gehen wir?«, fragte er. Baba Yaga ging nicht auf ihn ein und scrollte auf ihrem Handy. »Kann ich Ihr Telefon benutzen? Meinen Captain anrufen?«

»Nein.«

»Und meine Mutter?«

»Nein.«

Sie bogen in eine Straße ein, die auf ferne Hügel zusteuerte, die sich wie dunkelblaue Ausschnitte vor dem blasseren Himmel abhoben. Nach ein paar Kurven war klar, dass die Hügel ihr Ziel waren.

»Dann sind wir also tatsächlich bald über alle Berge?« Baba Yagas eisiger Blick ließ sein Lächeln über den versuchten Witz erstarren.

♣ ♦ ♠ ♥

Mit einem Handtuch in der Hand saß Angel auf dem Schreibtischstuhl und beobachtete ausdruckslos die Polizisten, die ihr Werk in Augenschein nahmen. Sie hatte sich das Gesicht abgetrocknet, aber ihre langen braunen Haare, die sie zu einem dicken Zopf geflochten hatte, der ihr beinahe bis zu den Hüften reichte, war immer noch vollgesogen. Tropfen fielen auf den nassen Teppich. Zum Glück hatte der Lederoverall, den sie bei Einsätzen trug, das Sprinklerwasser abgewiesen, sodass sie darunter noch trocken war.

»Andrej der Ice Man«, sagte die blonde Polizistin, als die Sanitäter ihn ächzend auf eine Trage hoben und ihn über den schmatzenden Teppich schoben. »Saubere Arbeit. Wie viele haben Sie ihm verpasst?«

Die Polizistin klang nicht tadelnd, sondern neugierig. Sie war groß, fast so groß wie Angel, doch Angel war vielleicht knapp zwanzig Kilo schwerer. Die Polizistin war dünn und hatte ein hageres, kantiges Gesicht. Ihr blondes Haar trug sie lang, und ihre Augen hatten ein sanftes Blau.

»Ein Schlag«, sagte Angel.

Die Beamtin zog die Brauen nach oben. »Mit was?«

Angel deutete schweigend auf die Überreste des Tischs, die um den Verletzten herumlagen.

»Sauber«, wiederholte die Polizistin. »Ich bin Inspector-Detective First Class Joan Lonnegan.«

Angel nickte. Von der hatte sie schon gehört. »Ich bin Bathsheeba Fox …«

»Ich weiß«, sagte Lonnegan. »Midnight Angel.« Ihr aufmerksamer Blick, fand Angel, verriet lediglich Neugier. »Falls Sie mir eine persönliche Frage gestatten, wie ist es, mit Billy Ray verheiratet zu sein?«

Die Frage brachte sie kurz aus dem Konzept. Meinte sie das ernst, oder stellte sie sie auf die Probe? »Ohne Ende aufregend«, sagte Angel schließlich.

Ehe Lonnegan etwas erwidern konnte, wurden sie vom Eintreten eines hoch aufgeschossenen, schwarzen Beamten in einem feinen Anzug unterbrochen.

»Und das«, sagte Lonnegan und zeigte auf den gut aussehenden Mann, »ist Detective Third Class Michael Stevens.«

»CSI ist unterwegs«, sagte dieser. Er blieb vor Angel stehen, wandte sich ihr zu und streckte die Hand aus. Mit ausdrucksloser Miene schüttelte er ihr die Hand. »Ma'am.«

So verblüfft Angel war, so blieb doch auch ihr Gesicht ausdruckslos, während sie das kleine, zusammengefaltete Stück Papier entgegennahm, das er ihr in die Handfläche drückte.

»Ich habe an der Rezeption nachgefragt«, berichtete Lonnegan. »Das ist das Zimmer von SCARE-Agent Jamal Norwood.«

»Ist oder war?«

»Ist. Aber er wurde seit über vierundzwanzig Stunden nicht mehr gesehen.«

Lonnegan richtete ihre Aufmerksamkeit wieder auf Angel. »Miss Fox?«

»Nennen Sie mich Bathsheeba – oder Angel, wenn Ihnen das lieber ist«, schlug Angel vor, und Lonnegan neigte kurz den Kopf.

»Ja, es stimmt, ich habe ihn gesucht.« Sie fragte sich, wie viel sie der Polizistin erzählen sollte. Doch dann wurde ihr klar, dass sie keine Informationen erwarten durfte, wenn sie keine preisgab. »Er ist nicht zu einem Arzttermin erschienen heute.«

Lonnegans Brauen kletterten nach oben, und Stevens machte eine besorgte Miene.

»War er denn krank?«, fragte Lonnegan.

Angel zögerte. Es hatte keinen Zweck, es zu einfach zu machen. »Das kann ich nicht sagen. Aber ich kann Ihnen so viel sagen, dass er offiziell krankgeschrieben war.«

Angesichts dieser Enthüllung wechselten die beiden Polizisten besorgte Blicke.

»Also«, sagte Angel, »dieser Andrej ist Ice Man …?« Sie brach den Satz ab.

Stevens sah Lonnegan an. Als deren Miene keine Regung zeigte, nahm er das als Zustimmung.

»Einer der Brighton-Beach-Jungs.«

»Russische Mafia?«

Michael nickte. »Killer. Gehören zu den besten – oder sollte ich lieber sagen: den schlimmsten? War er allein hier?«

Angel schüttelte den Kopf.

»Ein kleiner fetter Kerl mit Pferdeschwanz und schrillen Klamotten?«

Sie nickte.

»Das ist sein Lebens- und Geschäftspartner, Shadow.«

»Die sind ein Paar?«, fragte Angel. Das Erstaunen währte nur kurz. Nach einem Jahrzehnt an Rays Seite wurde man empfänglich für Ungewöhnliches.

»Eine höllische Beziehung«, kommentierte Lonnegan.

»Ich wäre gern dabei, wenn ihr ihn verhört.«

»Nun, so wie Sie ihn zugerichtet haben, dürfte das eine Weile dauern.«

Angel zuckte mit den Schultern. Sie stand auf, wandte sich um, um das Handtuch über die Stuhllehne zu hängen. Dabei schob sie den Zettel, den Michael ihr zugesteckt hatte, unter ihren Stulpenaufschlag. Dann drehte sie sich zu Lonnegan und Stevens um.

»Trotzdem«, sagte sie, »würde es mich sehr interessieren, weshalb die russische Mafia einen unserer Agenten töten wollte.«

»Das geht uns allen so, Bathsheeba.«

Lonnegan wurde wortkarg, fiel Angel auf. Das war in Ordnung. Sie sah Stevens an, der tunlichst in eine andere Richtung blickte.

»Danke, Detective.« Sie nickte Michael zu. »Detective.«

Erst als sie allein im Aufzug in die Lobby hinunterfuhr, sah sie sich den Zettel an. Hastiges Gekritzel: »Treffen Sie mich in drei Stunden bei Uncle Chowder's. Wichtig.«

Sie blieb an der Rezeption stehen. Der Hotelbedienstete reichte ihr den Computer, den sie ihm zusammen mit einem Fünfzig-Dollar-Schein gegeben hatte, als er ihr das gewünschte Handtuch gebracht hatte.

»Danke«, sagte sie höflich.

»Jederzeit«, gab er zurück und beobachtete mit großer Bewunderung, wie sie durch die Tür hinausstolzierte.

Fairerweise konnte sie schwerlich von Detective-Inspector First Class Lonnegan verlangen, mit offenen Karten zu spielen, wenn sie die ihren so eng an die Brust gedrückt hielt.

♣♦♠♥

»Miss Pond, Miss Sweet, bitte schauen Sie hierher.« Der Fotograf zeigte auf die nach Süden weisenden Fenster des Lofts, und Michelle und Peregrine folgten sofort seinen Anweisungen und nahmen eine Pose nach der anderen ein.

»Weißt du«, flüsterte Peregrine, »wenn sie mir nicht gesagt hätten, dass du bei dieser Werbekampagne dabei bist, hätte ich vielleicht abgelehnt. Aber ›Women of Power‹ könnte echt gut werden.«

Michelle durchströmte ein kurzes, heftiges Glücksgefühl. Peregrine bewunderte sie schon seit Jahren. »Tja«, flüsterte sie zurück, »auch ich war ganz aus dem Häuschen, als ich erfuhr, dass du dabei bist.«

»Und was würdest du zu einem Gastauftritt in der neunten Staffel von *American Hero* sagen? Wir haben ein paar interessante Kids am Start, mit denen würdest du wahrscheinlich den Boden aufwischen.«

»Ich weiß nicht«, sagte Michelle lachend. »Ich habe ziemlich viel an der Backe im Moment. Diese Werbekampagne, und dabei arbeite ich ja noch Halbzeit fürs Komitee. Und auch wenn so ein Comeback bei *American Hero* total verlockend klingt, bin ich mir nicht sicher, ob ich das so gut unterkriegen würde.«

Peregrine nickte und warf den Kopf ein wenig herum. »Ich verstehe«, sagte sie. »Ich wäre selbst auch schon ausgestiegen, aber die zahlen mir ein Vermögen.«

Sie trugen beide enge schwarze Freizeithosen, weiße Blusen und schwarze Plateauschuhe. Vor dem weißen Hintergrund posierend sollten sie ihre Wild-Card-Kräfte zur Schau stellen. Und Michelle hatte genug Fett angesammelt, um die ganze Session hindurch Blasen zu werfen.

»Miss Pond, Miss Sweet, können wir mal so einen auf beste Freundinnen machen? Ihr wisst schon: Tut so, als würdet ihr euch seit Jahren kennen. Und Michelle, kannst du größere Blasen machen?«

Amare sah den Fotografen gebieterisch an. »Junge, Junge«,

sagte sie, »wir *kennen* uns schon seit Jahren. Seit der ersten Staffel von *American Hero*.«

Der Fotograf wirkte kein bisschen schuldbewusst. »Ihr habt beide noch Termine«, sagte er seufzend. »Und ich habe versprochen, dass wir rasch fertig sind. Also lass mich in Ruhe, Amare.«

Peregrine lachte und fächerte die Schwingen auf ihrem Rücken auf. »Oh, Jimmy, ich liebe es, wenn du so ganz geschäftig wirst. Ich erinnere mich noch an diese Bar in Jokertown, wo wir in den Achtzigern gekokst haben.«

Jimmy knipste weiter, während sie sich unterhielten. »Keine Ahnung, wovon du redest«, sagte er. »Bring die Kleine nicht auf dumme Gedanken.«

Michelle legte einen Arm um Amares Schultern und ließ drei melonengroße Blasen vor ihnen schweben.

»Jimmy, du weißt doch, dass ich als Model aufgewachsen bin. Mich haut so schnell nichts um.«

Peregrine lachte und spreizte ihre Flügel weit, sodass sie und Michelle von weißen und braunen Federn eingerahmt waren. Dann hob sie ein Stück vom Boden ab.

»Das ist es!«, sagte Jimmy.

♣♦♠♥

Angel hatte ein Zimmer in einem Holiday Inn Express gleich außerhalb von Jokertown in einem etwas respektableren Viertel von Manhattan. Es war klein und nicht besonders luxuriös, aber es reichte für ihre Bedürfnisse. Es war angenehm unaufdringlich, gut gelegen und günstig. Für Manhattan. In einem mondäneren Hotel hätte sie sich nicht wohl gefühlt, denn sie war immer noch sehr von ihrer Jugend in ärmlichen Kleinstadtverhältnissen geprägt. Deshalb kam bei ihr immer die innere Sparsamkeit durch, auch wenn sie die Spesen hätte abrechnen können. Und auch wenn Billy ihr ständig erklärte, dass die Ausgaben eines Agenten im Budget nicht einmal einen Fliegenschiss ausmachten, so tat sie doch alles, um die legendär unterfinanzierte Agentur in die schwarzen Zahlen zu bringen. Das Zimmer war komfortabel und gemütlich, und mehr brauchte sie nicht.

Sie stellte Jamals Computer auf den Nachttisch neben dem ordentlich gemachten Einzelbett, setzte sich auf einen Stuhl neben dem kleinen Schreibtisch, zog die Stulpen aus, nestelte die Stiefel auf und zog sie ebenfalls aus. Dann stand sie auf und schälte sich aus ihrem Lederoverall. Er war ein bisschen feucht, und ihre leicht gebräunte Haut war an einigen Stellen etwas klamm, weil das Sprinklerwasser mit der Zeit doch auf die Haut durchgesickert war. Sie löste ihren Zopf und breitete das Haar über ihre Schultern und den Brustkorb. Dann stand sie erneut auf und betrachtete sich im Spiegel über dem kleinen Schreibtisch.

Sie hatte das große Glück, in den Jahren bei SCARE keine weiteren Narben abbekommen zu haben. Sie zog den Sport-BH über den Kopf und ließ ihn zu Boden fallen. Und angesichts ihres explosiven Stoffwechsels hatte sie auch Glück gehabt, dass sie kein Gramm zugenommen hatte. Erst seit sie mit Billy zusammen war – und auch dann hatte es noch Jahre gedauert –, konnte sie sich stolz im Spiegel betrachten, statt sich zu schämen. Beinahe unbewusst glitt ihre Hand über ihren flachen Bauch und fuhr die lange, gebogene Narbe nach, die sich heute immer noch so deutlich von ihrer bleichen Haut abhob wie an jenem Tag, als ihre Mutter sie mit einem Jungen auf der Veranda beim Küssen erwischt hatte. Sie hatte den Jungen verjagt, ein Küchenmesser genommen, ihr die schlimmsten Sachen ins Gesicht geschrien und ihr dabei die Gebärmutter herausgeschnitten.

Natürlich war ihre Mutter wahnsinnig gewesen, wahrscheinlich schon bevor sie den Collegejungen kennengelernt hatte, der sie geschwängert und dann im Stich gelassen hatte. Angel hatte ihrer inzwischen längst verstorbenen Mutter verziehen, aber nur ihre Wild Card, die an jenem Tag aufgedeckt wurde und sich glücklicherweise als ein Ass erwies, hatte ihr das Leben gerettet.

Das Leben mir ihrer Mutter war hart gewesen. Von Kindesbeinen bis in ihre Teenagerzeit wurde sie von Ort zu Ort geschleift und von Kirche zu Kirche, denn ihre Mutter war immer auf der Suche nach dem Frieden, den sie nie fand. Doch ihre furchtbare Tat hatte aus Angel gemacht, was sie heute war, und hatte sie letztlich auch mit Billy Ray zusammengebracht. Das hatte sie auf eine Art reifen lassen, die sie sich nie hätte träumen lassen. Ihre früheren Leiden schienen sich alle ausgezahlt zu haben.

Gottes Wege, Wunder zu wirken, waren unergründlich, dachte sie nicht zum ersten Mal.

Sie holte sich aus dem kleinen Bad ein Handtuch und rieb sich damit ab, bis sie ganz trocken war. Dann ging sie zum Bett und setzte sich im Schneidersitz darauf. Sie nahm Norwoods Rechner und sagte: »Nun wollen wir mal sehen, was du so getrieben hast, Jamal.«

Sie schaltete ihn ein. Es war keine Hexerei vonnöten, um sich einzuloggen. Als Jamals Teamchefin verfügte sie aus Sicherheitsgründen über seine Passwörter. Sie überflog die Dateien im Verzeichnis und freute sich, dass er – auf den ersten Blick zumindest – den Regeln gefolgt war und keine persönlichen Informationen oder Dateien auf dem Computer abgelegt hatte, sondern nur Geschäftliches. Freilich konnte er Dinge hinter unverfänglichen Dateinamen versteckt haben, aber das würde sie später überprüfen.

Sie öffnete die zuletzt bearbeitete Datei und las gute zehn Minuten lang. Eine plötzliche Falte auf der Stirn grub sich immer tiefer ein.

»O mein Gott«, sagte sie, doch mehr als Gebet denn als

Fluch. Sie las noch ein wenig, brach ab und ging zu dem feuchten Overall, den sie über den Stuhl vor dem kleinen Schreibtisch gehängt hatte, holte ihr Handy aus einer Tasche mit Reißverschluss und wählte die erste gespeicherte Nummer ihrer Kontaktliste. Nach dem zweiten Klingeln ging er ran.

»Hallo?« Seine Stimme klang gebremst unwirsch. Es tat so gut, sie wieder zu hören, obwohl sie ihn am Morgen schon einmal angerufen hatte.

»Hallo Billy.«

»Angel!« Billy war der übelste Kerl, den sie innerhalb und außerhalb des Staatsdiensts kennengelernt hatte, und in den letzten zehn Jahren hatte sie viele üble Kerle kennengelernt. Er war der größte Kampfkünstler, den sie je in Aktion erlebt hatte, und im Lauf der Jahre hatte sie einen Haufen solcher Jungs und Mädels gesehen. Vermutlich war er der einzige Mensch, bei dem sie vor einem Kampf Angst hätte, denn er war vollkommen unerbittlich und furchtlos, und einzig das Eingreifen Gottes konnte ihn aufhalten, wenn er einmal etwas im Kopf hatte. Und selbst daran hatte sie ihre Zweifel, um ehrlich zu sein. Sie lächelte, da er sich zu freuen schien, dass sie die Anruferin war.

»Wie war dein Tag?«

»Ah.« Er klang gleich wieder gereizt. »Diese gottv… äh, diese beschissenen Budgetbesprechungen. Bei Go… ich meine, dieser Mist bringt mich noch zur Weißglut.«

Angel schmunzelte. Sie mochte es, wenn er so lieb war.

»Hast du ihn ausfindig gemacht?«, fragte Ray, ehe Angel etwas sagen konnte.

Sie zögerte kurz, um ihre Gedanken zu ordnen. »Nein.« Ein wütendes Knurren kam aus dem Handy. »Billy, wie lange brauchst du, um herzukommen?«

Am anderen Ende herrschte einen Moment lang Schweigen.

»So schlimm?«, fragte er schließlich.

»Ja.«

»Zwei Stunden.«

»Gut. Es ist kompliziert, und ich bin mir nicht ganz sicher, was da los ist, aber Jamal hat mächtig Schwierigkeiten. Er … er scheint nach Kasachstan gegangen zu sein mit einem Detective von Fort Freak und mithilfe der Teleporterin, die sich Tesseract nennt.«

Wieder herrschte einen Moment lang Schweigen.

»Was?«

»Ja … Es geht um die Joker, die in letzter Zeit verschwunden sind. Du musst so schnell wie möglich herkommen. Wie du siehst, ist es mehr als kompliziert – schon allein die Zuständigkeiten sind ein lebender Albtraum. Ruf mich an, wenn du im Flieger sitzt, dann erkläre ich dir den Rest. Aber komm schnellschnell.« Sie sah auf die kleine Uhr auf dem Nachttisch. »Wenn du in zwei Stunden hier bist, kommst du gerade rechtzeitig zu der Verabredung.«

»Verabredung?«

»Ja. Ein Bewunderer hat mir eine geheime Botschaft zugesteckt.«

»Na, das wollen wir ja mal sehen«, sagte Ray, und in seiner Stimme schwang mehr als nur eine angedeutete Drohung mit. Der sanfte Ton zeigte Angel, dass er wütend war und dass die Wut, so viel wusste Angel, mit ihren Neuigkeiten bezüglich Jamal zu tun hatte und nicht damit, dass sie ihn mit einem geheimen Bewunderer aufzog. Von dieser Neckerei hatte sie eher gehofft, sie würde ihn auf andere Gedanken bringen. Wenigstens ein bisschen. Sie und Ray waren wegen Jamals zunehmend schlechterer Gesundheit sehr beunruhigt gewesen, teilweise auch, weil es das spiegelte, was auch Ray in letzter Zeit durchgemacht hatte. Teilweise auch, weil Jamal unter Rays Befehl und in seiner Verantwortung lag. Und teilweise, weil sie den großspurigen jungen Agenten beide mochten. Auch wenn Ray ihm das nie offen sagen würde.

»Ich hoffe es«, gab Angel zurück.

♣♦♠♥

»Wie geht es John?«, fragte Michelle. Es war ein heikles Thema, doch Michelle kannte Peregrines Sohn von den frühen Tagen des Komitees.

Amare zog sich ohne die leiseste Scham aus und gab ihre Kleider Jimmys Assistent. Michelle tat es ihr gleich. Sie waren so oft über den Laufsteg gegangen, nackt vor einem Assistenten zu stehen, hatte deswegen überhaupt nichts Eigentümliches mehr für sie.

»Ich denk mal, okay«, sagte Peregrine und zog sich ein leichtes, an ihre Flügel angepasstes Blumensommerkleid an. »Er ruft nicht oft an. Aber er ist auch nie lange an einem Platz. Ich kriege von überall Postkarten von ihm. Manchmal skypen wir. Aber er ist nicht mehr derselbe. Nachdem … du weißt schon.«

Michelle wusste es sehr wohl. John Fortune hatte seine Kräfte verloren. Sie konnte sich ein Leben ohne die Fähigkeit, Blasen zu werfen, nicht vorstellen. Bei dem Gedanken wurde ihr übel.

»Alles okay mit dir?«, fragte Peregrine. Sie legte Michelle eine Hand auf die Schulter.

»Ja, alles okay. Es ist nur, na ja, was John alles durchgemacht hat …«

Peregrine nickte. »Ich weiß«, sagte sie mit zitternder Stimme. »Er hatte es so schwer, und ich kann nichts tun, um ihm zu helfen.«

»Genau das Problem habe ich auch«, sagte Michelle. »Ich will Adesina beschützen, aber je älter sie wird, desto schwerer wird das.«

Peregrine umarmte sie. »Das wird schon. Zumindest rede ich mir das immer ein.« Sie holte tief Luft und strahlte ein bisschen zu sehr. »Ich glaube, wir nehmen nächste Woche einen Werbeclip auf. Da sehen wir uns!« Sie gab Michelle einen Kuss auf die Wange und tänzelte zur Tür hinaus.

Michelle zog sich rasch an und sah in den Spiegel. Dann warf sie einen Blick auf ihr Handy. Sie hatte keine Zeit mehr, sich das Make-up zu entfernen. Zum Glück sah ihr Haar halbwegs normal aus, aber eigentlich spielte es keine Rolle. Sie türmte es sich auf den Kopf und stopfte es unter ihre Baseballmütze.

♣♦♠♥

Irgendwann bog eine Schotterpiste von der Straße ab, und Olena fuhr langsamer. Sie zeigte auf eine Ansammlung von Hütten, die sich über ihnen an den Hang schmiegte. »Da. Das ist es.«

»Du hast mir immer noch nicht gesagt, was an diesem Dorf so besonders ist«, sagte Marcus. Von hier aus sah es nicht gerade nach einem begehrten Reiseziel aus.

»Die werden uns helfen«, sagte Olena. Mehr ging sie nicht ins Detail, obwohl Marcus bohrte, seit sie es zum ersten Mal erwähnt hatte. Sie schaltete einen Gang runter, dass der Wagen einen kleinen Satz machte, bog auf die Seitenstraße ab und fuhr den Hang hinauf.

Im Kriechtempo fuhren sie in das Dorf, und das laute Dröhnen des Motors verkündete allen in Hörweite ihre Ankunft. Marcus war froh, als Olena ihn ausschaltete und aus der Kabine stieg. Der Ort wirkte verlassen. Marode. Schlichte, heruntergekommene Häuser, ein paar Scheunen, schwarze Fenster, geschlossene Türen. Die Karosserie eines alten Autos auf Klötzen ohne Räder. Die Stille in der dünnen Höhenluft, die von Windstößen aufgestört wurde, machte ihn nervös. Windstöße, die den Ort nur noch mehr wie eine Geisterstadt wirken ließen. Am Himmel schrie irgendein Raubvogel, bevor er in den Sturzflug ging.

Marcus zitterte. Auf den letzten Meilen war ihm kalt geworden, eine Kälte, die bis auf die Knochen ging und von innen zu kommen schien.

Olena rief etwas auf Russisch. Sie probierte mehrere Sätze durch und drehte sich dabei um, damit ihre Stimme in alle Winkel drang.

Marcus flüsterte: »Da ist niemand.«

Olena biss die Zähne zusammen, als wollte sie diesen Gedanken ein paar Sekunden lang dort festhalten, und sagte dann: »Komm runter, damit sie dich sehen können.«

»Damit *wer* mich sehen kann? Hier ist doch niemand!«

Auf ihr Drängen hin glitt er unter großen Schmerzen von der Ladefläche herunter. Umständlich wälzte er sich auf dem festgefahrenen Erdboden, und dabei schwindelte es ihn. Er lehnte sich gegen einen der Lasterreifen und japste nach der kleinen Anstrengung.

Olena rief wieder etwas. Seine Stimmung sank vollends in den Keller, als er an diesem Ort ihre einsame Stimme hörte. Mit ihren neuen Kleidern und wenn sie auf Russisch redete, erschien sie ihm vollkommen fremd. Es gemahnte ihn daran, wie verloren er war, wie überfordert er war und wie weit weg von allem, was er kannte. Und hier war niemand. Endlich dämmerte es ihm – die Erkenntnis, dass er hier sterben würde. Er spürte, wie das Leben aus ihm wich. Er fragte sich zum ersten Mal, wohin er nach seinem Tod gehen würde. Pater Squid wusste es. Er war bereits dort. Wenn er Glück hatte, würde der Priester ihn vielleicht auf der anderen Seite des Lebens erwarten. Falls sie an denselben Ort gehen würden. Er hoffte es. Er hoffte es wirklich.

»Schau, Marcus«, flüsterte Olena.

Er machte die Augen auf. Ihm war gar nicht aufgefallen,

dass er sie geschlossen hatte. Er hob einen Arm, um ihre Wange zu berühren. Sie ergriff seine Hand, zog sie an ihre Lippen und küsste sie. In ihren Augen standen Tränen. Sie drehte sich um und zeigte auf etwas. »Schau, Marcus. Ich habe dir doch gesagt, dass das ein Ort für uns ist.«

Mit einiger Mühe drehte auch er sich um. Da, auf der Straße, ein kleines Stück entfernt, bewegten sich Gestalten. Es waren seltsame Gestalten, und erst waren sie ihm ein Rätsel. Er glaubte, seine Sinne würden ihm etwas vorgaukeln. Doch dann kamen sie näher, und er erkannte, was es für Gestalten waren.

Joker. Es waren Joker. Ein Mann, der auf Beinen mit falschen Gelenken humpelte, die sich beim Gehen zu den Seiten spreizten. Ein anderer mit einem Horn, das sich wie ein Turban um seinen Kopf wand. Eine Frau mit einem Krötengesicht. Eine Gestalt – ob Mann oder Frau, wusste Marcus nicht zu sagen – wirkte wie eine bucklige, haarige Bestie aus einem alten Horrorfilm. Und andere mit großen und kleinen Mutationen. Sie versammelten sich langsam um Marcus und Olena, eine stumme Prozession der vom Virus Verunstalteten.

Marcus sah nur noch verschwommen und war sich nicht sicher, ob das, was er sah, wirklich war oder ob er es träumte. Er war sich nicht sicher, ob er die Gestalten fürchten oder auf sie, seine Geschwister, zugehen sollte. Doch anstatt eines von beiden zu tun, verlor er das Bewusstsein. Zumindest beinahe. Er merkte, dass Olena mit den Jokern sprach. Er merkte, dass sie ihn gemeinsam hochhoben und forttrugen. Er wusste, dass er sich in einem Raum befand, wo es warm und rauchig war und nach Metall und Öl roch. Aber all das erschien ihm weit entfernt, als hätte das alles nichts mit ihm zu tun, bis Olena ihn zum zweiten Mal an diesem Tag weckte und sagte: »Schlaf nicht, mein Held. Bald kannst du schlafen, aber jetzt noch nicht.«

Er schlug die Augen auf. Erst dachte er, sie wären in einer Scheune, denn an den Streben und Wänden hingen Werkzeuge. Durch die alte Steppdecke, auf der er lag, spürte er die harte Kontur des Bodens. Mit einiger Anstrengung stützte er sich auf den Ellbogen ab und lehnte sich gegen einen Sack.

Olena sagte: »Hier ist jemand, um dir zu helfen.«

Dieser Jemand stand direkt hinter ihr, einer aus dem Dorf, der beunruhigt wirkte. Er war mittleren Alters, klein und hatte ein rundes Gesicht mit asiatischen Gesichtszügen wie viele von denen, die Marcus aus der Arena hatte fliehen sehen. Seine Hände steckten in Sackleinwand, die an den Gelenken festgebunden war. Hinter ihm schien das warme gelbe Licht eines Ofens.

»Das ist Jirgal«, sagte Olena. »Hier nennt man ihn den Handschmied. Verstehst du? Statt Schmied. Handschmied. Das ist seine Schmiede.«

Marcus fragte sich, ob er die Hände eingewickelt hatte, weil er sie sich verbrannt hatte. »Ich brauche keinen Schmied«, sagte er und brachte kaum mehr als ein Flüstern heraus.

»Und das ist sein Sohn, Nurassil.«

Der Junge war Marcus gar nicht aufgefallen. Er wurde fast völlig vom Bein seines Vaters verdeckt. Sein Körper hatte die Form eines mit einem Tuch bedeckten Kinds, wie ein einfaches Geisterkostüm. Sein Fleisch war gelatineartig und glänzte feucht. Seine runden Arme und die Fäuste hielt er fest an die Brust gedrückt. Er bewegte sich nicht auf Beinen, sondern auf einer wackelnden Fußscheibe mit kleinen Noppen. Erst fiel Marcus nicht ein, an was ihn das erinnerte, doch dann kam es doch. Seeanemonen. Auf den Noppen gleitend bewegte er sich hinter seinem Vater vor, was ein schmatzendes Geräusch machte.

Trotz seiner seltsamen Erscheinung erkannte Marcus in

der Missgestalt noch den Jungen. Der Junge, der er gewesen wäre, wenn die Wild Card ihn nicht verunstaltet hätte, war noch in den neugierigen blitzenden Augen zu sehen, in der Art, wie sie größer wurden, als er Marcus erblickte, und wie er sich an das Bein seines Vaters klammerte und sich halb hinter ihm versteckte. Früher, vor einer Ewigkeit, hatte Marcus das auch getan, als er noch der von seinem Vater geliebte Junge gewesen war. Bevor alles anders geworden war.

»Du hast mich zu Jokern gebracht?«

Olena nickte. »Dieser Ort heißt ›Dorf der vom Propheten Verabscheuten‹.« Sie sah über die Schulter, als hätte sie Angst, Vater und Sohn würden sie verstehen. Es wirkte nicht so, als würden sie das tun. An Marcus gewandt fuhr sie fort: »Ein Dorf von Jokern. In Kasachstan mag man sie nicht. Deshalb tun sie sich an abgeschiedenen Orten zusammen und leben dort heimlich. Sie hatten Angst, sich zu zeigen. Manchmal kommen böse Leute hierher und machen Ärger. Deshalb waren sie misstrauisch, bis sie dich gesehen haben. Ich habe ihnen alles erklärt. Jirgal hilft dir. Er wird die Kugeln aus dir rausholen. Er meint, dass der Islam gebietet, dass man Bedürftige nicht abweist, vor allem, wenn es sich um einen Bruder im Fluch handelt.«

Mit behutsamen, bewussten Bewegungen nahm Jirgal erst einen, dann den anderen Fäustling zwischen die Zähne und zerrte sie von seinen Händen herunter. Doch statt Händen hatte er nur … Fleisch. Unförmige Stummel, die sich ausbeulten und pulsierten, ungestalt und doch unablässig die Form wechselnd. Er griff nach einem Metallbarren neben dem Ofen. Ein kleiner Klotz von der Größe eines Schokoriegels. Den schob er sich in den Mund, warf den Kopf nach hinten und schluckte. Marcus zuckte zusammen, als er den Barren den Hals hinabgleiten sah. Der Mann drehte den Kopf und bewegte den Kiefer.

Der Junge sagte etwas, worauf der Vater mit einem einzelnen Wort antwortete. Er hob die sich windenden Stummel, die seine Hände ersetzten, betrachtete sie und begann, etwas zu skandieren. Irgendein Gebet. Oder war es Gesang? Die fleischigen Klumpen leuchteten rot auf und wurden dann dunkler. Sie nahmen einen metallischen Glanz an und veränderten ihre Gestalt. Einer wurde zu einem dünnen, gebogenen Metallstück. Einem Skalpell. Der andere brauchte länger, um seine Form anzunehmen. Schließlich bildete er eine äußerst filigrane Zange. Jirgal ließ sie probeweise ein paarmal auf- und zuklappen. Dann sagte er etwas zu seinem Sohn und deutete auf Marcus.

Mit seinen großen, freundlichen Augen glitt der Junge an den Patient heran. Er sagte etwas, und Olena übersetzte.

»Er will, dass du ihm vertraust. Er sagt, dass Allah ihn so gemacht hat. Er hat ihn zwar verunstaltet, aber hat ihm auch eine Gabe gegeben, anderen zu dienen. Er glaubt, dass er dereinst im Himmel willkommen sein wird, wenn er freigiebig mit seiner Gabe ist. Dort wird er dann einen normalen Körper haben. Er wird laufen und Drachen steigen lassen und Ball spielen können. Er wird nicht mehr verflucht sein. Das ist für ihn dann der Himmel.«

Olena hielt einen Moment lang inne und lauschte den weiteren Worten des Vaters. Marcus sah, wie sich ihr Blick mit Empfindungen füllte. Etwas wie Traurigkeit, aber nicht ganz. Sie flüsterte: »Jirgal meint, dass sein Sohn vielleicht recht hat. Aber genauso gut kann es sein, dass Nurassil im Himmel genauso sein wird wie hier auf Erden. Vielleicht wird er keine Drachen steigen lassen und Fußball spielen können, aber wird dennoch vollkommen sein. Genauso geliebt von seinem Vater. Das, meint Jirgal, wäre für ihn der Himmel.«

Der Junge lächelte. Er nahm die Hände von der Brust und streckte sie Richtung Marcus aus. Wie sein Vater hatte auch er keine Hände, sondern eine sich windende Masse winziger Tentakel, die den Noppen glichen, auf denen er stand. Marcus starrte sie wie versteinert an, fasziniert und panisch zugleich. Doch seine Panik verschwand, als die Tentakel seine Schuppen berührten. Es war ein sanftes Streicheln, voller Wärme, ein seltsames, kribbelndes Gefühl, das ihn vor allen Dingen tröstete. Es kam ihm vor, als würde jeder Tentakel in ihm singen und ihm sagen, dass alles wieder gut werden würde.

»So, wie er ist«, flüsterte Olena an seinem Ohr, indem sie Jirgals Worte übersetzte, »kann mein Sohn viele Dinge nicht tun. Aber solange er bei anderen Schmerzen lindern kann, braucht er diese Dinge dann überhaupt? Seinetwegen wirst du keine Schmerzen empfinden.«

Und nach diesen Sätzen machte der Handschmied sich ans Werk. Und es war so, wie er gesagt hatte. Marcus spürte weder das Skalpell, das ihm ins Fleisch schnitt, noch die Zange, die nach den Kugeln grub. Er starrte nur den Jokerjungen mit den großen Augen an und staunte über seine heilende Berührung und über seine vollkommene Güte.

♣ ♦ ♠ ♥

Die Aufzugtür öffnete sich mit einem Seufzen, und Michelle trat auf die Komitee-Etage des UN-Gebäudes. Die vielen Leute, die hier arbeiteten, verursachten ein leises Brummen. Als sie hier angefangen hatte, war es noch nicht so gewesen. Damals hatten sie sich lediglich zu acht in Jayewardenes Büro versammelt.

Ihr behagte gar nicht, wie sehr die Bürokratie zugenommen hatte. Jetzt traf sie hier ständig neue Leute an, die sie nicht kannte, und überall hetzten Leute mit wichtigen, entschlossenen Gesichtern von A nach B.

Die Dame am Empfangsschalter, Margaret, lächelte Michelle äußerst freundlich an, und Michelle erwiderte das Lächeln. Sie hatten schon ein wenig miteinander geflirtet, auch wenn Michelle sich sehr beherrschte. Denn es war unprofessionell. Aber Margaret war eben ziemlich süß. Inzwischen arbeitete Ink jedoch als Jayewardenes Assistentin, und es hätte zu unangenehmen Situationen führen können, wenn sie Michelle dabei ertappt hätte, wie sie Margaret schöne Augen machte. Wieder einmal fragte sich Michelle, ob es klug gewesen war, Ink einen Job bei Jayewardene zu verschaffen. Exfreundinnen machten einem doch nur das Leben schwer.

»Ich soll mich mit ein paar von den Neuen treffen, Margaret«, sagte Michelle, während sie an den Schalter aus glänzendem Chrom und Glas herantrat. Auf der Komitee-Etage war alles glänzend und modern. Alles sah streng und gleichzeitig teuer aus. »Sind sie noch im großen Konferenzraum?« Sie bemühte sich, sich nicht von Margarets hübschem – und sehr weich aussehendem – rotem Haar ablenken zu lassen. Es war lange her, dass sie sich für jemanden interessiert hatte, und schon gar nicht hatte sie sich für jemanden auf so unprofessionelle Art interessiert.

Außer für Joey. Joey spukte ihr ständig im Hinterkopf herum. Joey war ein in vielerlei Hinsicht komplizierter Fall. Michelle wusste nicht, was sie füreinander sein konnten. Sie wollte es herausfinden, aber sie wusste, dass es auf emotionaler Ebene riskant für sie sein würde. Dazu kam die Sache mit Ink und Joey – ein einziger Schlamassel.

»Sie waren im großen Konferenzraum, aber die meisten sind schon mittagessen gegangen«, antwortete Margaret. »Du siehst heute besonders gut aus. Die Jeans passt dir perfekt. Und rieche ich da etwa Chanel No. 5? Ich *liebe* diesen Duft.« Margaret sah sie mit glühenden Augen an, bevor sie auf die Sitze im Wartebereich zeigte. *Weshalb denke ich an Joey, wenn ich eine total hübsche Mieze vor mir habe, die ganz offensichtlich etwas von mir will?*, dachte Michelle, während sie anfing, in ihrer Handtasche zu graben, als suche sie nach etwas Wichtigem.

»Einer kam erst, als alle schon zum Essen gegangen sind. Der da drüben. Er heißt Cesar Antonio Clerc. Sein Codename ist Aero.«

Michelle sah hinüber und erblickte einen Mann, der ein bisschen älter als sie selbst war und auf einem niedrigen schwarzen Ledersessel saß. Er las auf seinem Tablet.

»Danke, Margaret«, sagte sie.

Michelle durchquerte den großzügigen Wartebereich. Der Mann sah zu ihr auf, seine Augen wurden groß.

»Hallo Cesar«, sagte sie und streckte ihm die Hand hin. »Ich bin Michelle Pond.«

Er stand auf, nahm ihre Hand und drückte sie. Nicht zu fest, was angenehm war. Viele Männer machten einen auf: Ich bin männlich, und mein Händedruck ist total kräftig. Ihr tat das zwar nicht weh – das war nicht möglich –, aber sie fragte sich dann immer, ob sie das bei Leuten, denen es wehtun würde, auch so machten.

»Ich weiß, wer Sie sind, Miss Pond«, sagte er und ließ ihre Hand los. Er hatte einen leichten spanischen Akzent. Seine Augen waren jadefarben und die Haut olivbraun. Sie überragte ihn um ein paar Zentimeter. »Sie waren schon ein paar Mal in den Nachrichten«, sagte er trocken.

Michelle fand ihn sympathisch. »Anscheinend haben Sie die Einführung verpasst«, sagte sie. »Ich bin auch zu spät. Sollen wir zusammen mittagessen, und ich beantworte Ihnen nebenbei alle Fragen, die Sie zu den Vorgehensweisen des Komitees haben? Und erkläre Ihnen, was für Schwierigkeiten Sie sich mit Ihrer Teilnahme bei uns aufgehalst haben.«

»Schwierigkeiten«, sagte er belustigt. »Schwierigkeiten bin ich gewöhnt.«

♣♦♠♥

Machu Picchu bildete den großartigen, filmreifen Hintergrund für die Kameras der Presse. Ein großes, zu den Seiten offenes Zelt war auf der Terrasse vor dem Tempel der drei Fenster aufgestellt worden, um den Versammelten Schutz vor der Sonne zu bieten, ohne den Blick auf die atemberaubende Bergkulisse ringsum zu verstellen. In der Morgensonne glühten die Terrassen, die blanken Trockenmauern der Gebäude reflektierten das Licht, auch wenn etliche Mauern noch Spuren der Kämpfe von vor zwei Wochen aufwiesen, als die UNO beschlossen hatte, einen aufkeimenden Bürgerkrieg zu verhindern und das Komitee zu entsenden.

Die beiden peruanischen Parteien saßen bereits unter dem Sonnendach. Barbara und Klaus sahen im Näherkommen, dass Generalsekretär Jayewardene schon wartete, und hinter ihm standen zusammengedrängt und unübersehbar die anderen Komitee-Asse. Rund um die Terrasse waren Blauhelme postiert.

»Das kommt gut in der Presse.« Klaus beugte sich zu Barbara und flüsterte ihr ins Ohr, während er den Arm um sie legte. Sie sah ihn zufrieden nicken. »Das ist gut.«

Sie lächelte ihn an. »Ja«, sagte sie. »Das ist gut.« Sie tätschelte ihm die Hand, bevor sie sie von ihrer Schulter nahm. Dann fuhr sie sich mit den Fingern durch die kurzen gefärbten Haare. »Die Öffentlichkeit, Schatz«, flüsterte sie zurück. »Und jetzt bist du dran. Ich arbeite bereits, weißt du? Und ich bin müde – habe heute Nacht nicht genug geschlafen.«

Klaus musste grinsen, und Babel zwang sich weiterhin zu einem Lächeln, doch ihre Aufmerksamkeit war ganz darauf gerichtet zu gewährleisten, dass alle am Tisch und im Zelt sich miteinander unterhalten konnten. Es erforderte ihre ganze Konzentration. Die Phantome deutscher, englischer, spanischer, singhalesischer Worte und solcher aus den Quechua- und Aymara-Sprachen huschten durch ihr Bewusstsein, und sie formte aus ihnen allen eine gemeinsame Sprache, die alle am Tisch verstanden. Es war wie Jonglieren: Sie hörte die Worte in den Köpfen der Leute, kurz bevor sie ausgesprochen wurden, und verformte sie, wenn sie hervorkamen, änderte den Klang, den sie an der Luft annahmen, und schuf eine Sphäre des Verstehens um alle Anwesenden im Zelt. Die Tätigkeit war ihr in Fleisch und Blut übergegangen, aber dennoch kostete es sie Konzentration und Energie, und hinterher war sie erschöpft.

Diese Fähigkeit war schwieriger als ihre andere Begabung: Sprache unverständlich und Kommunikation unmöglich zu machen. Diese Seite ihrer Asskraft ließ sich viel leichter bewerkstelligen. Verwirrung war stets einfacher als Verständnis. Das war ihr nur zu bewusst.

Sie erreichten den Generalsekretär. Dabei schloss Klaus kurz sein verbliebenes Auge und hüllte sich in eine glänzend weiße Rüstung aus Phantomstahl. Den Kopf und das lange blonde Haar ließ er jedoch unbedeckt, sodass auch die schwarze Augenklappe und die Gesichtsnarben ringsum zu sehen waren. Das Schlachtschwert rammte er ins Gras. »Bringen wir es hinter uns«, sagte er.

»Ausgezeichnet«, erwiderte Jayewardene. »Ich habe heute Nacht geträumt, dass das hier gut verlaufen wäre. Die Vorzeichen stehen also gut. Anderswo jedoch …« Er runzelte die Stirn und schüttelte den Kopf. »Nun, später, auf dem Rückflug. Wie gesagt, bringen wir es hinter uns.«

Das Trio betrat das Sonnenzelt, wobei sich Klaus unter dem Rand durchducken musste. Der runde Tisch – wie zu König Arthurs mythischen Zeiten – gab vor, dass niemand wichtiger war als die anderen, aber alle wussten, dass es eine Farce war. Barbara sah sich um, während das wilde, ohrenbetäubende Klicken der Kameras einsetzte.

Babel hielt Curare, einen der beiden Anführer des Leuchtenden Pfads, eher für eine Lusche als für ein Ass – sein froschartiger, schlanker Körper steckte in einer lächerlichen, rot und gelb gestreiften Elastanbadehose, die sich mit seiner schwarz gepunkteten, grell blauen Haut biss. Er saß mit den Schenkeln auf einem Holzpodest, das speziell für ihn angefertigt worden war, weil er nicht auf normalen Stühlen sitzen konnte. Seine riesigen, goldenen Augen drehten sich, als er von Cocomama, die neben ihm saß, zu den Neuankömmlingen blickte.

Cocomama war eine junge Frau in der traditionellen Kleidung der Andenregion mit einem reich mit Perlen und Federn verzierten Kopfschmuck auf langem rabenschwarzem Haar, das an den Schläfen bereits etwas ergraute. Auf Drängen Generalsekretär Jayewardenes trug sie auch in der Hitze Baumwollhandschuhe, da eine Berührung mit ihren Kokainhänden einen Menschen benebeln und unterwürfig machen konnte.

Barbara lächelte die beiden an, während Jayewardene, Lohengrin und sie selbst Platz nahmen. Laut ihrer Beobachtungen und der Informationen, die sie über die beiden erhalten hatte, führten Curare und Cocomama eine problematische Beziehung. Die beiden Anführer des Neuen Leuchtenden Pfads waren ein Liebespaar, und ihre Organisation wurde mithilfe der unbegrenzten Kokainmengen finanziert, die Cocomama aufgrund ihrer Asskraft bereitstellen konnte. Im Verlauf der letzten fünfzehn Jahre hatten sie aus dem Neuen Leuchtenden Pfad, der anfangs nur ein kleines zu vernachlässigendes Ärgernis dargestellt hatte, eine ausgewachsene Bedrohung für die Stabilität Perus gemacht. Vor allem in der Andenregion kontrollierte der Neue Leuchtende Pfad inzwischen die Straßen und wichtigsten Ortschaften.

Dem Namen nach war Curare der An- und Wortführer, aber Barbara vermutete, dass Cocomama der wahre Kopf der Organisation war, dass die Beschlüsse der Gruppe von ihr diktiert wurden, und dementsprechend hatte Barbara

Jayewardene auch beraten. Dann war da noch der geheimnisvolle Bote in Schwarz, über dessen Rolle im Neuen Leuchtenden Pfad niemand Bescheid wusste. Rund um die Terrasse und unter dem Zeltdach flatterten jedoch Falter mit schwarzen Flügeln: Wer immer der Bote war, er wusste, was hier vor sich ging.

Barbara fragte sich, ob den Anführern des Neuen Leuchtenden Pfads klar war, dass ihre problematische Dreifaltigkeit genau der Situation der Asse ihnen gegenüber entsprach: Generalsekretär Jayewardene, Lohengrin und sie selbst. Jayewardene hatte zwar alle Befugnisse, doch war es Lohengrin in seinem blitzenden Phantomstahl, der in den Augen der Öffentlichkeit der Anführer des Komitees war. Und das wiederum stützte die Macht der UNO. Und Barbara selbst … sie wurde größtenteils als Nebenfigur betrachtet, aber wenn sie es mit den beiden Männern zu tun hatte, kam sie sich oft wie die einzige Erwachsene vor. Klaus, sosehr sie ihn liebte, kannte nur eine Taktik: mit funkelndem Schwert voranschreiten und eine Horde gefährlicher Asse in den Kampf führen. Jayewardene war das Gegenteil von Klaus, ganz eingeengt von Regeln und Vorschriften, versuchte er verzweifelt, es den Vorstellungen aller Länder und Institutionen recht zu machen, die ihn an diesen Platz gesetzt hatten, und deshalb agierte er – zumindest aus Barbaras Sicht – häufig zu langsam und zögerlich.

Und so war es Barbara, die Klaus oft zurückhielt, wenn er blindlings in Aktion treten wollte. Und sie war es auch, die Jayewardene anstacheln und anstoßen musste, damit er sich rührte, wenn er lieber abwarten und weitergrübeln wollte.

Barbara und Klaus nahmen die Plätze links und rechts von Jayewardene ein. Babels Blick ging von Cocomama und Curare zu Präsidentin Fujimori, General Ramos von der peruanischen Armee und den diversen hochrangigen Offizieren, die neben ihm saßen. Der Generalsekretär blieb stehen. Er zupfte an seinem Jackett, während er tief Luft holte und eine Hand auf das dicke Vertragswerk legte, das vor ihm auf der Tischdecke lag.

»Ich gratuliere Ihnen, Präsidentin Fujimori, und Ihnen, Curare und Cocomama«, sagte er. Aufgrund von Babels Fähigkeit vermochten die Angesprochenen alles in ihrer jeweiligen Muttersprache zu hören. »Was wir hier erreicht haben, ist nichts weniger als historisch, und wenn diese Vereinbarung unterzeichnet ist, wird Peru wieder zu Stabilität und Wohlstand zurückfinden, die allen Einwohnern dieser großen Nation zugutekommen werden.«

Damit nahm er den Füller, der neben dem Dokument lag, und setzte schwungvoll seine Unterschrift unter den Vertrag. Dann schob er das Werk zu Klaus hinüber, der es ebenfalls unterzeichnete und anschließend weiterreichte, bis die Abmachung vor Präsidentin Fujimori lag.

Die Präsidentin hatte ein höfliches Lächeln im Gesicht, zu dem Cocomamas Stirnrunzeln nicht recht passen wollte, wie Babel feststellte. Curares lippenloses Gesicht dagegen konnte sie gar nicht einordnen. Den Neuen Leuchtenden Pfad hatten sie nicht so leicht an den Tisch gebracht wie die andere Seite. Schließlich hatten seine Mitglieder die Möglichkeit, sich wieder in die Berge und Dschungel zurückzuziehen, aus denen sie gekommen waren, und sich dort zu verstecken. Babel fragte sich, ob nicht vor allem Cocomama es sich noch einmal anders überlegt hatte, nachdem sie die Vereinbarung am Abend zuvor endlich in eine abschließende Form gebracht hatten.

Weder Klaus noch Jayewardene schienen zu bemerken, dass sich Cocomamas Stirnfalte tiefer eingrub, als Präsidentin Fujimori sich erhob und Jayewardenes Eröffnungsworte mit ihren eigenen blumigen Voraussagen von Harmonie und Frieden beantwortete. Babel beobachtete weiterhin Cocomama, nachdem Fujimori ihre Rede beendet hatte. Die

Fotoapparate klickten, und die Kameras schwenkten über die Versammlung. Während die Präsidentin ihre Rede abschloss und die Vereinbarung unterschrieb und während ihre Leute anschließend die Papiere zu Curare weiterschoben, hörte Barbara unter den tausend Sprachen in ihrem Kopf Cocomama Curare zuflüstern: »Fujimori ist direkt gegenüber. Du könntest an sie rankommen, bevor dich jemand aufhalten kann. Pack mich und spring durch die Zeltdecke. Wir wären weg, ehe die was merken.«

Die goldenen Froschaugen richteten sich zuckend auf ihre Kameradin. »Wir sollten nicht …«

»Wir sollten. *Du* solltest«, beharrte Cocomama.

Jetzt war es Babel klar: Sie erkannte es an der Art, wie Curare zu Präsidentin Fujimori hinübersah, an der Art, wie sich seine Muskeln unter der glitschigen, glänzenden Haut anspannten. Babel veränderte das Muster ihrer Asskraft. Die anderen konnten sich zwar immer noch untereinander verständigen, doch legte sie um Curare, Cocomama und sich eine Mauer. »Curare hat recht. Das können Sie nicht machen«, erklärte sie Cocomama. Die Köpfe der anderen wandten sich zu ihr um, da sie plötzlich Unsinn zu sprechen schien. »Das ist keine Lösung.«

Cocomamas Gesicht verzog sich zu einem höhnischen Grinsen. »Wir haben zu viele Zugeständnisse gemacht«, erklärte ihr Curare mit krächzender, cartoonartiger Stimme. Barbara war klar, dass das wohl eher Cocomamas Worte waren als seine eigenen – oder vielleicht die des Boten in Schwarz. Curares Zunge schnellte heraus, als wollte sie die Luft schmecken, und über seine Augen glitten durchscheinende Lider. »Wir wollten mehr. Wir haben viel mehr verlangt. Wir *brauchen* viel mehr.«

»Das verstehe ich«, gab sie zurück. »Aber Diplomatie ist die Kunst, Kompromisse einzugehen, und ihr könnt einen Teil dessen, was ihr wollt, jetzt haben. Mit nicht mehr als eurer Unterschrift. Damit habt ihr eine Stimme in der Regierung, und jeder muss euch anhören. Ihr und der Neue Leuchtende Pfad genießt sofortige Legitimität.«

Inzwischen blickte der ganze Tisch skeptisch auf die drei, deren Worte niemand verstand. Jayewardene starrte Babel an, verwirrt, aber mit einem zweifelnden Lächeln, die Hände vor dem Bauch gefaltet, als müsse er sich festhalten. Lohengrin stand tatsächlich auf, und nun verbarg ein Flügelhelm sein Gesicht. Durch die Sehschlitze beäugte er die Asse des Neuen Leuchtenden Pfads, während seine Hand mit dem Griff des Schlachtschwerts spielte. Rund um sie herum klickten die Kameras, und alle spürten, dass es ein Problem gab. Barbara schüttelte zu Klaus und Jayewardene gewandt leicht den Kopf, während sie weiter mit Curare und Cocomama sprach.

»Wenn ihr jetzt einknickt, wenn euch der Mut zu diesem großen Schritt verlässt«, erklärte sie ihnen, und ihr war wohl bewusst, dass auch sie Lohengrins wachsende Ungeduld und Wut sahen und die Spannung rund um den Tisch spürten, »wenn ihr Rache dem Kompromiss vorzieht, dann verliert ihr alles. Glaubt mir, ich verstehe die Situation besser, als ihr meint. Ist es nicht sinnvoller, das Essen, das einem angeboten wird, zu essen, anstatt es wegzuschieben und zu hungern? So bekommt ihr die Energie und die Gelegenheit, dereinst all das zu bekommen, was ihr wollt. Andernfalls werdet ihr unweigerlich verhungern.«

Sie merkte, dass sie Cocomamas Gefühle ziemlich gut nachvollziehen konnte. Sie wusste, wie es war, mehr zu wollen. *Immer warst du diejenige mit der gütlichen Einigung, mit der diplomatischen und richtigen Antwort, und doch streichen Klaus und Jayewardene die Lorbeeren ein. Die ganze Zeit warst du im Hintergrund, nie waren die Kameras auf dich gerichtet …*

»Wir sollten auf sie hören, Lorra«, drängte Curare krächzend. Seine lange Zunge schnellte kurz nach draußen. Die Haftscheiben seiner Finger berührten Papier und Füller, die vor ihm lagen, und sein Blick war lauernd auf Cocomama gerichtet.

Von der Zeltdecke flatterte ein Falter herab und landete auf dem Vertragswerk. Er hob und senkte seine Flügel. Cocomama sah das Insekt genau an. »Wenn du heute gewinnen willst, Lorra, dann musst du es mit Tinte tun, nicht mit Blut«, fuhr Barbara mit flehender Stimme fort und sprach die Frau beim Vornamen an, um ihre Aufmerksamkeit zu erlangen. »Und wenn dieser Sieg nicht alles ist, was du wolltest, nun, dann bist du morgen wenigstens noch am Leben, um noch mehr zu erreichen.«

Sie wandte den Blick ab und richtete ihn bedeutungsvoll auf Lohengrin. Dann verengte sie den Fokus ihrer Fähigkeit, sodass lediglich die beiden peruanischen Asse und vielleicht der Falter sie hören und verstehen konnten. »Glaubt bloß nicht, dass ihr beide allein gegen Lohengrins Schwert bestehen könnt oder gegen eines der anderen Asse hier«, schloss sie. »Ich kenne ihn gut. Er ist ungeduldig, fürchte ich, und der Füller liegt direkt vor euch. Tinte lässt sich viel leichter vergießen als Blut. Tinte bringt euren Leuten die Chance, in Zukunft alles zu erreichen, was ihr wollt. Entscheidet ihr euch anders, dann tötet ihr vielleicht Präsidentin Fujimori, aber ihr werdet hier auch sterben. Ich weiß, dass ihr das nicht glaubt. Ich weiß, dass ihr – so wie mein Mann – denkt, dass euch eure Kräfte immer beschützen werden, dass ihr entgegen aller Wahrscheinlichkeit entkommen werdet. Ich weiß, dass ihr das glaubt, weil es bisher immer so war. Aber ich sage euch das eine: So wird es diesmal nicht laufen. Seht euch um. Hier sind zu viele, die ebenfalls Asskräfte haben – meine Leute. Und wenn ihr das tut, dann macht ihr sie euch alle zu Feinden. Ich garantiere euch, dass ihr diese Terrasse nicht lebend verlassen werdet.«

Ein Schwarm Falter flog in das Zelt und setzte sich auf Cocomamas Schultern wie ein Überwurf. Die offene Wut in ihrer Miene löste sich langsam, und ein paar Sekunden später flogen die Falter wieder davon, segelten den Terrassenhang hinunter. Cocomama sagte zwar nichts, nickte Curare jedoch zu. »Danke«, sagte Barbara.

Babel löste die Sprachgrenze um sie herum auf, sodass sie wieder an der großen Runde teilnehmen konnten. Umständlich griff Curare mit seinen platten Haftscheiben-Fingern zu dem Füller, während der Falter auf dem Vertrag die Flügel schlug und sich in die Luft erhob. Cocomama runzelte noch immer die Stirn, sagte aber nichts.

Im Lärmen der Kameras kritzelte Curare seinen Namen auf das Papier, während Lohengrins Hand am Schwertknauf aus Phantomstahl sich entspannte. Sein Helm verschwand, sodass sein langes blondes Haar auf die Schulterpartie seiner weißen Rüstung fiel. Jayewardene applaudierte leise.

Beide lächelten in die Kameras.

Die Objektive schenkten der Frau neben ihnen kaum Beachtung.

♣♦♠♥

»So sieht das Vorgehen im Grunde aus«, sagte Michelle, schlürfte Kaffee und machte sich dann über ihren Cheesecake her. »Natürlich gibt es heiklere Punkte. Wie zum Beispiel der Umgang mit der Presse. Das sind aalglatte Mistkerle.«

Cesar wischte sich den Mund ab. »In Spanien habe ich ein wenig Erfahrung mit Reportern gesammelt. Das war … unerfreulich.«

»Hier wird es noch schlimmer sein. Zumindest am Anfang. Du bist ein gut aussehender Typ mit einem sexy Akzent. Das finden die unwiderstehlich. Und dann bist du auch noch neu.«

»Ich trage eine Maske«, erwiderte er, während auch er sich ans Dessert machte. »Das sollte helfen, sie von meinem Privatleben fernzuhalten.«

»Mir gefällt ja dein Optimismus, aber …« Sie sah sich um. Wie in den meisten Restaurants in Manhattan war hier alles voll. Sie saßen in einer Nische, und sie war sich ziemlich sicher, dass man sie nicht belauschen konnte. Dennoch sprach sie leiser weiter. »Die schleimen sich bei dir ein, um herauszufinden, was unter der Maske ist.« Sie beugte sich zu ihm. »Außerdem gibt es ein paar Themen, die schlicht tabu sind.«

»Kann ich mir vorstellen«, versetzte er. »Wir dürfen nicht über die Missionen sprechen, es sei denn, wir haben eine entsprechende Erlaubnis. So war es zumindest in Spanien.«

Sie schüttelte den Kopf. »Nicht nur das. Es gibt da Sachen, die das öffentliche Meinungsbild betreffen. Finger weg von Religion und auch von den politischen Hintergründen unserer Aktionen.«

»Ja, meine religiösen Überzeugungen wären … problematisch.« Er schob sich noch ein paar Gabeln Cheesecake in den Mund.

»Oh?« Die meisten ihrer Wild-Card-Freunde sprachen nicht über Religion. Außer Angel, die sehr gläubig war und sich nicht scheute, ihre Überzeugungen auszudrücken. Aber im Großen und Ganzen hatten Wild Cards genug Probleme, ohne auch noch Religion mit ins Spiel zu bringen.

Aero lächelte matt. »Als meine Schwester der Pikdame zum Opfer gefallen ist, war ich noch gläubig. Ich bin fromm katholisch erzogen worden.« Er sprach langsam und klar. »Als Junge haben die Schwestern mir ein Bild von Jesus in einem Plastikrahmen gegeben. Ich war gut in der Schule, und das war die Belohnung. Der Rahmen hatte kleine Türchen, die man auf- und zumachen konnte. Das war reiner Nippes, aber aus Sentimentalität habe ich es behalten. In der

Nacht, als meine Schwester gestorben ist, habe ich alle Türchen zugemacht und zu Jesus gebetet, dass er sie wieder aufmachen soll als Zeichen, dass meine Schwester im Himmel ist. So eine kleine Sache war schließlich nicht zu viel verlangt, um mich aus so großem Zweifel und Schmerz zu erlösen.«

»Es tut mir leid«, sagte sie, obwohl sie wusste, dass die Worte unzulänglich waren. »Aber ich vermute, Gott hat dir die Türchen nicht geöffnet.«

»Nein, natürlich nicht.« Er schüttelte den Kopf. »Das war der Anfang vom Ende meines Glaubens. Meine Eltern haben mich gescholten, dass ich Jesus auf die Probe gestellt hätte, aber ich habe ihn nicht auf die Probe gestellt, ich habe gebettelt. Ich wollte wirklich daran glauben.«

Michelle wusste nicht, was sie sagen sollte. Trauer und Wut standen ihm ins Gesicht geschrieben.

»Wir haben alle jemanden verloren«, sagte er. »Aber es gab eine Entschädigung. Ich habe gelernt, die Zeit auf Erden wertzuschätzen. Es ist eine Disziplin, ja sogar eine Kunst, das Leben zu genießen.«

Michelle nickte. »Ich bin nicht gläubig. Anders als deine Eltern haben meine nur ans Geld geglaubt.« Sie lächelte bitter. »Du solltest diese Geschichte niemandem erzählen, den du nicht kennst oder dem du nicht vertraust. Wenn die Presse Wind davon bekommt, zerfetzen sie dich in der Luft. Die reißen alles aus dem Zusammenhang. Dann bist du Wasser auf die Mühlen der Evangelikalen und der Anti-Wild-Card-Bewegung. Und du hast schon genug durchgemacht.«

»Du hast natürlich recht.« Er tupfte die Mundwinkel mit seiner Serviette ab. »Sie würden meinen Schmerz in der Öffentlichkeit ausschlachten. Das machen sie überall. Ich … wahrscheinlich wollte ich einfach, dass du es weißt. Ich habe schon jetzt Heimweh, und ich bin gerade erst angekommen. Ich will, dass jemand weiß, wer ich bin.« Dann trank er einen Schluck Kaffee. »Der Cheesecake ist gut«, sagte er.

Dass er ihr seine Geschichte anvertraut hatte, machte Michelle erstaunlich froh. »Hey, wenn du heute Abend nichts vorhast, komm doch einfach zum Abendessen bei mir vorbei. Dann kannst du meine Tochter kennenlernen, und dann kennst du schon zwei Leute in New York.«

Seine Augen hellten sich auf. »Das wäre schön«, sagte er. »Um wie viel Uhr?«

»Wie wär's um sieben? Dann hast du genug Zeit, um deine Komitee-Pflichten zu erfüllen. Ich geb dir rasch meine Adresse, dann können wir wieder ins Büro zurück.«

Er zog sein Telefon heraus. »Jederzeit.«

♣♦♠♥

Uncle Chowder's Clam Bar war eine der alteingesessenen Lieblingsinstitutionen der Jokertowner. Die Lichtreklame hoch oben an der Klinkerfassade zeigte eine Muschel mit Zylinderhut, die schon seit Jahrzehnten auf wackligen Stelzenbeinen stepptanzte. Derzeit erfreute sich die Bar eines deutlich kultivierteren Rufs als in ihrer Anfangszeit, als sie das Gebäude noch mit einer Tiefparterre-Kaschemme namens Squisher's Basement geteilt hatte. Squisher's gab es schon lange nicht mehr, und in dem Keller befand sich jetzt The Foxes Booze and Cruise, eine gehobene Schwulenbar – auch wenn die Geschlechterunterscheidung bei Jokern manchmal etwas schwammig wurde. Uncle Chowder's zielte auf ein junges und für Jokertown einigermaßen mondänes und begütertes Publikum ab, Jokeryuppies, die das Viertel gentrifizierten. Zuweilen waren weder die Gentrifizierung noch die Schwulen willkommen bei den Anwohnern, wie Angel wusste, aber in Jokertown zählte das Geld, und die weniger Wohlhabenden mussten gehen, egal wie lange sie schon hier gelebt hatten.

Chowder's war zurückhaltend beleuchtet. Gegenüber

dem polierten hölzernen Bartresen reihten sich einige Sitznischen mit Plüschkissen an der Wand, und dazwischen standen einige Tische mit Tischdecken. Aus den Lautsprechern kam etwas von Lady Gaga, einer geheimnisvollen Sängerin aus dem derzeitigen Divenpool, die weder bestätigen noch abstreiten wollte, dass sie eine Jokerin war. Angel kannte den Song nur, weil er überall lief. Über Lady Gaga wusste sie ungefähr so viel wie über alle anderen derzeitigen popkulturellen Dinge. Oder vielleicht sogar noch weniger. Sie und Billy gingen nicht oft aus.

Sie sah sich im Restaurant um. Es war einigermaßen gut gefüllt, da viele noch spät zu Abend aßen, vor allem Paare, die sich still ihren Hummercremesuppen, rohen Austern und Königskrabbenbeinen widmeten.

Er wird wohl in einer Nische sitzen, dachte sie und behielt recht.

Der gut aussehende junge Polizist, Franny Blacks Partner, hatte sich allein in eine Ecke der letzten Sitznische gedrückt. Als Angel neben ihm auf die Bank rutschte, sah er zu ihr auf. Auch im trüben Licht sah sie seinen besorgten, vielleicht sogar etwas furchtsamen Blick.

»Officer Stevens«, sagte sie so leise, dass sie bei der Musik kaum zu hören war.

»Agent … äh …«

»Ich sagte doch schon, nennen Sie mich Angel oder Bathsheeba, was Ihnen lieber ist.«

»Ja, natürlich.« Er trank einen Schluck aus einem Glas, das er in beiden Händen hielt, ein dicker, rechteckiger Glasquader mit einigen Eiswürfeln und ein paar Fingerbreit einer dunklen bernsteinfarbenen Flüssigkeit darin. »Darf ich Ihnen etwas zu trinken bestellen, Angel?«

Sie hatte den Eindruck, dass er eigentlich gut mit Frauen zurechtkam, aber zu besorgt und abgelenkt war, um seinen Charme spielen zu lassen. Zwar merkte sie, dass sie ihm gefiel und es ihn freute, dass sie sich so nah waren. Aber auch ihr gefiel es, wo sie war. Nicht auf der anderen Tischseite, sondern neben ihm. In Reichweite. Sie schüttelte den Kopf und sah ihn an.

Er nickte und betrachtete seinen Drink, trank aber nicht davon.

»Ich bin kein …«, sagte er, brach aber ab. Anscheinend kostete es ihn Anstrengung, noch einmal anzusetzen. Sie hörte ihn kaum vor lauter Musik. »Ich bin kein Spitzel«, sagte er.

Sie nickte anerkennend. »Wo sind Ihr Partner und Agent Norwood?«

»Sie wissen, dass sie zusammenarbeiten?«, fragte er und sah zu ihr auf, bevor er den Blick wieder abwandte.

Und Angel nickte nur. Sie hatte Jamals Aufzeichnungen auf dem Rechner so manches entnommen, aber es fehlten ihr noch viele Details. Und ob sie Stevens vertrauen konnte, war eine Sache, die sie nicht wusste.

»Ich sollte bei ihm sein«, sagte er noch leiser, sodass Angel ihn kaum verstand.

»Warum sind Sie das nicht?«, fragte sie sachlich.

»Franny« – er brachte den Namen kaum heraus – »ließ mich nicht mitkommen. Ich habe Familie – zwei Frauen und eine kleine Tochter …«

Angel zog die Brauen nach oben.

»… ich wäre trotzdem mitgekommen, aber Franny und Ihr Kollege sind ohne mich gegangen.« Der Damm in ihm brach, und Stevens sah sie direkt an und sprach hastig, beinahe flehentlich. »Es waren die Joker, die vermissten Joker. Man hat sie von der Straße weg mitgenommen …«

»Entführt?«

Stevens nickte. »Ja, und da war etwas faul dran. Weiter oben … bestand kein … Interesse für den Fall, aber Franny ist drangeblieben, hat hartnäckig gebohrt. Er hat gegen Anweisungen gehandelt, hat weiter geforscht. Schließlich hatten er und Norwood einen Durchbruch bei diesem TV-Fuzzi, diesem Michael Berman. Sie sind verschwunden, haben sich in Luft aufgelöst. Ich weiß nicht, wohin und wie, aber diese Tussi, Mollie – die war bei *American Hero* …«

»Die Teleporterin?«

»Ja. Und gestern ist ein ganzer Trupp von diesen Jokern wieder aufgetaucht, direkt in der Polizeiwache. Das war ein Heidenzirkus. Die haben was von Spielen, Todeskämpfen gefaselt. Pater Squid …« Stevens schluchzte und verlor fast die Beherrschung.

»Was ist mit ihm?«, fragte Angel. Den freundlichen, alten Jokerpriester hatte sie mehrere Male getroffen. Er war, wie viele sagten, die Seele Jokertowns, und das glaubte sie gern. Sie wusste zwar nicht, welcher Konfession er angehörte, aber sie hegte Zweifel, dass er dem Herrn diente.

»Sie sagen, er sei tot.«

Plötzlich war ihr kalt. »Und Jamal und Ihr Partner?«

Stevens schüttelte niedergeschlagen den Kopf. »Die waren nicht bei den Jokern.«

»Was ist mit ihnen passiert?«, fragte Angel und biss krampfhaft die Zähne zusammen.

»Sie sind … weg. Verschwunden. Angeblich vom FBI aufgesammelt worden.«

»Davon hätte ich etwas mitbekommen.«

»Ich weiß«, sagte der Polizist. »Da … auf der Wache stimmt was nicht.« Er musste die Worte förmlich hervorpressen.

»Glauben Sie?«

Er nickte. Angel starrte ihn an. Er wandte den Blick nicht ab. In seinen Augen standen Kummer und Sorge um seinen Partner und Jamal und mehr als nur eine Andeutung von Scham, weil er nicht bei ihnen war.

»Ich glaube«, sagte Angel plötzlich viel lauter, »dass wir ihm vertrauen können.«

Stevens sah sie mit einem Stirnrunzeln an. »Was?«

Ein Mann, der mit dem Rücken zu ihnen an einem der Tische gesessen hatte, stand schweigend auf, nahm den Hummerlatz ab, warf ihn auf den Tisch und wandte sich zu ihnen um. Er trug einen gut geschnittenen Anzug, der traumhaft auf seine nicht besonders große Gestalt passte. Eine der seltenen Deckenlampen beleuchtete sein Gesicht nur zur Hälfte, es war hager und wirkte hart, mit einer schiefen Nase, und um als schön durchzugehen, war es zu ramponiert. Mit der Eleganz eines Tänzers kam er zu ihnen herüber. Angel lächelte ein wenig. Selbst in dieser schweren Zeit und nach den schrecklichen Neuigkeiten, die sie eben gehört hatte, wurde sie es nicht müde, seinen Bewegungen zuzuschauen. Doch er hatte den Blick auf Stevens gerichtet, der nun verunsichert und beunruhigt wirkte. Sie konnte es dem Polizisten nicht verdenken angesichts der Miene des Neuankömmlings.

»Wenn du meinst«, sagte Billy Ray und stierte Stevens an wie ein missgünstiger Engel beim Jüngsten Gericht.

♣ ♦ ♠ ♥

Pünktlich um sieben klopfte es an der Tür, und Michelle machte auf. Cesar stand im Gang mit einer Flasche Wein und einem kleinen, mit silbernem Glitzer überzogenen lavendelfarbenen Geschenkpäckchen.

»Hab was mitgebracht«, verkündete er mit einem Lächeln. »Der Wein ist für dich. Das andere«, sagte er und hielt ihr das Päckchen hin, »ist für deine Tochter.«

»Wie reizend von dir!«, rief Michelle aus, trat einen Schritt zurück und winkte ihn herein. »Ich muss dich warnen, ich bin eine furchtbare Köchin. Deshalb habe ich Unmengen chinesisches Essen bestellt.«

»Zum Glück mag ich chinesisches Essen.«

Michelle führte ihn ins Wohnzimmer und forderte ihn mit einer Handbewegung auf, sich zu setzen. »Du hast eine schöne Wohnung«, sagte er mit einem neuerlichen Lächeln. »Mir gefällt dieser moderne Möbelstil aus den Fünfzigern. Und deine Farbwahl passt super zu der Epoche.«

Sie sah sich unheimlich stolz in ihrem Wohnzimmer um. An den cremegelben Wänden hing eine bunte Mischung aus Gemälden, Drucken und Fotografien. Das Sofa und die Sessel mochte sie sehr. Sie hatte sie in einem grau-weißen Münzmuster beziehen lassen. Adesinas Bücher und Computerspiele lagen auf dem Couchtisch verstreut, und ihren Schulranzen hatte sie auf einen der Stühle geworfen. Das alles wirkte wie aus einer verklärten Sechziger-Fernsehserie. Nur dass gegenüber der Couch ein Flachbildschirm an der Wand hing. Vom gestrigen Abend, als sie mit Adesina den Lieblingszeichentrickfilm ihrer Tochter angeschaut hatten, lagen noch die Kissen auf der Couch aufgetürmt. Michelle freute sich unbändig, dass sie für Adesina und sich ein Heim geschaffen hatte.

Sie lächelte Cesar an. »Ich wollte nichts Besonderes. Nichts Ausgefallenes. Ich bin mit dem ganzen extravaganten Kram aufgewachsen, und es hat mich nicht glücklich gemacht.« Eine Falte schlich sich auf ihre Stirn. »Ihr Leben wird aus so vielen Gründen nicht einfach werden. Deshalb möchte ich, dass sie weiß, wie sich Normalität anfühlt. Nicht, dass ich darin selbst viel Erfahrung hätte.«

Adesina kam ins Zimmer. Sie hatte die Schuluniform abgelegt und eine Flauschhose und ein T-Shirt angezogen. Sie waren speziell für sie geschneidert worden. Michelle fand, dass sie eigentlich gar nichts anzuziehen brauchte, aber sie wollte nicht, dass Adesina noch mehr das Gefühl bekam, sich von anderen Kindern zu unterscheiden.

»Und das ist meine Tochter, Adesina«, sagte Michelle. »Adesina, das ist Mr. Clerc.«

Adesina flatterte halb und ging halb zu ihm herüber. »Guten Tag!«, sagte sie und hielt ihm ihre Klaue hin.

Cesar lächelte sie an, was Michelle erleichterte. Auch wenn ihre Tochter ein hübsches und süßes Mädchengesicht hatte, wurden manche Leute wegen ihres Insektenkörpers doch nervös.

»Guten Tag«, erwiderte er, nahm ihre Klaue und drückte sie sanft. »Du kannst mich Cesar nennen, wenn du magst. Ich habe dir was mitgebracht.« Er gab ihr das Päckchen.

Sie riss das lavendelfarbene Papier auf und stieß einen Freudenschrei aus.

»Die habe ich noch nicht«, sagte sie und befreite eine Plastikfigur von Misty Mouse aus dem Papier. »Woher weißt du, dass ich *Ocelot 9* mag?«

Er wirkte sehr zufrieden. »Ich habe eine Frau namens Ink kennengelernt und sie gefragt, was dir gefallen könnte. Anscheinend redet deine Mutter auf der Arbeit viel über dich.«

♣♦♠♥

Mollie trat ins modrige Dunkel eines Einzimmerapartments im zentralen North Dakota. Monate waren vergangen, seit sie das letzte Mal ihr Schlupfloch in Bismarck aufgesucht hatte. Die Luft war abgestanden, und der Geruch verriet ihr, dass viel zu lange kein Wasser mehr durch die Rohre gelaufen war. Mollie machte einen Rundgang durch die Wohnung, schaltete alle Lichter an und drehte die Wasserhähne auf. Die Kanthölzer, die sie mit Winkeln hinter der Eingangstür befestigt hatte, verbarrikadierten diese noch immer. Den Juwelenschmuck, der sich auf dem ramponierten Kartentisch in der Küche zu einem Haufen türmte, bedeckte eine stattliche Staubschicht. Als sie den Duschvorhang zur Seite schob, verschwanden zwei Kakerlaken im Abfluss.

Das war wahrlich nicht die feudale Unterkunft, von der sie immer geträumt hatte, seit ihre Karte aufgedeckt worden war – die musste erst noch Wirklichkeit werden. Aber es war eine Bleibe, deren Miete und Betriebskosten man jährlich im Voraus per Postanweisung zahlen konnte. Sobald Ffodor ihr beigebracht hatte, wie man eine halbwegs brauchbare falsche Identität annahm, hatte sie das Apartment unter einem falschen Namen angemietet. Bloß weil sie als naive Hinterwäldlerin zwischen Kartoffelfeldern aufgewachsen war, hieß das noch lange nicht, dass sie blöd war.

Es war sehr ruhig hier und sehr, sehr geheim. Nicht einmal Ffodor hatte von dieser Wohnung gewusst. Und Berman hatte sie es schon gar nicht erzählt. Und sie hatte auch noch nie jemanden eingeladen. Nicht weil es niemanden gegeben hätte, sondern weil sie es so wollte. Wenn sie wirklich wollte, würde sie leicht Leute zum Abhängen finden. Jederzeit. Sie hatte einfach zu viel zu tun. Schon seit Jahren.

Sie schob Kisten und Einkaufstüten zur Seite, bis sie genug Platz hatte, um sich aufs Bett zu werfen. Am Fuß des Betts schwankte ein Turm aus Laptops und Tablets, viele davon noch in der Originalverpackung. Mollie nahm den obersten herunter und warf ihn zur Seite. Er landete auf einen anderen Stapel ungeöffneter Beute.

Allmählich wurde es lächerlich. Sie musste sich bald mal Zeit nehmen, um die Sachen, die sie zusammenklaute, auch zu verhökern. Sonst hatte es ja keinen Zweck. Ja, genau. Was sollte das Ganze dann? Doch war das ein gefährlicher Gedanke, deshalb schreckte sie vor ihm zurück. Stattdessen schaltete sie lieber den WLAN-Router ein und wartete darauf, dass das Tablet sich ins Netz einwählte. Im Internet surfen war nicht besonders aufregend – schließlich wusste jeder, dass das Internet zur Hälfte von Trollen bevölkert war und zur anderen Hälfte von Arschlöchern –, aber immerhin hatte sie etwas zu tun, bis ihr der Magen knurrte.

Sie legte das Tablet beiseite und öffnete zwei neue Tore, eines in ihrer Schlafzimmerwand in Armreichweite und eines im Kühlschrank eines Hofs, eine halbe Stunde außerhalb von Cœur d'Alene, Idaho.

Ein scharfes, metallisches Schnappen hallte aus dem Kühlschrank, begleitet von einem schmerzhaften Stechen in ihren Fingern. Mollie riss ihre Hand durch die Öffnung zurück in ihr Apartment. Sie stemmte die Mausefalle an ihren Fingern auf und schleuderte sie fort. Die Falle prallte gegen die Wand und hinterließ eine Beule im Gips (*toll, wieder ein Stück Kaution weniger*), bevor sie aufs Bett plumpste.

Es tat so weh, dass Mollie erst dachte, dass das Scheißteil ihr die Finger gebrochen hätte. Aber sie konnte sie noch beugen. Sie verschob den Zugang vom Kühlschrank ihrer Eltern zum Gefrierfach und (nachdem sie erst nach einer weiteren Mausefalle Ausschau gehalten hatte) schnappte sich etwas Eis. Mit einer weiteren Öffnung besorgte sie sich einen Waschlappen aus dem Bad. Nachdem sie sich eine provisorische Eispackung gebastelt hatte, starrte sie in die Küche der Steunenbergs, während sie ihre Finger pflegte. Es roch leicht nach saurer Milch, aber auch nach Schmorbraten. Aus dem Wohnzimmer plärrte der Fernseher. Mom und Dad schauten *Glücksrad*. Plötzlich wurde sie von Heimweh erfasst. Doch dann betrachtete sie ihre Finger, die schon angeschwollen waren wie Würste, und rief sich ins Gedächtnis, weshalb sie nicht öfter nach Hause zurückkehrte. Seit Noel ihren Bruder Todd getötet, ihren Bruder Brent angestochen und ihren Vater angeschossen hatte, fühlte sie sich nicht mehr willkommen. Niemand sagte ihr ins Gesicht, dass es ihre Schuld war. (Wie sollte es auch ihre Schuld sein? Mollie hatte ja nur die Gelegenheit geliefert. Dad und die Jungs waren die Genies, die den Plan ausgeheckt hatten.) Trotzdem, Todds Tod war wie ein unauslöschliches Leichentuch auf der Beziehung zu ihrer Familie. Mom und Dad eingeschlossen. Aber sie hatten die Mausefalle nicht angebracht. So kindisch waren sie nicht.

Mollie beugte sich durch das Loch im Raum und schrie: »Brent, du fettiger Scheißhaufen! Das wirst du bereuen!«

Nachdem sie das Loch geschlossen hatte, ging sie in die Küche – ihre eigene Küche, in ihrer eigenen Wohnung, auf ihren eigenen Füßen – und kippte eine Tüte Gefrorenes in eine Pfanne. Während es garte, ging sie ins Bad und pinkelte. Sie spülte nicht.

Als sie neben einem fausthohen Haufen Juwelenschmuck ihr Abendessen verdrückte, Schmuck, den sie teilweise vor über einem Jahr hatte mitgehen lassen und bis heute nicht verscherbelt hatte, fragte sie sich unwillkürlich, weshalb sie es eigentlich tat. Sie war nicht kleptomanisch. Sie mochte Geld, wollte Geld – wollte tonnenweise davon – und klaute nicht wegen des Kitzels. Aufgrund ihrer Asskraft war Klauen läppisch. Warum also war sie zu faul geworden, den Kram zu Geld zu machen, nachdem sie Ffodor nicht mehr zeigen brauchte, was für eine gute Schülerin sie war?

Mollie fragte sich, ob sich Bergsteiger so fühlten, wenn sie den Mount Everest erklommen hatten.

Sie hatte die gesamten Goldreserven eines Landes gestohlen. Bei ihrem allerersten Einsatz als professionelle Diebin. Zugegebenermaßen war sie Teil eines Teams gewesen … ihre Gedanken wuselten wieder um Ffodor herum … aber sie hatte eigenhändig Abermillionen Dollar in Gold entwendet. (Und wie es jeder gemacht hätte, hatte auch sie dafür gesorgt, dass ihr eigener Anteil größer ausfiel. Was bestens funktioniert und niemandem wehgetan hätte, danke für verficktes Nichts, Noel Matthews.) Danach war ihr fast nichts mehr der Mühe wert gewesen.

Und deshalb hatte sie Ffodor gedrängt, etwas Spaßiges zu machen, was Riskantes, das zwei abgefahrener, gelangweilter Asse würdig war. Sie hatte sich so angestrengt, um ihm zu zeigen, dass sie nicht mehr der ahnungslose, unreife Naivling war, als den er sie kennengelernt hatte. Und es hatte funktioniert. Bald darauf hatten sie von einem Casino irgendwo in Kackarschistan gehört, was zu …

Nein. Sie schüttelte den Kopf.

Sie stellte den Wecker auf halb irgendwas, bevor sie unter die Decke schlüpfte. Erst versuchte sie, auf dem Bauch zu schlafen, wie sie es normalerweise tat, aber das Kitzeln in der Brust machte das unmöglich. Beinahe eine Stunde verging, ehe der Ärger über sich selbst – weil sie unaufmerksam gewesen war und sich hatte von den beiden Gendarmes überraschen lassen – und die Scham – weil sie vorgegangen war, als hätte Ffodor ihr so gar nichts beigebracht – so weit abgeklungen waren, dass sie einschlafen konnte.

Der Wecker weckte sie. Mollie stand gar nicht erst auf. Sie schuf eine Öffnung am Grund der Kloschüssel und verknüpfte sie mit einer zweiten ungefähr einen halben Meter über dem Kopfende von Brents Bett. Sie hielt die Raumfalte so lange aufrecht, bis sie aus der Porzellanschüssel im Nebenraum ein Platschen hörte, einen Schrei und angewidertes Spucken.

»SCHEISSE MANN du bist TOT du UNGLAUBLICHE FO…«

Sie schloss das Zwillingsportal, steckte den Wecker aus, schloss die Augen, gähnte und schmiegte sich wieder in die Kissen. Nur um sich einen Moment später hellwach zu finden.

Das Casino. Das leere, unbewachte Casino.

Das leere, unbewachte Casino, das, als Mollie das letzte Mal dort war, gefüllt war mit tonnenweise Kohle. Bargeld. Verfickte Geldlawinen.

Verdammt. Vielleicht war sie doch eine blöde Hinterwäldlerin vom Kartoffelacker.

♣♦♠♥

»Wie findest du Cesar?«, fragte Michelle. Sie und Adesina fläzten auf dem Sofa. Die dreizehnte Folge der Fernsehserie *All Ocelot* war auf dem Videorekorder startklar. Adesina hielt Misty Mouse in ihren Klauen.

»Ich finde ihn sehr nett. Und nicht nur, weil er mir die Misty Mouse mitgebracht hat.«

»Aber das hat nicht geschadet«, lachte Michelle.

»Nein, klar. Aber er hat uns richtig zugehört und hat beim Abwasch geholfen.«

»Ja«, sagte Michelle und schaltete die Folge ein. »Er ist nett. Und bekommt Pluspunkte dafür, dass er beim Abräumen geholfen hat.« Im Fernsehen verfolgte die Cherry Witch ihren niederträchtigen Plan, den Wald von *Ocelot 9* einzunehmen. Jede Woche hatte sie einen niederträchtigen Plan. Das hatte etwas Beruhigendes.

Michelle betrachtete Adesina, die sich neben ihr zusammengerollt hatte. Sie war eingeschlafen. Michelle hob sie vom Sofa und trug sie ins Bett. Nachdem sie ihre Tochter unter die rosafarbene Decke gepackt hatte, schaltete sie das Nachtlicht an. Selbst im Halbdunkel schimmerten die Sterne, die sie mit Leuchtfarbe auf die Decke aufgemalt hatte.

Sie küsste Adesina auf die Stirn und huschte dann aus dem Zimmer.

Diese Zeit der Nacht mochte Michelle nicht. Wenn Adesina im Bett war, war sie allein. Und wenn sie allein war, wanderten ihre Gedanken zu Joey. Und das war eine verfahrene Sache. Nicht nur wegen des Sex – der abwechselnd zärtlich und schrecklich brutal war –, sondern weil Joey auf eine Art kaputt war, und ganz gleich, wie sehr Michelle sie liebte, das konnte sie nicht wieder heilmachen.

Sie öffnete Skype auf ihrem Tablet. Die Kontaktliste erschien, und Joey stand ganz oben. Michelles Finger schwebte ein paarmal darüber, während sie mit sich rang, ob sie anrufen sollte oder nicht. Dann tippte sie auf den Bildschirm.

Zu ihrer Überraschung meldete sich Joey nach dem zweiten Klingeln.

»Hey, Bubbles«, sagte Joey. Wegen ihres seidigen kreolischen Akzents vermisste Michelle sie noch viel mehr. »Ist Adesina im Bett?«

»Ja«, antwortete Michelle und fuhr sich mit der Hand durchs Haar. »Woher weißt du das?«

Joey lachte. »Du rufst nur noch an, wenn das Stupsnäschen schläft.«

»Was machst du zu Hause? Ich hätte angenommen, dass du draußen bist und Touris ausnimmst.« Das war besser. Joey das Leben schwer zu machen, war besser, als ein Gespräch mit ihr zu versuchen.

»Fick dich, Michelle«, blaffte Joey. »Ich schreib dir nicht vor, wie du zu leben hast. Du arbeitest immer noch für diese Komitee-Arschgeigen.« Hinter Joey tauchten ein paar Zombies auf.

Joey, wie sie leibt und lebt, dachte Michelle. *Gibt sich die Kante. Mit Zombies.* Das war vertrautes Terrain. Sie legte sich auf die Couch, stützte den Kopf mit Kissen ab, klappte das Tablet um, sodass es stand, und stellte es sich auf die Brust.

»Die tun viel Gutes, Joey«, verteidigte sich Michelle. »Ohne sie hätte ich Adesina nicht.«

Joeys Miene wurde etwas nachgiebiger. »Ist ein Argument. Meinst du, ihr zwei könnt mal auf einen Besuch runterkommen? Ist verdammt lang her.«

O ja, es war lange her. Michelle spürte bohrendes Verlangen, doch anstatt zu sagen, was sie wollte, sagte sie: »Ich weiß nicht. Adesina macht beim Sommerprogramm in der Schule mit, und ich arbeite ein bisschen für L'Oréal.«

»Ach, scheiß auf diesen Mist«, sagte Joey wütend. »Du könntest raus aus der Nummer, wenn du wolltest. Eine

Woche. Willst du mir wirklich erzählen, dass Amazing Bubbles nicht mal eine Woche freimachen kann? Was ist denn das für eine gequirlte Scheiße?«

Natürlich hatte sie recht, vermutlich hätte Michelle so lange freimachen können, aber sie hatte Angst. Angst vor ihrem Verlangen nach Joey. Und davor, wie das meistens endete.

»Es ist nicht …«, fing sie an, doch dann wischte Adesinas Schrei alles andere aus ihrem Bewusstsein. Michelle sprang von der Couch auf, sodass das Tablet auf den Boden dotzte. Vor langer Zeit hatte sie diesen Schrei als das furchtbarste Geräusch der ganzen Welt kennengelernt. Michelle lief in Adesinas Zimmer und stieß sich Fuß und Hüfte am Türrahmen. Sie spürte nichts, nahm es nur in ihren Körper auf.

Adesina lag in ihre rosafarbene Blumendecke verheddert da, stöhnte, und Tränen liefen ihre Wangen herab. »Adesina«, sagte Michelle und schüttelte sie sacht. »Baby, wach auf, bitte.«

Doch ihre Tochter schrie weiter. Michelle zog sie eng an sich heran und fuhr Adesina mit den Händen über die Flügel. Sonst hatte sie das immer beruhigt, doch jetzt führte es nur dazu, dass das Schreien sich in ein tiefes, kehliges Stöhnen verwandelte.

»Adesina!«, sagte sie panisch. Sie schob die Cornrow-Zöpfe aus Adesinas Gesicht. »Adesina, es ist ein Traum. Es ist nur ein Traum. Wach auf! Liebes, *wach auf*!«

Doch Adesina machte die Augen nicht auf. Sie knirschte mit den Zähnen, und das schreckliche Knurren wurde lauter.

»Mein Gott!« Michelle drückte Adesina noch enger an die Brust, doch es brachte nichts. Dieses schreckliche Geräusch konnte nicht von ihrer Tochter kommen. Michelle brach der kalte Schweiß aus. »Mein Gott! Liebes, bitte wach auf!«

»Sie kommen«, sagte Adesina mit schwerer, kehliger

Stimme. Ihre Lider klappten hoch, doch die Augen waren nach hinten verdreht, sodass man nur das Weiße sah.

Dann blinzelte sie. Und jetzt starrten ihre braunen Augen zu ihr hoch, und Michelle sah die Furcht in ihnen. Adesina vergrub das Gesicht an Michelles Brust und legte ihre Arme, so gut es ging, um sie.

Mein Gott, dachte Michelle. Ihr war übel. *Jetzt ist es doch passiert. Der ganze Scheiß, den sie im PPA durchgemacht hat, hat sie jetzt doch eingeholt. Wie es die Psychologin vorhergesagt hat.*

Ihr kleines Mädchen durchlebte den Albtraum erneut. Wurde noch einmal von Soldaten ihren Eltern weggenommen. Die Leichengrube. All die toten Kinder. Selbst Michelle hatte davon mehr als genug Albträume.

»Ist gut«, sagte sie und wiegte Adesina hin und her. »Du bist zu Hause. Hier sind wir sicher. Hier kann uns nichts passieren.«

Doch Adesina gab keine Antwort, sondern weinte weiter und ließ ihr Gesicht an Michelles Brust.

Michelle wusste nicht, was sie tun sollte. Sie konnte Sachen in die Luft jagen. Sie konnte hüpfende Blasen regnen lassen. Sie konnte eine Atombombenexplosion absorbieren. Aber sie wusste nicht, wie sie die Schrecken der Nacht von ihrer Tochter fernhalten sollte.

Seit ihre Karte aufgedeckt worden war, hatte sie sich nicht mehr gefürchtet oder hilflos gefühlt. Bis jetzt.

♣ ♦ ♠ ♥

Dienstag

Sie waren nicht weit gekommen. Weiter oben in den Hügeln tippte Baba Yaga dem Fahrer auf die Schulter und deutete mit dem Kopf zu einer Abzweigung, die zu einer Baumgruppe führte. Zum ersten Mal wirkte die Greisin nicht nur alt, sondern auch gebrechlich. Inzwischen war es vollends dunkel, und ihr Ansinnen wurde deutlich, als der Wachmann ihr seinen Mantel gab und sie sich auf dem Rücksitz hinlegte.

Franny war nicht traurig, dass sie angehalten hatten. Seine beiden Wunden taten weh, und obwohl er Hunger hatte und ihm kalt war, konnte er ein wenig schlafen. Er wachte erst auf, als eine Tür zugeschlagen wurde. Morgennebel kroch zwischen den Bäumen am Boden entlang und reflektierte das Licht eines kleinen Lagerfeuers. Schnauzer hielt zwei aufgespießte Fische über die Flammen. Der Geruch der gerösteten Haut war irrsinnig köstlich.

Franny bewegte sich und zischte vor Schmerz. Die Schmerzmittel, die er im Krankenhaus bekommen hatte, wirkten nicht mehr. Vom Liegen im Lieferwagen war er ganz steif, und die Schusswunden waren ein zermürbender Quell der Qual. Schließlich kletterte er aus dem Wagen und rieb sich die Arme, um sich aufzuwärmen. Baba Yaga kauerte am Feuer. Er gesellte sich zu ihr.

»Können Sie mir sagen, woher die kommen?«, fragte er und zeigte auf die Fische. »Ich würde mich gern waschen.«

Mit einer ruckartigen Kinnbewegung zeigte sie ihm die Richtung.

Franny folgte ihr und gelangte nach kurzer Zeit an einen Wasserlauf. Das Wasser war frisch, und als er es sich ins Gesicht spritzte, spürte er kratzende Bartstoppeln in den Handflächen. Noch ein oder zwei Tage und er würde aussehen wie ein Obdachloser in New York – blutig, dreckig und in schlecht sitzenden, unpassenden Klamotten. Er hielt inne, um sein Hemd aufzuknöpfen und den Verband zu inspizieren. Der war dunkelrot gefärbt, und etwas Blut war auch durchgesickert und an ihm heruntergelaufen. Er spülte das Blut weg, öffnete den Hosenschlitz und pinkelte an einen Baum. Dann kehrte er zum Lagerfeuer zurück.

Schnauzer bot ihm einen halben Fisch an. Er nahm ihn mit einem dankbaren Nicken entgegen. Baba Yaga zupfte bereits an der anderen Hälfte, während Schnauzer einen ganzen Fisch für sich beanspruchte. Das war wohl nur gerecht, nahm Franny an. Schließlich war er ein großer Kerl, der Franny um zehn Zentimeter überragte, und Franny selbst war schon über eins achtzig.

Er beobachtete die Alte aus dem Augenwinkel, doch sie merkte es. »Was? Was wollen Sie, Junge?«

»Ich möchte, dass Sie auf Augenhöhe mit mir reden. Ich glaube, dass Sie viel mehr darüber wissen, was los ist, als Sie sagen.«

»Das tue ich auch.«

»Also sagen Sie es mir.«

»Warum?«

»Weil … weil wenn es nur einer von uns beiden schafft, dann erfährt die Welt wenigstens von … na ja, von dem, was gerade eben passiert.«

Sie sah ihn mit einem trostlosen Lächeln an, in dem keinerlei Belustigung oder Freude lag. »Und wenn ich es Ihnen sage, dann legen Sie mich um. Weshalb sollten Sie sich mit einer alten Frau beschweren? Das würden Sie denken. Nein, so werden Sie darauf achten, dass ich am Leben bleibe und die Leute erreiche, die vielleicht in der Lage sind, das Kommende aufzuhalten.«

»Und vielleicht verarschen Sie mich auch nur und haben genauso wenig Ahnung wie ich, was abgeht.« Sie duellierten sich mit Blicken.

Schließlich nickte sie energisch, als hätte sie für sich eine Frage gelöst. »Was haben Sie gespürt?«, fragte sie. »Im Krankenhaus.«

»Das habe ich Ihnen doch erzählt.«

»Nein, Sie haben mir erzählt, was Sie *gesehen* haben. Was haben Sie *gefühlt*?«

Ihm war der Appetit vergangen, und er stellte das Essen zur Seite. Er wollte sich nicht daran erinnern. Wollte nicht antworten. Doch er wusste, dass er etwas geben musste, um etwas zu bekommen. Deshalb sagte er: »Rasende Wut. Auf … so viele Leute. Wenn von denen jemand vor mir gestanden hätte, dann …« Er brach ab, stand auf und entfernte sich ein paar Schritte. Dann sah er über die Schulter zurück zu Baba Yaga. »Aber so bin ich nicht. Zumindest glaube ich das. Ich hoffe, dass ich es nicht bin.«

»Sind Sie gläubig, Junge?«

»Ich bin katholisch.«

»Das habe ich nicht gefragt.«

»Okay, ja, wahrscheinlich schon.«

»Dann sage ich Ihnen so viel: Die Hölle wird über die Erde hereinbrechen.«

Sie stand auf und ging zum Wagen. Ihm war klar, dass das Gespräch zu Ende war.

♣ ♦ ♠ ♥

Angel wachte auf, ohne sich zu regen. Nur ihre Augenlider öffneten sich blinzelnd. Sie lag auf dem schmalen Hotelbett und starrte auf den Mann, der neben ihr lag. Aus Erfahrung wusste sie, dass er sofort aufwachen würde, wenn sie auch nur ein wenig zuckte, und manchmal wollte sie ihn eine Weile schlafen sehen. Denn nur dann war sein Gesicht gelöst, nur dann war sein Körper entspannt.

Die Sonne war aufgegangen, und ihr Licht sickerte durch die halb vorgezogenen Vorhänge des Holiday Inn Express, sodass Rays kantige Gesichtszüge und strammen Muskeln weich gezeichnet wurden. Er lag flach auf dem Rücken, den Kopf auf dem Kissen, den Mund leicht geöffnet, und eine dünne Speichelspur zog sich über sein Kinn. Seine reizende Erscheinung brachte sie zum Lächeln.

Irgendwann während der Nacht hatte er die zerwühlte Decke größtenteils von sich geworfen, sodass sie seine Hüfte und sein Bein, die sich an sie schmiegten, nicht ganz bedeckte. Sie jedoch war noch zugedeckt. Er war immer warm, seine Haut, sein Körper fühlten sich immer wie ein Ofen an. Das gehörte zu seinem Assstoffwechsel. Sie labte sich am Anblick seiner Nacktheit und staunte über seine wilde Schönheit. Über die Gefühle, die er in ihr wachrief, hatte sie sich nie geschämt, nicht einmal, als sie ein ganz frisches, unverheiratetes Paar gewesen waren, und trotz der Lehren, die ihre Mutter ihr eingeprügelt hatte.

Durch seine Narben fühlte sie sich sogar noch stärker zu ihm hingezogen. Sie erzählten ihr davon, wie viel er im Lauf der Jahre hatte zahlen müssen. Freilich waren die meisten im Lauf der Jahre verblasst und verschwunden, weil er so außergewöhnliche Selbstheilungskräfte hatte. Nur die neueren waren noch zu sehen, länger, als es früher der Fall gewesen wäre. Das machte ihr Sorgen. Ray selbst war in den letzten Jahren nicht langsamer geworden, nur seine Selbstheilung.

Aber die lange Narbe, die vom Brustbein bis zur Leiste lief, war noch immer eine leuchtend rote Linie, die in seine bleiche Haut gestickt zu sein schien, so gerade und glatt wie ein Schnitt mit dem Rasiermesser. Damals, als frisches Liebespaar, hatte sie Monate gebraucht, um den Mut aufzubringen, ihn danach zu fragen. Doch als sie es eines Nachts im Bett erwähnt hatte, hatte er bloß gelacht.

»Das? Die habe ich mir auf der Bühne beim Nationalparteitag der Demokraten 1990 zugezogen. Dieser verrückte Nazi, Mackie Messer, hat mir vor laufender Kamera fast alle Finger der rechten Hand abgetrennt und mich ausgenommen wie einen Fisch. Er konnte mit seinen Händen vibrieren wie eine Kreissäge«, erklärte Ray. In Erinnerungen versunken, schwieg er ein paar Sekunden. »Nicht gerade mein glorreichster Moment, aber niemand wusste, wer er verdammt noch mal war und was er konnte, am wenigsten ich. Aber siehst du?« Er hielt ihr die Hand hin. »Sie sind alle nachgewachsen und funktionieren bestens.« Er illustrierte das Gesagte, indem er ihre Brüste streichelte, neckend ihre Brustwarzen berührte, sodass sie zitterte.

»Hast du ihn getötet?«

»Nö. Ich war zu sehr damit beschäftigt, meine Gedärme festzuhalten.« Kurz war ein Schatten über seine Augen gehuscht, doch seine Hände machten unbeirrt weiter. »Ich lag acht gottverdammte Monate im Krankenhaus oder so, und dieser gottverdammte Senator Hartmann, dessen Leben ich gerettet hatte, hat mir nicht einmal eine Genesungskarte geschickt. Aber am Ende hat er sein Fett abgekriegt.«

»Fluch nicht«, hatte Angel gestöhnt und war plötzlich mit ganz anderen Dingen befasst, sodass Ray ihr nie verraten hatte, was genau der Senator abgekriegt hatte. Später hatte sie ihn im SCARE-Archiv recherchiert, und was er abgekriegt hatte, war in der Tat ziemlich übel gewesen.

Jetzt aber lächelte sie Ray an. Auch sie hatte Narben, manche sichtbar, manche nicht, doch die schlimmste der sichtbaren war diejenige, die sich über ihren Bauch wand wie eine Schlange. Ray hatte sie nie danach gefragt.

Plötzlich merkte Angel, dass Rays linkes Auge offen und verkniffen auf sie gerichtet war.

»Woher wusstest du, dass ich wach bin?«, fragte sie ihn.

»Du atmest kräftiger«, erklärte ihr Ray.

Sie grinste. »Wir haben viel zu tun heute.«

»Bloß mal wieder die Welt retten.«

»Haben wir noch Zeit, was meinst du …«

Er packte sie und zog sie auf sich hinauf.

»Ich habe immer Zeit für dich, Schatz.«

Das, so dachte Angel, war ihr der liebste Teil des Tages.

♣ ♦ ♠ ♥

Barbara schüttelte den Kopf, während sie die Seiten vor sich überflog. Unter ihren Füßen vibrierte der Boden des UNO-Flugzeugs, und das schwache Rauschen der Düsen drang sogar in das schallisolierte Besprechungszimmer, in dem sie, Klaus und Jayewardene vor Stapeln von Ausdrucken saßen. Die anderen Komitee-Asse waren in der Fluggastkabine untergebracht oder mischten sich unter die Presseabteilung im hinteren Flugzeugbereich. Der Generalsekretär brütete über seinem Stapel, während Lohengrin seinen kaum angeschaut hatte. Barbara blätterte ihren rasch durch und suchte diejenigen Seiten heraus, die Ink, ihre Assistentin, oben mit einem Sternchen gekennzeichnet hatte.

Zu viele Einladungsanfragen. Die zermürben uns, vor allem Klaus. Barbara wusste, dass Klaus sich überfordert fühlte von dem Verwaltungskram, der Bürokratie, den Regeln und Vorschriften, die dem Komitee, das immer stärker in die Struktur der UN verstrickt wurde, langsam die Luft abschnitten.

In den Berichten ging es um eine verwirrende Vielzahl globaler Probleme: Die anhaltenden Ausbrüche des Vulkans Eyjafjallajökull, die die Luftfahrt in Europa beeinträchtigten (der war ohne Sternchen); Barbara fragte sich, was die UN oder die Komitee-Asse in drei Teufels Namen gegen Vulkanausbrüche tun sollten oder ob sie etwas tun würden, wenn sie es könnten; Kämpfe in Dili, der Hauptstadt von Osttimor, zwischen Jokern und der Polizei wegen versprochener Gesundheitsreformen (mit einem Sternchen von Ink und dem knappen Vermerk: *Könnte ein Problem werden*); Unruhen in Talas (mit einem besonderen Sternchen und dem Hinweis: *Darüber mehr im Büro*); Piraterie in Somalia, aber kein Sternchen; Kim Jong-uns Drohung, eine Wild-Card-Bombe zu testen, um Asse für Nordkorea zu schaffen, wo sich das Virus nie signifikant verbreitet hatte (hier war ein Sternchen mit der Erklärung: *Immer noch keine Berichte, dass die DVRK über das Virus verfügt oder über Labore, in denen man größere Mengen davon züchten könnte*).

»Was ist mit diesem Bericht über Talas?«, fragte Barbara Jayewardene.

Klaus zuckte bei ihrer Frage zusammen und fing an, sich seine Berichte anzuschauen. »Das ist in Kasachstan, richtig? Nicht das Talas in Kirgisistan oder das in der Türkei, sondern das an der alten Seidenstraße? Ink scheint den Bericht besorgniserregend zu finden – wissen Ihre Leute mehr darüber oder haben Sie ein Bauchgefühl?«

»Nur, was meine Quellen wissen«, antwortete Jayewardene. »Aber …« Er zuckte mit den schmächtigen Schultern. »Was ich lese, gefällt mir nicht …« Barbara zog eine Braue nach oben und sah zu Klaus hinüber. Doch der zuckte nur mit den Schultern.

»Ich weiß nicht«, sagte er. »Ich sehe, dass Ink ein Sternchen rangemacht hat, aber es gibt so viele Flecken, die schlimmer dran zu sein scheinen und unsere Aufmerksamkeit nötiger haben. Diese Sache in Südkorea – vielleicht sollten wir der DVRK einfach mal zeigen, wo sie global hingehört.«

»Wenn wir Asse in die DVRK schicken, halten die sich nur für wichtiger, als sie sind«, erwiderte Barbara, und Jayewardene nickte. Sie spürten, dass das Flugzeug das Tempo drosselte, und Barbara hatte ein Knacken im Ohr, weil der Kabinendruck ein wenig abnahm. Klaus gähnte, doch Barbara wusste nicht, ob auch er die Ohren frei bekommen wollte oder nicht.

»Ich vermute«, sagte er und schob seinen Stuhl vom Tisch weg, »es kommt nicht darauf an. In ein paar Stunden landen wir, und ich weiß nicht, wie es euch geht, aber alles, was ich hier sehe, kann warten, bis wir zurück in New York und im Büro sind. Ich schau mal, ob ich was zu essen kriegen kann, und versuche, vor der Landung noch etwas zu schlafen. Barbara?«

Sie schüttelte den Kopf. »Ich will Ink noch anrufen und fragen, ob neue Berichte reingekommen sind, nachdem sie die hier ausgedruckt hat.«

»Noch mehr Papier …« Erneut zuckte Klaus die Achseln und schüttelte den Kopf. »Wie du willst«, sagte er. »Dann unterhalten wir uns später, was als Nächstes passieren soll.«

Er nickte Jayewardene zu und ging hinaus. Als die Tür hinter ihm zufiel, wandte Barbara sich um und merkte, dass Jayewardene sie mit seinen dunkelbraunen Augen ansah. »Alles okay mit Ihnen? Und mit Klaus?«

»Klar«, sagte Barbara. »Was soll schon sein?«

»Ich mache mir nur Sorgen. Klaus wirkt … erschöpft.«

»Das ist er auch«, erwiderte Barbara. »Die letzten Nächte haben wir nicht viel geschlafen, das ist alles.«

Jayewardene hob das Kinn. Barbara lächelte ihn entwaffnend an. Sie fragte sich, ob ihm etwas aufgefallen war oder ob jemand im Büro – Ink vielleicht, schließlich hatte sie mit ihm zusammengearbeitet – ihm erzählt hatte, dass Klaus sich immer mehr aus den Alltagsgeschäften des Komitees zurückzog, dass er manchmal überfordert wirkte, dass er nur dann ganz der Alte war, wenn er auf einem Außeneinsatz war, dass Barbara mehr und mehr die Entscheidungen für das Komitee traf.

Er hat ein Auge verloren, er hat alte Freunde verloren. Sie befürchtete bei ihm eine Depression oder PTBS, doch Klaus machte jedes Mal dicht, wenn sie es erwähnte oder auch nur andeutete, dass es nicht schaden würde, wenn er mit jemandem redete. Natürlich sagte sie ihm nicht, dass es ihre Beziehung zunehmend belastete.

»Mit ihm ist alles gut«, erklärte Barbara Jayewardene. »Mit uns beiden auch.«

♣ ♦ ♠ ♥

Angel und Billy Ray hetzten die Stufen zum Eingang der Jokertowner Polizeiwache – bei den Einheimischen als Fort Freak bekannt – hinauf und huschten durch eine der hölzernen Doppeltüren, die ihnen höflich von einem blau uniformierten Ordnungshüter aufgehalten wurde. Sie hatte die Wache noch nie betreten, deshalb blieb Angel kurz stehen, um sich umzusehen und sich zu orientieren.

Aufgrund ihrer jahrelangen Arbeit für das SCARE war sie weniger luxuriöse Räumlichkeiten durchaus gewöhnt. Aber das … wenn das SCARE das rothaarige Stiefkind der nationalen Ordnungskräfte war, dann war Fort Freak der uneheliche Spross dieses Stiefkinds.

Der Empfangsbereich war zwar sauber, sah aber so aus, als wäre er das letzte Mal während der Weltwirtschaftskrise renoviert worden. Angel konnte sich bildhaft vorstellen, wie ein strampelnder und brüllender James Cagney von zwei Uniformierten hier durchgeschleift wurde und rief: »Ich werd's euch zeigen, Bullen!«

Die Linoleumplatten auf dem Boden waren sauber gewischt, aber durchgelaufen und hatten eindeutig bessere Tage gesehen. Die Holzmöbel – Bänke an den verblichenen Wänden, die Handläufe an den Treppen nach oben, der große Schalter, der die Rückwand dominierte – waren gezeichnet von Zigaretten, Messerklingen und dem einen oder anderen dürftig geflickten Einschussloch. Die Decken- und Tischlampen bestanden aus Glaskolben, die, so vermutete Angel, früher mit flackernden Gasflammen beleuchtet worden waren.

In der Luft lag eine dumpfe Mischung aus Schweiß, lange nicht gewaschenen Kleidern, Alkohol, Erbrochenem, aggressivem Desinfektionsmittel, dem nicht ganz menschlichen Sekret, das durch die Adern einiger Einheimischer floss, und der Verzweiflung und Schicksalsergebenheit, die an ihren Seelen nagte. All das schien sich auf Angels Lunge zu legen wie Nebel, der von einer Müllkippe mit chemischen Abfällen herüberwehte.

Sie hätte nie geglaubt, dass es einen Ort gäbe, der sie mit Sehnsucht nach ihrem sterilen, kleinen Bürowürfel am Ende des Flurs im Fischerei- und Jagdministerium erfüllte, aber dieser tat genau das.

Billy Ray blieb stehen, wandte sich um und sah sie an. Er wirkte ungeduldig. Doch sein Ausdruck wandelte sich, als er ihr Gesicht sah. Dann grinste er schief.

»Dagegen sieht unsere kleine Wirklichkeit gar nicht mehr schlecht aus, was?«

Sie lächelte matt.

»Komm. Je schneller wir fertig sind, desto schneller sind wir aus dieser Bruchbude wieder draußen.«

Sie eilte zu ihm. In dem großzügigen Empfangsbereich war viel los, Uniformierte eskortierten Kriminelle, Detectives – manche als solche erkennbar, andere nicht – gingen dringenden Angelegenheiten nach, ratlose und hoffnungslose Bürger liefen mit trübem Blick herum, und alle hatten diesen speziellen Jokertown-Beigeschmack. Fast alle Zivilisten waren Joker und mehr als nur eine Handvoll der Polizisten, einschließlich desjenigen mit den Sergeant-Streifen am blauen Hemd. Umrahmt von Fledermausflügeln, die ihm an den Schultern hingen, thronte er hinter dem etwas erhabenen Empfangsschalter. Grüblerisch sah er auf sie herab, sein Blick wanderte zwischen ihnen hin und her, verweilte jedoch öfter auf ihr als auf ihrem Mann, wie Angel auffiel.

»Was kann ich für Sie tun, Mr. Ray?«, fragte er.

Ray lächelte, denn er freute sich, dass er erkannt wurde. »Sergeant?«

»Taylor«, sagte der Polizist, nachdem Ray zögerte.

Ray nickte. »Taylor. Wir müssen den höchstrangigen diensthabenden Kollegen sprechen. Captain Maseryk?« Bei den Namen war er sich nicht sicher.

Taylor schüttelte den Kopf, und dabei raschelten seine Flügel ein wenig. Angel fragte sich, ob er unter Kollegen vielleicht Bat Man genannt wurde.

»Captain Mendelberg, sie ist …«

»… beschäftigt«, kam eine Stimme von hinten.

Angel drehte sich um. Es war die Beamtin, die nach dem Polizeiruf in Norwoods Hotelzimmer geschickt worden war. Razor Joan bedachte Angel lediglich mit einem kurzen Blick, widmete sich ansonsten aber ganz Ray.

»Das ist also der berühmte Billy Ray«, sagte sie nachdenklich, während sie ihn musterte, als wäre er ein besonders saftiges Steak in der Auslage einer Fleischerei.

»Billy«, sagte Angel. »Das ist Inspector-Detective First Class Lonnegan. Sie und Stevens haben sich gestern um den Fall in Jamals Hotelzimmer gekümmert«, erklärte sie ihm. Sie und die Polizistin nickten sich kurz zu und wechselten einen Blick.

»Verstehe«, sagte Ray. Er runzelte die Stirn, als würde er nicht verstehen. Wirklich. »Irgendwelche Entwicklungen?«

Razor Joan sah zu Sergeant Taylor auf, der plötzlich den Blick senkte und in dem Papierberg vor sich auf dem Tisch etwas furchtbar Interessantes entdeckte. Er nahm einen Stift und fing wie wild zu schreiben an. Lonnegan wandte sich wieder Ray zu, aber ihre Miene hatte sich verändert, war unentschlossener, aber nicht sanfter geworden.

»Wir sollten unter sechs Augen sprechen«, sagte sie.

»Wir wäre es mit dem Büro der Frau Captain?«, fragte Ray. »Wer ist heute im Dienst? Maseryk oder Mendelberg?«

»Mendelberg«, sagte Lonnegan. »Aber …«

»Aber was?«, fragte Ray. Nach dem kurzen Austausch war sein Ton kälter geworden und seine Miene härter. Angel kannte die vielen winzigen Anzeichen, die Anspannung im Gesicht und in den Augen und selbst die Art, wie er sich beherrschte. Rasch war daraus ein Wettkampf zwischen ihm und Lonnegan geworden.

»Vielleicht haben Sie mitbekommen, dass wir hier gestern einige Aufregung hatten«, sagte die Polizistin.

»Ja. Ich habe gehört, dass es in der Wache Joker geregnet hat.«

»So könnte man auch sagen. Seither ist Mendelberg …« Sie zögerte ein wenig, als suche sie nach dem richtigen Wort. Dasjenige, das sie schließlich wählte, klang in Angels Ohren seltsam neutral: »… mit dem Problem beschäftigt.«

»Das kann ich mir denken«, sagte Ray. »Nun, wir sind hier wegen dieses kleinen Problems. Und auch wegen anderen.«

Lonnegan starrte Ray weiter an, bevor sie langsam nickte. »Ja«, sagte sie schließlich. »Captain Mendelberg. Das wäre genau der richtig Ort. Kommen Sie hier lang, Mr. Ray …«

»Billy«, sagte Ray schroff. Die Angespanntheit in seinem Gesicht hatte sich von elf auf zehn reduziert.

Lonnegan nickte anerkennend. »Billy.« Dann sah sie Angel an. »Bathsheeba – hier entlang.«

Sie trat zur Seite und zeigte auf einen Gang, der anscheinend tiefer in das alte Gebäude hineinführte. Ray blieb stur stehen.

»Nach euch, meine Damen«, sagte er, und so gingen sie nebeneinander den Gang hinunter, Ray zwischen Angel und Lonnegan, während der Sergeant noch immer fleißig Blätter auf seinem vernarbten Empfangsschalter hin- und herschob.

♣♦♠♥

Nach fünf Minuten Suche mithilfe von Ffodors Webcamzufallsgenerator in einem Café in Taos hatte Mollie den Ort für ihr nächstes Tor. Sie hatte eine Gartenterrasse gewählt, die, von einer Hecke abgetrennt, hinter dem Gelände eines Ingenieur-Colleges in Chandigarh in Indien lag. Das war zweitausendfünfhundert Kilometer von Talas entfernt – kaum weit genug aus ihrer Perspektive. Aber es war zufällig gewählt, ein Ort, den sie noch nie betreten hatte und wahrscheinlich auch nie wieder besuchen würde. Sie würde das Casino nicht von einem ihrer angestammten Schlupflöcher aus auskundschaften. Schließlich waren andere vermutlich schon auf eine ähnliche Idee gekommen. Und falls das Chaos, das ihren letzten Besuch begleitet hatte, womöglich doch nicht zu einem dauerhaften Besitzerwechsel geführt haben sollte, gab sie niemandem Gelegenheit, ihre Spur zu verfolgen. Mit Baba Yaga war nicht zu spaßen. Genauso wenig wie mit ihrem Typen, dem sabbernden Halbtoten im Rollstuhl – der Kerl sah zwar harmlos aus, aber irgendwas an ihm ließ ihr die Haare zu Berge stehen.

Sie hielt inne und kaute auf dem letzten Stück eines klebrigen Zitronenriegels. *Will ich diese Hexe wirklich ein zweites Mal ausrauben?*

Nur ein bisschen Pech, und eine einfache Sache würde in der Scheiße enden. Die schwachen Schmerzen, die sie wegen des Elektroschocks immer noch in der Brust spürte, waren ihr eine Lehre. Gut. Umso wachsamer würde sie sein.

Verdammt, ja, das werde ich sein. Die hat mein Leben ruiniert. Ohne Baba Yaga wäre ich nie und nimmer in diesen kranken Fight-Club-Scheiß geraten. Und Ffodor …

Mollie verscheuchte diese Gedanken mit einem wütenden Kopfschütteln. Das brachte den Tisch zum Wackeln. Andere Leute im Café sahen zu ihr herüber. Sie bedachte sie mit einem finsteren Blick, bis es ihnen unangenehm wurde. Dann betrachtete sie wieder die Webcamaufnahme auf dem Tablet. Ein Textbanner blitzte quer über dem Bildschirm auf.

Sei klug. Pass auf dich auf. Sei schnell.

Sie keuchte.

Ffodor kümmerte sich auch jetzt noch um sie. Er hatte den Webcamzufallsgenerator für sie programmiert. Wieder etwas, worauf sie nicht allein gekommen wäre, eine einfache Idee, durch die ihre Asskraft so viel effektiver wurde. Sie hatte ganz vergessen, dass er eine Erinnerung eingebaut hatte … Sie bekam ein ganz heißes Gesicht, vor Verlegenheit röteten sich ihre Wangen, wenn sie an das Missgeschick in São Paulo dachte, das ihn zum Einbau dieser freundlichen Ermahnung veranlasst hatte. Aus Verlegenheit wurde Scham.

Bis sie den Bildschirm nicht mehr sah. Sie schnäuzte sich mit einer Papierserviette. Sie roch nach zu starkem Kaffee und dem Schokosirup in ihrem Mokka, doch einen Moment lang konnte sie fast den Rauch dieser abgefahrenen ungarischen Zigaretten riechen, als hätte jemand eine ausgedrückt, bevor sie hereingekommen war.

Verdammt.

Mollie wischte sich die Augen und war froh, dass sie sich vor dem Losgehen nicht mit Schminken aufgehalten hatte.

Sie betrachtete das Bild auf dem Tablet so genau, dass sie sich den abgelegenen Punkt auf dem indischen Campus auch mit geschlossenen Augen noch vorstellen konnte. Dann schob sie ihren Stuhl zurück, stand auf und ging zur Damentoilette. Dort war niemand. Sie ging in eine Kabine. Auf den Papiersitz-Spender hatte jemand mit schwarzem Marker einen Pfeil gemalt. Darüber stand in großen, krakeligen Buchstaben: GRATIS! ECHTE TAOS-COWBOY-HÜTE! Daneben stand mit einem anderen Stift und in einer anderen Handschrift: FICK DICH, CHOLO.

Auf der Rückseite der Kabinentür öffnete Mollie ein Tor. Das Zwillingsstück dazu öffnete sich auf der anderen Seite der Weltkugel. Ein warmer Luftzug und der Duft von Hibiskus wehten durch die Toilette. Sie trat von New Mexico nach Punjab.

Hinter der Hecke war es schattig. Das war gut – denn wenn es im Casino dunkel wäre, würde ihr Tor nicht leuchten wie ein Signalfeuer. Schritte, Lachen, zwei Stimmen, eine Sprache, die sie nicht verstand. Sie näherten sich auf der anderen Seite der Hecke. Gingen vorbei. Mollie wartete einen Moment, um sich zu vergewissern, dass ihre Ankunft nicht bemerkt worden war. Dann öffnete sie vorsichtig ein neues Tor in der Terrasse. Dieses war um einiges kleiner als das auf der Toilette, mehr eine Luke denn ein Tor. Das Gegenstück öffnete sich in der Decke des Casinos in Talas, Kasachstan.

Sie blickte auf umgestürzte Spielautomaten und Stühle, die vom nervösen Flimmern einer beschädigten Leuchtröhre angestrahlt wurden. Ein paar Automaten waren kaputtgeschlagen und ihrer Münzen beraubt worden. Ein metallisches, rhythmisches Knirschen verriet ihr, dass jemand in der Nähe war. Mollie beugte sich nach rechts und links, blickte um die Ecke ihres Portals, bis sie einen von Baba Yagas Gorillas und zwei ihrer »Hostessen« entdeckte, die das lose Geld in Kissenbezüge stopften. Die Nutten mussten immer wieder anhalten und ihre Tops hochziehen, damit ihnen beim Bücken nicht die Busen herausrutschten.

Kleingeld. Nicht der Mühe wert, wenn Mollie nicht noch einen besseren Treffer landen konnte. Dank Ffodor hatte sie gelernt, die Bilanz zwischen aufgewendeter Zeit und Ausbeute zu beachten.

Sie rückte das Gegenstück ihrer Luke in Talas in eine andere Ecke des Casinos. Diesmal bescherte ihr die Öffnung den Geruch faulenden Fleischs. Mollie erblickte einen umgeworfenen Buffettisch, eingebeulte Chafing-Dishs (ein Behälter sah so aus, als hätte er eine Kugel eingefangen) und Berge schleimigen schwarzen Kaviars auf dem Boden. Außerdem sah sie haufenweise zertrümmerte und ramponierte Möbel, unter anderem auch eine von Kugeln durchsiebte Ledercouch.

Und Leichen. Unter anderem die von …

Mollie keuchte. Ihr stieß es sauer auf. Sie hustete zweimal und versuchte, es hinunterzuwürgen.

… Jamal Norwood. Seine Leiche lag in den Trümmern, ein monströser Hieb hatte ihm den halben Schädel eingeschlagen. Eines seiner Augen hing … Sie war in dem Moment abgehauen, als er zu Boden gegangen war. Hatte mehr als einen Kontinent zwischen sich und Jamals Mörder gebracht. Scheiße. Für einen Bullen war er ziemlich okay zu ihr gewesen, vor allem angesichts ihres Verhaltens ihm gegenüber. Er hatte auf jeden Fall etwas Besseres verdient, als verlassen und vergessen in diesem Dreckloch am Arsch der Welt zu verrotten.

Mollie schluckte den sauren Geschmack hinunter. Das waren gefährliche Gedanken. Nichts von alledem war ihre Schuld. Nichts.

Ihr drittes Tor zeigte ihr die Spieltische. Die Tische hatten die meisten Plünderer angelockt, und die wussten, was sie taten. Durch die Tischreihen arbeiteten sich organisierte Gangsterbanden mit Automatikwaffen und Brechstangen. In einigen erkannte sie Baba Yagas Leute. In Teams gingen sie von einem Tisch zum nächsten. Als Franny und Jamal angefangen hatten, die Joker zu evakuieren, und hier die Hölle losbrach und Kugeln flogen, hatten die Spieler alles stehen und liegen lassen. Halbvolle Gläser, Häppchen, sogar ihre Spielchips. Spieler, denen die Chips ausgegangen waren, hatten Uhren, Ringe, Ohrringe und anderen Kram gesetzt. Die Plünderer nahmen alles mit. An manchen Tischen waren auf der Unterseite Kassen angebracht. Die dürften nicht gut gefüllt sein, da das meiste Geld beim Spiel in Form von Chips in Umlauf war, doch das hielt die Ganoven nicht davon ab, auch noch die Taschen, Geldbörsen und Brieftaschen jeder Spielerleiche auszuräumen. Oder aus einem schwer verwundeten Spieler eine Spielerleiche zu machen. Sie – o mein Gott – suchten sogar in den Mündern der Toten nach Goldzähnen. Mollie reichte es, Zeugin eines Falls von postmortaler Zahntechnik (unter Einsatz eines Zimmermannshammers) zu werden, um zu wissen, dass sie sich um alles in der Welt von diesen kranken Arschlöchern fernhalten wollte. Sie schloss das Guckloch, bevor sie jemand entdeckte.

Ihr viertes Fenster ging auf einen dunklen Gang in der Nähe der Hostessen-»Lounge«. Hier war es ruhiger. Sie seufzte. Die Spannung wich aus ihren Schultern. Doch dann quietschte etwas, und sie schloss schlagartig das Tor. Es vergingen etliche Augenblicke. Japsend wie eine Asthmatikerin kniete sie auf der Terrasse. Dann erst wurde ihr klar, dass es wahrscheinlich bloß eine Maus gewesen war. Eine Maus und nicht das Quietschen eines Rollstuhls. Natürlich nicht.

Durch ein fünftes Guckloch, das sie so gewählt hatte, dass sie die Kassenbox sehen konnte, plärrte ihr eine kreischende Säge entgegen, die Metall schnitt und einen orangefarbenen

Funkenregen verursachte. Mollie erschreckte sich zu Tode. Sie zuckte zusammen und löste die Tore auf. Danach wartete sie eine Weile, falls das Geräusch von Elektrowerkzeugen in Kasachstan die Aufmerksamkeit der Leute in Indien auf sie und ihr Versteck hinter der Hecke gelenkt haben sollte. Als aber niemand über das Campusgelände gelaufen kam, um nachzusehen, öffnete sie wieder ein Torpaar, wenn auch noch kleinere Tore.

Vier Brutalos, die in Baba Yagas Heuer gestanden hatten und deren Muskelkraft nun ganz im Dienste eines neuen Unternehmergeists auf dem Feld der Umverteilung aufgegebener Casinoerlöse stand, versuchten, sich Zugang zu der Kassenbox zu verschaffen. Die Kassierer tauschten Geld gegen Chips und umgekehrt. Der tägliche Casinoschnitt war noch nicht in den Tresor gebracht worden, als das Chaos ausgebrochen war. Deshalb musste das Geld noch hier rumliegen, ohne dass es jemand einforderte. Anscheinend kamen die Gauner nicht an die Schlüssel heran oder wussten nicht, wo sie aufbewahrt wurden. Oder wahrscheinlicher noch: Sie wagten es nicht, in Baba Yagas Privaträume einzudringen, um dort nach dem Schlüssel zu suchen. Mollie konnte es ihnen nicht verdenken.

Mithilfe eines Portals hätte Mollie die Box betreten können. Doch dann würden die Gangster sie sehen und ziemlich sauer werden, wenn sie vor ihren Augen die Kassenfächer leerte, denn das Geld hatten sie sich bereits ausgesucht. Zum einen waren die Jungs bis an die Zähne bewaffnet. Dem Klappern des Stahlnetzes, gegen das sie traten, nach zu urteilen würden sie nicht mehr lange brauchen, bis sie drin waren. Und sie wollte nicht in der Box sein, wenn diese Hormonpakete ihren Durchbruch hatten, keine Sekunde lang. Sie musste diese Arschlöcher loswerden.

Im Grunde konnte sie zwei Probleme auf einen Schlag lösen. Und ihre Idee, wie sie die Hindernisse aus dem Weg räumen würde, war verdammt genial, musste sie jetzt einfach einmal sagen.

Sei klug. Pass auf dich auf. Sei schnell.

Nun, zwei von dreien.

Neue Tore. Sie ging von Chandigarh nach New York City. Die Polypen in Fort Freak waren zu beschäftigt, und sie tauchte zu leise auf, als dass jemand bemerkt hätte, wie sie in eine Ecke der Wache trat. Die Evakuierung des Casinos hatte ein Chaos verursacht, das auch jetzt, einen Tag später, noch nicht abgeklungen war. Außerdem rätselten sie bestimmt, wo ihr Kollege, Franny Black, abgeblieben war. Allerdings befand sich der nicht unter den Leichen im Casino, von daher würde er sich bestimmt bald bei ihnen melden. Das war nicht ihr Problem. Aber vermutlich würden die Bullen gern Jamals Familie informieren und seine sterblichen Überreste ordentlich beerdigen. Sie stellte sich die Stelle vor, wo der arme Jamal in Talas lag, und öffnete unter seiner Leiche ein Tor. Sanft setzte sie den verstorbenen Agenten vor der Tür des Captains ab.

Die Stimmung in der Wache schwang von lebhaftem Durcheinander zu ungefiltertem Chaos um. Dadurch waren die Polypen abgelenkt, wie praktisch. Sie beeilte sich, damit niemand sie bemerkte, wenn sie aus der Wache in die Kassenbox des Casinos stieg. Doch das Kreischen der Säge verriet sie. Die Bullen sahen sie im selben Moment verschwinden, in dem Baba Yagas Gorillas sie in der Box entdeckten.

Leute auf zwei Kontinenten brüllten sie gleichzeitig an. Niemand schien sich über ihren Anblick zu freuen. Tja, scheiß auf die. Daran war sie gewöhnt. Und sie würde auch künftig keine Freude auslösen.

Mollie stellte sich die Decke der Polizeistation einen halben Globus entfernt vor – wo sie eben noch gewesen war. Ungefähr in der Mitte des großen Polizeibüros machte sie eine Öffnung. Dann schuf sie, so schnell sie konnte, ein Gegentor unter den Füßen der Ganoven.

Wump, wump, wump, wump.

Sie fielen rasch hintereinander durch den Casinoboden und stürzten in New York von der Decke auf die Tische, die Polizisten und aufeinander. Die Säge zerlegte eine Kaffeemaschine, von der ein schwarzer Geysir aufstieg. Mollie sah von oben hinein. Einer der Gangster wollte seine Knarre ziehen, wurde jedoch von einem großen Kerl mit Fell überwältigt, der aussah wie jemand aus einem Kinderbuch. Die restlichen Ganoven wurden von einem Pulk Streifenpolizisten niedergerungen – darunter eine, die halb aussah wie eine Rennhündin, und ein potthässlicher Krassomatentyp mit Insektenaugen. Von dem Lärm wurde die Captain (Mendelberg laut Schild an ihrem Büro) aus ihrem Zimmer gelockt.

Mollie schloss die transdimensionalen Pforten. So war sie angenehm allein mit der Kasse und konnte sie in aller Ruhe ausräumen. Nachdem die Säge verklungen war, hörte sie irgendwo im Casino Leute. Doch die Nutten würden ihr wahrscheinlich keine Probleme machen.

Die Kassenschubladen waren abgeschlossen. Deshalb schuf sie ein Loch in der Wand und griff in den Stall ihrer Eltern in Idaho, um sich eine Brechstange zu organisieren. Einige Augenblicke später flatterten Zehntausende kasachische Tenge und ein bunter Strauß anderer Währungen auf ihr Bett in North Dakota. Es sah aus wie Berge von Monopolygeld. Sie brauchte weniger als fünf Minuten, um das Casino um die gesamten Tageseinnahmen zu erleichtern. Allerdings hatte sie keine Ahnung, wie viel das in richtigem Geld wert war. Wahrscheinlich nicht so viel, wie es aussah. Der Wechselkurs war vermutlich gotterbärmlich.

Scheiß drauf, dachte sie. Sie kehrte zu den Spielautomaten zurück. Dem Gorilla und den Nutten überließ sie die

Kissenbezüge, aber viele der Automaten waren noch nicht aufgebrochen worden. Mollie öffnete einen weiteren Durchgang in den Stall ihrer Familie und ließ die Spielautomaten einen nach dem anderen durchplumpsen. Der Geruch von Mist waberte ins Casino. Und so ein voll beladener Automat machte anscheinend einen solchen Höllenlärm, wenn er auf den Boden krachte, dass er Tote weckte. Auch die Kühe fuhren zusammen und fingen an zu muhen. Dad und Brent kamen nachsehen, während sie gerade mit dem vierten Automaten beschäftigt war.

Ihr Dad brauchte kaum zwei Sekunden, um sich einen Überblick über das Durcheinander in seinem Stall zu verschaffen. Er rief in das Loch im Raum: »Mollie! Was zum Henker tust du da? Du machst den Kühen Angst, verdammt!«

»Hi, Daddy. Ruf die Jungs und mach dich an die Arbeit. Diese Spielautomaten kriegt man nur schwer auf, aber da ist lauter Kohle drin.«

Brent betrachtete mit zusammengekniffenen Augen die kyrillische Aufschrift auf den verbeulten Automaten. »Äh, woher kommen die?«

Mollie sagte: »Nicht, dass du jemals von dem Ort gehört hättest, Blödkopf.«

»Ach ja? Wen willst du diesmal ausrauben? Wen bringst du diesmal um? Ich will nicht noch mal aufgeschlitzt werden, weißt du?«

»He! Steck dir deinen …«

»SCHNAUZE! Alle beide«, sagte der Vater und fuhr sich mit der Zunge über die Lippen. »Brent, hol deine Brüder. Mollie, hinter dir sind noch ein paar Automaten, also mach weiter.«

Kein *Wir lieben dich*, kein *Wir vermissen dich*. Noch nicht einmal ein *Warum kommst du nicht nach Hause und hilfst eine Weile auf dem Hof mit?* Nicht, dass sie jemals auf den Hof zurückgekehrt wäre. Aber es wäre schön gewesen, sich willkommen zu fühlen. Zu wissen, dass sie eine Heimat hatte, in die sie zurückkehren könnte, wenn sie wollte. Was sie nicht tat. Aber trotzdem.

Ihr Blick fiel auf einen aufgewickelten Schlauch, der im Stall lag. Das brachte sie auf eine Idee. »He, Daddy? Hast du noch diese hydraulische Schere von der Auktion damals?« Vor ein paar Jahren, als ihre Karte aufgedeckt worden war, hatte Mollies Vater sich bei einem Konkurswarenverkauf mit Maschinen eingedeckt.

»Ja, die steht noch irgendwo rum. Warum?«

Weil Spielautomaten nur Kleingeld machten. Wahre Reichtümer fanden sich jedoch in Geldschränken und Feuersafes. Und sie wusste, wo sie solche finden konnte. »Die könnte ich brauchen. Ich versuch mal, den einen oder anderen Safe zu organisieren.«

♣ ♦ ♠ ♥

Das Hauptbüro der Wache war wie viele andere, die Angel während ihrer Amtsausführung gesehen hatte. Kleiner und schäbiger als die meisten und auch nicht so lebhaft. Angel spürte, dass etwas nicht stimmte, und nach einem Blickwechsel mit Billy fühlte sie sich durch ihn darin bestätigt.

Das war kein heiterer Ort. Ein, zwei Beamte waren gerade mit potenziellen Straftätern zugange oder tippten planlos auf ihren Tastaturen herum. Ein großer Kerl mit Fell, der halb aussah wie aus der Muppetshow entlaufen und halb wie ein Kinderalbtraum, hatte vor Konzentration Falten auf der Stirn und tippte immer nur mit einem Finger seiner beiden riesigen Pfotenhände. Und trotzdem schien er viel Zeit damit zuzubringen, auf die Rücktaste einzuhämmern und neu zu tippen.

In der Jokertown-Wache fanden sich natürlich noch weitere ungewöhnlich aussehende Polizisten. Aber sie arbeiteten nicht. Stattdessen standen sie in Zweier- und Dreiergruppen in verschiedenen Ecken des normalerweise hektischen Büros herum und unterhielten sich leise, beinahe verschwörerisch. Die meisten sahen zu ihnen auf, als sie vorbeigingen.

Auch Lonnegan schien es zu spüren. Vor der Tür zum Gang, der zu den Zimmern der höheren Ränge führte, blieb sie stehen und wandte sich mit gerunzelter Stirn zu dem Büro um.

»Lassen es die Verbrecher heute ruhig angehen, Leute?«, fragte sie. Sie blieb stehen, bis sich die Grüppchen aufgelöst hatten und die Beamten an ihre Schreibtische, die Aktenschränke, die die verblichenen Wände säumten, oder die Kaffeemaschine zurückgekehrt waren. Auf einem Tisch blieben in einem Karton ein paar Doughnuts übrig. Angel hätte ein halbes Dutzend davon vertragen können.

Im Gang standen Getränke- und Snackautomaten und ein paar beschädigte Bänke, doch war er in einem besseren Zustand als die vorigen Räume. Er führte zu den kleineren Büros, und zwei von ihnen waren mit Namensschildern gekennzeichnet. Joan führte sie zu dem mit der Aufschrift Captain Chavvah Mendelberg und klopfte an. Auf ein gedämpftes »Herein« traten sie ein. Stevens und Lonnegan stellten sich vor den Schreibtisch.

Verblüfft stellte Angel fest, dass das kleine Büro sauberer, heller und in einem besseren Renovierungszustand war. Es hatte neue, geschmackvolle Möbel und war zum Beispiel mit einem ansprechenden Teppich ausgestattet. Handarbeit aus dem Ausland, dachte Angel. Sie wusste nicht, ob er deshalb teurer oder billiger war, aber sie tippte auf Ersteres. Captain Mendelberg saß hinter einem aufgeräumten und erst kürzlich aufpolierten Schreibtisch, der nicht besonders war, aber gut aussah. Sie ging ein paar Berichte durch. Um als Mittdreißigerin, wie Angel schätzte, einen so hohen Posten bei der Polizei einzunehmen, musste sie tüchtig und ehrgeizig sein. Man sah ihr die Wild Card an. Ihre olivbraune Haut war zwar nicht unattraktiv, aber auch nicht gerade die Traumhautfarbe, und ihre rüschigen Ohren standen ab, als wären sie ein Spezialeffekt für Außerirdische in einem Science-Fiction-Film. Sie bewegten sich eigenartig und anscheinend unabhängig voneinander und womöglich auch ganz unwillkürlich.

»Nun.« Sie legte ihre Berichte nieder und sah auf. Sie wirkte eher förmlich als gleichgültig, fand Angel, und ihre Anwesenheit schien sie mehr als nur ein bisschen zu ärgern, nur wusste sie wohl noch nicht, wie sie darauf reagieren sollte. »Was verdanke ich die Ehre eines Besuchs von staatlichen Agenten, Mr. Ray?«

»Entführung über Staatsgrenzen hinweg«, gab Ray einigermaßen freundlich zurück.

Mendelberg runzelte die Stirn. »Ich verstehe nicht.«

»Kasachstan befindet sich nicht auf Long Island, Captain«, sagte Ray immer noch freundlich, und ihre olivbraune Haut wurde dunkler.

»Ich vermisse einen Agenten, Captain«, sagte Ray mit einiger Ruhe, was bedeutete, dass er kurz vor dem Explodieren war. »Er ist mit einem Ihrer Jungs nach Kasachstan aufgebrochen. Keiner von ihnen kam zurück, aber ich habe gehört, dass hier gestern Abend eine Schiffsladung Joker abgesetzt wurde …«

Mendelbergs Blick fuhr wütend zu Stevens und Lonnegan herum, die nebeneinanderstanden. Sie klappte den Mund zu und sagte dann kalt: »Dieses Vorkommnis wird noch untersucht.«

Ray setzte zu einer wütenden Entgegnung an, die, so vermutete Angel, er später bereuen würde, doch sie packte ihn am Arm und zischte: »Hör mal!«

Aus dem Gemeinschaftsbüro kamen Geräusche. Alle

möglichen seltsamen Geräusche, als würden schwere Gegenstände auf den Boden plumpsen, laute Stimmen, die man kaum auseinanderhalten konnte, manche schrien offenbar nicht einmal auf Englisch, und dann sogar Schüsse.

»Was zum Teufel?«, fragte Ray, wirbelte herum und ging zur Tür.

Doch Stevens war näher dran. Er riss sie auf und stürmte in den Gang, doch ehe er einen zweiten Schritt machen konnte, stolperte er über etwas, das vor der Tür lag, und fiel hin. Angel eilte hinter Ray her und sah ihm mit blankem Entsetzen im Gesicht über die Schulter.

»Jamal!«, schrie sie.

»Ich fürchte, das ist er«, sagte Ray. »Was zum Kuckuck ist hier los?«

Jamal Norwoods geschundene Leiche lag vor der Tür zum Büro der Captain. Es konnte kein Zweifel bestehen, dass er tot war. Sein Gesicht war mit einem Gegenstand oder einer äußerst brutalen Faust eingeschlagen worden, und ein Auge hing ihm aus der zerdrückten Augenhöhle. Das andere starrte ins Leere. Ray kauerte sich neben die Leiche und legte die Finger auf Norwoods Wange. Nun kamen auch Lonnegan und Mendelberg dazu. Stevens rappelte sich auf und blickte entsetzt auf Norwoods Leiche.

»Tut mir leid … Ich habe ihn nicht gesehen …«

Er kam ins Stocken, während Ray sich umsah.

»Er ist kalt. Ist schon eine Weile tot.«

Seine Worte wurden von Schüssen unterbrochen. Hier draußen auf dem Gang waren sie noch lauter zu hören, und jetzt waren es auch mehr.

»Wir können nichts für ihn tun«, sagte Ray knapp.

Er stieg über die Leiche in den Gang.

»Kommt«, sagte er und ging weiter.

Angel und Lonnegan folgten ihm, und Stevens bildete die Nachhut.

Es brauchte nur wenige Augenblicke, bis sie das große Büro erreichten, das im Chaos versank. Angel blinzelte. Ein größerer Unterschied zu der vorigen Szene war nicht denkbar. Bewaffnete Gangster rangen mit Polizistenpulks. Ein weiterer Ganove fiel von der Decke und krachte mit den Füßen voraus auf einen Tisch. Er taumelte, ließ einen Beutel fallen, aus dem Münzen herabprasselten und sich überall verteilten. Der Neuankömmling griff nach seiner Pistole, doch ehe er es sichs versah, hatte sich Ray auf ihn gestürzt. Er war einen halben Kopf größer und fünfzig Pfund schwerer als Ray, doch es half ihm nichts. Ray kümmerte sich um ihn, während Angel zur Decke sah. Dort klaffte ein Loch, so rund und glatt, als wäre es herausgebohrt worden. Jemand sah durch das Loch von oben auf das Chaos herab.

Tesseract! Der Name sprang Angel ins Bewusstsein. Das Ass aus *American Hero,* das bereits einen üblen Ruf als Diebin erlangt hatte, aber nie auf frischer Tat ertappt oder gar festgenommen worden war. Hatte sie Jamal auf dem Gewissen?

Angel lief drei Schritte vor, beschwor ihre Flügel und erhob sich in die Luft. Das verdutzte junge Ass schloss das Portal jedoch, ehe Angel es erreichte. Wütend machte Angel eine gerissene Rolle und erwischte einen der Ganoven von hinten. Schreiend hob sie ihn in die Höhe und schleuderte ihn gegen eine Wand. Gips bröckelte auf die Doughnuts in der offenen Schachtel herab. Ein lauter Schuss zerstörte die Kaffeemaschine, und eine Fontäne heißen Wassers ergoss sich über einen Teil des Büros, sodass etliche am Kampf Beteiligten vor der brühenden Flüssigkeit die Flucht ergriffen. Ein ungepflegter, einohriger Kater hockte unter einem Tisch und miaute, sein Schwanz sträubte sich wie eine Toilettenbürste.

Die über zwei Meter große Muppetshowfigur mit der Wolfsschnauze und den Stierhörnern packte den Eindringling, der als Letzter noch stand. Mit einer Hand entriss er ihm die Pistole, während er ihn mit der anderen in die Höhe hob. Hilflos strampelte der Gefangene mit den Beinen wie ein Junge mit einem Wutanfall.

»RUHE«, brüllte der Tiermensch. Alle folgten seinem Befehl.

Billy Ray hielt seinen Gegner an der Krawatte fest, und unter Rays drohendem Blick gab er jeglichen Widerstand auf. Dann sah Billy sich im Büro um, in dem alle zitternd wieder zur Ruhe kamen. Manche sahen mit gezogenen Waffen zur Decke hinauf und warteten, aber es fielen weder weitere Gangster herab noch Geld.

♣♦♠♥

»Sie sehen furchtbar aus.«

»Danke«, sagte Michelle und machte die Tür noch weiter auf. Mrs. Klein von der Wohnung gegenüber trat in ihr Apartment.

»Wie geht's der Lütten?«

»Nicht gut«, erwiderte Michelle leise. Sie ging in die Küche, wo sie Mrs. Klein eine Tasse Kaffee ausschenkte. Sahne, kein Zucker.

»Danke, dass Sie gekommen sind«, sagte Michelle, als Mrs. Klein ihr die Tasse reichte. »Sie hatte eine schlechte Nacht, und ich muss mich um liegen gebliebenen Komitee-Kram kümmern. Am liebsten würde ich bei ihr bleiben, aber ich glaube, dass sie erst mal klarkommen wird.« Sie rieb sich die verschlafenen Augen. »Als wir aus dem PPA zurückkamen, haben die Psychologen mich vorgewarnt, dass sie eine verspätete Reaktion auf das, was dort passiert ist, haben könnte. Ich glaube, dass es jetzt so weit ist. Ich habe für morgen einen Arzttermin vereinbart.« Sie sah über die Schulter. Adesina war noch in ihre blassblaue Decke gehüllt und lag ganz klein zusammengerollt auf dem Sofa. Endlich schlief sie.

»Ich kümmere mich um sie. Sie wissen doch, dass ich gern nach ihr sehe. Sie ist so ein liebes Mädchen.« Mrs. Klein nahm einen Schluck. »Sie machen nach wie vor miesen Kaffee, Michelle.« Sie stellte die Tasse auf den Esstisch.

»Ach, Mist«, sagte Michelle. »Mir fällt gerade ein, dass ich Joey nach Adesinas Albtraum nicht mehr zurückgerufen habe.«

»So werden Sie es nie schaffen, länger mit jemandem zusammenzubleiben«, sagte Mrs. Klein und lächelte Michelle an.

»Wir sind nicht zusammen«, erwiderte Michelle. Sie bekam heiße Wangen. »Das hatten wir doch schon.«

Mrs. Klein zuckte die Achseln. »Nun, ich mag sie. Und ich glaube, dass Sie sie auch ziemlich mögen. Aber was weiß ich schon. Ich bin ja nur die Alte von über dem Flur …«

Wie üblich piesackte Mrs. Klein Michelle, doch heute ein wenig freundlicher als sonst. Michelle dachte ernsthaft darüber nach, sie zu umarmen, entschied sich dann aber dagegen. Es wäre komisch. Mrs. Klein war vieles, aber sie war keine Frau, die gern umarmte.

♣♦♠♥

»Was zum Kuckuck ist hier los?«, fragte Ray.

Er und Angel befanden sich wieder in Mendelbergs Büro, nicht besser oder schlechter als anderswo in der Wache. Lonnegan saß an Mendelbergs Schreibtisch und hatte die Füße darauf abgelegt. Sie wirkte nachdenklich. Angel saß in einem der zu weichen Sessel, und sie beide beobachteten Ray, der auf und ab ging. »Norwood«, sagte er. »Tot.«

Seine Leiche hatte man weggebracht, Stevens hatte sich freiwillig gemeldet, sich darum zu kümmern.

»Ich hatte befürchtet, dass das passieren würde«, gestand Angel.

»Der Gedanke an den Tod steckt tief in uns drin«, sagte Ray. »Den kriegt man nicht raus. Darf aber auch nicht drauf rumreiten. Aber Norwood …«

»Glaubst du, dass diese Tesseract irgendwie dafür verantwortlich sein könnte?«

Angel schüttelte den Kopf. »Sie ist eher eine verschlagene Diebin als eine Mörderin. Aber wie kam die Leiche vor Mendelbergs Tür? Hat sie sie dort abgelegt?«

Lonnegan zuckte mit den Schultern. »Keine Ahnung.«

»Wo ist dieser Francis Black?«, fragte Ray plötzlich.

Wieder zuckte Lonnegan mit den Schultern. »Weiß nicht. Was hat er damit zu tun?«

»Passt zu dem, was Stevens uns gestern Abend erzählt hat«, sagte Angel.

Ray übernahm die Zusammenfassung. »Stevens sagte, Black und Norwood hätten ein paar Häute dieser fauligen Zwiebel freigelegt. Sie wussten, dass die russische Mafia Joker entführte und diese Teleporterin nutzte, um sie in ein weit entferntes Casino zu bringen, in dem eine ehemalige KGB-Agentin mit dem liebreizenden russischen Namen Baba Yaga sie dazu zwang, als Gladiatoren zu kämpfen. Und diese Arschgeige Michael Berman produzierte und vertrieb Videos von den Kämpfen.«

»Berman …«, sagte Lonnegan nachdenklich und schnippte mit den Fingern. »Er wurde vorgestern eingeliefert. Kam allerdings auf Kaution wieder raus. Und diese Mollie … sie war Produktionsassistentin für seine eklige Produktionsfirma.«

Ray nickte. »Das passt zu den Infos, die wir auf Norwoods Computer gefunden haben.« Er sah Lonnegan an. »Was ist nach der Ankunft der Joker passiert?«

»Es herrschte völliges Chaos«, erzählte Lonnegan. »Einige

faselten wirre Geschichten – die vielleicht gar nicht so wirr waren. Dass Pater Squid gestorben sei …«

Ray und Angel sahen sich an.

»Pater Squid …« Plötzlich bekam er ein fahles Gesicht.

»Die Seele Jokertowns«, flüsterte Angel.

Lonnegan nickte. »Das hat niemand geglaubt, aber das Gerücht ging durchs Revier. Und jetzt …«

»Und jetzt«, sagte Ray, »sagt mir mein Bauchgefühl, dass es wahr ist.«

»Ja, nicht wahr?«, fragte Lonnegan. »Er war eben … immer da. Immer so ruhig, freundlich, aber ein Fels, der der ganzen Gemeinde Trost gespendet hat. Nichts konnte ihn aufhalten. Nichts konnte ihn umwerfen. Er hat Hunderten – Tausenden von Jokern geholfen.« Sie hielt kurz inne. »Verdammt, sogar den Normalos.« Verblüfft erkannte Angel Tränen in den Augen der Polizistin.

»Was haben sie sonst noch erzählt?«, fragte Angel rasch.

Lonnegan holte tief Luft. »Dass in irgendeinem Club – offenbar einem Casino – Kämpfe auf den Tod stattgefunden hätten oder so. Dieser Junge, der sich Infamous Black Tongue nennt, war anscheinend einer der Gefangenen. Mendelberg«, sagte Lonnegan mit ausdrucksloser Stimme, »ist sofort eingeschritten. Hat ihnen befohlen zu schweigen und sie alle im alten Zellentrakt in Schutzhaft genommen. Sie hat eine Wache davor aufgestellt und keinen zu ihnen reingelassen.«

»Ich bin keine Anwältin«, sagte Angel, »aber das darf sie nicht.«

»Hat sie aber gemacht.«

Angel merkte, dass sich Rays Anspannung plötzlich löste, einfach so. »Mendelberg hat die Untersuchung über die entführten Joker geleitet – oder besser: die Nichtuntersuchung –, und so, wie ich es sehe, hat sie mehr getan, um die Untersuchung zu unterbinden, als sie zu unterstützen.«

»Wollen Sie damit sagen, dass sie etwas verdecken wollte?«, fragte Lonnegan. »Das ist ein heftiger Vorwurf.«

»Die Sache ist die«, sagte Ray, »dass wir es nicht wissen. Der Einzige im Revier, dem die Sache so viel bedeutete, dass er sich ihr widersetzt hat, war Detective Black. Wir hatten einen gewissen Verdacht« – er sah zu Angel hinüber –, »aber wir wussten, dass Black krassen Scheiß aufdecken musste, wenn wir auch nur eine schmale Chance haben wollten, ihr etwas anzuhängen …«

»Und dann hat er alles vergeigt«, sagte Lonnegan. »Dieser Rotzlöffel von einem Streifenpolizisten, der viel zu früh die Detective-Marke bekommen hat.«

»Begünstigungen?«, fragte Ray.

Lonnegan zuckte die Achseln. »Das weiß niemand so richtig. Auf der Wache ist er nicht sonderlich beliebt. Er spricht nie darüber, aber sein Vater war früher mal Captain hier …«

»John Francis X. Black«, rief Ray aus. »Wurde am Wild Card Day 1996 unter mysteriösen Umständen tot in seinem Büro aufgefunden, nicht wahr?«

»Genau.«

Ray pfiff leise. »Du lieber Go… gute Güte. Die alten Zeiten. Hab den ganzen Mist miterlebt. Lauter ermordete Asse. Die große und mächtige Schildkröte ist im East River gesunken. Aces High wurde zerstört. Armageddon bedroht. Der Alte wurde halb durch eine Ziegelmauer gerammt aufgefunden.« Er schüttelte den Kopf. »Kein Wunder, dass der Tod eines Captains der Polizei beinahe unbeachtet geblieben ist.«

»Schnee von gestern«, sagte Lonnegan. »Heute haben wir andere Probleme. Wir müssen unsere verschwundene Frau Captain finden.«

»Tja«, sagte Ray. »Alle Anzeichen deuten in dieselbe Richtung, oder?«

Die anderen seufzten, schüttelten müde die Köpfe oder rieben sich die Augen. Schließlich sprach Lonnegan es aus.

»Die russische Mafia.«

Ray lächelte beinahe glücklich.

♣♦♠♥

»Also, was wissen wir sonst noch über Talas, Ink?«, fragte sie ihre Assistentin.

Ink, die wie immer eine kurzärmlige Bluse und Dockers trug, schüttelte den Kopf und fuhr sich mit der Hand durch ihre schwarzen Haarstacheln. Ink war koreanischer Herkunft, aber als Adoptivkind in den Staaten aufgewachsen. Ihre Haut war reichlich mit den Tätowierungen überzogen, die ihr ihren Spitznamen eingebracht hatten. Dank der Wild Card hatte sie die Fähigkeit, die Gestalt dieser Tätowierung außerordentlich genau und flexibel zu bestimmen. Heute spiegelten die Tattoos die Berichte wider, die sie bearbeitete, und so liefen langsam Textzeilen ihre Arme hinunter wie Laufschrift an einer Kinoanzeige.

Ink war erst seit ein paar Monaten beim Komitee, und Barbara fragte sich jetzt schon, wie sie ohne Ink zurechtgekommen war. Überdies war Ink für Barbara zu einer Art Vertrauensperson geworden. Die junge Frau hatte etwas an sich, eine sorgfältig kaschierte Verletzlichkeit, die Barbara zu ihr hinzog.

»Das kann ich dir nicht sagen, Mizz B.« Barbara hatte rasch jede Hoffnung aufgegeben, Ink dazu zu bringen, sie wie die anderen Angestellten auch »Ma'am« oder »Miss Baden« zu nennen. Doch Inks Kompetenz als Barbaras Stabschefin machte ihre zwanglosen Umgangsformen mehr als wett. »Ich habe die Leute angerufen, die die letzten drei Berichte geschickt haben, und die sind der Überzeugung, die Wahrheit zu sagen, da bin ich mir sicher. Aber sie erzählen mir auch alle verschiedene und widersprüchliche Dinge: Aufruhr wegen Nahrungsmittelknappheit, Studentenunruhen, ein versuchter Militärputsch. Ich glaube, dass niemand so richtig weiß, was vor sich geht. Aber es ist ganz klar, dass *etwas* nicht stimmt in Kasachstan und vor allem rund um Talas. Was immer das Problem ist, es breitet sich aus. Rasch.«

»Ruf die Botschaft in Bischkek an«, wies Barbara sie an. »Sag ihnen, dass wir besorgniserregende Berichte aus Talas bekommen haben und so schnell wie möglich erfahren müssen, was los ist. Die müssen dort doch gute Kontakte haben. Leite alle neuen Berichte direkt auf mein Handy weiter, vor allem, wenn du Beweise für ihren Wahrheitsgehalt hast.«

»Das mache ich. Aber ich mache mir Sorgen. Die Lage dort wird schlimmer, nicht besser, und die Widersprüche in den Berichten …« Ink kniff die Lippen zusammen. »Die beunruhigen mich noch mehr als das, was sie erzählen.«

»Das geht mir genauso. Ich glaube, wir brauchen eigene Leute vor Ort, die uns berichten. Ich treffe mich jetzt mit Klaus und versuche ihn davon zu überzeugen, dass wir dort jemanden hinschicken müssen.«

Ink nickte Barbara einmal zu, fuhr sich noch einmal durchs Haar und ging hinaus. Dabei lösten sich die Textzeilen auf ihren Armen auf und wurden zu abstrakten Mustern im Stile von Escher. Barbara sammelte die Berichte ein, steckte sie in eine Mappe und ging den Gang hinunter zu Klaus' Büro. Seinem Sekretär nickte sie kurz zu, und der winkte sie durch.

»Lassen Sie keine Gespräche durch«, sagte Barbara im Vorbeigehen. Dann ging sie ins Büro. »Klaus …«

Anscheinend war er gerade am Lesen und sah bei ihrem Eintritt zu ihr auf. Auch er hatte einen Bericht in der Mache. Durch das Fenster hinter ihm sah sie auf die Wolkenkratzer von Manhattan. »Ist das der Bericht über Talas?«, fragte sie.

»Ja.« Selbst nach Jahren in den USA hatte er noch einen starken deutschen Akzent. »Den hat mir Jayewardene geschickt. Er meinte, da sollte man ein Auge drauf haben. Da stimme ich zu. Ink hat dir das Material auch gegeben?«

»Hat sie, und ich glaube, es ist mehr, als nur etwas zum Ein-Auge-drauf-Haben«, erklärte sie ihm. »Wir kriegen von dort keine sauberen Informationen, und das werden wir auch nicht, ehe wir uns dort nicht selbst umschauen. Ich glaube, wir müssen sofort hin. Heute, wenn möglich. Halb Talas kommuniziert nicht mehr mit der Außenwelt, und diese ganzen Berichte über Blutvergießen und Gewalt …«

»Ah.« Er lehnte sich zurück. »Du weißt, wie sehr ich deinen Rat schätze, meine Liebe«, sagte er träge und schüttelte den Kopf, sodass seine blonde Mähne um seine Wangen wehte und seine Augenklappe streifte. Um seinen Mund spielte ein zögerliches Lächeln. Diesen Gesichtsausdruck kannte sie – sie hatte ihn im Lauf der Jahre oft gesehen. *Erzähl mir, was immer du willst, aber ich habe meinen Entschluss bereits gefasst, und du verschwendest deine Zeit.* Das war die Botschaft seiner Miene.

Normalerweise machte ihr das nichts aus. Kein Paar führte eine perfekte Beziehung, und sie beide schon gar nicht. Sie hatte schließlich auch ihre Eigenheiten, die Klaus sicher nervten, auch wenn er sich nur selten beklagte. Sie wusste, dass sie manchmal *zu* diplomatisch sein konnte, dass sie sich manchmal zu förmlich ausdrückte, dass sie auf andere Leute oft einen distanzierten, reservierten und kühlen Eindruck machte … und dass diese Beobachtung wahrscheinlich auch zutraf. Es störte sie auch nicht, dass Klaus' Meinung bei den Kollegen im Komitee und bei der UNO mehr zählte als ihre, dass es Lohengrins Gestalt war, die den meisten zuerst in den Sinn kam, wenn das Komitee erwähnt wurde. Er war der Anführer, das Haupt, das Gesicht des Komitees.

Aber in letzter Zeit … Sie machte sich Sorgen um Klaus, über das Unbehagen, das sie in ihm spürte. Er hatte nur dann Energie, wenn er in einem Außeneinsatz war und etwas *tat*. Im Büro wirkte er ausgebrannt und müde, und seine Entscheidungen …

Du weißt, wie sehr ich deinen Rat schätze …

»Aber?«, unterbrach sie ihn, und die Schärfe ihres Tons erstickte Klaus' Lächeln. »Du hältst es nicht für wichtig genug? Klaus, ich mache mir Sorgen, dass es außer Kontrolle gerät, wenn wir zu lange warten.«

Er seufzte laut. »Im Moment ist es nur ein lokaler Konflikt. Nichts, in das sich das Komitee einmischen sollte. Ja, wir müssen auf dem Laufenden bleiben bezüglich Talas und bereit sein, etwas zu unternehmen, falls es weiter eskaliert oder die Stabilität der Region bedroht, aber in Osttimor haben wir tatsächlich anhaltende Unruhen. Dorthin sollten wir gehen, und zwar so schnell wie möglich.«

Denn dort konnte er zulangen und sich dabei vergessen. Barbara seufzte. »Schatz, in Talas ist eine halbe Stadt ins Chaos gestürzt und niemand weiß, warum, und laut den Berichten breitet es sich aus. Ich würde behaupten, dass die Stabilität dort bereits gefährdet ist.«

»Babs …« Sie hasste diesen Spitznamen, aber es war ihr nie gelungen, ihn Klaus auszutreiben. Wieder seufzte Klaus. »Bist du sauer auf mich? Was habe ich getan?«

Der Themenwechsel brachte sie auf die Palme, vor allem, weil es sich so anfühlte, als würde er in einer frischen Wunde herumbohren. »Ich bin nicht sauer auf dich, Klaus. Gar nicht. Das hat nichts mit uns zu tun, Klaus. Ich glaube wirklich, dass es ein Fehler ist, Talas zu ignorieren. Soll sich der Generalsekretär um Osttimor kümmern«, war ihre Antwort.

Er starrte sie an, und sie begegnete seinem Blick. Schließlich sah er auf den Bericht hinab und schüttelte den Kopf. »Ich verstehe, weshalb du dir Sorgen machst, und ich respektiere deine Bedenken, aber ich sehe noch keinen Grund, zu Jayewardene zu gehen und ihn zu bitten, ein Eingreifen des Komitees zu bewilligen.«

»Eine halbe Stadt ist bereits von der Kommunikation zur Außenwelt abgeschnitten, Klaus. Und das Problem hat sich in den letzten Tagen ausgewachsen. Was brauchen wir denn sonst noch für einen Grund?«

»Ich weiß. Das verstehe ich. Aber im Moment ist es trotzdem noch ein lokales Ereignis. Das ganze Land Osttimor ist wegen der Aufstände in Gefahr. Die Regierung könnte gestürzt werden.«

»Nach allem, was ich gesehen habe und was Ink mir geliefert hat, sind die Einheimischen anscheinend nicht in der Lage, Talas in den Griff zu bekommen. Und sie haben keine Ahnung, was dort wirklich passiert.«

»Dann reden wir noch einmal darüber, wenn das etwas klarer geworden ist. Fürs Erste sollten wir erst einmal eine Abordnung nach Osttimor planen. Lass uns wenigstens ein Team hinschicken.«

Das ich anführen werde. Er brauchte den Satz nicht extra hinzuzufügen. Sein Ton hatte etwas Endgültiges. »Na gut«, sagte sie. »Ich lasse dir von Ink die Berichte und ihre Kommentare zusammenstellen. Aber ich glaube, dass Warten im Fall Talas die falsche Strategie ist.«

Klaus nickte. »Das habe ich verstanden«, sagte er. »Und ich übernehme die Verantwortung.«

Barbara nickte und wandte sich zum Gehen um.

»Babs«, sagte er, und sie blieb mit einem Seufzen stehen. »Wir sollten uns unterhalten. Heute Abend. Nicht über Talas, sondern über uns.«

»Das machen wir«, erklärte sie und lächelte ihn an. »Ich bin nicht sauer auf dich, Klaus, ich liebe dich. Aber ich mache mir tatsächlich Sorgen um dich. Wir reden.«

♣♦♠♥

»Du siehst scheiße aus«, sagte Ink, als Michelle auf der Etage des Komitees aus dem Aufzug trat. Allerdings sagte sie es eine Spur zu genüsslich.

»Du bist nicht die Erste, die mir das sagt«, gab Michelle seufzend zurück. »Adesina hatte eine schlimme Nacht, und ich habe nicht geschlafen.«

Augenblicklich machte Juliet kein so zufriedenes Gesicht mehr angesichts Michelles jämmerlicher Erscheinung. »Was ist los?«, fragte sie. Auf Inks Gesicht wirbelten leuchtend rote Tattoos. Auch wenn Michelle es sich mit Ink verschissen hatte – indem sie mit Joey geschlafen hatte, was nicht gerade ihre rühmlichste Tat gewesen war –, war Juliet immer noch ein Teil ihres Lebens.

Nachdem Michelle Adesina adoptiert hatte, war Juliet de facto ihre Tante geworden. Vor einer Weile hatte Michelle Babel dazu gebracht, Juliet als ihre Assistentin einzustellen. Nicht nur, weil sie wusste, dass sich Juliet in dem Job super machen würde – schließlich hatte es Ink beim SCARE drei Jahre lang mit Billy Ray als Chef ausgehalten –, sondern damit Juliet in New York bleiben und Adesina und Michelle sie öfter sehen konnten.

»Ich glaube, dass die ganzen Sachen, die sie im PPA erlebt hat, allmählich bei ihr hochkommen«, sagte Michelle. Ihre Stimme bebte. *Nicht heulen*, dachte sie. *Das geht hier nicht.* »Könnte PTBS sein. Bin mir nicht sicher. Sie hat nur gesagt: ›Sie kommen‹. Das muss mit den Soldaten zu tun haben. Oder vielleicht meint sie auch die Ärzte im Lager.«

»Meine Güte, warum bist du dann hier?« Ink sah Michelle bohrend an und wurde laut. »Verdammt, bei wem hast du sie gelassen? Warum hast du sie allein gelassen?«

Michelle nahm die Hände hoch. »He«, sagte sie schroff. »Mrs. Klein ist bei ihr, und ich habe für morgen einen Arzttermin für sie gemacht.« Sie mochte es nicht, wenn sie sich rechtfertigen musste. Sie war keine Rabenmutter. Das hoffte sie zumindest. »Ich sag Lohengrin, dass ich eine Weile frei machen muss. Er wird ohne Ende jubeln. Aber bitte, mach mir gern das Leben noch schwerer. Du weißt ja, wie sehr ich das mag.«

Eine sanfte Stimme driftete zu ihnen herüber. »Mädels.« Es war Margaret. »Ich glaube, das könnt ihr woanders klären. Oder etwas leiser.«

Michelle sah sich in der strengen Lobby um – alle starrten zu ihnen herüber, Sekretäre, der Botenjunge und zwei Besucher. Peinlich. *So viel zu professionellem Verhalten,* dachte sie. Dann erblickte Michelle Aero und Earth Witch, die bei einer Gruppe ihr unbekannter Leute standen. Der eine war ein Joker ungefähr in ihrem Alter. Sein Gesicht war wie ein Puzzle aus Fleisch. Auf Gesicht, Hals und Händen stießen braune Hautflecken auf weiße und dazwischen alle möglichen Schattierungen. Michelle nahm an, dass er am ganzen Körper so aussah. Sie konnte sich nicht erinnern, über ihn unterrichtet worden zu sein.

Später erfuhr sie seinen Namen, Tiago Gonçalves – Codename Recycler –, und dass er aus Rio de Janeiro stammte. Seine Asskraft bestand darin, dass er aus Müll eine schützende Barriere errichten konnte.

Neben Recycler stand das australische Ass Tinker. Tinker war zum Komitee gestoßen, als das Komitee schon eine feste Institution gewesen war. Zwar war seine Asskraft ganz nützlich – er konnte aus allen möglichen verfügbaren Materialien jede Art Gerät zusammenbauen –, doch hatte Michelle bereits auf mehreren Missionen festgestellt, dass er ungern Befehlen folgte. Er verstand nicht, dass man zum Gelingen eines Auftrags auch Dinge tun musste, die man nicht mochte.

Es stand noch eine weitere Person in der Gruppe. Anhand der Informationen, die sie bekommen hatte, nahm sie an, dass dies Marcel Orie war. Er war um einiges größer als

Michelle. Er hatte graumeliertes Haar und hatte eine Brille mit runden Gläsern und Drahtgestell, die ihm etwas Professionelles verlieh. Seiner Miene nach zu urteilen wäre er lieber woanders gewesen als in der Lobby des Komitee-Büros. Laut seinem Dossier konnte er Blitze steuern, und sein Codename war Doktor Onweer. Er konnte Michelle ganz nützlich sein, wenn sie Blasenfett brauchte, dachte sie.

Ana kam ihr durch die Lobby entgegen und umarmte sie.

»Du siehst tatsächlich scheiße aus«, sagte sie, grinste jedoch dabei. »Tut mir leid, dass Adesina eine schwere Nacht hatte. Kann ich irgendetwas tun?«

»Nein, aber es ist lieb von dir, dass du fragst«, gab Michelle leise zurück, während sie Earth Witchs Umarmung erwiderte. »Du hast mit den Neuzugängen den Rundgang gemacht? Doktor Onweer sieht ja mal fein aus.«

Ana wollte sich ein Lachen verkneifen und schnaubte stattdessen. »Ich fürchte, von uns ist keiner würdig, ihm die Jacke zu halten. Ich würde ja anbieten, ihn dir vorzustellen, aber er würde sich wohl kaum herablassen, mit dir zu reden, weißt du, weil du bist ja ein Model und so.«

Michelle zuckte die Achseln. Sie hatte nicht viel Bildung genossen, aber sie war auch nicht dumm. Wenn Orie meinte, dass sie deshalb unter seiner Würde war, nun, dann war er eben ein Snob. Und bei einem Außeneinsatz hatte alle Bildung der Welt nichts zu bedeuten.

Sie nickte Aero zu. Immerhin ein Ass, das sie mochte. »Cesar kenne ich bereits. Er war gestern Abend zum Dinner bei mir.«

»Er hat mich gefragt, was der Kleinen Freude machen würde«, mischte sich Ink ein. »Hat er ihr etwas mitgebracht?«

Michelle nickte. »Ein nettes *Ocelot-9*-Spielzeug«, sagte sie mit einem leichten Lächeln. Und mit ebendiesem Lächeln wandte sie sich Juliet zu. »Ink war eine klasse Tante und hat ihm den richtigen Tipp gegeben. Adesina war begeistert.«

»Du solltest Tiago kennenlernen«, sagte Ana. »Das ist ein prima Junge.«

»Sehr gern«, sagte Michelle, während sie in ihrer Hand eine winzige Blase entstehen und an die Decke schweben ließ. Sie nahm ihre Baseballmütze ab, sodass ihr langes platinblondes Haar auf ihre Schultern fiel. Dann stopfte sie die Mütze in das Außenfach ihrer Tasche. »Wahrscheinlich könnte ich rasch Hallo sagen, aber eigentlich muss ich gleich zu Babel und Lohengrin. Ich gehe erst zu ihnen und stelle mich ihnen dann vor, wenn das für dich okay ist.«

Ana nickte. »Klar. Die hauen ja nicht gleich wieder ab. Barbara und Klaus sind im Hauptbesprechungszimmer. Bald brauchen wir mehr Räume – aus dem kleinen Besprechungszimmer haben sie ein zusätzliches Planungszimmer gemacht.«

»Weißt du«, sagte Michelle mit unverhohlener Verbitterung in der Stimme, »das alles hier wird zu groß.«

♣♦♠♥

Marcus dachte: *Mann, geiles Gefühl, einen Ball in der Hand zu halten!*

Er schlängelte sich mit rasanten Windungen an den Kids vorbei. Er dribbelte zwischen ihnen hindurch, manchmal über sie hinweg, prellte den Ball kräftig und mit Genugtuung auf den platt getrampelten Staub des Dorfplatzes. Er machte eine Dreihundertsechziggraddrehung, um einem Jungen mit unnatürlich langen Armen auszuweichen. Beim nächsten Jungen täuschte er so energisch an, dass er stolperte und lachend zu Boden ging. Dank seiner Schwanzmuskeln schnellte er aber gleich wieder in die Höhe und legte einen beidhändigen Monsterdunk hin. Gerade rechtzeitig fiel ihm ein, dass der Korb zu schwach und wacklig war, als dass er sich daran hätte festhalten können. Trotzdem waren die Kids, die mit ihm spielten oder zuschauten, begeistert. Und er auch.

Er ließ den verschlissenen Ball auf dem ausgestreckten Finger kreiseln, während die Kinder sich auf Kasachisch neckten und gegenseitig abklatschten. Marcus konnte kaum glauben, wie gut sich das anfühlte. Dass ein Tag einen solchen Unterschied machen konnte! Gestern noch von Kugeln durchlöchert und verzweifelt. Heute fit wie ein Turnschuh und umgeben von neuen Freunden. Der Handschmied hatte anscheinend Ahnung von dem, was er tat. Er hatte alle Kugeln aus Marcus' Schwanz gepult und die verbogenen Metallstücke dann in eine Zinnschüssel fallen lassen, sodass es jedes Mal geplatscht hatte. Und mit jedem dieser Platschlaute war er wieder ein Stück näher an das Land der Lebenden herangerückt. Doch selbst das erklärte sein jetziges Gefühl nicht. Das brachte nur Nurassil zustande.

Er sah zu dem Jungen hinüber, der am Rand des improvisierten Basketballfelds stand. Vor Aufregung schwankte er hin und her und grinste. »Slam Dunk!«, rief er, die einzigen Worte, die er auf Englisch kannte. Seine Tentakelhände klatschten zusammen. Diese Hände. Die Berührung des Jungen hatte Marcus' Schmerzen gelindert und ihn geheilt. Seine Wunden hatten sich in dem Moment geschlossen, als die Operation vorbei war. Die Haut hatte sich über ihnen zusammengefügt. Er konnte die Einschüsse in den Schuppen gar nicht mehr erkennen. Wie ein Stein hatte er in der Nacht geschlafen, und als er aufgewacht war, hatte er sich wie neu gefühlt. Er fand es nicht richtig, dass die Welt der Normalos in dem Jungen nur eine Missgeburt sah, nur den Joker, der sich von ihnen unterschied. Wenn es nach Marcus ging, dann war der Junge ein Ass. Als er ihm das gesagt hatte, war die gelatineartige Haut des Jungen ganz rot geworden.

Er ist noch ein Kind, dachte Marcus, *aber ich verdanke ihm mein Leben.* Er war sich nicht sicher, wie er ihm das vergelten sollte.

Und er war auch dem gesamten Dorf etwas schuldig. Sie hatten ihn aufgenommen, als er am Ende gewesen war. Hatten keine Fragen gestellt. Niemand hier sprach mehr als ein paar Brocken Englisch, doch selbst wenn Olena nicht da war, um zu übersetzen, fand Marcus die Verständigung mit den Leuten einfacher, als er geglaubt hatte. Sie lächelten viel, waren gut gelaunt und stellten viele Fragen. Ja, er lebte in New York City. Ja, er hatte das White House gesehen. Nein, er kannte Michael Jordan nicht. Und auch nicht Michael Jackson. Oder Beyonce. Ja, Amerika hatte gemessen an westlichen Staaten eine hohe Inhaftierungsrate. Es war beeindruckend, wie viel man durch Gestensprache vermitteln konnte. Als sie seinen Namen erfuhren, verlangten sie, dass er ihnen zeigte, was er mit seiner Zunge machen konnte. Marcus tat ihnen den Gefallen. Es störte ihn nicht. Es war sogar irgendwie lustig, seine Zunge einmal einfach nur zum Spaß zu benutzen.

Als die Kinder nach einem weiteren Spiel verlangten, entdeckte Marcus Olena, die aus einer Hütte herauskam. Sie sprach kurz mit einer alten Frau, deren Gesicht von großen Gruben gezeichnet war, die beständig ihre Form und Größe änderten. Olena umarmte sie und sagte etwas, das Marcus nicht hörte. Auch das beeindruckte ihn anhaltend. Dass Olena die Joker im Dorf mit Achtung und Mitgefühl behandelte und ohne ein Anzeichen von Ekel, den die meisten Normalos Jokern gegenüber zeigten.

Olena ließ die Frau an der Tür zurück und trabte auf den Platz, packte Marcus am Handgelenk. Der aufheulenden Jokerjugend warf sie ein paar Worte auf Russisch zu, bevor sie ihn wegzerrte.

Marcus fiel ein, dass er den Basketball noch in der Hand hatte, und schleuderte ihn mit einer Hand über den Kopf zurück aufs Feld. Kurz darauf wünschte er sich, er hätte es nicht getan. Denn es erinnerte ihn an das letzte Mal, als er diese Bewegung gesehen hatte. Pater Squid. Zu Hause in New York an dem Abend, als man sie entführt und hierhergebracht hatte. Seit jener Nacht war so viel geschehen. Er wusste, dass er sich nach seiner Rückkehr nach Hause irgendwann damit würde auseinandersetzen müssen. Er verabscheute es, dass er Pater Squid – nunmehr in Gestalt eines Gebetsstuhls – im Casino zurückgelassen hatte. Er hätte einen Weg finden sollen, ihn nach Jokertown zurückzubringen.

Das Dorf war nicht viel mehr als ein paar Häuser, die sich an eine einzige Straße drückten. Nach ein paar Minuten zu Fuß hatten sie es bereits verlassen. Das Tal, auf das sie hinabblickten, zog sich bis nach Talas, und die Straße, auf der sie gekommen waren und von der sie zum Dorf abgebogen waren, bildete in der Ferne nur noch eine blasse Linie. Auf ihr schob sich ein Konvoi aus winzigen Autos und Lastern entlang.

»Fühlst du dich wirklich besser?«, fragte Olena.

»Ich fühle mich bestens. Gestern habe ich geglaubt, ich wäre erledigt. Heute bin ich geheilt. Und wir sind frei. Wir sind davongekommen! Baba Yaga kann uns nichts mehr anhaben. Lass uns einfach gehen. Wir haben den Wagen. Lass uns wohin fahren …«

»Marcus, sei doch realistisch.« Sie zählte die Hürden, die ihnen im Weg standen, an den Fingern ab. »Wir haben keine Papiere. Keine Pässe. Kein Geld. Baba Yagas Leute bringen uns um, wenn sie uns finden. Die kasachische Polizei, die sucht bestimmt nach dir, nach mir auch, nach allen, die was mit dem Casino zu tun hatten. Die amerikanische Botschaft? Zu der will ich nicht. Über die Grenzposten kommen wir auch nicht. Wir können nicht …«

»Halt!«, blaffte Marcus. »Hör auf aufzuzählen, was wir nicht können.«

Sie sah ihn mit ihren allzu blauen Augen an, trauriger, als er sie jemals erlebt hatte. »Ich mag das auch nicht, aber wir können das doch nicht ignorieren.«

Marcus antwortete darauf nicht gleich. Denn natürlich hatte sie recht. Was wusste er schon von Pässen und Grenzen und Geld an einem solchen Ort? Wenn Pater Squid hier wäre, der wüsste, wie man das alles machte. Aber er war nicht da. »Gibt es jemanden, den wir um Hilfe bitten können?«

»Wenn die Dinge anders wären, könnte ich meinen Vater fragen. Aber wenn er nicht der wäre, der er ist, dann wäre nichts von alledem passiert.« Olena seufzte und ließ den Blick über das Tal schweifen. »Du hast mich nie gefragt, weshalb ich in Baba Yagas Casino war. Es gibt einen Grund dafür. Den solltest du kennen. Der Grund ist mein Vater. Sein Name ist Wasel Dawidenko. Er ist ein Gangster.«

»Ein Rapper?«

»Kein Gangsterrapper! Organisiertes Verbrechen. Ukrainische Mafia. Wie Tony in *Sopranos*, wenn er Ukrainer gewesen wäre und Armani-Anzüge getragen hätte und in Flugzeugen und Hubschraubern durch die Gegend geflogen wäre und mit Atombomben gehandelt hätte. Eine Zeit lang hat er für Baba Yaga gearbeitet. Ich kann dir nicht sagen, was er alles getan hat.«

Ein Stimmengewirr ließ sie den Blick nach hinten richten. Von dort näherte sich ein Pulk Kinder, die den Handschmied und seinen Sohn begleiteten und deshalb nur sehr langsam vorankamen.

»Warst du … darin irgendwie verwickelt?«, fragte Marcus, weil er wusste, dass sie bald von dem Pulk umringt wären.

Olena schüttelte den Kopf. »Ich nicht. Solange meine Mutter noch am Leben war, hat sie mich, so gut es ging, davon abgeschirmt. Das hatte sie mit meinem Vater so abgemacht.

Er durfte ihr Geschäft als Fassade nutzen – Geld waschen, Lagerhäuser nutzen –, solange ich nicht in Berührung damit kam. Sie war keine Heilige, meine Mutter, aber sie wollte etwas Besseres für mich. Vor ein paar Jahren ist sie gestorben.«

»Oh … das tut mir leid.«

Sie berührte seine Hand. »Weißt du, woher ich Englisch kann? Ich ging auf ein privates Internat in der Schweiz. Meine Eltern glaubten, dass ich unter den Töchtern von Politikern und Millionären sicher wäre. Sogar Prinzessinnen.« Sie sah wieder ins Tal hinab. »Ich wollte nach Frankreich auf die Uni. Eigentlich sollte ich jetzt dort sein.«

Marcus schluckte. Internat. Millionäre. Schweiz. Frankreich. Plötzlich kam er sich völlig unterlegen vor. Schon wieder. Auf eine ganz neue Art. Es war schwer, das in Einklang zu bringen mit ihrem Leben als aufreizend gekleidetes Mädchen im Dienste von Jokergladiatoren, doch hatte sie dort immer nicht richtig reingepasst. »Was ist passiert?«

»Mein Vater hat einen Fehler gemacht. Einen dummen Fehler. Er wollte hoch hinaus und hat sich mit Baba Yaga angelegt. Er hat versucht, sie zu töten. Er hat sozusagen eine Münze geworfen, aber sie ist auf der falschen Seite gelandet. Sie hat es überlebt. Er lief um sein Leben. Baba Yaga konnte ihn nicht schnappen, deshalb hat sie mich gefangen genommen. Dahinter steckte die Idee, meinen Vater dazu zu bringen, um mich zu retten. Wenn er sich ergeben hätte, wäre ich freigekommen. Das hätte eigentlich funktionieren sollen, oder? Mein Vater hat sonst keine Familie. Nur mich, eine Tochter. Welcher Vater würde nicht sein Leben geben, um seine Tochter zu retten?« Sie ließ die Frage ein paar Herzschläge lang im Raum stehen, ehe sie sie beantwortete. »Meiner. Er hat sich nicht ergeben. Deshalb hat Baba Yaga mich den Gladiatoren gegeben. Um mich zu erniedrigen und zu bestrafen. Den Rest kennst du.«

Die Dorfjugend kam näher. Marcus legte den Arm um Olena und sprach ganz leise: »Wie konnte er das nur?«

»Sosehr du dich auch mühst«, sagte Olena, »der Bulle wird nie Milch geben.«

»Hä?«

»Ein ukrainisches Sprichwort. Das bedeutet, dass mein Vater ist, wer er ist. Er denkt vor allem an sich selbst, an seinen Stolz, an sein Leben. Ich habe das längst gewusst. Jetzt weiß Baba Yaga es auch.«

Ehe die Dörfler bei ihnen ankamen, sagte Marcus: »Dann sind wir eben auf uns gestellt. Kein Ding. Lass uns morgen losfahren, so weit wie möglich. Wenn uns der Sprit ausgeht, scheiß drauf. Dann laufen wir halt. Oder … kriechen, in meinem Fall. So kommen wir aus Kasachstan raus und tun alles Nötige, um an Geld zu kommen. Wir finden schon einen Weg. Hörst du? Ich gebe nicht auf.«

Kurz darauf waren die Dörfler bei ihnen. Olena beugte sich zu ihnen herab, lächelte und sprach ganz schnell auf Russisch. Die Kinder überschlugen sich in ihrem Eifer, ihre Fragen zu beantworten.

Der Handschmied legte Marcus einen in Sackleinen gewickelten Arm auf die Schulter. Sein Blick ging in die Ferne, und er machte eine beunruhigte Miene. Er sagte etwas. Olena sah auf und folgte seinem Blick ins Tal.

»Was ist los?«, fragte Marcus.

»Die ganzen Autos und Laster auf der Straße«, sagte Olena. »Das gefällt ihm nicht. Es sind zu viele. In Talas stimmt etwas nicht.«

Marcus sagte: »Sag ihm, dass er sich keine Sorgen machen soll. Ich geh runter und schau mir das mal an, vielleicht kann ich was rausfinden.«

♣♦♠♥

Michelle drückte die Tür zum Besprechungszimmer auf.

»… in Talas stimmt etwas nicht«, sagte Babel und klang gereizt. »Es ist zwar nicht klar, *was* nicht stimmt, aber ich sage, wir brauchen dort jemanden, der sich umschaut. Wir müssen herausfinden, was genau dort vor sich geht.«

»Ist mir egal«, gab Klaus zurück. »Ich will nach Osttimor. Wir wissen, dass es dort Probleme gibt. Und ich sage, wir schicken ein Team dorthin, das ich anführe.«

Dann sah Klaus zu Michelle auf und strahlte sie an.

»Bubbles«, sagte er mit einer Spur Bossjovialität in der Stimme. »Wird Zeit, dass du dich sehen lässt.«

Michelle erwiderte das Lächeln, doch sein Tonfall störte sie. Im Verlauf des letzten Jahres war Klaus zu einem Cheftypen geworden. Natürlich musste die Rolle jemand übernehmen, und zugegebenermaßen wollte sie es bestimmt nicht tun. Sie hatte so viele Missionen geleitet, dass ihr das klar war. Trotzdem war es schwer für sie, ihn als Boss anzusehen, wo sie doch beide Gründungsmitglieder des Komitees waren. *Und vielleicht liegt es auch daran, dass du krass kontrollsüchtig bist. Und offenbar bist du heute höllisch reizbar.*

»Hey, Klaus. Hey, Barbara«, sagte Michelle. Babel und Michelle standen sich zwar nicht besonders nah, aber sie hatten große Achtung voreinander. Michelle sah wieder zu Klaus. »Ich war gestern schon da, aber da waren alle weg bis auf den Jungen – Aero«, verteidigte sie sich. »Ich habe ihn verpflegt, habe ihm unsere Vorgehensweisen erklärt und dafür gesorgt, dass er sich zu Hause fühlt.«

Klaus reckte die Hände in die Höhe. Er hatte einen starken deutschen Akzent. »Cesar hat deine Hilfe sehr gelobt. Wir hätten dich halt früher schon brauchen können.«

»Ich weiß«, gab sie zurück und fühlte sich schuldig, weil sie sich so sehr wehrte. Klaus und Barbara hatten immer viel am Hals. Seit sie nur noch Teilzeit arbeitete, hatte Michelle nur noch befristete Missionen übernommen, damit sie zu Hause bei ihrer Tochter sein konnte. »Ich hatte eine schlimme, besorgniserregende Nacht mit Adesina.«

»Die arme Kleine!«, rief Klaus aus. Er hatte Adesina einmal kennengelernt, und sie waren prächtig miteinander ausgekommen. Klaus hatte eine Schwäche für Kinder. »Kein Wunder, dass du so fertig aussiehst.«

»Es tut mir so leid, dass sie Probleme hat, Michelle«, sagte Barbara und zupfte am unteren Saum ihres maßgeschneiderten Jacketts. »Aber ich würde dich gern nach Talas schicken.«

»Mir wäre es lieber, wenn sie mit mir nach Osttimor kommen würde«, unterbrach Klaus. »Ich glaube, dort wäre sie mehr von Nutzen.«

Babels Miene verfinsterte sich, wurde aber gleich wieder gelassen. »Bubbles nach Talas zu schicken, ist viel sinnvoller. Sie hat solche Missionen bereits durchgeführt und kommt gut mit der Presse klar. Und *sie* stürzt sich nicht vorschnell in einen Kampf, weil sie es kaum erwarten kann.«

Michelle ließ ihre Tasche auf den großen Mahagonitisch plumpsen und setzte sich auf einen der Ledersessel. »Ich glaube, ich kann keins von beidem«, sagte sie und spielte mit der Quaste am Reißverschlussschieber ihrer Tasche. »Ihr könnt euch nicht vorstellen, wie das letzte Nacht war. Es war schrecklich.«

Babel setzte sich neben Michelle. Sie war einwandfrei gekleidet, hatte einen maßgeschneiderten blauen Anzug – nicht zu sexy –, eine schwere Seidenbluse und halbhohe Absatzschuhe an. Ihre Kleidung sprach Bände über ihre Position, und Michelle gefiel das. Auch wenn Klaus inzwischen der angebliche Kopf des Komitees war, war Michelle klar, dass Barbara hinter den Kulissen alles am Laufen hielt.

»Schau, ich weiß, dass es beängstigend ist, wenn das eigene Kind so leidet, aber wir brauchen dich dringend, um das Team anzuführen«, sagte Barbara. Michelle wusste, dass

Babel sie verstand, aber sie wusste auch, dass das Komitee für Babel immer an erster Stelle kam.

»Es tut mir leid«, sagte Michelle. »Aber im Moment kann ich einfach nicht. Ihr habt doch noch so viele andere Asse, die ihr hinschicken könnt, die neuen eingeschlossen.«

»Wir können daraus auch einen kurzen Besuch machen«, erklärte Babel. »Du musst nur rausfinden, was los ist, Bericht erstatten, und schon bist du wieder zurück. Schwupp rein und schwupp wieder raus.«

»Es wird nie nur ein kurzer Besuch«, seufzte Michelle. Sie wünschte sich, sie hätte einfach angerufen, statt extra vorbeizukommen, aber sie hatte versprochen, die Neuzugänge zu begrüßen. Als Neuling beim Komitee einzusteigen konnte eine Herausforderung sein. »Ich kann halt gerade nicht weg«, sagte sie. »Ich habe versprochen, die neuen Asse zu begrüßen. Wenn wir hier fertig sind, dann mache ich das. Ich mache dieses ganze Willkommen-im-Team-Ding, aber ansonsten stehe ich für keinen Auftrag zur Verfügung.«

Sie stand auf und nahm ihre Tasche. »Ihr findet jemanden. Euch quillt die Bude über vor Assen. Verdammt, schickt das B-Team nach Osttimor und das A-Team nach Talas, dann habt ihr beide euren Willen.«

Sowohl Babel als auch Lohengrin schauten sie missmutig an. Kurz regte sich ihr schlechtes Gewissen, das jedoch rasch der Sorge um ihre Tochter wich. Wenn es nach Michelle ging, war alles andere Unsinn.

♣♦♠♥

Später am Nachmittag hatte Franny eine Weile das Steuer übernommen. Die Straßen waren schmaler geworden, wiesen mehr Schlaglöcher auf und gingen schließlich in reine Schotterpisten über, die sich durch die Hügel und Wälder schlängelten. Baba Yaga sah auf ihr Handy und gab Anweisungen. Schließlich knickte sie doch ein und erzählte Franny, wohin sie unterwegs waren – zu einer Stadt namens Schymkent. Dort befand sich anscheinend ein weiterer internationaler Flughafen.

Schymkent war gute hundertsechzig Kilometer entfernt, und sie kamen nicht schnell voran, weil die alte Schachtel es sich in den Kopf gesetzt hatte, sie auf Viehpfaden dorthin zu lenken. Frannys Kopf streifte an der Decke des Lieferwagens, und als sie über ein besonders unebenes Stück Straße holperten, spürte er das Zerren in seinen Wunden. Der Bund seiner Jeans war schon ganz vollgesogen mit Blut, das aus seiner Schusswunde sickerte.

»Weshalb fahren wir bloß über diese Geländepisten? Wir sind doch weit genug von Talas entfernt, um sowohl der Polizei als auch Ihren Konkurrenten zu entgehen. Weshalb fahren wir nicht zur Landstraße zurück und bringen etwas Strecke hinter uns?«, beschwerte er sich.

Sie sah von ihrem Handy auf. »Wir fahren in einem Wagen mit amerikanischem Nummernschild. Sie werden uns bemerken.«

»Wir könnten hundert, hundertzehn Kilometer in der Stunde machen. Niemand würde uns bemerken.«

»Die Trottel in Astana schicken das Militär. Da wird schon viel Chaos herrschen, bevor noch …« Sie brach schlagartig ab. »Auf jeden Fall werden sie uns anhalten. Und das müssen wir vermeiden.«

»Weil Sie nicht genug Polizisten und Politiker in der Hauptstadt geschmiert haben, die Sie beschützen?«

»Das ist nicht meine Sorge.«

»Glauben Sie wirklich, dass ein paar Verbrecherbosse in Talas eine Straßensperre einrichten können?«

»Die nicht. Die sind nichts. Nein, mein ehemaliger Arbeitgeber.«

»Ich kann mir Sie als Arbeitnehmerin nur schwer vorstellen. Also, wer ist es denn?«

»Finden Sie es doch selbst raus, Junge, Sie haben mehr als genug Informationen.«

Franny dachte an die Untersuchung zurück, die ihn nach Kasachstan geführt hatte. Die ehemaligen KGB-Agenten, die in New Jersey hochgegangen waren. Der Tod eines Kameramannes durch die Garrotte, weil er den Fehler begangen hatte, DVDs von den Jokerkämpfen aufzunehmen und zu verkaufen. Baba Yagas gekonnter Umgang mit Feuerwaffen und schwierigen Manövern im Straßenverkehr.

»Meine Güte, Sie waren Spionin. KGB, nicht wahr? Die Kerle in New Jersey hatten Sie von damals gekannt. Sie haben aus den alten Reihen rekrutiert.«

»Dann sind Sie also kein völliger Trottel. Ja, ein paar meiner Mitarbeiter hatten es schwer. Die Umgewöhnung an das kapitalistische Paradies war nicht einfach. Es war leicht, sie anzuheuern, und wir kannten so viele Geheimnisse voneinander, dass für ausreichend Sicherheit gesorgt war.«

»Warum ist der KGB so grantig?«

»Ich habe etwas mitgenommen, als ich ging. Weil ich mich nicht darauf verlassen konnte, dass es dort sicher ist.« Sie verfiel in Schweigen, und er betrachtete sie im Rückspiegel. Sie wirkte traurig, eine Gefühlsregung, die er in dem alten Gesicht nie erwartet hätte. »Ich habe nie geglaubt, dass ich einmal alt werden würde. Dass er alt werden würde. Als junger Mensch tut man das nicht …«

Franny verlor den Faden, weil zwischen den Bäumen Farben aufblitzten. Gelb und Rot und Schwarz. Franny stieg auf die Bremse. Schnauzer stieß einen Fluch aus, und die Alte zischte, während sie den Vordersitz umklammerte.

Franny stieß die Tür auf und sprang hinaus, rannte auf das sich windende Etwas zu. »Marcus! IBT!« Der Junge hielt inne und starrte Franny entsetzt an.

Hinter sich hörte er Baba Yagas Schrei. »*Njet!* Dummer Junge! Fahr weiter, fahr weiter!«

Franny begriff, dass der Befehl Schnauzer galt und nicht ihm. Sie würden ihn hier zurücklassen. Marcus wirkte erst verblüfft, dann furchtbar wütend. Franny packte die Panik, und er lief wieder zum Wagen zurück, wurde aber umgerissen, als IBT an ihm vorbeischoss. Denn der sich windende Schwanz hatte ihn in der Kniekehle erwischt. Franny fiel auf seine verletzte Schulter und schrie vor Schmerzen.

»Du fieses Aas! Du verfickte Schlampe! Warum kannst du nicht tot bleiben?«, brüllte Marcus.

»Marcus! Nein!«, rief Franny. Verzweifelt umklammerte er das Ende von IBTs Schwanz, um ihn aufzuhalten.

»Lass mich los, verdammt!«

»Warte! Hör zu!«

Franny spürte die Kraft der Muskeln, die in IBTs Körper zuckten und gegen seine Brust und seinen Bauch schlugen. Es war, als ritte man auf einem buckelnden Pferd, ohne dass man sich festhalten konnte. Und weil ihm die Seite höllisch wehtat, ließen seine Arme nach.

Schnauzer kletterte über die Mittelkonsole auf den Fahrersitz und versuchte gleichzeitig, seine Waffe zu ziehen. IBTs Zunge schnellte heraus und klatschte dem Mann ins Gesicht. Der schrie, krümmte sich und brach unter der Giftwirkung zusammen. Baba Yaga sprang aus dem Rücksitz. Sie bewegte den Mund, sodass die Falten um ihre Lippen zu tiefen Furchen wurden. Sie sammelte Speichel.

»Achtung!«, kreischte Franny, doch Marcus schien die Gefahr zu kennen.

Er schoss nach rechts und ließ den Schwanz ebenfalls herumschnellen, um ihn aus der Gefahrenzone zu bringen. Durch die ruckartige Bewegung wurde Franny vollends abgeschüttelt, und er kullerte durch Staub und Kiefernnadeln. Die Schmerzen waren so schlimm, dass ihm übel und schwindelig wurde. Er wälzte sich aufs Knie hoch und zog die Pistole. Im selben Moment peitschte Marcus seinen Schwanz und schleuderte Baba Yaga gegen den Lieferwagen. Die Greisin glitt am Wagen hinab, ohnmächtig oder Schlimmeres. Marcus warf sich herum und ließ die Zunge hervorschießen.

»Scheiße!«, brüllte Franny und feuerte eine Kugel in den Sand zwischen Marcus und Baba Yaga.

Der junge Mann schreckte zurück, und seine Zunge verfehlte Baba Yagas Rumpf, erwischte sie aber an der linken Hand. Jetzt verkrampfte und krümmte sich auch die Alte. IBT hatte sich auf seinem geschraubten Unterleib erhoben und sah Franny halb verwirrt, halb gekränkt an. Franny nutzte seinen Vorteil.

»Zurück«, fuhr er ihn an. Marcus' Mund bewegte sich, und seine Zungenspitze war zu sehen. »Glaubst du, deine Zunge ist schneller als eine Kugel?«

Franny stolperte zu Baba Yaga und fühlte ihr am Hals den Puls. Er war schwach und unregelmäßig, aber sie war noch am Leben. Auf ihrer Stirn bildete sich ein blauer Fleck, und ihre Hand wurde schwarz.

»Du … du beschützt sie? Warum?« IBT senkte den Kopf und sagte mit belegter Stimme: »Sie hat Pater Squid getötet.« Auf einmal klang Marcus verwirrt, jung und verloren.

Franny ließ sich auf den Boden fallen und nahm langsam die Pistole herunter. Erinnerungen an die Messe in der Kirche Jesus Christ Joker und Pater Squids tiefe, klangvolle Stimme, als er die Hostie in die Höhe hob oder eine Predigt hielt. Der Jokerpriester war in Jokertown länger im Amt gewesen als Franny auf der Welt. Schon Frannys Vater hatte ihn gekannt. »Wie? Was ist passiert?«

»*Sie.*« Marcus' Blick flackerte kurz zu der zusammengekrümmten Alten hinüber. »Sie sagte, wenn ich meinen letzten Kampf gewinne, bin ich frei, dann erst habe ich kapiert, dass ich gegen Pater *Squid* kämpfen sollte. Er wollte sich opfern und sich von mir töten lassen, aber das habe ich nicht gekonnt. Es ging einfach nicht. Sie hat mich angespuckt, aber Pater Squid hat mich zur Seite gestoßen. Er hat mir das Leben gerettet und ist gestorben.«

»In was hat sie ihn verwandelt?«

»Dann weißt du also, was sie tun kann?«

»Ja, ich habe es gesehen.« Franny musste einen Schauder unterdrücken. Marcus versuchte es erst gar nicht.

»Sie hat ihn in einen Gebetsstuhl verwandelt.« Jetzt raste er wieder vor Wut. »Wahrscheinlich fand sie das witzig. Und du willst mir weismachen, dass sie nicht den Tod verdient hat?«

Franny zögerte. Er hätte Marcus von Baba Yagas Andeutungen erzählen können, dass sie ein großes und schreckliches Geheimnis kannte, aber weshalb sollte der Joker ihm glauben? Franny wusste ja nicht einmal, ob er selbst es glaubte, und das, obwohl er den Schrecken und die Tobsucht im Krankenhaus erlebt hatte.

Er hätte sich wortreich darüber auslassen können, dass er sie ihrer gerechten Strafe zuführen würde, dass Marcus sich nicht die Hände schmutzig machen solle und dass es nicht richtig wäre, eine wehrlose Alte umzubringen. Doch dann hätte die Gefahr bestanden, dass es IBT am Arsch vorbeigehen würde. Außerdem war das genau der fromme Mist, den Marcus sich schon sein ganzes Leben von Leuten wie Franny hatte anhören müssen, und der junge Mann hatte das letzte Jahr über als Wächter und Rächer von Jokertown agiert.

Beides stellte ein Risiko dar, das er nicht eingehen wollte. Deshalb blieb ihm nur eine Wahl. Er log.

»Tja, du hast es geschafft.«

»Ist sie tot?«

»So gut wie. Sie war schon ziemlich angeschlagen im Krankenhaus, aber du hast ihr den Rest gegeben.« Die Lüge zog nach sich, dass er dem Jungen nicht anbieten konnte, ihn mitzunehmen. Er musste Marcus der Möglichkeit opfern, dass Baba Yaga tatsächlich etwas wusste. »Du solltest besser verschwinden. Es sind Leute hinter dir her, und die haben nicht viel Mitgefühl.«

»Bist du sicher, dass sie sterben wird? Ich habe sie monstermäßig vergiftet, und sie hat es trotzdem überlebt.«

»Meine Güte, Marcus, sie ist um die hundert Jahre alt.«

»Ja, und sie ist ein Ass …«

»Schau mal, vielleicht konnte sie dein Gift neutralisieren, aber Massenträgheit ist fies, und du hast sie gegen ein Auto geschleudert.«

Ein paar Herzschläge lang stand alles auf der Kippe. Franny hielt den Atem an, doch dann nickte Marcus kurz und kroch davon, verschwand zwischen den Bäumen. Franny seufzte und presste die Hand gegen die Seite. Er war froh, dass der Junge ihn nicht gefragt hatte, was *er* mit Baba Yaga vorhatte.

Das Handy der Alten lag neben ihr auf dem Boden. Franny nahm es, doch das Display war gesprungen, und es reagierte nicht, egal was er probierte. Wütend schleuderte er es gegen den Lieferwagen.

Er kniete sich neben Baba Yaga und versuchte, trotz der Schmerzen, der Erschöpfung und Verwirrung nachzudenken. Gift. Sollte er versuchen, es aus der Wunde zu saugen, so wie er es in den ollen Westernromanen gelesen hatte, die sein Vater so geliebt hatte? Franny hatte sie gelesen, um sich dem Mann, den er nie kennengelernt hatte, näher zu fühlen. Er verscheuchte die Gedanken an zu Hause, an seine Mutter, und beschloss, es nicht zu versuchen. Er hatte keine Ahnung, wie mächtig IBTs Gift war. Womöglich würde er sich selbst außer Gefecht setzen. Stattdessen beschloss er, den Arm abzubinden, damit sich das Gift nicht ausbreiten konnte.

Er riss den Ärmel von ihrem Kleid, hievte Schnauzer aus dem Fahrersitz, und mit einem Stecken und der Krawatte des Toten band er Baba Yaga den Oberarm ab. Dann hob er sie hoch und legte sie auf den Rücksitz, wo er sie, so gut es ging, anschnallte.

»Stirb nicht«, befahl er ihr.

Er fuhr los und wählte Straßen, die nach Osten und Norden führten. Da Baba Yaga nicht widersprechen konnte, wollte er die verdammte Landstraße wiederfinden.

♣♦♠♥

Während er sich einen Weg zurück ins Dorf suchte, hämmerte das Herz in seiner Brust, und zwar nicht wegen des anstrengenden Anstiegs im felsigen Gelände. Sondern wegen des Anblicks der Greisin. Das Wissen, dass sie tot war, änderte nichts daran.

Tot. Nach der ersten Vergiftung hatte er es nicht sicher gewusst. Aber jetzt hatte er Gewissheit. Die Neuigkeit versetzte ihn in Hochstimmung. Er war sie endlich los. Jetzt war tatsächlich ein Leben mit Olena möglich. Doch Marcus' Gefühle waren nicht so schwarz-weiß, wie er sie sich gewünscht hätte. Er konnte eine gewisse Scham über die Art, wie er sie getötet hatte, nicht abschütteln. Am Ende war es so einfach gewesen, nur ein Schlag mit seinem Schwanz. Trotz all ihrer Bosheit war Baba Yaga eben doch nur eine gebrechliche Greisin. Wahrscheinlich war sie eine Oma.

»Und wenn sie Oma ist«, murmelte er bitter, »können die Enkel mir danken, dass ich sie kaltgemacht habe.«

Er schleppte sich eine Rinne im Gelände hinauf, weil er sich von der Straße fernhalten wollte, selbst von der kaum befahrenen zum Dorf hinauf. Das Schild am Abzweig kennzeichnete es als Jokerdorf, hatte er erfahren. Nicht unbedingt ein Ziel für Flüchtlinge. Trotzdem wollte er keine weiteren zufälligen Begegnungen wie die mit dem Bullen und Baba Yaga riskieren.

Er hatte nicht herausgefunden, was genau in der Stadt vor sich ging, doch wusste er, dass Menschen – arme und reiche, Asse und Normalos – aus Talas flohen. Die verzweifelte Unruhe, deren Zeuge er am Morgen davor geworden war, hatte noch zugenommen. Inzwischen wirkten die Leute regelrecht wahnsinnig. Den hoch beladenen Lastern nach zu urteilen wurde viel geplündert. Er wollte die Dörfler warnen, damit sie Wachen aufstellten oder die Straße sperrten. Olena hatte die Glock. Vielleicht konnten sie noch mehr Waffen organisieren. Wer dem Dorf Übles wollte, würde es gut verteidigt vorfinden. Von einer Jokermiliz.

Als er aus der Rinne stieg, hatte er freien Blick ins Tal. »Was zur Hölle ist das?«, fragte er.

Ein Hubschrauber. Er schritt von Nordosten durch das Tal auf die Landstraße zu. Marcus wusste nicht, warum, aber gleich auf den ersten Blick missfiel Marcus die aggressive, militärische Form des Hubschraubers. Er verharrte über der Straße, genau an der Stelle, wo der Weg zum Dorf hinauf abzweigte. Wie eine Wespe über einer Ameisenprozession schwebte er in der Luft. Dann machte er eine Kehre, die Nase ging nach unten, und er flog die Straße zum Dorf entlang.

Das gefiel Marcus ganz und gar nicht. Er schlängelte sich rascher durch Gestrüpp und Geröll. Mit aller Kraft wand er sich voran und blickte, wann immer es ging, zu dem Hubschrauber hinüber. Als er im Dorf ankam, verlor er ihn aus den Augen. Wie eine Peitsche schnellte er durch die enge Gasse zwischen zwei Häusern und schoss auf die Hauptstraße hinaus. Im selben Augenblick kam der Hubschrauber ratternd in Sicht. Marcus rief eine Warnung. Er packte zwei Kinder, die auf der Straße spielten, und setzte sie auf ihren

Türschwellen ab. Dann drehte er sich um, richtete sich auf seinem zusammengeringelten Unterleib auf und sah dem Hubschrauber entgegen. Der flog direkt über ihn, wo er bedrohlich schwebte. Der Abwind seiner Rotoren prügelte auf Marcus ein und wirbelte Staub und Dreck auf. Er flog das ganze Dorf ab, dann machte er einen Bogen und kehrte zurück. Wieder überflog er langsam die Hauptstraße. Marcus erspähte den Piloten mit Helm und Schutzbrille, der auf ihn herabsah. Marcus wedelte mit den Armen, als wolle er den Hubschrauber verscheuchen.

Es brachte nichts. Der Hubschrauber landete am Ende des Dorfs, mitten auf der Straße. Aus solcher Nähe hatte Marcus noch nie einen Hubschrauber gesehen. Er machte auf jeden Fall einen Höllenlärm. Und anders als diejenigen, die er am Himmel über Jokertown gesehen hatte, war dieser Hightech. Ganz schlank, mit getönten Scheiben an der Hauptkabine und den verschwimmenden Rotorblättern, die kaum lang genug zu sein schienen, um das Ding in die Luft zu heben. Der Heckpropeller drehte sich in einem Ring, der wie eine aufgemotzte Radkappe aussah. Die Maschine wurde gedrosselt, und die Rotoren drehten sich immer langsamer. Ehe sie zum Stehen kamen, gingen auf beiden Seiten die Türen auf, und Leute stiegen aus. Marcus konnte sie noch gar nicht richtig erkennen, da rief er ihnen bereits entgegen: »Geht dahin, woher ihr gekommen seid, ihr Wichser! Hört ihr mich? Ihr seid hier nicht willkommen. Kehrt verdammt noch mal um und haut ab.«

Sechs Muskelpakete bauten sich auf ihren Positionen rund um den Hubschrauber auf. Sie trugen Uniformen, waren kurz geschoren und hielten, um das Bild abzurunden, Maschinengewehre bereit. Nun stiegen noch weitere Gestalten aus, eine Handvoll Männer in Anzügen. Und ein Hüne, dessen Muskeln und breite Schultern kaum in seinem schwarzen Anzug Platz hatten. Wie er so vor dem

Hubschrauber stand, schien es völlig undenkbar, dass er in dem Fluggerät Platz haben sollte. Er setzte sich eine Sonnenbrille auf und sah sich desinteressiert um, schien den riesigen Schlangenmann, der nur ein paar Meter entfernt stand, kaum zu bemerken.

Die Rotoren blieben stehen, und der Staub legte sich. Jetzt stieg ein hochgewachsener Mann mit stahlgrauen, nach hinten gestriegelten Haaren aus. Er betrachtete Marcus mit kalten blauen Augen. Belustigt zog er die Mundwinkel hoch. Er sagte etwas – auf Russisch, wie Marcus annahm. Der Hüne antwortete mit einem höhnischen Lachen. Der Hubschraubermotor ging aus.

»Fick dich doch selber«, sagte Marcus in die plötzliche Stille hinein.

Der Grauhaarige verzog das Gesicht und sagte in nicht akzentfreiem Englisch: »Ich habe nicht gesagt: ›Fick dich‹, sondern ich habe gesagt: ›Sie haben uns eine Schwarze Mamba als Begrüßungskomitee geschickt‹.«

»Scheißegal«, sagte Marcus. »Das ›Fick dich‹ gilt trotzdem.«

Der Grauhaarige kam näher und sagte: »Dich kenne ich. Du hast in Baba Yagas Arena gekämpft. Du hast Joker umgebracht. Das ist mir egal, denn ich bin kein Joker. Aber mit mir legst du dich nicht an, verstanden?«

Bevor er etwas erwidern konnte, stürmte Olena herbei. Sie schlitterte auf die Straße, trat zwischen Marcus und den Mann und hatte einige Joker im Schlepptau. Sie redete in Überschallgeschwindigkeit, wie Maschinengewehrkugeln spuckte sie dem Grauhaarigen Worte auf Russisch oder Ukrainisch entgegen. Einen Moment lang begriff Marcus gar nichts und glotzte nur verständnislos. Anscheinend merkte Olena das, denn sie sprach auf Englisch weiter.

»Du!«, zischte sie den Mann an. »Was machst du hier?«

Der Mann nahm eine Münze aus seiner Jacketttasche und

ließ sie über die Finger rollen. Die Münze drehte sich um und um, während sie von Finger zu Finger wanderte. Er setzte zu einer Antwort auf Russisch oder Ukrainisch an. Das konnte Marcus nicht unterscheiden. Olena schnitt ihm das Wort ab: »Sprich Englisch! Du hast mich in die Schule gesteckt, um es zu lernen, oder nicht? Hast das ganze Geld ausgegeben. Sprich Englisch!«

Wasel zuckte mit den Schultern. Er betrachtete Olenas ländliche Tracht abschätzig und fragte: »Liebste Tochter, was trägst du da für Kleider? Und begrüßt man so seinen Papa?«

»Papa?«, keuchte Marcus.

»Du bist nicht mein Papa!« Sie machte eine Faust und ließ den Daumen zwischen Mittel- und Zeigefinger herausschauen. Marcus wollte sie fast warnen, ihn nicht zu schlagen, weil sie sich sonst den Daumen brechen würde. Doch sie schwenkte die Faust nur in Richtung der Neuankömmlinge.

Wasel schüttelte missbilligend den Kopf. Noch immer rollte die Münze von Finger zu Finger. »Du bist so ein rüdes Mädchen geworden. Das nehme ich dir nicht übel. Du hattest eine schwere Zeit, ich weiß. Ich werde es wiedergutmachen.«

Der Hüne schwenkte warnend die Hämmer, die seine Fäuste darstellten, und blickte finster zu den Dörflern, die sich langsam um sie scharten. Niemand kam näher an sie heran.

»Du kannst nichts wiedergutmachen«, sagte Olena. »Du hast mich Baba Yaga überlassen.«

»Alles, was ich tat, habe ich für dich getan.«

»Lügner! Wie hast du uns gefunden?«

»Ein Vater sollte ja wohl wissen, wo seine Tochter ist«, sagte Wasel. Da Olena offensichtlich nicht mit der Antwort zufrieden war, fügte er hinzu: »Ortungschip.«

»Was?«

»Es war zu deinem Besten. Weißt du noch, wie du mit diesem Jungen von der Schule abgehauen bist? Was war das für einer? Algerier?«

»Franzose«, verbesserte ihn Olena. »Er ist in Paris zur Welt gekommen und aufgewachsen!«

»Algerische Mutter, also Algerier.« Er sah Marcus an. »Wenigstens war er nicht so schwarz wie diese Mamba da. Dieses kleine Abenteuer hat mich Kopfschmerzen, Geld und Ressourcen gekostet, bis ich dich gefunden habe. Wir mussten dich für den Rückflug ruhigstellen, ja? Und auch später noch eine ganze Weile. Aber nicht nur wegen deiner Nerven, sondern auch, damit du dich von einer kleinen Operation erholen konntest. Ortungschip. Ich hab ihn unter der Tätowierung einsetzen lassen, die du dir dummerweise hast stechen lassen.« Er zeigte auf die Stelle über ihrem Po. »Wer hätte gedacht, dass meine Tochter mal eine Schlampe würde?«

Olenas Gesicht spiegelte nacheinander eine Reihe von Empfindungen. Fassungslosigkeit, Ungläubigkeit, Schock. Und schließlich Wut. Eine Wut, die sich nur in einer Flut von Wörtern in ihrer Muttersprache ausdrücken ließ.

»Ich dachte, du wolltest Englisch sprechen?«, fragte Wasel.

Sie wechselte mitten im Satz die Sprache. »… einen Chip einsetzen, als wäre ich ein Hund? So was machst du? Ich hasse dich! Hasse dich!« Sie spuckte ihn an. Es war zwar eine boshafte, hasserfüllte Geste, doch auf seinem feinen Anzug landeten nur ein paar kleine Speichelflocken.

Wasel schien das nicht zu beirren. »Dank des Chips wusste ich immer, wo du warst. Die ganze Zeit habe ich Baba Yaga ausspionieren lassen und den Moment abgewartet, um sie auszuschalten und dich zu befreien.«

»Mich befreien? Du hast mich ihr überlassen!«

»Du bist doch am Leben, oder? Und jetzt bist du frei. Als unser Informant uns mitgeteilt hat, dass im Casino die Hölle losbrach, war ich gerade auf dem Weg nach Baikonur. Gutes Timing. Ich habe alles stehen und liegen lassen, um dich zu suchen. Eigentlich sollte ich nach Talas, um die Lage dort zu nutzen, aber ich bin erst zu dir gekommen. Und so wird es mir gedankt.«

Olena schüttelte langsam den Kopf, und in ihre Verachtung mischte sich Fassungslosigkeit. »Du bist nicht aus Liebe zu deiner ›liebsten Tochter‹ gekommen. Du willst die Firma. Du willst meine Anteile. Ohne meine Zustimmung kannst du nichts machen.«

»Ich kann vieles ohne deine Zustimmung tun, Tochter.«

Olena sah Marcus an. »Der legale Anteil des Familienvermögens kam von der Seite meiner Mutter. Als sie starb, erlebte Wasel Dawidenko eine böse Überraschung, denn ihre Anteile gingen alle auf mich über. Solange ich lebe, hat er keinen Zugang zum Vorstand. Es sei denn, ich möchte es. Wenn ich sterbe« – sie grinste und sah ihren Vater mit einem vernichtenden Blick an –, »er weiß nicht, was dann passiert. Vielleicht verschenke ich in meinem Testament alles.«

Marcus bemühte sich, bei der Erwähnung des ›Familienvermögens‹ nicht allzu verblüfft dreinzublicken. Demnächst müsste er wirklich mal klären, wer und was dieses Mädchen war.

Wasel zog ein Taschentuch aus seiner Brusttasche und fing in aller Seelenruhe an, den Speichel von seinem Anzug abzuwischen. Er sah Marcus an, und dann erst schien ihm die wachsende Ansammlung von Jokern rings um sie herum aufzufallen. »Genug geplauscht auf der Straße. Steig in den Hubschrauber. Ich erklär dir alles. Bald wirst du deinen Vater wieder lieben.« Wasel winkte dem großen Kerl. »Andrij.« Der Hüne kam auf Olena zu.

Marcus, der den Wortwechsel dumpf beobachtet hatte,

schoss nach vorn. Andrij ließ bedrohlich die Schultermuskeln spielen, doch was Olena wirklich zu erschrecken schien, war eine kleine Bewegung von Wasel. Sie warf sich zwischen Marcus und Wasel, der nichts weiter getan hatte, als die Münze nun so zwischen zwei Fingern zu halten, als wolle er sie werfen. »Nein! Töte ihn nicht! Wenn du ihn tötest, bringst du auch mich um.«

Wasel betrachtete sie belustigt. Er bedeutete dem Leibwächter zurückzuweichen. »Du machst wohl Witze. Was bedeutet dir dieser schwarze Schlangenmann?«

Marcus in die Augen blickend, antwortete Olena: »Er ist mein Geliebter.«

Das eine Wort, das der Gangster erwiderte, war auf Ukrainisch, aber es bedurfte wohl kaum einer Übersetzung.

♣♦♠♥

Michelle betrat ihre Wohnung. Sie war morgens erst spät losgekommen, und als sie den ganzen Komitee-Kram am Nachmittag endlich erledigt hatte, war der Verkehr schon wieder elend gewesen. Sie hatte bei Bruno's noch eine Pizza zum Abendessen gekauft. Das war vielleicht nicht besonders gesund, aber Adesinas Lieblingsspeise.

Mrs. Klein und Adesina saßen auf dem Sofa und sahen fern. Beide lächelten sie an.

»Gibt's Pizza zum Abendessen?, fragte Adesina, doch ihre Stimme hatte nicht ihre übliche Pizza-Begeisterung. Sie drückte sich auf ihre blaue Decke, die Flügel eng an den Körper gepresst.

»Haben Sie genug für uns alle?«, fragte Mrs. Klein und stand auf. »Sie waren bei Bruno's. Die machen einen guten Teig. Und ich sehe, Sie haben eine große genommen.«

Michelle packte die Pizza auf den Esstisch und setzte sich neben Adesina.

»Geht's dir besser, Mäuschen?«, fragte sie. Adesina hatte Ringe unter den Augen, und sie wirkte erschöpft.

Wie kann ich das in Ordnung bringen?, dachte Michelle. Vor Angst spürte sie erneut ein Flattern in der Brust. *Ich muss das in Ordnung bringen.* Sie ertrug es nicht, ihre Tochter so zerbrechlich und verängstigt zu erleben.

»Du siehst so aus, als könntest du ein Abendessen vertragen, Mäuschen. Ich habe deine Lieblingspizza geholt – Pilze und schwarze Oliven.«

Adesinas Gesicht verzog sich zu einem matten Lächeln. Alles schien sie wahnsinnig anzustrengen. *Es muss doch etwas geben, damit das aufhört*, dachte Michelle.

»Ich habe keinen Hunger«, sagte Adesina, und ihre Stimme wurde immer leiser. »Vielleicht später?«

»Aber dann wird sie kalt, und du magst doch keine kalte Pizza.« Im Moment wollte sie einfach nur Kalorien in ihre Tochter bekommen. Später könnte sie sich dann wieder als Mutter des Jahres bewerben,

Mrs. Klein schob ein paar Stücke auf eine Papierserviette. »Ich geh dann mal zu mir rüber. Wenn Sie mich brauchen, wissen Sie ja, wo Sie mich finden. Adesina, erhol dich, kleine Bubble. Morgen bringe ich dir ein paar Kekse von De Roberti's Café. Die Aniskekse, die du so magst.«

Doch selbst die Verheißung von Keksen heiterte Adesina nicht auf. Michelle und Mrs. Klein wechselten besorgte Blicke. In Michelles angsterfüllter Brust machte sich ein neuerliches, stärkeres Flattern bemerkbar.

»Ich schaue morgen mal vorbei«, sagte Mrs. Klein und roch an den Pizzastücken. »Die riechen lecker, sogar mit den Pilzen und Oliven.«

Als Mrs. Klein die Tür zugemacht hatte, rückte Michelle näher an Adesina heran. »Wie war dein Tag? Hast du ein bisschen geschlafen?«

Adesina schüttelte den Kopf und vergrub sich in ihrer

Decke. »Nicht viel«, gab sie zurück. »Ich will nicht schlafen. Da gibt es Sachen …«

»Du weißt, dass du keine Angst haben musst, dass dich noch mal jemand mitnimmt«, sagte Michelle ernst. »Hier gibt es keine Soldaten – niemand wird dir wehtun. Du *weißt* doch, dass ich dich beschützen kann.«

Adesina nickte ein wenig, und Michelle wusste, dass Adesina ihr nicht glaubte. Und das fühlte sich an wie ein Tritt in den Bauch. Ihre Tochter zu beschützen war ihre Aufgabe.

»Aber du weißt, dass es hier keine Soldaten gibt, oder?«

Wieder nickte Adesina. »Ich habe keine Angst vor den Soldaten, Mommy.«

»Was ist es dann? Du hast noch nie Angst vor deinen Träumen gehabt. Und du hast es auch immer geschafft, nicht in die Träume anderer zu geraten.«

Michelle hatte Befürchtungen wegen Adesinas Fähigkeit, in Träume hineinzugleiten und sie zu kontrollieren. Die Fähigkeit war so mächtig, dass Michelle ihre Tochter dazu anhielt, sie nur eingeschränkt zu benutzen.

Doch bei Hoodoo Mama hatte Michelle eine Ausnahme gemacht. Adesina hatte sich in einem Teil ihrer Traumwelt eingemauert, während Michelle Joey geholfen hatte, sich dem Ereignis zu stellen, das ihre Wild Card aufgedeckt hatte. Zeuge davon zu werden, wie Joey als Kind vergewaltigt worden war, würde Michelle bis an ihr Lebensende verfolgen.

Auch wenn Adesina sich dabei selbst beschützen konnte, war es eine durch und durch eigennützige und gefährliche Sache gewesen, die sie da von ihrer Tochter erbeten hatte.

»Wenn es nicht um das geht, was die Soldaten dir getan haben, wessen Träume sind es denn dann?«, fragte Michelle. Adesinas Ton gefiel ihr gar nicht. Es schwang etwas Dunkles darin mit, was gar nicht zu ihrem kleinen Mädchen passte.

»Niemand«, entgegnete ihre Tochter. Tränen traten ihr in

die Augen. »Ich bin nicht im Traum von jemandem. In bin in meinem eigenen, aber da kommt etwas. Etwas Böses.« Sie zitterte, und Michelle hielt sie fest.

»Oh, Mäuschen, jeder träumt mal schlecht. Träume können sehr echt wirken. Du kennst doch den Unterschied zwischen wirklicher Realität und Traumrealität, oder?«

»So ist es nicht«, sagte Adesina, löste sich aus Michelles Armen und sah zu ihr auf. »Das war ein wirklicher Ort. Und dort war ein wirkliches Ungeheuer.«

Seit sich das Virus ausgebreitet hatte, waren die wahren Ungeheuer die Leute, die die Wild Card als Waffe benutzten, so wie sie es bei Adesina getan hatten. Mark Meadows war ein Ungeheuer gewesen. Eben wollte sie das sagen, als es dreimal an die Wohnungstür klopfte.

»Was zum Kuckuck …«, sagte Michelle und stand auf. Instinktiv bildete sich eine Blase in ihrer Hand. Es klopfte noch einmal. Dreimal. Schnell wie der Blitz war Michelle bei der Tür. Nach einem neuerlichen Klopfen riss sie die Tür auf.

Im Gang stand Hoodoo Mama.

»Joey!«, rief Michelle aus, und die Blase platzte in ihrer Hand. Dann zogen sich ihre Augen zusammen. »Was zum Teufel machst du hier?«

Joey ging in die Wohnung, indem sie Michelle zur Seite schob. »Wo ist meine Kleine?«, fragte sie. Normalerweise hatte sie immer irgendeinen Zombie – sie nannte sie Zehenzettel – dabei, doch heute machte sie eine Ausnahme. Michelle machte die Tür zu und folgte ihr durch den Essbereich ins Wohnzimmer. Adesina lächelte, und Michelle durchlief eine Woge des Glücks.

»Tante Joey«, sagte Adesina mit schwacher Stimme. »Mommy hat mir gar nicht erzählt, dass du kommst.«

»Das hat sie auch nicht gewusst, Stupsnäschen«, gab Joey zurück. Sie warf Michelle einen tadelnden Blick zu. »Wir haben gestern Abend miteinander geredet, und da hat sie gehört, dass du schlecht träumst. Später hat sie mich nicht zurückgerufen und mir nicht gesagt, ob mit dir wieder alles okay ist.«

»Das habe ich wohl vergessen.« Michelle wusste, dass Joey angepisst war. Aber sie war froh, Joey hierzuhaben, ob angepisst oder nicht.

Joey machte eine Geste, die sagen sollte: Deine halbherzige Entschuldigung kannst du behalten. Und setzte sich neben Adesina. Michelle nahm auf der anderen Seite Platz. »Du hättest nicht den weiten Weg kommen müssen«, sagte Michelle. »Du bist doch voll damit beschäftigt, deine Zielpersonen zu übertölpeln. Du hättest auch anrufen können.«

Joey schnaubte. »Hab ich ja gemacht. Du bist nie rangegangen. Und du denkst immer nur das Schlechteste, Bubbles. Ich nehme nicht nur Touris aus. Ich kümmere mich auch um andere Dinge.«

Michelle wusste genau, welche anderen Dinge Joey meinte. Joey sorgte auf brutale Art für Gerechtigkeit für Kinder, denen in irgendeiner Weise Leid angetan wurde. Schnell und rabiat, und Michelle konnte ihr das nie verübeln. *Scheiß auf ein System, das solche Straftäter schützt,* dachte sie. Michelle arbeitete für das Allgemeinwohl in großen Maßstäben, aber insgeheim war sie froh, dass Joey tat, was sie tat.

»Also, warum bist du so zerknittert, Stupsnäschen«, fragte Joey. In der Frage schwangen Sorge und etwas Sanftes. So freundlich war Joey selten, meistens war sie brutal und wütend.

»Nichts«, sagte Adesina und legte ihren Kopf auf Joeys Schoß. »Aber ich bin froh, dass du da bist. Mommy vermisst dich.«

»Willst du Pizza?«, fragte Michelle. Es war Zeit, das Thema zu wechseln. Sie und Joey hatten dieses Pferd schon totgeritten. »Die ist von der Pizzeria, die du so magst.«

»Ist die mit Oliven und Pilzen? Denn das ist widerlich.«

Adesina kicherte. »Ich bin halt komisch.«

Und wieder wurde Michelle von einer Glückswoge durchspült. Wenn Adesina lachen konnte, würde alles wieder gut werden. Diese Albträume waren natürlich schlimm, aber mit ein bisschen Hilfe würden sie die überstehen. Und Joey war hier. Adesina liebte Joey.

Es war nur ein schlechter Tag gewesen. Das war alles.

Nur ein schlechter Tag.

♣♦♠♥

Andrij lehnte seinen mächtigen Leib gegen den Hubschrauber. Er starrte Marcus an. Das hatte er schon die ganze Zeit gemacht, während Olena und ihr Vater im Helikopter saßen und sich unterhielten. Das war jetzt noch nicht so lange, aber die Sekunden zogen sich, und Andrij starrte ihn mit der Sonnenbrille unentwegt an. Zumindest machte es so den Eindruck.

Die Hubschraubertür ging auf. Olena kam heraus. Wasel folgte ihr, doch Olena hatte Marcus bereits bei der Hand genommen und führte ihn weg, ehe der Gangster auf die Straße trat.

Am Ortsrand umarmte Olena Marcus. Sie küsste ihn, schmierte die Tränen ihrer Augen auf seine Wangen. »Ist alles okay mit dir?«, fragte er und warf einen Blick zu den Gangstern zurück. »Soll ich sie zusammenschlagen?«

Sie schüttelte den Kopf. Zwischen weiteren Küssen sagte sie: »Du kommst nicht gegen meinen Vater an. Er ist ein Ass, Marcus. Er ist wie Baba Yaga. Sie spuckt, und du bist tot. Er schnippt eine Münze … und das war's dann. Glaube mir, Marcus, du willst nicht gegen meinen Vater kämpfen. Er verfehlt nie sein Ziel.«

Mit plötzlich trockener Kehle sagte Marcus: »Okay. Ich stelle mich dann wohl besser auf seine gute Seite?«

»Er hat keine gute Seite. Er ist ein Bulle, vergiss das nicht.«

Wasel rief Olenas Namen und etwas auf Ukrainisch.

Olena löste sich ein wenig und richtete sich auf. Sie räusperte sich. »Ich gehe mit ihnen.« Sie kam seinem Widerspruch zuvor. »Ich *muss*! Ich habe keine Wahl.«

»Was? Vergibst du ihm etwa?«

»Ich werde ihm nie verzeihen, aber … er ist mein Papa. Als ich da drin saß und ihm zugehört habe, habe ich ihn gehasst, und doch kenne ich seine Stimme seit meiner Kindheit. Das würdest du sowieso nicht verstehen. Aber egal, wenn ich dich nicht verlasse, bringt er dich um.« Marcus packte sie an der Schulter. »Glaub mir, das macht er. Aber wenn ich mit ihm gehe, gibt er dir Geld. Dann kannst du telefonieren. Niemand wird dich aufhalten. Flieg zurück nach New York, Marcus. Wenn du mich liebst, dann bleib am Leben. Geh fort von hier, von Baba Yaga und dem allen.«

Marcus brummte: »Baba Yaga ist tot.«

Olena krampfte sich zusammen. »Du weißt doch nicht …«

»Ich weiß es. Ich konnte es dir nicht sagen. Aber als ich fort war, habe ich sie getroffen. Ich habe sie kaltgemacht. Sie ist tot.«

»Bist du sicher?«

»Einer der Bullen von Jokertown war bei ihr. Er hat ihren Puls gefühlt und es mir bestätigt. Sie ist tot, Olena. Wenn du willst, dann geh mit deinem Dad, aber behaupte nicht, dass es wegen ihr ist.«

Einen Moment lang schwieg Olena. Dann sagte sie: »Das ändert alles.«

Ein paar Minuten – und einige zunehmend verärgerte Rufe – später gingen Marcus und Olena zu den Gangstern hinüber.

»Der Plan hat sich geändert«, verkündete Olena.

»Nichts da«, sagte Wasel. Die Münze tanzte zwischen seinen Fingern.

»Baba Yaga ist tot«, fuhr sie fort. »Marcus hat sie getötet. Die Polizei hat es bestätigt.«

Die Münze verharrte zwischen zwei Fingern. »Das hätte ich gehört.«

»Nicht die kasachische Polizei. Die amerikanische. Einer der Polizisten, die das Casino haben hochgehen lassen. Sie ist tot, Papa. Das bedeutet, dass jetzt alles anders aussieht. Du hast mich vorhin alles Mögliche gefragt. Ob ich in Baba Yagas Büro gewesen bin? Ob ich beschreiben kann, wie man hineingelangt? Da drin ist was, was du willst. Etwas, von dem du weißt, dass es den Plünderern gar nicht erst auffällt. Marcus und ich kennen das Innere des Casinos. Wir können dir besorgen, was immer du da drin willst. Im Gegenzug lass uns gehen. Mich und ihn zusammen.« Sie verschränkte die Arme. »Siehst du? Planänderung.«

♣ ♦ ♠ ♥

Wenigstens gab Generalsekretär Jayewardene ihr recht. Er untersagte es Lohengrin rundweg, nach Osttimor aufzubrechen oder Komitee-Asse dorthin zu entsenden. Klaus reagierte stinkig darauf. »Diesem Scheißkorinthenkacker ist es lieber, dass ich hier Däumchen drehe, statt dass ich da draußen etwas Sinnvolles tue«, beklagte er sich bei Barbara, als sie sich spät am Abend in ihrer Wohnung auszogen.

»Ich weiß«, erwiderte sie ihm besänftigend. Sie betrachtete die Narben auf seinem Körper. Es waren so viele. Sie biss sich auf die Unterlippe, als er sein Nachthemd überzog. Tatsächlich hatte Jayewardene die Osttimor-Mission abgelehnt, weil Barbara ihn dazu gedrängt hatte, aber das wollte sie Klaus nicht beichten. Nach dem Gespräch mit ihr, Klaus und Michelle hatte sie lange mit Jayewardene über Osttimor, über Talas und über Klaus diskutiert. »Ich verstehe deinen Frust, Schatz, aber Jayewardene hat sicher gute Gründe dafür. Die Situation in Talas …«

Klaus schnaubte verärgert. »Auch da werden wir zu lange zögern«, sagte er und starrte sie mit seinem einen Auge an. »Du bist mit ihm einig?«

Sie zuckte mit den Schultern und setzte sich aufs Bett. »Ich glaube, dass Talas wichtig sein könnte, ja. Ich stimme aber nicht unbedingt mit ihm überein, dass wir noch einen Tag auf weitere Informationen warten sollten.«

Wieder schnaubte Klaus verächtlich. »Ja«, sagte er. »Da gebe ich dir recht.« Die Andeutung eines Lächelns umspielte seine Lippen und verschwand wieder. Er griff zur Nachttischlampe hinüber und schaltete sie aus. Im Dunkeln spürte sie, wie er unter die Decke kroch. »Alles okay zwischen uns? Mit dir und mir?«

Barbara rutschte zu ihm hinüber und drückte sich an ihn. Sie streichelte ihm über die Brust, fühlte die Grate seiner alten Narben. »Ja«, versicherte sie ihm und küsste seinen Hals. »Alles okay. Aber ich mache mir Sorgen um dich. Es kommt mir …« Sie zögerte, weil sie nicht sicher war, wie viel sie aussprechen sollte. »Es kommt mir vor, als wärst du nicht mehr zufrieden. Mit dem Komitee, mit allem, was dir zugestoßen ist, seit du dabei bist.«

»Es ist halt alles anders. Es ist nicht mehr wie am Anfang.«

»Ich weiß. Und ich weiß, dass du die ganze Bürokratie hasst. Und die Berichte und Besprechungen und all das – all das, was am Ende dann ich erledige. Was mir nichts ausmacht«, fügte sie hastig hinzu.

»Und was du wahnsinnig gut erledigst. Ohne dich gäbe es gar kein Komitee mehr. Willst du etwa sagen, ich wäre nicht mehr zufrieden mit *dir*?«, fragte er.

Ihre Finger verharrten auf seiner Brust. »Manchmal«, gestand sie. »Ja.«

Er drehte sich zu ihr um, schob einen Arm unter sie, legte den anderen um sie. »Das darfst du nicht denken. Niemals.«

»Tu ich aber, immer mal wieder. Du willst immer los und Lohengrin sein und die Welt retten, und das verstehe ich, aber manchmal ist der richtige Weg eben nicht, blindlings loszurennen, sondern abzuwarten und zu verhandeln …« Sein Mund bedeckte ihren, sodass sie verstummte. Sie wehrte sich, weil sie das Gespräch fortsetzen wollte, aber sie hatte auch dieses große Verlangen, mit ihm zusammen zu sein, die ganzen Ängste und Unsicherheiten im Beisammensein zu ersticken. Sie umschlang seinen Hals und zog ihn zu sich heran. Er zerrte an ihrem Nachthemd, und sie hob die Hüfte, um ihm zu helfen.

Und eine Zeit lang brauchten sie keine Worte.

♣ ♦ ♠ ♥

»Schläft sie?«, fragte Joey und streckte sich auf der Couch aus. Michelle freute sich sehr, sie hierzuhaben.

»Ja. Ich musste das Licht anlassen, aber nach einer Weile ist sie weggedämmert. Ich glaube, dass sie schlafen wird. Sie ist seit gestern Abend auf.«

Joey warf die Schuhe von sich und schüttelte den Kopf. »Das ist ja mal eine fiese Kacke, Bubbles. Der ganze Kram holt sie wohl so langsam ein. Diese Wichser im PPA – wenn ich könnte, würde ich sie zweimal lynchen.«

Michelle hob Joeys Beine, setzte sich neben sie, legte Joeys Beine wieder auf ihrem Schoß ab und fing an, sie zu massieren. Etwas in Michelle entkrampfte sich. Es passierte selten, dass sie einfach so zusammen waren, ohne dass von allen Seiten schreckliche Dinge auf sie einstürmten. Keine Leopardenmänner, kein Tom Weathers, keine Geheimorganisationen, die ihnen ihre Asskräfte stehlen wollten, keine

Arschlöcher, die Chaos verursachten, weil sie es konnten. Und ihr war das viel wert.

»Das fühlt sich scheißgut an«, schnurrte Joey. Michelle wusste, in welcher Stimmung Joey war, wenn sie diesen Ton anschlug. Ein Schauer überkam sie. Sie hatten nicht oft Sex gehabt, aber Michelle erinnerte sich an jedes Mal bis ins kleinste Detail. Und sie wollte es wieder.

Aber wie konnte sie nach der Nacht, die Adesina durchgemacht hatte, ans Vögeln denken? Sie war eine schreckliche Mutter.

»Weißt du, Ficken macht dich nicht gleich zu einer schlechten Mutter.«

»Halt dich aus meinem Kopf raus«, sagte Michelle mit einem schwachen Lachen und stieß Joeys Beine von ihrem Schoß herunter. »Sie ist gleich nebenan.«

Joey setzte sich auf und rückte näher an Michelle heran. »Du willst es. Ich weiß, dass du es willst. Und mit ihr ist alles in Ordnung. Ich versprech's dir. Wir werden niemals zulassen, dass ihr etwas geschieht.« Dann streichelte sie Michelles Brüste. Ihre Brustwarzen wurden hart, und Michelle keuchte. Es war lange her, seit sie jemand berührt hatte.

Dann zwickte Joey ihre Brustwarze, und Michelle spürte, wie sie feucht wurde. Sie hätte es niemals laut eingestanden, aber wenn Joey grob mit ihr wurde, erregte sie das.

»Komm«, sagte Joey, stand auf und hielt ihr die Hand hin. Michelle nahm sie, ließ sich von Joey ins Schlafzimmer führen und schloss die Tür hinter sich.

Joey stieß Michelle aufs Bett und fuhr mit der Hand Michelles Bein hinauf. Wieder wurde Michelle von einer Welle des Verlangens erfasst, dann kamen aber Schuldgefühle.

»Wir sollten wirklich nicht«, sagte sie matt. Aber es fühlte sich so gut an, und es war so verdammt lange her. »Adesina ist nebenan.«

Joey hob Michelles T-Shirt und leckte Michelle den Bauch, langsam, neckend arbeitete sie sich weiter hoch, bis sie bei ihren Brüsten ankam, wo sie verweilte, ihre Brustwarzen abwechselnd streichelte und patschte.

Michelle bebte, fühlte sich am ganzen Körper elektrisiert. Etwas hatte in ihr gelauert, dem sie sich nicht stellen wollte. Sie wollte sich nicht mit ihrem Bedürfnis auseinandersetzen.

»Ich will dich, und ich spüre, dass du mich willst.« Joey umklammerte Michelles Beine und rollte sie beide auf die Seite. Dann zerrte sie Michelles Hose herunter. Michelle hatte Angst vor Joey. Sie hatte Angst vor den Gefühlen, die sie wegen Joey empfand. Und sie hatte Angst, dies könnte das sein, was sie schon lange gewollt hatte. Und dann war ihr schwindelig.

»Du bist auch nur ein Mensch. Wir brauchen alle irgendwas«, sagte Joey und küsste sie zärtlich. Und dann tat sie Dinge mit Michelle. Dinge, die Juliet und Michelle während ihrer ganzen Beziehung nicht miteinander getan hatten. Joey brachte Michelle ganz nah an den Abgrund und ein kleines Stück darüber hinaus.

Und dann ließ Michelle sich fallen, und etwas brach in ihr auf. Während ihr immer noch ein wenig schwindelte, sagte Joey sanft: »Die Welt ist eine verdammte Scheißgegend, und manchmal muss man egoistisch sein.«

Michelle packte Joey, warf sie herum und fing an, sie zu küssen, ihr, so schnell es ging, die Kleider vom Leib zu reißen. Denn jetzt war sie egoistisch. Und ihr war klar, dass sie das schon sehr lange gebraucht hatte.

♣♦♠♥

Mollie ließ ihren Dad und ihre älteren Brüder – Brent, Jim, Mick und Troy – weiter auf die zwei Dutzend kasachischen Spielautomaten einhämmern und schlich auf der Suche nach mehr Beute tiefer ins Casino hinein. Seit dem Versuch der Ganoven, die Kassenladen aufzubrechen, war sie weniger schreckhaft. Schließlich war es die Aufgabe von Baba Yagas Leuten, dafür zu sorgen, dass die schreckliche alte Hexe nicht bestohlen wurde, und niemand, der bei gesundem Verstand war, würde sie hintergehen, solange sie noch anwesend war. Deshalb hatte es sie wahrscheinlich während der Schießerei im Casino und der Flucht der Joker erwischt. Ha, die war sie los.

Mollie ging davon aus, dass sie das Casino ungestört erkunden konnte. Andere taten es ihr gleich. Einige Plünderer gingen ihren Konkurrenten aus dem Weg, doch andere fanden es anscheinend schlauer, die anderen die Arbeit machen zu lassen und sie dann umzubringen.

Manche hatten es auf das Geld abgesehen. Andere erfreuten sich, den Geräuschen nach zu urteilen, an mutwilliger Zerstörung. Im Casino krachte und knallte es, dazwischen erklangen Schüsse und trunkenes Gelächter. So manche einsame Seele trug eine Flasche mit sich herum. Wahrscheinlich hatten sie als Erstes die Bar geplündert.

Jamals Leiche war nicht die einzige gewesen. Manche waren erschlagen oder erschossen oder erstochen oder auseinandergerissen worden bei dem Chaos, das auf die Flucht der Joker gefolgt war. Unter den Toten waren auch Jokergladiatoren, die wahrscheinlich beim Fluchtversuch niedergemetzelt worden waren. Einer lag neben einem umgekippten Buffettisch. Er war weit über zwei Meter groß, und seine Haut sah aus wie ein Panzer. Es war der Kerl, der Jamal umgebracht hatte, daran gab es keinen Zweifel. Das blutige Loch in seinem Kopf sah allerdings so aus, als hätte er versucht, sich das Wachs in den Ohren mit einem Bohrer herauszuholen. Man hatte ihm die mörderische Lust angesehen, als er Jamals Kopf zerschmettert hatte. Jetzt spiegelte sich das flackernde Licht auf der Ölschicht auf seinen Hörnern.

Hörner. Ach du Scheiße. Sie kannte diesen Kerl. Es kam ihr vor, als wäre es eine Ewigkeit her. Er hatte zwar total abgebrüht ausgesehen, aber sie hätte schwören können, dass er sich wie ein Kind angehört hatte. Im Lieferwagen hatte er sogar geheult und etwas von seiner Mutter gewinselt, die krank war. Er hatte sie angefleht, ihn zurück zu seiner einsamen Mutter zu lassen … Aber sie hatten ihn mitgenommen, und dann war er zum Mörder geworden, und dann war er selbst umgekommen. Sie fragte sich, ob er wirklich eine kranke Mutter hatte und ob …

NEIN. Es ist nicht meine Schuld. Nichts von alldem ist meine Schuld. Sie haben mich dazu gezwungen, Baba Yaga und Berman. Dieses Blut klebt an ihren Händen. Nicht an meinen. Ich bin genauso ein Opfer wie diese Gladiatoren.

Mollie war vielleicht eine Kriminelle, aber sie wusste, was recht und unrecht war. Und die Leute zu Kämpfen auf Leben und Tod zu zwingen, das war total krank. Sie hatte einmal einem halben Kampf zugeschaut und danach immer darauf geachtet, nicht mehr Zeuge davon zu werden.

Energisch schüttelte sie den Kopf, als könne sie eine unangenehme Erinnerung abschütteln. Aber sie klebte an ihr wie eine Spinnwebe. Manchmal kam es ihr wie ein Wunder vor, dass sie sich überhaupt bewegen konnte bei den vielen klebrigen Erinnerungen, die sie mit sich herumschleppte.

Egal. Wenn sie nicht getürmt wäre, hätte der große Kerl sie und auch Franny kaltgemacht. Wahrscheinlich wäre sie jetzt tot, wenn sie nicht die Handschellen geknackt hätte, mit denen der babygesichtige Pfadfinderjunge sie an sich gefesselt hatte. Ihm hatte sie damit auch einen Gefallen getan. Wenn er auch nur eine halbe Sekunde darüber nachdachte, musste er einsehen, dass er sich ohne sie viel leichter hatte verteidigen können. Und da seine Leiche nicht neben der von Jamal lag, war er wahrscheinlich aus dem Casino entkommen. Also, echt mal, Franny hatte Glück gehabt, dass Mollie zum rechten Zeitpunkt abgehauen war. Sie hoffte, dass er es auch so sah.

»Dieser beschissene Michael Berman. Dieser beschissene Franny Black«, grummelte sie vor sich hin, während sie unter einen Roulettetisch kroch und die Kasse herausbrach. »Dieser beschissene Noel Matthews. Diese beschissene Baba Yaga.« Sie war so damit beschäftigt, die Namen derer zu rezitieren, die für ihr Scheißleben verantwortlich waren, dass sie nicht das Knirschen von Schritten auf Glasscherben hörte. Doch dann stieg ihr ein Gestank in die Nase, der an Hustensaft erinnerte. Auf allen vieren rutschte sie unter dem Tisch hervor und stellte fest, dass ein öliger Joker vor ihr stand. Beim Versuch aufzustehen stieß sie sich den Kopf an.

»SCHEIßE!«, rief sie und rieb sich den Scheitel. »Du hast mich total erschreckt.«

Der Joker hielt den Kopf schief und starrte sie an. Im flackernden Zwielicht hatte seine fettige Haut einen seltsamen Glanz. Da er im Gegenlicht stand, konnte sie sein Gesicht kaum erkennen, aber den Geruch hätte sie überall wiedererkannt. Er benebelte sie. Sie lehnte sich gegen den Tisch, um nicht umzufallen, während ihr Herz anscheinend versuchte, sich durch ihr Brustbein hindurchzumeißeln. Sie kannte Vaporlock. Sie hatten zusammengearbeitet, hatten Leute für den Fight Club entführt. Sie waren keine guten Freunde, aber sie hatten sich immerhin ein bisschen unterhalten, und sie wusste, dass er kein Freund der Gladiatorenkämpfe war. Und dass er den Sabberer im Rollstuhl auch scheißgruselig fand. Sie hatten also ein paar Dinge gemein.

»Da hatten wir beide wohl dieselbe Idee. Ich nehme an, Du-weißt-schon-wer ist nicht da?«

Als sie die Worte aussprach, fiel ihr auf, dass sie sich

selbst ins Knie geschossen hatte. Schließlich war Vaporlock nicht wie sie ins Casino zurückgekehrt – er musste hier gewesen sein, als der ganze Mist angefangen hatte, und war hier gestrandet. Ups.

Sie brauchte ihm nicht erst ins Gesicht zu blicken, um zu wissen, dass ihm das gar nicht gefiel. Seine Körpersprache verriet die Anspannung einer aufgezogenen Feder. Er kam näher. Eine Woge medizinischer Dämpfe brach über sie herein. Mollie drehte sich alles. Sie wollte zurückweichen, stieß aber gegen den Roulettetisch. »Komm nicht näher, he!«

Er reagierte nicht. Der Gestank drohte sie zu ersticken. Mollie öffnete zwei Tore. Eines schwebte links von ihr, das Gegenstück öffnete sich auf einer Aussichtsplattform an der Atlantikküste von Nova Scotia. Eine steife Brise blies durchs Casino und wirbelte Cocktailservietten und Geldscheine wie Herbstlaub durch die Luft.

Doch der Geruch verflüchtigte sich nicht. Vaporlock streckte die Hände nach ihr aus und trat dabei ins Licht. Mollie keuchte auf.

Trockenes Blut klebte ihm unter den Fingernägeln, doch das Blut an seinen Händen und Handgelenken war noch feucht. Auch das an seinem Mund. O Gott, das Fett rund um seine Lippen war von Blutspritzern gesprenkelt, und an seinen Zähnen klebte Blut wie bei einem Möchtegernvampir aus der Goth-Szene. Aber Mollie sah, dass es kein Make-up war. Er hatte jemanden umgebracht, erst kürzlich und sehr bestialisch.

»Scheiße, Scheiße. Was … was hast du getan?«

Er stürzte sich auf sie. Sie wollte seitlich durch das Tor treten, doch war sie benommen und ihre Beine weich wie Pudding. Sie taumelte. Sie fielen beide hin, aufeinander. Das Tor verschwand, der Wind legte sich. Vaporlock warf sich auf sie. Sie hielt den Atem an. Er packte ihre Haare und rammte ihr Gesicht in den Boden. Der Schlag zwang sie zum Einatmen, und sie sog die Dämpfe in ihre Lunge. Das Zimmer drehte sich. Sie spürte, wie sie in die Dunkelheit abdriftete. Er zerrte ihren Kopf wieder nach oben für einen neuerlichen Schlag. *Weich, weich, mach den Boden weich …* Während sie das Bewusstsein verlor, fiel es ihr schwer, sich ein letztes Portalpaar vorzustellen. Sie stürzten ins People's Paradise of Africa oder wie immer das Land gerade hieß.

Als sie hier das letzte Mal ein Tor geöffnet hatte, hatte es zu einer Jacht geführt. Das Boot war allerdings schon lange davongesegelt, deshalb platschten sie beide ins Wasser. Vaporlock war nicht darauf vorbereitet. Er ließ sie los und kämpfte sich strampelnd nach oben. Da ihr die Lunge brannte, musste auch sie nach oben. Sie holte tief Luft, wovon ihr wieder schwindelig wurde. Der verrückte Penner war ihr immer noch zu nah. Nur einen Meter von ihr entfernt strampelte er im Wasser und hustete, als hätte er auch welches geschluckt. *Gut. Ich hoffe, dass irgendein fieser Parasit Eier in deine Speiseröhre legt, du Arschgesicht.*

Mollie öffnete ein Tor, und eine Welle spülte sie wieder ins Casino in Talas. Taumelnd stand sie auf, während um sie herum Fische zappelten und Strandgut angeschwemmt wurde. Der Teppich schmatzte unter ihren Füßen. Der kurze Windstoß feuchter Luft aus Afrika brachte auch eine Mischung aus Außenborderbenzin und kalter Arznei mit sich. Mollie verdrehte die Augen. Wie der Stöpsel einer Badewanne hatte das Tor auch Vaporlock eingesogen. Dabei hatte sie ihn bei den Krokodilen lassen wollen.

Sie sah sich nach etwas Schwerem um. Sie entschied sich für ein drei Meter langes Sofa in der Ecke. Das ließ sie auf Vaporlocks Kopf fallen, als der sich gerade aufrappeln wollte. Er gab ein »Uff« von sich, stand aber nicht mehr auf.

Stimmen und Schritte näherten sich. Das Platschen hatte Aufsehen erregt. Mollie zog sich in ihre Wohnung in Bismarck zurück. Dort zog sie ihre patschnassen Kleider aus und lehnte sich so lange gegen das Waschbecken im Bad, bis sie nicht mehr zitterte. Gut möglich, dass sie ihm den Kopf eingeschlagen hatte. Das war okay für sie in Anbetracht der Dinge. Aber was hatte ihn geritten? Es war, als wäre er eine völlig andere Person gewesen.

Aus dem Kühlschrank in Idaho nahm sie eine Flasche Bier und leerte sie. Dann wischte sie sich mit dem Handrücken über den Mund. Sie wartete, bis sie rülpsen musste, und kehrte dann nach Talas zurück.

Mollie betrat eine Galerie, von der einige billig ausgestattete Schlafzimmer abgingen. Sie machte sich nicht die Mühe, die Nuttenquartiere zu plündern. Baba Yaga hätte ihnen sowieso nicht gestattet, Wertsachen zu horten. Und Mollie hätte in diesen Zimmern ohnehin nichts anfassen wollen, ohne es vorher mit einem Flammenwerfer zu desinfizieren. Sich Tripper und tödlichen Staub aus dem All einzufangen, nur um vom Nachttisch eines Callgirls ein bisschen Glasschmuck einzusacken, hätte ihr gerade noch gefehlt.

Früher hatte Mollie nicht gewusst, wie man echten Schmuck von falschem unterschied. Danke, Ffodor.

Aber wenn jemand in diesem Dreckloch richtige Juwelen besaß, dann war es die Oberschlampe selbst. Mollie hatte einmal eine »Audienz« bei der alten Hexe gehabt. Die Erinnerung war so traumatisch, dass sie die Szene immer noch vor sich hatte. Ohne Mühe konnte sie deshalb ein Tor zu Baba Yagas Gemächern öffnen. Sie lauschte und beobachtete ein paar Minuten, bis sie Gewissheit hatte, dass die Luft rein war. Es war nicht leicht, die Wohnung auszukundschaften, ohne die Möbelstücke anzuschauen. Aber sie versuchte es.

Sie schluckte ihren Ekel hinunter und zog die Decke von Baba Yagas Bett. Wie die Nutten, die sie beobachtet hatte, machte sie aus dem Bezug einen Beutel. Baba Yaga besaß genug Juwelen, um das verdammte Teil voll zu kriegen – Mollie hatte während ihres einzigen kurzen Besuchs Diamanten, Saphire, Perlen, Ringe, Anhänger und noch mehr gesehen. Sie hatte sich umgesehen, während Baba Yaga ihnen eine Standpauke gehalten hatte. Sie konnte nicht anders. Ffodor hatte sie zu gut trainiert. Und dann war er …

Nein. Nein. Nicht meine Schuld.

Die Ohrringständer auf dem Schminktisch, die wie kleine, mit Juwelenfrüchten behängte Bonsaibäume gefunkelt hatten, waren leer. Auf Zehenspitzen schlich Mollie durchs Zimmer und öffnete die Schubladen, in denen sie mehrere samtüberzogene Schmuckschatullen fand. Doch auch die waren leer. Vor dem Schminktisch kniete sie sich hin und durchwühlte den Teppich, weil sie davon ausging, dass bei der Plünderung etwas auf den Boden gefallen sein musste. Nichts. Irgendein Penner musste es gewagt haben, Baba Yagas Kram auszuräumen, und war dabei sehr gründlich vorgegangen.

»Verdammt«, murmelte sie. Nie war es einfach. Warum war es nie einfach? Juwelen konnte man leicht transportieren, leicht verstecken, leicht verkaufen. Klar, dass keine mehr da waren. Bei ihr musste immer alles schwer sein.

Sie gab die Suche nach Kleinkram auf und sah sich stattdessen nach Geldkassetten und Safes um. Ffodor hatte ihr beigebracht, wie man nach den Verstecken der »Bonzen« suchte, wie sie sie bei sich getauft hatte. Und natürlich fand sie einen Tresor, der in die Rückwand des begehbaren Kleiderschranks eingebaut war. Und einen zweiten im Boden unter dem Bett. Durch das Tor nach Idaho rief Mollie ihrem Vater und ihren Brüdern zu, dass sie eine hydraulische Schere brauchte, um den Safe aus der Wand zu sägen. Sie sollten die Kabel durch das Tor legen, und sie würde das Gerät bedienen. Schließlich war sie auf einem Hof aufgewachsen und wusste, wie man mit Werkzeugen umging.

Sie wartete darauf, dass ihr Dad ihr den Schneider reichte, und dabei fiel ihr Blick rein zufällig auf einige Möbelstücke der russischen Mafiafrau. Waschtische, Diwans, Sofatische, Lampen, Kleiderschränke.

Stühle.

Ehe sie sichs versah, war sie an der Wand zusammengebrochen, hatte die Hände auf den Knien, und Tränen tropften auf den Teppich.

»Tut mir leid«, schluchzte sie. »O Gott, es tut mir so leid.«

Wir waren nicht schlau genug, wir waren nicht schnell genug. Aufpassen konnte man nie genug. Aber sie hatte darauf bestanden. Und jetzt war Ffodor …

»Mollie? Was zum Henker ist denn los? Hast du so Frauenprobleme?«

Rasch schnäuzte sie sich die Nase mit einem Sesselschoner und wischte sich mit dem Handrücken über die Augen.

»Nein, Daddy. Ist gut. Hast du den Schneider?«

Ein Stahlteil, einige Windungen eines gelben Gummischlauchs und eine Schutzbrille flogen aus dem Stall in Idaho durch das Tor auf einen Perserteppich. Eine tuckernde Hydraulikpumpe verströmte den widerlich süßen Geruch von Maschinenöl, und die Luft war ohnehin schon von Kuhdung und Baba Yagas Designerdüften geschwängert.

Mollie hievte das Gerät in den Schrank. Sie setzte die Brille auf, stemmte sich in den Türrahmen, presste die Schneide gegen die Wand und drückte den Startknopf. Das Messer schnitt in die Gipswand, als wäre sie aus nassem Klopapier. Doch als sie auf den ersten Bolzen traf, wurde aus dem Tuckern ein Rattern, und der vormals leichte Schmieregeruch überdeckte plötzlich alles.

»Ho, ho, ho! Stopp, Mollie, stopp!«

Sie machte das Gerät aus und kehrte zum Tor zurück. Der Schlauch war gerissen, sodass Hydraulikflüssigkeit überallhin spritzte. Dad und Brent tropften. Rauchschwaden stiegen vom Kompressor auf. Es roch nach Ozon und geschmolzenem Plastik.

Mollie fluchte. Wahrscheinlich gaben sie mal wieder ihr die Schuld daran.

♣♦♠♥

Eine kühle Brise strich über Michelles Körper. Neben ihr schlief Joey mit verhedderter Decke und schnarchte leise. Sie hatte schon wieder Verlangen nach Joey, wollte sie aber nicht aufwecken. Denn es geschah nicht oft, dass Joey entspannt wirkte. Normalerweise war sie immer wild und angespannt. Hin und wieder sah Michelle ihr gelöstes Gesicht sehr gern.

Von der Straße drangen die üblichen nächtlichen Geräusche herauf. Jemand wurde wegen irgendeines Mists angebrüllt. Taxis und andere Autos hupten ungeduldig, und das pupsende Geräusch bremsender Busse hatte etwas Beruhigendes. Michelle schlüpfte vorsichtig aus dem Bett, um Joey nicht zu wecken. Sie warf sich einen Morgenmantel über und schlich zu Adesinas Zimmer. Die Tür war nicht ganz zu, und durch den Spalt kam blasses Licht. Sie drückte die Tür ein Stück weiter auf und ging hinein.

Das Zimmer ging auf den Innenhof des Hauses hinaus, sodass hier fast kein Straßenlärm zu hören war. Im Vergleich zur restlichen Wohnung war es hier ruhig. Michelle liebte dieses Zimmer. Als sie nach einer Bleibe für sie beide gesucht hatte, war dieses Zimmer das Zünglein an der Waage gewesen. Denn sie hatte sich gut vorstellen können, dass Adesina in diesem Zimmer lebte.

Normalerweise atmete Adesina mit einem ganz leisen Pfeifen, wenn sie schlief. Doch Michelle hörte nichts. Ihr wurde kalt.

»Adesina«, flüsterte sie. »Kleines?«

Unter der Decke rührte sich nichts.

Sie trat an das Bett heran. »Kleines …« Keine Reaktion.

Michelle knipste die Nachttischlampe an, zog die Decke weg und schreckte vor dem, was sie sah, zurück.

In der Mitte des Betts spann Adesina sich in einen Kokon ein. Die untere Körperhälfte war schon ganz in die feinen, undurchsichtigen Fäden eingewickelt.

»Schätzchen, o mein Gott, nein.« Michelle streckte die Hand nach ihr aus, und Adesinas Augen sprangen auf. Sie waren schwarz und glänzten – normalerweise waren sie braun. Kein Erkennen lag in ihnen, und sie waren leblos und unmenschlich. Michelle fuhr zurück. Die ganze Zeit über floss der Seidenfaden weiter aus Adesinas Mund. Mit den Beinen wickelte sie sich ein, schuf sich einen behaglichen Kokon.

»Was zum Teufel ist denn los?«

Michelle hörte Joey, doch es war, als wäre sie weit fort.

»Michelle, verdammte Scheiße, was ist denn mit dem Stupsnäschen los?«

Michelle schüttelte den Kopf. Das hatte Adesina schon einmal gemacht, als man ihr das Wild-Car-Virus injiziert hatte. Damals war sie so traumatisiert gewesen, dass sie sich eingeigelt hatte, um zu überleben. Was immer mit ihrer Tochter gerade los war, es war so schlimm, dass sie wieder auf dieselbe Weise reagierte.

Michelle streckte die Hand aus, wollte ihre Tochter berühren, doch Joey hielt sie zurück. »Nein«, zischte sie. »Du weißt nicht, was passiert, wenn du sie anfasst.«

Michelle riss ihren Arm los. »Sie ist mein Baby!«

Aber sie wusste nicht, was sie tun sollte. Sie war hilflos. Und sosehr sie etwas tun wollte, egal was, sie konnte ihrem Kind nicht helfen.

♣♦♠♥

Mittwoch

Die ganze Nacht hindurch beobachtete Michelle mit stummem Entsetzen, wie Adesina sich einkapselte. Am Morgen lag ein Kokon von der Größe eines Basketballs auf ihrem Bett.

»Was soll ich tun?«, fragte sie Joey. Sie wusste nicht, wie oft sie die Frage in der Nacht schon gestellt hatte.

»Ich weiß es nicht«, gab Joey zum unzähligsten Mal zurück.

Michelle saß auf Adesinas Bett, und ihre Hand lag auf dem Kokon. Er fühlte sich wie grob gesponnene Leinwand an. Erst nachdem Adesina sich ganz verpuppt hatte, hatte sie sie berührt. Und Joey hatte geholfen. Joey hatte ihr die ganze Nacht die Hand gehalten und sie davon abgehalten, vor Angst verrückt zu werden.

Aber sie musste irgendetwas tun. Sie hatte lange genug herumgehockt. Sie wusste nicht, was der Auslöser war. Sie hatte angenommen, es wäre PTBS aufgrund der Schrecken, die Adesina im PPA erlebt hatte. Aber Adesina hatte beteuert, dass das nicht der Fall war – dass etwas anderes sie in ihren Träumen heimsuchte. Etwas, das so schrecklich war, dass sie lieber in eine Art Koma fiel. Und als was würde sie daraus erwachen?

Und dann war da die Frage, auf die Michelle keine Antwort wollte: Würde sie jemals daraus erwachen?

»Komm«, sagte Joey. »Lass uns 'ne Weile rausgehen.« Michelle ließ sich aus dem Zimmer zerren.

Im Wohnzimmer lief der Fernseher, aber der Ton war ausgeschaltet. Auf dem Bildschirm war eine Stadt in einem gelbgrünen Nebel zu sehen. Die Stadt befand sich in einer weiten, von Bergketten eingefassten Ebene. Auf dem Textbanner unter dem Bild stand, dass es sich bei der Stadt um Talas in Kasachstan handelte. Das Bild wechselte zu irgendwelchen Leuten, die vor der Kamera sprachen, und Michelle wandte sich ab.

»Das sind unsere Möglichkeiten, Michelle«, sagte Joey und hielt einen Finger in die Höhe. »Wir können einfach abwarten und sehen, was passiert. Vielleicht kommt sie von ganz allein wieder aus ihrem Kokon wie beim letzten Mal.«

Joey ging in die Küche. Michelle folgte ihr und blieb in der Tür stehen, während Joey einen Kaffee aufsetzte. »Zweitens, wir rufen Hilfe. Ich hab keinen blassen Schimmer, wen wir anrufen sollen. Einen Arzt? Vielleicht einen Jokerarzt, der weiß, wie man damit umgeht.«

»Ich habe schon einen Arzttermin ausgemacht, der kommt heute vorbei, aber das war noch davor. Und was genau kann ein Arzt machen?«, fragte Michelle. Sie machte den Kühlschrank auf, nahm die Sahne raus und stellte sie auf den Esstisch. »Mir sagen, dass meine Tochter sich in einen Kokon eingesponnen hat? Das ist ziemlich offensichtlich.«

Joey schaltete die Platte unter der Kaffekanne an und sah Michelle ernst an.

»Oder wir können versuchen, zu ihr da reinzugehen. Du weißt schon, wie beim letzten Mal. Vielleicht kann sie uns reinlassen.«

»Nein«, sagte Michelle und hob die Hände. »Darüber haben wir schon gesprochen. In unseren Köpfen geht so viel Erwachsenenkram ab, mit dem sie nicht in Berührung kommen soll. Beim letzten Mal haben wir aufgepasst, dass sie an diese Sachen nicht rankam, aber jetzt, wer weiß denn schon, wie schlimm es für sie da drin ist – und ob sie alles so unter Kontrolle hat wie letztes Mal.

Wir könnten Wally anrufen«, dachte Michelle laut nach. »Der musste sich mit viel so Kram auseinandersetzen, als er Ghost mitgebracht hat. Vielleicht kennt er jemanden, der helfen kann. Jemanden in Jokertown.«

Joey zuckte die Schultern. »Du kennst hier viele Leute«, sagte sie und drehte die Platte unterm Kaffee hoch. »Und wenn dir jemand eingefallen wäre, der helfen könnte, wärst du schon längst am Telefon.«

Michelle setzte sich an den Tisch und fuhr mit dem Finger die Holzmaserung nach. Ein paar Minuten später stellte Joey eine Tasse Kaffee vor sie hin. Sie nippte daran, und obwohl sie Joeys Kaffee sonst mochte, schmeckte er heute nach nichts.

Sie konnte nicht einfach nur hier rumsitzen. Das lag nicht in ihrer Natur. Sie zog das Telefon aus der Tasche ihres Morgenmantels. Sie brauchte nur eine Taste zu drücken.

»Hey, Wally. Ich bin's, Michelle. Kannst du vorbeikommen, wenn du Ghost in die Schule gebracht hast? Ich muss dir was zeigen.«

♣ ♦ ♠ ♥

Am Mittwoch, in den kalten Morgenstunden erreichten sie Schymkent. Franny hatte öfter anhalten müssen, als ihm lieb gewesen war, um Militärkonvois vorbeizulassen. Zusätzlich hatte er zwei Halts eingelegt, weil Baba Yagas Stöhnen und die schwarzen Streifen, die sich wie Tentakel ihren Arm hinaufzogen, ihn beunruhigt hatten. Einmal war es ihr gelungen, ihr ein wenig Wasser einzuflößen, und sie hatte etwas gerufen, das wie ein Name klang: *Tolenka*. Hatte an Frannys Hemd gezerrt. Noch besorgniserregender waren die Tränen, die in die Falten ihrer eingefallenen Wangen sickerten. Sie kam ihm nicht wie die Sorte Oma vor, die wegen jeder Kleinigkeit heulte.

Während der Fahrt hatte er versucht, einen Plan zu fassen. Er würde einen moralisch flexiblen Piloten finden und einen Privatjet mieten müssen. Er hoffte, dass der Inhalt des Beutels dafür ausreichte. In den Außenbezirken rang er mit sich – Krankenhaus oder das Auto einfach am Flughafen abstellen und auf den nächsten Morgen warten? Er warf einen Blick zu Baba Yaga auf der Rückbank. Ihre Haut war wächsern, gelb, und ein Speichelfaden lief ihr aus dem Mundwinkel. Er musste sie zu einem Arzt bringen, aber im Krankenhaus würde man ihm unangenehme Fragen stellen. Außerdem war sein Sprit fast alle, und als er eine durchgehend geöffnete Tankstelle sah, hielt er dort, um aufzutanken.

Beim Aussteigen hörte er ein Geräusch, das so klang wie Riesen, die Steine kauten, und aus der Dunkelheit schälten sich mehrere Panzer, die die Straße entlangwalzten. Erst Mannschaftswagen und jetzt Panzer. Die Lage eskalierte wohl weiterhin. Aber wieso? Er dachte erneut an Mollie. Sie hätte ihn überall hinbringen können, und dort wäre es wahrscheinlich besser als in dieser Kacke hier. Er schüttelte den Ärger ab und ging zum Zahlen hinein.

Der Mann hinter der Kasse hatte einen Dreitagebart, der seinem eigenen ähnelte, und einen seelenlosen Blick. Die leeren Augen sahen auf die Blutflecke auf seinem Hemd und seinem Hosenbund hinab, aber er verlor keine Bemerkung dazu. Franny sagte auch nichts, sondern deutete nur mit dem Kopf zum Lieferwagen und der Zapfsäule und legte das Geld auf den Schalter. Der Mann schwieg noch immer und schaltete die Pumpe ein.

Beim Wegfahren beschlich Franny das Gefühl, viel zu viel gezahlt zu haben, aber da er keine Ahnung von kasachischem Geld hatte, ließ er es dabei bewenden. Jetzt merkte er, dass er müde war und Kohldampf hatte. Seine letzte Mahlzeit war ein halber Fisch am Morgen davor gewesen. Im Wagen sitzen zu bleiben, war für sie beide wahrscheinlich keine gute Idee. Und von einem Hotelzimmer aus konnte er vielleicht einen Arzt auftreiben. Außerdem konnte er duschen, etwas essen, und vielleicht würde er sogar irgendwann ein wenig schlafen. Vorausgesetzt, das war mit seinen Schmerzen überhaupt möglich. Vielleicht konnte ihm der hypothetische Arzt Schmerzmittel besorgen.

Er wählte ein heruntergekommenes Hotel, vor dessen verwitterter Tür eine Menge Laster parkten. Er knöpfte den Frack zu, um die Blutflecken zu verdecken, die auf seinem Hemd ein Rorschachmuster bildeten. Hinter dem Empfang saß eine stämmige Frau mit blondiertem Haar, der eine Zigarette an der Unterlippe hing, als wäre sie dort angeklebt. Sie starrte auf einen alten Röhrenfernseher, der in der Ecke stand. Darin liefen Bilder von Menschenmassen, Polizisten in Einsatzschutzkleidern, fliegenden Ziegeln, Steinen und Molotowcocktails. Hin und wieder wechselte das Bild zu einem älteren Mann im Anzug hinter einem Nachrichtensprecherpult. Er und sein weibliches Pendant klangen ernst, aber Franny hatte keine Ahnung, was sie sagten. Dann fiel ihm die Reiterstatue auf. Die Unruhen fanden also in Talas statt. Erst kümmerte ihn das nicht besonders – *genau das richtige Dreckskaff für ein paar nette Unruhen.* Dann aber erinnerte er sich an die Angst und die quälende Wut, die er im Krankenhaus gespürt hatte, und an Baba Yagas dunkle Hinweise, und er konnte es nicht mehr einfach abtun.

Die Rezeptionistin ignorierte ihn weiterhin und sah fern. Jetzt musste er wohl etwas sagen.

»Äh, hi. Ich brauche ein Zimmer. Zwei Betten.« Dabei hätte er es belassen sollen, doch fügte er unwillkürlich hinzu: »Ich bin Amerikaner. Ich besuche meine Großmutter. Wir haben uns verfahren, deshalb kommen wir so spät …«

»Mir egal«, sagte die Frau. »Viertausendfünfhundert Tengen.«

»Äh, wow, okay.«

»Haben Sie Dollars?«

»Ja.«

»Von denen nehme ich fünfundzwanzig.«

»Okay.«

Franny ging zum Wagen zurück und holte ein Geldbündel heraus. In dem Beutel gab es nur Hunderter. »Ach, Mist.« Er faltete einen Schein zwischen den Fingern und fasste einen Entschluss. Als er wieder hineinging, hielt er den Schein so, dass die Frau seinen Wert sehen konnte.

»Vorschlag. Ich brauche ein sauberes Hemd und eine Hose, Socken, Unterwäsche, einen Rasierer und Rasierschaum, Schmerztabletten und antibiotische Salbe und Verband. Oh, und etwas zu essen. Wenn Sie mir das besorgen, kriegen Sie diesen Hunderter für die Ausgaben und einen weiteren Hunderter, wenn Sie es mir liefern.«

Die Frau ließ die Zigarette in den anderen Mundwinkel wandern. »Abgemacht.« Sie schob ihm einen Schlüssel zu.

»Rufen Sie nicht die Polizei.«

»Halten Sie mich für blöd? Die würden mir doch bloß das Geld abknöpfen.«

Franny nickte, nahm den Schlüssel und ging. Nachdem der Wagen vor dem Zimmer geparkt war, schloss er die Tür auf und ließ sie offen stehen, während er zu Baba Yaga zurückkehrte. Sie wog fast nichts, aber wegen seiner Schulter und Seite konnte er sich kaum aufrecht halten. Als er sie über die Türschwelle trug, zitterten ihm die Beine, und vor Schmerzen rannen ihm Tränen über die Wangen. Er fiel auf die Knie und ließ die alte Dame fallen. Sie gab ein Stöhnen von sich und brabbelte etwas auf Russisch. Ihre Augen verdrehten sich nach innen, und Franny erfasste Panik.

»Ach du Scheiße, o Scheiße, Scheiße, nicht sterben.«

Er fühlte ihren Puls. Nichts. Während der Ausbildung beim NYPD hatte er Herz-Lungen-Reanimation lernen müssen. Er beugte sich hinunter, um damit anzufangen, schreckte jedoch vor dem Speichel an ihrem Mund zurück. Musste sie bei Bewusstsein sein, um ihre Kraft einzusetzen? Oder würde ihr Speichel ihn umbringen? Er beschloss, es nicht auszuprobieren. Stattdessen begann er mit der Herzmassage und spürte, wie unter seinen verschränkten Händen eine Rippe brach. Die Alte holte keuchend Luft.

Zitternd biss Franny die Zähne zusammen und hob sie aufs Bett. Dann ging er noch mal zum Wagen, holte den Beutel und ließ sich auf das andere Bett fallen. Er zog die Pistole aus dem Bund und legte sie neben sich.

Ein Klopfen weckte ihn und ließ ihn hochschrecken, dabei hatte er gar nicht schlafen wollen. Als sich seine Muskeln plötzlich zusammenzogen und an den Wunden rissen, schrie er auf. Er tastete nach der Pistole. Mit der Waffe in der Hand taumelte er zur Tür. Er sah durch den Spion. Es war die Rezeptionistin. Er machte ihr auf, und sie brachte eine Papiertüte, auf deren Unterseite sich ein Fettfleck ausbreitete. Ihr Inhalt erfüllte das Zimmer mit einem kräftigen und verlockenden Duft. Außerdem hatte sie eine Tüte mit Kleidern, Toilettenartikeln und der gewünschten Arznei dabei.

»Danke«, sagte Franny und gab ihr einen zweiten Hunderter. Nach kurzem Zögern sagte er: »Warten Sie.« Er ging zum Bett und holte noch einmal zweihundert Dollar hervor.

Die Frau starrte entgeistert auf Baba Yaga, die in ihrem absurden Abendkleid bewusstlos auf dem Bett lag.

»Ihre Großmutter sieht nicht gut aus. Sie sehen auch nicht gut aus.«

»Ja. Wir brauchen einen Arzt. Einen, der so diskret ist wie Sie.«

»Was? Was ist dis… dis…«

»Jemand, der nicht redet.«

»Ich kenne keinen Arzt.« Franny schloss die Augen und schwankte. Er verlor die Hoffnung. »Aber ich kenne einen Tierarzt«, setzte sie hinzu.

»Ich nehme alles.« Er gab ihr das Geld.

Sie ging, und er sah in die Tüte. Das Essen stellte sich als weiche, mit Fleisch gefüllte Teigtaschen heraus. Es schmeckte wie Lamm, nur viel strenger. Hammel, vermutete er. Es war ihm egal. Es war köstlich. Eine der Taschen ließ er Baba Yaga übrig, falls sie je wieder so fit wäre, um etwas zu essen. Dann ging er duschen.

Die Bodenfliesen waren gesprungen, und in einer Ecke des Bads war die Tapete ein Stück abgegangen und offenbarte den Schimmel darunter. Das heiße Wasser löste die Anspannung in Rücken und Schultern, brannte aber in den Wunden. In den gestohlenen Anzugschuhen hatte er an beiden Fersen Blasen bekommen, die nun auch wehtaten.

Der Verband an seinem Rumpf war schmutzig. Mit zusammengebissenen Zähnen riss er ihn weg, denn er dachte sich, kein Verband ist besser, als eine Infektion zu riskieren. Wo die Naht aufgegangen war, klaffte die Wunde auf. Franny tupfte die herb riechende Salbe auf die Wunden, keuchte vor Schmerz und klebte saubere Verbände darauf. Dann wickelte er sich ein dünnes Handtuch um die Hüfte und stand am fleckigen Waschbecken, um sich zu rasieren. Es fühlte sich gut an, drei Tage alte Stoppeln wegzuschaben.

Wieder zurück im Schlafzimmer hielt er neben Baba Yaga inne. Sie atmete schwer, aber immerhin atmete sie wieder.

Er hob ihren Arm, um ihren Puls zu fühlen, und davon wachte sie auf. Mit nebligem Blick starrte sie zu ihm hoch. Sie wirkte ängstlich, aber auch verwirrt. »Tolenka?«, flüsterte sie.

»Nein. Frank. Möchten Sie etwas essen? Es ist ein bisschen kalt, aber …« Sie schüttelte den Kopf und stöhnte.

Ihre Lippen waren trocken und gesprungen, und sie fuhr sich unablässig mit der Zunge darüber. Im Bad füllte er einen Plastikbecher mit Wasser. Er stützte sie ab, während sie ein paarmal daran nippte. Das schien sie ein wenig zu beleben. Jetzt erkannte sie ihn offenbar.

»Sie haben sich rasiert«, stellte sie matt fest.

Er rieb sich das Kinn. »Ja.« Plötzlich wurde ihm bewusst, dass er immer noch nur ein Handtuch umgewickelt hatte. Die Alte schien seine Gedanken zu lesen und grinste ihn grimmig an, doch geriet es ihr zu einer Fratze. »Sie sehen nicht übel aus, Junge.«

»Danke. Wollen Sie nicht versuchen, etwas zu essen?«

Sie schüttelte den Kopf. »Mir geht's zu schlecht. Ist wie Feuer in den Adern.« Ihre Stimme war ganz dünn und wurde immer schwächer. Er hörte sie kaum noch, als sie hinzufügte: »Vielleicht besser … jetzt … zu sterben. Nicht mehr warten … auf …« Und damit wurde sie wieder bewusstlos.

Franny zog die sauberen Klamotten an, die die Frau ihm gebracht hatte. Die Müdigkeit zerrte an seinen Muskeln, und seine Augen fühlten sich an, als wären sie mit Sand ausgespült worden. Er ließ sich in einen weichen Sessel fallen, um mit der Pistole auf dem Schoß zu warten. Er überprüfte, ob sie auch wirklich nicht scharf war, für den Fall, dass er wieder einschlief und sie ihm herunterfiel, doch die Schmerzen seiner Schusswunden hielten ihn wach. Fast zwei Stunden später kam die Frau mit einem kleinen, hydrantenförmigen Mann mit markanten Lidfalten und eisgrauem Haar zurück.

»Jemand ist verletzt«, sagte er und sprach mit ausgesprochen britischem Akzent.

Franny nickte. »Meine, meine Großmutter. Sie ist … vergiftet. Eine Schlange. Ich glaube, sie hat sich auch die Schulter gebrochen.«

»Große Schlange«, sagte der Tierarzt.

»Sie machen sich kein Bild.«

»Dann wollen wir mal sehen.« Er ging zu Baba Yaga und betrachtete die Stelle an der linken Hand, wo IBTs Zunge sie gestreift hatte. Sie war furchtbar geschwollen, ganz schwarz mit roten Streifen, die sich den Arm hinaufzogen bis zu Frannys provisorischer Binde. Zischend, mit zusammengebissenen Zähnen, sog der Arzt Luft ein. »Das ist schlecht. Wann haben Sie die Binde angelegt?«

Franny rieb sich die Stirn. »Ich weiß nicht. Vor zwölf, vierzehn Stunden?«

»Die Durchblutung wurde zu lange unterbrochen. Der Arm muss weg.«

»Scheiße.« Franny fuhr sich aufgeregt durchs Haar. »Ich wusste nicht, was ich sonst tun sollte.«

»Das war schon richtig. Bei einer so alten Dame wäre das Gift sonst wahrscheinlich tödlich gewesen.«

»Wie viele Fragen werden einem im Krankenhaus gestellt?«, fragte Franny.

»Viele. Ich kann das machen. Ich amputiere Katzen und Hunden die Beine, aber wir müssen in meine Praxis.«

»Wie viel?«, fragte Franny.

»Fünftausend – Dollar.«

»Könnte sie einen Flug nach New York überleben?«

»Wahrscheinlich nicht.«

»Wird sie die Operation überleben?«

»Möglich.«

»Also in beiden Fällen dieselben schlechten Chancen.«

»Ihre Chancen sind höher, wenn wir den Arm wegmachen. Ich brauche jedoch Hilfe. Sind Sie zimperlich?«

»Ich habe bei Autopsien zugesehen«, erwiderte Franny.

»Dann kriegen Sie es wahrscheinlich hin.«

♣ ♦ ♠ ♥

Es dauerte einen Tag, um die hydraulische Schere zu reparieren. Mollie behielt im Casino Baba Yagas Wohnung im Auge. Doch dort ließ sich niemand blicken, und nachdem es Dad und Brent gelungen war, die Pumpventile vom ausgelaufenen Öl zu reinigen und die verschmorten Drähte zu ersetzen, konnten sie es noch einmal probieren.

Wie Mollie es sich gedacht hatte, war der Safe an Stahlträger in der Wand geschweißt worden. Die Schere jedoch, die dafür gemacht war, kaputte landwirtschaftliche Geräte zu zerkleinern, machte kurzen Prozess mit den Verbindungsbolzen. Mollie hatte den Safe schon halb aus der Wand gestemmt, als das Kreischen einsetzte.

Die Schere war so laut, dass sie erst meinte, sie bildete es sich nur ein. Doch dann hörte sie es erneut und schaltete die Schere kurz aus, um genauer zu lauschen. Sie beugte sich aus dem Schrank heraus, hielt den Kopf schräg in Richtung des Tors nach Idaho.

Sie rief: »Alles okay bei euch?«

Brent sagte: »Hast du's? Wieso hast du aufgehört?«

Mollie zuckte die Achseln. *Komisch.*

Aber gerade als sie sich wieder dem halb aus der Wand befreiten Safe zuwenden wollte, hörte sie es erneut. Und diesmal ganz deutlich. Es war mehr als nur ein Kreischen, sondern schon fast ein unmenschliches Heulen, das von außerhalb des Casinos kam. Das Geräusch sprach ein Überbleibsel im Hinterhirn an, das die Evolution noch nicht aus dem modernen Menschen entfernt hatte. Sie fuhr auf und hatte das schmerzhafte Bedürfnis, die Flucht zu ergreifen. Gänsehaut lief ihr über den Nacken. Sie ließ die Schere fallen und ging zum Schlafzimmerfenster.

Nach allem, was sie über das Casino und die Leute, die es führten – ganz zu schweigen von denen, die es frequentierten –, wusste, erwartete sie vor dem Fenster fast schon eine entmilitarisierte Zone. Das Bild, das sie von Talas im Kopf hatte, hätte das Titelblatt einer Zeitschrift namens *Drecks-käffer der Welt* zieren können. In Wahrheit sah man aus Baba Yagas Fenster jedoch auf eine Szenerie, wie man sie überall in Europa finden konnte. Die Leute auf der Straße waren nicht schlechter gekleidet als in New York, Perth oder Johannesburg. Die Straßen – saubere Boulevards mit viel Grün – waren mit Brunnen, Fußgängerarkaden und eindrucksvoller öffentlicher Kunst geschmückt. Es gab Cafés, Tramhaltestellen, Leute, die Hand in Hand gingen oder Kinderwagen schoben. Ölreichtum, fiel Mollie ein. Vielleicht wollten die hiesigen Oligarchen gar nicht in einem Dreckskaff leben. Selbst die Berge in der Ferne waren malerisch. So schrecklich wirkte das gar nicht.

Bis auf den Typen, der neben einem Straßencafé am Ende der Straße saß, wie ein Affe kreischte, mit den Armen in einer Mülltonne wühlte und sich regelmäßig eine zerbrochene Wasserflasche in die Augenhöhle rammte. Blutbesudelter Müll flog zu den Cafétischen hinüber.

Niemand versuchte, ihm zu helfen. Niemand versuchte, ihn davon abzuhalten.

»O mein Gott«, keuchte Mollie.

Vielmehr …

Mollie übergab sich. Halb verdaute Speckstücke und Ei platschten auf das Fensterbrett. Rinnsale aus gelbem Speisebrei liefen an der Wand hinunter. Sie taumelte, fing sich am Diwan auf, um dann zu merken, dass der Diwan womöglich einmal ein Mensch gewesen war, und erstickte fast an einer zweiten Woge Magensäure und torkelte gegen die Wand.

Scheiß-Talas. Sie hatte geglaubt, der Joker-Fight-Club wäre das Übelste, was sie je gesehen hatte, aber verglichen mit dieser öffentlichen Selbstverstümmelung war der Club ja geradezu zahm. Was war das für eine kranke Scheiße? Scheiß auf Kackistan. Sie würde Baba Yagas Geld einstecken und dann nichts wie weg hier.

Als sie sich notdürftig den Mund abwischte, war das Kreischen immer noch zu hören. Es war sogar – Mollie standen noch immer die Nackenhaare zu Berge – kräftiger geworden, eher ein ganzer Chor als nur die Klage eines einsamen abartig selbstmörderischen Irren.

Sie wagte einen zweiten Blick. Die Straßenlaternen gingen aus, aber erst nach ein paar Sekunden, sodass sie noch beobachten konnte, wie die Leute im Café allesamt durchdrehten. Der Kerl bei der Mülltonne – *o Gott …*

Wieder rebellierte Mollies Magen. Sie krümmte sich und würgte.

Der Kerl kratzte sich mit den Fingern die Augenhöhle aus und wollte sich die blutige Masse in den Mund stecken. Währenddessen stachen die Leute im Café mit Bestecken aufeinander ein oder gingen mit den Zähnen oder auch nur den Fingern aufeinander los. Innerhalb von Sekunden verwandelte sich die gewöhnliche Straßenszene in ein beschissenes Massaker. Ein Audi fuhr immer wieder vor und zurück über einen Fußgänger, und die durchdrehenden Räder spritzten Eingeweide auf Passanten, die sich nicht darum scherten, weil sie zu sehr damit beschäftigt waren, sich gegenseitig das Gesicht zu zernagen. Im Licht der Leuchtanzeige des Casinos blieb eine junge Frau mit ihrem Kinderwagen stehen, hob das Kind bis über den Kopf …

(Mollie hämmerte gegen das Fenster. »Verdammt! Halt! HALT!« Aber niemand hörte sie.)

… und rammte das quäkende Baby auf die Zierspitzen des gusseisernen Zauns, der das Café einfasste. Wie übergeschnappte Kannibalen stürzten sich Passanten auf das aufgespießte Baby, bildeten eine Art Rugby-Gedränge, und im letzten Moment, bevor die Leuchtanzeige ausfiel, war von dem Kind nichts mehr zu erkennen als Fleischbrocken, die in der Mitte des Pulks in die Höhe flogen. Mollie schrie, bis ihre Knie nachgaben.

Kriechend entfernte sie sich vom Fenster, würgte bittere Galle. *Ich bin in Sicherheit. Ich bin in Sicherheit,* rief sie sich ins Gedächtnis. *Diese bekloppten Wichser kommen hier nicht rein. Baba Yagas Wohnung ist abgeschlossen. Wenn diese Psychos da draußen hier reinwollen, müssen sie sich erst um die ganzen anderen Leute im Casino kümmern.* Die Gangster hatten Automatikwaffen. Die würden den Psychokannibalenflashmob niedermähen, bevor er auch nur die Lobby durchquert hätte. *Und notfalls bin ich in einer halben Sekunde weg. Ich bin in Sicherheit. Mir droht keine Gefahr. Ich bin in Sicherheit. Noch ein paar Minuten, dann muss ich nie wieder hierher zurück.*

Das gelobte sie. *Die Welt ist groß* – wieder eine Weisheit von Ffodor –, *und nicht einmal ich habe sie ganz gesehen. Talas kann sich seinen Zombieflashmob von mir aus sonst wohin stecken.*

Geld. Das Geld abgreifen. Mollie ging zum Safe zurück. Ihr Körper arbeitete im Autopilotmodus, während sie das Ding vollends aus der Wand befreite. Sie sah nicht, was sie tat, sondern nur einen Mann, der sich geifernd über die Überbleibsel seines eigenen Auges hermachte, während eine Mutter ihr Baby auf …

Nein. NEIN. Nicht daran denken. An nichts von alledem denken. Ich bin in Sicherheit. Nicht an das Baby denken. Nicht an den Stuhl in der Ecke denken. Nicht an Ffodor denken. Nicht an den eisernen Zaunpfahl denken, auf den …

NEIN! Einfach nicht an den Scheiß denken.

Mollie stemmte sich in die Schere. Baba Yagas Safe krachte herunter, es regnete Gips und heiße Stahlspäne. Sie wollte ihn durch das Tor nach Idaho schaffen, als das Kreischen wieder einsetzte. Und diesmal viel näher.

Am ganzen Leib hatte sie Gänsehaut. Augenblicklich stand ihr Schweiß auf der Stirn, sammelte sich unter den Achseln und unter ihren Brüsten und sogar am Ansatz ihrer

Arschfalte. So sehr zitterten ihre Hände, dass sie die Schere fallen ließ.

»Scheiße, Scheiße, Scheiße, o Scheiße …«

Hin und wieder wurde das Geschrei von Gewehrfeuer untermalt. Noch mehr Schüsse, noch mehr Schreie. Ein unverständlicher Chor aus Schreien. Keine Sprache, sondern nur der geistlose Ausdruck ungebremster, blutiger Emotion, den Mollie niemals würde bestimmen können. Durch die Gänge hallte unzusammenhängende Tobsucht.

Die Kannibalen waren ins Casino eingedrungen.

♣♦♠♥

Marcus wusste nicht zu sagen, was ihm im Hubschrauber am meisten missfiel: der Lärm, der selbst mit dem Gehörschutz über den Ohren betäubend war. Oder die Vibration, die seine Schuppen erzittern ließ. Oder die Bewegung des Teils, seine seltsamen, unnatürlichen Neigungen und Kurven, Änderungen der Flughöhe, bei denen es ihm jedes Mal schlecht wurde. Oder die furchterregende Geschwindigkeit, mit der die Landschaft unter ihnen dahinglitt. Oder der Umstand, dass er in der engen Kabine so eingeklemmt war, dass er mit seinem eingerollten Schwanz im Grunde die Beine aller anderen Passagiere berührte. Oder die Blicke, die auf ihn gerichtet waren, kalt wie der ukrainische Winter. Der von Wasel war besonders eisig. Er hasste sogar die verwirrende Vielzahl von Zifferblättern, Knöpfen und bunten Anzeigen zwischen den beiden Piloten im Cockpit. All diese Gerätschaften spielten eine Rolle, doch hatte er keine Ahnung davon. *Schlangen,* dachte er, *sind nicht zum Fliegen gemacht.*

Marcus wäre zu gern mit dem Laster zurückgefahren, aber Wasel hatte diese Idee abgelehnt. Es würde zu lange dauern, vor allem bei dem ganzen Gegenverkehr aufgrund der Flüchtenden.

»Ich habe aus gutem Grund einen Hubschrauber«, hatte er erklärt.

Marcus kannte den Grund: um ihm eine Heidenangst einzujagen.

Olena saß neben ihm und sagte: »Schau, jetzt sind noch mehr Autos auf der Straße. Laster, Busse. Esel. Kutschen. Sogar Leute zu Fuß. Alles Mögliche.«

Ihre Stimme kam nicht von ihr, sondern aus dem Kopfhörer. Ganz vertraulich nah, aber auch seltsam körperlos. Er blickte nicht hinaus, weil er Angst hatte abzustürzen. »Das glaube ich dir«, brachte er heraus. »Bin ich der Einzige, der das Ganze für eine schlechte Idee hält?«

Wasel antwortete darauf mit einem Schwall unverständlicher Wörter, die sehr sarkastisch klangen.

»Englisch, Papa«, sagte Olena.

Wasel saß ihnen gegenüber und betrachtete Marcus mit unverhohlener Verachtung. Er sagte etwas, dabei bewegten sich seine Lippen, aber die Stimme kam wieder über den Kopfhörer. So viel zur vertraulichen Nähe. »Du hast Angst. Wenn es drauf ankommt, sind Schwarze nicht mehr mutig, was?«

Fick dich, dachte Marcus. Er sagte: »Du weißt so gar nichts über mich.«

»Ich weiß genug. Ich weiß, dass meine Tochter dich rasch über haben wird. Dschungelfieber. Das lässt irgendwann wieder nach.«

Olena sagte etwas, das ein Ukrainischer Fluch sein musste, und schlug ihrem Vater mit ihrer kleinen Faust in die Schulter. Wahrscheinlich tat es weh, doch ließ Wasel es sich nicht anmerken. Die Wachen und Soldaten grinsten, was Marcus daran erinnerte, dass auch sie alles mithörten. Er wollte das Thema wechseln. »Ist dir schon mal der

Gedanke gekommen, dass alle Wertsachen inzwischen aus dem Casino ausgeräumt sein könnten? Dort herrscht seit Tagen schon Chaos.«

»Plünderer wollen Geld, Waffen, Juwelen, Elektrogeräte«, sagte Wasel. »Plunder. Das interessiert mich alles nicht.«

»Was dann?«

»Das erfährt nur, wer es wissen muss«, grinste Wasel. »Du musst das nicht wissen, oder?«

Marcus *wünschte*, er müsste es nicht wissen. Er wünschte, er wäre nicht hier und seine Zukunft mit Olena wäre nicht an das obskure Ziel dieser Mission geknüpft. Außerdem hatte er kein gutes Gefühl dabei, die Dörfler allein zu lassen. Nach nur zwei Tagen bei ihnen waren sie zu einer Art Familie für ihn geworden. Sie zu verlassen wurmte ihn. Er hoffte, dass das, was die Leute aus Talas vertrieb, nicht auch zu ihnen kommen würde. Vor allem nicht zu Nurassil.

Einer der Soldaten am Fenster sagte etwas. Die anderen reckten sich hinüber, um selbst nachzuschauen. Marcus nicht. Eine Zeit lang unterhielten sie sich auf Ukrainisch. Als sich eine Gelegenheit bot, erklärte Olena: »Die Armee hat die Straße gesperrt. Sieht so aus, als würde sie niemanden mehr aus der Stadt lassen. Und nicht nur die Straße. Die haben die ganze Stadt kreisförmig abgeriegelt mit Panzern und Patrouillen.«

»Die lassen niemanden rein?«, fragte Marcus. »Aber wir gehen trotzdem? Na toll.«

»Ich sehe Talas«, sagte Olena. »Wir sind in ein paar Minuten da.«

Das war ein Pluspunkt des Hubschraubers. Der Flug war gnädig kurz. Sie gelangten schnell hinein, was bedeutete, dass sie auch schnell wieder hinausgelangen konnten. Und darum ging es schließlich, redete sich Marcus ein. Wasel sollte bekommen, was immer er dort wollte, und er und

Olena würden gemeinsam entkommen. Er musste diesen Mist nur noch ein paar Stunden ertragen …

Der Motor stotterte, und der Hubschrauber ruckte zu einer Seite herum, um gleich darauf zu weit auf die andere Seite zu kippen. Marcus umklammerte Olenas Hand und sie die seine. »Oh, bitte nicht …«

Das wieder einsetzende Dröhnen des Motors übertönte seine Stimme. Was für ein schönes Geräusch!

Doch es hielt nicht lange. Der Pilot hatte gerade zu einer Bemerkung angesetzt, als der Motor wieder ausfiel und mit ihm die Stimme des Piloten. Einige lähmende Sekunden lang waren alle vom Entsetzen der plötzlichen, gewaltigen Stille erfüllt. Dann klappte der Boden weg. Der Hubschrauber kippte nach vorn und ging in den Sturzflug. Durchs Fenster sah Marcus die wirbelnden Rotorblätter, aber anders als vorhin. Sie gingen nach unten. Er sah Olena an. Sie erwiderte seinen Blick. Wunderschön. Entsetzt. Ihr Gesicht weiß wie nie zuvor. Er sagte: »Es wird alles gut. Es wird alles gut.«

Sie erwiderte etwas, aber er hörte es nicht.

Im Fallen neigte sich der Hubschrauber seitwärts, nur um dann zur anderen Seite herumzurucken, und zwar so schnell, dass es ihnen die Köpfe herumriss. Einer der Soldaten übergab sich. Wasel rief etwas und tippte sich auf die Kopfhörer. Dann drehte er sich um, um direkt mit den Piloten zu sprechen. Die hantierten wie wild herum, der eine umklammerte mit aller Gewalt ein Teil, das wie ein riesiger Joystick aussah, die Hände des anderen fuhren in Windeseile über Zifferblätter, Knöpfe und Anzeigen, die nun alle schwarz waren.

Marcus sah den Boden, der zu ihnen hochzukochen schien. Er riss sich den Kopfhörer herunter und nahm auch den von Olena herunter. Sie sagte: »Marcus, ich …« Und er sagte: »Olena, ich …«

Plötzlich ging die Schnauze des Hubschraubers nach oben, das Hinterteil runter, sodass die ganze Welt sich drehte. Sie würden abstürzen. Marcus wusste es. Er wünschte sich so sehr, die Worte, die er sagen wollte, aussprechen zu können, aber sie waren nicht mehr da. Trotzdem versuchte er es noch einmal. »Olena …«

Jetzt stand der Hubschrauber gerade und wippte wieder nach oben, nur um gleich darauf erneut abzusacken und stabil zu bleiben. Marcus starrte in Olenas Gesicht, heftig schnaufend, und konnte nur ganz allmählich glauben, dass sie gelandet waren. »Olena …«

Diesmal wurde er vom Gerempel der Soldaten und Leibwächter unterbrochen, die ihre Gurte öffneten, zur Tür hechteten und hinausdrängten. Wasel sah ihnen einigermaßen genervt zu, blieb aber still sitzen, bis sie draußen waren. Dann richtete er den Blick auf Marcus, nahm langsam seinen Kopfhörer ab und sagte: »Aufregende Zeiten, was?« Dann stieg auch er aus.

Olena und Marcus folgten ihm. Marcus glitt/torkelte aus dem Hubschrauber. Japsend kroch er ein Stück weg, um sich dann umzudrehen und mit noch immer wummerndem Puls den Hubschrauber zu betrachten. Der schwirrende Rotor drehte sich immer langsamer, während die anderen gebückt darunter standen und sich, sichtlich erschüttert und gestikulierend, unterhielten.

»Verdammt«, sagte Marcus. Jetzt wusste er, was ihm an einem Hubschrauberflug am allermeisten missfiel: die Notlandung.

♣♦♠♥

Die Klinik war ein heruntergekommenes Ladengeschäft. Franny hatte der Rezeptionistin weitere zweihundert Dollar gegeben. Der Tierarzt hatte Baba Yaga in den Lieferwagen getragen, und Franny hatte sich um den Beutel und die Waffen gekümmert. Über die Pistole im Hosenbund und die Uzi in Frannys Hand hatte der Tierarzt kein Wort verloren.

Der Arzt hatte ihn in die Seiteneinfahrt neben der Praxis gewiesen, wo er warten sollte. Im Wagen war es heiß, aber wenn er das Fenster runterkurbelte, strömten die verdorbenen Ausdünstungen aus den Müllcontainern herein, und sein Magen rebellierte. Ein paar Minuten später erschien der Arzt durch eine Seitentür und winkte Franny zu sich. Vor Schmerz ächzend trug er Baba Yaga in die Praxis.

»Ich habe die Sprechstundenhilfe nach Hause geschickt. Die Praxis ist geschlossen. Wir wollen nicht gestört werden.«

In der Mitte des Hinterzimmers standen ein Metalltisch und drum herum lauter Käfige, teilweise mit unglücklichen Insassen, die entweder mitleiderregend miauten oder wild bellten. Aus einem von ihnen starrte Franny ein Iguana an, ohne mit der Wimper zu zucken. Das kalte Starren erinnerte ihn an Baba Yaga. Mit einem Nicken bedeutete der Tierarzt Franny, dass er Baba Yaga auf dem kalten Tisch ablegen sollte.

Der Arzt warf ihm einen grünen Kittel, eine Maske und Handschuhe zu. Dem Mann, der etliche Instrumente und einen Stapel Mullrechtecke auf ein Tablett legte, fiel auf, wie geübt Franny sich die Handschuhe überzog. »Sie sind kein Arzt, sonst würden Sie mich nicht brauchen, und Sie haben Autopsien erwähnt. Polizist?«

»Ja.« Franny streckte ihm die Hand hin. »Ich bin Francis Bla…«

»Keine Namen, das ist besser so.« Eine Kanüle wurde gesetzt. »Okay. Wir fangen an. Wenn Sie ohnmächtig werden, steige ich über Sie drüber und mache weiter. Aber wenn Sie ohnmächtig werden, stirbt sie wahrscheinlich, denn ich brauche Ihre Hilfe.«

»Ich werde nicht ohnmächtig.«

»Wir müssen den Arm frei machen«, befahl der Arzt und legte noch mehr Instrumente auf das Tablett.

Also war es an Franny, die alte Frau zu entkleiden. Er zog sie in eine aufrechte Position hoch und öffnete ihr Kleid. Als er es herunterzog, enthüllte er eine runzlige, mit Altersflecken übersäte Brust, einen dazu völlig unpassenden, rosafarbenen Spitzen-BH und eine Medaille, die an einer Kette um ihren Hals hing. Sie bestand aus einem goldenen Stern unter einem roten Band. Auf der Rückseite sah man das Porträt eines gut aussehenden Mannes in den für die Sowjetkunst typischen gesättigten Farben. Der Arzt stieß Franny mit dem Ellbogen an und reichte ihm einen Stapel Mullkompressen. »Jetzt müssen Sie gleich abtupfen.«

Er nahm ein Skalpell und schnitt ungefähr sieben Zentimeter über dem Ellbogen in den Arm der Frau. Seltsamerweise schnitt er erst vertikal, bevor er das Skalpell andersrum ansetzte. Franny tupfte ab und warf die vollgesogenen Kompressen auf den Boden. Als der Arzt fertig war, hing ein großer Hautlappen herab.

»Geben Sie mir die Zange«, befahl der Tierarzt und deutete mit einer Kinnbewegung auf das Instrument. Franny reichte sie ihm, und der Arzt klemmte eine Arterie ab, aus der Blut herausspritzte.

Als Nächstes schaltete der Arzt eine kleine Säge ein. Ihr schrilles Kreischen erfüllte das Zimmer und ließ die Hunde aufheulen. Das Geräusch und das Aufblitzen von weißem Knochen zwischen dem Blut und den Fasern ließen die Hammeltaschen gefährlich nah an Frannys Kehle herandrängen. Er schluckte. Knochenstaub legte sich auf die Wundränder und verbreitete den Geruch von verbranntem Haar, während die Säge sich weiter durch den Arm fraß. Mit einem dumpfen Schlag landete Baba Yagas Arm schließlich auf dem Tisch.

»Fast fertig. Sie schlagen sich gut.«

Franny nickte und hielt und reichte, wie ihm befohlen wurde, während der Arzt den Hautlappen über den Armstummel stülpte und zunähte. Bevor er sie verband, schmierte er ein Antiseptikum auf die Wunde. Schließlich gab er der Patientin einige Spritzen.

»Antibiotika und Schmerzmittel«, erklärte er. »Jetzt liegt es an Ihrer Pflege und der Widerstandskraft der alten Dame. Aber Sie müssen jetzt gehen, damit ich wieder aufmachen kann.«

»Ich brauche auch ein paar Schmerzmittel, und könnten Sie sich die Wunde in meiner Seite anschauen?«, fragte Franny, während er sich das Hemd auszog. »Ich glaube, die Nähte sind ausgerissen.«

Der Tierarzt machte den Verband ab, sog Luft durch die Zähne ein und sah unter seinen Brauen zu Franny auf. »Das ist eine Schusswunde. Genau wie die da.« Er deutete mit einer Kopfbewegung auf die Schulter.

»Ich nehme an, dass das einen Unterschied macht«, sagte Franny.

»Ja. Es bedeutet mehr Geld. Ich will zehntausend.«

»Wir haben uns auf fünf geeinigt.«

»Das war vor …«, er zeigte auf Frannys Wunden, »… den Kugeln.

»Okay.«

Der Arzt wandte sich ab und bereitete Spritzen vor. Franny kramte in dem Beutel. Zehntausend Dollars weniger. Ihm fiel auf, dass der Arzt den Hals reckte, um zu sehen, was sonst noch in dem Beutel war. Da wurde ihm bewusst, dass er keine Ahnung hatte, was in der Spritze war. Er zog die Pistole aus dem Bund. In einer Hand hielt er die Waffe, in der anderen das Geldbündel.

»Das ist nur Lidocain, um die Stelle zu betäuben«, erklärte der Mann, doch Franny war das kurze Aufblitzen von Wut in seinen dunklen Augen nicht entgangen.

»Nein. Keine Spritzen.«

Der Arzt legte die Spritze vorsichtig ab. »Na gut, aber das wird wehtun.«

»Ich würde mich an Ihrer Stelle nicht darauf verlassen, dass ich ohnmächtig werde«, sagte Franny.

Der Arzt reinigte und nähte die Wunde in Frannys Seite rasch und nicht sonderlich sanft. An einem Punkt fragte sich Franny tatsächlich, ob er durchhalten würde, weil er feststellte, dass das Wimmern nicht von den Hunden in den Käfigen stammte, sondern von ihm. Doch schließlich war es vorbei. Ein frischer Verband war über der Wunde, und der Arzt drückte Franny eine Flasche in die Hand. Er musterte das Etikett und fluchte insgeheim, denn natürlich war es nicht auf Englisch. Die kyrillischen Buchstaben schienen höhnisch vor ihm zu tanzen.

»Was zum Kuckuck ist das?«

»Tramadol.«

Den Namen kannte Franny. Man hatte es der Labortechnikerin gegeben, als sie von einem Wagen angefahren worden war. »Beweisen Sie mir, dass Sie nicht lügen, Doc.«

»Solange Sie eine Waffe haben … und ich mein Geld noch nicht habe«, sagte der Arzt spitz.

»Okay.« Franny warf ihm das Geldbündel zu. Dann hob er Baba Yaga hoch und ging rückwärts zur Tür. »Keine Anrufe bei der Polizei, richtig?«

»Natürlich nicht. Die würden mir nur das Geld abnehmen.«

»Sie haben hier ja eine schöne Polizei«, brummte Franny und trat auf die Seiteneinfahrt hinaus.

♣♦♠♥

Das Casino hallte von Schreien, Schüssen und rhythmischem Klopfen – es war der Soundtrack zum Albtraum eines Wahnsinnigen. Mollie schlotterte in der Ecke von Baba Yagas Schrank, die Knie an die Brust gezogen. Je mehr sie versuchte, die Bilder von der Straße aus ihrem Kopf zu vertreiben, desto tiefer brannten sie sich in ihr ein.

Das Klopfen wurde lauter. Es war mehr als ein Klopfen, es wurde zu einem Rumsen, das das ganze Gebäude zum Vibrieren brachte, als käme es aus dem ekelhaftesten Autoradio der Welt. Hubschrauber, begriff sie. Sie hatte das Geräusch nicht erkannt, weil sie noch nie so nah an einem Hubschrauber gewesen war. Und er war wirklich nah. Als würde er auf der Straße landen, so nah.

Gott sei Dank. Gott sei Dank. Endlich kommt jemand und sorgt für Ordnung. Gibt es in Kasachstan so eine Art Nationalgarde?

Mollie setzte sich auf. Sie saß schon ziemlich lange zusammengekauert in der Ecke. Ihr Hintern war eingeschlafen. Sie ging zum Fenster und achtete darauf, nicht zum Café zu blicken und auch nicht zu dem gusseisernen Zaun mit dem …

Nein. Nein. Es ist vorbei.

Wie erwartet hockte auf der breiten Kreuzung ein Stück die Straße runter ein Hubschrauber, dessen Rotor gerade auslief. Doch er sah nicht aus wie ein Militärhubschrauber. Er sah überhaupt nicht offiziell aus. Ebenso wenig die stiernackigen Gorillas, die mit an die Brust gepressten Maschinengewehren ausstiegen. Sie hatte im Casino genug Gangster gesehen, um einen zu erkennen.

Die sahen nicht so aus, als würden sie sich mit ein paar Kröten zufriedengeben. Die wussten, was Sache ist. Die waren wegen des Tresorraums und des Safes da. Mollie griff durch ein Loch im Raumgefüge zur Tür von Baba Yagas Wohnung, um zu überprüfen, ob sie abgeschlossen war. Aber sie war es, sie war in Sicherheit.

Sie wollte sich schon wieder dem Schrank zuwenden, als ihr eine Bewegung auffiel. Vor dem Fenster kauernd sah sie auf die Straße vor dem Eingang hinunter. Dort erspähte sie das Schwanzende einer enormen Schlange, die unter das Vordach kroch. Sie kannte die Hautzeichnung. Marcus irgendwas. Er war einer der Gladiatoren, und zwar einer von der knallharten Sorte.

War er hier, um zu helfen, oder hatte er sich den Psychokannibalen angeschlossen so wie Vaporlock?

Das wollte sie gar nicht erst herausfinden. Der fettige Typ hatte sie fast abgemurkst. Gegen diesen Schlangentyp hätte sie keine Chance, wenn der sie mit seinem Schlangenleib einwickeln wollte.

♣♦♠♥

Die Piloten konnten zwar erklären, was passiert war, aber nicht, warum. Der Motor war ausgefallen, das war klar. Auch die Elektronik hatte sich verabschiedet. Aber sie fanden keinen Grund dafür. Vor dem Ausfall hatte alles gut funktioniert, alle Instrumente hatten angezeigt, was sie anzeigen sollten, genug Treibstoff im Tank. Sie konnten auch nicht erklären, weshalb sich der Hubschrauber auf keine Weise wieder starten ließ. Sie arbeiteten daran, aber er reagierte nicht. Eine nutzlose Blechkiste.

Für die Landung, so stellte sich heraus, hatten sie ein Autorotationsmanöver angewendet, was immer das auch heißen mochte. Wasel nahm es als Standardvorgehen im Falle eines Triebwerkausfalls mit einem Schulterzucken hin. Marcus dagegen hätte die Piloten am liebsten abgeklatscht und ihnen auf die Schultern geklopft, doch er zügelte seine Begeisterung. Außerdem war dafür keine Zeit, denn Wasel machte Druck. Sie waren nah genug an der Stadt, dass sie zu Fuß weitergehen konnten. Also überließen sie den Piloten die Reparatur des Hubschraubers, und alle anderen machten sich auf den Weg.

Während er über die vermüllte Straße kroch, betrachtete

Marcus die Stadt. Die Sonne stand hoch am wolkenlosen Himmel. Sie hätte die Szenerie mit mittäglicher Klarheit ausleuchten sollen, aber das tat sie nicht. Es war, als würde das Tageslicht beim Herabfallen verdunsten, sodass die Stadt zwar nicht eigentlich dunkel, aber unbeleuchtet wirkte. Tot oder untot oder etwas, das er nicht genau benennen konnte. Ein Schleier lag über ihr, der nicht hätte dort sein dürfen. Smog? Vielleicht, aber dafür sah es zu seltsam aus.

»Wo ist das Casino?«, fragte Wasel. »Auf dem kürzesten Weg.«

Olena ging voraus. Die bewaffneten Leibwächter bildeten einen Kreis um sie herum. Sie trugen halbvolle Rucksäcke, die schwer von Munition waren. Es waren immer noch Leute unterwegs, die nicht geflohen waren. Aus der Ferne hatte Marcus das mit Hoffnung erfüllt, denn wenn nicht alle durchdrehten, dann war es vielleicht gar nicht so schlimm. Doch in der Stadt angekommen löste sich diese schwache Hoffnung in Luft auf. Ja, es waren noch Leute unterwegs, aber sie verhielten sich nicht normal.

Einer stand an einer Straßenecke. Er schien an einem unbequemen Fingernagel zu kauen und die bewaffnete Gruppe, die an ihm vorbeiging, gar nicht zu bemerken. Erst als ihm das Blut auffiel, das dem Mann am Kinn hinablief und auf sein Hemd tropfte, wurde Marcus klar, dass der Typ seine Finger abnagte – sie *aß* –, das Fleisch wegzupfte und auf den Knochen herumkaute.

»Hast du das gesehen?«, fragte er Olena. »Hier stimmt etwas nicht. Also so gar nicht. Spürst du das?«

»Ob ich was spüre?«, fragte Olena.

Marcus konnte es ihr nicht beantworten. Bevor er die Frage gestellt hatte, war ihm gar nicht bewusst gewesen, dass da etwas war. Erst hatte er geglaubt, es wäre der Ärger darüber, dass ihm diese Mission aufgezwungen worden war. Dann die Sorge über das Chaos und das Entsetzen über das, was Wasel dem Soldaten angetan hatte. Und all das traf auch zu, doch er spürte noch etwas anderes in sich aufkeimen. Er konnte es jedoch nicht benennen, und das ärgerte ihn. »Du hast gemeint, dein Dad ist ein Ass, stimmt's? Was kann er denn? Ich hoffe mal, etwas Gutes.«

»Nein«, sagte Olena kurz angebunden und machte damit klar, dass das Thema abgehakt war. »Nichts Gutes.«

Ein Stück weiter stand ein Militärlaster auf einer Kreuzung. Gegen das Maschinengewehr, das auf der Ladefläche installiert war, war ein Soldat gesunken. Wasel bedeutete seinen Männern mit Zeichen, dass sie ihre Waffen verbergen sollten. Vorsichtig näherten sie sich. Auf der Straße und dem Gehweg lag lauter Zeug herum, das Marcus erst nicht erkannte. Aber als sein Schwanz gegen etwas Weiches stieß, richtete er den Blick darauf. Ein zerfleischtes, halbes Gesicht sah zu ihm auf. Er schreckte zurück und stieß einen Schrei aus. Eine Leiche. Leichen lagen also in den Blutpfützen rings um den Laster. Leichen, alle auseinandergerissen, zerfleischt und unnatürlich verdreht.

Der Schütze musste Marcus' Schrei gehört haben, denn er sah zu ihnen herüber und fing an, wie ein Wolf zu heulen. Er riss das Maschinengewehr herum und begann, sie zu beharken. Er zielte viel zu hoch, sodass vor allem der Putz der Hauswand hinter ihnen in Mitleidenschaft gezogen wurde. Doch mindestens eine Kugel fand ihr Ziel und blies einer der Wachen den Kopf weg. Die anderen liefen auseinander, warfen sich zu Boden oder duckten sich hinter Autos. Ein paar von ihnen erwiderten das Feuer, doch auch sie schossen daneben. Wasel jedoch nicht.

Der Gangster trat völlig gelassen einen Schritt vor. Er schnippte mit den Fingern und ließ eine Münze auf den Schützen zuschnellen. Die Münze drehte sich auf eigentümliche Weise ein ums andere Mal in der Luft. Wie versteinert folgte Marcus ihr mit dem Blick. Sie funkelte so schön.

Wenn er näher dran gewesen wäre, hätte er sie gefangen. Zum Glück war er das nicht.

Der Soldat allerdings fing sie. Er ließ das Gewehr los, um nach der Münze zu fassen. Sie traf auf seine Handfläche und blieb an ihr kleben. Von einem Augenblick auf den anderen wich die besinnungslose Tobsucht in der Miene des Mannes blankem Entsetzen. Mit großen Augen starrte er auf seine Handfläche und versuchte verzweifelt, die Münze abzuschütteln. Sein Kiefer klappte auf, als wollte er schreien, doch er brachte nicht mehr als ein kehliges, zitterndes Heulen heraus. Seine Adern und Venen unter der Haut wurden schwarz. Er sah Wasel flehend an, dann auch die anderen. Prustend warf er den Kopf in den Nacken. Und dann fiel er auseinander. Haut und Gewebe lösten sich von den Knochen. Seine Eingeweide sackten zur Hüfte hinab und brachen dann durch die Haut heraus. Und dann fiel er in sich zusammen, verwandelte sich in einen stinkenden Haufen aus Fleisch, Knochen, Blut und Exkrementen.

Wasel hob die Hand, worauf die Münze zurückflog und in seine Handfläche klatschte. Eine Sekunde später tanzte sie wieder für alle sichtbar über seine Finger. Mit amüsiertem Gesichtsausdruck wandte er sich zu Marcus um. »Siehst du?«, fragte er. »Kopf oder Zahl. Ganz egal. Ich gewinne so oder so. Und sie verlieren.«

Als er weiterging, murmelte Olena: »Ich hab's dir doch gesagt. Seine Kraft ist nichts Gutes.« Sie zog ihn zu sich heran, sodass ihr todernstes Gesicht ihm ganz nah war. »Marcus, fang niemals seine Münze. Versprich mir das. Wenn er sie wirft, dann schau weg. Schwöre mir, dass du wegschauen wirst.«

Marcus schwor es. Sie küsste ihn zum Dank und zerrte ihn dann weiter. Der Schwur war eine unwillkürliche Reaktion seinerseits. Dass der Vater seiner Freundin ihn mit einem

Münzwurf in einen dampfenden Haufen Brei verwandeln konnte, überstieg sein Fassungsvermögen ein wenig.

Olena sagte etwas in einem Ton, der so unheilverkündend war, dass er ihn aus seinen Gedanken schreckte. »Warum sehen die uns so an?«

Die waren die Mitglieder einer fünfköpfigen Familie, die gerade um die Ecke gekommen waren und nun dastanden und sie anstarrten. Ein Vater, eine Mutter, drei Kinder verschiedenen Alters, das jüngste vielleicht fünf oder sechs. Für eine Gruppe Bewaffneter sollte die Familie eigentlich keine Gefahr darstellen. Und doch … Sie starrten so … Die Art, wie der Vater die Zähne bleckte und klappern ließ … Die leicht geduckte Haltung, die sie alle eingenommen hatten, die Hände vor der Brust eingerollt und mit abnormal langen Fingern … Unvermittelt stürmten die fünf los. Sie stürzten sich wie wilde Tiere auf sie, als wollten sie sie auseinanderreißen und verschlingen.

Die Wachen eröffneten das Feuer. Die Familie rannte direkt in den Kugelhagel. Sie zuckten und hüpften, als die Salve sie in Stücke riss und Blutfontänen in die Höhe schießen ließ. Auch als alle tot waren, schossen die Wachen weiter. Sie jagten Kugeln in die Leichen, sodass diese zuckten. Nur mit Brüllen und Ohrfeigen brachte Wasel sie zum Aufhören.

Marcus wollte den Blick von den Leichen abwenden, konnte es aber nicht, sondern musste vielmehr noch ein Stück näher herankriechen. Ihre Finger waren tatsächlich länger als normal. Es waren verdrehte Glieder mit mehreren Gelenken, die auch im Tod noch schmerzhaft verkrampft waren.

»Joker«, sagte Andrij angewidert. Dann kannte er wenigstens eine englische Vokabel.

Wasel drückte sich die Münze gegen die Wange, während er eine Leiche mit der Schuhspitze anstupste. »Schwarze Mamba, gehören die zu deiner Sorte?«

»Meine Sorte?«, fragte Marcus nicht ohne zornigen Unterton.

»Joker.«

»Sieh mal, mit denen hatte ich nichts zu tun. Ich weiß nicht, was das für Leute waren.«

»Papa, lass uns hier weggehen«, sagte Olena. »Hier stimmt was nicht.«

Wasel reagierte nicht auf sie. Er richtete sich auf, musterte Marcus und schlussfolgerte: »Das waren Joker. So verunstaltet wie die – was sollen sie denn sonst gewesen sein? Das ist die Nacht ihrer Rache. Gehörst du zu ihnen oder zu uns?«

»Ich gehöre zu ihr«, sagte Marcus.

»Da bin ich mir nicht sicher.« Jetzt hatte Wasel wieder die Münze in der Hand, die wie ein Akrobat über seine Finger turnte. »Vielleicht habe ich genug von …«

»Papa!«, blaffte Olena. »Du weißt, was ich geschworen habe.«

Wasel dachte einen Moment nach. Dann zuckte er die Achseln. Die Münze verschwand. Er sagte: »Siehst du, wie sehr ich meine Tochter liebe? Selbst jetzt stelle ich es noch unter Beweis.«

♣♦♠♥

Nun, da er wieder in der Zivilisation war, fiel Franny ein, dass er ein Prepaidhandy kaufen und damit Fort Freak erreichen konnte. Es war nicht schwer, ein großes Einkaufszentrum namens MEGA zu finden. Als er auf den Parkplatz fuhr, bemerkte er ein neues, gehobeneres Hotel, das tatsächlich wie ein Hotel aussah, und er wünschte sich, er wäre am Abend zuvor ein Stück weiter in die Stadt hineingefahren und hätte das Erste-Welt-Hotel entdeckt. Dort hätte es wahrscheinlich Zimmerservice statt Schimmel gegeben. Andererseits hätte er da wahrscheinlich auch keine so kooperative Rezeptionistin gehabt.

Er parkte im Parkhaus und nahm sich Geld und Schmuck aus dem Beutebeutel. Die alte Dame würde vermutlich nicht aus der Narkose erwachen, solange er kurz etwas einkaufte.

Minuten später war er schon wieder im Wagen.

Er fuhr aus dem Parkhaus, weil er draußen besseren Empfang hatte, stellte sich auf einen Parkstreifen an der Straße und schaltete den Motor aus. Über ihm flappten fünf Hubschrauber vorbei, und Kondensstreifen überzogen den Himmel wie ein Spinnennetz. Franny wählte die Nummer von Fort Freak.

»Fünfter Bezirk«, trällerte der Kollege am Empfang.

»Hier ist Detective Francis Black, stell mich zum diensthabenden Captain durch.«

»Einen Moment.«

»Mendelberg.«

Er freute sich nicht besonders, die Stimme der Jokercaptain zu hören. Während der Untersuchungen zum Fall der vermissten Joker waren sie zu oft aneinandergerasselt, aber da sie nun mal Dienst hatte, musste er das Beste draus machen.

»Captain, hier ist Francis Black.«

»Und, wie ist der Urlaub auf Firmenkosten in Kasachstan, Black? Kommen Sie sofort nach New York zurück und helfen Sie, diese Sauerei aufzuklären.«

»Toll. Können Sie mir Geld schicken, Ausweispapiere? Den Behörden in Schymkent Bescheid geben, dass sie uns in einen Flieger lassen?«

»Wer ist *wir*, Kemosabe?«

Er fragte sich, ob Kemosabe irgendeine Jokertown-Anspielung war, von der er noch nichts wusste, hakte aber nicht nach. »Baba Yaga, ich habe sie festgenommen … nun, so ähnlich. Ich will, dass sie nach New York kommt. Sie sagt, sie verfüge über Informationen, denn hier gehen total krasse Sachen ab …«

»Ja, deshalb müssen Sie da raus. Man munkelt, es wäre ein neuerlicher Wild-Card-Ausbruch oder irgendein ausgelaufenes Gift. Hören Sie, Sie haben dort keine Befugnisse. Sie ist das Problem von Kasachstan. Lassen Sie sie dort.«

»Sie hat unsere Leute missbraucht. Sie muss in New York vor ein Gericht. Und wenn ich sie hierlasse, stirbt sie. Sie ist verletzt …«

»Lassen Sie sie sterben. Nach allem, was die Joker so erzählt haben, hat sie das verdient.«

»Nein.«

»Sie haben keinerlei Befugnisse, jemanden festzunehmen oder ans Ausland auszuliefern, und Sie bewegen sich auf brüchigem Eis, Black. Wenn Sie nicht hochkant rausfliegen wollen …«

»Ich möchte mit Maseryk sprechen …«

Plötzlich hörte er ein Klicken, und die Verbindung war abgebrochen. Franny wählte erneut die Wache.

»Hier ist Black, die Verbindung wurde unterbrochen.«

»Bleib dran.« Ein paar Sekunden später meldete sich der Kollege wieder. »Captain Mendelberg ist in einer Besprechung und kann nicht gestört werden.«

»Echt jetzt? Ich habe gerade mit ihr gesprochen.«

»Sie kann nicht rangehen. Du kannst es später probieren.«

»Dann gib mir Maseryk.«

»Der ist erst morgen wieder da. Tut mir leid. Ich gebe Captain Mendelberg Bescheid.« Der Kollege legte auf.

Vielleicht telefonierte Mendelberg bereits mit dem SCARE? Oder organisierte ihre Rückkehr in die Staaten? Sollte er warten? Aber das alles war sehr seltsam. Baba Yaga rührte sich auf dem Rücksitz und schrie vor Schmerzen.

Franny schwenkte herum, was höllisch wehtat. »Ist gut. Ist schon gut. Sie sind in Sicherheit.«

»Wo?«

»Schymkent.«

»Gut. Wir müssen weiter …« Sie sah den Ärmel ihres Kleids, der schlaff auf dem Sitz neben ihr lag. »Mein Arm.«

»Es tut mir leid. Er wäre Ihr Tod gewesen.«

Sie nickte bloß. Franny war sich nicht sicher, ob sie es ganz begriff. Vielleicht war sie aber auch einfach eiskalt. »Wir müssen weg, Junge … jetzt … bevor es uns einholt …« Ihre Stimme versagte.

»Bevor uns *was* einholt?«

»Wahnsinn und Tod.«

»Das sagt mir nichts.«

»Bringen Sie uns … weit fort, Junge. Damit wir leben … noch eine Weile.«

♣ ♦ ♠ ♥

Barbara betrat das Besprechungszimmer und stellte fest, dass sämtliche Bildschirme an waren. Auf jedem lief ein anderer Nachrichtenkanal, und überall war der Ton ausgestellt. Auf dem Tisch türmten sich Akten: Zeitungsberichte, die Ink zusammengestellt hatte, nahm Barbara an. Generalsekretär Jayewardene saß vor einem Stapel und las konzentriert. Vor einem anderen saß Klaus, las jedoch nicht. Stattdessen sah er auf den Bildschirm, auf dem Wolf Blitzer vor einer Satellitenkarte von Kasachstan zu sehen war. Der Ausschnitt fuhr auf Talas zu. Begleitet von Blitzers langsamen Mundbewegungen (Barbaras Meinung nach ein Glücksfall) wechselte das Bild zwischen zwei Satellitenbildern hin und her, eines von vor einem Monat mit intakten Häusern an einem Sonnentag, das andere vom Vortag, auf dem nur ein kreisförmiger Schatten um die Stadt herum zu sehen war, aus dem sich bedrohlich Rauchwolken wie Tentakel herauswanden.

»Ah, Miss Baden«, sagte Jayewardene. »Ich bin die ausgezeichneten Berichte durchgegangen, die Ink uns geschickt hat.« Er tippte mit dem Finger auf die Blätter vor ihm. »Das ist … interessant. Und besorgniserregend.«

»Ja, und wieder einmal vergeuden wir Zeit mit Reden, wo wir eigentlich schon etwas unternehmen sollten«, sagte Klaus, ehe Barbara etwas erwidern konnte. Sie ging nicht auf den Kommentar ein, sondern setzte sich auf ihren Platz und wandte sich an Jayewardene.

»Ich habe den Großteil der Berichte auf der Fahrt hierher im Auto gelesen«, sagte sie. »Ink schickt sie mir auch aufs Handy. Etwas Neues?«

Jayewardene deutete mit einem Wink auf die Bildschirme. »Niemand weiß etwas Verlässliches«, sagte er. »Und deshalb wäre es ein Fehler, jetzt schon jemanden nach Talas zu schicken.« Dieser Satz war an Klaus gerichtet, dessen Mund sich zu einem Grollen verzog. Er sackte auf seinem Stuhl zusammen. »In jedem Fall«, fuhr Jayewardene fort, »müssten wir auf die Erlaubnis von Präsident Karimow warten, ehe wir jemanden in das Land schicken. Ich habe mich mit Temir Bodarenko, dem kasachischen Vertreter bei der UNO, in Verbindung gesetzt, von dem sollten wir heute Bescheid bekommen. Dann können wir entscheiden.«

»Ink hat mich aufs Laufende gebracht, was so in den Nachrichtenkanälen kommt«, sagte Barbara und warf einen Blick zu den Bildschirmen hinauf. Auf MSNBC lauschte Chris Matthews einem von drei »Experten«, mit denen er sich den Monitor teilte. Auf Fox lief ein Textband über den unteren Bildschirmrand, auf dem die Frage aufgeworfen wurde: *Kasachischer Frühling? Putin streitet russische Einmischung ab.* »Ich habe alles Mögliche gehört, angefangen von der Theorie, Russland würde versuchen, Präsident Karimows Regierung zu unterminieren, bis zu einer chemischen Verseuchung des Flusses Talas oder einer neuen Wild-Card-Epidemie. Alle widersprechen sich. Es ist mir nicht gelungen, irgendetwas Handfestes und Nachprüfbares herauszufinden.«

»Weshalb wir Asse vor Ort brauchen«, brummte Klaus. »Warum begreift das niemand?« Sein einzelnes eisblaues Auge ging von Jayewardene zu Barbara. »Du hast mich davon abgehalten, nach Osttimor zu gehen, weil du Angst hattest, dass Talas zu einer Krise werden könnte. Nun, so weit ich sehe, ist es das geworden. Also lass mich ein Team zusammenstellen. Bubbles ist momentan vielleicht nicht verfügbar, aber ich könnte Aero, Brave Hawk und Tinker mitnehmen …«

Barbara sah Jayewardenes Kopfschütteln, noch ehe Klaus zu Ende gesprochen hatte. »Nicht ohne Karimows Zustimmung«, sagte er. »Wir wollen nicht, dass das zu allem Überfluss auch noch ein internationaler Zwischenfall wird.«

»Also sitzen wir hier rum und drehen Däumchen wie so verfi…« Klaus brach ab und klappte hörbar den Mund zu.

»Ich weiß, dass du helfen willst, Klaus, das weiß ich doch«, sagte Barbara. »Aber der Generalsekretär hat recht. Das Überschallflugzeug des Komitees ist mit einem Zwischenstopp zum Tanken in sechs Stunden in Talas. Nimm das Zusammenstellen der Ausrüstung und das Beladen dazu, und wir könnten immer noch in weniger als zwölf Stunden in Talas sein. Aber wir brauchen die Erlaubnis, und wir müssen mehr darüber wissen, wo wir unsere Leute hinschicken. Um ihrer Sicherheit willen. Und auch um zu entscheiden, wen wir schicken sollen. Wenn es sich zum Beispiel um ausgelaufenes Gift handelt, dann braucht Talas einen Gefahrstoffzug und keine Asse. Wenn es eine Seuche ist, dann sollte die UNO Ärzte, Pfleger und Medikamente hinschicken, und wir sollten uns mit dem Roten Kreuz absprechen. Wir können nicht einfach in ein Flugzeug steigen und nach Ägypten fliegen.« Bei dieser Anspielung auf frühere Unternehmen zischte Lohengrin wie eine Schlange. Barbara breitete die Hände über den Akten aus. Auf dem Bildschirm über Lohengrin zeigte MSNBC gerade ein Interview mit zwei kasachischen Jokern, das ein paar Tage zuvor aufgezeichnet worden war.

»Dann lasst mich wissen, wenn ihr eure Erlaubnis habt und wenn ihr endlich mal was entschieden habt«, sagte Klaus, und Barbara hörte den zornigen Unterton deutlich heraus. Er stieß sich vom Tisch ab, sodass Blätter durcheinandergerieten. Eines davon nahm er zwischen Daumen und Zeigefinger und winkte Jayewardene und Barbara zu.

»Einen Krieg könnt ihr nicht mit Papier führen, sosehr ihr euch auch bemüht«, sagte er und klang dabei deutscher als sonst. Dann ging er hinaus.

♣♦♠♥

Das Licht war seltsam, bitter und verdorben, und er sah damit nicht viel. Es war nicht Nacht, aber auch nicht so, wie sich Tage normalerweise anfühlten. Vom Boden stieg Nebel auf, der sich an der Luft kräuselte und alle Formen verzerrte. Durch den Nebel sah das Casino gar nicht so aus, wie Marcus es am Abend des Ausbruchs wahrgenommen hatte. Er kannte es natürlich. Da war das Vordach über dem Eingang. Da waren das große, rechteckige Schild mit den seltsamen Buchstaben und der protzige Eingang und die großen Schiebetüren aus Spiegelglas, zu der sich die feinen Pinkel während des Ausbruchs durchgekämpft hatten. Aber nichts davon wirkte richtig. Das Gebäude hockte da wie eine heimtückische Gestalt, als wären seine Fenster Augen und es würde nur so tun, als würde es die sich nähernde Gruppe nicht beachten. Er konnte das Gefühl nicht abschütteln, dass das Haus und alles andere sich bewegten, wenn er nicht direkt hinsah – eine schlitternde Bewegung, die er nie festnageln konnte, die immer abbrach, wenn er hinsah.

Marcus war überzeugt, dass es sich hier um mehr handelte als nur um einen krassen Ausbruch von Gewalt. Etwas lag in der Luft. Er konnte es riechen. Er spürte es auf der Haut, es hatte etwas Öliges. Es erinnerte ihn an die Arena. Es war der Geruch der wahnsinnigen, mörderischen Wut, die er dort empfunden hatte. Da drin, in diesem kleinen Käfig, zu Unterhaltungszwecken und unter der Kontrolle von Baba Yagas Schlagtots mochte das angehen. Aber was würde passieren, wenn es nicht unter Kontrolle gehalten wurde? Wenn dieser Schrecken keine Grenzen hätte? Wenn er nicht abebbte, wenn der Kampf vorbei war?

Unter dem Vordach zeigte Wasel auf einen der Gangster und sagte etwas auf Ukrainisch. Dann sah er zu Marcus herüber und ließ sich zu ein paar Worten auf Englisch herab. »Du bleibst hier bei ihm. Niemand geht durch diese Tür hinein.«

Marcus setzte zu einem Widerspruch an, doch Olena schüttelte den Kopf. »Wir beeilen uns«, sagte sie. »Ich kenne den Weg. Nur fünf Minuten, dann sind wir wieder zurück.«

Als er die anderen ins Casino gehen sah, beschlich Marcus unwillkürlich der Eindruck, sie würden verschluckt. Das Casino war ein Lebewesen. War es schon immer gewesen. *Wieso lasse ich Arsch sie gehen?* Etwas Dümmeres konnte man gar nicht tun. Es war so dumm, dass es ihm das Herz zusammenzog und er kaum noch Luft bekam. Er flüsterte: »Scheiße. Scheiße. Scheiße!« Er hätte es auch hinausgeschrien, traute sich aber nicht. Er fürchtete, von etwas gehört zu werden.

Der Gangster packte ihn am Ellbogen und riss ihn herum. Er zischte ihn an, doch Marcus verstand nur Kauderwelsch. Der Kerl wirkte zittrig, sein Blick huschte unstet hin und her, und seine Wangen zuckten. »Hey, alles okay mit dir?«, fragte Marcus. Natürlich verstand ihn der Typ nicht und gab keine Antwort.

Marcus schüttelte den Kopf, um wieder klarer denken zu können. Er betrachtete das begrünte Oval vor dem Casino, die Straße, die drum herumlief, und die Gebäude dahinter. Dort bewegten sich Gestalten, doch die meisten waren so weit weg, dass er sie nicht genau erkennen konnte. Das war auch besser so. Denn ein Mann schien eine Leiche hinter sich herzuschleifen und hinterließ beim Gehen einen dunklen Streifen auf dem Gehweg. Noch weiter entfernt kletterte etwas an einem Gebäude hinauf, eine dunkle Gestalt, die sich von Fenster zu Fenster bewegte, bis sie eines fand, das ihr gefiel. Sie schlug die Scheibe ein und verschwand im Haus. Ein Schrei gellte. Kam er aus dem Haus mit dem eingeschlagenen Fenster? Marcus war sich nicht sicher. Dennoch fragte er sich, was da drin passiert war, denn er hatte den Eindruck, dass die kletternde Gestalt auf Töten aus war. Auf Fressen. Er schluckte und wünschte, er könnte zusehen. Vielleicht vögelte und fraß und tötete sie gleichzeitig. Er zählte die Stockwerke und wie viele Fensterreihen es von der Hausecke entfernt war. Er könnte hingehen und nachsehen, und vielleicht könnte er vögeln und fressen und …

Marcus schob die Gedanken beiseite und schreckte vor sich selbst zurück. *Geht's noch, Alter? Warum denkst du so was?* Er stellte sich lieber Olenas Gesicht vor. Dasjenige, das er kannte, nicht die Kehrseite, die er nun dahinter befürchtete. Er fragte sich, wie er sie auch nur eine Sekunde lang hatte vergessen können. Als er ihr Gesicht vor sich hatte, erinnerte er sich auch wieder, was sie hier taten und warum und was sie nach ihrer Flucht von hier vorhatten. Genau, das würden sie tun. Sich nicht auf den Schrecken einlassen, sondern entkommen. Er klammerte sich verzweifelt an diesen Gedanken.

Beruhige dich, Marcus. Fünf Minuten. Fünf Minuten, dann sind wir wieder weg.

Das Problem war, dass er nicht glaubte, dass ihnen fünf Minuten blieben. Es kribbelte ihn unter der Haut. Adrenalin flutete ihn, brüllte in ihm, zerrte an jeder Faser und drängte ihn zur Flucht. Drängte ihn, auf der Stelle abzuhauen. Da war zwar der Leibwächter, aber den könnte er innerhalb eines Sekundenbruchteils ausschalten. Er konnte ihn mit seiner Zunge abklatschen, sich seine Uzi schnappen, oder was immer das für ein Scheißteil war, und sich verdrücken. Und wer sich ihm in den Weg stellte, den würde er abknallen. Er sah es vor sich, zuckende Körper, weggeschleuderte Gliedmaßen, explodierende Köpfe. Er würde jeden dieser irren Wichser da drin abknallen.

Marcus sah den Kerl an und schmeckte die herrliche Schärfe des Gifts in seinem Mund. Er griff ihn nicht an.

Der Blick des Mannes war starr auf etwas in der Ferne gerichtet und so durch und durch von Angst erfüllt, dass Marcus seine plötzliche mörderische Wut vergaß. Er wandte sich um. Auf der Straße neben der Grünfläche vor dem Casino bewegte sich etwas Großes. Es war noch nicht zu sehen, nur sein riesiger Schatten an den Hauswänden. Es bewegte sich langsam, hatte viele Glieder. Gigantisch.

»Nein«, sagte Marcus. Was immer da hervortreten würde – er wollte es nicht sehen. Er wollte nicht, dass es existierte. Nein, es sollte nicht, konnte nicht existieren. Einfach nein.

Das Geschöpf hatte viele Beine. Hohe, spindeldürre Beine, gegliedert wie die einer Spinne. Aber es bewegte sich nicht wie eine Spinne. Es kam nur sehr langsam voran, zugleich zielgerichtet und umherschweifend wie ein riesiges Urtier beim Grasen. Sein knolliger Leib wirkte aus der Ferne wie von Klecksen übersät. Obenauf saß ein riesiger Tentakelkopf. An der Art der Bewegung erkannte Marcus, dass es ein Kopf war, der sich von einer Seite zur anderen drehte, als würde er sich umsehen. Augen waren allerdings keine zu erkennen, und dennoch war Marcus überzeugt, dass das Ding sehen konnte. Kein Mund, keine Ohren, aber es war ganz sicher ein Kopf.

»Siehst du das?«, fragte Marcus.

Der Gangster sagte nichts. Natürlich nicht, aber dass er es auch sah, war klar.

Für Marcus gab es nicht die Spur eines Zweifels, dass sich an diesem Abend nicht einfach ein paar durchgedrehte Joker über Talas hermachten. Eine Zeit lang hatte er das nämlich gemutmaßt, aber nachdem er dieses Ding sah … spürte er in jedem Molekül seines Körpers, dass es nicht von dieser Welt war. Es war etwas *anderes* und nicht auf die Weise anders wie Joker. Sondern anders anders. Und viel schlimmer.

Als das Geschöpf schließlich ganz zu sehen war, begriff Marcus, was es tat. Es bewegte sich nur scheinbar wahllos, hatte aber eine ganz bestimmte Agenda. Alles, was in seiner Reichweite war, fegte es mit seinen Beinen heran und schob Menschen – Joker, Ungeheuer, Tiere, was auch immer – in seinen gesprenkelten Leib. Was Marcus für Flecken gehalten hatte, waren zellenartige Löcher. Die Leute, die dort hineingesteckt wurden, schlugen um sich, wehrten sich, blieben jedoch gefangen. Und bald ließen ihre Bewegungen nach. Stieß das Geschöpf auf Leichen, ignorierte es sie. Es sammelte nur die Lebenden auf.

»Es weidet«, sagte Marcus.

Als hätte er nur auf ein Wort von ihm gewartet, verlor der Gangster schlagartig die Nerven, stieß einen Schrei aus und stürmte ballernd nach vorn. Er feuerte wahllos. Auf den Körper, die Beine, auf den Kopf, der sich umwandte und ihn eher mit Desinteresse als mit Besorgnis zu mustern schien. Fast geriet der Gangster unter das Ungeheuer.

Er hielt die Uzi schräg, um in den Unterbauch zu ballern. Da hob das Geschöpf eines seiner Beine und wischte erst trügerisch langsam, dann aber schnell durch die Luft. Es schnappte den Mann und schob ihn, der noch immer schrie und schoss, in eine der Gruben seines Unterleibs.

Der formlose Kopf drehte sich zu Marcus um, der während des Angriffs nach vorn gekrochen war. Wie ein Hochseekreuzer bei einer Kurskorrektur schob das Wesen seinen Leib in seine Richtung. Marcus wich in den Eingang des Casinos zurück, versteckte sich in den Schatten und schob seinen Schwanz noch weiter in die Dunkelheit hinein. So wartete er und versuchte, nicht so laut zu keuchen. Doch gelang es ihm nicht. Der gigantische Unterleib des Wesens kam so nah heran, dass Marcus den Kopf nicht mehr sehen konnte. Allerdings spürte er, wie die Erde unter seinen Schritten bebte. Er hätte noch weiter zurückweichen können, aber er war wie versteinert. Wieder verlagerte das Wesen sein Gewicht, schwenkte herum und kehrte Marcus die Seite zu. Dann ging es mit grauenhaft schleppenden Schritten weiter.

Sein Leib war mit Zellen übersät, Gruben, die Pockennarben ähnelten, ihre Größe war den Kreaturen, die hineingeschoben worden waren, perfekt angepasst. Jede der Zellengruben zog sich zusammen und entspannte sich wieder, zerdrückte ihre Insassen und ließ dann wieder locker. Mit jeder Kontraktion starben die Gefangenen darin ein wenig mehr. Ein ausgemergeltes Gesicht nach dem anderen schob sich an Marcus vorbei. Haut, die an den Schädelknochen geschrumpelt war. Eingefallene Augenhöhlen und hervorstehende Wangenknochen, kahle Schädel, denen das Haar ausfiel. Manche von ihnen sahen ihn an. Das war das Schlimmste. Sie waren so verzweifelt. Gesichter, die die Wahrheit der Welt erkannt hatten und daran zerbrochen waren. Solche Gesichter hatte Marcus schon einmal gesehen. Auf Schwarzweißfotos, die er nicht mehr zuordnen konnte. Aber doch, er hatte sie gesehen. Er versuchte, sich zu erinnern, wo.

♣♦♠♥

Wie vereinbart trafen sich Ray und Angel mit Lonnegan und Stevens auf den unteren Stufen vor dem Eingang von Fort Freak, damit sie den Leuten, die ununterbrochen kamen und gingen, nicht im Weg standen und niemand sie hörte, während sie sich leise unterhielten.

»Was gibt es Neues?«, fragte er Lonnegan.

Die Beamtin zuckte mit den Schultern. »Sie verhören die Kerle, die von der Decke gefallen sind. Aber das sind hirnlose Arschgeigen mit Knarren, die bloß das Casino geplündert haben. Und was die erzählen, ist bestenfalls … wirr.« Sie hielt kurz inne. »Und Norwood.«

»Wir haben seine Familie benachrichtigt«, sagte Angel. »Sie kommen und holen die Leiche ab.«

Lonnegan nickte. »Immerhin bleibt ihnen das.«

»Wenigstens das«, pflichtete ihr Angel bei. »Andere – Pater Squid – und wer weiß, wer sonst noch? – bleiben weiterhin vermisst.«

»Die Joker erzählen, was ihnen passiert ist«, sagte Stevens.

»Wer hat angeordnet, dass sie isoliert verwahrt werden?«, fragte Ray.

Lonnegan und Stevens sahen sich an.

»Mendelberg«, sagte Stevens.

»Warum?«, fragte Ray so laut, dass ein Polizist im Vorbeigehen herüberschaute.

»Das wissen wir nicht. Maseryk ist sauer«, sagte Stevens. Er wirkte besorgt. »Ich hoffe, er ist nicht daran …«

Schlagartig brach er ab.

»An was beteiligt?«, fragte Ray, und seine Stimme war plötzlich sanft wie Seide.

Wieder sahen Lonnegan und Stevens sich an.

»Bei was immer da auf der Wache abgegangen ist«, sagte Lonnegan ganz offen. »Mendelberg ist weg. Ist mitten in der Schicht gegangen. Niemand weiß, warum.«

Ray nickte. »Hat jemand sie zu Hause angerufen?«

»Einige Kollegen«, sagte Lonnegan. »Auch Maseryk. Er will, dass ich zu ihr fahre.«

»Das ist schon mal ein Anfang«, sagte Ray. »Warum nehmen Sie Angel nicht mit?« Plötzlich runzelte er die Stirn und wandte den Blick zur Seite. »Ich halte mich an den Jungen da, der kann mich mal in die Hintergründe der Wache einweihen. Es gibt da so einiges, was ich gern überprüfen würde. Und ich würde gern einige Verhöre mithören.«

»Äh«, sagte Stevens.

Lonnegan nickte verständnisvoll. »Gute Idee.«

»Was ist mit Maseryk?«, fragte Stevens.

»Den überlassen Sie mir«, sagte Ray. Er wandte sich zu Angel um. »Pass auf dich auf«, sagte er. »Jetzt, wo Teleporter und kasachische Mörder mit von der Partie sind. Und wer weiß, welche Scheiße als Nächstes passieren wird.«

»Du auch«, sagte Angel. Sie wollte ihn küssen, wenn auch nur ganz kurz, und ihr war klar, dass Billy das wusste, aber er lächelte, wie es seine Art war, etwas schief und fasste ihre Hand und drücke sie kurz herzlich.

Er sah zu Lonnegan, nickte und sagte kühl: »Viel Glück.« Sie erwiderte das Nicken, worauf er sich umdrehte und die Stufen hinaufjoggte. Stevens folgte ihm.

»Kommen Sie«, sagte Joan zu Angel. Mit einer Kopfbewegung deutete sie in die entgegengesetzte Richtung. »Wir holen meinen Wagen.«

»Und dann?«, fragte Angel und ging neben ihr her. Sie

waren ungefähr gleich groß, Angel nur eine Winzigkeit größer, und hatten gleich lange Schritte. Sie gingen schnell.

»Mendelberg suchen.«

»Und wenn sie tatsächlich nicht zu Hause ist?«

»Dann wollen wir hoffen, dass wir nicht ihre Leiche finden.«

Dem musste Angel zustimmen. Sie kamen an eine stark befahrene Straße, wo sie Blicke auf sich zogen und von den frecheren Passanten angepfiffen wurden, was in der Stadt nicht ungewöhnlich war, nicht einmal in Jokertown.

»Frauen, die mit Ihnen unterwegs sind, können leicht einen Komplex kriegen«, bemerkte Razor Joan.

Angel warf ihr einen Blick zu, wandte ihn aber gleich wieder ab. »Sie sind auch sehr hübsch.«

Lonnegan fuhr sich ungeniert mit der Hand durchs lange blonde Haar. »Geht so«, sagte sie. »Aber Sie sehen wie eine junge Sophia Loren aus, mein Gott, schauen Sie sich doch an …«

»Sie sollen nicht …«, fing Angel ganz automatisch an, verkniff es sich aber. Sie wusste nicht genau, warum. Es fiel ihr schwer, auf diese Weise mit einer anderen Frau zu sprechen.

»Ich soll nicht was?«, fragte Lonnegan. Sie wirkte auf eine beinahe unschuldige Art neugierig.

»Nicht fluchen«, sagte Angel und spürte, wie sie rot wurde. »Es …« Sie zögerte, denn sie konnte sich nicht entschuldigen. »Ich bin sehr fromm aufgewachsen.«

Lonnegan schnaubte, allerdings nicht unfreundlich. »Ich auch. Und sehen Sie, was daraus geworden ist. Ich trinke und kiffe – Polizisten kommen nämlich tatsächlich an das beste Gras heran – und treibe Unzucht und nehme die Pille und töte Menschen.«

»Ich auch«, sagte Angel. »Außer trinken. Kiffen. Und die Pille.«

»Nun«, sagte Razor Joan. »Ich gebe zu, dass ich nicht viel

trinke, aber wenn man als Polizistin eine gute Beziehung zu seinen Kollegen haben möchte, muss man trinken. Kiffen dagegen – sorgt halt für unglaublich guten Sex.«

Angel hatte noch nie über dieses Thema gesprochen, aber irgendwie kamen ihr die Worte wie von selbst. »Den haben Billy und ich auch so. Ich bin mir nicht sicher, ob ich es aushalten würde, wenn er noch unglaublicher wäre.«

Razor Joan lachte, auch diesmal nicht unfreundlich. »Sie sind ja mal eine knuffige, kleine Südstaatlerin! Nun, offensichtlich nicht wirklich klein.« Nach kurzem Zögern fragte sie schelmisch: »Das mit der Unzucht haben Sie nicht geleugnet.«

»Nun … das ging ganz plötzlich, als wir uns kennenlernten. Und außerdem stand die Apokalypse kurz bevor, und ich hatte davor noch nie …«

»Die Apokalypse? Großer Gott! Äh, ich wollte jetzt nicht fluchen. Wir müssen uns mal in Ruhe unterhalten. Nun, das ist ja wohl kein schlechter Anlass, seine Jungfräulichkeit zu verlieren … auch wenn diese Apokalypse dann nie stattgefunden hat, oder?«

»Natürlich nicht«, sagte Angel. »Wir haben sie aufgehalten.«

»Wir müssen wirklich mal miteinander quatschen«, murmelte Lonnegan. »Also, ich will ja nicht neugierig sein – ach was, scheiß drauf, ich bin neugierig. Ist es nicht gefährlich, wenn Sie und Mister Ray versuchen, ein Kind zu bekommen?«

»Hä?« Angel war verdutzt.

»Nun, Sie haben die Pille geleugnet, und Sie wissen ja, was wahrscheinlich passiert, wenn zwei Asse Kinder haben.«

»Oh.« Angel lebte schon so lange mit dieser Tatsache, dass sie kaum mehr daran dachte. Und ja, sie wusste, was normalerweise geschah, wenn Asse Kinder bekamen. Aufgrund genetischer Gesetze war die Wahrscheinlichkeit enorm hoch, dass das Kind einen grauenhaften Tod starb. Es bestand eine geringe Chance, dass es nicht sterben oder ein grauenhaftes Leben als Jokermissgeburt führen würde. Die Chance, dass es aus dem Stapel der Wild Cards ein Ass ziehen würde, war unendlich klein. Aber Angel hatte immerhin John Fortune kennengelernt, den Sohn zweier Asse, ein guter Junge, der zu einem tapferen Mann herangewachsen war, es bestand also Hoffnung. Wenn sie Kinder bekommen könnte.

»Betrifft mich nicht«, erklärte sie Lonnegan. Sie war jedoch noch nicht bereit, gegenüber einer Fremden weiter auf ihr persönliches Leben einzugehen. »Ich bin steril.«

Lonnegan merkte, dass sie an ein heikles Thema gerührt hatte. »Oh, Liebes, das tut mir leid.« Zum ersten Mal erlebte Angel die Polizistin verlegen. »Das kann man heute ja auch behandeln …«

Angel schüttelte den Kopf. »Keine Chance.« Sie brach ab. Ein köstlicher Geruch wehte die Straße entlang. Ihr fiel ein, dass sie seit Stunden nichts gegessen hatte, und der Magen knurrte ihr hörbar und missvergnügt. Sie musste auftanken. Deshalb blieb sie stehen und zeigte auf den Hot-Dog-Stand ein paar Meter vor ihnen am Straßenrand.

»Hunger?«, fragte sie Razor Joan, die sie noch immer genau musterte, als wolle sie ein Geheimnis enträtseln.

»Klar. Ich kann etwas vertragen, bevor wir nach Brighton Beach fahren.«

Angel nickte und wandte sich an den Jokerverkäufer, der eine aufgedunsene weiße Kochmütze aufhatte und eine nicht gerade saubere weiße Schürze trug.

»Was darf's sein, Ladys?« In einer Hand hielt er einen Pfannenwender, in der anderen eine Getränkedose, in der dritten ein aufgeklapptes Brötchen und in einer weiteren, die ihm aus der Brust herauswuchs, eine Quetschflasche

Senf. Der Geruch der Zwiebeln und Paprika, die auf dem Grill zischten, ließ Angel das Wasser im Mund zusammenlaufen. Sie waren ohne Frühstück zu dem Treffen gehastet.

»Sechs Würstchen mit allem – Zwiebel, Paprika, Sauerkraut – und drei Dr. Peppers.« Angel wandte sich zu Lonnegan um. »Was möchten Sie?«

Lonnegan lachte ungläubig. »Ich nehme zwei mit Sauerkraut und Senf.« Sie lachte weiter. »Es soll Leute geben, die auf ihre Linie achten müssen.«

♣ ♦ ♠ ♥

»Mollie!« Dads Stimme drang aus dem Tor nach Idaho. »Himmelherrgott, worauf wartest du, verdammt noch mal?«

Ich passe auf mich auf, erinnerte sie sich. *Ich bin klug, ich passe auf mich auf, ich bin schnell. Klug genug, diese abgeschlossene Wohnung nicht zu verlassen, in Sicherheit hinter einer verschlossenen Tür, schnell genug, um zu entkommen, falls jemand einbricht. Es ist alles gut. Sie kriegen mich nicht.*

Sie kehrte in den Schrank zurück. »Achtung!«, rief sie. Sie stieß den aus der Wand gelösten Safe nach Idaho. Dort krachte er auf den Stallboden und stieß gegen zwei aufgebrochene Spielautomaten. Dad und Brent hievten den Safe zur Seite und machten sich mit weiteren hydraulischen Werkzeugen an ihm zu schaffen, während die anderen Brüder weiter auf die Automaten einhämmerten. Den Münzbergen nach zu urteilen hatten sie inzwischen raus, wie man sie öffnete.

Mollie schob Baba Yagas Bett zur Seite. Dann verlegte sie die Tore so, dass der Schlauch der hydraulischen Schere bis zu dem Bodensafe reichte. Das Heulen der Schere übertönte ein wenig das Schreien und Schießen und Morden der Kämpfe, die im Casino zu hören waren. Es würde bald vorbei sein, denn was hatte ein unbewaffneter Kannibalenflashmob schon für eine Chance gegen ukrainische und kasachische Mafiosi, die bis an die Zähne bewaffnet waren?

Sie versuchte sich darauf zu konzentrieren, den Safe herauszulösen. Aber sie hatte nur das Baby vor Augen, dessen Kopf auf einem eisernen Zaunpfosten aufgespießt war, und die Passanten, die sich darum keilten, den zuckenden Säugling zu zerfleischen ... Warum WARUM WARUM verdammt noch mal machten Menschen so etwas? Was zur Hölle war da draußen geschehen? Das Ganze machte sie so wütend, erfüllte sie mit einem Zorn, der ihr Macht gab und sie unbesiegbar machte. Es war krank und falsch, und sie musste es diesen Wichsern beibringen ... Vielleicht würde sie ihre Gesichter auf Metallspitzen rammen, dann konnten sie mal sehen, ob ihnen das gefiel ... Sie würden um Gnade winseln und bereuen, wenn sie *ihre* Zähne an der Kehle spüren würden, *ihre* Finger ihnen die Augen auskratzten ...

Die Schere ging aus. Das Licht ebenfalls. Es war, als wäre der schleichende Stromausfall von der Straße ins Casino gesickert, um auch hier alles lahmzulegen.

Abgelenkt von ihrer steigenden Wut und dem Albtraumbild, das sich in ihrem Kopf immerzu wiederholte, halb taub nach dem Kreischen der Schere, hörte sie die Schritte nicht. Sie merkte erst, dass sie nicht mehr allein war, als sich eine Schlaufe aus Hydraulikschlauch und Stromkabel um ihren Hals zusammenzog. Sie ließ die Schere fallen und fasste an die Plastik- und Gummischnüre, die ihr die Luftröhre abdrückten.

»Fotze! Du beschissene Fotze!«

Speicheltropfen landeten auf ihrem Gesicht, als Brent ihr ins Ohr brüllte. Er riss so heftig an den Kabeln, dass ihre Füße den Bodenkontakt verloren. Er schrie weiter, Speichel spritzte in ihren Nacken, und sie versuchte vergeblich, die

Kabel um ihren Hals zu lockern. Ihre Lunge brannte, und sie strampelte verzweifelt mit den Beinen.

Ein roter Schleier legte sich über die sich verengende Welt. Baba Yagas Schlafzimmer und ihre Möbel – ihre Feinde, ihre Opfer – wichen ans Ende eines engen Tunnels zurück. Mollie schlug um sich, wand sich, trat zu, doch Brent war zu groß, zu stark und zu wütend. Die Kabel schnitten ihr in den Hals. Kurz bevor das Licht ausging, flüsterte ihr eine Stimme aus der Vergangenheit, aus den so viel besseren alten Zeiten zu: *Sei klug*.

Unter Brents Füßen erschuf Mollie ein Tor nach Idaho. Zusammen stürzten sie aus Talas in den Stall. Beim Aufprall tat er sich so weh, dass ihm die Kabel entglitten. Mollie wälzte sich durch Dreck und Stroh und befreite sich von den Kabeln. Japsend holte sie Luft. Der rote Schleier über der Welt wich, sodass nur pochende Kopfschmerzen und sengende Wut zurückblieben.

Dieser Wichser. Erst hatte er die Mausefalle im Kühlschrank platziert, dann versuchte er, sie zu erwürgen, während sie gerade dabei war, sie alle reich zu machen. Sie würde ihn aufschlitzen und ihn mit seinen eigenen Eingeweiden erdrosseln, es blieb ihr keine andere Wahl er war von dem Wahnsinn infiziert den nur sie sehen konnte einem Eitergeschwür das nur gereinigt werden konnte indem sie es mit seinen Innereien abband und fest verschnürte damit die Zyste aufbrach und dann würde sie den Wahnsinn in sich aufnehmen ehe er die anderen ansteckte in sich aufnehmen umwandeln ausspucken wiedergeboren umgewandelt einer anderen Bestimmung zugeführt sie begriffen es nicht sie musste es ihnen zeigen aber Jim und Troy waren zu sehr damit beschäftigt sich gegenseitig mit Brechstangen zu verprügeln um die Wahrheit ihrer Offenbarung zu hören und sie sah keine Klinge mit der sie Brents Bauch aufschlitzen konnte aber in der Küche gab es Messerklingen für die

Reinigung sie ging Richtung Haus aber Dad stand im Weg Dad stand vor ihr mit einer Mistgabel und auch er hatte die Infektion und sie musste ihn reinigen aber er stürzte sich auf sie sie sprang zur Seite und dann fing das Geschrei wieder an als die Zinken durch Brents Bauch fuhren denn Dad wusste dass das einzige Heilmittel in den Innereien ihres Bruders zu finden war deshalb drehte er die Gabel ein Stück und Brent schrie wieder aber Dad machte es falsch und er würde seine eigene Krankheit nicht so heilen können und deshalb faltete sie den Raum und dann gingen die Zinken der Mistgabel durch ein Loch in Brent hindurch in Dads eigenen Bauch und er schrie und ließ die Mistgabel fallen während rote Ekelflüssigkeit aus ihm heraustropfte aber das Ding mit Troys Visage rammte das Brecheisen schon wieder in Jims Gesicht und sie musste ihn auch heilen aber Dad hielt den Stiel der Mistgabel wie einen Stab holte aus und zielte damit auf ihren Kopf ließ ihn auf ihre Schläfe krachen holte aus schlug trat nach ihr hieb auf Mollie ein dass ihre Konzentration nachließ …

Das Tor nach Talas schnappte zu. Mit einem Schlag wichen Wut und Wahnsinn aus ihr. Sie konnte wieder klar sehen und denken. Anscheinend ging es den anderen Familienmitgliedern genauso, denn im Stall hallte das entsetzte Geschrei des verwirrten, entsetzten, verstümmelten Steunenberg-Clans.

Was zum …

Wie kam …

Heilige Scheiße …

Sie hatten sich in einen wahnsinnigen Psychokannibalenflashmob verwandelt, genau wie der, den sie vor dem Casino gesehen hatte. Sie hatte sogar versucht …

Ach du Scheiße. Sie hatte tatsächlich vorgehabt, Brents Eingeweide herauszuziehen und sie zu benutzen, um ihn von dem Bösen zu »heilen«. Sie hatte tatsächlich *geglaubt,* dass das ein sinnvolles Vorgehen war, hatte gemeint, es würde funktionieren, hatte gewusst, dass es richtig war.

Sie würgte, und es tat weh. Aus ihrem Magen kamen nur noch ein paar Tropfen Galle. Ihre Kehle brannte, wund von der Säure und der Scham und *scheißescheißescheißewasfüreinverfickterscheißwardasdenn*. Auch die anderen entleerten ihre Mägen.

Scheiß auf Talas. Sie würde nie, NIE wieder dort hingehen. Das war ein beschissenes Höllenirrenhaus, und damit wollte sie nichts zu tun haben. Anscheinend hatte dort jemand Tests für chemische Kriegsführung durchgeführt oder so was. Um mal auszuprobieren, was passierte, wenn man eine ganze Stadt mit einer Droge verseuchte, die aus den Leuten Psychopathen machte. Ja. Das war es wahrscheinlich. Zum Teufel mit dem zweiten Safe. Sie hatten aus Baba Yagas Bude so viel wie möglich rausgeholt, für Mollie gab es keinen Grund, noch einmal dorthin zurückzukehren. Gut.

Außer: der Stuhl.

Der einsame Louis-XIV-Stuhl, der unpassend neben einem Dutzend anderer Möbelstücke stand, die alle einen anderen Stil hatten. Verloren und allein gelassen in einer Stadt voller durchgedrehter Bekloppter. Irgendwann würden sie in Baba Yagas Wohnung einbrechen. Würden sie in ihrem Wahn, sich gegenseitig auf möglichst abscheuliche Weise abzuschlachten, alles kurz und klein schlagen?

Sie durfte den Stuhl nicht so ungeschützt zurücklassen. Es würde für sie ohnehin schon schwierig werden, nach dem, was mit ihr und ihrer Familie eben passiert war, in den Spiegel zu blicken. Aber wenn sie Ffodor dortlassen würde, in diesem grauenhaften Strudel aus Ekel und Wahnsinn …

Erneut öffnete Mollie das Tor nach Talas.

Ihr Vater, der sich auf dem Boden wand, rief: »Mollie, nein!«

Mollie hechtete in Baba Yagas Wohnung. Draußen rief jemand etwas auf Russisch und trat gegen die Tür. Das schloss machte den Eindruck, als würde es jeden Moment nachgeben. Auch der Türrahmen hatte schon Risse.

Der Stuhl war schwer, aber sie konnte ihn gerade noch schleppen. Ihn durch ein Loch in den Stall fallen zu lassen wie die Spielautomaten und Gefahr zu laufen, dass er dabei beschädigt wurde, kam nicht in Frage, deshalb schob sie ihn durch eine Öffnung zwischen Kasachstan und Idaho und verschloss – KOMM schon, geh schon zu, du Arschgeige – das Tor wieder. Es brauchte ein paar Sekunden, und als die Verbindung nach Talas abbrach, hatte Troy bereits wieder die Brechstange in der Hand und ein Grinsen in seinem unkenntlichen, zahnlosen Hackfleischgesicht. Jetzt ließ er die Brechstange fallen und fing an zu wimmern. Aber es war immerhin kein kopfloses Schreien mehr. Die verletzten Steunenbergs erhoben ihre Stimmen in einem Chor der Verzweiflung.

Zwischen dem Mist, dem Heu und den Kuhfladen im Stall sah der Louis-XIV-Stuhl vollkommen fehl am Platz aus. Aber Mollie schleppte ihn in eine Ecke der saubersten Box, kauerte sich darauf zusammen und weinte sich in den Schlaf.

♣♦♠♥

An der Einfahrt zum internationalen Flughafen von Schymkent hatte die Militärpolizei eine Kontrolle eingerichtet. Franny steckte in einer Kolonne und beobachtete, wie ein Fahrzeug nach dem anderen anhielt und nach einem kurzen Wortwechsel eine Kehrtwende machte und wieder wegfuhr. Während er wartete, raste kreischend ein Militärflugzeug auf die Landebahn.

Schließlich waren sie dran. Ein Polizist beugte sich ins

Fenster und musterte Franny und Baba Yaga. Franny verkrampfte sich, bis er meinte, seine Muskeln würden reißen. Der Mann sagte etwas, und Franny schüttelte den Kopf.

»Englisch?«, fragte er hoffnungsvoll. Doch der Polizist schüttelte den Kopf.

Der Mann wiederholte, was er vorhin gesagt hatte, etwas nachdrücklicher und mit Gesten untermalt, die Franny wohl bedeuten sollten, dass die Einfahrt geschlossen war.

Er hörte eine Autotür gehen. Eine Frau, Mitte vierzig, sehr schick, marschierte nach vorn, sprach mit dem Polizisten und wandte sich dann zu Franny.

»Ich habe gehört, dass Sie Engländer sind«, sagte sie mit einem deutlichen italienischen Akzent.

»Äh … eigentlich Amerikaner, aber ich spreche die hiesige Sprache nicht.«

»Der Flughafen wurde vom Militär übernommen. Alle kommerziellen Flüge sind schon weg oder wurden gestrichen. Sie meinen, man soll es morgen noch mal versuchen.«

»Alle kommerziellen Flüge. Gibt es Privatflugzeuge? Fliegen die noch? Könnten Sie das für mich fragen? Meine Großmutter ist sehr krank. Wir sind hierhergekommen, damit sie mir ihre Heimat zeigen kann, und sie bekam eine Blutvergiftung. Wir müssen wieder nach Manhattan …« Franny klappte den Mund zu, damit er in seiner Nervosität und Erschöpfung nicht noch brabbelte.

»Ich frage. Arme alte Dame. Sie sieht schlimm aus.«

Es wurde noch mehr geredet. Hinter ihnen fing jemand an zu hupen. Die Frau wandte sich wieder zu ihm. »Es gibt noch ein paar Privatflugzeuge, aber er meint, es sei verboten, das Flughafengelände zu betreten. Es tut mir leid.«

»Nun, danke für Ihre Hilfe.« Sie kehrte zu ihrem Wagen zurück. Franny wendete ebenfalls und fuhr davon. Er kurvte um das Flughafengelände herum. Es musste noch eine

Zufahrt für Zulieferer geben. Und womöglich einen Polizisten, den man überreden/schmieren konnte.

♣ ♦ ♠ ♥

Angel war noch nie in Brighton Beach gewesen. Dem Ort haftete die Aura unbescholtener Mittelklasse an, Angel wusste jedoch, dass das eine gehörige Lüge war. Dennoch war es sehr ruhig und sah nett aus, vor allem das alte, aber gut gepflegte Wohnhaus, in dem Captain Mendelberg ein Apartment mit zwei Schlafzimmern im ersten Stock hatte.

Wunderbarerweise war direkt gegenüber ein Parkplatz frei, auf dem Lonnegan gekonnt das Auto abstellte. Sie stiegen aus, schlenderten über die Straße und drückten einmal auf die Klingel. Fast augenblicklich öffnete eine alte und adrett mollige Frau in einem langen, fließenden Kleid, nüchternen Schuhen, dicken Strümpfen aus einem Synthetikmaterial, das nicht Nylon war, und einem Großmütterchenkopftuch die Tür.

»Ja?«, fragte sie freundlich und mit liebem Lächeln.

Lonnegan zeigte ihr ihre Marke.

»Ist Chavvah Mendelberg da?«, fragte Lonnegan. »Wir arbeiten mit ihr, aber sie ist heute Morgen nicht zur Arbeit gekommen, und wir konnten sie nicht erreichen. Wir machen uns Sorgen.«

Der Anblick von Lonnegans Marke führte dazu, dass die apfelbäckige alte Dame etwas distanzierter wirkte, wie Angel fand.

»Ei, Chavvah wohnt seit Monaten nicht mehr hier.«

Joan sah sie verständnislos an. »Seit Monaten?«

»Ei, ja.«

Joan blickte Angel an, runzelte die Stirn und wandte sich wieder an die alte Dame. »Sind Sie sich *sicher*?«

Plötzlich wirkte die Alte böse. »Ich bin schließlich die Vermieterin, oder nicht?«

Ehe Lonnegan etwas erwidern konnte, wurde ihr die Türe vor der Nase zugeschlagen.

Sie sahen sich an.

»Was jetzt?«, fragte Angel.

»Nun«, sagte Joan nachdenklich, »dann bleibt uns noch Onkel Iwan.«

♣ ♦ ♠ ♥

Nach der morgendlichen Besprechung mit Jayewardene war der Tag vollends so richtig in die Binsen gegangen. Klaus war gegangen, ehe sie mit ihm hatte reden können, war erst vor einer Stunde zurückgekehrt und hatte ihre Textnachricht nicht beantwortet. Sie war sich nicht sicher, wo er hingegangen war oder warum, und sie war zu beschäftigt gewesen, um es herauszufinden. Ink hatte Barbara den ganzen Vormittag hindurch Berichte geschickt, und sie waren alle deprimierend. Zusammen mit Ink ging sie in die nachmittägliche Mitarbeiterbesprechung und fühlte sich bedrängt und gehetzt.

Eigentlich war es Lohengrins Besprechung, doch er hatte ihr irgendwann eine Nachricht gesandt und gemeint, sie solle das Briefing übernehmen. Er wäre zwar zugegen, hätte aber keine Zeit gehabt, sich vorzubereiten. Das sagte alles über Lohengrins Einstellung.

Als sie eintrat, sahen alle zu ihr auf. Sie bemühte sich, Klaus anzulächeln, doch seine Miene hatte einen starren Ausdruck, den sie nicht zu deuten vermochte. Michelle – Bubbles – war nicht anwesend, aber einige niederranginge Asse: Aero, das spanische Ass, das Luft kontrollieren konnte; Doktor Onweer, das erste bedeutende Ass aus den Niederlanden; Wilma Mankiller, das kanadische Muskelpaket; Snow Blind, ein weiteres Ass aus Kanada, das die Fähigkeit hatte, Gegner zeitweilig zu blenden; und zwei Asse, die mit ihnen in Peru gewesen waren – Brave Hawk und Tinker. Barbara saß an der Stirnseite des Tischs neben Klaus. Ink nahm den Platz auf der anderen Seite von ihr und stellte ein iPad vor sich auf, um auf Berichte, Fotos und Videos zugreifen zu können, falls Barbara sie brauchte. »Generalsekretär Jayewardene wollte eigentlich auch hier sein, muss sich aber mit dem UNO-Repräsentanten von Kasachstan, Temir Bondarenko, treffen. Ich hoffe, er hat anschließend Neuigkeiten für uns.«

»Was ist los?«, fragte Tinker und spielte mit den Armmuskeln, als er sein Gewicht verlagerte. Barbara schüttelte den Kopf.

»Wir sind uns noch nicht sicher.« Sie wagte nicht, zu Klaus hinüberzuschauen. »Hoffentlich kann Bondarenko uns genauere Informationen geben. Im Moment sieht es so aus, als hätten wir eine Krise, die sich alle paar Stunden verschärft und ausbreitet, aber was genau die Ursache dafür ist …« Sie zuckte mit den Schultern. »Und in den letzten Stunden habe ich noch weitere kritische Nachrichten erhalten.« Ink hatte ihr mitgeteilt, dass Klaus die Berichte noch nicht bekommen hätte. Sie hörte, wie er seinen Stuhl zu ihr umdrehte. »Es widerstrebt mir, diese Nachrichten an euch weitergeben zu müssen, weil ich weiß, dass sie für viele von euch schmerzhaft sind, nicht zuletzt mich selber. In Peru wurde General Ramos ermordet, vergiftet, wie es scheint. Der Neue Leuchtende Pfad und Curare im Besonderen werden verdächtigt.«

Auf dem Flachbildschirm an der Wand leuchteten plötzlich lauter Fotos auf: General Ramos, Curare, Cocomama, dann eine Serie von Bildern und Videos von Straßenkämpfen zwischen Steine werfenden Aufständischen und der Polizei. »In Lima, Iquitos und Trujillo kam es zu Ausschreitungen«, fuhr Barbara fort, während die Asse die Bilder betrachteten. »In Machu Picchu wurde eine Touristengruppe überfallen und ausgeraubt, verdächtigt wird der Neue Leuchtende Pfad. Einige der Opfer sind schwer verletzt.« Barbara konnte ein Seufzen nicht unterdrücken. »Gerade einmal zwei Tage nach der Unterzeichnung einer Friedenserklärung, und es sieht so aus, als würde alles, was wir dort erreicht haben, wieder zerstört. Am Ende müssen wir noch einmal hin. Das Büro des Generalsekretärs hat bereits Gesuche vom Büro von Präsidentin Fujimori erhalten.«

Klaus schlug mit der Faust auf den Tisch, sodass Barbara zusammenzuckte. »Papier bringt gar nichts«, grummelte er. »Unterschriften und leere Worte. Mehr ist das nicht.«

Alle starrten ihn an. Klaus sackte wieder auf seinem Stuhl zusammen, schüttelte den Kopf, sagte aber nichts weiter. Er gab Barbara einen Wink, die tief Luft holte und an Klaus vorbei durchs Fenster auf den East River sah. Dessen braunes Wasser, das von Touristenbooten durchpflügt wurde, glitzerte im Sonnenlicht, als würde draußen in der Welt nichts geschehen. »Ansonsten habe ich mit den verschiedenen Botschaften in Osttimor und mit Präsident Ramos-Horta gesprochen. Sie sind sich alle einig, dass die Lage dort ruhiger zu sein scheint, und der Generalsekretär ist sich mit mir einig, dass es momentan noch verfrüht wäre, dort eines unserer Teams hinzuschicken. Unsere Aufmerksamkeit sollte fürs Erste auf Talas gerichtet sein.«

»Wie wäre es, ein Kundschafterteam hinzuschicken, das sich dort umsieht und direkt dem Generalsekretär, Lohengrin und dir Bericht erstattet?«, fragte Doktor Onweer mit einem starken niederländischen Akzent.

»Meldest du dich freiwillig, Doktor?«, fragte Barbara, worauf der Mann große Augen machte.

»Ich? Wenn du das möchtest, würde ich es natürlich machen. Schließlich gibt es einen Grund, weshalb ich dazu erwählt wurde, die Kraft des Blitzes zu beherrschen. Niemand sonst könnte …«

»Ja«, unterbrach ihn Barbara, bevor er weiterreden konnte – und sie wussten alle, dass er das tun würde. Von Ink hörte sie ein leise unterdrücktes Lachen. Ihre Assistentin nannte das Ass wegen seiner Tendenz, ohne Punkt und Komma von sich selbst zu erzählen, ganz offen »Herr Doktor Ohrwurm«. »Zu diesem Zeitpunkt ist noch keine Entscheidung gefallen, aber über ein Kundschafterteam haben der Generalsekretär und ich durchaus schon nachgedacht.« Klaus warf ihr einen bösen Blick zu. »Sollten wir uns dafür entscheiden, werde ich dein Angebot gern berücksichtigen. Aber im Moment … Lasst uns erst einmal die Informationen betrachten, die wir haben, auch wenn sie lückenhaft sind.«

Barbara nickte Ink zu. Die Lamellen am Fenster klappten herunter, sodass der East River nicht mehr zu sehen war, im Zimmer wurde das Licht gedimmt, und auf den Bildschirmen, die überall verteilt waren, liefen pixelige, dunkle Videos. Leute – Männer, Frauen, Kinder – liefen schreiend über eine breite Straße und flüchteten vor etwas, was wie eine brodelnde Wolke der Finsternis aussah und sie verfolgte. Diejenigen, die im Gedränge stürzten, wurden einfach niedergetrampelt. Im Licht einer Straßenlaterne, mitten auf einem Platz, gingen Leute aufeinander los, schlugen sich gegenseitig. Eine Jokerin, die nur blutige Fetzen am Leib trug, rannte ungelenk auf die Kamera zu, ihre linke Körperhälfte war deutlich größer und muskulöser als die andere. In der linken Hand schwang sie den unteren Teil eines menschlichen Beins. Ein, zwei Meter vor der Linse blieb sie stehen und biss ein Stück der Wade ab und sah finster und in Zeitlupe in die Kamera.

»Wir fangen mal damit an«, sagte Barbara.

♣♦♠♥

Ich muss träumen, sagte sich Marcus, flehte Marcus. *Bitte sei nur ein Traum. Sonst nichts. Der längste, widerlichste Albtraum, den es je gegeben hat. Bitte, lass mich aufwachen.*

Das Gute an Albträumen war, so hatte er sich immer eingebildet, dass er aufwachte, wenn sie zu schlimm wurden und ihm Schrecken zeigten, die er nicht mehr ertragen konnte. Das Undenkbare – weil es undenkbar war – trieb ihn aus dem Unterbewusstsein heraus und zurück in die Realität. Dann wachte er keuchend auf, in die schweißnasse Decke verheddert, suchte die dunklen Ecken seines Zimmers ab, und dann flutete Erleichterung ihn wie ein Betäubungsmittel. Gott, wie sehr er sich wünschte, dass das jetzt passieren würde.

Doch es geschah nicht, und die Gesichter der Gefangenen verfolgten ihn noch, als Olena durch die Casinolobby lief. Sie rannte auf die Tür zu und war schon fast draußen, ehe er nach ihr rief und aus dem Schatten hervorkroch. Sie wirbelte herum, und selbst im trüben Licht war ihr Gesicht ganz weiß. Sie war völlig entsetzt, wich vor ihm zurück und stolperte über Müll, der auf dem Boden herumlag. »Nein!«, rief sie. »Nein!«

»Olena«, bettelte er. »Ich bin es doch, Marcus.« Fast wollte er sagen, dass er kein Ungeheuer war, aber dann fiel ihm ein, was ihm durch den Kopf gegangen war, die Momente, in denen er sie vergessen hatte, und die Furcht, dass er nur ein oder zwei flüchtige Gedanken davon entfernt gewesen war, abscheuliche Dinge zu tun … Darum sagte er in der Hoffnung, dass es stimmte: »Ich bin es. Ich, der ich dich liebe.«

Zu seiner Erleichterung blitzte in ihren Augen Erkennen auf. Sie lief zu ihm, warf sich an seine Brust und drückte ihn. Nie hatte sich etwas besser angefühlt. Doch nach einem Herzschlag war es vorbei. Sie löste sich, ihre Miene wurde hart. Sie nahm seine Hand und zog ihn zur Tür. »Wir müssen gehen.«

»Haben die das Zeug, das dein Vater wollte?«

»Das ist egal.«

»Aber ...« Marcus warf einen Blick ins Casino und hielt nach einer Spur der anderen Ausschau. »Was ist mit deinem Dad?«

Olena holte Luft, um ihre Wut zu unterdrücken. »Da war etwas drin. Ein Ding ... das ... das nicht sein sollte. Ein Mund.«

»Ein Mund? Olena, sag schon!«

Sie wirkte verärgert, knirschte mit den Zähnen, sprach aber im Flüsterton weiter. »Wir kamen schnell bis zu Baba Yagas Büro. Es war dunkel, unsere Taschenlampen haben nicht funktioniert, und es gab keinen Strom. Aber wir haben Feuerzeuge genommen und das Zimmer gefunden. Andrij machte in einem Mülleimer Feuer und fing an zu suchen. Ich dachte, dass wir es tatsächlich schaffen würden, und dann hat etwas das Feuer ausgeblasen. Einfach so war es aus. Etwas hat sich um uns herumbewegt und Geräusche gemacht wie ...« Sie machte den Mund auf und atmete langsam und zischend aus und trillerte dabei mit der Zunge in einem abgehackten Rhythmus. »Es war eine Sprache, aber keine von dieser Welt. Es war die Zunge Luzifers. Das war es. Wir sahen nichts. Wir sahen gar nichts, aber die Art, wie es redete und lachte ... Wir wussten, dass es uns sehr gut sehen konnte. Es bewegte sich weiter. Und dann, kurz bevor es zuschlug, leuchtete sein Körper auf. Ein großer, entsetzlicher Mund. Lauter Zahnreihen. Nur ein Mund mit zwei Beinen. Das Licht blieb nur so lange an, bis es die Kiefer um Andrijs Kopf geschlossen hatte. Dann war es wieder dunkel. Dunkler als davor. Da bin ich abgehauen. Die anderen ... Ich weiß nicht. Da drin. Weißt du? Lass uns gehen.«

Er widersprach ihr nicht und beschloss, ihr nicht von den Dingen zu erzählen, die er gesehen hatte. »Hast du deine Pistole noch?«

Es war eine dumme Frage, denn sie hatte sie gezogen und hielt sie mit beiden Händen gepackt. Sie erwiderte: »Nach was sieht es denn aus?«

Sie hatte sie nicht nur, sondern sie benutzte sie auch. In der Hoffnung, den Stadtrand zu erreichen, liefen sie los und kamen an einer Ungeheuerlichkeit nach der anderen vorbei. Manche achteten nicht auf sie, andere stürzten sich auf sie. Olena zertrümmerte mit einer Kugel das Knie eines Mädchens, das aus Mündern in beiden Wangen schrie. Zwar schrie sie weiter, konnte aber nur noch hinter ihnen herkriechen, sich mit ihren dünnen Armen vorwärtsschleppen. Danach durchlöcherte Olena einem Mann das Herz, der auf sie zurannte. Wortwörtlich das Herz, denn es hing dem Mann vor der Brust und schlug vor sich hin. Es platzte wie ein mit Blut gefüllter Ballon. Und dann kam ein sabberndes Monster mit großem Maul. Ein bisschen wie ein Wasserspeier, nur eben einer aus der Unterwelt. Tropfsteinartige Vorsprünge hingen an seiner Haut, die schlenkerten, wenn es sich bewegte. Es hatte Augen, auch wenn es anscheinend nicht in der Lage war, sie zu öffnen. Sie bewegten sich unter den cremefarbenen Augenlidern. Es wandte sich mit zuckenden Nüstern zu ihnen um. Aber es kam nicht näher. Marcus glaubte, sie könnten einen Bogen darum machen, doch Olena war anderer Meinung. Sie verpasste ihm eine Kugel in die Stirn, sodass der Hinterkopf spritzend explodierte.

Als Marcus sie ansah, rechtfertigte sie sich: »Was? Du hast es gesehen. Es hat geschnüffelt. *Geschnüffelt!*« Sie unterstrich das letzte Wort, indem sie so lange auf den durchlöcherten Schädel trat, bis sie ausrutschte.

Wir müssen wirklich dringend aus der Stadt raus, dachte Marcus.

In der Ferne bemerkte er das weidende Monstrum und zerrte Olena von der Straße herunter, die zu ihm führte. »Nicht da lang. Komm ihm nicht näher.«

Sie überquerten die Straße und drehten diagonal in Richtung einer Brücke ab, die über den Fluss führte. Als sie auf die Brücke zuliefen, erhob sich eine Gestalt aus dem Fluss, rieb sich Brust und Arme, als wüsche sie sich. Es war ein Riese, sechs Meter groß oder noch mehr. Dürr und mit ausgebeulten Knien. Splitterfasernackt. Und sein Hintern war ihnen am hervorstechendsten zugewandt. Kopf und Hände waren übergroß im Verhältnis zu seiner ohnehin schon überdimensionierten Körpergröße. Doch die Art, wie seine Haut glänzte, ließ Marcus ihn wiedererkennen. Der Schmutz, den er sich abwaschen wollte, klebte auch im Flusswasser noch an ihm, und all seine Bemühungen verschmierten alles nur.

Als Marcus der Geruch entgegenschlug, brachte er ein Keuchen hervor: »Vaporlock?«

»Du kennst dieses Ding?«, fragte Olena.

»Ja.«

»Dann ist er ein Joker?«

»Er war es. Aber vorher war er nicht so. Er hat sich verändert.«

Die Gestalt drehte sich um und sah über die Schulter, wobei sich sein Rücken unnatürlich verdrehte. Sein Gesicht war eine verzerrte Version seiner früheren Züge, die Nase war wie ein Schnabel, die Augen winzig und tief eingesunken. Er sah auf Marcus herab. Und erkannte ihn. Und dann hastete er das Flussufer hinauf und auf sie zu. Seine großen Füße patschten auf dem Asphalt. Er lief taumelnd, als drohten ihm die Beine bei jedem Schritt wegzubrechen, aber er näherte sich rasch. Die Hände fuhren kratzend über seine Brust, sammelten eimerweise Schlamm, der beim Laufen von ihm abfiel. Er plapperte unverständlich und wirkte wie ein aufgeregtes, schwankendes Kind. Kurz meinte Marcus, seine Miene wäre vor kindlicher Freude verzerrt. Doch als die Gestalt näher kam, wusste er, dass es etwas anderes war.

Olenas Pistole knallte mehrmals im Takt. Vaporlock zuckte

bei jedem Treffer zusammen. Aber Kugeln konnten ihn nicht aufhalten. Seine Fratze wurde immer hässlicher, und er wurde noch schneller. Marcus schoss nach vorn, sein Schwanz verwandelte sich in eine Spule aus angespannten Muskeln. Er erhob sich, beugte sich nach vorn und stieß mit voller Wucht in den Unterbauch des Jokers. Sein Footballtrainer in der Highschool wäre stolz auf ihn gewesen. Er spürte, wie ihm die Luft aus der Lunge gepresst wurde, als sich der Leib des Jokers um ihn herum eindrückte. Dann stürzten sie beide, ein sich windender Knoten aus langen Gliedmaßen, Schuppen und Ausdünstungsschlamm. Marcus drosch und kratzte, aber seine Schläge rutschten ab, und er konnte den Gegner nicht packen. Der Geruch war so überwältigend, dass er den Atem anhielt.

Er kämpfte sich frei, wand sich weg und kroch mit schlangengleicher Eleganz und Kraft um den Gegner herum. Vaporlock stand umständlich auf. Marcus klatschte ihn mit der Zunge ab. Es war ein kräftiger Hieb, der ihn am Adamsapfel traf. Der Joker griff sich an den Hals. Sein Gesicht lief blau an. Doch war es die Wucht des Schlags, die ihm zu schaffen machte, nicht das Gift. Dann also mit den Fäusten. Marcus zielte auf den Kopf. Vaporlock duckte sich weg. Wenn auch ungelenk, es war mehr ein Stolpern als eine gewollte Bewegung, aber er wich aus. Als Marcus seinen Oberkörper wieder auf seinem eingeringelten Schwanz aufgerichtet hatte, bewarf Vaporlock ihn mit Schlamm. Marcus wusste, was passieren würde, wenn eine solche Ladung ihn direkt ins Gesicht treffen würde. Aus die Maus. Er wand sich wie ein irrer Tänzer, ließ den Kopf auf und ab und zur Seite springen. So bekam sein Gesicht nur ein paar Tropfen ab, aber sein Körper wurde mehrmals getroffen. Und auch sein Schwanz.

Vom Adrenalin aufgepeitscht, merkte er erst gar nicht, dass die Stellen, an denen der Schlamm klebte, brannten.

Das Zeug roch nicht nur abartig beißend, es brannte auch wie Säure. Er versuchte, es abzuwischen, doch es verteilte sich nur noch mehr. Er qualmte schon, und der Dampf vernebelte ihm die Sicht. Er musste husten. Ihm war klar, dass er nicht mehr viel Zeit hatte, um den Gegner auszuschalten, egal wie.

Er schnellte nach vorn, wobei sein Schwanz sich bewegte wie ein Seitenwinder. Er täuschte einen Schlag an, und als Vaporlock zurückwich, riss er ihm mit dem Schwanz die Beine weg. Die großen Füße des Jokers flogen nach oben, während er auf den Rücken krachte. Marcus umschlang ihn, wobei er darauf achtete, mit Oberkörper und Gesicht möglichst viel Abstand zu halten. Und dann drückte er mit jeder Muskelfaser in seinem Schwanz zu. Vaporlock wehrte sich. Er gurgelte und warf den Kopf herum. Die Schlange in Marcus genoss das Gefühl. Ein sich wehrender Körper, gefangen im gewundenen Schraubstock seiner Muskeln. Er quetschte und hoffte, Knochen knacken und Organe platzen zu lassen. Er drückte.

Der Joker war jedoch nicht leicht zu töten. Es verging Sekunde um Sekunde, die Hitze auf Marcus' Schuppen nahm zu. Man roch, dass sie schmorten. Bitterer Rauch brannte ihm in den Augen. Er hatte Vaporlock im Würgegriff, doch die Berührung fräste sich durch seine Schuppen. Erschreckend rasch wurde es immer schmerzhafter und schmerzhafter. Ihn zu ersticken würde zu lange dauern. Ohne seinen Griff zu lockern drehte sich Marcus in eine andere Position. Er fasste Vaporlocks Kopf. Da er ständig herumruckte, sich wehrte und nach ihm biss, war es nicht leicht, ihn richtig zu packen. Doch als er ihn schließlich zu fassen bekam und mit weiß hervorstehenden Knöcheln an beiden Ohren gepackt hielt, fing er an, sein Gesicht auf den Asphalt zu hämmern. Vaporlock schrie vor Schmerz, Wut und Verzweiflung. Marcus hämmerte und hämmerte, bis das Gesicht des Mannes nachgab, der Schädel brach und neuerlich Flüssigkeit heraussickerte. Angewidert ließ Marcus ihn los und befreite sich von ihm.

Olena lief auf ihn zu, stoppte dann aber ab. »Marcus, du brennst ja!«

Seine Schuppen zischten und rauchten. Einige fielen ab, sodass die nackte, Blasen bildende Haut darunter zum Vorschein kam. Marcus sah sich um. In einem Bogen schwang er sich über das Brückengeländer, drehte sich im Fallen auf den Rücken und platschte ins Wasser. Einen Moment lang wand er sich unter Wasser, stieß gegen Steine, während die Strömung ihn unter der Brücke hindurchtrieb. Das Wasser war angenehm kühlend. Er rieb kräftig die verbrannten Stellen, spürte, wie sich Schuppen und Hautflocken ablösten und nur die rohe Haut darunter zurückblieb. Trotz Schmerzen kroch er so schnell wie möglich wieder aus dem Fluss heraus zu Olena. Die hatte bereits die Aufmerksamkeit eines erregten, nackten Mannes auf sich gezogen. Auf wackeligen Beinen, die sich in alle Richtungen zu weit durchstreckten, kam der Kerl auf sie zugetorkelt. Er konnte sich kaum aufrecht halten. Das einzig Aufrechte an ihm war seine Erektion, die ihn zielsicher auf Olena zusteuerte. Die sah ihn nicht einmal kommen, weil sie so sehr auf Marcus fixiert war.

Marcus witschte an ihr vorbei und versetzte dem Mann einen solchen Schlag, dass dieser durch die Luft segelte. Dann nahm er Olenas Hand, hielt sie fest, drehte sich um und sah den Berg, den sie vorhin ins Visier genommen hatten. »Da ist unser Berg«, sagte er. »Komm.«

♣ ♦ ♠ ♥

»Das ist sie?«, fragte Wally mit entsetztem Knittern im Metallgesicht. »Ich meine, du hast mir erzählt, wie du sie vorgefunden hast, aber ich hätte nie gedacht …«

»Ich habe gehofft, du würdest jemanden kennen«, sagte Michelle mit leichter Panik in der Stimme. »Wegen Ghost.«

Wally schüttelte den Kopf. »Ich glaube nicht, dass die Ärztin, bei der ich war, helfen kann. Sie ist Psychologin, die Jokerkinder mit Traumata behandelt. Aber sie müsste mit Adesina reden. Und ich sehe nicht, wie sie das tun sollte.«

Sie gingen ins Wohnzimmer. Joey sah leise fern. Noch immer lief derselbe Film über Talas, doch jetzt gab es Drohnenaufnahmen der Stadt. Auf diesen war eine dichte Wolke zu sehen, die die Gebäude darunter fast völlig verdeckte. Unter einem verwackelten Bild von Leuten, die aus dem Nebel herausliefen, erschien ein Schriftband, das verkündete: »Eilmeldung«. Die meisten Leute sahen panisch aus, aber manche auch, nun ja, Michelle wusste sehr gut, wie Joker aussahen. *Schon wieder eine Situation wie im PPA,* dachte sie. *Und es werden noch mehr Leute leiden.* Sie bemühte sich, es sich nicht zu Herzen gehen zu lassen, aber es gelang ihr nicht.

Das Bild wechselte zu einem Mann in Militäruniform, der vor einer Gruppe Soldaten stand. Selbst ohne Ton war Michelle klar, dass er etwas Öffentlichkeitswirksames zu der Lage sagte.

Und dort wollten sie sie hinschicken. Nun, was auch immer dort geschah, Babel und Lohengrin würden es ohne sie meistern. Allerdings konnte sie trotz der Probleme mit Adesina nicht ignorieren, was in Talas passierte. Nämlich etwas Unschönes und Schreckliches.

»Hast du eine Idee, wie man Stupsnäschen helfen könnte, Wally?«, fragte Joey dasselbe wie Michelle vorhin.

Wally schüttelte den Kopf und hievte sich aufs Sofa, das unter seinem Gewicht ächzte. Er blickte zum Fernseher und sagte: »Hast du das gesehen? Das ist echt komisch.«

Michelle sah wieder hin, als die Kamera gerade über eine weite Landschaft schwenkte und schließlich auf der Stadt in der Ferne verharrte. Die kotzgrüne Wolke verdeckte nun den Großteil der Stadt.

Michelles Telefon klingelte. Sie sah es an, las Babels Namen auf dem Display. *Scheiße,* dachte sie. Kurz überlegte sie, ob sie den Anrufbeantworter rangehen lassen sollte, doch dann ging sie selbst ran.

»Michelle hier«, sagte sie.

Es entstand eine kurze Pause, bevor Barbara zu reden anfing. »Hast du die Nachrichten gesehen?«, fragte sie.

»Mehr oder weniger«, gab Michelle zurück. »Aber ich habe wichtigere Probleme, wie du weißt.«

»Nicht wichtiger als das«, blaffte Barbara. »Ich bin zwar nicht sicher, was genau da passiert – deshalb müssen wir es ja herausfinden –, aber was immer es ist, es ist nicht gut.«

In Michelles freier Hand formte sich eine Blase. Sie zitterte und verhieß Zerstörung oder Schönheit. Seit sie dem Komitee beigetreten war, war sie ständig abrufbar gewesen. Erst als sie Adesina adoptiert hatte, hatte sie ihre Zeiten eingeschränkt. Sie ließ die Blase platzen und nahm ihre Energie wieder in sich auf.

»Ich kann nicht gehen. Das habe ich dir doch gestern gesagt.«

»Michelle, lass mich nicht betteln.« In Babels Stimme schwang eine Spur echter Angst mit.

»Meine Güte«, gab Michelle frustriert zurück und rieb sich die Stirn mit dem Zeigefinger. »Das ist kein Machtspielchen. Ich kann einfach nicht. Ich weiß nicht, wie ich mich noch klarer ausdrücken soll.« Und dann legte sie auf.

Es reichte.

»Machen sie dir Ärger?«, fragte Wally. Das Sofa ächzte schon wieder, als er sein Gewicht verlagerte.

»Das da«, sagte sie und zeigte auf den Fernseher. »Sie wollen, dass ich dorthin gehe. Nach Talas. Bei einer Mission mithelfen wie üblich.«

Joey sah auf den Fernseher. »Da geht krasse Scheiße ab«, sagte sie. Und Michelle war erstaunt, dass Joey dabei beunruhigt klang, denn normalerweise interessierte Joey sich nicht für wichtige Ereignisse in der Welt. »Was immer da los ist, da steckt ein Arschloch dahinter. Könnte sogar so ein Wild-Card-Kack sein.« Ihr Mund verzog sich wütend.

»Das hoffe ich nicht«, sagte Wally. Auch er verfolgte die Nachrichten, und Michelle sah ihm an, wie es ihn immer mehr deprimierte. Sie waren alle drei im PPA gewesen – und für Wally war die Sache besonders schlimm ausgegangen. Joey war fast gestorben – so wie Michelle. Was ihn jedoch gezeichnet hatte, war der Verlust von Jerusha. Nach Gardeners Tod war Wally nie mehr der Alte gewesen.

Unwillkürlich hatte Michelle den Augenblick vor Augen, als Mummy – ein Kinderass, dessen Fähigkeit darin bestand, seinen Opfern sämtliche Flüssigkeit auszusaugen – sich an ihren Arm gehängt hatte. Mit jedem Augenblick hatte Michelle sich trockener, spröder gefühlt. Erst hatte sie einen trockenen Mund bekommen. Dann waren ihre Arme geschrumpelt. Dann hatte sich ihre Haut fester gespannt. Sie hatte Mummy gedroht, sie solle aufhören. Hatte sie gewarnt, dass nur eine von ihnen beiden lebend davonkommen würde. Aber das Mädchen hatte Michelles Handgelenk nicht losgelassen.

Und Michelle hatte Mummy umgebracht.

Sie hatte ein Kind umgebracht, das sich keines Vergehens schuldig gemacht hatte, außer dass man ihm das Wild-Card-Virus injiziert hatte. Doch als Michelle ihr in die Augen geschaut und ihr befohlen hatte aufzuhören, hatte sie dort nur Leere gesehen. Nichts Menschliches mehr. Entweder hatte das Virus sie so gemacht oder der Drill des PPA. Jetzt spielte es keine Rolle mehr, denn Michelle musste mit der Tatsache leben, dass sie ein Kind getötet hatte.

Wir treffen furchtbare Entscheidungen, dachte Michelle. *Furchtbare Entscheidungen, wenn wir unsere Kräfte einsetzen.*

»Mit dir alles okay?«, fragte Wally und rief sie in die Gegenwart zurück.

Michelle blinzelte und zuckte kurz zusammen. »Ja«, sagte sie und rieb sich geistesabwesend das Handgelenk. »Ja, alles gut.«

♣ ♦ ♠ ♥

Das erste Torpaar, das Mollie je geschaffen hatte, hatte die Größe eines Baseballs gehabt. Im Nachhinein war das nicht so überraschend, denn ihre Karte war an einem Frühsommerabend wie viele andere auf dem Hof der Steunenbergs aufgedeckt worden: Während die Jungs hinter der Scheune das Schlagen geübt und dabei absichtlich auf ihren Kopf gezielt hatten. Danach hatte es eine Weile gedauert, bis sie genug Selbstvertrauen gefunden hatte, um ein Tor zu schaffen, durch das sie hindurchgehen konnte. Ein Großteil ihrer damaligen Übungen hatte darin bestanden, im Minivan ihrer Mutter auf die herkömmliche Methode in die Stadt zu fahren und dort zu klauen und Geld aus offenen Kassenladen einzusacken. Manchmal gesellten sich ein oder zwei der Jungs zu ihr und machten Ablenkungsmanöver. Doch damals in der Anfangszeit fehlte Mollie der Mumm zur Schnelligkeit und Kurzentschlossenheit, während den Jungs die Raffinesse fehlte (sie fehlte ihnen immer noch und würde ihnen auch immer fehlen). Und so entwickelte sich Mollie Steunenbergs Asskraft für die Polizei von Cœur d'Alene zu einer stadtbekannten Quelle für Ärger (und einer gehörigen Menge Spaß).

Deshalb schenkte der diensthabende Polizist im Kootenai Emergency Health Center in Cœur d'Alene Mollie keinen Glauben, als diese nach dem entstandenen Chaos eine

Verbindung vom Stall in das Krankenhaus öffnete. Es war auch nicht gerade ihre beste Lüge, die sie hervorbrachte. Sondern vielmehr die erbärmlichste. Mollie war vollkommen erschöpft, hatte sich noch immer nicht ganz von ihrem Tobsuchtsanfall erholt und war so traumatisiert von dem, was sie im Stall gesehen und getan hatte, dass sie sich kaum auf den Beinen halten, geschweige denn eine Geschichte erfinden konnte. Doch der Polizist löcherte sie mit Fragen, während eine Prozession von Fahrtragen quietschend durch das Loch im Raum geschoben wurden und eine Spur aus Heu und Mist zurückließ. Medizinische Fachbegriffe hallten durch den Gang.

Vage erkannte sie den Polizisten aus ihrer Jugendzeit, als sie einmal in einem Walgreens Karamellriegel und ein bisschen Kleingeld hatte mitgehen lassen. Er berührte sie sacht an der Schulter und schob sie zur Seite, damit die Sanitäter durchkamen.

»Okay, kannst du mir erzählen, was passiert ist?«

(Auf der anderen Seite des Durchgangs holte die Sanitäterin, die als Erste eintraf, laut Luft und beeilte sich, die Verletzten zu stabilisieren. »Meine Güte! Was ist denn da passiert?«)

Mollie räusperte sich. Das tat weh, als versuchte jemand, ihr den Kopf mit einem Schnürsenkel abzutrennen.

Krächzend sagte sie: »Nun, sehen Sie, wir …«

Der Polizist beugte sich vor, starrte auf ihren Hals. Ihr fiel ihr Spiegelbild in einer Fensterscheibe auf. Am Hals hatte sie heftige violette Quaddeln. Sie würde sie unter einem Schal verbergen müssen, bis sie verheilt waren.

»Großer Gott! Wer hat das getan?«

»Was?«, krächzte sie. »Nein, nein, das war ein Unfall …«

Die Beulen auf dem Kopf konnte sie gut unter ihrem Haar verstecken. Gott sei Dank hatte Dad sie nicht im Gesicht getroffen oder ihr ein blaues Auge verpasst.

(»Wir haben zwei Männer unbestimmbaren Alters mit extremen fazialen und kranialen Traumata!« Als Erstes kamen die Tragen mit Jim und Troy, die sich ihre Gesichter gegenseitig zu Brei geschlagen hatten. Mollie fragte sich, ob die Sanitäter die blutigen Brechstangen bemerken würden oder die Zähne, die wie Hagelkörner im Stall verteilt lagen. *Unbestimmbaren Alters.* Mollie hustete feucht und schmeckte Erbrochenes.)

Der Polizist sagte: »Was für ein Unfall?«

»Ähm, wir haben gerade gearbeitet an einem … äh …« Sie schüttelte den Kopf, doch wurde ihr verwirrter Verstand davon nicht klarer. »Sehen Sie, unser Dad hat vor ein paar Jahren bei einer Auktion hydraulische Geräte erstanden. Bei einem Konkurswarenverkauf, als Mr. Geitzen damals an einem Herzinfarkt gestorben ist und seine Frau den Betrieb aufgegeben und ihr Grundstück an Monsanto verkauft hat. Seine zweite Frau war das, glaube ich. Dad dachte …«

Der Polizist zeigte auf ihren Hals und den Stall auf der anderen Seite des Tors.

Ach du Scheiße, fiel ihr auf. *Wenn er dorthin schaut, dann sieht er die Spielautomaten.* Sie wich zurück, sodass sie seitlich des Lochs im Raum zu stehen kam. Wenn er ihr folgte, würde er nicht mehr durch das Tor blicken können. Aber was sollte sie verdammt noch eins mit den Sanitätern machen? Einfach hoffen, dass sie zu sehr mit Lebenretten beschäftigt waren, um einen Haufen gestohlenes Casinoinventar zu bemerken? *Scheiße, Scheiße, Scheiße.*

»Okay. Dann war das ein Maschinenunfall?«

»Ja. Äh, ja. Die Maschinen. Das waren hydraulische Geräte, sehen Sie?«

(»… männlich mit mehreren Einstichen im Abdomen!« Das war Brents Trage. Mollie rief dem Pulk Pflegern und Ärzten nach: »Er bekam eine schmutzige Mistgabel in den Bauch! Er könnte Tetanus kriegen!«)

»Mistgabel?« Der Polizist betrachtete mit zusammengekniffenen Augen Brents Trage, die schon im Gang verschwand. Dann sah er sie stirnrunzelnd an. »Du hast doch was von Maschinen erzählt?«

»Oh, ja, war es auch. Beides, will ich sagen. Sehen Sie, die hydraulischen Teile, die, äh, da gab es einen krassen Druckanstieg, und als das Teil hochging, ist die Mistgabel, ähm, durch den Stall geflogen.«

(»… mehrere offene Brüche am Arm, womöglich ausgerenkte Schulter …« Jedes Mal, wenn die Trage über eine Schwelle fuhr, schrie Mick wie die Verrückten in Talas. Sein gebrochener Arm hatte mehr Gelenke als ein Zollstock.)

Der Polizist blinzelte. »Meine Güte! Was ist mit ihm passiert?«

»Oh. Äh, Mick stand zu nah dran, und als die Pumpe hochging, wurde er bis in den Heuboden hinaufgeschleudert. Er ist hart aufgeschlagen. Die Leute meinen ja immer, Lehmböden wären weich, aber das sind sie nicht, wissen Sie, nicht wenn sie von Leuten und Kühen und den ganzen Geräten, die rein- und rausfahren, festgestampft sind.«

»Klar.«

(»… Mann, Anfang fünfzig, mehrere Einstiche im Abdomen, starke innere Blutungen …«

»Das ist mein Dad«, rief sie. »Den müsst ihr auch auf Tetanus untersuchen!«)

»Noch eine Mistgabelwunde?« Der Cop hielt den Kopf ein wenig schief, kniff die Augen zusammen, als wollte er das Kleingedruckte lesen, das unter ihren Augen eintätowiert war.

»Ja. Ich meine, nein. Will heißen, ja, aber es war keine andere Mistgabel, es war dieselbe Mistgabel.«

»*Dieselbe* Mistgabel hat deinen Bruder *und* deinen Dad im Bauch erwischt?«

»Ja. Die Zinken gingen glatt durch Brent durch und

haben Dad auch getroffen.« Das war immerhin einigermaßen wahr. Der Polizist grunzte und verlagerte das Gewicht. Die Vorstellung einer dreckigen, rostigen Mistgabel, an der Kuhdung klebte und die jemandem hinten zum Rücken wieder rauskam, brachte ihn sichtlich aus der Fassung.

Mollie krümmte sich vornüber. Keuchte. Kämpfte die Galle hinunter, bevor sie auf ihre Schuhe platschte.

Immerhin ein Schimmer von Mitgefühl war in den Blick des Bullen zurückgekehrt, als sie sich wieder aufrichtete. Doch erlosch der Schimmer sogleich wieder, denn kurz bevor das Sanitäterteam mit ihrem Dad um die Ecke bog, rief eine Pflegerin der Notaufnahme mit kristallklarer Deutlichkeit: »*... mehrere Bisswunden und ein abgetrenntes Ohr!*«

Nun drängte ihr Mageninhalt mit einer solchen Gewalt die Speiseröhre nach oben, dass ihr das Erbrochene nicht nur zum Mund, sondern auch zur Nase herauskam. Der Strahl ergoss sich über eine Reihe von Stühlen im Eingangsbereich der Klinik, und von dort spritzte es hoch auf den Polizisten, der sich nur dank seiner guten Reflexe vor dem Schlimmsten retten konnte.

Mollie kniete auf allen vieren auf dem Boden. Sie wusste nicht mehr, ob sie Dads Ohr abgebissen hatte, und falls ja, ob sie es geschluckt hatte. Während sie die letzten Fäden aus Kotze und Speichel betrachtete, die sich von ihren Lippen lösten, rätselte sie, ob die Ärzte wohl eine Methode hatten, das Ohr ihres Dads in ihrem Magen ausfindig zu machen. Dieser Gedanke brachte ihr neue Magenkrämpfe. Sie schmeckte Galle. Konnte sie jemals wieder ihren Vater und seinen unsymmetrischen Kopf betrachten, ohne daran erinnert zu werden, dass sie für einige Augenblicke zu geistlosen Kannibalen an der eigenen Familie geworden waren?

Ein Pfleger setzte Mollie in einen Rollstuhl, wischte ihr das Gesicht ab und schob sie zur Seite, während sich andere daranmachten, das ganze verdammte Wartezimmer zu desinfizieren. Der Polizist kniete sich neben ihr hin. Er fuhr sich mit der Hand durchs Haar. »Habe ich da eben etwas von Bisswunden gehört?«

♣♦♠♥

Es brauchte drei goldene Armreifen und ein Krügerrand, um an der Wache an der Zuliefererreinfahrt vorbeizukommen. Jetzt befanden sie sich in einem Areal mit Hangars und Lagern, das relativ weit von den belebten Terminals und Hauptpisten entfernt war. Franny hoffte, nicht bemerkt zu werden.

Überdies hatte er den Verdacht, dass das Chartern eines Flugzeugs in die Staaten ihn weit mehr kosten würde als der Kram, den er eingetauscht hatte. Deshalb machte er erst einmal eine genaue Inventur des Beutelinhalts, nachdem er den Wagen neben einem Hangar geparkt hatte. Außer dem Stapel Pässe und den Kassettenbändern barg der Beutel noch eine schwere Smaragd- und Goldkette, einen Halsreif mit Diamanten und Perlen – er fragte sich kurz, wie Abby mit dem Halsreif und sonst nichts am Leib aussehen würde –, einige ineinander verhakte Diamantarmbänder. Außerdem Ringe mit schweren Edelsteinen. In einem Samtbeutel befanden sich lose Edelsteine, die im Sonnenlicht in allen Regenbogenfarben flammten.

»Das habe ich … auf einem Diplomatenball getragen.« Ihre Stimme war rau. Franny fiel auf, dass sie den mit Perlen und Diamanten besetzten Halsreif in der Hand hielt. »Ich habe gut ausgesehen. Fand er. Durst«, schloss Baba Yaga und klang alt und ängstlich.

»Ich versuche, etwas Wasser aufzutreiben. Ich muss Sie eine Weile allein lassen. Nach einem Piloten und einem Flieger suchen. Halten Sie durch?«

Ihre Antwort bestand aus unverständlichem Gemurmel.

Doch Franny fasste es als Zustimmung auf. Er steckte den Beutel mit Edelsteinen in eine Tasche und das Smaragdhalsband in die andere, verbarg die Pistole auf dem Rücken und ging.

Viele Hangartore waren verschlossen. Dann entdeckte er ein geöffnetes Tor. Davor saß eine Frau auf einer Bank und rauchte eine Zigarette. Im Näherkommen fiel ihm auf, dass sie jünger war, als er erst gedacht hatte, und auf eine langbeinige, frischluftfanatische Art gut aussah. Ihr langes braunes Haar war zu einem Pferdeschwanz zusammengebunden, und unterhalb ihres linken Auges hatte sie sich eine Träne tätowieren lassen, die sich bis auf die Wange herunterzog. Er lächelte und ging auf sie zu.

»Hi, sprechen Sie Englisch?«

»Ein bisschen.« Sie streckte Daumen und Zeigefinger aus, einen Zentimeter voneinander entfernt. Ihren Akzent konnte er nicht zuordnen.

»Ist das Ihr Flugzeug?« Mit einem Nicken zeigte er auf die Maschine im Hangar. Sie war mattweiß und hatte ein paar Flecken. Sie sah auch nicht so aus, als könnte sie den Atlantik überqueren, aber vielleicht würden sie damit in eine Stadt mit einem offenen Flughafen kommen.

»Ja.«

»Kann ich es chartern?« Die Frau runzelte die Stirn. »Es mieten. Dass Sie mich wohin fliegen.« Er deutete mit einer ausladenden Geste zum Himmel.

»Sicher. Ja.«

»Bestens. Sehen Sie, ich habe kein Geld …« Das Stirnrunzeln wurde heftiger. »Aber ich habe das da«, beeilte er sich zu sagen, während er den Beutel mit Edelsteinen herauszog.

In die braunen Augen der Frau trat ein Funkeln. »Das passt.«

Sie drückte ihr Zigarette in einer Schale mit Sand aus, stand auf und schlenderte auf ihn zu. Ihre Bluse war nicht bis oben zugeknöpft, sodass er das Schwellen ihrer sonnengebräunten Brüste erkennen konnte. Offensichtlich sonnte sie sich gern oben ohne, und Franny sprach das gleich an. Sie roch nach Seife und Zigarette und Rosenparfüm.

»Wohin wollen Sie?«

»Zu einem internationalen Flughafen. Könnten Sie uns nach … äh …« Franny rief sich die Landkarten ins Gedächtnis, die er mit Jamal angeschaut hatte, bevor sie auf diese verrückte Reise aufgebrochen waren, um Joker zu retten. Erst dachte er an Russland, doch da Baba Yaga eine Vergangenheit beim KGB hatte, oder wie immer der heutzutage hieß, entschied er sich gegen dieses Ziel. »Könnten Sie uns in die Ukraine oder Türkei fliegen?«

»Sicher. Muss Flugplan einreichen. Geben Sie mir Juwelen, und ich mache das.«

»Lassen Sie mich kurz bedenken. Äh … nein. Reichen Sie den Flugplan ein, und Sie bekommen die Steine, wenn wir landen.«

Vielleicht lag es daran, dass sie schön war. Oder dass er schon mehr als erschöpft war. Oder an den Schmerzmitteln, die er geschluckt hatte. Jedenfalls entgingen ihm die Hinweise, die alarmierenden Anzeichen in ihrem Blick und ihrer Körperhaltung. Und so traf ihn die Spitze ihres neckischen halbhohen Stiefels direkt in die Eier. Er krümmte sich schreiend, fasste sich ans misshandelte Gemächt, und die abartigen Schmerzen schossen bis in seinen Kopf hinauf. Sein Mund füllte sich mit seinem Mageninhalt, und er sank auf die Knie.

Der Beutel fiel ihm aus der Hand, die Edelsteine prasselten wie vielfarbige Regentropfen heraus und tanzten auf dem Asphalt. Die Frau tastete hastig nach ihnen. Franny wollte seine Pistole greifen, konnte seine Hände aber nicht von seinen gequälten Eiern nehmen. *Die Smaragde, Scheiße!* Wenn sie ihn durchsuchen würde, wären die auch noch weg. Ächzend fasste er nach hinten, packte die Pistole und zog sie heraus.

Die Frau hielt inne, als sie die Waffe sah. Sie hatte die Hand in der Hosentasche, in die sie gerade ein paar Steine gesteckt hatte. Sie schnitt eine wütende Grimasse und sah gar nicht mehr so hübsch aus. Sie spie Worte aus, die sich wie ein Fluch anhörten, und schoss wie ein Windhund los, der das Knallen der sich öffnenden Startbox hörte.

Ächzend rappelte sich Franny auf. Ein paar Steine glitzerten noch am Boden. Als wäre er in Baba Yagas Alter, sammelte er sie schwankend auf. Von der Frau war keine Spur mehr zu sehen. Er hoffte, dass sie nicht die Soldaten alarmieren würde. Wenn das Militär so korrupt war wie die Polizei, hätte er vielleicht eine Chance.

Eines hatte ihn diese Erfahrung gelehrt – es würde ihm nicht gelingen, einen Deal auszuhandeln und dann Baba Yaga zu holen. Er brauchte sie bei sich, wenn er sich auf die Suche nach einem Piloten machte, damit sie gleich aufbrechen konnten. Er ging zum Wagen zurück. Sie war bei Bewusstsein, aber nur gerade so.

»Das stellt sich als schwieriger heraus als erwartet. Ich muss Sie mitnehmen, und Sie werden auch ein Stück laufen müssen, weil ich die Hand für die Pistole frei haben muss. Kriegen Sie das hin?« Sie verzog das Gesicht, nickte aber. Er hing sich den Beutel über die Schulter, legte ihr das Smaragdhalsband an und hievte sie hoch.

Mit Baba Yaga am Arm ging er zwischen den Gebäuden herum. Der Asphalt strahlte Hitze ab, sodass ihm seitlich, am Rücken und an den Koteletten der Schweiß herunterlief. »Der Schwarze. Haben Sie … ihn … getötet?« Ihre Stimme war hauchdünn.

»Nein«, fuhr Franny sie an. »Er hat mir erzählt, was Sie ihm angetan haben. Dem Pater Squid.« Er stellte fest, dass Wut einen Geschmack hatte, und Baba Yaga schrie auf, als sich sein Arm fester um sie spannte. Mit einiger Mühe beruhigte er sich.

»Der Priester … war ehrenhaft … Das macht einen immer dumm …« Ihre Stimme versagte.

Er wollte sie verdreschen. Ihr von Pater Squid erzählen. Von seiner Bedeutung in Jokertown, seiner Freundlichkeit, seiner Anständigkeit, seiner schlichten Güte. Stattdessen murmelte er: »Sie sind ein beschissenes Ungeheuer.«

»Nein, Junge, die Ungeheuer kommen erst noch.«

Wieder lockte ein offener Hangar. Diesmal näherte er sich sehr viel vorsichtiger. In dem Hangar war ein Mann, etwas älter, mit asiatischen Gesichtszügen. Er machte ein Flugzeug startklar. Diese Maschine hatte nicht nur Flecken, sondern auch Stellen, an denen der Lack völlig abgeplatzt war und der Rost durchschimmerte. Die Cockpitscheibe war schon rissig.

»Ein beknackter *Millennium-Falke*«, murmelte Franny. »Nun, so lange er den Tasikianern entkommen kann oder vor was auch immer wir in Talas weglaufen …« Er stellte Baba Yaga ab, behielt aber den linken Arm um sie gelegt. Er meinte, seine verwundete Schulter würde leichter mit dem Gewicht fertigwerden als mit dem Rückstoß, falls er die Pistole abfeuern musste.

Der Mann hatte seine Arbeit unterbrochen. Mit einem Klemmbrett in der einen und einem Kugelschreiber in der anderen Hand stierte er auf die Waffe. Dieser Anblick pflegte die Leute zu fokussieren, dachte Franny.

»Meine Großmutter ist verletzt.« Ein Krampf lief durch Baba Yagas schmächtige Gestalt, als er sie Großmutter nannte. Er ging nicht darauf ein und fuhr fort: »Wir müssen hier weg. Wenn Sie uns fliegen, bekommen Sie ihr Halsband.« Der Mann blinzelte hektisch, gab aber keine Antwort. »Ach, Mist, Sie haben kein Wort verstanden, was?«

Baba Yaga übernahm das Sprechen. Mit der Hand berührte sie das Halsband. Der Blick des Mannes huschte zu den Smaragden, doch dann gleich wieder zur Pistole. Er erwiderte etwas. Franny verstand nur ein Wort. *Teheran*. Toll, das war ganz und gar nicht die Richtung, in die er fliegen wollte.

Es wurde noch mehr gesprochen. Obwohl Baba Yagas Stimme kraftlos war, lag etwas in ihrem Ton, was Franny die Nackenhaare aufstellte. Das schien der Typ auch zu spüren, denn er nickte und zeigte auf das Flugzeug.

»Schaffen Sie mich an Bord, aber er soll mitkommen. Dann bewachen Sie ihn während der Startvorbereitungen. Ich habe ihm gesagt, dass Sie ihn töten, wenn er Dummheiten macht.«

»Interessante Verhandlungstaktik.«

»Hat besser funktioniert als Ihre«, brummte sie und ließ ihre Hand gegen seinen Schritt flappen. Obwohl die Berührung nur ganz leicht war, holte er zischend Luft. »Ich habe Männern oft genug in die Eier getreten, um die Anzeichen zu erkennen.«

Das Schrottflugzeug war nicht sonderlich schnell. Es brauchte mehr als drei Stunden bis Teheran. Die ganze Zeit hindurch hatte Franny im Cockpit gestanden und die Waffe auf den Piloten gerichtet, um sicherzugehen, dass er niemanden anfunkte. Seine Beine schmerzten und zitterten, der Rücken tat weh, die Hoden pochten, sein Kopf hämmerte, und die Schusswunden brannten. Die ganzen Schmerzen hatten jedoch den positiven Nebeneffekt, dass sie ihn wach hielten.

Der Pilot sah zu Franny auf, sagte etwas und zeigte auf das Funkgerät. Dann zuckte er hilflos die Schultern. Franny sah über die Schulter nach hinten zu Baba Yaga, die zwischen Kisten kauerte, und rief: »He, Baba Yaga, der Typ muss den Tower anfunken. Wenigstens glaube ich, dass er mir das sagen wollte. Ich brauche Sie.«

»Helfen Sie mir, Junge.«

Franny ging zu ihr, hievte sie hoch und half ihr ins Cockpit. Sie und der Pilot wechselten ein paar Worte. Darauf nahm der Pilot das Funkmikrofon in die Hand und gab einen Spruch durch. Etliche Zahlen und Buchstaben wurden ausgetauscht. Und zwar seltsamerweise auf Englisch. Dann übernahm Baba Yaga das Funkmikro und sprach in einer ganz anderen Sprache mit dem Bodenpersonal.

»Sie sprechen auch Arabisch?«, fragte Franny.

Sie sah ihn angewidert an. »Das ist Persisch. Kein Wunder, dass ihr Amerikaner überall bloß Scheiße baut.«

Einmal warf sie einen Blick zu Franny zurück und befahl: »Holen Sie die Pässe.« Er brachte ihr den Stapel, und sie breitete sie fächerförmig auf den Instrumenten aus. Die meisten waren für sie. Die anderen hatten Bilder von Mief, Glatze und Schnauzer.

»Leider sehe ich so überhaupt nicht aus wie Ihre Gorillas.«

»Egal.« Sie gab ihm Miefs Pass. »Hauptsache, die haben etwas zum Stempeln. Der Bürokratie wird Genüge getan.« Sie gab dem Piloten das Mikro zurück und ließ sich auf den Sessel des Kopiloten fallen, so sehr hatte sie allein schon das Reden angestrengt. Sie schloss die Augen und atmete laut.

Ein paar Minuten später waren sie am Boden und rollten aus.

»Okay, dann mal raus«, sagte Franny.

»Nein. Wir warten«, befahl sie.

Franny kannte sie nun schon lange genug, um zu wissen, dass er bei diesem Ton keine Erklärung zu erwarten brauchte. Laster fuhren heran, um die Fracht zu entladen. Und Uniformierte tauchten auf, Zollbeamte, wie Franny vermutete. Sie überprüften das Konnossement und warfen einen kurzen Blick auf die Pässe. Dann gingen sie wieder.

Es wurde weiter abgeladen. Franny ließ sich im Frachtraum niedersinken und lehnte sich an die gewölbte Wand. Ungefähr dreißig Minuten später tauchte ein Mann in einem westlich geschnittenen Anzug auf. Er und Baba Yaga unterhielten sich auf Farsi, wie Franny inzwischen wusste.

Sie winkte Franny heran und bedeutete ihm, ihr das Halsband abzunehmen und es dem Piloten zu geben. Das tat er. Dann nahm sie die Kassetten aus dem Beutel und gab sie mitsamt ihren verbleibenden Wertsachen dem Mann im Anzug. Darauf hob dieser Baba Yaga hoch und trug sie aus dem Flugzeug. Franny stolperte hinterher. Er würde es dem alten Aas zutrauen, dass sie ihn nach allem, was er getan hatte, hier zurücklassen würde.

»Fairuza sagt, dass der Luftraum über Kasachstan gesperrt ist. Wir haben Glück gehabt, Junge. Wir reiten auf den Flügeln des Sturms.«

»Ja, totales Glück«, brummte Franny, und die Nähte in seiner Seite zogen.

Als sie um das Frachtflugzeug herumgegangen waren, wartete auf der anderen Seite ein schlankes, modernes Düsenflugzeug auf der Piste. Die Treppe war heruntergelassen, und die Maschinen wurden gerade gestartet. Ein großer Mann in einem weißen Kittel ging an Bord. Aus einer Tasche seines Kittels hing ein Stethoskop. Trotz der medizinischen Symbole erinnerte der Mann eher an die verstorbenen (und nicht beweinten) Schnauzer, Mief und Glatze. Anscheinend wollte Baba Yaga sich nicht länger auf Franny verlassen.

Der Mann im Anzug trug Baba Yaga in das Flugzeug. Franny folgte ihr hinein und staunte mit offenem Mund über die elegante Inneneinrichtung. Noch einmal wechselten Baba Yaga und der Mann einige Worte, dann ging der Mann. Die Türen wurden geschlossen, und sie rollten die Piste entlang. Baba Yaga lehnte sich auf einem breiten Ledersessel zurück und drückte mit ihrer verbliebenen Hand die Kassetten an ihre verwelkte Brust.

Franny hievte sich ebenfalls in einen Sessel und schloss den Gurt. »Wie … wie?«

Sie machte die Augen auf und durchbohrte ihn mit schneidendem Blick. »Ein paar Gefallen. Ein wenig Erpressung. Und Geld. Viel Geld. Das ist eine Kraft, die viel stärker ist als alle eure Asse.«

♣♦♠♥

Ein Stück hinter dem Doppelflügeltor am Ende der beeindruckend langen, ein wenig gewundenen Schotterauffahrt erhob sich die Villa. Das gusseiserne Rokoko-Tor war von imposanter Größe und so dick, dass Angel fand, es könnte sich lohnen, ihre Kraft an ihm zu messen. In die Mauer, die zu beiden Seiten weiterlief, als der Blick reichte, war eine Sprechanlage eingelassen. Angel vermutete, dass sie so angebracht war, dass man vom Auto nicht an sie herankam. Und sie hatte recht. Lonnegan musste sich abschnallen, die Tür aufmachen und sich weit zum heruntergekurbelten Fenster hinausbeugen, um die Klingel zu drücken.

Sie kehrte in eine bequemere Sitzposition zurück. Es knisterte, und dann sagte eine Männerstimme etwas auf Russisch.

»Sie sind jetzt in Amerika, Jack«, sagte die Polizistin. »Sprechen Sie Englisch.«

»Aber natürlich, Madam. Wen darf ich melden?«

»Detective Joan Lonnegan.«

»Ah.« Ein Zögern. »Sind Sie nicht etwas außerhalb Ihres Reviers?«

»Nicht so weit außerhalb, dass ich Ihren Arsch nicht ins Kittchen werfen könnte, wenn Sie mich nerven.«

»Nun gut. Ich sehe mal, ob der Master da ist.«

Sie warteten vielleicht fünfundvierzig Sekunden, bevor das Metalltor sich quietschend öffnete.

»In die Höhle des Löwen«, murmelte Lonnegan.

»Ist das klug?«, sagte Angel und betrachtete die steinerne Monstrosität, die immer größer wurde, je näher sie ihr kamen.

»Tja«, sagte Lonnegan. »Ivan Grekor ist vielleicht das größte russische Arschloch in der Stadt, aber er kann es sich noch nicht leisten, Polizisten und SCARE-Agenten einfach so abzuschlachten. Noch nicht. Im Übrigen wissen die Jungs, wo wir sind.«

»Wie tröstlich.«

Auf dem knirschenden Kies der gewundenen Auffahrt kamen sie nur langsam voran. Als sie das Haus erreichten, erwartete sie am Eingang, zu dem fünf Treppenstufen hinaufführten, bereits ein Empfangskomitee. Angel war keine Architekturexpertin, aber die Stufen vor dem Eingang, die Säulen links und rechts davon und die Fassade darum herum schienen ihr aus Marmor errichtet worden zu sein. Was für ein Baustil es war, konnte sie nur raten. Jedenfalls war er sehr verziert.

»Detective Lonnegan.« Ein gut aussehender alter Typ mit silbernem Haar beugte sich herunter und sah in den Wagen. Er war entweder wie ein Butler oder wie ein Botschafter gekleidet, da war sich Angel nicht sicher. Sie entschied sich für Butler, weil er einen britischen Akzent hatte. »Ah«, sagte er, als er sie bemerkte. »Und wen sollen wir dem Master denn sonst noch vorstellen?«

»Das ist Mrs Fox vom SCARE, auch als Midnight Angel bekannt.«

»Entzückt.« Er wirkte so, als wäre er tatsächlich entzückt, und streckte unnötigerweise die Hand aus, um erst Lonnegan aus dem Auto zu helfen und dann, nachdem er einmal um die Motorhaube herumgetrippelt war, auch Angel. Die beiden Frauen stockten beim Anblick des Mannes, der hinter dem Butler wartete. Er trug einen schlecht geschnittenen Anzug, eine dunkle Sonnenbrille und gehörte entweder zu den Typen, die sich zweimal täglich rasieren mussten, oder hatte es absichtlich ein paar Tage lang nicht gemacht. Er streckte die Hand aus, um den Autoschlüssel entgegenzunehmen.

Lonnegan schüttelte den Kopf. »Äh-äh. Ich habe zu viele von eurer Sorte eingeknastet, weil sie mit gestohlenen Autos gehandelt haben, und ich hänge sehr an meiner Karosse.« Es war ein schon leicht mitgenommener, rötlich brauner Toyota Corolla ungewisser Herkunft.

Der Butler mit dem so schön gefurchten Gesicht sah eine Weile gekränkt an den Himmel.

»Wie Sie wünschen, Madam.«

Sie folgten ihm die Stufen hinauf und in die Villa, dann lange durch Gänge und Zimmer mit schönen Teppichen, und die Entourage blieb immer dicht hinter ihnen.

Drinnen gingen die Stile genauso durcheinander wie außen, und alles war verschwenderisch verziert. Einmal kamen sie an einer Statue in einer schattigen Nische vorbei, und Lonnegan beugte sich zu Angel herüber und flüsterte: »Steht die nicht eigentlich im Louvre?«

»Ich hoffe es«, gab sie zurück.

Als Angel sich völlig überfordert fühlte und gänzlich die Orientierung verloren hatte, betraten sie ein Zimmer, das groß genug war, um ein Footballspiel darin auszutragen. Vor den Fenstern in der Rückwand hingen dicke Vorhänge, sodass es fast ganz dunkel war und man die gewiss protzigen Möbel gar nicht richtig erkennen konnte. Vielleicht fünfzehn Meter von der Tür entfernt glomm im Dunkel eine einzelne Schreibtischlampe. Hinter dem großen Tisch stand ein ebenso überdimensionierter Polstersessel.

Sofort zückte der Butler eine Taschenlampe und führte sie

wie ein Platzanweiser auf dem kostbaren, flauschigen Teppich zu dem Tisch.

Im Näherkommen fiel Angel auf, dass der Tisch womöglich älter war als Amerika und dass die Ungetüme zu beiden Seiten von ihm ebenfalls Polstersessel waren, wenn auch nicht so groß und dick gepolstert wie der Sessel dahinter, auf dem Ivan Grekor saß, auch Iwan der Schreckliche genannt, der Chef der russischen Mafia in New York City.

»Verzeiht mir die überwältigende Größe meines Büros, wie ich es nenne. Haha.« Grekor lachte nicht wirklich. Er sagte einfach nur Haha. »Ich bin gar nicht gern protzig.« *Natürlich bist du es*, dachte Angel. »Aber ich bin sehr gern von meinen Dingen umgeben. Haha.«

Er war klein, auch wenn man seine Größe unter dem bestickten Smokingjackett nur schwer bestimmen konnte. Er hatte sehr feine, fast zerbrechliche Gesichtszüge, vom Alter konturiert, vor allem rund um Augen und Mund. Seine weißen Haare waren kurz geschoren, dafür war sein weißer Schnauzer viel zu groß für sein Gesicht. Leblosere Augen hatte Angel noch nie in einem menschlichen Antlitz gesehen. Selbst Haifischaugen blickten freundlicher, erinnerte sie sich, selbst wenn der Hai dich fressen wollte.

»Bitte setzen Sie sich.« Der Mafiaboss deutete auf die beiden Sessel vor seinem Tisch.

»Entschuldigen Sie, dass wir ohne Anmeldung reinschneien«, sagte Lonnegan.

Grekor tat ihre Entschuldigung mit einer Handbewegung ab. »Kein Ding. Ich habe viel zu tun. Geschäfte.« Während er sprach, klappte er das altmodische Kassenbuch zu, das vor ihm aufgeschlagen gelegen hatte. »Aber für die Damen habe ich immer Zeit. Nun, ich erkenne natürlich die berühmte und schöne Razor Joan Lonnegan.« Er wandte sich zu Angel und spießte sie mit dem Blick seiner schwarzen Augen auf. »Aber wer ist dieses hinreißende Wesen?«

»Das ist Miss Fox«, versetzte Lonnegan trocken. »Alias Midnight Angel. Sie ist eine SCARE-Agentin.«

»Uuuh. Eine Agentin. Haha.« In gespieltem Schreck hob Grekor die Hand, doch wirkte er kein bisschen belustigt. »Ich weiß, reizende Dame, dass der Bund schlecht bezahlt. Bestimmt finden wir für Sie eine Stelle in meiner Organisation, vielleicht in meinem persönlichen Stab. Wäre weniger beschwerlich und gleichzeitig besser bezahlt.«

Angel traute ihren Ohren kaum. »Ich glaube nicht, dass mein Gatte das gutheißen würde«, sagte sie.

»Ihr Gatte?«

»Billy Ray.«

»Ah.« Zum ersten Mal war eine Regung in Grekors Auge auszumachen, aber welche Empfindung es auch immer sein mochte, sie war schneller wieder verschwunden, als Angel sie bestimmen konnte. Sie hoffte, dass es Furcht gewesen war. »Nun, man kann es ja mal probieren. Haha.« Er wandte sich wieder Lonnegan zu. »Die Schönsten sind immer schon vergeben, *njet*?« Er seufzte, zuckte mit den Schultern. »Nun, was kann ich für Sie tun, meine Damen?«

»Richtig«, sagte Lonnegan. »Nun, Mr Grekor, wir suchen eine Person, die Sie womöglich kürzlich gesehen haben. Captain Chavvah Mendelberg.«

»Mendelberg«, sagte er nachdenklich.

»Ja. Vom Jokertown-Revier.«

»Oh!«, sagte Grekor. »Ja! Mit den roten Augen und den Flossenohren. Ja, natürlich. Wie kommen Sie darauf, dass ich sie in letzter Zeit gesehen haben könnte?«

»Weil sie für Sie gearbeitet hat«, sagte Angel.

»Für mich arbeiten viele Leute, teuerste Dame.«

»Und wie viele davon sind Captain bei der Polizei?«

Der Mafiaboss breitete die Arme aus. »Sie würden sich wundern. Haha.« Er schien noch immer nachdenklich zu sein. Bis auf seine Augen. »Doch wie es der Zufall so will, haben wir uns heute am frühen Abend unterhalten.«

Lonnegan und Angel sahen sich kurz an.

»Und?«, fragte Lonnegan.

»Ich habe ihr gesagt, dass ich ihr nicht helfen kann, sosehr ich es auch möchte. Ich habe ihr eine Reise nahegelegt. Wie Sie wissen, besitzt sie die doppelte Staatsbürgerschaft in den USA und Israel.« Er sah auf die schlichte, aber elegante Golduhr an seinem Handgelenk. »Ich glaube, Ihnen bleibt gerade noch Zeit, den Flug von Newark zu stoppen. Wenn Sie sich beeilen. Haha.«

»Wir würden sie gern unauffällig festsetzen«, sagte Lonnegan. »Zum Beispiel in ihrer Wohnung. Aber anscheinend ist sie dort ausgezogen.«

»Oh? Wussten Sie das nicht?«, sagte Grekor unschuldig. »Sie ist schon vor einiger Zeit umgezogen. Wie es scheint, ist sie zu Geld gekommen. Irgendwie. Irgendwoher. Haha.«

Angel blinzelte und sie und Joan sahen sich wieder an. Dann richteten sie die Blicke erneut auf Grekor.

»Und kennen Sie die neue Adresse?«, fragte Angel so leichthin wie möglich.

»Natürlich«, sagte Grekor und nannte sie ihnen.

»Warum erzählen Sie uns das?«, fragte Angel.

Grekor wackelte träge mit der Hand. »Weil ich Sie mag, tue ich Ihnen einen Gefallen. Vielleicht tun Sie mir eines Tages auch einen Gefallen, *njet*?«

»Es wäre mir ein Vergnügen, bei Ihrem bevorstehenden Prozess als Leumundszeugin aufzutreten.«

»Erst einmal müssen Sie mich überführen.«

»Das ist dann *mein* Vergnügen«, sagte Lonnegan. Sie stand auf, und sie beide wandten sich zum Gehen.

»Teure Damen«, sagte Grekor. Sie blieben stehen und sahen zurück. »Seien Sie vorsichtig. Sie sind nicht die Einzigen, die heute Abend hinter der Captain her sind.«

Die beiden Frauen wechselten einen Blick, wandten sich ab und gingen rasch hinaus. Gleichzeitig zückten sie ihre Handys.

»Ich glaube, er mag Sie«, sagte Lonnegan.

Angel schüttelte es. »Ich fühle mich, als müsste ich duschen.«

»›Die Schönsten sind immer schon vergeben, *njet*‹«, äffte Lonnegan ihn nach. »Allein für diesen Satz hätte er eine Kugel in die Eier verdient.«

Angel lachte zum ersten Mal seit Tagen. Lonnegan lachte mit.

»Nein, aber mal im Ernst.« Sie blieb stehen und kicherte wieder los. »Im Ernst. Weshalb ist er so einfach mit den Informationen rausgerückt?«

Lonnegan fuhr so schnell um eine Kurve, dass die Reifen des Corollas quietschten. »Nun, zum einen hat er uns nicht viel erzählt, aber er hat uns zumindest unseren Verdacht bestätigt. Zum anderen glaube ich, dass er will, dass wir uns um seinen Misthaufen kümmern.«

»Und diese kryptische Warnung am Ende?«

»Ich glaube, dass er zwei Misthaufen hat.«

»Könnte sein.«

Schweigend fuhren sie weiter, und die Stille wurde erst unterbrochen, als Lonnegans Handy sich mit einem dramatischen Klingelton meldete. Angel brauchte einen Moment, um zu begreifen, dass es das Thema von *Polizeibericht* war, dessen Wiederholungen sie als Kind gern gesehen hatte. Es war immer am Nachmittag nach *Notruf California* ausgestrahlt worden, eine weitere Serie, die sie geliebt hatte. In Randolph Mantooth hatte sie sich regelrecht verknallt gehabt.

Lonnegan angelte das Telefon aus ihrer Hemdtasche und warf es Angel zu, die es beinahe nicht aufgefangen hätte.

»Gehen Sie ran«, sagte Lonnegan. »Ich behalte besser

beide Hände am Lenkrad, sonst machen wir ein paar Bürger sehr unglücklich, wenn wir ihre Autos streifen.«

»Hallo«, sagte Angel.

»Joan?« Angel brauchte einen Augenblick, um die Stimme zu erkennen. Es war Michael Stevens. Joan hatte ihm und Billy Bescheid gegeben, als sie bei der Prunkvilla des Mafiabosses losgefahren waren, um kurz Bericht zu erstatten. Stevens hatte gemeldet, dass Mendelberg noch immer als vermisst galt. Auf Joans Hinweis hin, dass die Captain sich vielleicht nach Israel absetzte, hatte er angeboten, sich bei den Fluggesellschaften zu erkundigen.

»Stevens«, sagte sie forsch. »Bathsheeba hier.« Kurz herrschte Schweigen. »Midnight Angel.«

»Oh, Bathsheeba. Hi.«

»Haben Sie beim Flughafen angerufen?«, wollte sie wissen.

»Ja. Keine Mendelberg hat bei der El-Al gebucht. Allerdings ein paar Last-Minute-Flieger, zwei davon weiblich.«

»Wahrscheinlich war sie auf eine Flucht gefasst«, sagte Angel. »Vermutlich hatte sie einen falschen Pass.«

»Genau. Wir lassen das Gate von Kollegen in Zivil aus Jersey beobachten, falls sie uns entwischt.«

»Ausgezeichnet«, sagte Angel und gab die Nachricht an Lonnegan weiter, die ungeduldig herumfuchtelte.

»Ausgezeichnet«, pflichtete sie ihr bei. »Was geht im Hauptquartier ab?«

»Was ist auf der Wache los?«, fragte Angel.

»Mein Gott!«, rief Stevens aus. Angel ließ es ihm durchgehen. »Das hättet ihr sehen sollen! Ray stürmte in das Gebäude wie ein verdammter Tornado. Ich glaube, er hat Staub aufgewirbelt, der schon seit den Dreißigern an den Wänden klebte. Allen fiel die Kinnlade runter. Wir glaubten, Ray und Maseryk würden aufeinander losgehen, doch Maseryk hat ihm zugehört, weil er begriff, dass Mendelberg vielleicht an der Verschleierung beteiligt war. Die Joker, die wegen unerlaubten Eindringens festgehalten worden sind, wurden verhört, und zum ersten Mal machte ihre Geschichte die Runde, und Maseryk hat so getobt, so hat ihn noch niemand erlebt. Auch die anderen waren alle stinkig. Maseryk hat fast zwanzig Kollegen abgestellt, um detaillierte Aussagen von den Jokern aufzunehmen, und er hat auch einen Einsatzwagen zu Mendelbergs Wohnung geschickt. Ich … ich bin vor einer Weile gegangen. Ich bin fast da …«

»Sie ist umgezogen. Sie hat eine neue Wohnung, hat die alte aber als Attrappe behalten«, erklärte ihm Angel.

»Scheiße!«, sagte Stevens. »Wo …« Angel wiederholte die Adresse, die Grekor ihnen genannt hatte. »Das ist nicht schlecht … Ich muss die anderen zu der neuen Adresse schicken.«

»Seien Sie vorsichtig«, warnte ihn die Agentin. »Wenn Sie als Erster dort sind, dann beobachten Sie nur, falls möglich. Stellen Sie sicher, dass sie nicht abhaut. Grekor könnte einen Killer auf sie angesetzt haben. Warten Sie, bis wir dort sind, bevor Sie was unternehmen.«

»Mach ich.«

»Und?«, sagte Lonnegan immerzu. Angel streckte ihr ihre Handfläche entgegen und bedeutete ihr damit zu warten. Nachdem Stevens aufgelegt hatte, gab sie Lonnegan eine Kurzversion. »Sie haben die Joker freigelassen. Die Frage ist nur, wer zuerst bei Mendelberg ankommt: Stevens oder wir oder ein Wagen mit wütenden Polypen aus der Wache.«

Lonnegan sah grimmig zum Fenster hinaus.

»Die Frage kann ich Ihnen beantworten: wir.«

Sie schaltete einen Gang hoch.

♣♦♠♥

»Sieh sie nicht an«, sagte Marcus. »Vermeide Blickkontakt. Sieh einfach nur auf den Berg.«

Sie waren immer noch in der Stadt, liefen schnell wie schon seit gefühlten Stunden. Olena antwortete ihm auf Ukrainisch. In letzter Zeit tat sie das häufiger, fiel in ihre Muttersprache zurück und führte panische Selbstgespräche. Sie wollte auf alles schießen, ihre Augen waren weit aufgerissen und wild, sodass alle Schönheit aus ihren verzerrten Zügen wich. Marcus wusste, dass sie kurz vor dem Durchdrehen war und gleich genauso überschnappen würde wie der Rest der Stadt.

Er drückte ihre Hand. »Hör mir zu! Schau auf den Berg. Schaust du zu ihm hin?«

»Er ist nicht mehr da«, sagte Olena. »Bei dem vielen Nebel sieht man ihn nicht mehr. Marcus, sie jagen uns.«

Marcus sah nicht hoch, um ihre Behauptung bezüglich des Bergs zu überprüfen. Und ja, scheiße, Mann, sie wurden gejagt, von hinten beschattet und von beiden Seiten von einem Rudel hundeartiger Gestalten belauert, die sich hinter einem Schleier aus Smog bewegten. Entgegen seines eigenen Ratschlags ließ er diese Kreaturen nie allzu lange aus den Augen. Die länglichen Wesen sprangen, wie er noch keinen Hund hatte springen sehen. Sie waren vollkommen unproportional, ihre Größe war schwer zu schätzen. Es stimmte etwas nicht mit ihnen, was er im trüben Licht nicht genau erkennen konnte. Sie kommunizierten mit Bellgeräuschen, die an eine Sprache erinnerten. Die ganze Zeit über wurden sie lauter und nachdrücklicher. Und sie näherten sich. Wurden frecher und gieriger.

Er wusste nicht, wie viel Zeit vergangen war, seit er Vaporlock getötet hatte, aber es kam ihm wie endlose Stunden vor, als wäre der Kampf eine ferne Erinnerung, weit weg geschoben von den Schrecken einer gestörten Stadt voller menschlicher und anderer Ungeheuer. Schüsse knallten. Schreie. Explosionen. Ganze Stadtteile gingen in Flammen auf. Überall Wahnsinn, wo er auch hinblickte. Im Schatten einer Seitengasse verborgen hatten sie eine Menschenmenge beobachtet, die an ihnen vorbeimarschiert war, Männer und Frauen, mit Sägen bewaffnet, mit Schlachtermessern und Äxten. Sie schwenkten abgeschlagene, bluttropfende Köpfe, die sie an den Haaren gepackt hielten. In einem Kreisverkehr war etwas auf eine Leiche zugekrochen. Erst hatte es wie eine gigantische Made ausgesehen, die im Gartenmulch freigelegt worden war. Bleich. Weich. Sich windend. Sie hatte kein Gesicht, dafür aber einen Kreis aus Zähnen, mit dem sie der Leiche die Hände abnagte. Nur die Hände. Als sie fertig war, erhob sie sich schwankend. Sie stand aufrecht und wurde zu einem wackligen, madenartigen Kegel, der davonwatschelte wie eine groteske Parodie auf den Menschen, der sie einmal gewesen war. Danach waren sie einer Gruppe Kinder begegnet, die die Gesichter im offenen Bauch einer toten Frau vergraben hatten und fraßen wie Tiere. Die Kinder sahen zu Marcus und Olena auf. Ihre Gesichter waren verkehrt, nicht nur, weil sie blutverschmiert waren, sondern viel schlimmer: Ihre Gesichtszüge flossen auf dem Schädel herum, als wären sie aus geschmolzenem Wachs. Olena jagte ihnen Kugeln in die Schädel, sodass ihre Hinterköpfe explodierten. Sie schoss und schoss, bis die Pistole nur noch klickte, als sie den Abzug drückte.

Und jetzt waren sie hier, ohne Munition, von Hundedingern verfolgt und noch immer in dieser gottverlassenen Stadt.

»Wir sind fast draußen«, sagte Marcus. »Sieh mich an, Olena. Es wird alles gut. Nur noch ein bisschen. Dann kommen wir zu den Soldaten, und dort sind wir sicher. Okay? Wir hauen ab, soll sich die Armee um diese Scheiße kümmern.«

Olena bemerkte etwas. »Nein«, sagte sie. »Nein, nein …«

Eines der Hundedinger tauchte auf, näher als sonst bewegte es sich auf seinen überlangen Beinen. Wo ein Hundekopf hätte sitzen sollen, befand sich ein ausgesprochen menschliches Gesicht. Augen, Nase und Mund eines Mannes. Die Kreatur zog die Lippen nach hinten und knurrte. Ihre Wangen bebten, und sie schnüffelte.

Olena sagte: »Sein Gesicht … Sein Gesicht ist …« Anstatt den Satz zu vollenden, schrie sie.

Marcus warf sich herum, als er hinter ihnen etwas hörte. Noch ein solches Wesen, diesmal ein Frauengesicht, schnatterte hinter ihnen. Er nahm Olena die Glock ab und fuchtelte damit herum. Der Mensch in der Kreatur musste die Gefahr einer solchen Waffe erkannt haben. Wütend ging sie auf und ab. Hungrig. Noch mehr solcher Wesen kamen herbei, jedes so furchtbar wie das andere.

Marcus sah sich um. Zugemüllte Straße, Ladenfronten mit eingeschlagenen Fenstern, ein Auto mit geplatzter Scheibe … Das musste reichen. Er riss ein paarmal an dem altertümlichen Türgriff, ehe die Tür aufging. Dann schob er Olena hinein und schlug die Tür zu. Sie sah verwirrt und ängstlich zu ihm auf. Ihre Hände trommelten gegen die Scheibe. Dann stockte sie. Ihre Augen wurden groß, und ihr Blick war auf etwas in seinem Rücken gerichtet.

Er warf sich herum, als sich der erste der Hundemenschen auf ihn stürzte. Er drosch auf ihn ein, erwischte ihn direkt am Kinn. Er nutzte den Schwung und wirbelte herum, sodass sich sein ganzer Schlangenkörper mit ihm wand. Die Hundemenschen bildeten einen Haufen, knurrten und fauchten tollwütig, mit bestialischen Gesichtern und gefletschten Zähnen. Es kam zu einem ausgewachsenen Handgemenge. Marcus schlug mit beiden Fäusten zu, wobei sich sein Oberkörper auf dem zusammengeringelten Schwanz drehte und hin- und herwarf, um auszuweichen. Einem Hund riss er die Beine weg. Einen anderen packte er am Hals und stieß ihm die Faust ins Gesicht. Einen, der ihn beißen wollte, hielt er mit der Handfläche an der gegnerischen Stirn von sich. Er klatschte ihn mit seiner Giftzunge ab. Einer weniger. Er versuchte, die anderen zu zählen, aber sie verschwammen alle. Mörderische Wut strömte durch seine Adern. Wenn er sie ließ, würden sie ihn fressen. Sie würden Olena fressen. Das würde er nicht zulassen, deshalb kämpfte er, wie er noch nie gekämpft hatte. Seine Fäuste schwirrten. Sein Körper schraubte sich. Sein Schwanz war eine mächtige Peitsche. Seine Zunge schnellte ein ums andere Mal heraus, gifttriefend.

Doch musste er nackte Haut treffen, wenn es wirken sollte, und die gab es nur in ihren Gesichtern. Ein kleines Ziel, in dem auch noch ein gierig schnappendes Maul saß. Die Hundemenschen krallten nach ihm. Sie rissen an seinen Schuppen und schlugen ihm Furchen ins Fleisch. Sosehr er auch herumwirbelte, es gab immer einen, den er nicht sah und der ihn in den Rücken biss. In den Arm. Sich in seine Schulter verbiss. Einer schnappte nach seinem Handgelenk und warf den Kopf hin und her, sodass er ihm die Haut aufriss. Er konnte ihn nicht abschütteln. Ein anderer bekam seine Schulter zu fassen. Andere drangen auf ihn ein und überwältigten ihn nach und nach.

Unter dem Gewicht der Gegner ging er zu Boden. Dabei fiel sein Blick auf Olena, die das Gesicht gegen die Scheibe drückte, entsetzt, verzerrt. Er konnte sie nicht mit ansehen lassen, wie er starb. Er konnte sie nicht in diesem Albtraum zurücklassen. Er konnte es einfach nicht. Und er würde es nicht tun.

Er fasste nach dem pelzigen Kopf der Kreatur, die sich in sein Handgelenk verbissen hatte. So hielt er sie fest. Seine Zunge fuhr heraus und traf sie am Nasenbein, sodass ihr Gift in beide Augen spritzte. Sofort ließ sie Marcus' Arm los, und der schleuderte sie in die anderen hinein. Er nutzte den

Schwung und rollte sich weiter ab. Dann ging er auf dem Schwanz nach oben, hob den Hundemensch, der an seiner Schulter hing und sich in seinen Rücken grub, nach oben. Die anderen griffen ihn mit ihren Krallen an, bellten, kläfften, hatten Schaum vor dem Mund. Er erhob sich, so hoch er konnte, und beugte sich dann. Er warf sich nach vorn und ließ sich so schnell fallen, dass das Vieh auf seinem Rücken herumgeschleudert wurde. Er ließ es auf das Autodach knallen und hörte, wie sein Rückgrat brach. Vor Schmerzen heulte es auf und ließ seine Schulter los. Marcus packte das Wesen und schleuderte es auf die anderen. Die sprangen zur Seite, sammelten sich wieder und drangen auf ihn ein.

Er wusste nicht, wie lange er noch durchhalten würde. Er kroch zum Auto zurück, bereit, im Kampf alles zu geben. Vielleicht war es sein letzter Kampf, dann würde er hier sterben, mit Olena in seinem Rücken, für die er kämpfte. Einen Augenblick lang schien es so, als würde genau das geschehen. Die Hundemenschen kamen mit gesenkten Menschenköpfen auf ihn zu, knurrten, witterten seine Schwäche. Es waren zu viele. Er hatte nicht genug Gift für sie alle. Er versuchte, sich ein Opfer auszusuchen. Er konzentrierte sich gerade auf einen, als der sich plötzlich umwandte. Andere taten es ihm gleich. Einer nach dem anderen stürzten sie sich auf den Hundemenschen mit dem gebrochenen Rückgrat. Ihr Knurren wurde leiser, und das Leiden des Rückgratverletzten nahm zu. Das Opfer wimmerte, quäkte, schnatterte in einer beinahe menschlichen Sprache. Die obere Körperhälfte wollte sich aufrappeln, doch die untere war schlaff wie eine Leiche. Das Rudel scharte sich um ihn. Neugierig. Schnüffelnd. Offensichtlich fasziniert von seinem Leiden. Sie atmeten sein Leiden, sogen es ein, und ihnen troff der Speichel.

Und dann stürzten sie sich auf ihn.

♣ ♦ ♠ ♥

Klaus, Jayewardene und Barbara sahen die ungeschnittene Live-Aufzeichnung von Al Jazeera, die der Generalsekretär ihnen besorgt hatte. Die Kamera, die Darren Cole, den Journalisten von Al Jazeera, auf seinem Weg zu dem wartenden kasachischen General begleitete, wackelte unstet. »Wie wäre es, wenn wir das Interview da drüben aufnehmen?«, hörten sie Cole zum Kameramann sagen. Er zeigte auf eine Stelle, wo ein Jeep stand. »So hätten wir die Absperrungen weiter im Hintergrund und die Leichen direkt in unserem Rücken.« Die Kamera wurde etwas ruhiger, als der Kameramann stehen blieb und dann General Ospanows grimmiges Gesicht näher heranholte. Hinter ihm erkannte man Rollen von NATO-Draht, aus dem eine Absperrung auf der Straße von Talas errichtet worden war. Die Außenbezirke der Stadt standen in Flammen, und wild auf der Straße, zwischen und in den Autos verteilt lagen Leichen in grotesken Stellungen, in den Windschutzscheiben und Karosserien klafften Einschusslöcher. Einige Wagen waren nur noch ausgebrannte Hüllen.

»Okay, Shahid«, sagte Cole, und die Kamera fuhr zurück, sodass man sah, wie Cole General Ospanow ein Mikro mit Schaumstoffkopf hinhielt. »General Ospanow, vielen Dank, dass Sie sich die Zeit nehmen, mit Al Jazeera über die Lage hier in Talas zu reden, wo sich das Chaos weiter unkontrolliert auszubreiten scheint …«

»Nein«, unterbrach der General ihn laut. »Es breitet sich nicht aus«, sagte er mit starkem Akzent. »Wir haben das Problem eingegrenzt und fest unter Kontrolle. In Talas gibt es zwar noch Schwierigkeiten, ja, aber ausbreiten? Nein. Das werden wir nicht zulassen. Hier kommt nichts vorbei.«

Barbara und Klaus schnaubten bei dieser Aussage. »*So eine Scheiße!*«, sagte Klaus auf Deutsch, und Babel schüttelte angesichts des Kraftausdrucks den Kopf und sah zu

Jayewardene hinüber, der weiterhin ganz ruhig das Video ansah.

Im Video war zu sehen, dass Coles Aufmerksamkeit nicht mehr dem General galt, der wortreich versicherte, dass alles unter Kontrolle war, sondern sich auf die Straße jenseits der Absperrung richtete. Als dies dem Kameramann auffiel, schwenkte er herum, sodass das Bild kurz unscharf wurde und sich dann wieder scharfstellte. Verschwommene Gestalten kristallisierten sich als Bewaffnete in Uniformen heraus, die sich zwischen den Leichen bewegten. Hin und wieder bückten sie sich.

»Was machen die Soldaten da?«, fragte Barbara, ehe die Kamera noch näher heranfuhr und sie die Antwort erkannten. Im selben Moment übertönte Coles entsetzte Stimme die des Generals. »Mein Gott, General, Ihre Männer … essen … essen die etwa die Leichen?«

Die Kamera schwenkte zurück auf Coles vollkommen erschüttertes Gesicht und das Lächeln, das General Ospanows Lippen umspielte, als er seine Pistole aus dem Holster nahm, sie direkt auf Coles Kopf richtete und den Abzug drückte.

Der Schuss untermalte eine Fontäne aus Blut, Gehirnmasse und Schädelsplittern. Einen Atemzug lang schien der Reporter noch zu stehen, dann sackte er zusammen. Sie sahen, wie sich der General zur Kamera wandte, und das Bild wirbelte wie verrückt herum, da der Kameramann offensichtlich die Beine in die Hand nahm. Noch ein Schuss, dann noch einer und schließlich ein ekelhafter Schlag und Dunkelheit. Von einem Augenblick zum anderen sah man nur noch Geflimmer.

Die drei saßen eine Weile stumm und benommen da. Dann stand Klaus auf. Vor Wut war er rot im Gesicht. »Mir ist egal, was wer sagt. Wir gehen dorthin. Und zwar auf der Stelle.«

»Die kasachische Regierung hat uns keine …«, fing Jayewardene an, doch Klaus tat seinen Einspruch mit einer schroffen Handbewegung ab. Mit seinem einen Auge funkelte er sie beide an.

»Barbara hatte die ganze Zeit über recht.« Klaus nickte ihr zu, und sie brachte ein schwaches Lächeln zustande. »Dort werden wir gebraucht, und nachdem ich das gesehen habe, ist mir scheißegal, ob wir eine Genehmigung von der Regierung haben oder nicht. Wir gehen.«

Jayewardene schüttelte den Kopf, sagte aber nichts. »Babs«, fuhr Klaus fort, »du sorgst dafür, dass die Concorde getankt und beladen ist mit den ganzen Satellitentelefonen, Proviant und der restlichen Ausrüstung. Ich will, dass wir in einer Stunde aufbrechen können. Außerdem brauchen wir Earth Witch und Michelle, wenn das geht. Ich rufe sie an. Vielleicht auch noch Tinker und Brave Hawk und wen ihr sonst noch für sinnvoll haltet. Ink soll ihnen Bescheid geben. In der Zwischenzeit gehe ich nach Hause und packe unsere Sachen.«

Sie hörte die Aufregung in seiner Stimme. Sein Auge funkelte vor Tatendrang, und sie spürte fast die Energie, die er abstrahlte. *Ja, so ist es richtig für ihn …*

»Barbara kann Sie nicht begleiten.« Das war Jayewardene. Sein unverblümter Kommentar riss ein Loch in die Energie, die sich im Zimmer aufgebaut hatte.

»Ich brauche sie«, sagte Klaus und blickte den Generalsekretär mit eisblauen Augen an, die so kalt waren wie Phantomstahl. Jayewardene saß gelassen am Tisch, beinahe lächelnd. Selbst Barbara hatte sich fragend zu ihm umgedreht. »Das kann nicht Ihr Ernst sein«, tobte Klaus. »Was ist mit dem Sprachenproblem? Ich brauche Babel dort, damit alle sich verständigen können und um dafür zu sorgen, dass sie es nicht können, falls das notwendig werden sollte. Ich … Wir brauchen sie. Um Verhandlungen zu koordinieren oder einfach nur, um mit den Leuten vor Ort zu reden. Sie ist unverzichtbar.«

Jayewardene schüttelte den Kopf. »Hier wird sie mehr gebraucht. Um alles mit der UNO zu koordinieren. Ich brauche jemanden, der das Komitee und seine Stärken kennt, jemanden, der das Ruder übernimmt, einen General, der alles überblickt. Hier. Hier gehört ein General hin, nicht an die Front. Ich brauche Barbara hier … und Sie auch, Klaus. Ich *weiß* das.« Er betonte das eine Wort ein wenig.

»Aber Klaus hat recht«, wandte Barbara ein. »Das Sprachproblem …«

»Wir haben Dolmetscher, die das für das Team erledigen können«, sagte Jayewardene. »Hier dagegen gibt es niemanden, der den ganzen erforderlichen Rest erledigen kann – hier in New York. Wir müssen uns hier über Strategien verständigen und neue Berichte durchgehen. Klaus, ich gebe Ihnen recht. Wir können nicht länger warten. Sie bekommen die Entscheidung, die Sie wollten, aber wir müssen noch viel Planungsarbeit leisten. Im Moment sind Sie, Barbara, in New York wertvoller, denn hier können Sie die Kommunikation zwischen mir und den Behörden, zu denen wir in Kasachstan noch Kontakt haben, aufrechterhalten. Sie können dafür sorgen, dass alle informiert werden und ständig auf dem Laufenden sind. Und von hier aus können Sie Klaus jede Hilfe senden, die er braucht.«

»Ink kann das doch auch alles, Generalsekretär«, beharrte Barbara. Sie wollte schreien, kreischen, wollte Jayewardenes gelassene Miene zerschmettern, obwohl sie wusste, dass er recht hatte. Auch wenn sie es gegenüber keinem der beiden zugegeben hätte, *fühlte* sich die Entscheidung richtig an. Allerdings hielt sie die Vorstellung kaum aus, dass Klaus ohne sie in diese ungewisse Hölle gehen würde. Sie zwang sich zu einer ruhigen Miene und unterdrückte ihre Gefühle.

Ihr fiel auf, dass Klaus nicht mehr diskutierte, sondern sie und Jayewardene schweigend beobachtete.

»Ink ist längst nicht so erfahren und leistungsfähig wie Sie«, beharrte Jayewardene, wie sie erwartet hatte. »Ich gebe zwar zu, dass sie großes Potenzial hat, aber sie lernt das Komitee immer noch kennen, die Persönlichkeiten, die daran beteiligt sind, und wie wir innerhalb der Organisation stehen, der das Komitee Rechenschaft schuldig ist und mit der sie eine Partnerschaft hat. Sie kennen alle diese Dinge in- und auswendig, und Sie sind es gewohnt, all die Regeln und Vorschriften zu beachten und trotzdem zu bekommen, was Sie wollen. Das ist Ihre Stärke und Ihr Beitrag, wichtiger noch als Ihre Asskraft. Den Berichten nach zu urteilen scheint die Situation nicht Verhandlungen und Verständigung zu erfordern. Ich habe meine Entscheidung getroffen, und jede andere wäre hier auch nicht denkbar«, erklärte er. »Das wissen Sie auch, würde ich meinen. Talas …« Er driftete kurz ab, nachdem er den Namen ausgesprochen hatte, und sein Blick ging zum Bildschirm. »Mit so etwas hatten wir es noch nie zu tun, und deshalb können wir auch nicht wie in der Vergangenheit reagieren.«

Er hat recht. Er hat recht, insistierte ein Teil ihres Bewusstseins, doch der andere plärrte noch immer vor Angst und Schrecken. *Ich muss bei ihm bleiben, vor allem jetzt. Er braucht mich … und ich brauche ihn. Ich darf ihn nicht verlieren.*

Sie wartete. Klaus sagte immer noch nichts und vermied es geflissentlich, die anderen anzusehen. Barbara nickte einmal, presste ihre Lippen zusammen, um ihre Gefühle im Zaum zu halten. Sie wollte, dass Klaus weiter darauf beharrte, sie mitzunehmen. Sie sah ihm an, dass er schon mit den Hufen scharrte, dass er loslegen wollte, mit Phantomstahl gewappnet ins Ungewisse aufbrechen wollte. Aber er sagte nichts, deutete kein bisschen an, was sie seiner Meinung nach sagen sollte.

»Na gut. Ich bleibe«, verkündete sie, sah dabei aber nur Klaus an. Sie stellte sich vor, er würde sie davon abhalten, würde den Kopf schütteln und darauf beharren, dass diese Entscheidung falsch sei. Doch sein Blick und die Miene blieben unverändert, und sie seufzte geräuschlos. »Ich kümmere mich um den Transport, Klaus. Erledige deine Telefonate und bereite dich vor. Um den Rest kümmere ich mich.«

♣ ♦ ♠ ♥

»Ich sehe die Soldaten«, sagte Marcus. Er hielt Olena am Handgelenk und führte sie durch das raue Gelände außerhalb von Talas. Die Landschaft war öde und dornig und wirkte im trüben Licht unheimlich. Er ging weiter in die Richtung, in der er den Berg vermutete. Die Landstraße befand sich links von ihnen. Sie war von Fahrzeugen verstopft, an denen ein Strom von Leuten vorbeizog. Er wollte sich zwar an die Straße halten, aber lieber keinen Menschen – und anderen Dingen – begegnen, solange es ging. »Wir sind fast da, Olena. Nur noch ein Stück weiter. Ich sehe sie schon. Wirklich.«

Es stimmte auch. Wenn er sich, so hoch es ging, auf seinem Schwanz hochreckte, konnte er die Umrisse von Panzern und Absperrungen und Soldaten sehen. Nicht mehr weit, und deshalb redete er weiter. Er hatte das Gefühl, er müsste reden, als wäre es die einzige Möglichkeit, sie bei der Stange zu halten. Seit er sie aus dem Wagen gezogen und sich mit ihr von den Hundemenschen, die ihren Gefährten verspeist hatten, weggeschlichen hatte, war es zunehmend schwerer geworden, sie zu beruhigen. Bald darauf hatten sie den Hubschrauber ihres Vaters gefunden, doch einer der Piloten war tot, und der andere war nicht aufzufinden gewesen. Olena hatte nach ihnen gerufen, war um den Hubschrauber herumgerannt und hatte etwas auf Ukrainisch gebrüllt. Es hatte mehrere Minuten gebraucht, bis Marcus sie davon überzeugt hatte, dass sie einfach weitergehen mussten. Eben nicht in der Luft, sondern zu Fuß und Schwanz.

Jedes Mal, wenn ihm die Ideen für aufmunternde Worte ausgingen, bekam sie diesen nervösen Blick, und ihre Augen machten den Eindruck, als wollten sie aus ihren Höhlen springen. Ihm war klar, dass sie schreckliche Dinge sah und dachte. Dinge, die tatsächlich da waren, und Dinge, die nur in ihrem Kopf existierten. Einmal hatte sie einen solchen Anfall von Panik bekommen, dass sie um sich geschlagen hatte, um von ihm wegzukommen. Sie hatte ihm das Gesicht zerkratzt, und einige Augenblicke lang schien sie ihn nicht gekannt zu haben. Als er sie endlich wieder zurückgeholt hatte, hatte er geweint und sie angefleht, doch einzusehen, dass es nur er war. Marcus.

Mein Gott, wir müssen zu den Soldaten kommen, dachte er. Vielleicht gab es dort Ärzte, die sie behandeln konnten. Er klammerte sich an diesen Gedanken, sprach ihn aus, in einem Ton der Überzeugung. Alles, so versicherte er ihr, würde bald gut werden.

Wie um dies zu bestätigen, tauchte aus dem Nichts plötzlich ein schlanker Düsenjäger auf, der sich mit einem lauten Knall ankündigte, der bis in Marcus' Schwanzspitze vibrierte. Er raste über ihre Köpfen hinweg auf Talas zu. Er funkelte wie ein gleißender Erlöser, ein Produkt von Technologie und Vernunft. Dann, so dachte Marcus, nahm die Welt draußen also wahr, was hier geschah. »Schau«, sagte er, indem er einen Arm um Olena legte und mit dem anderen nach oben zeigte. »Da kommt Hilfe. Die Leute wissen, was hier los ist. Ich wette, die schicken Asse, die sich darum kümmern.« Er drückte sie und war überglücklich, in ihrem Gesicht einen Funken Hoffnung zu sehen, als sie den Düsenjäger beobachtete. »Das Schlimmste haben wir …«

Olena holte japsend Luft. Marcus sah zur Stadt zurück. Die Schnauze des Jägers sackte ab. All seine Hightechpower schien zu welken. Er trudelte, kam in Schräglage und raste in das obere Stockwerk eines Wohnhauses am Stadtrand. Eine Explosion, eine Kugel aus Flammen, Rauch und umherfliegenden Trümmern.

»Scheiße. Scheiße ...« Marcus atmete das Wort ein paar Mal aus, bevor er sich an Olena erinnerte. Ihr zuliebe bemühte er sich, seine Gewissheit zurückzuerlangen. »Komm. Lass uns zu den Soldaten gehen. Wenn wir es zu denen geschafft haben, sind wir in Sicherheit.«

Ein paar Minuten später wurde er mit der Wahrheit konfrontiert. Seit sie nach Talas gekommen waren, hatte er hin und wieder Schüsse gehört. Das Geräusch war zu einer ständigen Untermalung geworden. Als sie sich jedoch der Absperrkette näherten und er etwas mehr auf die Straße zuhielt, um sich den anderen Fliehenden anzuschließen, fielen sehr viel öfter Schüsse, und sie waren lauter. Marcus wusste nicht, was dort vor sich ging, bis er auf eine Anhöhe kam und die Absperrung zum ersten Mal richtig sah. Es war nicht das, was er sich erhofft hatte.

Die Soldaten schossen, aber nicht, um die Fliehenden zu schützen. Sie schossen auf die Fliehenden. Die Straße war von Leichen übersät. Es herrschte Chaos. Leute rannten, um sich in Deckung zu bringen. Andere flehten die Soldaten an, näherten sich ihnen mit erhobenen Händen, nur um dann exekutiert zu werden. Manche liefen von der Straße herunter und versuchten, über die Barrikaden und Stacheldrahtzäune zu klettern. Viele hingen in den NATO-Draht-Schlaufen wie makabre, blutige Puppen. Marcus fiel der Soldat in dem Panzer in Talas ein. Weshalb hatte er geglaubt, diese hier wären anders? Er wusste die Antwort. Er hatte es geglaubt, weil er es hatte glauben müssen. Weil er es gewollt hatte.

Über ihm schwirrten Dinge vorbei. Einen Moment später hörte er das Maschinengewehrgeknatter, das auf die Kugeln folgte. Er duckte sich und zog Olena mit sich zu Boden. Soldaten an der ihnen nächsten Barrikade hatten das Feuer auf sie eröffnet. Da sie auf der Anhöhe ausgesetzt waren, schaute Marcus sich liegend nach Deckung um. Zurück den Hang hinunter, dachte er. Dann wären sie außer Sicht.

Er wollte es Olena gerade erklären, als das Wummern einer Panzerkanone ihn unterbrach. *Ein Panzer? Die schießen mit einem Panzer auf uns? Kranke Scheiße!* Noch mehr Soldaten richteten ihre Maschinengewehre auf sie, und weitere Panzer brachten sich in Schussposition. Da fiel Marcus auf, dass sie nicht auf ihn und Olena zielten. Sie schossen auf etwas hinter ihnen. Sobald ihm das klar war, spürte er es auch, spürte, dass etwas Gigantisches sich aus der Stadt näherte. Er hörte die Schritte, das Knacken und Reißen der zertrampelten Pflanzen und anderer Dinge. Er spürte das Beben in seinem Schwanz. Wie in Talas, als …

Er schnellte herum und sah Richtung Talas zurück. Da war es, das weidende Ungeheuer, das er vor dem Casino gesehen hatte. Es war riesig, noch größer als zuvor, hatte urtümliche Dimensionen angenommen, besaß noch mehr grotesk lange Beine. Sein Körper war angeschwollen, breiter und mehr in die Höhe gestreckt und von noch mehr schrecklichen Zellen übersät. Obenauf schwankte und wackelte, eigenartig langsam, das unförmige Ding ohne Augen, Ohren oder Mund, das der Kopf der Kreatur war. Das Geschöpf war jedoch nicht langsam. Auf den langen Beinen kam es trügerisch schnell voran. Es ging direkt auf Marcus und Olena zu.

Olena fing an zu brabbeln. Unnatürlich schnell und schrill, so gellend und unverständlich, dass es keine Sprache sein konnte. Ihr Blick war so irre wie noch nie. Sie wand sich aus Marcus' Armen und stand auf. Sie betrachtete das sich nähernde Monster und schrie. Marcus hechtete zu ihr, packte sie und versuchte, ihre Aufmerksamkeit auf sich zu lenken, doch sie hatte nur noch Augen für das Ungeheuer. Ihr Gesicht, das immer so schön gewesen war, verwandelte sich in ein Bild trostlosen Schreckens, das er fast nicht wiedererkannte.

Der Mähdrescher bewegte sich geradewegs auf sie zu, kam mit jeder Sekunde näher. Wenn Marcus sie nicht beruhigen konnte, würde einer dieser Arme sie pflücken und … Er flehte sie an, versuchte, ihr den Mund zuzuhalten, sie festzuhalten. Doch sie wand sich wie eine Wahnsinnige, völlig panisch. Sie kratzte und schlug ihn. Sie fletschte die Zähne, ging auf ihn los und biss ihn in die Schulter. Er ließ sie los, starrte entsetzt in ihr blutverschmiertes Gesicht. Hinter ihr näherte sich der gewaltige Mähdrescher und hatte sie fast erreicht.

Marcus tat das Einzige, was ihm einfiel. Kaum hatte er es gedacht, schnellte seine Zunge heraus und landete platschend auf Olenas Hals. Gift. Auf die nackte Haut. Als sie zusammensackte, huschte er nach vorn und fing sie auf. Er hielt ihren schlaffen Körper eng an seiner Brust und kroch auf die Absperrkette zu, während Kugeln und Granaten über ihm auf das riesige Monster zuschwirrten. Marcus flog über die Absperrung. Den Blick richtete er starr nach vorn und schlängelte weiter, was seine Kräfte hergaben. Ihm blieb nur noch ein Ort, wohin er sich wenden konnte. Nur ein Mensch, der vielleicht in der Lage war, die Frau zu retten, die er mehr liebte, als er es jemals für möglich gehalten hätte.

♣ ♦ ♠ ♥

Angel stand vor der Tür zu Mendelbergs Wohnung und dachte: *Hier war ich doch schon mal.*

Sie und Lonnegan waren vor den Polizisten aus der Wache an der Wohnung angekommen, aber nicht vor Stevens. Das dreigeschossige Gebäude, in dem sich die Wohnung befand, war Teil einer Reihe alter Brownstone-Häuser in der Nähe des Flusses und in einer unscheinbaren Mittelklassegegend, wohlhabend, aber nicht verschwenderisch. Mendelbergs Wohnung befand sich im zweiten Stock. Neben einer Topfpflanze vor dem Aufzug wartete Stevens schon auf sie.

»Bist du schon lange hier?«, fragte Lonnegan.

»Zwei Minuten«, sagte Stevens. »Kein Zeichen von Mendelberg.«

Sie sahen zur Tür am linken Ende des Gangs.

»Sind Sie sich sicher, dass es das ist?«, fragte Angel.

»2A«, bestätigte Lonnegan.

»Wollen wir's hoffen.«

Das Grün der Wände im Gang war verblichen. Der Teppich war schon abgenutzt. An der Wohnungstür übernahm Angel die Führung. Die Polizisten hatten ihre Waffen gezogen. Angel warf ihnen einen Blick zu und nickte. Lonnegan und Stevens machten einen Schritt zurück, als sie ihr Schwert heraufbeschwor, doch waren sie ihm immer noch so nah, dass sie die Hitze seiner Flammen im Gesicht spürten. Angel trat auf Höhe des Knaufs gegen die Tür, worauf diese aus den Angeln flog und in die Wohnung krachte. Danach hing nur noch das Schloss am Türrahmen.

Angel ging voraus, sah sich zu beiden Seiten um. Lonnegan und Stevens folgten ihr, teilten sich nach rechts und links auf.

Es war ein recht ansehnliches Zimmer. Der Teppich war aus dickem Flor, die Wände in einem geschmackvollen, satten und ruhigen Grünton gehalten. An einer Wand stand ein Kabinett mit wertvoll aussehendem Jadenippes, und darüber hing ein halbes Dutzend Ölgemälde. Auch die Möbel sahen teuer aus, auch wenn Angel nicht sagen konnte, wann oder wo sie gefertigt worden waren. Leider hatte die Tür einen kleinen Tisch mit dünnen Beinen und die elegante Vase darauf zerschmettert.

Doch ehe jemand etwas sagen konnte, erschien Mendelberg in einer offenen Tür, die weiter in die Wohnung führte. Sie stellte sich breitbeinig hin, hatte mit beiden Händen eine Automatik gefasst und hielt sie schussbereit. Wie Höllenfeuer leuchteten ihre roten Augen aus ihrer grimmigen Miene.

»Ihr Penner habt meine Ming-Vase kaputtgemacht«, spie sie aus.

»He!«, sagte Stevens.

»Schnauze!«

Angel stand ein kleines Stück näher bei ihr, und Mendelbergs Pistole war am ehesten auf sie gerichtet.

»Guten Abend, Captain«, sagte Lonnegan. »Wir haben gehört, dass Sie sich nicht gut fühlen, da wollten wir mal vorbeischauen und fragen, wie es geht.«

Mendelberg zischte, und ihre seltsamen Ohren flatterten wie Fischflossen in einem Strudel. Ihre Pistole ruckte ein wenig herum und zeigte jetzt auf die Polizistin.

»Ich habe Sie immer gehasst, Lonnegan«, sagte die Captain. »Immer so großspurig, so selbstsicher. Immer so tun, als wären Sie die Königin der Wache.«

Lonnegan lächelte leichthin. »Gut zu wissen«, sagte sie. »Würde mich fertigmachen, wenn ein Misthaufen wie Sie mich gemocht hätte.«

»Fühlen Sie sich in Ihren Normalogefühlen verletzt, Lonnegan?«

»Das Einzige, was mich schmerzt, ist das Wissen, wie viel Leid Sie verursacht haben, wie viel Schmerz und Tod. Und wofür? Grekors stinkendes Geld?«

»Glauben Sie etwa, diesen Kram bekommt man einfach so?«, fragte Mendelberg und deutete mit einem Schwenk der Pistole auf das Zimmer. »Das ist nichts, rein gar nichts gegen das, was meine Familie besessen hat, ehe die Nazis alles gestohlen haben. Und dann sind sie nach Amerika gekommen. Nach *Manhattan*, gerade rechtzeitig, um mit verdorbenen Genen neu geboren zu werden.«

»Traurige Geschichte«, sagte Lonnegan lakonisch.

»Traurig? Sie haben keine Ahnung, was traurig ist, *Schickse*. Ich bin in Jokertown geboren. Ich habe im Dreck gelebt und habe täglich Dinge gesehen, von denen Ihr vom Whiskey verdünntes irisches Blut in den Adern gefrieren würde. Ich habe mir den Arsch aufgerissen, um aus diesem Loch rauszukommen. Einen Abschluss von der Columbia *magna cum laude*. Als Klassenbeste von der Police Academy abgegangen. Und wofür? Als ich endlich Captain geworden bin, wo haben sie mich dann hingesteckt? Wieder in die Hölle, aus der ich entkommen wollte. Zurück ins Schrottrevier Fort Freak.« Mendelberg zuckte mit den Schultern. »Deshalb habe ich das russische Geld genommen. Warum nicht? Es war genauso gut wie das von der Stadt. Besser noch, denn ich zahlte keine Steuern drauf.«

»Wegen Ihres Verhaltens sind Joker gestorben«, sagte Angel.

»Joker verrecken jeden Tag.«

»Pater Squid ist gestorben«, murmelte Lonnegan.

»Der Priester einer falschen Bastardreligion.«

»Jamal Norwood ist gestorben«, sagte Angel.

»Ein beschissener Schauspieler, der es zum Handlanger der Regierung gebracht hat.« Mendelberg schüttelte den Kopf. »Ich hätte es fast geschafft«, sagte sie leise. »Ich hatte fast genug zusammen, um …«

»Für was?«, fragte Lonnegan.

»Für was?« Mendelbergs Ton wurde zu einem hysterischen Kreischen. »Um das richten zu lassen.« Sie wandte sich ihrem Publikum so zu, dass es ihre hauchdünnen Ohren gut sehen konnte. »Um Mensch zu werden!«

»Verdammt«, sagte Lonnegan. Bei ihnen allen fiel nun der Groschen, doch Angel brachte es nicht übers Herz, sie zu verdammen. »Sie haben Ihre Leute und Ihre Ehre verraten, weil Sie eine Schönheits-OP wollten?«

»*Das habe ich verdient!*«, kreischte Mendelberg, und der Geist erhob sich direkt vor ihr aus dem Boden.

Angel erkannte ihn sofort. Es war der Killer, der aus Jamals Hotelzimmer entkommen war, indem er durch den Boden getaucht war. Es war ein untersetzter Mann von knapp einem Meter siebzig, mit dicken Wangen, vorstehenden wässrig-blauen Augen und mit Kleidern, die aussahen, als kämen sie aus dem Fundus einer Filmparodie auf die Disko-Ära. Er trug ein glitzerndes, braunrotes Hemd aus irgendeiner ekligen Kunstfaser, die fies an seiner rundlichen Figur haftete, eine enge Hose aus demselben Material und glänzende schwarze Lederstiefel. Er wirkte verärgert und betrunken, was eine schlechte Kombination war. Er sah Mendelberg an, richtete eine seiner Pistolen auf sie, während er mit der anderen Angel in Schach halten wollte.

»Arschloch!«, geiferte Mendelberg und schoss.

Kugeln schwirrten herum wie wütende Wespen, gingen durch seine Brust und seinen Bauch hindurch, während Angel, Lonnegan und Stevens sich duckten. Mendelberg schoss ihr Magazin leer. Der Killer, der versuchte, alle im Blick zu behalten, sah und erkannte Angel jetzt erst richtig.

»Du hast meinen Andrej getötet!«, schrie er mit einem so breiten russischen Akzent, dass es sie an Boris Badonow aus der alten Zeichentrickserie Rocky and Bullwinkle erinnerte, die sie als Kind so geliebt hatte.

»Nein, habe ich nicht«, sagte Angel so ruhig wie möglich.

Sie hätte mehr Angst gehabt, wenn ihr nicht aufgefallen wäre, dass man durch seine Pistole genauso hindurchsehen konnte wie durch seinen Körper. Sie hoffte, dass Lonnegan und Stevens das auch bemerkt hatten.

»Du lügst.« Er hielt die Hand nicht gerade ruhig und lallte ein wenig. Zumindest hielt sie es für Lallen, aber vielleicht war es auch nur sein Akzent.

»Sie sagt die Wahrheit«, mischte sich Lonnegan ein.

»Klappe, du unnatürliche Kreatur!«, befahl der russische Killer, und seine Aufmerksamkeit und seine Waffe schwankten zwischen den beiden Frauen hin und her.

»Was?«, sagte Lonnegan verdutzt.

»Frauenpolizei!«, rief er aus. »Ist nicht natürlich! Ob hier oder in Mütterchen Russland. Keine Frau sagt mir, was ich tun darf! Ich spucke auf euch nutzlose Geschöpfe!«

Lonnegan ächzte. Der Kerl war völlig irre, dachte Angel. Irre, betrunken und genauso gefährlich, wie die Hölle Wirklichkeit war.

»Ich sage die Wahrheit«, versuchte sie es noch einmal. »Er ist im Krankenhaus.«

»Du hast meinen Andrej ins Krankenhaus gebracht!«, brüllte er und formulierte seine Anschuldigung um. »Welches? Ich gehe zu ihm!«

»He!«, bellte Lonnegan. »Hierher, Rasputin.«

Der Russe drehte sich schwankend um und richtete seine Aufmerksamkeit auf sie. Stevens kauerte auf dem Boden und hielt sich den rechten Oberarm. Einer von Mendelbergs wilden Schüssen musste ihn erwischt haben. Er verzog das Gesicht, war aber um einiges zurechnungsfähiger als Mendelberg, die die Augen weit aufgerissen hatte, keuchend atmete und immer noch den Abzug drückte, der wirkungslos vor sich hin klickte.

»Sieh mich an«, befahl Lonnegan. »Dein Kumpel ist gesund und munter. Wir können dich zu ihm bringen.«

Der Killer wollte ausspucken, doch aus seinem nur so halb körperlichen Mund wollte kein Speichel kommen.

»Nutzlose, unnatürliche Frauen.« Er beugte sich zu Lonnegan vor, sodass er ein oder zwei Zentimeter über dem Boden schwebte. »Dieses gottverdammte Land ist voll von ihnen.«

»Nimm deine Waffen runter«, sagte Lonnegan, »dann bringen wir dich zu Andrej.«

In seine hervortretenden Augen trat ein listiges Funkeln. »Natürlich.«

»Wenn du versuchst, uns auszutricksen«, warnte ihn Lonnegan, »siehst du Andrej nie wieder. Dann werde ich dich aufspüren und dafür sorgen, dass du den Rest deines Lebens in einer sibirischen Eishöhle zubringst.«

»Nichts kann mich aufhalten.« Wie ein besoffener Geist schwebte er auf Lonnegan zu, und mit der rechten Hand, die noch immer nicht ganz körperlich war, richtete er die Waffe auf sie. »Aber bevor ich zu meinem lieben Andrej gehe, töte ich die Schlampe, die ihn ins Krankenhaus gebracht hat.«

Er warf sich herum und ließ sich und seine Waffen vollends körperlich werden, doch Lonnegan hatte ihn lange genug abgelenkt. Währenddessen hatte Angel ihr Schwert aufgelöst und sich auf dem dicken Teppich leise wie ein Gespenst an ihn herangeschlichen. Jetzt packte sie seine Handgelenke. Sie riss einen Arm nach oben, den anderen drückte sie hinunter. Der Killer stieß einen gellenden Schrei aus und feuerte zweimal, ein Schuss ging in die Decke, der andere in den Boden. Zum Glück richteten die beiden Kugeln keinen weiteren Schaden an, außer dass sie die Nachbarn unter und über Mendelbergs Wohnung erschreckten.

Angel verdrehte ihm die Handgelenke, sodass sie beide knackten. Der Russe heulte auf und ließ die Waffen fallen. Mit dem Kopf schlug sie ihn bewusstlos, bevor er seinen

Körper auflösen konnte. Sie sah Lonnegan an und nickte. Die Polizistin nickte zurück.

Mendelberg gab ein kehliges Geräusch von sich und brach in der Tür zusammen, wo sie gestanden hatte. Sie zitterte am ganzen Leib, und Angel bemerkte Schaumblasen, die ihr am Kinn hinabliefen.

»Sie hat einen Anfall«, rief Angel und eilte zu Mendelberg. So sanft wie möglich schob sie ihre geharnischte Hand zwischen die Kiefer der Captain. Lonnegan kam zu ihr und hielt sie im Nacken, damit sie sich nicht den Kopf stieß. Zum Glück hatte der dicke Teppich bislang jeglichen ernsthaften Schaden verhindert. Ihre Absätze zeichneten wilde Figuren auf den Boden.

In der Wohnungstür herrschte Bewegung. Maseryk stürmte herein, donnernden Blicks und mit gezückter Waffe.

»Keine Bewegung!«, brülle er und sah sich verwirrt um.

Ray schlenderte nach ihm herein, begleitet von einer Horde Polizisten.

»Wie läuft's, Angel?«, fragte er.

»Gut, Billy, alles gut.«

»Klar«, sagte er und sah sich um.

»Hey«, sagte Michael Stevens. »Ich blute.«

♣ ♦ ♠ ♥

Als Wally ging, um Ghost abzuholen, und Joey aufbrach, um Abendessen einzukaufen – und bestimmt auch, um ein paar Zehenzettel einzusammeln –, war noch nichts entschieden.

Michelle sah auf das Telefon. Elf Nachrichten – von Klaus, von Barbara und sogar von Juliet. Sie ging in Adesinas Zimmer. Der Kokon mitten auf dem Bett, umgeben von Dingen, die man in einem Kinderzimmer eben so fand, hatte etwas Ekelhaftes. Auf dem Bett mit seinem rosafarbenen Blumenbezug und den Plüschtieren. Mit den Ocelot-Postern an der Wand und selbst eines von Joker Plague. Michelle hatte Adesina sogar einmal Drummer Boy vorgestellt, und Adesina hatte ihn gemocht, aber er war zu alt, als dass sie sich hätte in ihn verknallen können. Michelle hatte keine Ahnung, weshalb das Poster da hing, aber manchmal verstand sie ihre Tochter eben einfach nicht.

Es klopfte an der Wohnungstür, und Michelle machte auf.

Jayewardene stand im Gang, und das Licht der Deckenlampe spiegelte sich auf seiner Glatze.

Sie sah auf ihn herab, vollkommen verdutzt, dass der UN-Generalsekretär vor ihrer Tür stand.

»Lassen Sie mich rein?«, fragte er. Er klang beiläufig, aber sie merkte ihm an, dass er verärgert war. Er legte Wert auf Umgangsformen. Doch im Moment war ihr seine Liebe zur Förmlichkeit egal.

»Ich weiß nicht«, gab sie knapp zurück. »Kommt darauf an, warum Sie hier sind. Aber wissen Sie was? Eigentlich ist es mir egal, warum Sie hier sind.« Sie wollte schon wieder die Tür zumachen.

Er stellte sich in den Türrahmen. »Ich bin hier wegen der Sache in Talas.«

Michelle schüttelte den Kopf. »Das ist verrückt«, sagte sie. »Ich habe Barbara und Klaus gesagt – ich weiß nicht mal, wie oft –, dass ich nicht gehen kann.«

»Michelle, ich verstehe, dass Sie sich Sorgen um Ihre Tochter machen, aber manchmal gibt es Dinge, die wichtiger sind als der kleine Horizont unseres persönlichen Lebens. Und das ist so etwas.«

Michelle hielt den Kopf schief und sah ihn an, als wolle sie sagen: Willst du mich verarschen? »Das ist meine Familie«, versetzte sie hitzig. »Nichts ist wichtiger als meine Familie.« Dann zeigte sie auf den Fernseher. Der Ton war zwar noch immer aus, aber es liefen Nachrichten über Talas. »Niemand weiß, was dort los ist! Das könnte irgendein Blödsinn sein. Oder wieder so eine Situation wie im PPA. Sie wissen, wie man damit umgeht. Das kriegen Sie auch ohne mich hin.«

»Lassen Sie mich rein, Michelle«, sagte er. »Ich kann nicht hier draußen stehen bleiben. Ich habe keine Leibwächter dabei.«

Michelle machte einen Schritt zurück, um ihn hereinzulassen. »Wessen gottverdammte Schuld ist das, Jayewardene?« Normalerweise wäre sie so höflich gewesen und hätte ihn ins Wohnzimmer gebeten, hätte ihm einen beschissenen Tee gekocht und ihm ein paar Kekse auf ihren gesprungenen und bunt zusammengewürfelten Tellern hingestellt. Aber das hier war nicht normal, und sie hatte die Nase voll von allem, was mit dem Komitee zu tun hatte.

»Wir brauchen Sie, Michelle«, sagte er ernst. »Sie haben Erfahrung mit dieser Art von Außeneinsätzen. Sie können sowohl anführen als auch Befehlen folgen. Sie sind teamfähig, und wir brauchen Ihre Hilfe bei den neuen Rekruten, die dabei sein werden.«

»Oh, Gott, Sie kriegen doch Asse zuhauf, die Ihnen helfen können.« Sie war vollkommen genervt. »Wissen Sie was, lassen Sie mich Ihnen zeigen, weshalb ich nicht gehen kann.«

Sie drehte sich um und ließ ihn in der Tür stehen, denn ihr war egal, ob er ihr folgte oder nicht. Wenn er Adesinas Zustand erst einmal sehen würde, würde er ihr nicht mehr mit seiner bescheuerten Mission auf die Nerven gehen.

»Das hat meine Tochter sich angetan, Jayewardene«, sagte sie und zeigte auf den Kokon auf dem Bett. »Ich dachte, es wäre PTBS, aber inzwischen habe ich keine Ahnung mehr, was es verursacht hat. Ich weiß nicht, wann sie da wieder rauskommen wird. Und ich weiß nicht, als was sie da wieder rauskommen wird. Wollen Sie mir sagen, dass ich mein Kind ausgerechnet jetzt allein lassen soll?«

Jayewardene stand in der Tür. Die Mundwinkel hingen ihm herab, und er legte die Stirn in Falten. Dann sah er Michelle mit so viel Mitgefühl an, dass sie fast losgeheult hätte. Das hätte sie weder von sich noch von ihm erwartet. »Es tut mir so leid, Michelle«, sagte er sanft. »Es muss furchtbar sein, sie so sehen zu müssen.«

Und dann heulte sie wirklich. Mit dem Handrücken wischte sie sich die Tränen ab. »Ich kann einfach nicht glauben, dass Sie mich wegschicken wollen!«

Jayewardene seufzte schwer. »Ich wünschte, es wäre nicht so gekommen.«

»Wie gekommen?«, fragte sie. Ihre Nase lief, und sie fischte sich ein Taschentuch aus dem Spender auf dem Nachttisch.

»Ich habe Sie dort gesehen«, sagte er. Sein Ton war bleischwer.

»Und, was soll das heißen, verdammt?«

»Es soll heißen, dass ich auch eine Wild Card habe.«

Michelle sah ihn verständnislos an. Es hatte nie auch nur den leisesten Hinweis darauf gegeben, dass Jayewardene eine Wild Card hatte. »Und was tut sie?«, erkundigte sie sich. »Sie sind ganz offensichtlich kein Joker, es sei denn, Sie verbergen unter Ihrem Anzug einen Greifschwanz oder so was.«

»Ich bin Hellseher«, sagte er. Es klang, als wäre er erleichtert, es ihr sagen zu können. »Ich sehe Bruchstücke der Zukunft. Und, Michelle, meine Visionen treffen immer zu.«

»Ich nehme an, Sie wollen mir sagen, dass Sie eine Vision von mir in Talas hatten.«

»Ja«, sagte er. »Aber wichtiger noch: Ihre Tochter war auch in meiner Vision. Die einzige Möglichkeit, sie zu retten, ist zu gehen.«

»Ach, Blödsinn«, sagte Michelle. Sie fegte an ihm vorbei aus Adesinas Zimmer. »Ich kann echt nicht glauben, dass

Sie mir das erzählen. Das ist eine ganz neue Liga von mies, selbst für Komiteeverhältnisse.«

»Michelle!«

Sie blieb stehen. Noch nie hatte er in diesem Ton mit ihr gesprochen. Sie hatte gar nicht gewusst, dass er so wütend und gebieterisch sprechen konnte.

»Glauben Sie, ich würde meine Asskraft verraten, wenn es nicht absolut notwendig wäre? Sind Ihnen die Folgen bewusst, sollte das öffentlich werden? Nur eine Handvoll Menschen wissen um meine Fähigkeit. Und jetzt sind Sie eine von ihnen. Glauben Sie etwa, das mache ich leichtfertig?«

Sie war verblüfft. Sie war so gefangen in ihrer Entrüstung gewesen, dass sie gar nicht richtig darüber nachgedacht hatte, was seine Wild Card bedeutete. In seiner Position würde man ihn als Gefahr ansehen. Die Zukunft zu kennen, war etwas unglaublich Mächtiges – selbst wenn es sich, wie er es beschrieb, nur um Bruchstücke handelte, die aber immer zutrafen. Und wie viele Menschen würden gern an diese Fähigkeit herankommen? Und wie viele andere würden ihn töten, um zu verhindern, was durch seine Kraft offenbart werden könnte?

Aber er hatte ihr Hoffnung gegeben. Sie konnte nach Talas gehen und damit vielleicht Adesina helfen. Das wäre etwas, das sie *tun* könnte. In diesem Moment klopfte es an die Tür.

Michelle machte auf. Es war Joey mit den Einkäufen. Sie hatte zwei Zombiehunde mitgebracht, beides große Mischlinge. Sie schienen ziemlich frisch zu sein – rochen jedenfalls noch nicht.

»Wir haben Besuch«, sagte Michelle, als sie Joey und die Hunde hereinließ. Joey stellte die Tüten auf den Tisch und ging ins Wohnzimmer.

»Jayewardene«, sagte Joey. »Das ist ja mal krass abgefahren.«

»Hallo, Miss Herbert«, sagte er. »Es freut mich sehr, Sie wiederzusehen. Ich nehme an, Sie hatten einen angenehmen Besuch.«

Joey schnaubte. Höflichkeit hatte sie noch nie beeindruckt. »Jayewardene. Ihr habt wohl beschlossen, die richtig krass großen Nummern hinzuschicken.«

»Das habe ich tatsächlich«, erwiderte er. Er sah zu Michelle. »Was meinen Sie? Helfen Sie uns? Helfen Sie Ihrer Tochter?«

Die Zombiehunde legten sich auf den Boden und sahen zu Michelle hoch. Auch Joey musterte sie lange. »Was ist das für eine verdammte Scheiße? Was hat er eben gesagt?«

Michelle sah einen Moment zur Seite, dann richtete sie den Blick wieder auf Joey. »Ich kann dir nicht sagen, wie, aber er meint, die einzige Möglichkeit, Adesina zu helfen, ist, dass ich nach Talas gehe.«

»Das klingt nach total gequirlter Kacke«, spuckte Joey aus. Sie stieß den Daumen in Jayewardenes Richtung. »Weshalb solltest du diesen Arschgeigen glauben?«

Michelle und Jayewardene sahen sich lange an. Sein Gesicht verriet nichts, und ihr war klar, dass er auf ihre Entscheidung wartete.

»Joey«, sagte sie und wandte sich von Jayewardene ab. Sie sprach eindringlich und mit tiefer Stimme. »Du musst mir vertrauen. Wirklich vertrauen. Du weißt, dass ich Adesina niemals allein lassen würde, wenn ich nicht glauben würde, dass ich ihr damit helfen kann.«

»Was hat er dir gesagt?«, wollte Joey wissen. Sie hatte diesen dickköpfigen Ausdruck, den Michelle nur zu gut kannte. »Sag es mir!«

Michelle fuhr sich mit den Händen durchs Haar. »Das habe ich dir doch schon gesagt«, versetzte sie etwas energischer. »Ich kann es dir nicht weitergeben. Du weißt, dass ich es dir sagen würde, wenn ich könnte. Bitte, bitte, glaub mir.«

Joey sah Jayewardene finster an. »Ich weiß nicht, was für eine Gülle Sie ihr erzählt haben, und mein Mädel würde nicht gehen, wenn sie nicht glauben würde, dass es hilft. Aber ich habe ein Auge auf Sie. Und Sie wissen ja, die Toten sind überall.«

»Miss Herbert, ich achte Sie und Ihre Kraft mehr, als Sie ahnen«, sagte er mit einer leichten Verbeugung. »Und bitte lassen Sie sich gesagt sein, dass ich dies nie von Miss Pond verlangen würde, wenn es nicht absolut erforderlich wäre.«

Joey schnaubte. »Oh, Sie sind ein aalglatter Mistkerl, Jayewardene.« Sie seufzte und nahm Michelles Hand. »Ich kann bleiben und mich um Stupsnäschen kümmern. Und damit du's weißt, ich habe nie erlebt, dass du was getan hast, was du nicht für das Richtige gehalten hast.«

Auf einmal fühlte Michelle sich erleichtert. Sie wusste, dass Joey Adesina mit ihrem Leben schützen würde. »Danke«, gab sie zurück und drückte Joeys Hand. »Und ich rufe Wally an, ob er auch helfen kann.«

»Das kann ich selbst«, sagte Joey. Die Hunde sprangen auf. »Das weißt du.«

»Meine Güte, natürlich weiß ich das. Aber es schadet doch nicht, für den Notfall noch jemanden zu haben.«

Joey streichelte einen ihrer Hunde. Michelle bemühte sich, nicht völlig angeekelt zu sein. »Ja. Wally ist ein guter Kerl.«

»Dann ist es abgemacht«, sagte Jayewardene. »Wie schnell kannst du los?«

»Ich habe eine gepackte Tasche im Schrank«, gab sie mit einem Schulterzucken zurück. »Habe ich mir gleich nach meiner ersten Mission fürs Komitee angewöhnt.« Sie ging zum Schrank im Gang und holte eine Tasche heraus, wie sie beim Militär üblich war. Darin hatte sie Kleider, ein bisschen Proviant, Wasser, Erste-Hilfe und ein Solarladegerät für ihr

Handy. Und noch ein bisschen Kram, Reste von früheren Missionen.

Sie ließ die Tasche fallen und ging in Adesinas Zimmer. Als sie die Spitze des Kokons küsste, kamen ihr die Tränen. »Ich bin bald zurück, Kleines«, flüsterte sie. »Tante Joey passt auf dich auf.«

Joey stand in der Tür, als Michelle aufsah. Und dann fiel Joey ihr in die Arme und küsste sie überraschend zärtlich.

»Stell dich nicht wie eine beknackte Idiotin an da draußen«, sagte Joey, als sie sich voneinander lösten. »Ich brauche dich heil wieder zurück.«

Unwillkürlich musste Michelle lachen. »Wie hoch stehen die Chancen, dass ich nicht heil nach Hause komme? Du tust so, als würdest du mich nicht kennen.«

Joey nahm Michelles Kopf in ihre Hände und hielt ihn. »Ich meine es ernst«, sagte sie. »Ich brauche dich.«

»Ich brauche dich auch.«

»Dann beweg mal deinen Arsch und rette deine Tochter.«

♣ ♦ ♠ ♥

Angel und Billy Ray fanden eine leere Sitzecke im Gang vor dem Besprechungszimmer. Sie sahen zum Fenster auf New York hinaus, das sich in der Dunkelheit vor ihnen erstreckte und glitzerte wie am Himmel verstreute Sterne.

»War ein langer Tag«, sagte Ray.

Angel legte einen Arm um seine Taille und lehnte den Kopf an seine Schulter. »Das haben wir gut gemacht heute«, sagte sie.

»Ja.« Er neigte den Kopf, bis er ihren berührte.

»Was ist?«, fragte Angel.

Ray seufzte, was gar nicht typisch für ihn war. Er war in einer Stimmung, die Angel nur selten bei ihm erlebt hatte, seit sie zusammen waren.

»Das gefällt mir nicht«, sagte Ray. »Du weißt, ich will dich begleiten, aber die Agentur regelt sich nicht von selbst. Ich kann nicht mehr einfach gehen, wenn es mir passt, so wie früher. Nicht, dass ich das gerade unbedingt wollte.«

Sein ernster Ton verstörte sie. »Warum nicht?«

»Ich war schon überall – sogar in dieser abstrusen fremden Dimension, damals, als wir uns kennengelernt haben –, und ich habe viel kranken Scheiß gesehen. Dachte, ich hätte eigentlich schon alles gesehen, aber jetzt bin ich mir nicht mehr so sicher.« Er drehte sich zu ihr um und legte die Hände auf ihre schmale Taille. Sie legte ihre Hände in seinen Nacken. Seine durchdringenden grünen Augen waren von einer Ungewissheit umwölkt, die Angel nie zuvor gesehen hatte. »Das riecht übel. Du gehst da in eine vollkommen unsichere Geschichte rein, und ich glaube nicht recht, dass Sir Galahad der Typ ist, der dich in diesen Koteimer schicken sollte. Aber was soll ich machen?«

»Mach dir keine Sorgen, Billy. Der Herr wacht über mich.«

»Das soll er gefälligst tun«, sagte Ray, »und ich werde in den Startlöchern stehen, falls er es verkackt. Ruf mich an, und ich komme. Scheiß auf das SCARE.«

»Billy«, flüsterte sie und setzte ihm einen behandschuhten Finger an die Lippen. »Du sollst Gott nicht lästern.«

Dann küssten sie sich, eng umschlugen, und drückten sich fester aneinander, als es normale Leute taten. Es war, dachte Angel, einfach himmlisch. Sie wollte, dass dieser Augenblick ewig dauerte.

»Nehmt euch ein Zimmer.«

Sie beendeten den Kuss und drehten die Köpfe. Billys Stirnfalte verriet, dass er mächtig sauer war. Im Durchgang zur Sitzecke stand Bubbles. Sie war schön, fand Angel, größer als sie und dabei so schlank wie ein Model. Anmutig und elfenhaft wie die ganzen Blondinen in Peter Jacksons *Herr der Ringe.*

»Ich scheine euch immer zu unterbrechen, was?«

»Es sollte dir einfach keinen solchen Spaß machen«, knurrte Ray.

Bubbles ließ das Lächeln aus ihrem Gesicht verschwinden. »Tut mir leid, Leute. Wirklich. Klaus hat mich geschickt, ich soll dich holen, Sheeba. Wir brechen zum Flughafen auf.« Sie wandte sich zum Gehen, hielt aber noch einmal inne und sah die beiden noch einmal mit einem Grinsen an. »Vermutlich habt ihr aber noch Zeit, euch noch mal zu verabschieden.«

Sie ging.

»Nicht, wie ich es gern hätte«, sagte Ray leise.

»Ich weiß, was du meinst.«

Er legte die Arme um ihre Hüfte. »Ich habe mir überlegt«, sagte er tastend. »Wenn du zurückkommst. Vielleicht sollten wir dann mal was ändern.«

»Ändern?«

»Ich werde müde, Angel. Ich habe die Welt so oft gerettet, ich weiß gar nicht mehr, wie oft, und Scheiße, Mann, am nächsten Wochenende muss sie wieder gerettet werden. Wann ist es denn mal genug?«

»Vielleicht brauchst du Urlaub.«

»Ja, einen langen Urlaub.«

»Wie wäre es mit der schönen, sonnigen Innenstadt von Talas?«

Sie freute sich über das Lächeln, das seine schroffen, etwas asymmetrischen Züge aufbrach. »Vielleicht«, sagte er.

»Tschüss, Schatz.«

Sie küsste ihn noch einmal, wenn auch diesmal nur ein rascher Kuss, weil sie nicht glaubte, dass sie sich nach einem weiteren langen Kuss noch von ihm würde losreißen können.

Er ließ sie gehen. Sie drehte sich um und ging. Im Durchgang zur Sitzecke sah sie noch einmal zurück. Er sah ihr nach und hob die Hand. Sie warf ihm eine Kusshand zu und bog in einen anderen Gang ab, von wo sie ihn nicht mehr sehen konnte.

♣♦♠♥

Von der gähnenden, riesigen Öffnung des Hangars streckte sich das Rollfeld bis in die Dunkelheit, die Lichter, die es säumten, verschwammen im Nebel. Am östlichen Horizont dämmerte der Tag herauf. Bodenpersonal belud die Concorde des Komitees mit den letzten Containern Ausrüstung und Proviant. Bis auf Klaus waren alle Mitglieder des Komitee-Teams bereits an Bord. Auch die Piloten saßen schon im Cockpit, wo sie die letzten Sicherheitschecks durchführten.

Klaus, der von Generalsekretär Jayewardene und Barbara flankiert wurde, starrte in den Morgennebel. Barbara ging davon aus, dass er in Gedanken bereits in Talas war und Entscheidungen traf – jedenfalls war er nicht mehr ganz anwesend. Jemand vom Bodenpersonal kam zu ihnen herüber. »Wir sind fertig, Sir. Sie müssen an Bord sein, bevor Sie die Maschinen starten.«

Klaus nickte. Barbara fasste ihn am Arm und drehte ihn zu sich um. »Sei vorsichtig«, schärfte sie ihm ein. »Lass mich wissen, wenn du etwas brauchst, und ich organisiere es dir. Aber …« Sie seufzte. »Bitte sei vorsichtig.«

Er lächelte sie an, und dabei kräuselten sich die Falten in seinem Gesicht. »Das mache ich«, versicherte er ihr. »Wir halten engen Kontakt. Du hältst die Dinge hier am Laufen, und wir kümmern uns um Talas.«

Barbara drückte seinen Arm fester. Jayewardene, der hinter Klaus stand, wich diskret einen Schritt zurück und begann ein Gespräch mit dem Chef des Bodenteams. »Klaus, das Ganze gefällt mir nicht. Ich sehe zwar ein, dass ich hierbleiben sollte, dass ich hier mehr gebraucht werde, aber es gefällt mir nicht.«

Er strich ihr über die Wange, und sie neigte den Kopf zur Seite, um seine Finger zwischen Wange und Schulter einzufangen. »Mir gefällt es auch nicht. Aber ich bin bald zurück.«

Sie wünschte, sie könnte sich dessen sicher sein, doch ihr Magen verkrampfte sich unruhig. Sie ging auf die Zehenspitzen und drückte ihre Lippen auf seinen Mund. Eigentlich sollte es ein kurzer, sanfter Kuss sein, doch schon bald drückte sie sich heftiger an ihn, und der Kuss wurde dringlicher, verzweifelter. Ihre Augen wurden feucht, und als sie blinzelte, liefen ihr zwei Tropfen über die Wangen. »*Mein Liebling*«, flüsterte er auf Deutsch und löste sich von ihr. »Mach dir keine Sorgen.«

Barbara setzte die Fersen wieder auf den Asphalt, wischte sich das verräterische Nass aus dem Gesicht und schniefte. »Mach ich mir auch nicht. Tut mir leid …«

Klaus schüttelte den Kopf. »Brauchst dich nicht zu entschuldigen.« Er neigte den Kopf und küsste sie auf die Stirn. »Das ist bald vorbei, das verspreche ich dir. Du … du bist für die Sachen, die hier getan werden müssen, besser geeignet als ich. Ich … ich bin besser in dem, was dort getan werden muss. Deswegen sind wir doch so ein gutes Paar, oder? Ein gutes Team.«

Sie lachte kurz. »Dann geh schon«, sagte sie. Sie nahm seine Hand, drückte sie und ließ sie fallen. Klaus nickte. Nach einem langen Atemzug sah er zu Jayewardene hinüber. »Generalsekretär«, sagte er, »wir regeln das.«

»Darin habe ich alle Zuversicht«, gab Jayewardene zurück. Und damit schritt Klaus auf die Treppe zu, die zum Flugzeug hochführte. Er ging sie schnell hinauf, nahm immer zwei Stufen auf einmal. Oben winkte er ihnen noch einmal zu, bevor er hineinging. Das Bodenpersonal schob die Treppe weg. Jemand von drinnen schloss die Tür, und die Triebwerke liefen warm und ließen dabei ihr Greinen hören. Heiße Luft schlug Barbara und Jayewardene ins Gesicht, als die Concorde sich langsam drehte und auf die Rollbahn hinausfuhr.

»Ihm wird nichts passieren«, hörte Barbara Jayewardene im Brausen der Düsentriebwerke sagen. »Wir tun alles Notwendige, um das sicherzustellen.«

»Ja, das machen wir«, bekräftigte Barbara. »Das machen wir.«

♣♦♠♥

»Hey, Sheeba«, sagte Michelle, als Angel sich auf den Platz neben ihr setzte. Der Flieger war fast startklar. »Mit dir und Ray ging ja eine eindrucksvolle Knutscherei im Hauptquartier.«

Midnight Angel verdrehte die Augen. Michelle grinste sie frotzelnd an, hätte aber nie zugegeben, dass sie ein wenig – verdammt, mächtig – neidisch auf die Beziehung war.

Obwohl zwischen Michelle und Billy Ray immer gewisse Spannungen herrschten, bewunderte sie, wie sehr er Angel liebte – und wie bereitwillig er das zur Schau stellte.

»Ich bin mir bei diesem Team nicht sicher«, sagte Michelle und sah sich in der Kabine um. Mit Bugsy, Earth Witch, Lohengrin, Tinker und Lama hatte sie schon Einsätze durchgeführt, und deshalb kannte sie deren Stärken und Schwächen. Aber die neuen – Doktor Onweer, Aero und Recycler – waren unbekannte Faktoren. Aero mochte sie. Aber Onweer war, wie Ana schon festgestellt hatte, ein langweiliger Knilch. Er hatte sich kaum bemüßigt gefühlt, ihr Hallo zu sagen. Recycler schien ganz in Ordnung zu sein.

»Wo ist Klaus?«, fragte Sheeba.

»Der ist hinten und unterhält sich über Satellitenfunk mit Babel. Keine Ahnung, über was die jetzt zu reden haben.«

Sheeba zeigte ein wissendes Lächeln. Michelle brauchte einen Moment, um zu kapieren, was Angel damit meinte. »Oh«, sagte sie. »Dass Klaus mit ihr turtelt, während er auf einer Mission ist? Das sieht ihm gar nicht ähnlich.« Angel zuckte die Achseln.

»Wie geht es deiner Kleinen?«, fragte Sheeba höflich. Michelle spürte einen Stich in der Brust. Sie war sich immer noch nicht sicher, ob sie das Richtige tat.

»Nicht gut«, erwiderte Michelle. Dann erklärte sie, was mit Adesina geschehen war.

Angel runzelte die Stirn. »Kann gar nicht glauben, dass du sie allein gelassen hast«, sagte sie.

»Glaub mir, das war auch nicht meine erste Wahl«, gab Michelle seufzend zurück. »Aber Joey ist bei ihr. Und Wally hat sich bereit erklärt zu helfen. Ich glaube, sie ist in guten Händen.«

Angel machte große Augen und sah Michelle ungläubig an. »Du hast sie bei dieser … Wilden gelassen?«

»He!«, blaffte Michelle. »Hoodoo Mama ist keine Wilde. Sie flucht nur andauernd.« Sie spürte, wie sich in ihrer Hand eine kleine Blase bildete. »Es gibt nur ganz wenige Leute, denen ich meine Tochter anvertrauen würde, und sie gehört zu ihnen. Sie würde alles tun, um Adesina zu beschützen.«

»Tut mir leid«, sagte Angel, auch wenn in ihrem Ton immer noch Zweifel mitschwang. »Ich kenne sie nicht, und was ich über sie weiß, weiß ich vor allem von anderen Leuten. Ich war ungerecht und unchristlich.«

Die Blase stieg zur Decke und platzte. »Ist schon gut«, entgegnete Michelle und war froh, dass das Gespräch nicht zu einem Streit über Kindererziehung eskaliert war. Sie mochte Sheeba, und die Vorstellung, Angel könnte sie für eine schlechte Mutter halten, fand sie schrecklich.

In diesem Augenblick kam der Pilot aus dem Cockpit. »Hallo Leute, ich bin Captain Brown, und ich werde euch heute nach Talas fliegen. Die Flugzeit sollte ungefähr dreieinhalb Stunden betragen. Zeit zum Anschnallen.«

Als sie abgehoben hatten, stand Michelle auf, um nach den anderen Teammitgliedern zu schauen. Aero, Earth Witch und Bugsy drückten sich vor der Bordküche herum.

»Ist es nicht ein bisschen früh zum Picheln?«, sagte Michelle. Bugsy machte ein Bier auf und reichte es ihr. Sie trank einen Schluck. Es war hopfig, kalt und genau das, was sie brauchte.

»Keine Ahnung«, sagte Bugsy und zuckte mit den Schultern. »So ziemlich alle Einsätze wären mit Alkohol besser. Mit viel Alkohol.«

»Das hast du richtig erkannt«, sagte Ana und grinste Michelle verschwörerisch an, bevor sie ihre Flasche auf einen Schlag zur Hälfte leerte.

»Du solltest vielleicht etwas langsamer machen«, gab Aero zu bedenken. »Wir fliegen mit Überschallgeschwindigkeit, und das bedeutet, dass der Alkohol schneller und heftiger wirkt.« Dann zwinkerte er Michelle zu.

»Das will ich hoffen«, versetzte Michelle, und Ana zeigte mit einem Nicken ihre Zustimmung. Sie waren schon oft genug zusammen im Einsatz gewesen, deshalb wusste Michelle, dass sie beide nach einem Bier aufhören würden. Keiner von ihnen würde die Mission riskieren.

Auch Recycler und Tinker kamen zur Bar. Onweer blieb auf seinem Platz und warf ihnen über den Rand seiner Brille einen tadelnden Blick zu. Dann widmete er sich wieder seiner Zeitschrift. *Was für ein dufter Typ*, dachte Michelle.

»Gib mir auch eins«, sagte Tinker. Er hatte die üblichen Strandklamotten an. Eine Pukamuschelkette, zerlumpte blaue Jeans und ein Baumwollhemd, das so aufgeknöpft war, dass man seine sonnengebräunte Haut und seine ausgebleichte Brustbehaarung sehen konnte. »Nicht schlecht«, sagte er nach einem Schluck. »Gibt's was zu essen?«

Ana drehte sich um und zog eine der Metallschubladen heraus. »Sieht nach Sandwichs aus.« Sie holte die Schublade ganz heraus und stellte sie quer auf zwei Sitze. »Bedient euch, Leute.«

Alle nahmen sich Sandwichs und gingen an ihre Plätze, um sie dort zu essen. Michelle nahm gleich zwei, eins für sich und eins für Sheeba.

»Bitte sehr«, sagte sie, als sie sich setzte. »Ich hoffe, du magst Roastbeef.«

Angel lächelte. »Klar. Danke, dass du an mich gedacht hast.«

»Wir müssen jetzt aneinander denken«, sagte Michelle. »Wir schaffen die Mission nur, wenn wir uns gegenseitig den Rücken freihalten. Und uns ins Gedächtnis rufen, weshalb wir hier sind. Aber das ist ja nichts Neues für dich.«

»Und deshalb hast du deine Kleine allein gelassen?«, fragte Angel.

Michelle fingerte an der Sandwichverpackung herum. »Sie ist der einzige Grund, weshalb ich gehe.« Der Gedanke fühlte sich an, als würde man auf ihr Herz einprügeln, und sie stand auf, um eine Papierhandtuch zu holen. Als sie von der Toilette zurückkam, fiel ihr auf, dass Recycler allein saß.

»Hey, Tiago«, sagte sie mit einem Lächeln. »Wie geht's dir?«

Er lächelte blass zurück. Ihr gefiel sein Gesicht trotz der vielen Farben. Sie hatte weit schlimmere Joker gesehen.

»In deinem Dossier habe ich gelesen, dass du direkt nach *Heróis Brazil* rekrutiert worden bist«, sagte sie. »Warst du schon einmal in einen richtigen Kampf verwickelt?«

Ein bitteres Lächeln breitete sich über sein Gesicht aus. »Ich bin in den Slums von Rio de Janeiro groß geworden. Meine Karte wurde aufgedeckt, und ich habe meine Asskraft herausgefunden, als ich gerade in eine Schießerei zwischen der Curinga und kolumbianischen Banden hineingeraten war. Ich habe mich in eine Festung aus Schrott verwandelt und sie daran gehindert, einen Haufen Menschen zu töten«, sagte er stolz. »Ich habe bei der Fernsehshow nur mitgemacht, weil ich dafür ins Gefängnis sollte.«

»Gut«, sagte sie. »Dann kann ich mich darauf verlassen, dass du in einem Gefecht nicht den Kopf verlierst.«

Er biss von seinem Sandwich ab. Auf dem Tablett vor ihm lagen noch zwei weitere, und aus seinem Rucksack sah sie ebenfalls eines herausragen. Er war dürr wie eine Bohnenstange. Entweder hatte er einen abgefahrenen Stoffwechsel oder er war es nicht gewohnt, dass immer genug Essen da war.

»Ich will den Leuten nur zeigen, dass Curingas keine Missgeburten sind«, sagte er und beugte sich vor. In seinen verschiedenfarbigen Augen blitzte Stolz auf. »Dass auch wir *heróis* sein können. Dass wir Asskräfte haben können. Du hast keine Ahnung, wie es ist, Curinga zu sein.«

Michelle ließ sich auf den Sitz ihm gegenüber sinken. »Nein«, gab sie sanft zurück. »Aber meine Tochter ist eine Jokerin, und ich glaube nicht, dass sie eine Missgeburt ist.«

Er sah sie bekümmert an. »Entschuldige bitte«, sagte er. »Das mit deiner Tochter habe ich ganz vergessen. Ein hübsches Ass wie du – dir fehlt es doch an nichts – warum solltest du eine Jokerin adoptieren?«

»Weil sie mich braucht«, sagte Michelle. Schon wieder kamen ihr diese bekackten Tränen. »Und ich brauche sie.«

»Ich komme mit Befehlen klar«, sagte er unvermittelt. »Ich bin Teamplayer.«

Einen Moment lang neigte sie den Kopf, um ihre Tränen zu verbergen. Dann sah sie ihn an. »Ich glaube, dass du dich gut machen wirst«, sagte sie. »Ich glaube, wir haben Glück mit dir.«

Sie stand auf und kehrte an ihren Platz zurück. Sheeba las die Unterlagen, die sie zu Talas bekommen hatten. Es war ein schmaler Ordner.

Angel sah mit ihren leuchtenden Augen zu ihr auf. Sheeba war schön, aber Michelle hatte sich nie sexuell von ihr angezogen gefühlt. Das lag nicht daran, dass Sheeba sich nicht für Frauen interessierte, sondern weil Michelle ständig Joey einfiel, wenn ihre Gedanken Richtung Sex gingen.

»Nicht so prall«, sagte Michelle und zeigte auf den Ordner. »Noch nie sind wir mit so spärlichen Infos in einen Einsatz gegangen.«

Angel nickte. »Das gefällt mir ganz und gar nicht – zu viele Möglichkeiten, dass etwas schiefgeht. Und die Hälfte der Leute in diesem Team haben noch nie miteinander gearbeitet.«

»Das stimmt«, gab Michelle zurück. Sie sah zu Doktor Onweer hinüber und seufzte. Es half nichts. Sie musste mit ihm reden. »Ich bin gleich wieder da.«

Marcel sah zu ihr auf, als sie sich ihm näherte. Er saß allein und schien damit völlig zufrieden zu sein. Als sie sich ihm gegenübersetzte, runzelte er die Stirn.

»Tut mir leid, dass ich dich störe«, sagte Michelle. Das Einzige, was ihr leidtat, war, dass sie nicht mit ihm reden wollte. Manchmal war es ihr peinlich, dass sie keine gründliche Ausbildung hatte – trotz Gesetzen gegen Kinderarbeit, die eigentlich dafür sorgen sollten. Onweer verstärkte dieses Gefühl in ihr. »Schau, Dr. Orie, ich weiß, dass du mich für eine Idiotin hältst und meinen Beruf verachtest, aber ich war schon in weit mehr Gefechten als du, und was diesen Einsatz angeht, bist du ziemlich weit unten in der Hierarchie.«

Ihr war klar, dass das ziemlich kraftmeierisch von ihr war, aber sie wollte, dass er sie so weit respektierte, dass er ihren Befehlen folgen würde, sollte Klaus etwas zustoßen.

Er schmunzelte herablassend. »Meine Liebe, natürlich kenne ich die Hierarchie. Ganz ernsthaft wäre ich überall lieber als in diesem Einsatz. Ich habe richtige Arbeit zu erledigen, und lediglich aus Pflichtgefühl gegenüber meinem Vaterland bleibe ich hier.«

Er schwieg. Michelle hielt das Gespräch für beendet. Gott sei Dank.

»Gegen deine verkorkste Erziehung kannst du nichts machen«, fuhr er fort. »Nicht jeder ist für einen akademischen Abschluss geboren.«

Michelle wurde rot. Doch das Gefühl der Peinlichkeit verwandelte sich in Wut. Sie lächelte ihn kalt an. »Marcel, es geht mir am Arsch vorbei, wie du über meine ›verkorkste Erziehung‹ denkst. Nicht jeder ist zum selbstgefälligen, überqualifizierten Arschloch geboren. Schleudere deine Blitze, fall nicht tot um und bring auch niemand anders in Todesgefahr. Ist eigentlich ziemlich einfach.«

Er machte den Mund auf, doch sie bekam ganz schmale Augen und bedachte ihn mit einem tödlichen Blick. Da klappte er den Mund wieder zu, griff zu seiner Zeitschrift und las weiter.

Michelle kehrte zu Sheeba zurück. »Ich hasse diesen Typen«, sagte sie leise.

Angel lachte. »Willkommen im Club«, kicherte sie. »Wenigstens hast du ihn nicht auf Mathematik und Statistik gebracht. Das ist mal langweilig.«

»Oh, es besteht keine Gefahr, dass er bei mir mit so was anfängt. Ich bin ein schlichtes Mädchen mit einem schlichten Verstand, viel zu dumm, als dass man sich mit mir über so etwas unterhalten könnte.« Wenn sie es sich recht überlegte, war sie eigentlich ganz froh, dass er sie für eine Idiotin hielt.

Das Flugzeug hatte seine Reiseflughöhe erreicht. Als es die Schallmauer durchbrach, fühlte es sich an, als würde ihr jemand sanft den Rücken drücken. Die Wolken wurden dünner und lösten sich dann ganz auf. Sie waren am Rand der Atmosphäre, der Himmel war voller Sterne und der Mond eine leuchtende, silberne Scheibe.

Sie sah zum Fenster hinaus, betrachtete die Weite. Sie kam sich klein vor. Und zu ihrem Erstaunen machte ihr das gar nichts aus.

♣♦♠♥

Franny stand in der Toilette der Gulf Stream V. Anders als die sargartigen Zellen eines kommerziellen Flugzeugs hatte diese Toilette sogar eine schmale Dusche neben dem Waschbecken und dem WC. Das Heulen und Dröhnen der Düsen wirkten wie ein Schlafmittel. Er hatte sogar ein wenig Schlaf gefunden, bis Baba Yagas Stöhnen ihn wieder geweckt hatte und der Pfleger ihm mit vielen Gesten und Wortwiederholungen diese Aufgabe gegeben hatte.

Beim Aufwachen hatte er auch eine unangenehme Entdeckung gemacht. Die Pistole, die er seit Talas dabeigehabt hatte, und das Wegwerfhandy, das er in Schymkent gekauft hatte, waren ihm abgenommen worden. Er bekam das ungute Gefühl, dass sich ihre Rollen vertauscht hatten. Baba Yaga war nicht mehr seine Gefangene, sondern er ihr Gefangener.

Er kehrte zu Baba Yaga zurück. Der Sitz war ganz nach hinten gekippt. Der Pfleger fühlte ihr den Puls. Franny legte ihr ein feuchtes, kühles Tuch auf die Stirn. Sie keuchte, wollte sich aufsetzen, aber schrie vor Schmerzen auf.

Er drückte sie in den Sitz zurück. »Hey, alles gut.«

»Wo sind wir?«

»Irgendwo über dem Pol, glaube ich.«

»Gut. Gut«, seufzte sie. Sie starrte ihn an. Es war, als würde er von einem uralten Dinosaurier gemustert. »Wie heißen Sie, Junge?«

»Francis Black.«

»Francis.« Sie zog den Namen in die Länge, als wolle sie ihn auf der Zunge kosten.

»Nur meine Mutter nennt mich Francis und nur, wenn sie wütend ist.«

»Wie nennt man Sie dann?«

»Frank, aber meine Kollegen nennen mich Franny.«

»Ein Mädchenname.«

»Ja, Polizisten halt. Die kommen sich immer total witzig vor. Sind sie aber nicht.«

Er nahm das inzwischen fast wieder trockene Handtuch von ihrer Stirn, ging ins Bad und machte es wieder feucht. Der Pfleger tauschte einen Infusionsbeutel aus. Als er zurückkam, fragte er: »Und wie heißen Sie?«

»Sie kennen meinen Namen.«

»Ich habe das Märchen von Baba Yaga gehört. Es ist ein Spitzname wie Curveball oder Turtle.«

»Und Sie finden, er passt nicht?«, fragte sie, und die zerfurchten Lippen zuckten, da ein Lächeln über ihre Züge huschte.

»Eine unheimliche, furchteinflößende Alte, die Kinder frisst und sich mit Schädeln behängt …« Franny tat so, als würde er nachdenken. »Nö, das hat gar keine Ähnlichkeit.«

Sie reagierte auf seine Ironie mit einem eisigen Lächeln. »Passen Sie auf, Junge.«

»Ich dachte, ich wäre inzwischen zu Frank aufgestiegen.«

Das schien sie zu belustigen, und sie kicherte, was sich rasch in einen Hustenanfall verwandelte, von dem ihr schmächtiger Leib erbebte. Sie stöhnte und versuchte, ihre Schulter und den Armstummel vor den Erschütterungen zu bewahren. Franny war bewusst, dass sie das Monster war, das Joker entführt und sie gezwungen hatte, bis zum Tod miteinander zu kämpfen zum Vergnügen und Gewinn anderer, aber sie war auch eine leidende alte Frau. Er hielt sie und versuchte, ihre Schulter festzuhalten, während der Pfleger sich um ihren Stummel kümmerte.

Schließlich ließ der Husten nach, und sie legte den Kopf ab. Sie keuchte vor Schmerzen, und ihr Gesicht war schweißnass. Er wischte es ihr mit dem Handtuch ab und holte ihr ein Glas Wasser. Er hielt sie an seiner Schulter und führte das Glas an ihre runzligen Lippen, die sich um den Rand des Glases schlossen. Nach ein paar Schlucken nickte sie, und er legte sie wieder ab.

»Ich heiße Mariamna. Mariamna Solowjowa.«

♣ ♦ ♠ ♥

Donnerstag

Mollie blieb die ganze Nacht im Krankenhaus. Sie wartete dumpf, bis jemand (ein Polizist? ein Arzt? sie konnte sich kaum noch an das Gespräch erinnern) ihr versichert hatte, dass Dad, Brent, Mick, Troy und Jim nach den ersten Notoperationen stabil waren. Oder zumindest, dass keine unmittelbare Gefahr bestand, dass sie an ihren Wunden starben, sobald sie ein Tor zurück zum Hof öffnete. Mehr Gewissheiten waren nicht zu haben. Jim und Troy würden erst in einigen Stunden aus der Notoperation kommen. Die Ärzte waren noch im Triage-Modus. Die Überreste der Gesichter ihrer Brüder zu retten, hatten sie von vornherein ausgeschlossen.

Neben den körperlichen Verletzungen gab es auch noch psychische Wunden. Dad und die Jungs würden von beiden eine erdrückende Menge behalten. Mollie hatte eine am Hals und eine weitere in dem Bild, das sich durch die dunklen Ecken ihres Bewusstseins schlich, wenn sie die Augen schloss.

Aus einem Treppenhaus im Krankenhaus trat sie in den Stall. Als sie den Haufen blutbespritzter Münzen aus den Spielautomaten sah, wurde ihr ihr Fehler bewusst. Sie konnte nicht hier sein. Überall, nur nicht hier. Sie wollte aus dem Kühlschrank etwas zu essen stehlen und in ihr Schlupfloch in Bismarck gehen. Auf normalem Wege ging sie ins Haus und in die Küche. Sogleich wurde sie von einem butterigen, sahnigen, fleischigen Aroma warm eingehüllt. Mom kochte einen großen Topf Stroganoff.

Ach du Scheiße, dachte Mollie. Sie hatte gar nicht daran gedacht, Mom zu holen oder sie vorzuwarnen, dass die halbe Familie mit schweren Verletzungen im Krankenhaus lag. Die Küchentür fiel hinter ihr zu, ehe sie sie auffangen konnte. Eine Sekunde später kam ihre Mom in die Küche, als hätte der Lärm sie gerufen. Sie hatte noch die Schürze an und hatte sich ein Geschirrhandtuch über die Schultern geworfen.

Aus dem anderen Zimmer drang das Geräusch des Fernsehers, bei dem rasch die Kanäle wechselten. Die Jüngeren – Adam, Michael, Jeff – hassten *Glücksrad* und zappten sofort weiter, wenn Mom und Dad das Zimmer verließen. Sie mussten aus der Schule nach Hause gekommen sein, als Mollie im Krankenhaus gewartet hatte. Die Busse auf dem Land brachten sie oft erst eine Stunde nach Unterrichtsende nach Hause.

Mom sagte: »Seid ihr da draußen bald fertig? Was immer du wieder für eine Dummheit ausgeheckt hast, sie hält Vater und die Großen von ihren Arbeiten ab. Du kommst und gehst, wie es dir gefällt, tauchst auf, wenn es dir passt oder wenn du Hunger hast oder wenn du Wäsche brauchst, die du nicht selber machen willst, aber du vergisst, dass das ein Hof ist, wo es Arbeit gibt.«

Wer würde die Arbeit jetzt erledigen? Wie lange würden sie im Krankenhaus bleiben müssen? Selbst wenn sie aus dem Krankenhaus entlassen wurden, selbst wenn die Wunden geheilt waren, würde es noch lange dauern, bis …

»Mollie!« Mom schnippte mit den Fingern. Dann trocknete sie sich an dem Geschirrhandtuch die Hände ab und sagte: »Ich habe dich was gefragt. Wie lange hältst du Vater und die anderen im Stall noch von der Arbeit ab?«

»Es gab einen … Mom, es ist etwas passiert. Etwas Schlimmes.«

Sie wollte es erklären, merkte aber, dass sie es nicht konnte. Dass sie nicht wusste, wie sie erklären sollte, was geschehen war, weil sie es selbst nicht begriff. Weil sie noch nicht einmal darüber nachdenken wollte. Sie brachte heraus: »Sie sind im Krankenhaus.«

Mom ließ das Handtuch fallen. »Wer?«

»Alle.«

♣♦♠♥

»Ich wusste nicht, was ich sonst tun sollte«, sagte Marcus ungefähr zum hundertsten Mal. »Ich wusste es einfach nicht …« Er hielt Olenas bewusstlosen Körper an seine Brust gepresst. Er schnaufte schwer, hatte ein rotes Gesicht und war verschwitzt. Seine Arme zitterten vor Erschöpfung, aber er ging weiter. Das Einzige, was ihn antrieb, war sein Ziel.

Die Stunden, seit er durch die Absperrung gebrochen war, waren eine einzige Tortur aus Laufen und Sich-Sorgen-Machen gewesen. Er war Soldaten und Truppentransportern ausgewichen, die auf dem Weg nach Talas waren, und Flüchtlingen, die in Autos und zu Fuß aus der Stadt kamen. Wenn Hubschrauber niedrig über ihn hinwegflogen und in Richtung Talas flappten, ging er hastig in Deckung und wand sich sogar noch schneller, wenn Düsenjäger auftauchten – immer schlagartig und von einem ohrenbetäubenden Donner angekündigt.

Die ganze Zeit sah er nach Olena. Eine Zeit lang war sie sehr fiebrig gewesen. Manchmal fing sie an zu zittern und murmelte gelegentlich etwas. Später wurde sie ganz reglos und fühlte sich kälter an. Ihr Atem ging so flach, dass Marcus immer wieder dachte, sie würde sterben. Dass er sie umgebracht hatte. Wenn es tatsächlich so weit kommen sollte, wäre er nicht mehr in der Lage, mit sich zu leben. Dann würde er nach Talas gehen und sich dem Wahnsinn überlassen. Ein Teil seines Bewusstseins wollte das sogar jetzt schon. Doch erst musste er noch das eine versuchen, von dem er glaubte, dass es sie retten würde.

Erst als er von der Landstraße abbog und zum Dorf hinaufstieg, verklangen die letzten Geräusche des Chaos. Als er sich im heller werdenden Licht der Dämmerung über die Dorfstraße schleppte, schien die Welt beinahe normal zu sein. Ruhig. Friedlich. Die staubige Straße war leer, als hielte sie den Atem an. Er schlängelte sie entlang. Olena an seiner Brust war so schlaff, so kühl. Vor dem Haus des Handschmieds legte er sie auf der Straße ab. Er konnte kaum zusehen, wie kraftlos ihr Kopf wackelte, wie ihre Arme und Beine hinplumpsten. Er redete sich ein, dass sie nicht tot war. Noch nicht. Noch nicht.

Er kroch zur Tür des Handschmieds und klopfte. »Jirgal! Jirgal! Marcus hier. Bitte hilf mir!« Er hämmerte so lange gegen die brüchige Tür, bis sie geöffnet wurde. Jirgal sah ihn müde an, nur mit einem Nachthemd bekleidet. Die unförmigen Stummel seiner Hände waren nicht eingewickelt und wanden sich. Seine Frau stand hinter ihm und wirkte ängstlich.

»Olena stirbt«, sagte Marcus. »Sie ist ganz kalt und atmet kaum noch. Sie braucht Nurassil.«

Der Mann sah ihn verblüfft an, denn natürlich verstand er kein Englisch. Marcus packte ihn am Arm, zog ihn durch die Tür nach draußen und zeigte auf Olena. Jirgal sagte etwas und eilte zu ihr. Er kniete sich neben sie, fühlte ihren Puls, ihre Stirn. Dann sah er zu Marcus zurück. Marcus begriff, dass er erfahren wollte, was mit ihr los war. Aber selbst wenn sie dieselbe Sprache gesprochen hätten, was hätte er sagen sollen? Dass er sie vergiftet hatte, um sie zu retten? Und wie sollte er erklären, wovor er sie hatte retten wollen? Er konnte rein gar nichts erklären, und deshalb bettelte er einfach nur. »Bitte. Hol Nurassil. Bitte …«

Der Handschmied sah zu seinem Haus, und die Blicke der anderen folgten ihm. In der Tür stand Alija, und hinter ihr, halb verdeckt, Nurassil, eng an ihre Hüfte gedrückt und die großen Augen vor Sorge weit aufgerissen. Marcus wandte sich freundlich an den Jokerjungen. »Nurassil, bitte komm. Sie braucht dich.« Der Junge starrte ihn an. Sein Mund war so rund wie seine Augen. Marcus zeigte auf seine Tentakelhände. Er ahmte seine heilende Berührung nach. Er deutete auf seine eigenen Schnitte und Verbrennungen, berührte sie und zeigte dann auf Olena. »Aber nicht ich«, sagte er. »Sie. Heile sie.« Er wusste nicht, wie er das pantomimisch darstellen sollte, deshalb zeigte er mit flehenden Gesten auf sie und ließ ihre Bewusstlosigkeit für sich sprechen.

Nach einem aufmunternden Nicken seines Vaters schlüpfte der Junge auf seinen vielen Tentakeln nach vorn. Als er sich über Olena beugte, wich die Angst in seinem Blick der Aufmerksamkeit. Er nahm die Hände von seiner Brust, sodass die Tentakel zuckten. Mit einer Hand berührte er Olena am Hals, genau an der Stelle, wo Marcus sie mit der Zunge getroffen hatte. Die andere fuhr über ihre Stirn und hinunter zu Nase und Mund. Die Tentakel spreizten sich auseinander und bedeckten ihr gesamtes Gesicht. Marcus hätte fast geschrien, weil er Angst hatte, dass sie keine Luft mehr bekam. Doch er beherrschte sich. So seltsam es war, es zu beobachten, so hatte er sie doch gerade deswegen hergebracht. Wegen Nurassil, dem Jungen, den er ein Ass genannt hatte. Er wusste, wie sich seine heilende Berührung anfühlte, er hoffte nur, dass sie ausreichen würde, um Olena zu retten.

♣♦♠♥

Der Pfleger wärmte in der Küche eine Suppe für Baba Yaga auf. Franny hatte ein paar Stunden geschlafen und wachte mit einem Bärenhunger auf. Er machte sich ein Käsesandwich mit Hummus und träumte davon, nach Hause zu kommen und einen Cheeseburger zu essen und dazu Bier zu trinken. Im Flugzeug gab es eine gut ausgestattete Bar, doch er widerstand der Versuchung. Er musste einen klaren Kopf behalten und glaubte nicht, dass eine Kombination aus Bourbon und Schmerztabletten ihm dabei helfen würden. Er ging wieder zu Baba Yaga und setzte sich ihr gegenüber.

»Wir müssen allmählich Pläne machen.«

»Der Plan ist, dass Sie Nachrichten von mir an Leute weitergeben, die tatsächlich was ausrichten können«, blaffte sie.

Obwohl sein Nervenkostüm arg strapaziert war, riss er sich zusammen. »Na gut, meinetwegen, aber ich muss denen schon etwas anderes sagen können, außer dass eine Kriminelle mit ihnen reden möchte. Außerdem habe ich Sie verhaftet«, fügte er hinzu. »Sie können es ihnen selbst sagen.«

Sie lachte, und es klang erstaunlich kraftvoll wie das Krächzen einer Krähe. »Sie haben mich verhaftet? Sie wären echt niedlich, wenn Sie nicht so dumm wären. Mein Flugzeug, meine Leute. Ich könnte Sie bewusstlos prügeln oder aus dem Flugzeug werfen lassen, wenn mir danach wäre.«

Franny sah ans Ende der Kabine, von wo der Pfleger ihn mit einem kalten Blick bedachte. Der Pfleger war vielleicht zehn Zentimeter größer und vierzig Kilo schwerer als er. Wäre Franny nicht verwundet und erschöpft gewesen, hätte er es eventuell mit ihm aufnehmen können. Doch in seinem derzeitigen Zustand hatte er keine Chance.

»Okay. Verstehe. Trotzdem. Ich muss wissen, was los ist.«

»Etwas dringt in unsere Welt ein und macht schlimme Sachen mit unserer Realität. Es bringt Schrecken, Wahnsinn, Veränderung. Kann die Menschheit es überleben?« Sie schwieg einen Moment, bevor sie schwach den Kopf schüttelte. »Fraglich.«

»Wieder Andeutungen und nichts Genaues. Verdammt, so sagen Sie doch was!«

Sie neigte den Kopf. Er konnte die weiße Linie zwischen ihrem Schädel und ihren roten Haarspitzen sehen. »Ich erzähle Ihnen mal eine kleine Geschichte. Ich war einmal jung.« Sie bedachte ihn mit einem trostlosen Lächeln. »Ja, man sollte es nicht meinen … und schön. Mein Gefährte und Partner war ein Held von Mütterchen Russland, schön, tapfer, furchtlos.« Unwillkürlich wanderte ihre Hand zu der Medaille an ihrer Brust. »Er verfügte über große Kraft, die er im Dienste der Revolution einsetzte. Man hat ihn Hellraiser genannt, aber ich kannte ihn als Tolenka.«

»Okay. Toll. Und was spielt das für eine Rolle?«

»Sie haben ihn gesehen oder vielmehr seine Leiche. In dem Krankenhaus in Talas.«

»Der Joker?«

»Er war kein Joker. Er war ein Ass. Was in ihm ist, hat ihn verunstaltet und verformt«, erklärte sie.

»Was in ihm ist«, wiederholte Franny mit wachsender Beklemmung.

Baba Yaga sah auf. »Ein Wesen, das zu mächtig, zu schrecklich ist, um gebannt zu werden.« Ihre Worte stockten, und ihr Blick verlor sich in Erinnerungen. »Wir konnten nichts anderes tun, als es einzudämmen.«

Der Pfleger kam mit einer dampfenden Schüssel Suppe. Baba Yaga verscheuchte Franny mit einer Handbewegung.

♣ ♦ ♠ ♥

Es war ein heilloses Durcheinander.

Die Ansammlung von Militärs, Sanitätern und Presse außerhalb der in Nebel gehüllten Stadt Talas ließ sich nicht anders beschreiben. Michelle machte die Augen zu und rieb sich mit dem Zeigefinger die Stirn. Das normale Maß an desaströsem Chaos wurde hier noch einmal deutlich überschritten.

Während sie mit dem gepanzerten Hummer vorfuhren, fiel Michelle auf, dass die kasachische Armee die Szene dominierte. Khakifarbene Zelte waren aufgeschlagen worden, aber sie schienen wahllos in der Gegend zu stehen. Ums Lager patrouillierten Wachen in Zweierteams.

Ungefähr fünfundsiebzig Meter vom Militärlager entfernt hatte sich der Rote Halbmond eingerichtet. Wie die Soldaten hatten auch die Sanitäter Zelte errichtet, doch standen sie noch ungeordnet herum, als wären sie in großer Hast aufgebaut worden. Leute in gelben Rettungsanzügen holten Verletzte aus Krankenwagen. Michelle fiel auf, dass die meisten Leute auf den Tragen eine Pikdame gezogen hatten und einige Joker waren. Nur wenige sahen wie Normalos aus, doch heulten oder lallten sie sinnlos, während man sie transportierte. Ein panisches Summen lag in der Luft.

Eine Phalanx aus Sendewagen erhob sich hinter den orangenen Sandwichplattenabsperrungen aus Kunststoff. Doch die Gummibänder hielten die Filmmannschaften kaum davon ab, bis an die Puffer zwischen ihnen und den Leuten, die im Roten-Halbmond-Lager wichtige Arbeit verrichteten, heranzudrängen.

Innerhalb der Absperrung sprach eine Frau – Michelle nahm an, dass es sich bei ihr um eine Ärztin des Roten Halbmonds handelte – mit einem Reporter von MSNBC. Die Ärztin hielt ihren Schutzhelm im rechten Arm. Zwar hörte Michelle nicht, was sie sprachen, aber der Miene der Ärztin nach zu schließen, wollte sie das Interview so schnell wie möglich beenden.

»Meine Güte«, sagte Bugsy und fing an, Videos aufzunehmen, die er später auf seinem Blog veröffentlichen würde. »Die wissen, wie man so was inszeniert.«

»Ich habe das Gefühl, dass das nicht geplant war«, versetzte Michelle. Sie wusste nur zu gut, wie schwer es war, die Presse im Zaum zu halten, wenn sie einmal eine Story gewittert hatte. »Und mach deine Aufnahmen bitte nicht so auffällig. Ich weiß, dass du eine Insiderstory willst, aber werd deshalb nicht gleich zum indiskreten Arschloch.«

Bugsy wirkte verletzt. »Okay. Vielleicht bin ich manchmal ein Arschloch, aber ich bin hier, um dem Komitee zu helfen, also lass mich.« Ein paar Wespen lösten sich von seiner Hand und setzten sich auf Michelle. Sie wischte sie ungeduldig weg.

»Solange du machst, was Lohengrin von dir will, ist alles gut«, gab sie zurück. »Aber die Mission hat Vorrang. Wir anderen« –, sie zeigte auf die anderen Asse, die sich um den Hummer scharten – »sind aus einem bestimmten Grund hier. Und wir dürfen uns die Mission nicht vermasseln lassen.«

Angel und Ana kamen zu ihnen herüber. »Das ist ein einziger Sauhaufen«, sagte Ana. Sie schob die Ärmel ihres Baumwollhemds hoch und sah sich um. »Habt ihr auch den Eindruck, als wären die Zelte der Soldaten kürzlich umgesetzt worden?«

Angel und Michelle drehten sich um und blickten Richtung Talas. Dort sah man ein großes Areal mit niedergetrampeltem Gras und Schotterpisten, die ins Nirgendwo führten. Die Stelle lag ungefähr zweihundertfünfzig Meter vom derzeitigen Lager entfernt.

»Ich glaube, du hast recht«, sagte Michelle. Angel nickte. »Und der Nebel hängt teilweise über dem Areal.«

»Hast du Barbara schon Bescheid gegeben, was hier abgeht?«, fragte Sheeba Michelle. Sie klang gelassen und majestätisch wie immer.

»Ich dachte, das macht Klaus«, gab Michelle zurück und zog ihr Handy aus der Tasche. Es war ein Komitee-Telefon, mit dem sie überall telefonieren konnte. »Aber vielleicht ist es ganz gut für sie, wenn sie das Geschehen hier auch noch mal aus einer anderen Perspektive geschildert bekommt.«

Ein Soldat eilte herbei und salutierte vor Klaus, der ein paar Meter von ihnen entfernt stand. »Mr. Hausser, Sir«, sagte er hastig und mit starkem Akzent. »Ich habe Order, Sie und die anderen Komitee-Mitglieder zu General Nabijew zu bringen, damit er Sie rasch über die Lage informiert.«

Michelle sah sich noch einmal um. Ja, es konnte kein Zweifel bestehen. Es war ein heilloses Durcheinander. Während die anderen hinter Klaus hergingen, blieb sie zurück, um Barbara anzurufen. Ihr Anruf ging direkt zu Barbaras Telefon durch. Michelle machte sich schon darauf gefasst, Barbara alles zu erzählen, doch dann ging Ink ran.

»Hier ist der Anschluss von Frau Direktor Baden.«

»Du weißt doch, dass ich es bin, Juliet«, sagte Michelle etwas irritiert. »Dir wird doch die Nummer angezeigt.«

»Ich warte.«

»Meine Fresse! ›Hahn im Hühnerstall‹«, leierte Michelle die Losung herunter. »Ich glaub's echt nicht.«

»Ach, komm schon, Michelle«, sagte Juliet ungeduldig. »Du kennst das Prozedere. Ich geb dir Barbara.«

Michelle wartete einen Moment, bis Barbara ans Telefon ging.

»Michelle, habe so früh noch nicht mit einem Anruf von dir gerechnet. Hat Klaus dir gesagt, dass du anrufen sollst?« Sie klang ein wenig besorgt.

Michelle sah sich um, ob jemand mithören konnte. Dann ging sie ein Stück zum Hummer zurück, um sicherzugehen. »Hier geht es ziemlich drunter und drüber«, fing sie an und zog ihre Mütze noch tiefer in die Stirn. Die anderen Asse waren zwar auch allesamt bekannt und womöglich von der Presse bereits erspäht worden, doch Michelle stand noch viel mehr in der Öffentlichkeit. Sollte die Presse erfahren, dass das Komitee sich für Talas interessierte, konnte das eine Panik auslösen.

»Klaus und die anderen sind gerade zu General Nabijew gegangen. Ich werde dich, so gut es geht, auf dem Laufenden halten. Ich habe den Eindruck, du könntest gut jemanden gebrauchen, der dir sagt, wie die Lage ist … und wie es Klaus geht.«

Michelle meinte einen erleichterten Seufzer von Babel zu hören, und ihr war klar, dass sie richtiglag. Wenn Joey in einer ähnlichen Lage wäre, würde sie auch wissen wollen, wie es ihr geht.

»Klaus ist Klaus«, sagte Michelle. »Er nimmt die Zügel an sich, zieht sein Klausding durch. Ich kann nicht lange reden, sonst suchen die nach mir. Ich weiß, dass es gegen die Vorschrift verstößt, aber ich werde Joey anrufen wegen Adesina.«

»Du bekommst eine Sondergenehmigung von mir, Michelle«, erwiderte Babel, und ihr Ton war ganz und gar nicht geschäftsmäßig. »Ich weiß, dass du sie nicht allein lassen wolltest, und mir ist es lieber, dass du weißt, wie es ihr geht. Aber fasse dich kurz.«

»Danke, Babs«, sagte Michelle.

»Nenn mich nicht so.«

Die Verbindung wurde unterbrochen. Sofort rief Michelle Joey an. Es klingelte ein paarmal, ehe Joey abnahm.

»Ich bin's«, sagte Michelle hastig. »Ich hab nur eine Sekunde. Wie geht es Adesina? Irgendeine Veränderung? Ich nehme mal an, du hattest keine Träume …«

»Tut mir leid, Michelle. Bei Stupsnäschen hat sich nichts getan. Hat mich nicht in meinen Träumen besucht. Alles so wie bei deiner Abreise«, antwortete Joey. »Wally hat mit Ghost vorbeigeschaut. Keine Reaktion.«

»Oh«, sagte Michelle kläglich.

»Bist du gut angekommen?«

»Ja, aber hier herrscht Chaos. Ich hoffe, dass wir bald herausbekommen, was los ist.«

»Ja, ich auch.« Joey klang eigenartig angespannt, Michelle hatte jedoch keine Zeit, aus ihr herauszukitzeln, was los war.

»Okay«, sagte Michelle. »Ich rufe, so bald es geht, noch mal an.« Dann drückte sie auf Auflegen. Der Anruf war viel zu kurz gewesen. Auch wenn sich nichts verändert hatte, wollte sie Joey sagen, wie ungern sie von Adesina und ihr getrennt war.

Sie machte sich auf den Weg zum Zelt des Generals. Sie hoffte, dass Nabijew wusste, was für ein Chaos hier herrschte. Aber bei Militärs konnte man nie wissen. Wie bei Menschen eben so üblich konnte man unter ihnen die Allerbesten antreffen, aber manchmal auch welche, die so ahnungslos waren, dass man an der Menschheit zweifeln musste.

Zum Glück stellte sich Nabijew als ein Exemplar der ersteren Sorte heraus. Michelle merkte, dass er den Druck spürte, in einer so rasant sich verschlimmernden Lage den Befehl zu haben. Seine Stirn war mit einer dünnen Schweißschicht überzogen, und sein Hemdkragen war feucht.

»Danke, dass Sie so rasch gekommen sind«, fing Nabijew an. Er war groß und schlank, seine Haut und Haare wirkten bleich. »Die Lage verschlechtert sich, und wir wissen immer noch nicht genau, was los ist. Wir können die Ursache des Nebels nicht bestimmen. Und wie Sie anhand der Drohnenaufnahmen sehen können, breitet er sich aus. Wir haben unser Lager bereits einmal verlegt, um einer eventuellen Kontaminierung zu entgehen.

Wir glauben, dass wir die Quelle festmachen können.« Er stieß mit dem Finger auf eine Karte auf dem Tisch. Er zeigte ungefähr auf den Mittelpunkt des Nebels, und neben dem markierten Ort stand: NASABBAYES GEDENKKRANKENHAUS.

Klaus sah auf die Karte und dann zu Nabijew. »Haben Sie Truppen hineingeschickt?«, fragte er.

»Natürlich haben wir das«, gab der General scharf zurück. »Glauben Sie wirklich, ich würde diesem Ding gestatten, aus dem Ruder zu laufen, ohne dass ich etwas unternehme?« Er kniff die Augen zusammen. »Sie haben Ihren kleinen Trupp Asse dabei, aber wir haben Männer, die so tapfer sind, dass sie ohne irgendwelche Asskräfte dort hineingehen!« Er deutete auf eine kleine dunkelhaarige Frau mit braunen Augen am anderen Ende des Zelts. Sie hatte eine breite, flache Nase. Michelle fiel auf, dass ihre sommersprossige beige Haut leicht golden schimmerte.

»Das ist Inkar«, sagte Nabijew mit einer gehörigen Portion Stolz. »Sie ist unser erstes Ass. Zeigen Sie denen Ihre Kraft!«

Inkar machte ein angewidertes, beklommenes Gesicht. »Bei allem Respekt, Sir. Hier drin ist kaum genug Platz für uns alle und noch viel weniger mit mir in meiner Tulparform.«

Der General runzelte die Stirn und nickte. »Dann zeigen Sie es ihnen, wenn wir hier fertig sind.« Inkar nickte, doch Michelle merkte, dass sie nicht begeistert darüber war, eine Vorführung zu geben.

»Ja, Sie haben ein Ass«, fing Klaus an. »Aber wir können Ihnen trotzdem helfen …«

»Klaus wollte weder Ihre Männer noch Ihr Vorgehen kritisieren«, mischte sich Michelle ein. Manchmal war Klaus ein bisschen zu direkt. Barbara war meisterhaft darin, Klaus' Direktheit abzumildern, und Michelle wünschte, sie wäre hier. »Wir müssen nur wissen, wie es im Moment aussieht. Von außen betrachtet wirkt alles sehr konfus.«

Das schien Nabijew zu beruhigen, und als Michelle zu Klaus hinübersah, schien dieser sich über die Einmischung keinesfalls zu ärgern. Ein Streit mit dem Militär – oder untereinander – hätte ihnen gerade noch gefehlt.

»Wir haben ein Platoon reingeschickt«, sagte Nabijew

mit einem schweren Seufzen. »Die meisten von ihnen kehrten nicht zurück. Und die wenigen, die zurückkamen, nun, die finden Sie im Lazarett. Die verletzten Zivilisten, die es herausschaffen, befinden sich im Bereich des Roten Halbmonds. Und direkt vor unserer Nase campen zu allem Übel Reporter aller größeren Nachrichtensender.«

Klaus runzelte die Stirn. »Bevor wir gehen, sollten wir eine Ahnung haben, mit was wir es zu tun haben«, sagte er. »Michelle und Ana, ihr seht mal nach den Zivilisten, die aus der Stadt gekommen sind, und fragt die Ärzte, ob die irgendeine Idee haben, was mit ihnen los ist.

Aero, du und Angel, ihr redet mit den Soldaten, die in der Zone waren. Vielleicht haben die Einblick in das, was da vor sich geht.«

Er deutete auf die restlichen Asse. »Doktor, Tinker, Recycler, nähert euch dem Nebel, so weit es geht. Macht ein paar aktuelle Fotos und Videos.«

Klaus' Augen leuchteten. Michelle kannte diesen Ausdruck. Er hatte ihn immer, kurz bevor er sich ins Getümmel stürzte.

♣♦♠♥

Der UNO-Gesandte Temir Bondarenko aus Kasachstan war ein dürrer, großer Mann, der so aussah, als würde er auseinanderbrechen, wenn er hinfiel. Dieser Eindruck wurde verstärkt durch das abgehärmte, blasse Gesicht. Bondarenko sah so aus, als hätte er seit Tagen nicht geschlafen. Barbara hielt das für sehr wahrscheinlich. Offenbar sah Ink das genauso, denn als sie ihn in das Besprechungszimmer, in dem Barbara und Jayewardene warteten, hereinließ, fragte sie ihn: »Kaffee?« Die Tätowierungen auf ihrem rechten Arm zerflossen und bildeten dann das Bild einer Kanne, aus der sich schwarze Flüssigkeit in eine Tasse ergoss.

»Ah! Ja, bitte«, gab Bondarenko zurück. »Das wäre … gut.« Barbara stand auf, und Jayewardene tat es ihr gleich. Der Mann hatte einen festen Händedruck, wenn auch nicht übermäßig kräftig, und er setzte sich rasch auf den Stuhl, den Barbara ihm anbot. Er hatte einen starken Akzent, und es war offensichtlich, dass seine Englischkenntnisse eingeschränkt waren.

»Wäre es Ihnen lieber, in Ihrer Muttersprache zu reden?«, fragte Barbara. »Ich kann es so einrichten, dass wir uns alle verstehen.«

Bondarenko nickte, und Babel schloss einen Moment lang die Augen, um ihre Asskraft auf das Zimmer auszudehnen, sodass sie alle drei davon eingehüllt waren. »Ich weiß von Ihrer Fähigkeit, Miss Baden. Generalsekretär Jayewardene hat mir davon erzählt. Danke.« Er verschränkte die Hände auf dem Tisch. »Diese Situation ist furchtbar«, fing er an. »Nichts weniger. Ich bin sehr dankbar über die Gelegenheit für dieses Gespräch und froh, dass Lohengrin und die anderen Asse bereits auf dem Weg sind, um zu helfen. Ich möchte Sie wissen lassen, dass unsere Nation Ihnen dankbar ist.« Er hielt inne, als Ink mit einem Tablett mit einer Kaffeekanne und drei Tassen hereinkam. Sie stellte sie neben Bondarenko ab und schüttelte, an Barbara adressiert, unauffällig den Kopf. *Nichts Neues von Lohengrin.* »Und ich persönlich bin auch dankbar«, schloss Bondarenko.

»Ihre Familie befindet sich in Talas?« Aufgrund von Inks Recherchen wusste Barbara, dass dies der Fall war, und Bondarenko bestätigte es mit einem kurzen Nicken, während er sich Kaffee eingoss.

»Ja«, sagte er. »Seit zwei Tagen habe ich nichts mehr von ihr gehört. Ich hoffe, sie haben die Stadt verlassen, ehe …« Er brachte den Satz nicht zu Ende, sondern trank einen Schluck Kaffee. »Ihre Asse werden dorthin …«

»Sie sind bereits gelandet. Danke, dass Sie es so eingerichtet haben, dass Sie auf dem Luftwaffenstützpunkt landen und sich mit Ihrem Militär treffen konnten. Das ist eine große Hilfe.«

Ein Nicken. »Ich habe Fotos von Talas, die Sie bereits per E-Mail erhalten haben sollten. Luftaufnahmen von Talas, die während der letzten zwei Wochen aufgenommen wurden. Wenn man sie in chronologischer Folge betrachtet, kann man feststellen, wo diese Störung ihren Ursprung hatte: in einem Krankenhaus in der Appasowoi-Straße. Man sieht, wie der Nebel sich von dort ausbreitet. Das Krankenhaus muss das Zentrum sein. Ich bin mir sicher, dass jemand oder etwas dort dies alles verursacht hat.«

Barbara sah Jayewardene an. Der Generalsekretär sagte nichts, doch kniff er die Lippen fest zusammen. »Danke, Gesandter Bondarenko. Das wird uns immens helfen. Ich werde die Information von Ink per Satellitentelefon an Lohengrin und die Asse weiterleiten lassen, zusammen mit den Fotos.«

»Und ich werde es Brüssel wissen lassen, damit die UNO auch im Bilde ist«, fügte Jayewardene hinzu. »Wie Miss Baden schon sagte, das sind ausgezeichnete Informationen. Wenn Sie sonst noch etwas herausfinden …«

»Dann werde ich es Ihnen unverzüglich mitteilen«, sagte Bondarenko. »Das verspreche ich Ihnen. Der Schrecken, der über mein Land hereingebrochen ist, muss aufgehalten werden. Zu viele, viel zu viele sind bereits gestorben.« Die Trauer in seinen Augen und die Erschöpfung in seinem Gesicht machten Barbara zu schaffen.

»Gesandter«, sagte sie. »Ihre Familie. Haben Sie Bilder von ihr?«

Die Spur eines Lächelns flackerte in seinen Zügen auf. Er zog seinen Geldbeutel hervor und zog aus einem der Fächer einen Schnappschuss heraus. Barbara sah ihn an: eine Frau, die drei Kinder hielt, alle lachten in die Kamera.

Sie entdeckte eine Spur von Bondarenko in den Kindern, vor allem im ältesten, einer Tochter. »Sie haben eine schöne Familie«, sagte sie. »Und Sie müssen sich schreckliche Sorgen machen.«

Seine Augen leuchteten bei ihren Worten kurz auf, und er holte tief Luft. »Ja, sehr«, sagte er. »Sie sind zurückgeflogen, um meine Familie zu besuchen, und dann ist das passiert. Ich weiß nicht …« Er brach ab und lächelte Barbara matt an. Dann streckte er die Hand zu dem Foto aus, doch Barbara tippte mit dem Finger darauf.

»Darf ich das von meiner Assistentin einscannen lassen? Ich will es Lohengrin und den Assen schicken – sollten sie auf Ihre Familie stoßen, können sie uns sofort Nachricht senden.«

Bondarenko blinzelte heftig. »Ja«, sagte er. »Das ist sehr freundlich von Ihnen, Miss Baden. Ja. Danke.«

Sie lächelte ihn an. »Kein Grund, sich zu bedanken«, erklärte sie ihm. »Wir wollen beide dasselbe, Gesandter Bondarenko. Wir wollen, dass dieses Blutbad endet, und wir wollen, dass unsere Liebsten wohlbehalten zu uns zurückkehren.«

♣ ♦ ♠ ♥

Olena war am Leben, so viel war klar, aber mehr wusste er nicht. Sie lag auf dem Rücken auf einer niedrigen Pritsche in einer der einfachen Hütten des Dorfs. Sie schlief. Marcus saß neben ihr und hatte den Schwanz in dem viel zu kleinen Zimmer umständlich eingerollt. Noch war alles unklar: ob Nurassils Kraft über das Gift obsiegen konnte, ob sie wieder erwachen würde, was sie sagen würde, wenn sie erwachte, und was die Dörfler mit ihm tun würden. Sie hatten ihn mit ihr allein gelassen, aber erst nach lebhafter Debatte, von der er kein Wort verstanden hatte. Wenn er es richtig mitbekommen hatte, ließen sie das Günstigkeitsprinzip gelten, bis Olena sich erholt haben und ihnen erzählen würde, was vorgefallen war.

Marcus trug einen zu großen Pullover, den ihm einer der Joker gegeben hatte, damit er sein zerrissenes, blut- und dreckverschmiertes Hemd loswerden konnte. Marcus hatte Nurassil auch geheilt, obwohl er sich dagegen gewehrt hatte. Erst hatte er die Behandlung abgelehnt, weil er sich bestrafen wollte. Aber Nurassil hatte auf seine ruhige, freundliche Art darauf bestanden.

Jetzt sah Marcus Olena beim Atmen zu, beobachtete das langsame Heben und Senken der Brust. Beinahe konnte er erkennen, wie die Luft zwischen ihren dünnen Lippen hinein- und hinausfloss. Sie wirkte wunderbar friedlich, aber seine Gedanken rasten. Sie sah ruhig aus – und Nurassils Asskraft hatte sie offenbar vor der Giftwirkung gerettet –, aber war es dem Jungen auch gelungen, ihren Geist zu heilen? War sie noch Olena? Und wenn ja, würde sie verstehen, weshalb er getan hatte, was er getan hatte? Wäre sie geistig überhaupt zurechnungsfähig, wenn sie erwachte? Vielleicht war sie ja noch immer die tobende, kaum wiederzuerkennende Schreckgestalt mit Blut im Gesicht. Und wenn alles gut mit ihr wäre, was dann?

Jirgals Frau Alija machte Marcus eine Kanne Tee und stellte sie mit ein paar kleinen Keksen neben ihm auf den Tisch. Sie war eine ruhige Frau, eine Normalo dem Anschein nach, schlank und schlicht, fand Marcus, total nett. Natürlich war sie das. Wo sie doch Jirgals Frau und Nurassils Mutter war. Wie sollte sie da nicht nett sein? Marcus hatte Hunger, aber es war ein dumpfer Hunger, dem er nicht nachgeben wollte.

Nachdem Alija gegangen war, saß Marcus allein da und fragte sich, ob er beten sollte. Er hatte nicht mehr gebetet seit seinem alten Leben, als er noch ein Normalo gewesen war und seine Familie ihn geliebt hatte – oder es zumindest behauptet hatte. Er rief sich das einzige Gebet, das er kannte, ins Gedächtnis. *Vater unser im Himmel, geheiligt werde dein Name …* Weiter kam er nicht. Die Worte fühlten sich nicht mehr richtig an. Es war ein Gebet aus seinem alten Leben, und das war ihm noch nie ferner und so vollkommen unerreichbar gewesen wie jetzt. Es war ein Leben, das nichts mehr mit ihm zu tun hatte. Weshalb sollte er zu einem Gott beten, der Dinge wie die am Abend zuvor zuließ? Der das Wild-Card-Virus zugelassen hatte? Der nie auch nur ein einziges Mal bewiesen hatte, dass er sich um die Leute scherte, die er angeblich nach seinem Bilde geschaffen hatte?

Marcus flüsterte: »Hasst du uns so sehr?«

Pater Squid hätte genau das Gegenteil gesagt. Marcus konnte nicht begreifen, wie es dem Priester gelungen war, Gott zu finden nach all dem Leid, das er gesehen hatte. Selbst mitten im Elend von Jokertown war er in der Lage gewesen zu beten, zu glauben, zu lieben. Er hatte immer gesagt, dass Gott die Joker am meisten lieb hätte. Diejenigen, die vom Virus betroffen waren, hatten ein härteres Los, aber sie würden im Himmel dafür belohnt werden. Marcus meinte, er könne vielleicht zu *diesem* Gott beten. Er neigte den Kopf, schloss die Augen und fing noch einmal an.

»Lieber Gott – Gott der Joker, meine ich –, ich weiß nicht, ob du mich bemerkt hast. Wenn ja, dann denkst du wahrscheinlich nicht viel an mich. Ich habe einen Haufen Dinge getan, auf die ich nicht stolz bin. Aber es ist nicht leicht, so zu sein wie ich. Die Leute machen es einem schwer, weißt du? Ich versuche, richtig zu handeln. Wenn du alles weißt, dann weißt du das auch. Gott, ich will nur eines. Rette Olena. Ich liebe sie. Ich liebe sie mehr, als ich jemals jemanden geliebt habe. Und sie ist ein guter Mensch. Das siehst du doch, oder? Die Welt braucht gute Menschen, stimmt's? Und ich meine nicht, dass du ihr einfach nur das Leben retten sollst. Lass sie wieder in Ordnung sein. Wenn du das tust, dann mache ich alles, was du von mir willst. Das schwöre ich. Was immer du willst, mache ich. Lass es mich nur wissen.«

Er zögerte, weil er nicht wusste, was er als Nächstes sagen sollte. Das war es wohl, und es kam ihm genauso hohl vor, wie er es sich vorgestellt hatte. Er atmete erschöpft aus, machte die Augen auf und sah, dass Olena aufgewacht war und ihn beobachtete. Er starrte sie an wie im schwankenden Augenblick festgenagelt, im Ungewissen, welche Olena sie war, und er wollte bloß nichts Falsches tun oder sagen.

»Ich wusste gar nicht, dass du gläubig bist«, sagte sie. »Ist echt süß von dir, dass du mich ›retten‹ willst, aber das ist nichts für mich.« Sie grinste ihn unmissverständlich an. »Ich bin eine zu große Sünderin.«

Marcus sah sich immer noch nicht in der Lage zu sprechen. Sie war wach. Sie redete mit ihm, lächelte, machte sogar Witze. Dann war sie also gar nicht verrückt, und sie hasste ihn nicht. Sie meinte sogar, er wäre süß. Das war zu viel. Er hatte keine Worte. Deshalb küsste er sie. Erst ganz sanft, dann leidenschaftlicher. Sie erwiderte die Küsse und gab tiefe Kehllaute von sich. Er liebte die Berührung ihrer Lippen und ihrer Arme, ihrer Haut, die so weich und warm war. Ihre Hände schoben sich unter seinen Pullover, fuhren über seinen Oberkörper, sie zog ihn näher an sich heran, sie hatte dasselbe Verlangen nach ihm, wie er nach ihr. Er war so erfüllt von Erleichterung und Begehren, dass er die plötzliche Leidenschaft nicht in Frage stellte. Er gab sich ihr ganz hin und vergaß all die Schrecken. Er wand sich aufs Bett, warf sie bei seinen Drehungen herum, sodass sie den Kuss löste, um zu lachen. Sie setzte sich rittlings auf ihn, umschlang seinen glatten, schuppigen Leib mit ihren Beinen. Er spürte, wie sich eine aufkommende Erektion gegen seine Schuppen drückte. Sie wäre auch noch weiter gewachsen, wenn sie nicht gegrinst und ausgerufen hätte: »Du weinst ja!« Sie wischte ihm Tränen von der Wange, die er gar nicht bemerkt hatte. »Dummer Junge. Warum weinst du? Du bist komisch.«

»Ich kann einfach nicht glauben, dass mit dir alles in Ordnung ist.«

Sie beugte sich vor und küsste die Tropfen von seiner Wange. Mit ihren nassen Lippen auf seiner Haut fragte sie: »Warum sollte ich das nicht sein?«

So erregt er war, legte er doch die Hand auf ihre Brust und schob sie sanft nach oben, um ihr ins Gesicht schauen zu können. »Nach all dem, was wir gesehen haben … Wie alles so wahnsinnig wurde … Olena, es tut mir so leid, was ich getan habe, aber mir ist nichts anderes eingefallen, um dich zu retten. Du warst so kurz davor …«

Seine Worte versiegten, denn er sah, wie sich ihr Gesichtsausdruck änderte. Die Belustigung wich erst Verwirrung und bekam dann etwas Finsteres. Sie setzte sich auf, wischte sich Haare aus dem Gesicht und schob sie sich hinters Ohr. »Was redest du da?« Sie sah sich um. »Was haben wir gesehen, das wahnsinnig war? Und wo sind wir? Dieses Zimmer kenne ich nicht.«

Marcus fragte: »Was ist das Letzte, an das du dich erinnerst?«

»Ich …« Der Rest des Satzes verfing sich in den Falten auf ihrer Stirn oder in ihrem Blick, der glasig wurde. »Bin mir nicht sicher. Mein Vater … war er hier?« Marcus nickte. »Ja, daran erinnere ich mich. Wir haben mit ihm vereinbart, dass wir zurück nach Talas gehen. In einem Hubschrauber sind wir dorthin geflogen.« Sie hielt inne. Ging in Gedanken zurück. »Wir sind darauf zugeflogen. Wir haben die Soldaten gesehen, und die Stadt kam näher.« Sie fixierte ihn mit ihren blauen Augen. »Das ist alles. Ist etwas passiert? Sind wir abgestürzt?« Und dann nach kurzem Zögern: »Warum erinnere ich mich nicht?«

Er beschloss, die dritte Frage zu beantworten statt die ersten beiden. »Nurassil hat dich geheilt. Vielleicht hat er dir dabei die Erinnerungen an das, was passiert ist, genommen.«

»Von was hat er mich geheilt?«, fragte sie. Als er nicht gleich antwortete, fragte sie noch einmal, diesmal mit einer gewissen Schärfe in der Stimme. »Marcus, von was hat er mich geheilt?« Sie starrte ihn an, wartete geduldig trotz ihrer Ungeduld.

Jemand schob den Vorhang im Durchgang zur Seite. Der Handschmied schaute herein. Bei Olenas Anblick grinste er. Auf Russisch rief er etwas über die Schulter und wandte sich dann an Olena. Sie entgegnete ihm etwas, und sie unterhielten sich. Währenddessen wurde ihre Miene immer düsterer. Der Handschmied war ruhig, sanft wie immer, doch war er auf eine Weise angespannt, die Marcus noch nie bei ihm gesehen hatte.

Schließlich sah Olena ihren Liebhaber an. »Jirgal sagt, dass Nurassil mich von Gift geheilt hat. Von deinem Gift, glaubt er. Er hat mich gefragt, ob das stimmt und ob du das erklären kannst. Außerdem will er wissen, was in Talas passiert. Etwas sehr Seltsames, meint er. Er hat mich all das gefragt, aber ich kann ihm nicht antworten. Das kannst nur du.«

Und schon war die Atempause vorbei. Alles stürzte wieder auf ihn ein. Alles, was er gesehen hatte. All die Dinge, die er da draußen wusste. Nachdem Olena zurück war, hatte er auch seine Stimme wieder. Ihm war klar, dass er sie nutzen musste. Er sagte: »Sag ihm, dass er das ganze Dorf zusammentrommeln soll. Was ich zu sagen habe, sollten alle hören.«

♣♦♠♥

Einer der Soldaten eskortierte Michelle und Ana zum Kommandozelt des Roten Halbmonds, wo sie Dr. Asil Bahar aufsuchten, der die Rettungsmaßnahme leitete.

Über Pflegerkleidung trug er einen Arztkittel. Sein dunkles Haar hatte er zu einem kurzen Pferdeschwanz zusammengebunden. Auf seinem Schreibtisch stapelten sich Patientenakten und ein paar Handys.

Er machte keinen Hehl daraus, wie beschäftigt seine Leute waren und wie wenig erfreut er über die Unterbrechung war. »Ihnen ist klar, dass wir unabhängig vom Militär agieren? General Nabijew hat hier nichts zu melden. Und dem Komitee gegenüber bin ich gleich gar nicht verpflichtet. Ich habe keine Zeit, den Fremdenführer zu spielen.« Er hatte einen schönen britischen Oberschichtenakzent und troff vor Verachtung.

»Das sind hier sehr seltsame Vorkommnisse«, sagte Michelle mit einem Tonfall, der ausdrücken sollte, dass sie nur hier war, um zu helfen. »Wenn das Komitee nach Talas soll, dann müssen wir wenigstens irgendeine Ahnung haben, mit was wir es zu tun bekommen. Wir müssen vorbereitet sein. Wir tun alles, um unseren Besuch bei Ihnen so kurz wie möglich zu halten, aber wir müssen wissen, was Ihrer Meinung nach dort vor sich geht, damit wir eine Vorgehensweise festlegen können.«

Bahar schnaubte und stieß dann ein leicht hysterisches Lachen aus. »Sie wollen wissen, mit was Sie es zu tun haben werden, Miss Pond? Bitte gestatten Sie mir, dass ich es Ihnen zeige.«

Er drehte sich um und verließ das Zelt, ohne sich die Mühe zu machen, sich nach ihnen umzusehen. Ana sah Michelle an, als wollte sie sagen: Was sollte denn die Nummer? Michelle zuckte mit den Schultern und folgte Bahar hinaus.

Er führte sie an einer Reihe Sanitätszelte vorbei zu drei

weiteren Zelten, die etwas abseits standen. Als sie sich ihnen näherten, schlug ihnen Fäulnisgeruch entgegen. Ana würgte es. Michelle kannte diesen Gestank. Es roch wie die Leichengrube, aus der sie Adesina gezogen hatte.

»Mein Gott«, sagte Ana und zog den Saum ihres Baumwollhemds nach oben, um Mund und Nase damit zu bedecken. »Was ist denn das?«

Bahar lächelte grimmig, zog Einmalmasken aus seiner Kitteltasche und verteilte sie. Dann zog er sich selbst eine über. »In diese drei Zelte haben wir diejenigen verbracht, die an dem, was in Talas vor sich geht, gestorben sind. Die Masken sind nicht nötig, weil keine Ansteckungsgefahr herrscht, aber sie helfen ein wenig gegen den Gestank. Hier haben wir das, was aus Talas gekommen ist. Bitten treten Sie ein, und schauen Sie es sich an.«

Michelle und Ana zögerten, ehe sie ihre Masken aufsetzten. Bahar hielt ihnen die Zeltklappe auf und wollte offensichtlich, dass sie vorausgingen. Michelle trat hinein. In der Mitte des Zelts verlief ein schmaler Gang, entlang den Wänden waren Leichen auf Planen aufgereiht. Im trüben Lampenlicht erblickten sie den Tod, der aus Talas kam.

Manche der Leichen waren nicht mehr menschlich. Es waren unförmige Fleischsäcke, denen Blut aus rätselhaften Körperöffnungen und Bisswunden und anderen Verletzungen sickerte. Eine Leiche, falls man sie so nennen mochte, fiel Michelle besonders auf. Ein kleiner Klumpen in einer von Blut und Hirnmasse überströmten *OshKosh-B'Gosh*-Latzhose. Als Kind war Michelle das Gesicht der Mädchenbekleidungslinie von *OshKosh B'Gosh* gewesen. Ihre Kehle hob sich, und sie schaffte es gerade noch, aus dem Zelt zu laufen und sich die Maske herunterzureißen, ehe sie das Truthahnsandwich, das sie auf dem Flug gegessen hatte, wieder erbrach.

Mit dem Handrücken wischte sie sich den Mund ab.

Dann setzte sie sich die Maske wieder auf und kehrte ins Zelt zurück.

»Alles klar mit dir?«, fragte Ana. Sie war blass und sprach mit zittriger Stimme. Michelle fühlte sich so, wie Ana aussah.

Michelle nickte. Dr. Bahar sagte nichts. Er angelte lediglich ein Feuchttuch aus seiner Tasche und reichte es Michelle. Sie reinigte sich die Hände damit.

»Sehen alle so aus, wenn sie aus Talas kommen?«, fragte Michelle. Sie roch das Erbrochene in ihrem Atem, aber das war besser als der Fäulnisgeruch im Zelt.

»Nein, manche kommen fast normal heraus. Die meisten, die es lebend heraus schaffen, sind … nun, lassen Sie es mich Ihnen zeigen.«

Sie folgten ihm in ein anderes Lazarettzelt. Dieses war größer als das mit den Leichen. »Hier drin brauchen Sie die Masken nicht«, sagte er. »Soweit wir es beurteilen können, sind sie nicht ansteckend. Wir isolieren die Patienten, wenn sie aus der Zone kommen. Sobald wir sicher sind, dass keine Gefahr von ihnen ausgeht, bringen wir sie in solche Zelte wie das hier.«

Im Zelt standen Feldbetten aufgereiht. Am anderen Ende untersuchte eine Frau einen Patienten. Sie sah auf und nickte Bahar zu.

»Dr. Rahal«, sagte Bahar und führte die Gäste zu ihr. »Diese Damen kommen vom Komitee. Sie sind hier, um zu erfahren, was wir über die Vorkommnisse in Talas wissen. Dr. Rahal ist unsere Chefepidemiologin.«

Michelle hielt ihr die Hand hin, und Rahal schüttelte sie kurz. Dann wiederholte sich dasselbe bei Ana. Rahal war eine Zwergin, kaum eins zwanzig groß. Ihr graues Haar war zu einem strengen Dutt verknotet, und wie Dr. Bahar trug auch sie einen Arztkittel über Pflegerklamotten.

Michelle sah sich im Zelt um. Die meisten Leute hier

waren Normalos. Viele von ihnen waren auf ihren Betten festgebunden und hatten einen glasigen Blick. Ein oder zwei wirkten so, als würden ihnen blutige Auswüchse im Gesicht wachsen. *Joker?*, fragte sich Michelle. Vielleicht war das tatsächlich wie im PPA, eine weitere Wild-Card-Katastrophe.

»Haben wir es mit einem als Waffe eingesetzten Wild-Card-Virus zu tun?«, fragte Michelle. »Denn so was ist schon einmal passiert.«

Rahal schüttelte den Kopf. »Soweit ich es bisher ermitteln konnte, nein. Das ist vollkommen anders als der Vorfall in Afrika. Was auch immer dies auslöst, ich glaube nicht, dass es das Virus ist. Einige Kollegen widersprechen mir jedoch.«

Sie zeigte auf die Patienten. »Die nicht ganz so Gewalttätigen konnten wir mit Medikamenten sedieren, aber wie Sie sehen, sind viele zu gefährlich, die müssen wir ans Bett binden.«

»Was ist mit denen, denen … Sachen wachsen?«, fragte Ana. Ihre Stimme bebte, und ihr Gesicht wirkte ausgezehrt. Sie steckte die Hände in die Taschen ihrer schwarzen Hose.

»Nein, das sind keine Joker«, sagte Rahal. »Ich weiß nicht genau, was sie sind. Den Proben zufolge sind sie menschlich.«

»O Gott!«, fing eine der Patientinnen an zu greinen. »O Gott, warum hast du mich verlassen? Ich habe von deinem Leib gegessen, ich habe von deinem Blut getrunken. Ich habe getan, was du verlangt hast.«

Michelle lief es kalt die Arme entlang. Die Stimme war heiser und klang wahnsinnig. Dann fing die Frau an, so laut mit den Zähnen zu knirschen, dass Michelle meinte, sie würden unweigerlich brechen.

Ein Pfleger eilte ins Zelt. Er hatte eine Tasche mit Spritzen und Ampullen bei sich.

»Sie müssen die Valiumdosis auf fünfzig Milligramm dreimal täglich erhöhen«, sagte Bahar. Der Pfleger stellte die

Tasche auf dem Tisch beim Zelteingang ab. »Und wir verdoppeln die Clozapindosis.«

Der Pfleger wirkte erstaunt, tat aber, was Bahar ihm sagte. Ana beugte sich zu Michelle heran und flüsterte ihr ins Ohr: »Das Valium reicht schon, um einen Ochsen umzuhauen. Ich habe keine Ahnung, was Clozapin ist. Vielleicht etwas gegen Psychosen?«

»Meine Güte«, murmelte Michelle. Dann sagte sie lauter: »Dr. Rahal, wissen Sie, was mit diesen Leuten nicht stimmt? Irgendeine Ahnung?«

Rahal schüttelte den Kopf. »Nein. Wir haben sie auf alles untersucht, was uns eingefallen ist. Chemisch. Biologisch. Wie gesagt, das Wild-Card-Virus scheint nicht beteiligt zu sein, aber wer weiß? Solange wir nicht mehr Informationen haben, können wir keine definitiven Schlüsse ziehen.«

Dann lächelte sie geringschätzig. »Einer meiner Kollegen glaubt, es wäre Massenhysterie. Denken Sie, was Sie wollen.«

Michelle dachte an die Leichenzelte und das Aussehen der verunstalteten Leichen. Und nach ihrer Zeit im PPA wusste sie eines ganz sicher: Was hier geschah, war auf keinen Fall Massenhysterie.

♥

»Ich glaube, es ist Zeit für weitere Erkundungen«, sagte Nabijew, als Michelle und Ana ins Kommandozelt zurückkehrten. »Ich habe eine Einheit meiner Leute ausgewählt. Was schlagen Sie von Ihrer Seite her vor?«

Klaus wandte sich an die anderen Asse. »Ich glaube, Bugsy und Lama können am besten helfen. Bugsy kann seine Wespen vorausschicken, und Lama beherrscht Astralprojektion, kann also sicher ins Lager zurückkehren und berichten, was los ist.«

Lama wurde bleich. Er war ein berüchtigter Feigling, und

Michelle wäre es lieber gewesen, er wäre gar nicht Teil der Mission gewesen. Er war kein schlechter Kerl, aber Lamas Zimperlichkeit konnten sie hier wirklich nicht gebrauchen.

»Dann haben wir ja einen Plan«, sagte Klaus zufrieden. Er wirkte so, als könne er es kaum erwarten loszustürmen. »Und dann?« Er tippte neben der Markierung, die das Nasabbayes-Gedenkkrankenhaus bezeichnete, auf die Karte.

»Wir müssen in die Stadt und unser Vorgehen dort nach den Ergebnissen des Spähtrupps ausrichten«, sagte der General. Er stützte die Hände in die Hüfte, ehe er die versammelten Komitee-Asse betrachtete, als wollte er ihren Wert abschätzen.

»Ich denke, wir sollten die Soldaten gemeinsam mit den Assen hineinschicken«, sagte Klaus. »Nachdem wir von Bugsy und Lama Informationen erhalten haben.« Er wippte regelrecht auf den Zehenspitzen.

Michelle fiel auf, dass Klaus sich verändert hatte, seit er sein Auge verloren hatte. Sein Wunsch, das Komitee anzuführen, war dem Bedürfnis gewichen zuzupacken. Michelle konnte den Impuls gut verstehen. Auch sie konnte einfach nur eine Waffe sein.

♣ ♦ ♠ ♥

Angel gefiel das alles gar nicht. Sie meinte, von einer Flut der Anspannung und Furcht fortgerissen zu werden, die von der Stadt kam, die phlegmatisch vor ihnen hockte und ihnen ein leeres, aber irgendwie auch miesepetriges Gesicht zuwandte. Der unnatürliche Nebel verhüllte den Großteil von Talas und das, was die Soldaten angegriffen hatte. Die scharten sich in ihrem Lager wie Ameisen, die von ihrem Staat abgeschnitten worden waren. Manche waren benommen, andere waren verwundet und wurden zu den Zelten des Roten Halbmonds in einer Ecke des Lagers getragen.

Alle wirkten, als hätten sie einen Geist gesehen. Angel bezweifelte, dass jemand von ihnen nützliche Informationen hatte, und dabei ging sie noch nicht einmal von der Sprachbarriere aus. Sie sah zu Bugsy hinüber, der sich mit ebenso wenig Enthusiasmus umsah wie sie selbst.

»Ich vermute, du sprichst kein Kasachisch?«, fragte sie.

Er sah ausdruckslos von der Videokamera auf und hielt die Aufnahme an.

»Oder Russisch?«

Damit provozierte sie ein Kopfschütteln.

Sie seufzte.

»Aber ich«, sagte eine leise Stimme.

Angel sah sich um und erkannte ein kleines, junges Mädchen, vielleicht eine Teenagerin, die sie und Bugsy anschaute. Sie hatte ein breites, flaches Gesicht mit einer Stupsnase und kleinen, warmen braunen Augen. Sie war vielleicht eins sechzig groß und trug ganz normale Klamotten, Hose, Langarmbluse und dicke Arbeitsstiefel. Ihre Haut schimmerte ein bisschen golden, das Einzige, wodurch sie sich abhob.

Angel lächelte sie an. »Kasachisch«, fragte sie, »oder Russisch?«

»Beides«, gab das Mädchen ebenfalls mit einem Lächeln zurück. Ihre Zähne waren ebenmäßig und weiß. »Ich bin Inkar Omarow«, sagte sie. »Und Sie sind die berühmten Asse Bugsy und Midnight Angel.« Sie sah Bugsy an. »Ich lese Ihren Blog.«

Bugsys Gesicht hellte sich auf. »Hey, wer hätte das gedacht, ein Fan, und das hier draußen.«

Angel bedachte ihn mit einem Stirnrunzeln.

»Ich habe in ACES über Sie beide gelesen.« Ihr Lächeln wurde schüchtern. »Ich bin nämlich auch ein Ass.«

»Ausgezeichnet«, sagte Angel. »Wir können Ihre Hilfe gebrauchen, wenn wir die Soldaten ausfragen. Wir müssen herausfinden, was in Talas vor sich geht.«

Inkar neigte den Kopf. »Natürlich.«

Sie sprachen mit mehr als einem halben Dutzend Soldaten, bekamen aber nur die verworrene Geschichte einer gescheiterten Mission zu hören. Die Soldaten begegneten Inkar mit Respekt – anscheinend war sie bei ihnen gut bekannt und genoss bei ihren konservativen Landesgenossen einen sehr guten Ruf –, doch belastbare Informationen waren von den verwirrten und noch immer verängstigten Soldaten kaum zu bekommen.

Lohengrin näherte sich ihnen mit seiner Phantomrüstung, sein einziges Zugeständnis an die Hitze war, dass er keinen Helm trug. Begleitet wurde er von Bubbles, deren schlanke Gestalt in ihrer Anmut fast elfenhaft wirkte, und von Doktor Onweer, dem großen in Khakifarben gekleideten Ass aus Holland. Onweer überragte sie alle, sogar Lohengrin. Er war zwei Meter groß und war wegen seiner Fähigkeit, Blitze zu rufen und zu steuern, hoch angesehen, wenn auch nicht gemocht. Er war ein besonders fleißiger und ernster Mensch, der seine Zeit lieber mit dem Studium stumpfer Mathematik verbrachte, als sich in der Welt herumzutreiben und sie zu retten.

»Habt ihr Lama gesehen?«, fragte Lohengrin. »Ich will, dass er mit dir, Bugsy, auf Erkundung geht.«

Bugsy seufzte. »Ja, klar, Erkundungen. Als hätte ich das nicht schon getan.« Er schürzte die Lippen. »Als ich ihn zuletzt gesehen habe, hat er auf dem Rücksitz eines Wagens geschnarcht.«

Lohengrin wirkte genervt. »Tja, weck ihn auf und mach dich an die Arbeit. Wir bereiten uns auf einen Vorstoß vor, aber wir brauchen unbedingt einen Hinweis darauf, was uns dort erwartet.«

♣♦♠♥

Frannys Berechnungen zufolge mussten sie ihrem Ziel nah sein. Da er noch nie in einem Privatflugzeug geflogen war, hatte er keine Ahnung, wo sie landen würden. Tomlin? Newark? Der Zoll in Teheran hatte die falschen Papiere zwar akzeptiert, aber das würde in den USA nicht der Fall sein.

Angesichts der Effizienz, mit der Baba Yaga den Flug organisiert hatte, nahm er an, dass sie bereits einen Plan hatte, doch musste er wissen, welchen. In zehn Kilometern Höhe konnte er nichts tun. Er würde warten müssen, bis sie landeten, und dann auf eine Gelegenheit lauern, um zu entkommen und Baba Yaga mit sich zu nehmen.

Nachdem sie Suppe gegessen hatte, hatte die alte Dame geschlafen, aber er brauchte mehr Infos. Vor allem für den Fall, dass die riskante Flucht mit Baba Yaga im Schlepptau nicht gelingen sollte. Er ging wieder zu ihr.

»Also wir waren gerade bei der Feststellung angelangt, dass Sie etwas zurückhalten.« Er hob fragend die Augenbrauen. »Ich versuche herauszufinden, was die Entführung und Folter von Jokern damit zu tun hat.«

»Sie halten mich für ein Monster …«

»Sie haben es erfasst.«

Die Beleidigung prallte an ihrem Gefühlspanzer ab. »Es gab einen Grund für die Qualen und den Tod, den diese Joker durch mich erlitten haben, denn ihr Leiden hat dieses Ding im Zaum gehalten. Bevor er verloren ging, hat Tolenka mir erklärt, was ich tun muss.« Sie legte ihre Hand auf den Stapel Kassetten. »Im Lauf der Jahre habe ich die Formel verfeinert und vervollkommnet. Eine bestimmte Menge Blut und Tod, dass es weiterschlief. Zu wenig und es würde erwachen. Zu viel und es würde erwachen.« Die faltigen Lider hoben sich, und ihre grauen Augen blickten ihn stechend an. »Dann sind Sie hereingestolpert. Der große Held. Und jetzt kommt es.«

Sie schwieg. Eisig lief es Franny über den Rücken. Er zweifelte nicht an ihren Worten. Was er im Krankenhaus gespürt hatte, entzog sich jeder Beschreibung oder Erklärung.

»Warum haben Sie das niemandem gesagt? Man hätte Ihnen helfen können, eine andere Lösung als Mord zu finden.«

»Menschen sind dumme, ängstliche Affen. Hätte ich mich Leuten anvertraut, hätte einer von ihnen sehr wahrscheinlich eine Dummheit begangen und diese Schrecken noch früher befreit. Nein, ich habe getan, was ich tun musste.«

Er empfand seltsames Mitgefühl. »Was für eine furchtbare Wahl. Ein paar wenige zu töten, um Millionen, puh, Milliarden zu retten. Das muss schwer gewesen sein.«

Sie sah ihn verächtlich an. »Nein, das war leicht. Ich lebe in dieser Welt. Alles, was ich durch harte Arbeit zusammengetragen habe, ist hier. Ich wäre töricht, wenn ich es nicht beschützen würde.«

Die berechnende Gefühllosigkeit ihrer Antwort entfachte seine Wut. Franny wich zurück, und er ballte unwillkürlich die Fäuste. »Dann haben Sie das also alles gemacht, weil Sie hier Ihren Kram haben?« Sie sah ihn nur an. »Meine Fresse, sind Sie widerlich.«

Ihr trockenes Lachen folgte ihm, während er den Mittelgang entlangging. Er ging zur Toilette und ließ sich Wasser übers Gesicht laufen, damit sich sein Puls wieder etwas beruhigte. Er wartete, bis sein Zorn etwas verraucht war und er nicht mehr Gefahr lief, ihr das Grinsen aus dem Gesicht zu prügeln. Als er sich beruhigt hatte, kehrte er zu ihr zurück.

»Also, was machen wir? Wie halten wir es auf?«, fragte er.

»Es gibt Dinge, die man *nicht* tun darf. Aber das sage ich nur den großen Helden, nicht meinem Botenjungen.«

Franny ging wieder zur Toilette. Seine Faust zerschmetterte den Spiegel über dem Waschbecken. Es half, seine Wut ein wenig zu unterdrücken, aber nicht sehr.

♣♦♠♥

Marcus stand mitten auf der Straße, vom gesamten Dorf umringt. Sie lauschten ihm, während er die ganze, unglaubliche Geschichte erzählte. Olena musste übersetzen, und das tat sie auch, wobei ihre Stimme immer flacher und distanzierter wurde. Ihr Blick wurde glasig und wich seinem fast schon aus. Marcus bemühte sich, sich an die schlichten Tatsachen zu halten, aber es war nicht einfach. Es gab zu viel zu sagen. Vor allem wollte er sie dazu bringen, ihm zu glauben und das Dorf zu verlassen und zusammen mit ihm so weit wie möglich von Talas zu fliehen.

»Wir müssen hier weg«, sagte er. »Da passiert etwas ganz Schreckliches in Talas, und es wird schlimmer, breitet sich aus. Lasst uns planen, packen und aufbrechen.«

Als er ausgesprochen hatte, berieten sich die Dörfler untereinander. Olena übersetzte nicht, was sie sprachen.

Er sah in ihre Gesichter und versuchte, ihre Reaktionen darin abzulesen. Es gelang ihm nicht, und dennoch staunte er, dass er sie in den wenigen Tagen schon so gut kennengelernt hatte, obwohl er ihre Sprache nicht sprach. Timur, der ein turbanartiges Horn auf dem Kopf hatte. Anara mit den kiemenartigen Öffnungen im Gesicht, die sie hübscher, nicht hässlicher machten. Vor ein paar Tagen hatte sie den Kids, die Basketball gespielt hatten, gesüßten Tee gebracht. Jirgal, der seine Hände in Sackleinenfäustlinge gewickelt hatte. Nurassil, dem er sein eigenes und Olenas Leben verdankte. Die meisten von ihnen waren Joker wie er. Das hatten sie gemeinsam trotz der kulturellen und sprachlichen Unterschiede. Was immer das Virus ihnen hatte zuteilwerden lassen, im Kern waren sie Menschen. Mütter und Väter,

Söhne und Töchter, Freunde und Rivalen. Auch Normalos weilten unter ihnen, Leute wie Alija. Er wollte sie alle vor dem bewahren, was er in Talas erlebt hatte.

Nachdem sie mit den anderen gesprochen hatte, kam Olena zu ihm. »Und, was haben sie entschieden?«, platzte Marcus heraus. »Gehen sie? Wir sollten so bald …«

Olena schnitt ihm das Wort ab. »Sie sind uneins. Ein paar haben genug gehört und wollen gehen. Andere glauben dir deine Geschichte nicht. Timur und noch ein paar gehen runter ins Tal Richtung Talas …«

Jetzt war es an Marcus, ihr das Wort abzuschneiden. »Nein! Das dürfen sie nicht! Dann laufen sie direkt hinein!«

»Du verlangst, dass sie ihre Häuser aufgeben nur wegen einer verrückten Geschichte? Wenn du den Russen die Schuld in die Schuhe geschoben hättest, gesagt hättest, dass es ein atomarer Unfall ist oder so was, das hätten sie dir abgenommen. Aber das? Und nur aufgrund deiner Aussage? Nein, das müssen sie sich schon selber ansehen.«

Marcus drückte sich die Hand an die Stirn, denn ihm fiel jetzt erst auf, dass er starke Kopfschmerzen hatte. Sie mussten schon vor einer Weile angefangen haben. »Nichts von dem, was wir gesehen haben, ist glaubhaft. Ich war dort und kann es trotzdem kaum glauben. Und von all den Dingen will mir vor allem eines nicht aus dem Kopf: die Gesichter der Leute, die in dem Ungeheuer steckten. Mir war so, als hätte ich solche Gesichter schon einmal gesehen. Jetzt ist mir auch eingefallen, wo. In der Schule haben sie uns alte Bilder aus dem Holocaust gezeigt. Zweiter Weltkrieg, weißt du? Konzentrationslager. So haben die Leute ausgesehen. Es war diese Verzweiflung in ihren Augen. Als hätten sie erfahren, dass es eine Hölle gibt und dass sie auf Erden war.« Er seufzte. »Dir würden sie glauben, wenn du dich erinnern könntest.«

Olenas blaue Augen hoben sich traurig und schön zu ihm.

Und herausfordernd. »Aber ich erinnere mich nicht«, sagte sie wütend. »Du behauptest, ich wäre übergeschnappt. Du musstest mich vergiften, und Nurassil musste mir die Erinnerungen nehmen, um mich zu retten. Du behauptest, mein Vater sei tot. Mein Vater, der nie vor etwas Angst hatte.« Sie zeigte wütend auf die Dorfbewohner. »Ich bin genau wie sie. Ich muss mich ganz auf dein Wort verlassen.«

Am oberen Talende erschien ein Düsenjäger und donnerte über das Dorf hinweg. Innerhalb eines Augenblicks war er wieder verschwunden. In der unangenehmen Stille, die entstand, als das Dröhnen verhallte, fragte Marcus: »Aber du glaubst mir doch, oder?«

»Ich weiß nicht, was ich glauben soll«, sagte sie. Er wollte ihre Hand ergreifen, doch sie zuckte zurück und wehrte ihn mit erhobener Handfläche ab. Kopfschüttelnd sagte sie: »Lass mich. Ich muss nachdenken. Das müssen wir alle.«

Er sah ihr nach, während sie die Dorfstraße entlang auf das untere Ende des Ortes zuging, und sagte: »Scheiße.«

♣♦♠♥

Es waren Stunden vergangen, und sie hatten immer noch nichts von Bugsy und Lama gehört. Einige von Nabijews Soldaten waren aus dem sich langsam ausbreitenden Dunst gestolpert, doch waren sie zu nichts mehr zu gebrauchen. Manche sahen aus, als hätte man ihnen Säure ins Gesicht geschüttet. Sie schrien und kratzten sich, bis es den Militärärzten gelang, ihnen üppige Mengen Morphium zu spritzen.

Es gab aber auch andere. Einer rannte auf Michelle zu. »Können Sie ihn nicht spüren?«, fragte er und packte sie an beiden Armen, grub seine Finger in ihre Haut. Zu ihrem Entsetzen tat es weh. Seit ihre Karte aufgedeckt worden war, hatte sie von so etwas keine Schmerzen mehr gehabt.

Sie versuchte, sich von ihm loszureißen, doch er ließ nicht locker. Sein Atem war heiß und roch wie das Leichenzelt. Es war, als wäre er bereits tot. »Er kommt uns holen. Er kommt uns alle holen. Er will … *gnahd hsdnga kjdiuk* …«

Sein Griff wurde etwas schwächer, und Michelle riss ihre Arme los und taumelte zurück. Er brabbelte weiter, und Blut tropfte ihm aus Nase und Ohren. Er hustete, sodass Michelle Blut ins Gesicht spritzte. Wundsekret lief ihm am Kinn hinab auf den Hals, und er fiel um.

Mein Gott, dachte sie und wischte sich das Gesicht mit den Handrücken ab. Außer dem Wild-Card-Virus fiel ihr nichts ein, was Menschen in monströse Geschöpfe verwandelte. Dennoch erklärte das nicht die rasende Tobsucht.

»Halte dich von ihm fern«, sagte Angel und zog Michelle am Arm weg. Sie war kräftig, und Michelle ließ sich wegziehen. Es erstaunte sie, dass Angel ihren schweren, mit Blasen aufgepumpten Körper bewegen konnte. »Er ist verrückt und stirbt wahrscheinlich. Und der Sanitäter ist schon da.«

Angel ließ Michelles Arm los, und sie erreichten den Hummer. Auf dem Vordersitz lag eine Wasserflasche, die sich Michelle schnappte. Sie wusch sich das Gesicht. Dabei zitterten ihr die Hände. Er hatte sie angefasst, und es hatte *wehgetan.*

Inkar hatte sich gegen den Wagen gelehnt und machte eine steinerne Miene. Das Geschehen schien sie zu verärgern. *Besser wütend als ängstlich,* dachte Michelle. Sie dachte an Adesina und daran, dass Jayewardene ihr versichert hatte, dass ihre Reise nach Talas das einzige Mittel war, um ihre Tochter zu retten. Er sollte besser mal recht behalten.

Auf dem Rücksitz des Hummers lag Lama neben Bugsys Kleidern. Da er Astralform angenommen hatte, war sein Körper erschlafft. Seine Haare waren schweißnass, und die olivbraune Haut war bleicher als sonst. Hin und wieder entfuhr ihm ein schreckliches Stöhnen. *Er ist noch nicht einmal körperlich dort,* dachte Michelle. *Wie kann es ihn dann so mitnehmen?*

Ein Summen erfüllte die Luft. Michelle wandte sich um und erspähte Bugsys Wespen, die aus dem Nebel schwirrten. Doch flogen sie nicht wie üblich in dichter Formation, sondern trudelten kreuz und quer und stießen miteinander zusammen, bis sie endlich bei Bugsys Kleidern ankamen und hineinschlüpften. Sie füllten Hose und Hemd nicht mehr ganz aus, und als Bugsys Körper sich wieder zusammengesetzt hatte, war er kleiner als sonst. Anscheinend hatte er eine gewaltige Menge seiner Wespen eingebüßt.

»Was ist los?«, fragte Ana angespannt. Sie starrte Bugsy mit großen Augen und zusammengepressten Lippen an.

Bugsy kicherte. Er hatte einen irren Blick. Ein paar Wespen hatten sich nicht ganz mit seinem Körper vereinigt, und er fing an, sie aufzusammeln und genüsslich zu verspeisen, eine nach der anderen. Er kicherte, aß eine Wespe, kicherte, aß eine Wespe.

Dann explodierte er wieder ohne Vorwarnung in einen Wespenschwarm und stob in Richtung Talas davon.

»Meine Güte«, sagte Michelle. Ihre Stimme zitterte. »Was zur Hölle ist da drin los?«

♣♦♠♥

»Ihr seid euch sicher mit dieser Info?«, fragte Lohengrin. Die Internetverbindung ließ nur ein flackerndes Bild zu, aber seine Stimme war einigermaßen deutlich zu hören. Barbara nickte. Auf den Bildschirmen rings um sie kamen mit entsprechenden Verzögerungen auch Reaktionen anderer Gesichter an unterschiedlichen Orten: Generalsekretär Jayewardene war bei ihr im Büro, doch die anderen waren auf der ganzen Welt verstreut: General Nabijew, der General Ospanow ersetzt hatte, nachdem dieser die Al-Jazeera-Reporter ermordet hatte, Präsident Karimow aus Kasachstan, US-Staatssekretär Obama aus Washington, General Ruiz von der NATO in Brüssel …

»Ich habe Ink die Zeiten verifizieren lassen, zu denen die Satellitenbilder aufgenommen wurden, die Gesandter Bondarenko uns gegeben hat, Klaus«, sagte Barbara. »Seine Schlussfolgerung erscheint vollkommen stimmig – das Krankenhaus ist der Ausgangspunkt. Was immer da passiert, es hat dort seinen Ursprung und kommt noch immer von dort. Der Nebel, die Störungen: Sie bilden einen nahezu vollkommenen Kreis, der sich ausdehnt wie ein Wellenkreis in einem Teich. Und der Stein, der ihn verursacht hat, liegt in dem Krankenhaus.«

»Wir stimmen hier alle überein«, meldete sich Jayewardene. »Wir ordnen einen Angriff auf das Krankenhaus an mit dem Ziel, den oder die Verursacher des Ganzen auszulöschen. General Nabijew hat den Befehl erhalten, eine Panzerdivision bereit zu machen, um in die Stadt einzudringen. Drohnen haben sich in dem betroffenen Gebiet bereits als nutzlos erwiesen, und Präsident Karimow wandte ein – und wir pflichten ihm da bei –, dass wir das Areal nicht einfach wahllos zerbomben können, weil Hunderte, wenn nicht Tausende unschuldige Zivilisten sterben könnten.« Barbara sah Karimows ernstes, feistes Gesicht mit einiger Verzögerung nicken.

»Klaus«, sagte Babel. »Wir wollen, dass du und die anderen kampfstarken Asse – vielleicht Bubbles, Earth Witch, Doktor Onweer, Aero und wen immer du noch für geeignet hältst – General Nabijews Panzer als Ass-Eskorte begleitet.«

Sie sagte das nur widerstrebend, und Klaus' offensichtlicher Eifer, als er das hörte, gefiel ihr gar nicht. In diesem Moment wollte sie nichts mehr, als bei ihm zu sein, an seiner Seite statt tausend Meilen entfernt. Die Angst grub ihre Finger in ihren Bauch und spielte mit ihren Eingeweiden.

»Ausgezeichnet«, sagte Klaus nach kurzer Verzögerung, und sein Strahlen wurde von der Videoübertragung abgehackt. Hinter ihm meinte sie Michelle, Earth Witch und die Flügel von Aero vor einer Zeltplane zu erkennen. Durch die offene Zeltklappe erhaschte sie einen Blick auf die Sonne, die auf den Horizont herabsank. »Das machen wir gern. Besser, als hier rumzusitzen. Keine Sorge. Wir kümmern uns um die Ursache des Ganzen.«

»Dann ist es abgemacht«, sagte Jayewardene. »Die Einzelheiten des Einsatzes überlassen wir dir und General Nabijew. Ich glaube, dann haben wir's. Sekretär Obama, wenn Sie Präsidentin van Rennsaeler mitteilen würden, wie sehr wir ihre Zusammenarbeit schätzen. Danke Ihnen allen. Ich weiß, dass alle viel zu tun haben, deshalb belasse ich es dabei, meine Dankbarkeit für die von allen geleistete Arbeit auszudrücken, und wir bleiben in Kontakt. Und damit überlasse ich Sie wieder Ihren Tätigkeiten.« Nach weiteren ähnlichen Erklärungen gingen die Bildschirme nach und nach aus.

»Klaus«, sagte Barbara rasch und hoffte, er würde sie trotz der Verzögerung durch die Entfernung noch hören, bevor er die Verbindung beendete. »Bleib dran, bitte …« Ein paar Sekunden später waren alle Bildschirme leer bis auf seinen. Barbara warf Jayewardene einen Blick zu, worauf dieser nickte und das Büro verließ. Nachdem sich die Tür hinter ihm schloss, merkte Barbara, dass sie nicht wusste, was sie sagen sollte, oder vielmehr gab es so viel, was sie Klaus sagen wollte, dass das Durcheinander an Worten nicht aus ihrem Mund kam.

Er lächelte sie an. »Mir passiert schon nichts«, versicherte er ihr, als würde er ihr Schweigen verstehen.

Sie beschwor ein ebenso zuversichtliches Lächeln herauf, was ihr schwerer fiel, als sie gedacht hätte. Sie unterhielten sich, wobei sie immer ein paar Sekunden warten mussten, bis das Gesagte beim Gegenüber ankam. »Das will ich schwer hoffen.«

»Du musst dir keine Sorgen um mich machen.«

»Mache ich aber. Und zwar so lange, bis ich dich in Sicherheit weiß. Wenn ich dort wäre …« Sie verbiss sich den Rest dessen, was sie sagen wollte. »Ich weiß, ich werde hier gebraucht.«

»Das wirst du auch. Schau doch nur, was du bereits für uns geleistet hast.« Er wedelte beinahe ärgerlich mit der Hand. »Du umschiffst die ganze *Scheiße,* die sie uns in den Weg stellen. Das kann ich nicht, zumindest nicht gut. Ich werde halt gleich wütend. Hier bin ich am besten aufgehoben.«

»Am besten sind wir zusammen, mein Lieber.«

Wieder lächelte er. »Ja«, gab er zurück. »Und das werden wir bald wieder sein.«

»Versprichst du mir das?«

»Ich schwöre es dir.«

»Ich habe heute schon mit Michelle gesprochen. Sie meinte, die Situation wäre sehr durcheinander. Klaus, ich kann nicht anders, als mir Sorgen zu machen, vor allem, solange ich hier festsitze.«

Sein Lächeln verschwand. »Wir kennen beide die Gefahren, *meine Liebe.* Dafür haben wir unsere Gaben bekommen.«

»Aber setz dich keinen Gefahren aus, wenn du nicht musst.«

»Das mache ich nicht. Schließlich habe ich einen triftigen Grund, wieder heimzukommen.«

»Ich werde dafür sorgen, dass es sich für dich lohnt, versprochen«, sagte sie. Sie küsste ihre Fingerspitze und legte sie auf dem Bildschirm auf die Stelle von Klaus' Lippen. Er tat es ihr gleich, sodass sich ihre Fingerspitzen virtuell berührten.

»Ich muss los«, sagte Klaus.

»Ich weiß. Ich auch.«

»Ich liebe dich.« Trotz der Verzögerung sagten sie es gleichzeitig, und das brachte sie beide zum Lachen.

Sie konnte nicht genau sagen, wer von ihnen beiden als Erstes auflegte.

♣ ♦ ♠ ♥

Mollie wollte einfach nur weg, aber sie musste Mom zum Hof zurückbringen. Jemand, der ihre Mom nicht kannte, hätte annehmen können, dass ihre Mutter, nachdem sie im Krankenhaus völlig die Fassung verloren hatte, während die Ärzte eine fast endlose Liste von Verletzungen und Operationen heruntergebetet hatten, völlig verausgabt wäre. Doch Mollies Mom war robuster. So robust, dass sie Mollie zur Minna machte, kaum dass sie zurückgekehrt waren.

»Was hast du ihnen angetan?«

»Mom, ich habe gar nichts getan …«

»Du hast NICHTS getan? Du hast unseren Stall also nicht mit gestohlenen Spielautomaten von weiß Gott wo zugemüllt? Du hast deinen Vater und deine Brüder also nicht zu einer deiner bescheuerten Ideen überredet? Du hast nicht versucht, den Mann zu töten, der *meinen Todd getötet hat?*«

Am Ende lief es immer darauf hinaus. Sie landeten immer bei Noel und dem Gold der Nshombos und diesen schrecklichen Augenblicken im Stall.

»Er war auch mein Bruder«, sagte Mollie. Ihre Stimme war nicht mehr wiederzuerkennen, heiser und piepsig, plattgetreten von Schuldgefühlen und Scham.

»Ja, ›war‹. Er *war* mein Sohn. Er ist wegen dir gestorben. Aber das hat dir nicht gereicht, was? Nein, du musst deinen Vater und die Hälfte deiner anderen Brüder ins Krankenhaus bringen. Du bist erst zufrieden, wenn du die ganze Familie umgebracht hast, stimmt's?«

»ICH HABE TODD NICHT UMGEBRACHT! Hör endlich auf, immer mit seinem Tod zu kommen. Und hör auf, so zu tun, als hätte ich ihn erschossen! Es war meine Idee, aber Dad und die Jungs waren dafür. Es war *ihre Entscheidung.*«

»Sie hätten nie auf dich hören sollen. Ich werde dafür sorgen, dass in dieser Familie nie wieder jemand auf dich hört.«

Mollie zeigte auf den Küchentisch. »Da hast du gesessen! Genau da hast du gesessen und hast dir meinen Vorschlag angehört und hast wie die anderen auch gemeint, dass es eine verdammt gute Idee wäre, das Gold zu stehlen! Du bist genauso schuld an Todds Tod wie ich. Hör endlich auf, so zu tun, als wäre es bloß meine Schuld.«

Drei Köpfe linsten um die Ecke. Das Geschrei hatte die jüngeren Brüder angelockt. Mom hatte sich noch nicht einmal die Zeit genommen, ihnen zu sagen, dass Dad und die anderen Brüder im Krankenhaus waren, bevor sie sich auf Mollie gestürzt hatte.

»Aber du bist schuld!«, rief sie. »Alles ist deine Schuld. Wenn du nicht gewesen wärst, wäre das alles nicht passiert. Das damals wäre nicht passiert, und das heute wäre nicht passiert.«

Das war unfair. Vielleicht wahr. Aber nicht fair. Sie wusste es nicht. Woher auch?

»Woher sollte ich wissen, dass es so kommen würde? Wie kannst du mir vorwerfen, dass ich die Zukunft nicht vorhersehen kann?«

Mom sagte: »Ich gebe ihnen die Schuld. Die hätten wissen sollen, wie dumm du bist. Sie hätten wissen sollen, wie dumm und gefährlich deine Ideen sind.«

»Nein. Sie haben alle eine Entscheidung für sich getroffen. Du bist genauso schuld wie ich. Hast du dich mal gefragt, was passiert wäre, wenn du ausnahmsweise mal deine Meinung gesagt hättest?« Mollie ging auf und ab. »Nein. Weißt du was? Das ist deine Schuld. Alles wäre nicht passiert, wenn du mich nicht dazu überredet hättest, mich bei dieser bescheuerten Fernsehshow zu bewerben!«

»Du hast uns versichert, dass nichts schiefgehen kann!« Auf Moms Stirn standen die Venen hervor. »Du hast uns erzählt, dass es ganz einfach wäre und dass wir reich werden würden!«

»Nun, wenigstens habe ich was versucht, anstatt den ganzen Tag Fernsehshows zu glotzen und zu erwarten, dass jemand den Zauberstab schwingt und einen reich macht, ohne dass man einen Finger rühren muss, so wie du.«

Von der Ohrfeige wurde Mollies Kopf herumgerissen. Gleich darauf kamen die Schmerzen, das heiße Stechen, wo sich auf ihrem Gesicht nun ein rosafarbener Handabdruck abzeichnete. Durch ein Tor, das sich in der Küchenwand auftat, wehte eine salzige Brise von einem australischen Strand herein.

Mom kreischte: »Wehe, du haust ab, Mollie Steunenberg! Lauf bloß nicht davon und lass mich mit all dem allein. Du bleibst schön hier und bringst mich morgen früh wieder ins Krankenhaus.«

Das Tor schnappte zu. Mollie stapfte zur Küche hinaus. Auf dem Weg zu dem Schrank mit Bettwäsche, aus dem sie sich Decke und Kissen holen wollte, um auf dem Sofa im Keller zu übernachten, trampelte sie an den drei jüngsten Steunenberg-Jungen vorbei.

»Was hast du jetzt schon wieder angestellt, dass Mom so rumschreit?«

»Ja, warum heult Mom?«

»Mollie, wo sind Dad und die anderen?«

»Leckt mich, ihr Scheißgören.«

♣♦♠♥

»Klaus? Ist an den Berichten über Bugsy und Lama etwas dran?«

In der privaten und abgesicherten Leitung des Satellitentelefons knisterte es, während sie auf Klaus' Antwort wartete – sie wünschte sich, sie könnte sein Gesicht sehen, aber sie wollte nicht, dass etwas von dem Gespräch nach außen sickerte. Der Bericht, den Ink ihr gegeben hatte, war besorgniserregend. Es hieß, Bugsy hätte einen guten Prozentsatz seiner Wespen verloren und die überlebenden gegessen. Lama sei verrückt geworden und hätte nur herumgelallt, bevor er wieder in den Nebel hineingelaufen sei …

Klaus, ich will dich hier bei mir zurück …

Klaus' Stimme klang ernst und seltsam flach. »Es stimmt. Wir vermuten, dass jemand das Wild-Card-Virus als Waffe einsetzt.«

Barbara zwang sich zu einem ruhigen Ton. »Das vermuten wir hier auch. Ich habe mit dem CDC und den UNO-Ärzten gesprochen. Und auch mit Leuten vom Roten Halbmond. Sie schicken euch Vollmasken mit Atemschutzfiltern, damit ihr das Virus nicht einatmet. Besonders schlimm ist, dass das Virus anscheinend so verändert wurde, dass es auch diejenigen erneut infiziert, die – wie Lama und Bugsy – schon infiziert waren. Klaus, da reinzugehen ist vielleicht nicht die beste Idee. Vielleicht sollte man besser Lenkflugkörper auf das Krankenhaus …«

Noch ehe sie zu Ende sprechen konnte, kam sein Einwand. »Zu hohes Risiko von Kollateralschäden, und die Drohnen, die wir reingeschickt haben, werden unzuverlässig. Wir haben keinerlei Gewissheit, dass mit den Raketen nicht dasselbe geschehen würde. Die könnten Gott weiß wo einschlagen. Nein, wir müssen selber rein, damit wir alles im Griff behalten.« Er hielt kurz inne, sprach aber bereits weiter, bevor sie antworten konnte. »Babs, ich habe sie da reingeschickt. Und ich werde dafür sorgen, dass wer immer ihnen das angetan hat, dafür bezahlt. Bis auf den letzten Cent.«

In seinem Ton schwang ein gewisses Vergnügen mit, das sie selbst über die Telefonleitung heraushörte. *Zupacken. Sich ins Getümmel stürzen, nicht am Schreibtisch sitzen, sondern sich die Hände schmutzig machen. Das treibt ihn an … und ein paar von den anderen.* Sie betrachtete sein Foto auf dem Schreibtisch. Es war vor ein paar Jahren aufgenommen worden, noch ehe er sein Auge und seine damaligen Freunde verloren hatte. Dieser Klaus lachte, wie ihr Klaus schon lange nicht mehr gelacht hatte. Sie fragte sich, was er jetzt für ein Gesicht machte, wenn er daran dachte, nach Talas zu gehen und Bugsy und Lama zu rächen. »Ich plane, die Gruppe in zwei Teams aufzuteilen, sobald wir im Einsatzgebiet sind«, sagte er. »Michelle geht mit Aero und Earth Witch, die sollen sich ganz allgemein umschauen, und hoffentlich finden sie Lama. Angel, Inkar und ich begleiten die Panzer zum Krankenhaus und kümmern uns darum.«

»Und alle tragen die Atemschutzmasken«, ergänzte Barbara.

Sie hörte ihn bitter schnauben. »Alle tragen Masken«, wiederholte er. »Ich muss hier weiterkommen, Barbara. Es ist nicht mehr viel Zeit. Danke für deine Hilfe. Mach dir keine Sorgen. Wir kommen schon klar.«

»Ich weiß«, sagte sie. »Aber das hält mich nicht davon ab, mir Sorgen zu machen.«

»Verstanden«, sagte er. »Ich liebe dich.«

»Und ich liebe dich. Pass auf dich auf.«

»Das mache ich«, versicherte er ihr, und dann war die Verbindung weg. Barbara legte das Satellitentelefon auf und lehnte sich zurück. Ein paar Atemzüge lang starrte sie auf Klaus' Bild und drückte dann die Intercom-Taste an ihrem Computerbildschirm. »Juliet«, sagte sie. »Lass uns das Besprechungszimmer vorbereiten. Ich will alle Filmaufnahmen aus Talas ansehen.«

♣♦♠♥

Neben der Nadel, die das Krankenhaus markierte, tippte Klaus mit dem Finger auf die Karte und fuhr von dort die Hauptstraße entlang, die zum Militärlager führte.

»Es besteht kein Grund zu subtilem Vorgehen, wenn wir da reingehen«, sagte er. »Wir bleiben erst zusammen, dann teilen wir uns in zwei Gruppen auf. Die erste Gruppe geht mit mir. Wir bewegen uns mit einem Platoon Ihrer Männer, General, zum Hauptboulevard. Die Panzer kommen mit uns. Doktor Onweer, Angel, Tinker und Inkar, ihr kommt mit mir. Michelle, du führst die andere Gruppe an. Du, Earth Witch, Recycler und Aero. Nehmt einen Trupp Soldaten mit ein paar Hummern. Ihr sucht nach der Stelle, von der Bugsys Sender zum letzten Mal gesendet hat.«

Sie nickte. »Wenn wir Bugsy haben, treffen wir uns wieder mit euch.« Sie wollte es nicht sagen, aber sie war der Meinung, dass die Soldaten die Asse nur aufhalten würden. Andererseits wusste sie, dass die kasachischen Soldaten ihre Kameraden genauso herausholen wollten wie das Komitee seine Mitglieder. Sie würden schon zurechtkommen. Zurechtkommen war ganz ihr Ding.

♣♦♠♥

Franny hatte über möglichen Fluchtplänen gebrütet. Leider zerfielen die alle zu Staub, als er aus dem Flugzeug auf die Treppe trat. Das war nicht Tomlin. Es war ein kleiner Flughafen, und angesichts der Richtung, in der die Skyline von Manhattan zu sehen war, musste er in New Jersey liegen. Und angesichts des Sonnenstands musste es später Nachmittag sein. Franny fiel auf, dass er keine Ahnung hatte, welchen Tag sie hatten. Donnerstag?

Ein Empfangskomitee stand bereit. Sieben große Männer in billigen Anzügen, die unter den Armen auf eine bestimmte Weise ausgebeult waren. In der Mitte stand ein eleganter kleiner Mann mit milchweißem Haar und einem lächerlich großen Schnauzbart. Franny kannte ihn aus den Akten des NYPD – Ivan Grekor, der brutalste und erfolgreichste russische Mafioso in New York.

Die Fältchen um Grekors Augen vertieften sich, als er Baba Yaga anlächelte. Er breitete die Arme aus und rief etwas auf Russisch. Sie erwiderte etwas in derselben Sprache. Franny hörte seinen Namen heraus. Sie waren von einer Phalanx von Wachen umgeben und wurden in ein kleines weißes Flughafengebäude geführt. Einem Schild entnahm Franny, dass sie sich auf dem Flughafen Teterboro befanden.

Drinnen erwarteten sie noch mehr russische Gangster, und Bodenpersonal, Zollbeamte der Transportsicherheitsbehörde und ein paar gut gekleidete Fluggäste kauerten auf dem Boden. Ein Wachmann lag bewusstlos und blutend da. Franny konnte dem Impuls nicht widerstehen, rannte zu dem Mann und kniete sich neben ihm hin, fühlte ihm den Puls.

»Davon stirbt der nicht, junger Mann«, sagte Grekor in amüsiertem Ton. Dann sah er Baba Yaga an. »Mariamna, du suchst dir auch immer Jüngere aus.«

Baba Yaga stieß ein schallendes Lachen aus, als sie Frannys entsetzten Blick sah. »Oh, der da ist kein Spielzeug fürs Bett, Ivan, nur ein Werkzeug in die Hand.«

Franny erhob sich. »Sie können mir glauben, dass das kein bisschen weniger gruselig klingt.«

Baba Yaga sah von Franny zu dem bewusstlosen Mann und dann wieder zu ihm. »Sehen Sie, was passiert, wenn Sie versuchen, ein Held zu sein? Sie verstehen, was ich meine, oder?«

»Ja, Sie drücken sich deutlich genug aus.«

»Gut.«

»Mariamna, was möchtest du denn jetzt tun?«, fragte Grekor. »Ich mache mir Sorgen. Du bist verletzt.«

Sie lächelte ihn freudlos an. »Ja. Ich brauche ein Krankenhaus, das wir kontrollieren können. Von wo ich meine Aktionen steuern kann.«

Grekor strich sich den absurd langen Schnauzbart und sah stirnrunzelnd ins Leere. »Die Jokertown-Klinik. Nicht zu groß, nicht viel Sicherheitspersonal und Ärzte, die auf Wild Card spezialisiert sind.«

»Jokers«, sagte Baba Yaga angewidert.

»Und Asse.«

Hoffnung keimte in Franny. Die Klinik war nicht weit von Fort Freak, dort wären seine Chancen größer, der alten Hexe und ihren Schergen zu entkommen.

♣ ♦ ♠ ♥

Der Anruf aus dem Krankenhaus kam ein paar Stunden später. Mick hatte Glück gehabt und war mit ein paar gebrochenen Knochen aus dem Gemetzel herausgekommen. Zum dritten Mal an jenem Tag öffnete Mollie ein Tor ins Krankenhaus von Cœur d'Alene und half Mick zurück zum Hof.

Sie sprachen nicht miteinander. Sie sahen sich kaum an, nahmen sich kaum wahr. Hätten sie sich richtig wahrgenommen, hätten sie den verwirrenden und erschreckenden »Vorfall« im Stall als Realität akzeptieren müssen.

Dieses Wort gebrauchten sie. Vorfall. Als wäre dieses Wort groß genug, um all die stumpfsinnige, mörderische Tobsucht zu umfassen, die durch den Stall gefegt war.

In Familien stritt man sich manchmal, klar. Sie und ihr Bruder hatten sich gegenseitig schon blaue Augen verpasst, auch mal einen Zahn ausgeschlagen, als sie jünger waren.

Doch selbst in der dysfunktionalsten Familie der Welt, in der arschigsten, heruntergekommensten Hinterwäldlerfamilie aus einer von Bermans schäbigsten Reality-TV-Shows wäre es nicht dazu gekommen, dass sich ihre Mitglieder gegenseitig *die Eingeweide aus dem Leib zerren wollten.* Und doch hatte Mollie ebendas im Stall des Steunenberg-Hofs für nötig befunden …

Es als Realität zu akzeptieren hieß, dass sie alle nur einen Herzschlag davon entfernt waren, sich gegenseitig umzubringen, sich gegenseitig mit außergewöhnlicher Bestialität zu zerfleischen. Dass in ihnen eine unbeschreibliche Boshaftigkeit steckte, die jederzeit hervorbrechen konnte. Das ergab keinen Sinn. Und das war das Erschreckendste daran, denn während des Vorfalls *hatte* es Sinn ergeben, als gäbe es eine Logik, die nur Mollie begreifen konnte …

Sie hielt das Gefühl nicht aus, in ihrer eigenen Haut gefangen zu sein. In der Person gefangen zu sein, die so etwas gedacht und getan hatte und sich danach gesehnt hatte, dergleichen mehr zu tun. Aufgrund ihrer Asskraft war Mollie extrem gut darin, vor Problemen wegzulaufen, doch vor sich selbst konnte sie nicht weglaufen.

Zu müde, um Micks und Moms wütende, vorwurfsvolle Blicke zu ertragen, ging Mollie in den Stall. Sie spritzte alles mit dem Schlauch ab, spülte Blut und Zähne und Gewebefetzen weg. Dann nahm sie einen Schneidbrenner und einen hydraulischen Bock und ließ ihre Scham und Wut an Baba Yagas Safe aus.

Natürlich war das Drecksteil leer.

Das Kleingeld aus den Spielautomaten musste sie erst einmal in Dollars tauschen, bevor es irgendwas brachte. Die Münzen waren schweinisch schwer. Hunderte Kilo. Aber immerhin war das eine stumpfsinnige, einfache Arbeit, die kein Gelaber erforderte. Das war Mollie gerade recht. Mick hatte mehrere Gipse und war von den Schmerzmitteln so weggestellt, dass er nicht arbeiten konnte, aber die jüngeren Brüder sortierten die fremden Münzen und portionierten sie in tragbare Mengen. Mollie öffnete Tore, um nach Städten zu suchen, in denen sie kasachische Tenge in amerikanische Dollars wechseln konnte. Es war nicht leicht, solche Orte zu finden. Es war, als hätte sie geklautes Monopoly-Geld. In den meisten Orten hatte man noch nicht einmal von Tenge gehört. Und als sie endlich eine Wechselstube fand, in der die seltsame Währung von Scheißkackistan bekannt war, war der Wechselkurs beschissen.

Nach Wechselstuben zu suchen stellte sich als ermüdend heraus. Es war viel schwerer, als es hätte sein sollen. An einem normalen Tag reiste Mollie schon vor dem Frühstück zweimal um die Erde. Es hätte ein Klacks sein müssen. Eine Wechselstube zu finden, hätte höchstens eine Stunde dauern dürfen. Doch die Tore wollten nicht mitspielen. Manchmal entglitten sie ihr, schlossen sich früher, als sie wollte, oder brauchten ein paar Sekunden länger zum Öffnen und Schließen. Manchmal öffneten sie sich, wo sie es gar nicht beabsichtigt hatte. Jedes Mal, wenn sie sich auf die unheimliche Transdimensionalität konzentrierte, um ein verdammtes Tor zum Parieren zu bringen, fiel ihr das Tor ein, das sie *in* Brents Körper erschaffen hatte, sodass Dads Mistgabel geradewegs in ihn eingedrungen war … So etwas hatte sie noch nie zuvor gemacht. Hatte nie auch nur daran gedacht, im Körper eines Menschen ein Tor zu erschaffen. Ihr war, als wäre ihre Asskraft durch eine einzige Tat kontaminiert worden, und sie sah sich mit Selbstzweifeln konfrontiert, die sie seit den ersten Tagen, nachdem ihre Karte aufgedeckt worden war, nicht mehr empfunden hatte.

Was, wenn sie aus Versehen ein Tor im Zentrum einer weiteren tobenden Kannibalenhorde wie die in Talas öffnete? Es war ohne Vorwarnung passiert. Wie konnte sie sicher sein, dass es nicht am nächsten Ort wieder passierte oder an dem danach? Es war schwierig, ein Tor zu schaffen, wenn man sich aus Angst vor dem, was man auf der anderen Seite womöglich antraf, in die Hose machte.

Nachdem sie sämtliche Münzen aus Talas eingetauscht hatte, warf sie sich auf das Sofa im Hauptgebäude. Sofort, noch in den Kleidern, schlief sie ein. Es war kein erholsamer Schlaf. Jede Stunde wachte sie auf, keuchend und schweißnass von einem Albtraum, der sie wieder auf die Straße von Talas versetzte, wo sie Teil einer eifrigen Menge war, die sich auf ein zuckendes Baby stürzte. Oder im Stall, wo sie ihre Familie zerfleischen wollte.

♣♦♠♥

Lohengrin kochte vor Wut. Es dauerte fünf Stunden, bis die Panzer unterwegs waren, wo es nach Angels Ansicht höchstens fünfzehn, zwanzig Minuten hätte dauern sollen. Es waren vier Panzer, jedem war ein Ass zugeteilt, dazu zwei Züge der kasachischen Armee. Sie wirkten professionell und fähig. Alle waren gut bewaffnet und trugen Nachtsichtgeräte. Ein Kundschaftertrupp ging ihnen furchtlos voraus in die dunklen Ruinen, zwei weitere Trupps flankierten sie links und rechts. Lohengrin saß auf dem Panzer an der Spitze, Angel im zweiten, Earth Witch ging neben dem dritten, während die große, auffällige Gestalt von Doktor Onweer hinter dem vierten herlief.

Der Anblick der verdorbenen schwarzen Landschaft im unheimlichen Licht des Nachtsichtgeräts entsetzte Angel. Es war, als hätte sie die Hölle auf Erden vor sich, als hätte Gott selbst, der ständig zornige Jahwe des Alten Testaments, der ihr als Kind immer so viel Angst eingejagt hatte, seine rachsüchtige Hand erhoben und Talas zerschmettert.

In der Luft lag der Gestank von Dämonen – zumindest stellte sie sich vor, dass Dämonen so rochen. Vielleicht lag es an dem schaurigen grünen Nebel, der am Boden einen dicken Teppich bildete und dessen Ranken und Tentakel sich über die Ruinen streckten, zwischen denen sie gingen. Auf der Wange fühlte er sich seltsam feucht und fettig an, sodass sie angeekelt das Gesicht verzog. Es war wie die ungesunden Ausdünstungen eines giftigen Sumpfs. Doch es gab keinen Sumpf, sein Ursprung ließ sich nicht erkennen.

Da kam ihr plötzlich eine alte Erinnerung. Damals, als sie für Expräsident Leo Barnetts Millennial Society gearbeitet und John Fortune gerettet hatte, als sie Billy Ray kennengelernt und die Welt vor der Apokalypse bewahrt hatte. Einmal, als sie vor den Erleuchteten geflohen war, hatten sie ein Ass namens Highwayman zu Hilfe gerufen, der mithilfe von »Abkürzungen«, wie er es nannte, auf geheimem Weg Personen und Waren transportieren konnte. In Wahrheit waren es Pfade durch alternative Dimensionen. Der Geruch von Talas erinnerte sie an etwas, was ihr in dieser fremdartigen Dimension begegnet war. Sie hatte keine Ahnung, wie das möglich sein konnte. Doch wurde ihr davon mulmig, was sie zu unterdrücken versuchte, denn ihr war sehr wohl klar, dass sie wachsam bleiben und alle ablenkenden Gedanken verbannen musste. Doch wie die Ranken des grünen Nebels, so kroch auch dieser Gedanke immer wieder an sie heran und strich ihr durchs Gehirn, sodass es ihr kalt über den Rücken lief.

Sie arbeiteten sich vom Stadtrand weiter hinein. Außer dem Klappern der metallischen Ungetüme, die vorausfuhren, dem Rumpeln, das wie das Knurren der Motoren klang, war nichts zu hören. Im Licht ihrer hellen, lidlosen Augen erkannte sie, dass die Zerstörung um sie herum zunahm. Manche Gebäude lagen in Schutt. Die Panzer, die sich durch verlassene, aber mit Trümmern verstopfte Straßen kämpften, kamen nur noch langsam voran. Der Nebel wurde dichter und zu einem Mantel, der wie ein schmutziger Schleier in der Luft lag und sich am warmen, windstillen Himmel nicht bewegte. Wie der giftige Smog, der London im neunzehnten Jahrhundert erstickt hatte und oft in den historischen Romanen beschrieben wurde, die sie las. Auch der Gestank wurde strenger.

Die weit auseinandergezogenen Soldaten rückten, vermutlich unterbewusst, näher an den vermeintlichen Schutz der Panzer heran. Diese stockten plötzlich, ihre Motoren gingen aus, und die Scheinwerfer erloschen. Gleichzeitig hallte vor ihnen Maschinengewehrfeuer durch die Nacht. Es folgten Schmerzensschreie und ängstliche Rufe. Das MG-Feuer endete so schlagartig, wie es begonnen hatte.

Lohengrin, der leise in sein Funkgerät gesprochen und laufend Bericht erstattet hatte, wandte sich plötzlich zu ihr um und rief: »Angel!«

»Erlöse meine Seele von dem Bösen, Herr«, murmelte sie, nicht nur um ihr Schwert herbeizurufen, sondern auch als inbrünstiges Gebet, von dem sie hoffte, dass es ihr die Gnade verschaffen würde, die sie brauchte. Schwingen aus Federn und Flammen erschienen auf ihrem Rücken und erhellten die Nacht um sie herum. Sie reichten höher als ihr Kopf, und ihre unteren Spitzen streiften den Boden. Sie waren so breit, dass sie Billy in intimen Momenten darin einhüllen konnte, dann musste sie die Flammen allerdings sorgsam dämpfen. Die Schwingen erschienen ihr immer schwerelos, und sie wusste auch nicht, wie sie an ihr festgemacht waren. Tatsächlich waren sie wie auch bei Peregrine – dem ersten geflügelten Ass – nicht groß genug, als dass sie wirklich mit ihnen hätte über weite Strecken fliegen können, aber sie analysierte ihre Kräfte nicht. Sie akzeptierte sie in treuem Glauben.

»Hilf den Kundschaftern«, rief Lohengrin. »Wenn du das nicht kannst, dann mache den Ursprung dieses Zwischenfalls ausfindig und erstatte so schnell wie möglich Bericht.

Wir brauchen diese Information! Alles ist ausgegangen, selbst das Infrarot.«

Sie nickte noch einmal, schlug ein-, zweimal mit den Flügeln und erhob sich langsam in die Luft. Als sie eine Höhe von sechs Metern erreicht hatte, schoss sie nach vorn und auf die Kundschafter zu. Das nutzlos gewordene Nachtsichtgerät zog sie vom Kopf und warf es weg. Das einzige Licht in der Stadt kam von den göttlichen Flammen auf ihrem Rücken. Sie dankte Gott, dass sie ihren Pfad erleuchteten und in der Finsternis flackerten wie Kerzen.

Angel verharrte auf der Stelle, indem sie nur schwach mit den Flügeln schlug. Sie hatte den Punkt erreicht, wo die Kundschafter sein sollten. Hier gab es nicht viel zu sehen außer heilloser Zerstörung. Sie zog ihr Handy heraus und wählte Lohengrins eingespeicherte Nummer, um ihm Bericht zu erstatten, machte sich aber keine Hoffnungen, dass es funktionieren würde. Das tat es auch nicht. Es war mausetot. Was ging hier nur vor sich?

Einen Moment hing sie unentschlossen in der Luft. Sie sah sich inmitten der Verwüstung um, und etwas fiel ihr ins Auge. Es war ein Fleck, ein dicker, glänzender Klecks auf einem teilweise zerstörten Gebäude, das trotz der Schäden noch das größte Gebäude in der Gegend war. Sie steckte das Handy weg und hob das Fernglas aus ihrem – wie Billy ihn lachend nannte – Werkzeuggürtel an die Augen.

Es sah aus wie … einen Moment lang erstarrte ihr Gehirn, und sie konnte nicht sagen, wie es aussah, nur dass es das Bizarrste war, was sie je gesehen hatte, bizarrer noch als die Wesen, denen sie und Billy sich auf den Abkürzungen des Highwayman gestellt hatten. Es war größer als sie. Sein Kopf und Rumpf war wie der einer Ratte mit phosphoreszierendem Fell, schwarzen Kugelaugen und einer rosafarbenen nackten und mit Borsten gespickten Schnauze. Es ging auf zu vielen Beinen, fand Angel, auf weißen knochigen und spinnenhaften Beinen mit vielen Gelenken, die aussahen wie gigantische Krebsbeine, denn sie endeten in schnappenden Scheren und waren mit Dornennoppen und scharfkantigen Graten gepanzert. Im Verhältnis zu den Flügeln wirkte der Körper klein. Diese waren schwarz und schienen aus Gummi zu bestehen wie Fledermausflügel, über die sich verästelte rote Adern zogen und die in langen, skelettartigen Krallenhänden endeten. Der rosafarbene nackte Schwanz baumelte zwischen den Beinen von dem Gebäude herab, auf dem das Wesen hockte. Angel nahm zumindest an, dass es sein Schwanz war.

Mit dem Fernglas rückte es erschreckend nah an sie heran. So nah, dass sie, als das Wesen zu ihr herübersah und Blickkontakt zu ihr aufnahm, das intelligente Funkeln in seinen Augen und den Speichel, der in klebrigen Fäden zwischen seinen viel zu zahlreichen scharfen Zähnen heraustropfte, sah. Es sperrte den Mund auf und schrie so laut und schrill, dass es in den Ohren wehtat: »Jiiieeeeeeh!« Dann sprang es in die Luft.

Es raste auf Angel zu.

Sein Körper, stellte Angel fest, war zweimal so groß wie ihr eigener, die Flügelspannweite zehnmal so weit. Das Ding zwischen seinen Beinen war ein bedrohlicher roter Stachel, der sich nach oben bog und auf dessen Spitze eine dicke gräuliche Flüssigkeit glänzte.

Angel verkniff sich nutzlose Kraftausdrücke, hing sich das Fernglas um und schlug kräftig mit den Flügeln. Sie wollte so schnell wie möglich an Höhe gewinnen. Wenn das ein Kampf in der Luft werden sollte, dann wollte sie wenigstens die höhere Position haben.

Der Gestank eilte der Kreatur voraus. Natürlich hatte das Ding einen widerlichen Pestgestank, der vom zuckrigen, fauligen Geruch überreifer Bananen eingehüllt war. Es war größer als Angel, wahrscheinlich auch kräftiger, hatte eine größere Reichweite und auch mehr Waffen. Ihre einzige Hoffnung lag in ihrer Beweglichkeit.

Sie hörte das Klappern der Scheren an seinen Beinen, das wie Kastagnetten klang. Sie wandte sich um, da sie merkte, dass sie seine Geschwindigkeit falsch eingeschätzt hatte, und es raste in ihre Schulter. Eines der Scherenbeine riss ihr die Seite auf. Die Wucht des Zusammenstoßes ließ sie auseinanderprallen. Das Wesen versuchte, sie mit den skelettartigen Händen zu packen, doch mit einem verzweifelten Schwertstreich hieb sie ihm eine Hand ab.

Ein wütendes Keckern explodierte aus seinem Maul, und die rote Schwanzspitze klapperte. Angel machte einen panischen Salto rückwärts und entging damit glücklicherweise der klebrigen Substanz, die das Wesen verspritzte. Angel legte ihre Schwingen an und wirbelte auf der Stelle herum, um danach mit ausgestrecktem Schwertarm nach oben zu schießen und sich in den Rücken des Wesens zu bringen. Sie ließ das Schwert auf den ledrigen Flügel des Wesens herabsausen, doch die Klinge streifte es nur und prallte schließlich auf der sehnigen Oberfläche ab. Die Bestie rollte sich zu einem Ball zusammen, warf sich herum und rammte Angel mit dem Rücken. Angel wurde von dem Stoß nach hinten geworfen, und er raubte ihr den Atem. Sie keuchte, verlor das Schwert und hatte keine Kontrolle mehr über ihre Flugbahn.

So viel zu meiner überlegenen Beweglichkeit, dachte sie, während sie nach unten trudelte.

Das Wesen entrollte sich, den Kopf nach unten gerichtet, und breitete die Flügel aus. Sie blähten sich wie Segel auf, es machte eine Kehre und glitt, noch immer kopfstehend, erneut auf Angel zu. Alle drei Beinpaare und sechs Scheren streckten sich ihr gierig entgegen.

Als sie die Fähigkeit, Flammenschwingen heraufzubeschwören, erlangt hatte, hatte sie das Fliegen zunächst nur mäßig gemeistert, und kompliziertere Manöver waren zu hoch für sie gewesen. Billy hatte dann die Idee gehabt, Peregrine um Hilfe zu bitten, und das alternde, aber immer noch glanzvolle Ass hatte nicht mit ihrer Zeit gegeizt und hatte ihre in vielen Jahrzehnten – seit ihren berühmten Anfängen als »die fliegende Cheerleaderin« – erworbenen Erfahrungen und Kenntnisse großzügig weitergegeben. Angel rief sich dieses Training ins Gedächtnis, fasste sich und holte tief Luft.

Das grinsende und sabbernde Ungeheuer hatte sie fast erreicht. Angel drehte sich von dem Wesen weg und ging abrupt in Schräglage. Sie war tatsächlich schneller als die Bestie, fiel ihr auf, denn sie musste weniger Masse bewegen, und aufgrund ihrer Assfähigkeit stand ihr dafür mehr Kraft zur Verfügung. Sie wollte es auf keinen Fall auf einen Zweikampf ankommen lassen. Es hatte eine bessere Reichweite als sie und zu viele natürliche Waffen. Ihr anfänglicher Instinkt, es von hinten anzugreifen, war ganz richtig gewesen. Sie hatte sich nur das falsche Ziel für ihren Schwertstreich ausgesucht.

Diesmal versuchte sie es ohne Schwert, und als das Ding ihrer Bewegung folgte, legte sie einen Immelmann hin, mit dem sie sich in den Rücken des Geschöpfs brachte, ihre Position für einen neuerlichen Angriff. Sie schoss, so schnell es ging, nach vorn und dem Ding, das gerade versuchte, seitlich abzudrehen, in den Rücken. Indem sie sich in das fettige Fell krallte, zog sie sich bis zum Hals hinauf, klammerte sich mit den Knien an die Brust und schlang einen Arm unter die schnappenden Kiefer des Wesens.

Mit der anderen Hand packte sie ihren Arm und riss mit aller Kraft am Hals der Rattenfledermaus, deren empörtes Brüllen abgewürgt wurde. Die Bestie bekam keine Luft mehr, und Angel hing ihr am Hals, als ginge es um ihr nacktes Leben.

Mit den Skeletthänden am Ende der Flügel konnte es sie nicht erreichen und auch nicht mit den Beinscheren. Es schüttelte wild den Kopf, doch auch das geifernde Maul konnte nichts ausrichten. Es flatterte und zuckte herum wie eine Motte, doch Angels Würgegriff war durch nichts zu erweichen. Sie drückte und riss weiter, bis sie spürte, dass etwas unter der gewaltigen Kraft, die sie gegen den Hals des Monsters anwandte, nachgab, und nach einer letzten Anstrengung hörte sie ein Knacken. Sie hatte ihm das Genick gebrochen.

Sie brüllte triumphierend, ließ aber erst einen Moment später los, als das Wesen herabsackte wie eine Stoffpuppe. Seine Flügel schlugen nicht mehr, seine Flugbahn wurde immer steiler, und sie stürzten nach unten. Angel hielt sich noch ein paar Augenblicke lang fest, atmete tief ein, obwohl das Ding bestialisch stank, und stieß sich schließlich von der stürzenden Leiche ab, schlug mit den Flügeln, segelte einen Moment auf der Stelle, um die nahezu aufgebrauchten Kraftreserven zu schonen. Sie sah das Wesen etliche Dutzend Meter in die Tiefe stürzen. Als es auf dem Dach eines Hauses aufschlug, es duchstieß und darin verschwand, war ein lautes Krachen zu hören, das guttat.

Einen Augenblick lang verharrte sie und dachte über ihr weiteres Vorgehen nach. Es beschlich sie das Gefühl, dass die Dinge nicht gerade so liefen, wie Babel und Lohengrin es geplant hatten, doch ihr wurde auch klar, dass sie eines ganz dringend brauchten, um die Mission durchzuführen, und das waren aktuelle Informationen über die Lage vor Ort. Wenn sie jetzt umkehrten, würden sie diese Informationen nicht erhalten. Aber wenn sie weitergingen und dabei irgendwelche bizarren Gefahren antrafen, vielleicht schon eher.

Sie beschloss, weiter in die Stadt hineinzufliegen und die Stelle anzuschauen, von der Lohengrin behauptete, dass sie das Epizentrum dieser Seltsamkeiten darstellte. Das war vielleicht nicht klug, dachte sie, aber es war das, was sie tun musste.

♣♦♠♥

Wenn sie das Lager bereits für eine Ausgeburt des Chaos gehalten hatte, dann war Talas vollends ein Desaster. Ihre Aufgabe war, Bugsy herauszuholen, doch die Umstände wurden immer schlimmer. Sie hatten eine grobe Ahnung, wo Bugsy sein könnte – zumindest wussten sie, wo sein Ortungssender den Geist aufgegeben hatte.

Der Nebel wurde immer dichter, je weiter sie in die Stadt eindrangen. Michelle konnte die anderen durch die Atemschutzmaske nur noch schwer erkennen, doch Klaus und Barbara hatten darauf bestanden, dass alle eine trugen.

Weiß ja nicht, ob mir das viel bringt, nachdem ich Blut ins Gesicht bekommen habe, dachte sie.

Sie gingen zu Fuß, nachdem sie den Hummer vor ein paar Kilometern zurückgelassen hatten. Erst hatte das Funkgerät angefangen zu spinnen, dann war das Navigationssystem ausgefallen. Schließlich die Servolenkung, und einen Hummer ohne Servolenkung zu fahren, war nahezu unmöglich.

Vielleicht war Klaus' Idee, sich aufzuteilen, nicht gut gewesen, aber jetzt war es zu spät, sich darüber Gedanken zu machen. Es war für so manches zu spät.

Hier war der Nebel dicht und ließ die Gebäude verschwommen und unwirklich erscheinen. Sie spürte, dass sie aus dunklen Fensterhöhlen beobachtet wurden. Abgeschätzt wurden. Gierig beäugt wurden. In jedem Gebäude war es gleich, in den kleinen Geschäften, den Klamottenläden, den Restaurants. Aus den Lebensmittelgeschäften, an denen sie vorbeikamen, drang der Gestank von verdorbenen Nahrungsmitteln. Die Gebäude um sie herum waren alle von etwas besessen, das in ihnen lauerte.

Übel wollende Augen beobachteten sie. Sie durfte nicht daran denken, wie sich das anfühlte, nämlich wie eine Spinne, die einem über die Haut krabbelte – oder eher wie tausend Spinnen.

Die rechteckigen, modernen Wohnhäuser waren am schlimmsten. In fast jedem Fenster waren Gesichter zu sehen, verunstaltet von dem Übel, das hier am Werk war, auch wenn manche so aussahen, als hätten sie sich selbst verstümmelt. Mit kalter Bosheit starrten sie Michelle und ihre Gruppe an.

Michelle war versucht, Blasen auf sie zu schleudern, nur als Warnung, aber sie beherrschte sich. Sie waren nur wenige, und auch wenn sie es wahrscheinlich mit den Insassen eines Gebäudes aufnehmen konnten, wollte Michelle sich nicht den Stress antun, die Soldaten zu beschützen und Gott weiß was abzuwehren.

Die Soldaten wurden enorm lästig. Und Michelle wusste nicht einmal, ob nicht auch Aero, Recycler und Earth Witch ihr nur im Weg waren. Sie empfand Wut. Immer dasselbe. Sie wollte *jetzt* etwas unternehmen. Wollte die anderen am liebsten loswerden, damit sie allein weitermachen konnte. Das wäre so viel einfacher.

Auch der Nebel hielt sie auf. Was immer in Talas los war, es hatte vollkommenes Chaos angerichtet.

Die Straßen waren aufgeworfen, als hätte es ein Erdbeben der Stärke sechs gegeben. Wahllos waren Autos stehen gelassen worden. Manche auf dem Gehweg, manche steckten auch halb in Häuserwänden. Fenster waren eingeschlagen. Auf der Straße schwelten Feuer, und Menschentrauben rannten kreischend durch den Nebel. Aber wenn Michelle und ihre Gefährten versuchten, sie einzuholen, verschwanden sie, als wären sie nie da gewesen. Blut und Scheiße bedeckten die Straßen, und abgetrennte Gliedmaßen krochen über beides hinweg.

Sie blieben stehen und glotzten.

»Das kann doch kein Angriff mit der Wild Card sein«, sagte Aero. Und dann fing er an zu würgen. Gleich darauf fand er die Beherrschung wieder. »Wenn ich an die Hölle glauben würde, würde sie so aussehen.«

»So allmählich glaube ich, dass wir in einem ihrer äußeren Kreise sind«, entgegnete Ana. »Je weiter wir reingehen, desto schlimmer wird es.«

»Wir sollten weitergehen«, sagte Michelle und musste sich anstrengen, damit ihre Stimme nicht zitterte. Wo waren sie hier nur hineingelaufen?

Sie bogen in eine Straße ein, die laut Karte zu Bugsys letzter Position führte. An beinahe jede Straßenlaterne war eine Leiche gebunden, in zerfetzte, blutüberströmte Kleider gehüllt. Ihnen allen hingen die herausgerissenen Eingeweide aus dem Leib. Auf den zweiten Blick fielen Michelle die Messer auf, die sie in der Hand hielten. Sie hatten sich selbst umgebracht, merkte sie. Die Galle kam ihr hoch. Jemand hatte sie an die Laternenpfähle gefesselt, und sie hatten sich die eigenen Eingeweide aus den Leibern gerissen. Das Grinsen der Totenstarre war ihnen in die Gesichter gemeißelt.

»*Madre de Dios*«, hörte sie Aero sagen wie von weit weg.

Maria wird weder ihnen noch uns helfen, dachte Michelle. *Ich dachte, du wärst nicht religiös, du Lügner. Jetzt betest du zu einem Gott, der nicht da ist.*

Sie hörte ein Wimmern, drehte sich um und sah, von wem es kam.

Einer der kasachischen Soldaten war gerade dabei, seine Atemschutzmaske herunterzunehmen. Sie lief zu ihm und hielt ihn an den Handgelenken. »Halt!«, rief sie. »Sie müssen die Maske aufbehalten!« *Idiot,* dachte sie wutentbrannt. *Warum zur Hölle muss ich mich mit diesen Pennern abgeben?*

»Er spricht kein Englisch, Miss«, sagte ein anderer Soldat. »Ich kann übersetzen.«

»Und Sie sind?« *Noch so eine Nervensäge.*

»Nurlan. Das ist Dasha.«

Es wäre so einfach, die beiden einfach umzulegen, dachte sie, und für einen Sekundenbruchteil entsetzte sie dieser Gedanke.

»Sagen Sie Dasha, dass alles in Ordnung ist«, sagte sie, obwohl sie es keine Sekunde glaubte. Sie befanden sich noch gar nicht sehr lange in der Nebelzone, und schon fing das seltsame Verhalten an. Und das brachte sie furchtbar auf die Palme. Das leise Summen in ihrem Kopf wurde lauter.

Nurlan sagte etwas zu Dasha, und als der antwortete, machte Nurlan ein komisches Gesicht.

»Er sagt, dass der gesichtslose Gott kommt.«

Michelle war erst verblüfft, dann vollends genervt. Hatte sie es nicht gewusst, dass die Soldaten bei dem Einsatz nur Ärger machen würden? »Was hat das zu bedeuten?«

»Das weiß ich nicht«, sagte Nurlan. Er fuhr sich mit der Zunge nervös über die Lippen. »Er redet nur Unsinn.«

»Verdammt noch mal«, sagte Michelle. Sie wurde immer stinkiger. Und stinkiger. Zwar wusste ein Teil ihres Bewusstseins, dass sie überreagierte, aber sie konnte sich nicht einrenken. Sie *wollte* diese erschreckende Wut nicht unterdrücken. Und das Summen wurde lauter.

»Du meine Güte, wir haben keine Zeit für diesen Blödsinn. Sehen Sie sich diese Leichen an. Die sind *echt*. So unsichtbarer Kram ist Schwachsinn. Beruhigen Sie ihn. Machen Sie, was immer nötig ist, damit er weitergeht.« Ihr Blick glitt über die anderen Soldaten. Mit ihnen schien alles in Ordnung zu sein, auch wenn ein paar von ihnen unruhig wirkten.

Das hat mir noch gefehlt, dachte sie bitter. *Normalos babysitten, die noch grün hinter den Ohren sind. Super.*

Ich könnte sie umlegen, dachte sie. *Ich könnte sie umlegen, dann wäre alles einfacher. Die sind doch nur eine Last, die mich ausbremst. So wie Adesina.* Eine Woge der Übelkeit überkam sie. *O mein Gott, wie konnte ich das nur denken? So etwas würde ich nie denken. Sie ist meine Kleine, mein kleines Mädchen.*

Aber sie konnte jetzt nicht über Adesina nachdenken. In Talas gab es etwas, das sie tun musste, sonst würde ihre Kleine sterben. Jayewardene hatte ihr das versichert. Sie sollte nach Talas, sonst würde ihre Tochter sterben.

»Okay, Leute, wir müssen weiter in Richtung Bugsys Position gehen, und das kriegen wir nicht hin, indem wir rumstehen«, erklärte sie. Sie klang genervt. Ihre Wut war wie ein Jucken, sie wollte sich kratzen, und die Wut spülte ihre Angst um Adesina fort. Sie spürte, wie sich eine Blase bildete, ballte jedoch die Hand zusammen, und die Blase platzte.

Earth Witch und Aero flankierten die Soldaten, und Recycler bildete die Nachhut. Michelle ging voraus. Sie wandte sich um und ging weiter, ohne sich zu vergewissern, ob die anderen ihr folgten.

Mit jedem Schritt wurde es schwerer, im Nebel den Weg zu sehen. Ein kalter Nieselregen setzte ein. In der Ferne hörte sie Rufe und Schreie. Hin und wieder Schüsse. Über Funk kamen Statikrauschen und Quäken. Wahrscheinlich wollte Klaus sich erkundigen. Als wäre sie eine Anfängerin, die nicht wusste, was sie tat. *Der kann mich mal,* dachte sie. *Klaus und seine Bande von Waschlappen gehen mir am Arsch vorbei. Ich muss selber unnütze Normalos mit mir herumziehen.*

Vor ihnen erkannte Michelle eine verschwommene, vage menschliche Gestalt auf der Straße. Im Näherkommen veränderte sie sich. Tentakel wuchsen aus ihr heraus, und sie begann, auf sie zuzukriechen.

Dashas Wimmern wurde lauter. »Um Himmels willen«, knurrte Michelle. »Er soll die Klappe halten!« Sie wandte sich um. Sechs ihrer Soldaten schienen klarzukommen, aber vier von ihnen wirkten panisch. Dann nahmen sie die Beine in die Hand und rannten in die Richtung zurück, aus der sie gekommen waren.

»Das ist nicht euer Ernst!«, blaffte Michelle. »Das ist doch bloß irgendein Joker. Meine Güte, man sollte meinen, die haben noch nie einen Joker gesehen.«

Schüsse knatterten. Aero schrie: »Nein!«, als die Soldaten, die nicht geflohen waren, das Feuer auf die Fliehenden eröffneten. Diese fielen und bewegten sich nicht mehr.

Dann drehten sich die Soldaten um und schossen auf den Joker, der sich der Gruppe genähert hatte.

Der Joker – denn was sollte es sonst sein – stieß einen grässlichen Schrei aus, und alle brüllten vor Schmerz. Es fühlte sich an, als hätte ihr jemand Spitzhacken aus Eis in die Ohren gerammt.

»Ich kann es nicht fassen, dass ihr sie erschossen habt!«, rief Aero mit wütend verzerrtem Gesicht.

Die Soldaten erwiderten seinen Blick.

»Warum nicht?«, fragte Nurlan achselzuckend. Ihm lief Schweiß übers Gesicht, und das Weiße seiner Augen lief rot an. »Das waren Deserteure. Sie sind vor dem da weggelaufen.« Er zeigte auf den toten Joker.

»Man schießt Leuten nicht in den Rücken! Jesús Christo! Ihr seid Tiere!« Seine Stimme wurde zu einem tiefen, gefährlichen Knurren.

Michelle sah, wie er in die Tasche griff und eine der Stahlkugeln herausholte, die er mithilfe seiner Fähigkeit, Luft zu manipulieren, in Granatsplitter verwandelte.

»Cesar! Nein!«, rief sie. Auch wenn ein Teil von ihr keine Einwände dagegen hatte, dass Aero die Soldaten tötete. Dieser Teil wollte ihm sogar dabei helfen.

»Die sind unmenschlich«, fauchte er. »Sie verdienen es nicht zu leben.«

»Du hast nicht das Recht, sie zu verurteilen«, rief Ana. Sie bekam ein rotes Gesicht, und die Adern in ihrem Hals standen hervor. »Wie würde es dir gefallen, wenn ich dich auf dieselbe Weise verurteilen würde?«, spie sie aus.

Unter Aeros Füßen beulte sich plötzlich der Boden aus und umschloss ihn bis zum Hals. Er konnte sich nicht rühren, geschweige denn seine Waffe werfen. Michelle wusste jedoch, dass er keine Waffe brauchte, um Ana zu töten.

»Wir sind nicht wie sie«, sagte Ana. Sie hatte einen wilden Blick und schnaufte heftig. »Wir sind besser als sie.«

Nurlan sah Ana kalt und gleichgültig an.

»Weshalb seid ihr besser? Die da« – dabei zeigte er auf Michelle – »hat schon getötet. Und ich glaube, Sie auch, Earth Witch. Bei Aero weiß ich es nicht. Der Typ aus den Slums jedoch …« Er stieß den Daumen in Recyclers Richtung. »Der traut sich gar nichts. Außer vielleicht jemanden von hinten zu erstechen.«

Recycler rief sogleich noch mehr Müll für seine Abfallrüstung herbei. Kaputte Tische und Stühle krachten durch die Fenster. Pappkartons fielen auseinander und setzten sich an seinem Körper neu zusammen. Stinkendes, faules Laub flog auf ihn zu und zog Fäden schwarzen Ekelwassers hinter sich her. Während seine Rüstung dicker wurde, stieß er ein einzelnes, heiseres Lachen aus.

»Du *cadela*«, sagte er mit vor Zorn verzerrter Stimme. »Dummes Arschloch.« Er ging auf die Soldaten los. Im selben Augenblick öffnete sich die Erde unter ihm, und er fiel in ein Loch.

»Wenn ich hier rauskomme, bist du tot!«, schrie er Ana an. »Ich reiße dir den Kopf ab, nur damit ich das Blut aus deinem Hals spritzen sehen kann, du Hure.« Ana zuckte mit den Schultern und lachte. Er wollte aus dem Loch klettern, doch sie machte es einfach tiefer.

Einer der Soldaten richtete sein Gewehr auf Ana. Michelle packte Ana und wirbelte herum, um sie vor den Kugeln abzuschirmen. *Typisch Ana,* dachte sie angepisst. *Immer muss sie gerettet werden. Nutzlos. Kein Einziger von denen hat es verdient, auf diesem Einsatz dabei zu sein. Es wäre so viel einfacher …*

Als die Kugeln auf sie einprasselten, wurde Michelle dicker. Doch heute taten die Einschüsse weh. Sie schrie auf. »Was zur Hölle?«, rief sie.

Eine weitere Salve knatterte, aber Michelle wurde nicht getroffen. Sie ließ Ana los und drehte sich um. Da sah sie, dass die Soldaten aufeinander schossen. Sie kicherten wie Kinder auf einer Party, und einer nach dem anderen ging zu Boden. Die toten Soldaten waren nicht mehr wiederzuerkennen. Augen hingen aus zertrümmerten Augenhöhlen. Die Kugeln hatten Wangen weggerissen, Zähne und Gaumen freigelegt. Manchen hing die Kopfhaut vom Schädel wie ein verrutschtes Toupet.

Nur Nurlan fiel nicht. Er wandte sich zu Michelle um, und sie sah, dass ihm Blut aus den Augen tropfte.

Er nahm seine Maske ab, bevor er seine Makarow zog und sich eine Kugel in den Kopf jagte.

♣ ♦ ♠ ♥

Generalsekretär Jayewardene saß Barbara gegenüber am Konferenztisch. Vorn an der Stirnseite des Tischs, waren Bildschirme angebracht, auf denen Liveübertragungen liefen. Eine aus dem vordersten Panzer der kasachischen Truppe, eine von dem Offizier, der den kasachischen Angriff anführte, und eine – auf dem größten Bildschirm direkt vor Barbara – von Klaus' Body-Cam. Seitlich stand noch ein Bildschirm, auf dem General Nabijew zugeschaltet war, damit sie sich zu dritt beraten konnten, während der Einsatz lief. Ink saß neben Barbara. In New York war es fast halb sechs und in Kasachstan weit nach Mitternacht. Das Scheinwerferlicht der Panzer und anderen Fahrzeuge fiel auf größtenteils verlassene Straßen mit aufgegebenen Autos zu beiden Seiten, die bereits vorher von Bulldozern zur Seite geschoben worden waren. Das Bild von Klaus' Kamera hatte wegen der Nachtsichtlinse einen starken Grünstich. »Wir nähern uns dem Rand der Störung«, hörte sie Klaus sagen. Seine Stimme war so schwer wie sein Atem. Im Bild der Nachtsichtkamera wirkte seine Phantomrüstung smaragdgrün, und sein Schwert schimmerte wie eine CGI-Waffe in einem Science-Fiction-Film. Der Nebel vor ihnen reckte kränklich grüne Ranken in die Höhe. Das Bild war fahrig und instabil und wackelte bei jedem seiner Schritte. »Soweit wir sehen können, bewegt sich nichts, aber wir hören …« Bis auf seinen Atem war nichts mehr zu hören. Klaus blieb stehen, denn das Bild verharrte. Barbara vernahm die Motoren der Panzer und das metallische Klirren der Ketten auf dem Asphalt. Aber ganz leise hörte sie auch Schreie aus der Ferne. Von mehreren Stimmen, und eine davon klang vollkommen unmenschlich. »Habt ihr das gehört?«, fragte Klaus kurz darauf, und das Video wackelte wieder, da er weiterging. »Ein Stück vor uns passiert etwas.« Ein elektrisches Zirpen folgte, das anzeigte, dass Klaus auf den Kanal für die Asse umschaltete. »Aero – willst du dir das mal anschauen? Mal gucken, was uns da erwartet, bevor wir uns aufteilen?«

Wieder ein Zirpen, und aus den Lautsprechern auf dem Konferenztisch kam eine andere Stimme. Die Lautsprecher dienten Barbara und Jayewardene zum Mithören des Kanals für die Asse. »Klar, Boss. Bin gleich wieder da …« Und kurz darauf sahen sie ihn über Klaus' Kopf hinwegflitzen.

Ein paar Sekunden war außer dem Knistern der Satellitenverbindung nichts zu hören. Dann ein Klicken. »In dieser Suppe sieht man verdammt schlecht, und mit diesem verdammten Teil vor meinem Gesicht …« Es war Aeros von der Atemschutzmaske gedämpfte Stimme. Dann ein Kratzen. »Mein Gott, das stinkt ja furchtbar, als würden hier überall Leichen vermodern. Was zur Hölle …« Sie hörten ein Kreischen, das Heulen einer Todesfee. Dann noch mehr Flüche, einen Schrei, der nur allzu menschlich war, gefolgt von einem widerlichen dumpfen Schlag.

»Aero?«, hörte sie Klaus sagen, und dann noch einmal, drängender: »Aero?«

Die Antwort war Schweigen, und das Bild fing an, wild hin und her zu schwenken, denn Klaus war losgelaufen.

»Alle, schnell! Michelle und Ana, sucht Aero. Inkar, du kommst mit mir …«

Während Barbara beobachtete, wie Klaus von den langsam fahrenden Panzern weg- und in den kotzgrünen Nebel hineinlief, krampften sich ihre Fäuste auf dem Tisch zusammen. Inkar schoss in ihrer Tulpar-Gestalt, der eines Pferds mit goldenen Schwingen, an Lohengrin vorbei. Rasch wurde die Videoaufnahme unbrauchbar. Sie konnte Formen im Dunkeln ausmachen, einige Gebäude und Autos, aber manche bewegten sich auch. Ein Kopf mit Geweih … ein wedelnder Tentakel mit Saugnäpfen, den Klaus mit seinem Schwert abtrennte … eine Horde dahinstürmender, heulender Gestalten …

Auf dem Video des vordersten Panzers erschien ein *Ding* aus dem Nebel, größer als ein Haus, mit Spinnenbeinen, die die Straße wie gigantische Pfahlrammen durchlöcherten. Sein Panzer schien aus einem Dutzend nackter Menschenkörper zusammengesetzt zu sein, die sich wanden und zuckten wie Maden in einem Gelatinefutteral. Nur ihre Köpfe waren alle dem Panzer zugewandt, und ihre Münder waren zu wütenden Schreien geöffnet. Barbara vernahm das Kreischen des Wesens, das klang wie ein irrer Mob, und die beiden Vorderbeine der Spinne packten den Panzerturm, hoben ihn hoch und schleuderten ihn hin und her, sodass das Bild Himmel, Nebel und Boden zeigte, bevor die Übertragung abbrach.

Die Meldungen aus dem Funkkanal waren ähnlich chaotisch, alle sprachen hastig und fielen sich ins Wort, sodass Barbara kaum aufdröseln konnte, wer gerade mit wem sprach. Zwischen die Worte mischten sich schreckliche Geräusche. Aber seltsamerweise war das Schrecklichste, dass jemand zu singen anfing, und der Stimme nach war dieser Jemand Klaus.

»*… ein Jäger aus Kurpfalz …*«

»… Aero, bist du das? Aero, was zum Teufel machst …«

»*… der reitet durch den grünen Wald …*«

»… Ich … ich spüre meine Hände nicht …«

»*… so komm ich weit umher …*«

»Wer bist du? Verdammt, antworte mir, oder ich schwöre, ich werde dich …«

»*… bis dass der Kuckuck ›Kuckuck‹ schreit …*«

»… ein kleiner Schnitt, zwei kleine Schnitte, drei kleine Schnitte …«

»*… juja, juja, gar lustig ist die Jägerei …*«

»… Klaus? Wo bist du? … Ach du lieber Himmel! O mein Gott, nein!«

»*… allhier auf grüner Heid' …*«

»… ich bring dich um, du Arsch. Ich bring dich um …«

Auf Klaus' Bildschirm wurde der Nebel plötzlich lichter, und Barbara erkannte ein Kind – ein kleines Mädchen in Lumpen, zerrissenen Kleidern, mit dunklen wirren und verfilzten Haaren. Um ihre Augen lauter geschwollene Blutergüsse. »Helft mir«, sagte sie auf Englisch mit bemitleidenswerter, schwacher Stimme. »Bitte helft mir.«

»*… allhier auf grüner Heid'.*« Das Bild zeigte, dass Klaus stehen blieb und aufhörte zu singen. Sein gepanzertes Knie schob sich ins Bild, denn er kniete sich vor dem Mädchen hin. »Ich hab dich, *Kleines*«, sagte er halb auf Deutsch. »Ich kann dir helfen. Komm nur. Komm zu mir …« Klaus streckte dem Mädchen die Hand hin … Und das Mädchen lächelte, öffnete den Mund, weit und immer weiter, unmöglich weit, wie eine Schlange, die ihren Kiefer ausrenkte, und in dem blutroten Schlund des Mädchens starrten spitze Zahnreihen, von denen grauer Eiter tropfte. Sie warf sich auf Klaus und stieß ein Fauchen aus. Die Videoübertragung wurde vollkommen chaotisch und fiel schließlich ganz aus.

Über Funk hörte sie Klaus schreien, ein lang gezogener Schmerzenslaut, bei dessen Klang es Barbara nicht mehr auf ihrem Platz hielt.

»Sie sollen da raus!«, schrie sie Jayewardene an, die Bildschirme und General Nabijew und vor allem den einen Bildschirm, auf dem Klaus zu sehen gewesen war, jetzt aber nur noch Statikflackern. »Holt sie da raus! Klaus!«

Sie spürte Juliets Hand auf ihrer Schulter, die sie fest drückte. »Klaus!«, rief sie erneut. Sie schluchzte, und es war ihr gleichgültig, dass Jayewardene und Nabijew sie sehen konnten. »Klaus, geh da raus! O mein Gott … Ich habe ihn dorthin gelassen. Ich habe ihn ohne mich dorthin gelassen …« Sie sank wieder auf ihren Stuhl, während Ink Worte murmelte, die sie nicht hörte, ihren Arm um sie legte. Jayewardene fragte General Nabijew, was passierte.

Außer der Statik kam nichts mehr.

♣ ♦ ♠ ♥

Vor Teterboro hatten zwei gepanzerte Limousinen gewartet. Franny hatte gehofft, die Karawane russischer Mafiosi würde aufgehalten werden, aber Grekor verstand sein Handwerk. Den Leuten im Flughafen hatten sie die Handys abgenommen, die Telefonleitungen waren getrennt und alle waren gefesselt worden. Irgendwann würde jemand aufhorchen, wenn zu lange keine Meldung vom Tower kam, nach Manhattan war man nicht lange unterwegs, und sie hatten die Klinik erreicht, ehe es so weit gekommen war.

Franny hatte man mit Handschellen an den Türgriff gefesselt und mit einer Wache zurückgelassen, während Grekors Gorillas das kleine Krankenhaus betraten. Als plötzlich Schüsse zu hören gewesen waren, war Franny zusammengezuckt. Er betete, dass niemand getötet worden war.

Nach einiger Zeit kam einer der Gangster zum Wagen zurück, schloss die Handschellen auf und zerrte Franny in die Klinik. Man brachte ihn in ein Zimmer. Dort lag Baba Yaga bequem auf einem Berg aus Kissen auf einem Krankenbett.

Neben ihr schabte Dr. Finn nervös mit den Hufen Muster auf den Boden. Er machte ein aufmüpfiges Gesicht und bedachte abwechselnd den Mann, der ihn mit einer Waffe bedrohte, und Baba Yaga mit finsteren Blicken. Grekor saß völlig entspannt auf einem Stuhl.

Als Franny ins Zimmer gestoßen wurde, rief Finn aus: »Detective Black! Warum sind Sie …? Wissen Sie …? Sind Sie …? Gehören Sie zu diesen Leuten?«

»Nicht willentlich.«

»Ich habe einige der entführten Joker behandelt. Sie haben erzählt, Sie hätten sie gerettet.«

»Ja, mir ist es nur nicht gelungen, mich selbst zu retten.«

»Genug!«, blaffte Baba Yaga. »Zeit, dass Sie Ihre Aufgabe erledigen, Botenjunge. Sie werden …«

Finn unterbrach sie: »Sie sind in meine Klinik eingedrungen, haben meine Mitarbeiter bedroht, haben meinen Sicherheitschef eingesperrt, *nachdem sie auf ihn geschossen haben*. Sie wollen behandelt werden? Gehen Sie woanders hin. Ich rühre für Sie keinen Finger.«

Grekor sah zu einem seiner Männer. »Bring alle fünfzehn Minuten einen Patienten um.«

Finn sah den Mann fassungslos an. Franny packte ihn am Oberarm. »Die machen das, Doc, glauben Sie mir.«

Baba Yaga fummelte mit ihrer verbliebenen Hand an der

Decke herum und musterte Finn. »Ich bin sicher, dass es hier noch andere Ärzte gibt, und ich wollte schon immer ein Pferdehaarsofa«, sinnierte sie. Mit Kaubewegungen sammelte sie Speichel.

»Und machen Sie sie nicht wütend«, fügte Franny panisch hinzu.

»Ich weiß, zu was sie in der Lage ist. Die Joker haben es mir erzählt.« Finn hatte seine Gleichmut wieder zurückerlangt. Er ging mit abgehackten Schritten ans Bett heran, setzte jeden seiner vier Pferdehufe mit großer Sorgfalt. »Ja, Sie können mich auf grausame Weise umbringen, Ihre Gorillas können Patienten abknallen, aber wenn wir Sie behandeln, haben wir hundert verschiedene Möglichkeiten, Sie umzubringen.«

Baba Yaga lehnte sich zurück, schluckte den gesammelten Speichel und betrachtete Finn. »Sie sind bekloppt tapfer. Und was ist mit Ihrem hippokratischen Eid, *Doktor*?«

»In Ihrem Fall lässt sich der flexibel auslegen. Und ich bin weniger tapfer, als dass ich Druckmittel habe. Jeder von uns hält dem anderen ein Messer an die Kehle. Sie wollen behandelt werden? Dann hören Sie mit Ihren Drohungen auf.« Eine ganze Weile starrten sie sich gegenseitig an. Das war ein aberwitziger Anblick. Die einarmige Greisin mit ihrem zweifarbigen Haar im Bett und der dickbäuchige Oberkörper eines Fünfzigjährigen mit Hawaii-Hemd und weißem Kittel auf dem Unterleib eines Palominos. »Also, einigen wir uns auf ein Patt?«

Baba Yaga gewährte ihm ihr winterliches Lächeln und nickte. »Na gut.« Sie sah Franny an. »Los, bringen Sie mir den Generalsekretär der Vereinten Nationen und den Chef des Komitees. Wird Zeit, dass sie erfahren, mit was sie es zu tun haben.«

»Sie haben doch ein Telefon.«

»Glauben Sie etwa, ich hätte es nicht probiert?«, fuhr sie

ihn an. »Die sind alle panisch, und niemand will meinen Anruf entgegennehmen.«

Franny stieß einen Daumen in Grekors Richtung. »Schicken Sie ihn. Ich gehe nach Hause.« Er drehte sich um und wollte zur Tür, doch da hörte er das unverwechselbare Geräusch von Kugeln, die in der Kammer einrasteten. Er sah zurück auf die Phalanx von Pistolen.

»Nein, Sie werden gehen. Grekor ist als Krimineller bekannt. Die Leute halten Sie für einen Helden. Sie wissen ja nicht, dass Sie der Held sind, der die Welt zerstört hat. Also, warum gehen Sie nicht und versuchen, etwas von dem Schaden, den Sie angerichtet haben, wiedergutzumachen? Außerdem bringe ich Sie um, wenn Sie es nicht tun«, fügte sie nüchtern hinzu.

Dr. Finn sah ihn verwirrt an. Baba Yagas Verspottungen und Anschuldigungen stürmten geballt auf ihn ein. *»Sie sind ein Trottel, Junge.« »Dann sind Sie hereingestolpert.« »Sie meinen, Sie wären ein Held.« »... dass Sie die Welt zerstört haben. Ich hoffe, das war es wert.«*

»Was?«, fragte Finn.

»Ich muss gehen.«

♣♦♠♥

Aufgeregt ging Marcus auf und ab. Auf der staubigen Straße hinterließ er eine Spur in Form eines lang gezogenen Ovals. »Wir müssen weg«, flüsterte er mit zusammengebissenen Zähnen. »Kommt schon. Lasst uns gehen.« Er sprach nur mit sich selbst, und es war nicht das erste Mal, dass er das sagte. Jetzt, da Olena gerettet war, zählte für ihn nur, hier wegzukommen. Jede Minute, die untätig verstrich, war für ihn eine Qual, aber die Zeit schleppte sich dahin. Die meisten Dorfbewohner unterhielten sich in kleinen Gruppen. Sie warfen ihm unbehagliche Blicke zu, die er nicht zu deuten wusste. Ein paar waren wieder in ihre Häuser gegangen oder hatten sich anderen Arbeiten zugewandt. Marcus war sich nicht sicher, ob er überhaupt irgendjemanden – noch nicht einmal Olena – von der Gefahr überzeugt hatte, in der sie steckten.

Der Motor eines Lasters wurde angelassen. Timur und die Gruppe Männer, die er zusammengestellt hatte, stiegen ein.

»Scheiße«, sagte Marcus. Er wand sich auf sie zu. Mit ausgestreckten Handflächen warf er seinen Schwanz quer über die Straße, um sie zu versperren. »Geht nicht! Ihr habt keine Ahnung, was euch da erwartet.«

Erst verstanden ihn die Männer nicht. Beide Seiten wurden immer wütender und lauter. Olena kam hinzu und übersetzte. Marcus sagte: »Sag ihnen, dass der Motor ausgehen wird, wenn sie sich dem verseuchten Gebiet nähern. Einfach so, und wenn er ausgeht, dann ist es zu spät, um zu Fuß zu entkommen.« Olena übersetzte für ihn, doch als Antwort ließ Timur den Motor lediglich aufheulen. Der Laster machte einen Satz nach vorn und wackelte. Seinem Gefährt vertraute er offensichtlich mehr als Marcus' Worten.

»Du musst sie durchlassen«, sagte Olena schließlich.

»Nein.«

»Doch, Marcus! Sie sind freie Menschen, und das ist ihr Dorf. Sie haben das Recht …«

Sie unterbrach sich, da ein Schrei zu ihnen drang. Einer der Dorfjungen humpelte die Hauptstraße herauf, was mit seinem verformten linken Bein sehr anstrengend war. Er rief etwas, immer und immer wieder.

»Was sagt er?«, fragte Marcus.

Olena lauschte länger, als Marcus es aushalten konnte, und dann sagte sie leise: »Etwas kommt die Straße herauf.«

Marcus fiel ihre Formulierung auf. *Etwas.* Nicht jemand. Er sagte: »Sag Timur, dass er einen Moment warten soll. Lass uns erst nachsehen, was das ist. Sag es ihm.«

Sie tat es, und anstatt loszufahren, stiegen die Männer wieder aus dem Laster und versammelten sich am Rand des Dorfs und blickten ins Tal. Es dauerte nicht lange, bis sie es sahen. Um eine Kehre der staubigen Straße bog eine pechschwarze Gestalt, vielleicht hundert Meter von ihnen entfernt. Sie war zu breit und bucklig für einen Menschen. Sie wirkte pelzig, buschig. Was immer es war, es sah nicht zu ihnen, sondern hatte ihnen den Rücken zugewandt und bewegte sich in diagonalen Serpentinen. Marcus spürte die vertraute Furcht, von dem Pestdunst eingehüllt zu werden. Der schiere Anblick dieses Dings brachte sie zurück. Es sprach. Erst hörte man es kaum, ein tiefes Flüstern. Sobald Marcus es wahrnahm, wollte er zuhören. Er *musste* zuhören, plötzlich war es ihm unheimlich wichtig, dass er die unverständlichen Laute hörte.

»Was ist das?«, fragte Olena.

»Wir sollten weglaufen«, sagte Marcus mit absoluter Gewissheit, aber er rührte sich nicht. Er konnte nicht anders, als das sich nähernde Ding anzustarren und ihm zuzuhören. Er wollte Olena packen und mit ihr wegkriechen. Er wusste, dass er auch die anderen zur Flucht bewegen sollte. Vor seinem geistigen Auge tat er auch genau das, er fühlte, wie er die Worte formte und sich umwandte und … Er blieb regungslos stehen, nicht in der Lage, sich zu bewegen, wartete und fand es doch furchtbar.

»Weglaufen«, sagte Olena. »Ja, das sollten wir.« Doch auch sie rührte sich nicht.

Niemand tat es.

Das Ding kam weiter auf sie zu, bewegte sich seitwärts wie ein Krebs, erst zur einen Seite, dann zur anderen, aber mit jedem Mal ein bisschen näher. Aus dem schwarzen Pelz stachen vor allem die Augen heraus. Jedes Mal, wenn es die Richtung wechselte, richtete sich ein Auge auf sie. Das linke. Dann das rechte. Dann wieder das andere. Marcus konnte die weißen Kugeln sehen mit ihren winzigen schwarzen Punkten in der Mitte. Sie ruckten und zuckten und blickten so fieberhaft wie das unverständliche Flüstern des Dings.

Dann verstand Marcus das Flüstern allmählich. Er hörte es in seinem Kopf. Es war nicht Englisch, aber er wusste, was das Wesen sagte. Es fragte ihn, ob er sein Gesicht sehen wollte. Immer und immer wieder. Fragte. Verhieß. Kam näher. »Willst du es sehen? Willst du? Willst du? Willst du mein Gesicht sehen? Ich zeige es dir. Ich zeige es dir gleich. Hier, gleich zeige ich es dir.«

Es wandte sich um. Und das Gesicht, das es ihm präsentierte, war monströs. Es bestand nur aus Gesicht, der ganze Körper war eine einzige ungestüm wütende, verfließende, wackelnde Schreckensfratze. Die Augen tanzten voll quietschender Freude hinter der schlenkernden Schnauze. Ein Abgrund gähnte darin, der von einem Kranz aus zahllosen Reihen geschwungener, stinkender gelber Zähne eingerahmt war. Obwohl es das zungenlose Maul permanent aufsperrte, schien das Ding reden zu können.

»Ich zeig es dir. Ich zeig es dir. Schau mich an. Schau mich an. Schau mich an. Schau, wie ich dich fresse. Schau, wie …« Plötzlich brach der Wortschwall ab. Die Augen des Ungeheuers zuckten nicht mehr. Stattdessen wurden sie groß, sodass seine Pupillen wie Nadelstiche in riesigen weißen Bällen aussahen. Die Fröhlichkeit wich aus ihnen, und an ihre Stelle trat Entsetzen. Und dann sackte es zusammen. Komplett. Das Ungeheuer fiel vor ihren Augen hin, verflüssigte sich, platschte zu Boden, nur noch ein Sack aus Organen und Gewebe und Haaren. Und zwei Augen, die sich langsam auflösten und bis zuletzt ihren entsetzten Ausdruck behielten.

Hinter der Leiche kam ein Mann die Straße herauf. Kräftige Schritte. Seine Schuhe machten laute Geräusche. Ein teurer, wenn auch zerrissener Anzug. Ein eisiges Gesicht, das Marcus kannte. Wasel. Er ließ eine Hand nach vorn schnellen, und aus den Überresten des Ungeheuers schoss eine schimmernde Münze hervor und klatschte gegen seine Handfläche. Er ging bis an den dampfenden Haufen heran und sprang hinein. Er sprang mehrmals auf und ab, stampfte mit seinen harten Absätzen alles zu Brei, was noch genug Form hatte, um zerquetscht zu werden, und das war nicht viel. Dabei stieß er eine Salve – vermutlich – ukrainischer Flüche aus. Er trieb das eine Weile, rutschte manchmal aus und war derart grimmig am Werk, dass die Dörfler zurückweichen mussten, um nicht angespritzt zu werden.

Als es nichts mehr zu zerstampfen gab, sah der Gangster auf. Mit wildem Blick. Der mörderische Glanz in seinen Augen schien die Dörfler fragen zu wollen, wer von ihnen es als Nächstes mit seinem Zorn aufnehmen wolle. Niemand rührte sich außer Wasel, dessen Münze blitzend von Knöchel zu Knöchel tanzte.

»Papa?«, fragte Olena mit schwacher Kinderstimme.

Wasel sah sie an und erkannte sie jetzt erst. Zunächst war sein Blick kalt, doch als er allmählich begriff, wandelte sich sein Ausdruck. Er sah Marcus an, hob das Kinn und stieß einen Kehllaut aus, als wolle er sagen, dass er sich wieder an alles erinnerte. Zu Olena sagte er: »Geliebte Tochter.« Die Worte sollten lieb gemeint sein, klangen aber nicht so. »Du hast mich sterbend zurückgelassen. Du hast mich dem Maul überlassen, das aufflammt, bevor es zubeißt. Und dem Schnitter. Und den Fressern. Und den Wesen, die du nicht sehen kannst, aber hörst. Das sieht dir ähnlich, Tochter, dass du mich für ihn im Stich lässt. So war es schon immer mit dir. Die Mutter hast du dem Vater vorgezogen. Die Ukraine Russland. Eine Kanake dem eigenen Vater. Diese Mamba mir. Sogar seine Sprache ziehst du deiner eigenen vor.«

»Papa«, setzte Olena an, geriet aber ins Stocken.

»Du hättest auf mich warten sollen! Wer kann dich besser beschützen als ich?«

»Ich habe sie doch beschützt, oder nicht?«, sagte Marcus.

»Ich habe … niemanden vorgezogen. Ich war bewusstlos. Ich erinnere mich an nichts, was nach dem Hubschrauberflug geschah. Wo sind die anderen? Die Piloten und deine …«

Wasel brachte sie mit einem Grinsen, einem bösartigen, schiefen Lächeln ohne jede Spur von Freude zum Schweigen. »Du erinnerst dich nicht? Oh, du Glückliche. Ist besser so. Erinnere dich nicht und frag nicht nach den anderen. Bete, dass sie tot sind, alle miteinander.« Er ging die Dorfstraße hinunter, erst zu einem alten Auto, dann zu einem Pritschenwagen und rief etwas auf Russisch.

Olena folgte ihm, und Marcus kroch ihr hinterher. Sie löcherte ihren Vater mit weiteren Fragen und wechselte auf Ukrainisch, als er nicht antwortete. Auf Marcus' Frage, was er wolle, sagte Olena: »Er will die Wagenschlüssel. Einen Laster. Oder irgendwas.«

»Wo will er hin?«

Sie fragte ihn. Erst auf Ukrainisch. Und dann – als er sie ansah – wiederholte sie es auf Englisch.

Wasel zeigte auf die verschmierten Überreste der Kreatur, die er zu Brei getreten hatte. »Schlimmere Dinge als das werden uns holen kommen. Die Tore zur Hölle wurden geöffnet. Ich muss sie schließen. Deshalb gehe ich nach Baikonur.« Sein Blick glitt von ihr zu den Männern, die sich um Timurs Laster versammelt hatten. Er ging auf sie zu. »Dort kann ich dem ein Ende setzen. Ich schicke sie alle wieder zurück in die Hölle, die ganze Brut.«

»Was ist Baikonur?«, fragte Marcus, als Wasel mit den Leuten beim Laster sprach.

»Eine sowjetische Militäreinrichtung.«

»Was ist dort?«

»Soldaten. Flugzeuge. Raketen. Alles.«

Der Gedanke gefiel Marcus. Solange sie die ganzen Waffen nicht auf sie richteten, wäre das wohl der sicherste Ort für sie. »Ist es weit?«

Olena zuckte zusammen und hielt sich die Schläfen. »Ich weiß nicht, Marcus. Ja, es ist weit.«

»Weit weg von Talas …« Marcus dachte kurz darüber nach und stürzte sich dann auf den Gedanken. »Olena, sag deinem Vater, dass wir ihn nach Baikonur bringen werden. Und sag es auch den anderen. Wir gehen alle zusammen.«

♣ ♦ ♠ ♥

»Lass sie gehen, Ana«, sagte Michelle. »Wir brauchen sie jetzt, wo die Soldaten tot sind.«

Recycler versuchte immer noch, aus der Grube zu klettern. Und Aero, der noch immer bis zum Hals in einer Schlammröhre steckte, sah Ana an – und Michelle war klar, dass er erwog, Anas Lunge explodieren zu lassen. Michelle hätte das zumindest an seiner Stelle gemacht.

Ana funkelte Michelle an, tat aber, was sie sagte. Aeros Lehmhülle fiel von ihm ab. Bis zum Hals starrte er vor Dreck. Er griff in die Tasche, doch sie schleuderte ihm eine weiche Blase entgegen, die ihn aus dem Gleichgewicht brachte.

»Du jagst Ana nicht in die Luft«, sagte Michelle kühl. »Wir sind noch nicht fertig mit dem Einsatz. Du kannst sie später umbringen.«

»Du Aas!« Eine Erdwelle erhob sich und klatschte Michelle gegen die Wand eines Cafés auf der anderen Straßenseite. In der Wand blieb ein Loch von Michelles Größe zurück. Sie war noch weiter aufgepumpt, doch die Schmerzen des Aufpralls hatten ihr fast das Bewusstsein geraubt.

Da stimmt was nicht, dachte sie. *Mir tut sonst nichts weh. Nie.* Aber sie hatte Angst. Was da vor sich ging, gefiel ihr gar nicht. Ganz und gar nicht. *Schmerzen mag ich nicht. Das mag niemand.* Etwas kitzelte sie im Hinterkopf. Etwas, das sie vergessen hatte. Doch es entglitt ihr. Dann spürte sie Wut in sich hochkochen. Und sie musste raus.

Wieder erhob sich eine Erdwelle, doch Michelle sprengte sie mit ein paar Blasen. Sie explodierte, Erde spritzte und regnete auf alle herab.

»Er kann mich später umbringen? Du hast wohl nicht mehr alle, Michelle«, giftete Ana.

Die steinharte Gleichgültigkeit wich aus Michelle, und einen Moment lang wich auch die Wut. »Ich weiß nicht, wieso ich das gesagt habe«, murmelte sie und hielt sich den plötzlich pochenden Kopf. Es summte und pochte so sehr, dass sie sich übergeben wollte. Die Kombination war schlimmer als jede Migräne. Migräne wäre eine Wohltat gewesen.

»Tut mir leid, Ana«, sagte sie und bereute es sofort. Wieso sollte sie sich bei Ana entschuldigen, verdammt? Es war schwer, sich auf etwas anderes als ihre Wut und die knochenberstenden Kopfschmerzen zu konzentrieren. Wie zur Hölle sollte sie mit solchen Nichtsnutzen Bugsy finden? Ana, Recycler und Aero waren ihr im Weg. Sie musste den Einsatz hinter sich bringen, um Adesina zu retten. *Auch wenn Adesina eine Missgeburt ist,* zischte eine gemeine Stimme in ihr.

Sie kämpfte sich aus den Trümmern des Ladens heraus. Dabei fiel ihr auf, dass sie ihre Atemschutzmaske verloren hatte. Sie hob sie nicht auf. Vor was immer die Maske sie hatte beschützen sollen, jetzt war es eh zu spät.

Der Nebel war dick und ölig, und es bewegten sich Dinge in ihm. Dinge, die sie nur gelegentlich aus den Augenwinkeln wahrnahm. Sie krochen und schleppten sich durch die zerstörten Straßen und machten dabei schmatzende Schleifgeräusche.

Und jetzt hörte sie auch Flüstern. Sie verstand nicht, was sie sagten, aber die Stimmen erfüllten sie mit Furcht. Sie schüttelte den Kopf, doch die Stimmen waren hartnäckig. Ihr Kopf würde noch platzen, wenn das Summen, Pochen und Flüstern nicht bald aufhören würden.

»Wir müssen weg«, sagte sie schwerfällig. »Lasst die Soldaten liegen.«

»Jesus«, sagte Ana. »Ist bei dir 'ne Schraube locker?« Die Erde um sie herum kräuselte sich. »Wir können sie nicht einfach liegen lassen. Was wird Klaus dazu sagen? Das ist Schlamperei, und Klaus mag keine Schlamperei.«

»Ich könnte aufräumen«, warf Recycler lachend ein. »Aber ich würde diese *puco cadelas* lieber hier verrotten lassen. In Rio sind ständig Leute gestorben und auf der Straße verfault. Warum soll ich mich jetzt plötzlich um die hier kümmern?«

Michelle blinzelte. Recycler wirkte nicht wie er selbst. Er sah wie Wally aus. Wenn Wally etwas Furchtbares passiert war. Seine Haut war durchgerostet, und die Muskeln darunter sahen aus wie rohe rote Seile. Er lächelte, und Michelle schreckte vor dem Wahnsinn in seinem Blick zurück. Sie drehte sich zu Ana um, doch Ana war auch nicht mehr sie selbst. Ein ekelhafter, pulsierender Kokon lag auf dem Boden, bedeckt von stinkender Schmiere.

Adesina, dachte Michelle. *Was machst du hier?*

Etwas packte sie am Handgelenk. Sie sah hinunter und sah die ausgetrocknete Hand von Mummy. Sie wurde herumgerissen, und jetzt sah sie in Mummys unmenschliche Augen. Das Wesen sagte etwas, doch Michelle hörte es nicht. Sie bekam einen trockenen Mund, da Mummy ihr mit ihrer Asskraft sämtliche Flüssigkeit aus dem Körper saugte.

Und dann wurde sie wieder von Wut erfüllt. »Ich habe dich schon einmal getötet, du Miststück«, knurrte sie. »Ich bringe dich noch einmal um, wenn du nicht loslässt.«

Mummy ließ ihre Hand los, doch Michelle war das egal. Sie packte Mummys Kopf mit beiden Händen. Sie ließ zwei massive Blasen explodieren. Herrlich! Mummys Kopf verwandelte sich in einen Sprühregen aus Blut, pulverisierten Knochen und grauer Zellen. Als Mummys Körper zu Boden sackte, lachte Michelle. Dann durchlöcherte sie den Leichnam mit murmelgroßen Blasen, bis er nur noch ein Schlieren auf dem Boden darstellte.

»Verdammte Scheiße«, hörte sie Adesina sagen. »Was hast du mit Aero gemacht?«

♣♦♠♥

Es war nicht schwer, den schwarzen Fleck zu finden. Angel erkannte ihn aus einer Meile Entfernung, denn er war dunkler als die Umgebung, als würde er selbst noch das schwache Sternenlicht absorbieren, das die Nacht erhellte. Und er schwieg wie der Mund der Hölle. Je näher sie kam, desto erschöpfter fühlte sie sich, nicht nur körperlich, sondern auch gedanklich. *War es diese Anstrengung überhaupt wert?*, fragte sie sich. *Weshalb bin ich überhaupt hier?* Sie war müde und brauchte dringend eine Pause, und sie vermisste Billy so sehr.

Sie schwebte über der Kuppel, die ein großes, modernes, viergeschossiges Gebäude überdachte, und merkte, dass Satan ihr ins Ohr flüsterte, ihr einredete, dass sie aufgeben und ihre Pflichten vernachlässigen sollte. Dass sie sich abwenden und fliehen sollte angesichts der allgegenwärtigen Zerstörung, die Tausende ins Elend gestürzt hatte.

Zerstörung allenthalben … bis auf dieses eine Gebäude.

Es sah intakt aus, zumindest von außen, und das, obwohl es die Gebäude darum herum besonders hart getroffen hatte und sie größtenteils nur noch aus Schutt bestanden. Auf der dem Gebäude gegenüberliegenden Straßenseite verbarg sich in der Finsternis ein Parkplatz. Auch auf ihm waren Trümmer verstreut, aufgegebene Autos und zerschmetterte Leichen, die wie weggeworfene Puppen herumlagen. Die Dunkelheit, die das Gebäude einhüllte, hatte auch ein Drittel des Parkplatzes bedeckt. Die Dunkelheit war nicht undurchdringlich – sie erkannte darin Gegenstände –, doch sie behinderte die Sicht, als wäre es ein Dunkel- statt ein Lichtstrahl, dunkler als die Nacht.

Zwei Minuten lang schwebte sie darüber. Nichts bewegte sich in ihrem Sichtfeld. Nichts gab ein Geräusch von sich. Sie merkte, dass sie näher heranfliegen, landen und alles gründlicher untersuchen musste, wenn sie etwas Nützliches herausfinden wollte. Außerdem flog sie jetzt schon eine ganze Weile. Vielleicht war sie deshalb so müde. Es wäre schön, wieder den Boden unter den Füßen zu spüren. Sie würde sich die Sache ansehen und Lohengrin dann Bericht erstatten. Das war ein Plan. Vielleicht kein guter, aber der einzige, der ihr einfiel. Sie zögerte kurz, um noch einmal auf ihr Handy zu schauen, doch es brachte nichts. Das Statikrauschen und die elektrischen Heulgeräusche waren nur noch lauter und nervtötender. Sie steckte das Telefon weg und flog behutsam tiefer, sah sich dabei vorsichtig um.

Je tiefer sie kam, desto mehr verstärkte sich ihr unbehagliches Gefühl. Als sie mit den Füßen auf dem Asphalt des Parkplatzes aufsetzte und ihre Schwingen dorthin verschwanden, wo sie immer verschwanden, wenn sie sie nicht mehr brauchte – wo immer das auch war –, war ihr Unbehagen fast greifbar, auch wenn sie keinen Grund dafür benennen konnte. Natürlich war die Umgebung beunruhigend und sie hatte gerade etwas Unangenehmes durchgemacht – untertrieben gesprochen –, aber hier war etwas falsch, sehr falsch. Wenn sie doch nur herausfinden könnte, was es war.

In ihrem Kopf waren Stimmen, stellte sie fest, aber sie verstand nicht, was sie sagten. Sie war sich nicht einmal sicher, ob sie Worte sprachen. Vielleicht redeten sie in einer Sprache, die sie noch nie gehört hatte und schon gar nicht verstehen konnte. Sie schüttelte den Kopf, doch sie waren immer noch da, ganz vage am Rand ihres Bewusstseins, wo sie summten, zwitscherten, lachten, schrien.

Langsam und vorsichtig überquerte sie den Parkplatz. Dabei kam sie an verlassenen Fahrzeugen vorbei, die größtenteils vollkommen unbeschadet waren, aber auch an welchen, die ineinandergekracht oder seltsam gestaucht waren, als wäre etwas Großes auf sie draufgetreten oder hätte sie geworfen, sodass sie sich mehrmals überschlagen hatten. Nach einem Dutzend Schritte begegnete sie der ersten Leiche. Erst roch sie sie. Offenbar lag sie hier schon eine Weile. Eine Frau in weißer Krankenpflegerkleidung, die allerdings bräunliche Flecken hatte, wahrscheinlich ihr eigenes Blut. Ihr geschwollenes und gedunkeltes Gesicht trug noch den Ausdruck von Entsetzen, und es sah so aus, als hätte etwas Großes ein Stück aus ihrem Hals herausgebissen, direkt oberhalb der Schulter. Im Vorbeigehen sprach Angel ein stummes Gebet für ihre Seele.

Sie kam an weiteren demolierten Autos vorbei, an Trümmern von den umliegenden Gebäuden, weiteren Leichen. Keine von ihnen war friedvoll gestorben, keine war noch heil. Manche waren ganz normal in Anzüge und Mäntel gekleidet, manche etwas legerer. Andere hatten Uniformen an. Sie trugen auch Waffen, oder es lagen welche irgendwo in ihrer Nähe herum. Soldaten oder irgendwelche paramilitärische Einheiten. Einer in einer weißen Uniform mit einem Namensschild war mit einem Stethoskop erwürgt worden. Ärzte? Pfleger? Sie betrachtete die schattenhaften Umrisse des Gebäudes vor ihr. *Könnte ein Krankenhaus sein.*

Die Leichen hatten eine Sache gemein, zumindest diejenigen, deren Gesichter noch zu erkennen waren. Ihre Züge waren allesamt vom Wahnsinn geprägt. Sie waren zu verzerrten Fratzen manischen Irrsinns erstarrt. Angel kribbelte es, als ihr das auffiel. *Woher kam das nur,* fragte sie sich. *Angst, die den Verstand zerstört? Ein psychotropes Gas?* Sie schnupperte ausgiebig und bereute es sofort, da sich ihr Magen zusammenzog und es sie würgte. Falls jemand in oder über dem Krankenhaus ein Giftgas freigesetzt hatte, dann war jede Spur davon vom Gestank faulenden Fleischs überdeckt worden.

Schließlich blieb sie vor der unsichtbaren Wand aus Dunkelheit stehen. Fast hätte sie sich wieder abgewandt. Doch die Stimmen in ihrem Kopf wurden deutlicher. Sie verstand sie beinahe, ohne zu wissen, was sie sagten. Sie drängten sie weiterzugehen, versprachen ihr Erleuchtung und Gemeinschaft, wenn sie ihren Weg fortsetzte. Sie wischte sich den Schweiß von der Stirn. Die Nacht war heiß, und sie hatte Durst, war aber noch immer wachsam. In der Dunkelzone wirkte es kühl und einladend, aber irgendwie hatte sie den Eindruck, es wäre keine so gute Idee hineinzugehen. Sie fragte sich, was sie tun sollte. Schließlich hatte sie eine Aufgabe. Sie nahm ihren letzten Mut zusammen und streckte langsam ihre panzergeschützte Hand in die Dunkelheit aus.

Es kitzelte, und ihren Arm durchfuhr ein leichter, aber angenehmer Schlag. Selbst durch das dicke Leder ihrer Schutzhandschuhe spürte sie, dass es in der Dunkelheit eindeutig kühler war. Eindeutig kühl und einladend. Sie machte einen Schritt nach vorn und tauchte ganz in sie ein. Sie spürte, wie es über ihren Körper floss wie eine lauwarme Dusche an einem heißen Tag. Es kam ihr vor, als sollte sie es aufsaugen und es würde sie nähren und ihren Körper und Geist reinigen mit klarem, schneidendem Wissen, das sie nie zuvor besessen hatte.

Und dann hörte sie das Lachen.

Es kam nicht aus ihrem Kopf. Es kam von außerhalb, aus dem Schutt, der das Gebäude umgab, das das Epizentrum der Dunkelheit darstellte. Es war ein vertrautes Lachen, von einer Frau, aber unangenehm wie das Gackern eines Hexenzirkels oder die irre Hysterie einer Horde heranstürmender Mänaden. Ihr fiel ein, wo sie das schon einmal gehört hatte, ehe noch die erste der Gestalten durch die Wand aus Schutt brach, auf den Trümmern stand und zu ihr herabblickte.

Wieder reichte die Erinnerung zurück zu dem Abenteuer, bei dem sie Billy kennengelernt hatte, als sie im Laster des Highwayman die »Abkürzung«, wie er es nannte, durch eine fremde Dimension voller eigenartiger, von seltsamen Wesen bevölkerten Landschaften genommen hatten. Zu diesen Wesen zählten auch Jagdspinnen, die in Rudeln jagten und kicherten wie kleine Mädchen aus dem Tollhaus.

Ein Jahrzehnt danach tauchten sie zwischen den Gebäudetrümmern erneut auf, und sie hörte wieder ihr schreckliches Lachen. Aber es handelte sich nicht nur um einen Geruch, einen bezeichnenden Lufthauch, den sie sofort mit einer anderen schwachen Halberinnerung zusammenbrachte. Es war etwas Handfestes, Wirkliches. Es waren zwanzig Gestalten oder mehr, und ihre weißen haarlosen und bauchigen Körper schwebten weit über dem Boden, gehalten von viel zu dünnen Spinnenbeinen. Ihre Rümpfe hatten die Größe großer Hunde, die klumpigen Köpfe hatten nahezu menschliche Gesichter, wären da nicht die riesigen, hervorstehenden Fangzähne gewesen, von denen ekelhafter, dicker Eiter tropfte, der zischte und dampfte, wenn er auf dem Boden landete. Angel wusste, dass es sich dabei um ein gefährliches Gift handelte. Es hatte sie schon einmal verätzt – nur ihr dicker Lederoverall und Billys rasche Reaktion hatten sie vor permanenten Schäden bewahrt.

Was in Gottes Namen tun die in dieser Welt?, fragte sich Angel. Und dann hob die vordere Spinne den Kopf und schrie wie ein sterbendes Tier – ein schriller Laut, der Angel in den Ohren wehtat. Das Wesen sprang von der Wand herunter, auf der es gehockt hatte, und die anderen folgten ihm und rannten alle auf sie zu. Mit ihren Spinnenbeinen waren sie erstaunlich schnell.

Einen Moment lang stand Angel wie erstarrt da, starrte die Ungeheuer an, und die Wut packte sie. Der schiere Anblick war widerlich und anstößig. Es waren unzüchtige Insekten, die von der Erde getilgt werden mussten, die alle langsame, schreiende Tode sterben sollten. Sie wollte ihnen ein Bein nach dem anderen ausreißen. Sie wollte sehen, wie sie sich in der Hitze eines Flammenwerfers krümmten und einschrumpelten. Sie wünschte sich eine ordentliche Wumme, um ihnen Fleischbrocken aus den aufgeblasenen, matschigen Leibern zu schießen. Sie wollte …

Von ihren wilden Gefühlen übermannt, taumelte sie einen Schritt nach hinten und sackte plötzlich erschöpft zusammen, als die überwältigende Flut aus Hass über sie hereinbrach. Auf einmal war sie entsetzt über das, was sie gedacht hatte. Sie fragte sich, wo diese Gefühle hergekommen waren. Abscheu erfüllte sie, gleichzeitig spürte sie aber, dass diese Gedanken immer noch an ihrem Gehirn zerrten und sie anflehten, wieder freigelassen zu werden.

Es ist bestimmt herrlich, sie auseinanderzureißen und ihre Körperflüssigkeit in Strömen fließen zu sehen, versprachen ihr die Stimmen. *Ihr Eiter und das Blut aller deiner Feinde.*

»Was ist das?«, fragte Angel laut. »Was …«

Sie sah zum Parkplatz und stellte fest, dass das Rudel sie fast eingeholt hatte. Ihr blieb nur noch eine Sekunde, um zu handeln.

»Erlöse meine Seele von dem Bösen, Herr«, rief sie laut und voller Überzeugung. »Und heile das Herz dieser Streiterin!«

Erst erschienen ihre Schwingen, nicht das Schwert, und sie sprang in die Luft, als das erste Ungeheuer sich auf sie stürzte. Mit den Vorderbeinen packte es ihre Knie, während sie hochstieg, doch Angel trat fast schon hysterisch nach ihm. Das Wesen hatte zwar viele Beine, aber diese waren schwach. Sie spürte, wie es mit noch weiteren Beinen nach ihr tastete, versuchte an ihr hinaufzuklettern, um ihre tropfenden Fangzähne in sie zu schlagen, doch mit dem ersten Tritt befreite sie ihr rechtes Bein, und mit dem zweiten traf sie das Wesen direkt an der Stelle, wo der Kopf in den talgartigen Bauch überging. Es schrie abgehackt und zuckte vor Angel zurück, krachte in das Rudel hinein, dessen Mitglieder ebenfalls hochspringen und sie schnappen wollten.

Ob nun aus Wut, Frust oder Hunger oder alles zusammen, das Rudel fiel über den kreischenden Kameraden her, riss ihn auseinander, verschlang die tropfenden Fleischbrocken, während Angel wegflog, um sich am Stadtrand wieder mit den Komitee-Assen zu treffen.

♣♦♠♥

Michelle stand vor den Überresten von Aero. Die Geräusche und das Pochen in ihrem Kopf nahmen ab. Die Wut legte sich. Sie fing an zu zittern. Es war Mummy. Es musste Mummy sein. Aero hätte sie nie etwas angetan. *O doch, das hättest du. Und mit allem Recht. Ihn umzubringen, ist nur logisch.*

Sie wusste nicht mehr, wer sie war. Etwas steckte in ihr. Und es schrie nach Blut. Endlosen Strömen von Blut. Oder vielleicht hatte sie das schon immer gewollt. Ja, wenn sie mal ehrlich war, hatte es sie immer Mühe gekostet, nicht zu töten. Und jetzt ergab es Sinn.

»Du bist übergeschnappt«, sagte Ana. Es war nicht Adesina. Es war Ana. Aber sie klang nicht wie Ana. Sie klang ein wenig hysterisch. »Du hast ihn pulverisiert. Du hast ihn abgeschlachtet.« Sie schnatterte. »Abgeschlachtet.« Dann nahm sie eine Hand vor den Mund. »Warum lache ich? Warum lache ich, Michelle? Das ist furchtbar. Aber so lustig.« Tiago sah die beiden mordlüstern an. Dann entwich auch ihm ein Kichern.

Michelle konnte sie nicht beherrschen. Auch sie fing an zu lachen. Während sie kicherte, wischte sie sich die Hände an der Hose ab. Das Blut gerann, wurde schmierig. Es klebte hartnäckig an ihren Händen, und sie bekam es nicht weg. Unter ihren Fingernägeln saß Wundsekret. Sie machte sich erst gar nicht die Mühe, es herauszupulen.

♣ ♦ ♠ ♥

Es waren nur ein paar Häuserblocks zur Wache von Jokertown. Frank versuchte zu laufen, ließ es aber nach ein paar Schritten wieder, denn er spürte ein Reißen in der Seitenwunde, und wenn er die Arme schwang, auch an der Schulter. Auch seine Füße taten höllisch weh. Selbst ohne zu laufen, war er an der Tür der Wache atemlos und erschöpft.

Wingman hievte sich von seinem Platz hinter dem Empfangsschalter. »Scheiße! Franny! Wo …«

Franny hob eine Hand. »Keine Zeit.« Er drängte sich an Wingman vorbei ins Mannschaftsbüro. Ein Höllenlärm brach los, weil alle gleichzeitig zu reden anfingen, er wurde mit so vielen Fragen bombardiert, dass er sie nicht verstand und schon gar nicht beantworten konnte. Und dann war er umringt. Rikki, klein und schnell, erinnerte an einen menschlichen Windhund. Slim Jim war ein absurd dünnes Ass. Beastie war groß und pelzig, die Krallen an den Spitzen seiner Finger schleiften regelrecht über den schmutzigen Linoleumboden. Bill Chen, sein erster Partner, der fast so groß war wie Beastie, aber ein Ass. Sogar Tabby und Bugeye, die ihm das Leben zur Hölle gemacht hatten, klopften ihm grinsend auf den Rücken.

Sein Partner, Michael Stevens, drängte sich durch die

Menge und umarmte ihn stürmisch. Frank japste, und der farbige Detective ließ ihn los, als wäre er eine heiße Pfanne. Maseryk kam aus seinem Büro.

»RUHE!« Alle verstummten. »Ah, unser Weltenbummler kehrt zurück«, knurrte der Captain.

»Sie können mich später zur Schnecke machen, Captain. Aber erst mal muss ich zur UNO.«

»Oh, entschuldigen Sie. Nehme ich inzwischen von Ihnen Befehle entgegen? Ich habe noch nicht einmal entschieden, ob Sie überhaupt noch einen Job haben. Mein Büro!«

Franny humpelte hinter ihm her. In seinem Rücken begann jemand zu klatschen. Andere klatschten mit, bis ihn brandender Applaus in Maseryks Büro begleitete. Franny zog verlegen den Kopf ein und bekam heiße Wangen. Auch Maseryk zog die Schultern hoch, doch Franny vermutete, dass dies mehr aus Wut geschah.

Sobald die Tür zu war, platzte Franny heraus: »Grekor hat die Jokertown-Klinik in seiner Gewalt. Er droht, Leute umzubringen. Die Frau, die die Joker entführt hat, ist dort und lenkt das Ganze, auch mich. Bitte, Captain, ich muss zur UNO, ihr die Leute bringen, mit denen sie sprechen will.«

»Wer sind diese Leute, und warum will sie mit ihnen sprechen?«

»Sind irgendwelche Nachrichten aus Talas bis in die USA gedrungen?«

»Ja. Niemand weiß, was für eine Scheiße dort abgeht, aber es sieht nach einer Wild-Card-Epidemie aus.«

»Das ist es nicht. Und Baba Yaga weiß, was dort passiert.«

Maseryk sah ihn streng an. »Erklären Sie mir das. Langsam.«

»Wir haben keine Zeit!«, kreischte Franny. Maseryk sah ihn noch strenger an, und Franny riss sich zusammen. »Die alte Dame meint, das Ende der Welt sei gekommen, und … und … ich denke, ich glaube ihr. Captain, bitte lassen Sie mich diese Leute holen, bevor noch mehr Menschen zu Schaden kommen.«

»Na gut, gehen Sie.«

»Ich … ich habe kein Geld und keinen Ausweis, nichts. Ich muss irgendwie hinkommen, und ich … ich glaube nicht, dass ich gehen kann.« Das Eingeständnis schien seine Erschöpfung und seine Schmerzen in den Fokus zu rücken. Franny wankte und stützte sich mit der Hand auf Maseryks Schreibtisch ab.

Maseryks Züge wurden etwas nachgiebiger. »Okay, ich gedulde mich fürs Erste mit dem Bericht.« Er machte die Tür auf und rief Befehle. »Stevens, alarmieren Sie das Sondereinsatzkommando und bringen Sie es zur Klinik. Dort gibt es eine Geiselnahme. Sagen Sie ihnen, dass ich nachkomme. Beastie, besorgen Sie Black einen Streifenwagen.«

Bill Chen trat vor. »Ich fahre ihn.«

Franny musterte den großen Amerikaner chinesischer Abstammung. Bill war sein erster Partner gewesen, als er in Fort Freak angefangen hatte, doch Frannys vorzeitige Beförderung zum Detective hatte den Dienstälteren verärgert. Seither waren sie nicht mehr gut aufeinander zu sprechen.

»Das musst du nicht«, sagte Franny.

»Doch, das muss ich. Du siehst scheiße aus.«

»Was soll das für ein Argument sein?«

»Du würdest den Wagen wahrscheinlich zu Schrott fahren.«

»Macht das untereinander aus, ihr zwei Turteltäubchen«, fuhr Maseryk sie an und ging begleitet von einer Kohorte Polizisten davon.

Bill und Franny sahen sich an. Schließlich nickte Franny. »Okay.«

»Also, wohin geht's?«

♥

Der Verkehr war zum Verrücktwerden. Selbst mit Martinshorn und Rotlicht dauerte es eine Ewigkeit, bis sie den grün-weißen Klotz erreichten, der in den Junihimmel ragte. Frannys Knie bebte. Er packte es, damit es still blieb. Seinem Nervenkostüm half es gar nicht, dass die gesamte Fahrt bislang schweigend verlaufen war.

Bills riesige Pranken hielten das Lenkrad so fest gepackt, dass seine Knöchel weiß hervortraten. Er starrte geradewegs nach vorn auf das Meer aus Bremslichtern. Die Wagen vor ihnen versuchten, zur Seite auszuweichen, und sie krochen ein paar Häuserblocks weiter.

»Das hast du gut gemacht«, stieß Bill knurrend hervor, und ein Knurren war bei seiner lächerlich fiepsigen Stimme nicht einfach.

»Wie bitte?«

»Du hast mich verstanden. Ich kapier bloß nicht, wieso du mich nicht gefragt hast, verdammt, statt diesen Scheißagenten.«

»Dann weißt du also …«

»Ja, seine Leiche ist vor ein paar Tagen zusammen mit ein paar russischen Gangstern von der Decke gefallen.«

»Wie zum Henker … Mollie«, schlussfolgerte Franny grimmig. Er schüttelte den Kopf. »Ich werd nicht schlau aus dem Mädchen. Sie lässt mich in Talas versauern und geht dann doch zurück?« Nach ein paar Sekunden Nachdenken kam ihm die Antwort. »Oh. Klar. Das Geld.«

»Bist du fertig mit deinen Selbstgesprächen?«

»'tschuldige. Weiß Jamals Familie Bescheid?«

»Ja, die sind in der Stadt, um die Leiche abzuholen.«

Franny schloss die Augen. »Ich sollte mit ihnen reden.«

»Ja, die würden bestimmt gern wissen, wie es kam, dass ihr Junge in Schwachsinnstan gestorben ist.«

Wieder verfielen sie in Schweigen. Franny holte tief Luft. »Ich habe dich nicht gefragt, weil mir klar war, dass das, was ich vorhatte, wahrscheinlich das Ende meiner Karriere bedeutete. Das konnte ich von niemandem verlangen.«

Bill nahm eine Hand vom Lenkrad und packte Franny an der Schulter. Unglücklicherweise war es die linke, und Franny japste vor Schmerz.

»Entschuldigung. Meine Herren, wie kaputt bist du denn? Und was das Ende deiner Karriere angeht …« Bill lachte mit seiner hohen Stimme. »Ich vermute, du bist mal wieder in einen Scheißhaufen gefallen, wirst hinterher aber wie eine verdammte Rose duften. Du hast die Joker zurückgebracht. Das zählt viel, und die Presse und die hohen Tiere haben ein schwarzes Schaf, das sie ans Kreuz nageln können. Mendelberg.«

»Was?«

»Sie ist von Grekor geschmiert worden.«

»Und das heißt, von Baba Yaga«, sagte Franny bedächtig. »Kein Wunder, dass sie versucht hat, die Untersuchung zu unterbinden, und hat mich in Schymkent hängen lassen.«

»Wo zum Henker ist das?«

»Nicht gerade das Schmuckstück Asiens, so viel kann ich dir sagen.«

Bill erspähte einen Durchlass und schoss darauf zu. Er machte einen U-Turn und hielt vor dem Eingang der UNO. »Ich fahre zurück. Da werden gerade alle Mann gebraucht.«

Franny lehnte sich zurück und nahm Bills Hand. »Danke. Für alles.«

»Genug mit den viel zu ernsthaften Abschieden. Ich seh dich auf der Wache.«

Franny blieb stehen, bis der Streifenwagen weggefahren war. »Vielleicht«, sagte er vor sich hin.

♣

In der Lobby des UNO-Gebäudes ging es zu wie in einem aufgescheuchten Ameisenhaufen. Leute in allen möglichen Kleidern, von schicken Geschäftsanzügen über arabische Dischdaschas bis zu afrikanischen Daschikis, hasteten hin und her. Die meisten hatten Handys an die Ohren gedrückt. Das machte Franny Mut. Ihre angespannten und ängstlichen Mienen allerdings weniger. Er zwängte sich durch die Menge, zu der auch eine Touristengruppe mit Fotoapparaten und I-HEART-NY-T-Shirts gehörte, und trat vor einen dicken Mann in Hawaiihemd, kurzer Khakihose, schwarzen Kniestrümpfen und Sandalen, der vor dem Empfangsschalter stand.

»He, Junge! Die Schlange ist dahinten.« Er zeigte auf die lange Reihe von Menschen.

»Polizeiangelegenheiten«, blaffte Franny, und seine Hand ging instinktiv zu seiner Brusttasche, nur dass er immer noch den inzwischen sehr ramponierten Frack trug und seine Marke irgendwo im Krankenhaus in Talas lag. Außerdem hatte er das letzte Mal in dem heruntergekommenen Hotel in Schymkent geduscht und war sich seines Miefs bewusst und der dunklen Stoppeln in seinem Gesicht.

»Ja, Sie sehen mir nicht nach einem Cop aus.« Der Mann reckte Kinn und Brust nach vorn, doch war es vor allem sein Bauch, der gegen Franny stieß.

»Ich ermittle verdeckt. *Und jetzt gehen Sie mir gefälligst aus dem Weg!*« Sein Blick musste auf den Touri Eindruck gemacht haben, denn er zog die Brust wieder ein und wich zurück. Die Leute murrten und wichen ebenfalls vor Franny zurück.

Franny wandte sich um und beschwor ein Lächeln für das hübsche, asienstämmige Mädchen hinter dem Tresen herauf. An ihrem skeptischen Gesicht änderte das jedoch nichts. Aus dem Augenwinkel sah Franny, dass Sicherheitsleute zu ihm unterwegs waren.

»Hi, ich bin Detective Francis Black, mein Captain Maseryk vom fünften Revier hat mich geschickt. Ich muss mit dem Generalsekretär und dem Chef des Komitees reden.« Das klang selbst für ihn verrückt.

»Haben … haben Sie einen Termin?«, flötete das Mädchen und wollte damit offensichtlich Zeit schinden.

»Nein, das ist ein Notfall. Es geht um die Vorgänge in Talas.« Er betete, dass sie wusste, was in Talas los war. Doch sein Gebet wurde nicht erhört. Sie wirkte verwirrt und noch viel nervöser. Die Wachen kamen immer näher.

Ein großer, stämmiger Mann in Freizeithose und Hemd stoppte ab, wirbelte herum und kam auf Franny zu. »Talas? Haben Sie eben von Talas gesprochen?« Er hatte einen heftigen Südstaatenakzent.

»Äh, ja. Ich war dort. Ich bin gerade erst zurückgekommen und habe wichtige Informationen.«

»Nun, dann haben Sie mehr zu bieten als alle anderen. Das ist wirklich nützlich.« Er streckte ihm eine weiche, etwas feuchte Hand hin. »Ich bin Buford Calhoun. Toad Man«, fügte er in hoffnungsvollem Ton hinzu und doch wie jemand, der keine Antwort erwartet.

Doch Franny hatte eine Schwäche. Er hatte *American Hero* mit Begeisterung gesehen und kannte den Namen, wenn auch nicht die Person. (Seit seinem Auftritt in der Show hatte Buford etliche Pfunde zugenommen.)

»Sie waren in der Mannschaft Pik.«

Buford strahlte. »Klar. Da haben die Leute gesehen, was ich kann, und gemerkt, dass ich nützlich bin. Ich wurde angeheuert …«

»Talas«, erinnerte ihn Franny. »Ich muss dringend den Generalsekretär und/oder den Chef des Komitees sehen. Beide wäre eigentlich am besten.«

»Nun, ich kenne Mr Jayewardene nicht so gut, und Klaus ist nicht da, aber ich vermute, Babel wird mit Ihnen reden wollen. Kommen Sie einfach mit. Ich bringe Sie gleich zu ihr.«

♣♦♠♥

Angel erreichte die Stelle, an der sich einmal das Kommando eingerichtet hatte – aber es war aufgegeben. Nur die Zelte legten noch stummes Zeugnis davon ab, dass hier einmal Hochbetrieb geherrscht hatte. Soldaten, Ärzte, Patienten – alle waren fort, und die Gegend hatte man dem Nebel mit seinen Ranken überlassen, die sich von Talas' Stadtzentrum aus ausbreiteten.

Sie durchstreifte das verlassene Lager, das nur vom grünlichen Licht eines aufgeblähten, falschfarbenen Mondes beleuchtet wurde, der während ihres Flugs aus der Stadt aufgegangen war. Ein aufgedunsener, kränklicher Mond, der grün funzelte wie entzündetes Gewebe. Sie vermied es, ihn direkt anzusehen, denn ihr war, als grinse sie aus seiner löchrigen Oberfläche ein Schädel an. Angel kam es vor, als wäre sie auf eine aufgegebene Geisterstadt gestoßen, die seit Jahren in einer ungesunden Wüste geschlummert hatte. Sie fragte sich, wie der Ort innerhalb so kurzer Zeit eine solche Atmosphäre von Alter und Verfall hatte annehmen können, und sie merkte, dass es an der Stille lag, dem Gestank von Tod und Verwesung, der ihm anhaftete, als wäre er von liegen gelassenen Leichen bevölkert.

Vorsichtig betrat sie den Lazarettbereich. In der heißen Brise, die den Geruch von sterbenden Tieren vor sich hertrieb, flatterten einige der Zelte, doch andere standen noch fest und unbeschädigt.

»Hallo?«, rief Angel. »Ist hier jemand?«

Sie krächzte. Schon vor einer Weile hatte sie den letzten Rest ihres Wassers aufgebraucht, und ihre Stimme war schwer vom Staub und trocken wie Wüstensand. Sie brauchte Wasser, etwas zu essen und ärztliche Hilfe. Rasch durchsuchte sie die intakten Zelte, doch in den ersten paar, die sie betrat, fand sie nur, was sie befürchtet hatte: Leichen.

Die Patienten waren zurückgelassen worden, dachte sie entsetzt. Manche hatten versucht, den Sanitätern zu folgen, doch nur wenige waren in der Lage gewesen, mehr als nur ein paar Meter zu kriechen, bevor ihre geschundenen und zerfetzten Körper vor dem aussichtslosen Kampf kapituliert hatten. Manche hatten es nicht einmal von ihren Feldbetten heruntergeschafft. Ihre Gesichter zeugten allesamt von Furcht und Entsetzen.

Plötzlich ertrug sie das Grauen nicht mehr. Sie lief aus dem Zelt, das sie gerade untersuchte, und trotz ihrer Erschöpfung und ihrer Schmerzen, ihres Hungers und Dursts erhob sie sich in die Luft und flog entlang der Straße zurück.

♣♦♠♥

Buford gelang es, ihn aus dem Empfangsbereich des Gebäudes nach oben zu schleusen, doch weiter schien ihn auch das Ass nicht mehr bringen zu können. Franny strandete in einem Bürovorzimmer, in dem ein langweilig aussehender Sekretär saß, der abwechselnd telefonierte und auf seinem iPad herumscrollte. Die Antwort, die er für die meisten Anrufer parat hatte, lautete: »Miss Baden ist in einer Besprechung und kann nicht gestört werden.« Doch ein paar wenige Anrufe stellte er durch.

Zeit verging. Die Skyline von Manhattan, die man durchs Fenster sah, fing in der Dämmerung allmählich an zu leuchten. Franny sprang aus dem viel zu niedrigen Sessel auf und humpelte zum Schalter des Sekretärs. Er stützte sich mit einer Hand auf der Tischplatte ab und beugte sich nach vorn.

»Kann ich Ihnen etwas anbieten? Einen Kaffee?«, fragte der Mann mit einem Auftreten, als hätte er schon etliche wartende Würdenträger erfolgreich besänftigt.

Franny zeigte auf die geschlossene Tür. »Sie können mich da reinlassen.«

»Miss Baden ist …«

»… in einer Besprechung und darf nicht gestört werden«, beendete Franny den Satz. »Geht es in dieser Besprechung zufällig um Talas? Falls ja, dann weiß ich etwas darüber, und ich kann Sie mit einer Person bekanntmachen, die noch scheißviel, viel mehr darüber weiß als ich. Also, würden Sie mich *bitte* reinlassen?«

»Wir haben eigene Leute vor Ort. Ich bin überzeugt, dass Miss Baden bestens informiert ist über … *He!*«

Franny war an der Tür und riss sie auf. In dem Besprechungszimmer saßen eine Menge Leute. Ein paar von ihnen kannte Franny aus *American Hero.* Am Ende des Tischs saß eine kleine dunkelhaarige Frau mit dunklen Augenringen und finsterem Blick.

»Was soll das …?«

»Jemand möchte Sie sprechen. Wenn Sie nicht mitkommen, sterben Leute. Und als zusätzlicher Anreiz: Sie kann Ihnen ganz genau sagen, was in Talas vor sich geht.« Er hielt inne, dachte darüber nach und fügte hinzu: »Und wahrscheinlich auch, weshalb Sie komplette Scheiße gebaut haben. Das kann sie ziemlich gut.«

♣♦♠♥

»Wo sind wir?«, fragte Tiago Ana. Er hatte einen Teil seines Müllpanzers abgeworfen, und hinter ihnen zog sich eine Spur aus Schrott wie die Brotkrumen von Hänsel und Gretel.

»Keine Ahnung«, gab Ana zurück. »Unser Ortungssender ist tot. Genau wie die Atemschutzmasken.« Sie warf ihre weg.

Das Nieseln ließ nach, aber das machte die Situation nicht besser. Der Nebel wurde dichter. Jetzt, wo ihre Funkgeräte, Telefone und Ortungssender ausgefallen waren, bewegten sie sich blind vorwärts. Und nichts sah aus wie auf der Karte des Ortungsgeräts. Eigentlich hätten sie in der Nähe von Bugsys letzter Position sein müssen, aber die Straßen verliefen ganz anders.

Zum Teufel mit ihm, dachte Michelle. *Kriegt nicht mal einen simplen Erkundungsauftrag hin, dieser Depp.*

Ein tiefes Stöhnen drang zu ihnen. Sie gelangten an eine Kreuzung. In ihrer Mitte stand ein trockener Brunnen, in dessen Zentrum sich eine Säule erhob. Neben dem Brunnen lagen die Trümmer eines kasachischen Helden, ringsherum standen Käfige.

Der Nebel lichtete sich, und Michelle erkannte Menschen in großen Hundekäfigen. Nackte Menschen. Sie gingen näher heran, und aus der Dunkelheit kam eine Frau. Sie trug ein Vorkriegskleid und darüber eine blutige Schürze.

»Willkommen«, sagte sie lächelnd. »Ich habe euch erwartet. Seht, was ich gemacht habe. Das ist so lehrreich.«

Sie ging zum ersten Käfig und öffnete die Gittertür. Der Teil einer Leiche platschte heraus. Nähte an den Handgelenken machten deutlich, dass ihr eine fremde Hand angenäht worden war.

Fasziniert starrten sie auf die Leiche, als wären sie von dem Anblick vollkommen in den Bann geschlagen. »Das war mein erster Versuch«, erklärte die Frau voller Stolz. Stolz und Freude. »Die Handtransplantation lief nicht ganz so gut, wie ich es mir gewünscht hatte. Und das Geschrei. So viel Geschrei. Mich hat es nicht gestört, aber ich hatte Sorgen wegen der Nachbarn.«

Sie ging zum nächsten Käfig. Die Gestalt im nächsten

Käfig, ein Mann, war noch am Leben, doch seine Knochen waren gebrochen und unnatürlich gewinkelt wieder zusammengewachsen.

»Tötet mich«, flehte er. »Tötet mich, bei allem, was euch heilig ist.«

Dann machte er eine Verwandlung durch, und sein Körper wurde zu einer schlingernden Masse aus grauen Tentakeln. Nur ein hasserfülltes Auge sah daraus hervor. Allmählich tropfte er durch das Gitter heraus.

Die Frau schmunzelte, bevor auch sie sich verwandelte. Ihr Gesicht schmolz zu einer breiigen Masse. Von ihren einst menschlichen Zügen blieben nur noch die schwarzen Augen übrig. Es öffnete sich ein gähnendes Maul. Ein Geräusch brach daraus hervor. Etwas Unmenschliches, das in den Ohren wehtat.

Michelle drückte sich die Hände auf die Ohren und spürte etwas Heißes, Feuchtes. Als sie die Hände wieder wegnahm, sah sie das Blut. Earth Witch und Recycler ging es ebenso.

Die Kreatur schlich zu einem weiteren Käfig und zerrte ein junges Mädchen heraus.

Das Wesen riss eine von rasiermesserscharfen Zähnen umkränzte Mundöffnung auf, doch aus dem Schlund des Geschöpfs schnellte ein weiteres Maul heraus. Es hatte Haifischzähne. Noch während das Mädchen nach seiner Mutter schrie, biss es ihm beinahe den Kopf ab.

Nein, nein, nein!

Irgendwo tief in ihrem Inneren erkannte Michelle sich selbst – ihr wahres Selbst. *Adesina.* Das Mädchen hätte Adesina sein können! Doch inzwischen war sie fast völlig losgelöst von den Gefühlen für ihre Tochter. Es war sowieso egal. Sie wollte Blut. Sie wollte Blut sehen. Es war richtig. Blut war alles.

Ein Graben öffnete sich und wurde immer breiter, bis die

Käfige, der Brunnen und die Monstrosität, die einmal eine Frau gewesen war, darin verschwunden waren. Anas Werk.

Ich schwör's, ich leg diese Fotze um!

»Ich wollte die anderen Käfige anschauen!«, keifte Tiago. »Wolltest du sie nicht ansehen? Wolltest du nicht helfen? Wir hätten helfen können. Wir sind hier zum Helfen.« Er ging auf Ana zu. »Du hilfst gar nicht.«

Ein Krater tat sich auf und verschluckte auch ihn. Ana lächelte glückselig.

Michelle wurde von schwärzester Wut erfüllt. Zum Henker mit diesem Einsatz. Diese Mission war sowieso für den Arsch. Bugsy hatte den Tod verdient. Sein Tod war unvermeidlich.

Und Ana, nun, Ana musste auch sterben.

Michelles Gesichtsfeld trübte sich mit rotem Nebel ein. Das Pochen in ihrem Kopf war wieder da und wurde schlimmer. Die zischenden Stimmen, die sie nicht verstand, waren noch lauter. Es schüttelte sie im Blutrausch und vor lauter Wut.

Sie schleuderte eine Blase. Doch ehe sie Ana traf, schoss ein Erdwall in die Höhe, der sie abfing. Michelle zertrümmerte den Erdwall mit einer Salve an Blasen. Er brach auseinander, setzte sich kurz darauf aber wieder zusammen, größer und dicker und höher. Dann bog sich die Erdwand nach hinten und klatschte Michelle wie eine Fliegenklatsche, sodass sie durch die Luft flog.

Sie krachte in das Haus hinter ihr und kam zur anderen Seite wieder heraus. Von den Schmerzen wurde sie ohnmächtig.

♣ ♦ ♠ ♥

Im Wagen hatten sie sich einander vorgestellt, und jetzt fuhren Franny und Baden durch eine Phalanx aus Polizeiautos, die das Gebäude der Jokertown-Klinik umstellten. In den Fenstern des Krankenhauses spiegelten sich die Scheinwerfer wider. Über dem Gebäude kreiste ein Hubschrauber. Einsatzkommandos waren ringsum auf Hausdächern positioniert und richteten ihre Scharfschützengewehre auf die Klinik. In ihren Helmen, Schutzbrillen und Schutzwesten erinnerten sie an Insekten.

Ein Krankenwagenfahrer machte Maseryk Vorhaltungen. »Ich muss diesen Patienten einliefern.«

Maseryk ließ sich nicht erweichen. »Bringen Sie ihn ins Bellevue.«

»Er ist ein *Joker*.«

»Und die Leute in der Klinik werden als Geiseln festgehalten. Wollen Sie sich ihnen anschließen?«

»Äh … oh. Nein.«

»Dachte ich mir doch«, grummelte Maseryk vor sich hin. Er bemerkte Franny und Babel und kam zu ihnen herüber. Seine aufrechte Haltung und sein energischer Schritt riefen Franny ins Gedächtnis, dass Maseryk ein Exmilitär war.

»Ich möchte mithören, was da drin passiert«, sagte er.

Franny schüttelte den Kopf. »Die werden mich durchsuchen. Wir geben ihnen besser keinen Grund, mich abzuknallen, okay? Ich erstatte Ihnen Bericht.«

»Wenn sie Sie rauslassen.«

»Ich bin mir sicher, dass Baba Yaga noch mehr Aufgaben für ihren Botenjungen hat.« Babel sah ihn streng an, und da fiel ihm auf, dass er vielleicht zu viel verraten hatte.

»Was ist mit ihr?« Maseryk stieß den Daumen in Babels Richtung.

»Ich bin sicher, dass die Alte mich nicht gerufen hätte, wenn sie mich nicht für etwas brauchen würde. Sie wird mich wieder rauslassen müssen, wenn ich etwas für sie tun soll«, antwortete die Diplomatin.

Maseryk nickte und trat zur Seite, aber er wirkte nicht

erfreut. Rasch nuschelte er etwas in sein Funkgerät und winkte Franny und Babel zum Haupteingang des Krankenhauses.

♣♦♠♥

Barbara sah den finster dreinblickenden Officer Black – Franny – an. Er lehnte sich an die Wand des Krankenzimmers, und seine Miene war ernst und wütend.

Im Zimmer roch es nicht nur nach den üblichen Klinikausdünstungen. Ein Großteil des Gestanks schien von der vulgären Alten auf dem Bett in der Mitte des schwer bewachten Zimmers auszugehen. Mit den wässrigen Augen in dem verrunzelten Gesicht sah sie Barbara an. Barbara blieb außerhalb der vermutlichen Spuckreichweite der Frau stehen.

»Sie sind also der Kopf des Komitees?«, fragte die Frau mit brüchiger, heiserer Stimme. »Sie sind jünger, als ich erwartet hätte. Gerade mal ein Welpe. Also … bitte sagen Sie mir, dass Sie nicht schon Asse nach Talas gesandt haben. Sagen Sie mir bitte, dass wir noch immer entscheiden können, wen wir wohin schicken, um diese Sache zu beenden.«

Mit ihrem scharfen Blick schien Baba Yaga Barbara aufzuspießen, und obwohl sie meinte, ihre Miene würde nichts preisgeben, stöhnte die Frau auf dem Bett und schloss die Augen. Dabei wandte sie den Kopf auf dem Kissen hin und her. Als Baba Yaga wieder etwas sagte, tat sie das auf Russisch, und Barbara schloss kurz die Augen, um ihre Wild-Card-Fähigkeit zu aktivieren. Sie schloss Franny in die Blase der Verständigung mit ein, nicht aber die Wachen, auch wenn ihr klar war, dass einige von ihnen Russisch verstanden. »Ah, sie sind also schon los. Dann sind Sie so dumm, wie Sie jung sind. Sie haben den Kontakt zu ihnen verloren, nicht wahr?«

»Unser Kontakt zum Team ist … unregelmäßig«, gestand Barbara in dem Wissen, dass Baba Yaga sie so verstehen würde, als spräche sie fließend Russisch. Die Augen der Alten weiteten sich ein wenig, als hätte sie nicht damit gerechnet, dass Barbara etwas verstanden hätte. Dann lachte sie. Franny an der Wand lauschte aufmerksam mit schiefem Kopf.

»Sie sprechen meine Sprache wie eine Muttersprachlerin«, sagte Baba Yaga. Barbara zuckte mit den Schultern, klärte die Falschannahme der Alten jedoch nicht auf. »Sie haben sie verloren. Ihr Team«, wiederholte Baba Yaga.

Barbara ging nicht auf diese Bemerkung ein, auch wenn sich in ihrem Magen etwas immer mehr zusammenzog, die Furcht vor dem, was Klaus geschehen sein mochte, das Grauen über das, was sie vor wenigen Stunden gehört hatte. »Officer Black hat mir berichtet, dass Sie diesen sogenannten Hellraiser kennen und dass er die Störungen in Talas verursacht.«

Jetzt kletterten die Brauen der Alten in die Stirn hinauf. »Störungen nennen Sie das? So nennen Sie also das wahrscheinliche Ende der Welt, was? Eine beschissene *Störung*?«

»Ich würde es übertrieben nennen, vom Ende der Welt zu sprechen«, gab Barbara zurück, und wieder kicherte die Greisin spöttisch.

»Oh, Sie sind also tatsächlich eine Idiotin«, urteilte Baba Yaga. »Glauben Sie mir, es ist keine Übertreibung, nur die nackte Wahrheit.« Als sie das hörte, erschauerte Barbara unfreiwillig. Sie versuchte, die zerfurchte Miene Baba Yagas zu durchschauen, herauszufinden, ob sie log, denn sie konnte es nicht glauben. Diese von Runzeln umrahmten Augen starrten sie an, und hinter dem Spott und der Verachtung entdeckte Barbara einen schwachen Schimmer von Mitleid. *Klaus, wo habe ich dich da hineingeschickt? Warum hast du dich nicht gewehrt? Bitte, sei am Leben. Bitte, bleib am Leben.*

»Officer Black meinte …«, fing Barbara an, doch Baba Yaga unterbrach sie.

»Francis hat Angst. Dazu hat er auch allen Grund. Wir sollten uns alle fürchten.« Baba Yaga zog die Nase hoch. »Ich habe etwas, das Sie sich anhören müssen. Kassettenbänder.« Ihre wässrigen Augen richteten sich auf Franny. »Bringen Sie uns einen Kassettenspieler, Junge«, spie sie aus.

Franny zog die Brauen noch mehr zusammen. »Dann geben Sie mir Geld, damit ich einen kaufen kann, Hexe«, entgegnete er.

Baba Yaga gab einem der russischen Wachen ein Zeichen, worauf dieser in seine Anzugtasche griff und einen Geldbeutel herausholte. Schweigend gab der Mann Franny eine Hundert-Dollar-Note. Ein paar Augenblicke starrte Franny darauf, bevor er sich umdrehte und hinausging. Barbara sah die Frau auf dem Bett mit schiefem Kopf an.

»Er ist auch ein Welpe – aber er hat Glück.«

»Erzählen Sie mir von Hellraiser«, sagte Barbara, weil sie das Gespräch wieder auf etwas lenken wollte, das Klaus helfen konnte, etwas, das Barbara und dem Komitee belastbare Informationen lieferte, auf deren Grundlage sie hoffen und planen konnten. Die Frau hob den Kopf ein wenig vom Kissen.

»Er heißt nicht Hellraiser, sondern Tolenka. Er war beim KGB mein Partner, ein guter. Und Tolenka ist nicht derjenige, der Ihre ›Störung‹ verursacht.« Sie betonte das Wort so sehr, dass sie husten musste. »Was sie verursacht, das ist das Ding in ihm drin.«

»Das Ding in ihm drin?«, fragte Barbara.

»Wir hatten vor vielen Jahren einen Einsatz … nun, das brauchen Sie nicht zu wissen. Sie müssen nur wissen, dass er nicht gut lief. Tolenka hat seine Asskraft benutzt und gemerkt, dass er etwas in sich aufgenommen hatte, das er nicht beherrschen konnte, etwas, das in seinem Körper

Fuß gefasst hatte und nicht mehr daraus verbannt werden konnte – und das hat aus Talas gemacht, was es ist.«

»Wovon sprechen Sie? Was hat ihn übernommen?«

»Warten Sie«, sagte Baba Yaga. »Gedulden Sie sich noch ein bisschen. Wenn Black zurückkommt, werde ich die Kassetten laufen lassen, dann hören Sie Tolenka. Ich hätte mich als Übersetzerin angeboten, aber …« Sie lächelte Barbara an. »Die Worte werden Sie schon mal verstehen.«

♣ ♦ ♠ ♥

Einige Meilen weiter stieß Angel auf die Fahrzeuge, in denen sie am Morgen gekommen waren, aber während sie über ihnen schwebte, konnte sie niemanden erkennen, der sie hätte begrüßen können.

Sie war erschöpft, hungrig und hatte Schmerzen. Ihre Schulterwunde, die sie im Kampf gegen die Fledermausbestie erhalten hatte, stach. Sie meinte, es hätte vor einiger Zeit aufgehört zu bluten, aber ihre Flanke war immer noch feucht und klebrig vom Blutverlust. Sie spürte, wie sich das halb getrocknete Blut von ihrer Wunde ablöste, wenn sie sich auf bestimmte Art verrenkte, und sie war gar nicht erpicht auf den Moment, wenn sie das vollgesogene Leder über der Wunde abnehmen musste.

Einen Moment lang schwebte sie auf der Stelle und sah auf die Fahrzeuge herab. Auf ihrem Weg in Richtung des Flughafens, aus dem sie angekommen waren, war der übel riechende, klebrig grüne Nebel, der ihre Sicht behindert, ihr einen dicken Kopf und Übelkeit beschert hatte, immer dünner geworden und hatte sich schließlich aufgelöst. Aber so weit sie sehen konnte, rührte sich nichts am Boden unter ihr.

Sie fragte sich, ob es irgendeines der Komitee-Asse aus Talas herausgeschafft hatte. Und sie fragte sich, ob die Armee weiter zurückgewichen war, da sich der Nebel, wie es schien, weiter ausgebreitet hatte.

Plötzlich stieg jemand aus einem der geparkten Wagen aus, hatte ein Gewehr in der Hand und sah in den Himmel. Die Gestalt winkte wild, und schließlich erkannte sie sie im trüben Mondlicht, vor allem an dem Hut, den sie trug. Es war das australische Ass, Tinker. Er bedeutete ihr, dass sie landen sollte, was sie erleichtert tat. Müde kam sie neben dem Jungen auf, und ihre Schwingen verschwanden.

»Sie sind ja völlig durch«, rief Tinker mit seinem breiten australischen Akzent, während sie zu ihm humpelte und ihre Beine krampften. Unerbittlich strahlte der Asphalt die gespeicherte Hitze des Tages ab.

»Wasser?«, krächzte sie mit ausgedörrten Lippen.

Das Ass löste eine Feldflasche von seinem Gürtel und warf sie ihr zu. Angel fing sie auf, drehte den Deckel auf und setzte sie an. Das Wasser war heiß und schmeckte metallisch, aber wenigstens war es nass. Sie trank ungefähr die halbe Flasche leer, bevor sie sich bremste.

Tinker schüttelte den Kopf. »Du brauchst mehr als ich. Außerdem haben wir noch was in den Wagen.« Er runzelte die Stirn. »Ein wenig zumindest.«

»Danke.« Angel nahm noch einen Schluck, spülte sich den Mund aus und spuckte auf die Straße. Das Wasser zischte und war nach einigen Augenblicken weg. Sie sah sich in der relativen Ruhe um. »Wo sind denn alle?«

»Weg«, sagte Tinker. »Hier sind nur noch ich, Bugsy und dieser nutzlose Lamatyp. Und jetzt du.«

»Die Armee?«, fragte Angel.

Tinker verzog das Gesicht. »Die haben sich aus dem Staub gemacht wie Kängurus, als sie erfahren haben, dass der Trupp, der mit Lohengrin rein ist, abgemurkst wurde. Ein paar sind mit mir und Bugsy geblieben. Haben vielleicht geglaubt, das wäre sicherer. Ich habe versucht, ein Abhörgerät zu basteln, als der Funk ausgefallen ist.« Er zuckte die massiven Schultern. »Hat nicht funktioniert. Seit wir uns zurückgezogen haben, hatte ich immer mal wieder Kontakt zu Babel.« Er sah mit besorgter Miene Richtung Stadtzentrum. »Sieht so aus, als würde der Scheiß uns verfolgen.«

Angel nickte. »Wo ist Bugsy?«

Tinker zeigte mit dem Daumen über seine Schulter. »Auf dem Rücksitz im Wagen. Wahrscheinlich immer noch zusammengerollt wie ein Baby.«

Angel sah ihn fragend an.

»Seit ihr gegangen seid, ist er gaga.«

»Hast du etwas aus ihm herausbekommen?«

»Hat wie ein Penner von irgend so einer Gruselkacke gefaselt, die er da draußen gesehen hat, krasseres Zeug als der schlimmste Slasher-Film, den du dir vorstellen kannst.«

»Das kann ich mir denken«, murmelte Angel.

»Er ist auch immer noch dünn«, fügte Tinker leise hinzu.

»Wo ist er?«

»Komm.« Tinker ging zu den Wagen. »Hab ein paar Dosen in der Kühlbox. Du kannst eine vertragen.«

»Dosen?«

»Bierdosen.«

»Wäre wohl keine schlechte Idee«, sagte Angel.

Zu ihrer großen Erleichterung schien ihre Ausrüstung auf dem Rücksitz des SUVs, wo auch der noch immer stark dezimierte Bugsy schlief, intakt zu sein. Bugsy hatte sich wie ein Fötus zusammengerollt und sah aus wie ein kleiner Junge. Sie wollte ihm die zerzausten Haare glattstreichen, obwohl ihr klar war, was für eine Nervensäge er war.

Mit der linken Hand zog sie etwas umständlich ihre Tasche aus dem Wagen, und Tinker reichte ihr eine Bierdose aus einer Kühlbox auf dem Vordersitz. Ohne nachzudenken, griff sie mit der rechten Hand danach, fuhr zusammen und nahm sie dann doch mit der linken.

»Was ist los?«, fragte er.

»Hab mir die rechte Schulter ausgekugelt«, sagte sie. »Glaube ich jedenfalls. Und ich muss eine Wunde an der Seite verarzten.«

»Autsch«, sagte Tinker. »Was ist passiert?«

»Musste gegen ein fliegendes Fledermaus-Rattendings kämpfen. Dabei hat mich das Teil gepackt und mit seinen Krallen erwischt. Und als ich mich losgerissen habe, habe ich mir die Schulter verletzt.«

Sie beschloss, das dornige, rote Penisding unerwähnt zu lassen.

Er gab ihr eine der Bierdosen und sah ihr zu, wie sie die Dose an die Lippen nahm. Es war zauberhaft kalt. Schon nach enttäuschend wenigen Schlucken hatte sie die Dose geleert, warf sie weg und zog aus ihrem Gürtel ein scharfes, gefährlich aussehendes Messer. Langsam und vorsichtig und unter Schmerzen trennte sie das Oberteil ihres Lederoveralls auf und zog es herunter, sodass es ihr von der Hüfte herabhing. Darunter hatte sie nur einen schweren Sport-BH an. Sowohl der BH als auch ihr Körper waren blutverschmiert. Zwar hatte die Blutung der Krallenwunde inzwischen gestoppt, doch hatte sie bereits mehr Blut verloren, als ihr aufgefallen wäre. Ihre verletzte Schulter hing schlaff herab.

»Du hast ja echt mal Muckis«, bemerkte Tinker. »Wenn auch keine Männermuskeln.«

Unbewusst, wie Angel meinte, ließ er seine Gewichtheberbizeps unter den kurzen Hemdsärmeln spielen.

»Nein«, sagte Angel. Behutsam schob sie den BH-Träger von ihrer verletzten Schulter herab.

»Und Möpse.«

Plötzlich erfüllte Angel eine Wut, die ihre Müdigkeit vertrieb. Sie sah Tinker in die Augen.

»Du weißt, wer mein Mann ist«, sagte sie.

»Ja«, sagte Tinker.

»Und zu was ich fähig bin.«

»Ich sag ja nur«, brachte er mit einem schlecht verhehlten Schlucken hervor. »Ich meine, wo wir hier draußen sind und so. Wer weiß, ob wir morgen um die Zeit noch am Leben sind?«

Ihre Wut verwandelte sich, während sie ihn genau musterte. Er sah nicht gerade gut aus, und er miefte. Aber er hatte fette Muskeln. Wirkte kräftig. Sie wusste, dass sie ihn fertigmachen konnte, wenn sie wollte. Und ja, wer wusste schon, was sie allein in der Wüste miteinander machen konnten.

Sie machte kurz die Augen zu und schwankte, sodass sie fast hingefallen wäre, hätte sie sich nicht im letzten Moment aufgefangen. *Was sind das für Gedanken?*, fragte sie sich. *Wie kann ich so etwas denken?*

»Ich … Entschuldige. Bin müde. Der Blutverlust.« Sie brabbelte nur noch.

»Du solltest die Wunde besser auswaschen, bevor du sie verbindest«, sagte Tinker jetzt wieder ganz geschäftig.

Angel sah ihn besorgt an. »Haben wir genug Wasser?«

Tinker lachte. »Um Wunden auszuwaschen? Klar.«

Er ging zu der kleinen Gruppe Kasachen, die ein Stück weiter lagerten, und kam mit einem Plastikkanister zurück, der 150 Liter fasste.

»Soll ich mit anfassen?«, fragte er, als er den Kanister mit einem angestrengten Keuchen vor sie hinstellte.

Angel schüttelte den Kopf. Sie nahm den Kanister mit der linken Hand an einem der Henkel und hob ihn probeweise hoch. Er war fast voll. Vollkommen mühelos hob sie ihn über den Kopf, und als er an der richtigen Stelle war, drehte sie ihn wie eine Colaflasche um und kippte das lauwarme, nach Plastik riechende Wasser über ihren Kopf. Tinker sah beeindruckt zu.

Es war himmlisch, beinahe so herrlich wie die beste

Luxusdusche, die man sich vorstellen konnte. Sie musste sich zwingen, die Dusche abzubrechen, damit ihr noch genug blieb, um ihre Wunde zu reinigen. Die sah geschwollen und rötlich aus. Sie tupfte sie vorsichtig mit einem Handtuch ab und reinigte sie, so gut und so stoisch sie nur konnte. Danach patschte sie eine dicke Schicht Puder aus dem Erste-Hilfe-Kasten darauf und setzte sich als Vorsichtsmaßnahme noch eine Spritze mit einem Breitbandantibiotikum. Zum Schluss kam ein Pflaster darauf. Als sie aufblickte, merkte sie, dass Tinker jeder ihrer Bewegungen interessiert folgte.

»Kannst du Erste Hilfe?«, fragte sie.

»Kein bisschen«, gab Tinker zurück.

»Dann mache ich das besser selbst. Bei Gott, ich habe Billy schon oft genug dabei zugesehen.« Die Gedanken ganz auf Billy konzentriert, runzelte sie die Stirn, biss die Zähne zusammen und stieß sich die Schulter mit der Handfläche wieder in die richtige Position zurück. Die Schmerzen, die sie durchfuhren, waren so heftig, dass sie schier in die Knie gegangen wäre, und dann fühlte sie sich plötzlich viel besser. Nicht perfekt natürlich, aber besser. Sie kramte noch einmal in der Tasche und holte einen elastischen Verband und Pflaster heraus.

»Wickle den Verband«, befahl sie Tinker. »So.« Sie hielt ein Ende des Verbands unter ihrem Arm fest und zeigte ihm, wie er den Verband allmählich entrollen und dabei unter, über und um ihre Schulter herum führen sollte. »Fest«, verlangte sie.

Einmal wickelte er zu fest, und Angel schnappte nach Luft und zuckte zusammen.

»Entschuldige«, sagte er automatisch.

»Ist schon gut.« Sie nahm ihm das andere Ende des Verbands ab und machte es fest. »Jetzt das Pflaster.«

Tinker nickte und bückte sich zu der Heftpflasterrolle, die Angel in der Öffnung ihrer Tasche platziert hatte.

»Danke«, sagte sie und bewegte probehalber die Schulter, bevor sie vorsichtig mit dem verletzten Arm in die Tasche griff, ein T-Shirt herauskramte und es behutsam überzog.

»Alles gut?«

»Wenn ich erst mal was zu essen habe«, sagte sie. »Und ein bisschen Ruhe.«

Er nickte verständig. »Tu das. Ich übernehme die Wache.«

»Wir können uns abwechseln …«

Tinker schüttelte den Kopf. »Du bist eine zähe Sheila und so hart im Nehmen wie Ned Kelly, aber ich habe das Gefühl, dass die Kacke hier erst noch so richtig losgehen wird. Ich habe heute nichts anderes gemacht, als mit dem Funkgerät herumzuspielen. Vielleicht kann ich es irgendwie reparieren. Du isst etwas und ruhst dich aus.«

Angel nickte.

»Und mache mich für morgen bereit«, sagte sie leise.

♣♦♠♥

Schon wieder war er auf einen Botengang geschickt worden. »*Bringen Sie uns einen Kassettenspieler, Junge.*« So hatte der herablassende Befehl Baba Yagas gelautet.

»*Dann geben Sie mir Geld, damit ich einen kaufen kann, Hexe*«, war ihm herausgerutscht, bevor er sich hatte eines Besseren besinnen können.

Zum Glück war Baba Yaga davon eher belustigt gewesen, als dass sie ihn hätte in einen Ottomanen verwandeln wollen. Sie hatte genickt, worauf einer der Gorillas ihm beiläufig einen Hundert-Dollar-Schein zugesteckt hatte.

Franny war geradewegs zum Pfandhaus *Nightingale's* gegangen, und Nightingale hatte herumgedruckst und war dann in die dunkleren Ecken seines zugerümpelten Ladens geflattert. Franny hatte sich die Zeit damit vertrieben, die Gitarren zu zählen, die in dem Geschäft hingen – zweiunddreißig. Dann hatte er die Uhren und den Schmuck in den verschlossenen Glasvitrinen betrachtet. Die weggegebenen Hochzeitsringe fand er besonders ergreifend. Und er fragte sich, weshalb Nightingale Plattenspieler und Lautsprecherboxen überhaupt ankaufte. Schließlich kam der Alte mit einem uralten Kassettenrekorder zurück. Das weiße Plastikgehäuse war zu einem hässlichen Gelb verblichen wie mit Pilzen infizierte Fußnägel.

Aber er spielte noch Kassetten ab und funktionierte. Der Lautsprecher war winzig, doch die Stimme des Mannes war deutlich zu vernehmen. Ein voller Bariton, warm, fast buttrig. Franny versuchte, sie mit dem *Ding* zusammenzubringen, das er auf dem Krankenhausbett gesehen hatte.

Baba Yaga zeigte keine Regung, sondern starrte lediglich den Plastikkasten neben ihr auf dem Bett an, während die Geschichte sich abspulte. Dank Babels Assfähigkeit verstand Franny die Aufnahme. Er wünschte, Babel wäre nicht so zuvorkommend gewesen. Der Mann hatte versucht, seinen Bericht ganz trocken und sachlich zu halten, doch zwischen den Worten hörte Franny die Angst und das Leid heraus. So wie er es auch bei Polizisten gehört hatte, die eine erschütternde Erfahrung durchgemacht hatten, oder bei einem Freund in der Highschool, bei dem ein Hirntumor diagnostiziert worden war und der dem Tod entgegenblickte.

»... Hilf mir. Um welchen Gottes willen auch immer, hilf mir ...«

♣♦♠♥

»... Ich weiß nicht, was in mich eingedrungen ist, Mariamna. Ich *will* es nicht wissen. Horrorshow nenne ich es oder Dunkler Gott ... der Name spielt keine Rolle. Wichtig ist nur, dass es sich durch alle Wirklichkeiten bewegen will, über alle Grenzen zwischen unseren Welten und dem Rest des Universums hinweg. Es will sie besitzen, sie verschlingen, sie beherrschen. Es will allen Schmerz, das Blut und das Leid, um sich daran zu nähren und stärker zu werden. Es wird geringere Götter erschaffen, die es verehren sollen, aber die werden nicht wir sein. [Tolenka lacht, es klingt wie ein bitteres Husten.] Wir sind ihm nichts, kaum wert, von ihm wahrgenommen zu werden …

… Aber ich habe einen Weg gefunden, ihn zurückzuhalten, ihn in mir zu halten, damit er nicht frei seine Ziele in der Welt verfolgen kann. Er ernährt sich von Tod und Furcht, und damit muss ich ihn füttern. Nicht zu viel, sonst wird er zu mächtig. Nicht zu wenig, sonst würde er mich aus Verzweiflung töten und aus mir heraustreten …

… Es tut mir leid, Mariamna. Das habe ich nicht gewollt …

… Ich weiß nicht, wie lange ich das noch machen kann, Mariamna. Ich bin mir selber hassenswert geworden, ich bin schon fast so abscheulich wie der Meister in mir. Ich höre seine Stimme, und es ist meine eigene. Ich stelle mir vor, wie angenehm es wäre, einfach zu sterben und alles fahren zu lassen, denn dann wäre ich nicht mehr da, um zu sehen, was passiert. Wenn ich sterbe, kann es unsere Welt ungehindert betreten …

… Hilf mir. Um welchen Gottes willen auch immer, hilf mir …«

Baba Yaga drückte die Stopp-Taste des Rekorders. In der schrecklichen Stille, die daraufhin herrschte, konnte Barbara ihren eigenen, rauen und zu schnellen Atem hören. Das Herz hämmerte wild in ihrer Brust. *Klaus, was soll ich denn jetzt machen? Ich will dich hierhaben, mein Liebster, denn ich habe Angst.*

»Ich habe für ihn getan, was ich konnte«, sagte Baba Yaga, und Barbaras Blick fuhr zu der Frau auf dem Bett herum. »Das wurde schon vor Jahrzehnten aufgezeichnet, kurz nach unserem vermasselten Einsatz. Ich habe ihm geholfen, das Ding in sich zu behalten. Ich habe ihn *jahrelang* gepflegt, während er immer verdorbener wurde und seine Anwesenheit immer ekelhafter. Es ist mir gelungen, dass er halbwegs bei Verstand und gutmütig blieb …« Sie nickte in Frannys Richtung, der an der Wand stand. »Bis Black alles ruiniert hat«, schloss sie.

Ihre dürren Fingerspitzen fuhren über die Tasten des Kassettenrekorders, und Barbara meinte, sie würde noch mehr vorspielen, doch stattdessen kniff Baba Yaga die Augen zusammen, als hätte Tolenkas Stimme auf dem rauschenden Kassettenband etwas Schreckliches heraufbeschworen, das sie nicht sehen wollte. »Horrorshow ist ein Monster von einem anderen Ort, einer anderen Dimension. Ein furchtbarer, grässlicher Gott. Er will … er will Tod, Angst und Schrecken. Diese Dinge machen ihn stark.« Sie machte die Augen wieder auf und sah Barbara mit ihren gelben Pupillen an. »Jetzt besteht wenig Hoffnung mehr. Er wird mit jedem Tag stärker, und bald gibt es keine Möglichkeit mehr, ihn aufzuhalten. Die ganze Welt wird so werden wie Talas, und er wird die Erde beherrschen.«

»Dann müssen wir einen Weg finden, wie wir zu Tolenka gelangen und ihn töten können, wenn er das Tor ist, durch das dieses Ding eindringt.«

»*Nein!*« Es war ein Schrei, ein Kreischen. Baba Yaga fuhr auf ihrem Bett hoch und hielt die Hand verkrampft wie eine zum Schlag erhobene Klaue. »Haben Sie nicht gehört, was Tolenka gesagt hat? Das ist genau das, was Sie nicht tun dürfen, Sie Idiotin! Tolenka ist das Einzige, was dieses Monster derzeit zurückhält. Er versucht verzweifelt, das Tor geschlossen zu halten, das die Kreatur geöffnet hat. Wenn er stirbt, wenn Sie oder Ihre Asse ihn töten, dann tritt das Ungeheuer vollends heraus mit all seiner abscheulichen Macht. Er wird die Wand zwischen seiner und unserer Welt einreißen, und das ganze Grauen und die ganze Verderbnis werden auf unsere Welt einstürzen. Kein Ort wird mehr bleiben, an dem man sich verbergen, zu dem man flüchten kann. Alles und alle werden sterben. *Alle.*«

Sie hielt inne. Dass sie die Wahrheit sagte, stand ihr ins zerfurchte Gesicht geschrieben. Barbara war schlecht. Sie stellte sich Klaus vor, der in dem Wahnsinn gefangen war, oder schlimmer noch: bereits tot war. *Das ist meine Schuld. Ich habe Klaus und die anderen dorthin geschickt. Ich habe Klaus ohne mich gehen lassen. Sonst wäre ich wenigstens dort bei ihm gewesen, wenn …*

Sie dachte den Gedanken nicht weiter. *Alle Pläne, die wir uns zurechtgelegt haben, würden in Tolenkas Tod münden. Wie kann ich das verhindern? Wie soll ich Jayewardene und die anderen überzeugen?* »Gibt es etwas, das man tun kann? Können wir dem irgendwie ein Ende setzen, es aufhalten? Es muss doch etwas geben. Es muss einfach.«

Darauf schüttelte Baba Yaga nur den Kopf. »Ich weiß nur das eine: Tolenka hält den Dunklen Gott auf. Solange er lebt, kann das Ding in ihm nicht ganz hervortreten. Wenn es noch irgendeine Hoffnung geben soll, müsst ihr meinen Tolenka am Leben erhalten. Ansonsten …« Baba Yaga zuckte die Achseln.

»Dann werden wir das tun«, versicherte ihr Barbara.

Allerdings hatte sie keine Ahnung, wie sie das bewerkstelligen sollten.

♣ ♦ ♠ ♥

»Woher wissen wir, dass er nicht schon tot ist?« Franny hatte Mühe, ruhig zu sprechen. Wie der Mann auf der Kassette. *Nur die Fakten, Ma'am.* »Ich war in dem Krankenhauszimmer in Talas. Die Leute sind völlig übergeschnappt, und das ist schon Tage her. Niemand ersetzt mehr die Infusionsbeutel, tauscht die Schutzhosen aus, geschweige denn, dass man ihn füttert. Und den Bildern nach zu urteilen hat sich dieses Teil schon mit Schmerz, Tod und Angst vollgefressen.«

»Wenn Tolenka tot wäre, würden wir dieses Gespräch nicht führen. Der Wahnsinn würde die ganze Welt erfüllen«, erklärte Baba Yaga. »Er war stark. Er weiß, was auf dem Spiel steht. Er wird bis zum Ende kämpfen.«

»Wir haben keine andere Wahl, als so weiterzumachen, als wäre er am Leben«, sagte Babel.

»Und was immer Sie tun, tun Sie es schnell!«

»Dann fange ich am besten gleich an.«

Babel ging.

»Sie ist schlau«, sagte Baba Yaga. »Sie erinnert mich ein wenig an mich selbst. Ich war freilich hübscher. Nun, wir werden sehen. Vielleicht ist sie dafür klug genug.«

Baba Yaga sah den Kassettenrekorder mit einem Stirnrunzeln an. Dann stieß sie ihn grob zur Seite, sodass Franny fast Mitleid empfand.

»Es muss schwer gewesen sein, seine Stimme zu hören. Wie lange ist es her, seit Sie sich die Kassetten angehört haben?«

Wieder bohrte sich der Blick aus den kalten Augen in ihn. »Sie sind ein sentimentaler Trottel, Francis. Gehen Sie.«

♣♦♠♥

Nichts half Marcus' Argumenten, mit denen er auf das aus Talas heranrückende Böse aufmerksam machen wollte, mehr als die Kreatur, die Wasels Münze in einen Exkrementenhaufen verwandelt hatte. Als Marcus die Dörfler nach diesem Vorfall erneut zur Flucht drängte, stieß er auf offene Ohren.

Baikonur. Kosmodrom. Die Namen gingen geflüstert von

Mund zu Mund. Der Ort war so gut wie jeder andere und auf jeden Fall besser als ein Dorf, das sich in Reichweite einer Stadt des Schreckens befand. Hastig packte das ganze Dorf seine Sachen zusammen und machte sich zum Aufbruch bereit. Dabei beäugten alle den blutroten Himmel, der das schöne Zwielicht irgendwie unheimlich machte. Alle arbeiteten zusammen und beeilten sich, wobei an vieles gedacht werden musste. Joker in allen möglichen Größen und Körperformen, manche so missgestaltet, dass sie behindert waren, Diskussionen darüber, was mitgenommen werden sollte und was nicht und wie ihre kostbaren Fahrzeuge gepackt werden sollten und wie sich die Dörfler auf sie aufteilen sollten. Als sie endlich losfuhren, war es längst finstere Nacht.

Anstatt zur Landstraße hinunterzufahren, die aus Talas herausführte, flohen sie auf einer schmaleren Straße, die zu einem Pass oberhalb des Dorfs hinaufführte. Auf der Höhe angekommen, drehte Marcus sich um und sah ins Tal zurück. In Richtung Talas bot sich in der Ferne ein verwirrendes Bild, ein seltsames Glühen, das ständig die Farbe wechselte und den Horizont bedrohlich erleuchtete. Lichter von Flugzeugen und Hubschraubern stachen durch die Luft, waren mal zu sehen, mal nicht, als bewegten sie sich durch dichte Wolkenbänke. Marcus meinte im Tal große Schatten erkennen zu können, die sich bewegten, doch jedes Mal, wenn er sich darauf konzentrierte, schienen sie mit der Dunkelheit zu verschmelzen und zu verschwinden.

Doch er wusste, dass dort Schrecken umgingen. Diese Gewissheit verursachte ihm eine Gänsehaut.

Er richtete den Blick auf das, was zählte, auf die Menschen, die ihm wichtig waren. Die Jokerkarawane schob sich im knochengrauen Licht des Vollmondes weiter hinauf. Der Laster, den Olena in Talas beschlagnahmt hatte, fuhr voraus, und obwohl er Schrittgeschwindigkeit nicht überschritt, dröhnte der Motor laut. Auf der Ladefläche drängten sich Kinder und Alte und diejenigen, denen das Gehen schwerfiel oder unmöglich war. Dahinter folgten die anderen Fahrzeuge des Dorfs: Timurs Laster, ein alter Lieferwagen russischen Fabrikats, ein Auto, dem auf einer Seite die Türen fehlten, ein weiteres, das einen Wohnwagen hinter sich herzog, auf dem sich Vorräte türmten, und schließlich ein Motorrad, das mit den drei Teenagern darauf lächerlich aussah. Zwischen den motorisierten Fahrzeugen ächzten einige Fuhrwerke, die von einem alten Klepper, einem Maulesel und einem Joker gezogen wurden, der eher aussah wie ein weißer Bulle als wie ein Mensch. Viele gingen zu Fuß.

Stumm fragte sich Marcus: *Wie sollen wir das je schaffen? Fünfhundert Meilen …* Die Entfernung schien unüberbrückbar, aber es war der einzige Ausweg. Er würde sie nicht im Stich lassen.

Und Olena auch nicht, wie es aussah. Sie hatte sich mit ihrem Vater gestritten, beide hatten sich wie Maschinengewehre auf Ukrainisch beharkt. Marcus wusste nicht, was genau sie gesagt hatte, aber anscheinend hatte sie ihn auf die eine oder andere Weise an den Eiern. Statt Timur abzumurksen und sich seines Lasters zu bemächtigen, hatte Wasel ungeduldig beim Packen zugeschaut. Jetzt lief er neben Olenas Laster her, hielt ihr weiter Vorträge und gestikulierte dabei wütend mit dem ganzen Körper. Er jagte Marcus noch immer eine Heidenangst ein, aber nicht mehr ganz so sehr wie damals, als er mit dem Hubschrauber und in Begleitung einer Miniarmee als eiskalter Auftraggeber aufgetaucht war. Er war nervös, was er zuvor nicht gewesen war. Und er hatte Angst. Das entsetzte Marcus, denn es unterstrich, wie real das alles war.

Als sie an ihm vorbeirumpelte, lächelte und winkte Olena ihm zu. Offensichtlich genoss sie die Verzweiflung ihres

Vaters. Als Marcus sie so sah, erfüllte ihn die Tatsache, dass er hier war, mal wieder mit Fassungslosigkeit. In einem verrückten Land, von dessen Existenz er nichts gewusst hatte, mit einem schönen Mädchen, das ihm vertraut war und gleichzeitig auch nicht, mit einem Gangsterass, das sie vernichten oder retten konnte, und mit einer Karawane von Jokern, die er nicht verstand, für die er aber dennoch sein Leben geben würde. Er dachte an seine Familie, eine halbe Welt entfernt in der Vorstadt von Baltimore. Kurz prasselten zahlreiche alte Erinnerungen auf ihn ein, längst vergangene Zeiten. Was würden sie denken, wenn sie wüssten, wo er war? Nichts, nahm er an. Sie wollten es nicht wissen, würden sich nicht darum scheren, wenn sie es wüssten. *Vergiss sie*, dachte er. *Nur das Hier und Jetzt und diese Leute zählen.* Er verdrängte die Vergangenheit aus seinen Gedanken.

Da fiel ihm Nurassil auf, der ihn von der Ladefläche des Lasters aus ansah. Der Joker hielt eine Tentakelhand hoch.

Marcus tat es ihm gleich. Dabei formte er mit den Lippen die Worte, die der Junge so gern sagte: »High Five, Bruder. Was geht?« Er konnte nicht anders, als es mit einem kasachischen Akzent zu sagen. Wahrscheinlich würde er die Worte künftig nur noch mit der Stimme des Jungen hören.

Der Handschmied, der hinter dem Laster herging, blieb neben ihm stehen. Er wandte sich um und betrachtete die Aussicht für einen Moment. Er machte nicht deutlich, dass er die Schatten ebenfalls sah. Nach kurzen Schweigen sagte er: »Moses.«

»Was?«, fragte Marcus.

Der Mann drehte sich zu ihm um. Er lächelte mit einer Mundhälfte, sodass er eine Zahnlücke präsentierte, die Marcus zuvor gar nicht aufgefallen war. »Du … Moses.«

»Oh«, sagte Marcus. »Du meinst, ich wäre wie Moses, der die Hebräer aus Ägypten führt? Wohl kaum.« Doch der Gedanke ließ ihn grinsen, auch wenn er rot wurde angesichts des Kompliments. »Wie Moses, der euch ins Gelobte Land namens Baikonur führt …«

Der Mann nickte. »Wie Moses nach Baikonur. Komm, Moses, nach Baikonur.« Er legte Marcus einen Arm um die Schultern und schob ihn weiter. Marcus kroch neben ihm her und sah nach vorn in das mondbeschienene Tal jenseits der Passhöhe. In Serpentinen führte die Straße hinab und glänzte silbern. Es war hell genug, dass die Fahrzeuge ihre Scheinwerfer ausmachen konnten und sich so durch die Nacht schoben.

Gut, dachte Marcus. Diese Wanderung fand besser im Geheimen statt. Als Joker sollten sie möglichst viel Strecke zurücklegen, ohne dass man sie bemerkte. *Und unbeachtet von einem Gott, der auf sie herabblickte und lachte.*

♣ ♦ ♠ ♥

Es war schon fast Mitternacht, als irgendein Arschloch ohne jegliches Zeitgefühl klingelte und gleichzeitig gegen die Tür hämmerte. Mollie, die nicht richtig schlief, war die Verschnaufpause von ihren Träumen willkommen.

Kurz darauf kam Mom herunter. Mit dem toten Ausdruck in den Augen, den sie hatte, seit Mollie sie ins Krankenhaus gebracht hatte.

»Mollie.« Ihre tonlose Stimme verriet keinerlei Emotion. »Schaff deinen faulen Hintern nach oben und mach die Tür auf.«

»Warum ich? Wer ist das?«

»Keine Ahnung, aber es ist ein ganzer Haufen, und sie tragen Anzüge.« Wenn Leute in Anzügen unangemeldet vor einem Hof aufkreuzten, verhieß das nie etwas Gutes. »Und sie fragen nach dir. Also geh schon, bevor du dieser Familie noch mehr Kummer bereitest.«

Während Mollie die Treppe hochstieg, hörte sie, dass Jeff

dem Rest der Familie Bericht erstattete. Sein Zimmer ging auf die Veranda hinaus. »Sie haben einen Hund. Und ich glaube, einer von ihnen hat eine Waffe!«

Mollie blieb stehen. Im bleichen gelben Licht, das durch das Milchglas der Tür fiel, waren menschliche Umrisse auf der Veranda zu sehen. Sie öffnete ein Loch im Raum, um sich zu vergewissern, dass der Stall abgeschlossen war, ehe sie die Tür aufmachte. Dann griff sie durch ein Portal nach Bismarck und nahm sich einen Seidenschal aus ihrem dortigen Schrank.

Drei Personen standen auf der Veranda. Anscheinend gehörten sie zu einer Polizeihundeabteilung – bei dem Hund, den Jeff von oben gesehen hatte, handelte es sich um eine gewaltige Dogge. Die Männer trugen Anzüge und gaben sich keine Mühe, ihre Schusswaffen zu verbergen.

»Mollie Steunenberg?«

»Ja. Und Sie sind …?«

Die Dogge trat vor, schnupperte lange an Mollie herum und zog sich dann wieder zurück. Seltsam.

Der Mann, der gesprochen hatte, hatte ein Gesicht, das aussah, als wäre es in großer Eile gemeißelt worden. Wenn auch nicht mit einer Brechstange, wie Jim und Troy sie bei der gegenseitigen Gesichtsgestaltung benutzt hatten. Dieser Mann hatte wenigstens noch eine Art Gesicht. Doch war es von einem Netz feiner Narben überzogen, seine Augen saßen nicht auf derselben Höhe, und sein Kinn passte nicht zu seinem Kiefer, als fehlte ein Stück Knochen. Er war nicht hässlich, aber wirkte nicht ganz richtig. Sie kannte den Staatspolizisten nicht und auch nicht seine Choristen. Und sie hätte gewusst, wenn sie ihn schon einmal getroffen hätte, denn sein Gesicht war auffällig genug, um sich daran zu erinnern. Sie löste den Blick lange genug von seinem Gesicht, um die Marke zu mustern, die er ihr hinhielt.

Überflüssigerweise sagte er: »William Ray, SCARE.« Dann zeigte er mit dem Daumen über die Schulter. »Das sind meine Kollegen, die Agenten Moon, Huginn und Muninn.«

Die beiden Vogelscheuchen hinter dem Typen mit der Marke waren Zwillinge. Sie hatten dieselbe bleiche Hautfarbe, dasselbe Büschel schwarzer Federn statt Haaren auf dem Kopf und dieselben Augenklappen über ihren linken Augen.

»Ihr seid entweder viel zu früh oder viel zu spät. Halloween ist im Oktober, und wir haben keine Tootsie Pops mehr.« Wahrscheinlich lag es daran, dass es mitten in der Nacht war, sie nicht gut geschlafen hatte und sie ziemlich arschig war, dass sie eine Sekunde brauchte, bis sie kapierte, was man ihr gesagt hatte.

»Ich zähle nur drei von euch«, sagte sie.

Der Hund knurrte. *Oh.* Mollie unterdrückte den Impuls, wegzulaufen wie ein aufgescheuchtes Kitz. »Lassen Sie mich raten«, sagte sie. »Sie sind Agent Moon. Straßenköter müssen im Stall schlafen.«

Der SCARE-Typ mit dem eingedellten Gesicht verdrehte die Augen. »Was ist mit deiner Familie passiert, Mollie?«

»Mit meiner Familie ist nichts passiert.« Mollie zog den Schal enger um ihren Hals und zuckte leicht zusammen, als er ihre aufgeschürfte Haut kratzte.

»Du bleibst bei der Geschichte? Im Krankenhaus erzählt man mir etwas ganz anderes.«

»Wir leben auf einem Hof. Da gibt es manchmal Unfälle. Es ist eine gefährliche Arbeit.«

Agent Ray sagte: »Aha. Muss gefährlicher sein, als ich mir vorgestellt habe. Dass man sich manchmal mit der Mistgabel aufspießt, klar, das kann ich noch nachvollziehen. Aber die Bisswunden? Menschliche Bisswunden?«

Mollie fragte sich, woher sie das wussten. Deshalb zuckte sie erneut mit den Schultern. Bei der Bewegung zerrte es wieder an ihrem Hals. Sie griff nach dem Schal, bevor er sich löste.

Einer der Choristen, entweder Huginn oder Muninn, meldete sich zu Wort. Mit einer Stimme, die so klang, als sollte sie eigentlich aus einem Schnabel kommen, fragte er: »Woher hast du diese Strangulationsmale am Hals?«

»Was ist ein Strangulationsmal?«

»Die roten Striche, die du unter deinem Schal verstecken willst«, sagte Agent Ray. »Wenn wir eine Leiche mit solchen Wunden sehen, schließen wir darauf, dass sie sehr wahrscheinlich erwürgt wurde.«

Sie sagte: »Aha. Tja, ich bin ja offensichtlich nicht tot, aber danke, dass Sie sich solche Sorgen um mich machen. Also dann, danke, dass Sie vorbeigeschaut haben.« Sie wollte die Tür zumachen.

Ray stellte seinen Fuß in die Tür. »Verarsch uns nicht. Wir waren im Krankenhaus. Ich habe ganze Platoons erlebt, die nach ihrem dritten Einsatz im schlimmsten Kriegsgebiet mit weniger Opfern zurückgekommen sind als deine Familie. Also, wie wäre es, wenn du mal Tacheles redest und gestehst, was hier passiert ist.«

»Ach ja? Warum gehen Sie nicht zum Teufel? Oder besser noch: Lassen Sie mich Ihnen dabei helfen?«

Sie versuchte, ein Tor irgendwo über dem Pazifik zu öffnen, aber das Scheißteil entglitt ihr immer wieder, weil sie es sich nicht richtig vorstellen konnte. Und gerade als sie endlich ein Bild davon im Kopf hatte, sprang die Dogge mit einem Knurren nach vorn, das die Mauern von Jericho hätte zu Fall bringen können.

Mollie wich einen Schritt zurück. »Hu, hu, hu! Jetzt mal ganz ruhig hier!«

Sie beschloss, Fido und die Feds doch nicht in Haifischgewässer zu schmeißen. Nicht nur, weil sich das Tor nicht öffnen wollte, denn das war nicht das Problem, sondern weil es einfach vernünftiger war. Sie hätte es machen können. Sie entschied sich bloß dagegen.

»Können wir reinkommen?«

»Nö.«

Mollie trat vielmehr zu ihnen auf die Veranda hinaus und schloss die Tür hinter sich. Sie winkte die Besucher ein Stück vom Haus weg, damit Mom und die Jungs sie nicht belauschen würden. Sie gingen ein paar Dutzend Schritte zu dem verrosteten Viehgatter über der Dole am Ende der Zufahrt. Wiehernd fuhr der Wind durch die mondbeschienenen Stoppeln auf dem angrenzenden Feld und blies Staub heran, der sich als feine Schicht auf Mollies Haut legte.

Entweder Huginn oder Muninn kreischte: »Wir möchten uns bei dir bedanken, Mollie Steunenberg, dass du die Leiche von Agent Norwood in die Staaten zurückgeführt hast. Das war sehr aufmerksam von dir.«

»Oh, ja«, gähnte Billy Ray. »Wie du die Leiche vor die Tür hast plumpsen lassen, das war echt rührend.« Er streckte einen Arm über den Kopf und drehte ihn so lange, bis die Gelenke knackten.

Der andere Zwilling sprach weiter: »Aber wir wollen nicht lügen. Dass du schwer bewaffnete Gangster mitten in die Wache geschmissen hast, war weniger hilfreich. Agent Norwoods Familie wird jedoch sehr dankbar sein. Damit hast du etwas Gutes getan, und deshalb gleicht es das andere aus.«

»Jamal war, ähm … Sie wissen schon. Er war nicht so übel. Er hatte es nicht verdient, einfach so …« Mollie unterbrach sich, ehe sie etwas furchtbar Beschämendes sagen würde. Leute in Talas im Stich zu lassen. In der Kannibalenhochburg. Sie schüttelte den Kopf, zwickte sich ins Nasenbein, bis die Tränen weggingen.

Ach, verdammt. Jamal hatte für das SCARE gearbeitet, also …

»Hey. Ähm. Kennt ihr vielleicht einen Polizisten namens Franny Black?«

»Willst du uns verarschen?« Ray legte sich eine Hand auf die Brust. »Er ist wie ein Bruder für mich.«

»Hat er … äh … Ich war, wissen Sie … Ich habe mich nur gefragt, ob er schon aus Kasachstan zurück ist.«

»Heißt das, du willst wissen, ob er es wieder nach Hause geschafft hat, nachdem du ihn mitten im Nirgendwo hast hängen lassen?«

Mollie zuckte die Achseln. »He, ich frag ja nur.«

»Keine Sorge. Er ist wohlbehalten nach Hause zurückgekehrt.« Ray hielt inne, bevor er zwei gekreuzte Finger in die Höhe hielt. »Jetzt ist er so mit deiner alten Freundin Baba Yaga.«

»Sie ist hier? In den Staaten?« Mollie sah sich auf dem Gelände um. Saß da noch jemand im Polizeiauto oder blitzte da nicht irgendwo Baba Yagas Haar auf, die ins Haus polterte oder gar achduscheißeachduscheißeachduscheiße in den …

Mollie hastete in Richtung Stall. Doch Moon sprang voraus und verstellte ihr den Weg. Ray sagte: »Beruhig dich, Kleine. Sie ist in New York.«

»Oh.« Die Anspannung wich aus ihren Schultern wie eine sich lösende Sprungfeder. Und ihre Zähne quietschten, als sie zu knirschen aufhörte. »Okay.«

»Aber nur mal aus reiner Neugier: Was ist im Stall, was Baba Yaga nicht sehen soll?«

»Nichts. Nur Kühe, Kuhmist und Heu. Was soll sonst schon in 'nem Stall sein?«

»Okay, wenn das so ist, wie wäre es, wenn du uns ein wenig darin rumführst? Denn weißt du, ich war noch nie in einem richtigen Stall, der in Betrieb ist, und ich würde sehr gern einmal einen sehen.«

Mollie sagte: »Ich würde einfach nur sehr gern einen Durchsuchungsbefehl sehen.«

Ray lachte. »Ah, du hast meine Marke gesehen, oder? Glaubst du, ich könnte keinen bekommen?«

»Na und? Selbst wenn etwas im Stall wäre, das wir Sie nicht sehen lassen wollten, was nicht der Fall ist, so wissen wir doch alle, dass ich es locker verschwinden lassen könnte, ehe Sie mit den Papieren zurück sind. Sie würden also Ihre Zeit verschwenden. Und als Steuerzahler, die Ihr Gehalt bezahlen, finden wir das gar nicht gut.«

Ups. Ffodor hatte sie gewarnt, dass man als professionelle Diebin gewisse Themen vermeiden sollte. Aber dieser Agent war ein Arsch und provozierte sie.

Ray nickte. »Einkommenssteuer. Ja. Das ist ein interessantes Thema. Aber merken wir uns das erst mal und sprechen später darüber.«

Huginn oder Muninn sagte: »Weshalb interessierst du dich so plötzlich für Detective Black?«

»Ich wollte nur … ähm …« *Denk nicht an das Baby. Denk nicht daran. Denk nicht an Mistgabelzinken und an Leute, die einen Säugling auf einem Eisenspieß zerreißen, und an das dringende Bedürfnis, Leuten die Eingeweide herauszuziehen. Denk nicht denk nicht denk nicht. Denk einfach nicht daran.* »Ich, äh, ich habe mich nur gefragt, ob er dort etwas Seltsames gesehen hat.«

Prompt wie ein Pistolenschuss wechselten die Zwillinge einen Blick. Der Hund richtete sich auf, und seine Ohren spitzten sich auf Mollie wie haarige Radarreflektoren.

Ray sah wieder zum Stall hinüber. Der Groschen fiel. Er schlug sich mit der Hand gegen die Stirn, als wäre ihm gerade ein Licht aufgegangen.

»Oh. Jetzt hab ich's. Du bist ins Casino zurück, um es auszuplündern, und hast das Geld im Stall deponiert.« Er sprach zwar zu ihr, sah dabei aber seine Kollegen an. »Du bist nach Talas zurück, und da ist etwas passiert …«

Einer der Zwillinge meldete sich wieder zu Wort, sein

Kreischen war jetzt jedoch leiser. »Was ist in Talas geschehen, Mollie Steunenberg?«

Mollie zuckte mit den Schultern. Der Wind riss an ihrem Schal. Das lose Ende flatterte über ihrer Schulter. Sie machte sich nicht mehr die Mühe, ihren Hals zu verbergen. Oder sich die nassen Augen zu wischen. »Keine Ahnung. Einfach nur irgendeine Riesenscheiße.«

Sie konzentrierte sich aufs Atmen, füllte ihre Lunge mit einem langen, zittrigen Atemzug.

Ray sagte: »Du wurdest Zeugin von heftigen Vorkommnissen. Anders als der Fight Club. Schlimmer. Stimmt's?«

Mollie nickte. Schniefte. Sie verneinte es nicht mehr, denn zum einen war sie zu sehr damit beschäftigt, nicht zu weinen, was ihr nicht gelang, und nicht zu einem schluchzenden Häufchen Elend zu kollabieren. Zum anderen wussten diese Arschgeigen mehr als sie über das, was passiert war. Und das fand sie irgendwie beruhigend.

Einer der Zwillinge fragte: »Und hat das, was du in Talas erlebt hast, etwas mit dem zu tun, was hier geschehen ist?«

Sie konnte nicht sprechen. Ihre Kehle zog sich zu sehr zusammen. Ihr Gesicht war inzwischen so rot wie eine Rübe, das war ihr klar, denn ihre Wangen brannten vor Scham und Angst. Sie konnte nur noch nicken.

»O mein Gott«, sagte Ray. Der SCARE-Agent sah sich erneut um und wirkte plötzlich nervös. Dem Hund stellte sich das Fell auf, und er knurrte den Stall an. Die Aufregung der Agenten war weniger beruhigend.

»Es ist vorbei. Es ging vorüber«, schluchzte sie. »Weshalb sind Sie eigentlich hier? Wenn Sie gekommen sind, um mich festzunehmen, dann lassen Sie sich aber verdammt viel Zeit. Wissen Sie, was da vor sich geht?«

Ray seufzte wie jemand, dem das, was er wusste, gar nicht gefiel. »Ja. So ungefähr«, sagte er. »Es sieht nicht gut aus. Und wir brauchen deine Hilfe.«

Mollie zitterte. Wieso war es plötzlich so kalt hier draußen? Sie verschränkte die Arme. Indem sie sich selbst umschlang, versuchte sie vergeblich, der Eiseskälte zu begegnen. Sie sagte: »Nein, nein, nein, ich gehe *auf gar keinen Fall* in diese Hölle zurück, nicht in drei Billionen Jahren.«

... ein heulendes Neugeborenes, das auf einem Eisendorn zuckte, während Männer und Frauen ihre Zähne in das Babyfett schlugen wie Wölfe, die ein Reh reißen ...

Ray hob beschwichtigend die Hand. »Wenn du verstehen willst, was dir und deiner Familie widerfahren ist, und wenn du verhindern willst, dass es wieder passiert – und ich weiß, dass du das willst, Mollie –, dann ist das deine einzige Chance: uns nach New York zu begleiten.« Mit einem tiefen Atemzug rang er um Fassung, als müsse er sich auf etwas vorbereiten, was er nicht oft tat. »Ich habe ... Es steht viel auf dem Spiel, okay? Deshalb bitte ich dich von Mensch zu Mensch, nach New York zu kommen und uns anzuhören. Bitte?«

Er wagte sogar ein Lächeln. Das war ungefähr so attraktiv wie ein billiges Toupet auf einer haarlosen Katze. Aber ... verdammt. Er meinte es ernst. Für ihn war die Sache persönlich.

Was, wenn sie jemanden gekannt hätte, der gewusst hätte, wie man die Tobsucht im Stall verhindert? Wenn jemand die Macht gehabt hätte, ihre Brüder daran zu hindern, sich gegenseitig das Gesicht zu zertrümmern? Dann hätte sie auch gebettelt.

Mollie seufzte. »Wissen Sie wirklich, was da los ist?«

»Ja.«

»Wissen Sie, wie man es aufhalten kann?«

Er zögerte. »Noch nicht. Aber wir arbeiten daran.«

Immerhin war er ehrlich.

»Na gut. Dann mal Nachtexpress nach New York, geht gleich los.«

Sie war so erschöpft und emotional ausgezehrt, dass das Erschaffen einer Raumfalte ihr vorkam wie Liegestütze mit der Zunge. Doch beim dritten Versuch gelang es ihr, ein Tor zu einem Taxistand in Manhattan zu öffnen.

Nach kurzem Widerstand entstand ein schimmernder Durchgang. Durch das Tor wehten Abgase herüber. In der Nacht hielt sich der Verkehrslärm in Grenzen, allerdings hallte das Gebrüll eines Betrunkenen durch die Straßenschluchten. Die Gepäckträger eines Hotels, die das Gepäck eines spät angekommenen Reisebusses ausluden, wichen dem Loch im Raumgefüge so geschickt aus, als handle es sich um Hundekacke auf dem Gehsteig. New Yorker: Nichts konnte sie aus der Fassung bringen. Mollie ging davon aus, dass man sich an all die krassen Sachen entweder gewöhnte, wenn man nur ein paar U-Bahn-Haltestellen von Jokertown entfernt wohnte. Oder man zog weg.

Huginn und Muninn gingen zuerst, dann folgte Moon. Mit einem leichtfüßigen Satz sprang er vom mondbeschienenen Schotter in Idaho auf den von Lampen hell erleuchteten Gehweg New Yorks. Billy Ray winkte sie durch das Tor und folgte ihr dichtauf – so dicht, dass er sie berührte und es ihr unmöglich war, ihn zurückzulassen, falls sie das gewollt hätte. Aber sie wäre ohnehin zu müde gewesen, es zu versuchen.

Er hielt dem müden Taxifahrer seine Marke hin und schob Mollie auf den Rücksitz. Mollie schlief, noch ehe der Fahrer den Gang eingelegt hatte.

♣♦♠♥

Franny durchstreifte die Straßen von Jokertown.

Es war ein warmer Abend, und auf den Straßen war viel los. Joker saßen auf Veranden, reichten sich Zigaretten und unterhielten sich. Kinder fuhren auf Skateboards, warfen

Bälle. Die Gerüche hundert verschiedener Küchen erfüllten die Nachtluft. Zwei missgestaltete Joker, ein Liebespaar, umarmten und küssten sich und umkreisten einander in ihren Rollstühlen. Durch offene Fenster drangen die Geräusche von Fernsehapparaten und Radios, und iPods warfen ihre Melodien ebenfalls in den Ring.

Hin und wieder erhaschte man die ernste Stimme eines Nachrichtensprechers, der von Vergewaltigung sprach, von Mord und von Leuten, die sich selbst auffraßen. Und Schlimmeres. Von Leuten, die sich veränderten. So wie sich Leute an jenem längst vergangenen Tag im Jahr 1946 verändert hatten, als das Wild-Card-Virus ausgebrochen war.

Franny hastete an den Fenstern vorbei, denn inzwischen hatte er die Geschichte gehört. Und nach dem Abspielen der Kassetten war ihm das volle Ausmaß dessen bewusst, was er getan hatte. Die Welt, wie er sie kannte, ging zu Ende. Er wusste, dass der Tod oder etwas Schlimmeres sie alle holen würde, wenn nicht eine junge Frau die Lösung fand.

Hätte er die entführten Joker trotzdem entführt, auch wenn er es gewusst hätte?

Er dachte an die durchgeprügelte Leiche von José Neto, den toten Joker, mit dem dieser ganze Scheiß angefangen hatte. Die von allen Vergessenen waren die Ersten gewesen, die verschwunden waren. Der Bodensatz, die Obdachlosen, die keiner vermissen würde. Dann die Versager wie José, dessen Familie man nicht beachten würde, wenn er vermisst gemeldet würde. Schließlich hatte Baba Yaga mit ihren Krallen die ehrenwerten Leute weggeschnappt, Leute, deren Abwesenheit auffiel, und das Ganze hatte mit IBT und Pater Squid seinen Gipfel erreicht.

Schutz und Gefahrenabwehr. Er hatte gehen müssen. Er hatte keine Wahl gehabt. Und er hatte den Tag der Abrechnung nur näher gebracht. Der greise Hellraiser wäre ohnehin gestorben. Oder Baba Yaga wäre gestorben, ohne ihr

Wissen um die Eindämmung des Monsters weiterzugeben. Franny hatte das Ganze nicht verursacht. Doch diese Rechtfertigungen klangen hohl.

Orgelmusik kam aus der Kirchentür von Jesus Christus Joker, denn tatsächlich hatten ihn seine wandernden Füße hierhergebracht. Die Nachricht vom Tod des Priesters musste die Runde gemacht haben, denn rings um die Kirche und auf den Stufen vor dem Eingang lag ein Teppich aus Blumen. Franny ärgerte sich, dass er nicht daran gedacht hatte, einen Strauß zu kaufen. Freilich hatte er immer noch kein Geld. Morgen würde er mit dem mühsamen Prozess beginnen müssen, sich wieder eine Identität zu beschaffen.

Aber warum eigentlich? Wieso denn?, dachte er.

Er stieg die Stufen hinauf und betrat die Kirche. Am Weihwasserbecken tauchte er die Finger ein, beugte in Richtung Altar die Knie und bekreuzigte sich. Viele Leute drängten sich in dem abgedunkelten Raum, beugten sich über die Lehnen der Kirchenbänke oder betrachteten kniend den Joker-Christus, der über dem Altar hing. Andere zündeten Kerzen an. Es roch nach geschmolzenem Wachs und Räucherstäbchen.

Franny schob sich auf die letzte Kirchenbank und kniete sich hin. Er sagte den Rosenkranz her, und der vertraute Klang der Worte war Balsam für seinen wunden Geist. Er bedeckte das Gesicht mit einer Hand und betete für die Seele eines guten Menschen, flüsterte: »Gott, vergib mir das, was ich getan habe. Womöglich habe ich deine Schöpfung zerstört.«

Doch Beten spendete ihm keinen Trost. Sein Schuldgefühl war zu groß. Er zwängte sich erneut aus der Kirchenbank heraus, doch ehe er wieder an der Tür war, fiel sein Blick auf ein Augenpaar, das ihn aus einem von Knollen und Beulen verformten Gesicht heraus anstarrte. Es war Wartface. Einer der Joker, den er aus Talas befreit hatte.

»Hey! Sie sind das, Mann! Wo waren Sie? Ich habe geguckt, und Sie waren nicht da, und das Loch war auch weg.«

»Es kam zu einem Kampf. Die junge Frau, die uns geholfen hat, dorthin zu gelangen …« *Die hat mich einfach dort hängen lassen, die beschissene Schlampe.* Er schluckte die wütenden Worte hinunter, denn an diesem heiligen Ort wollte er sie nicht aussprechen. Stattdessen sagte er: »Sie hat Panik bekommen und ist weggelaufen.« Er hatte Mollies erhobenen Mittelfinger und den Ausdruck bitteren Triumphs in ihrem Gesicht noch vor Augen. Ja, das war mal eine Panik.

Der Organist beendete sein Spiel. Andere Leute sahen zu Franny herüber. Er erkannte noch andere Joker, die bei Baba Yaga in Gefangenschaft gewesen waren. Leute standen auf und scharten sich um ihn. Ein Mann mit freundlichem Gesicht und einem Insektenkörper mit Chitinpanzer legte Franny die Hand auf den Arm.

»Danke«, sagte er leise. Er hielt kurz inne, um sich die Brille auf der Nase nach oben zu schieben. »Ich dachte, ich würde dort sterben. Danke, dass Sie mir mein Leben zurückgegeben haben.«

Nur für ein paar Tage, dachte Franny. *»Es könnte sein, dass Sie die Welt zerstört haben. Ich hoffe, das war es wert.«* Baba Yagas Stimme hallte in seinem Kopf wider. Er wollte gestehen, seine Sünde nicht nur Gott eingestehen, aber er ertrug es nicht, die Freude und das Glück dieser Leute zunichtezumachen, so kurz sie auch währen mochten. Deshalb blieb er einfach stehen und nahm die Gratulationen und den Dank entgegen, auch wenn jedes dankbare Wort seine Seele zu verbrennen schien.

»Entschuldigen Sie«, kam die schwache, heisere Stimme einer Frau.

Franny drehte sich um und sah sich einer älteren Afroamerikanerin gegenüber, die wie eine elegante Geschäftsfrau gekleidet war. Silberne Strähnen durchzogen ihre Haare, und ihre Augen waren rotgeweint. Neben ihr stand ein älterer Afroamerikaner. Er war groß und kräftig gebaut. Franny sah in beiden Gesichtern die Ähnlichkeit zu Jamal Norwood.

Neben ihnen stand noch eine Puppe von einem Mädchen. Sie war atemberaubend schön, goldenes Haar und glitzernde blaue Augen, die nicht von Tränen getrübt waren … und vielleicht fünfundvierzig Zentimeter groß, wenn sie sich streckte. *Wie zum Teufel haben die beiden …* Franny schnitt sich den Gedanken mit einem gedanklichen Zensurmesser ab.

»Sind Sie der Polizeibeamte, der mit unserem Sohn in … in Kasachstan war?«, fragte die Frau.

»Ja, Ma'am. Ich bin Francis Black.«

»Dürften wir mit Ihnen reden? Wir würden gern erfahren …« Sie verstummte.

Die Joker bewiesen jene Sensibilität, die ihr Markenzeichen zu sein schien, und entfernten sich.

Franny führte das Paar und die winzige Frau in die Ecke, wo der gusseiserne Ständer der Gebetskerzen stand. Das Flackern der Flammen hob immer wieder einzelne Konturen ihrer Gesichter hervor, ein Puzzle der Trauer.

»Ist er gut gestorben?« Bill Norwoods Stimme klang wie Metall, das man über Felsen schleifte.

Die Frage hätte Franny verblüfft, wenn er in den wenigen privaten Unterhaltungen mit Jamal nicht erfahren hätte, dass Big Bill Norwood Footballtrainer gewesen war. Sogar der Trainer seines Sohns selbst. So eine harte Reaktion, sich keinen Schmerz anmerken zu lassen, hätte Franny auch von seinem Onkel mütterlicherseits erwartet, der in Saratoga das Hockeyteam trainierte.

»Ich weiß nicht, ob man gut sterben kann, Sir«, erwiderte

Franny. »Er ist tapfer gestorben, falls Sie das meinen. Mit seinen Taten hat er eine Menge Menschenleben gerettet.« Er zeigte auf das Kirchenschiff. »Viele von ihnen sind heute Abend hier. Wieder mit ihren Familien vereint dank Ihres Sohns.«

Maxine Norwood und das winzige Jokermädchen Julia weinten leise. Julia flatterte zu ihm herüber, und ihre Füße schienen den Boden kaum zu berühren. »Jamal war krank. Warum zum Donnerwetter ist er dorthin gegangen?«

»Jamal war Gesetzeshüter. Er kannte seine Pflicht und hat sie getan.« Franny schluckte. »Mein herzliches Beileid«, sagte er förmlich. Die empfohlene Vorgehensweise für Trauerbenachrichtigungen war, es dabei zu belassen, aber er hatte das Gefühl, dass er das nicht konnte. Dieser Tod traf ihn auch persönlich. »Ich habe Jamal nicht lange gekannt, aber wir sind Freunde geworden. Auch ich trauere um ihn.«

Maxine umarmte ihn kurz, und Bill gab ihm einen kumpelhaften Schlag gegen die Schulter. Julia umarmte ihn auf Hüfthöhe. Er nahm den Trost dieser Berührungen gern an. Nach dem, was er in Baba Yagas Krankenzimmer gehört hatte, brauchte er ihn.

Franny ging zur Tür. Bill rief ihm nach: »Keine Ahnung, was ihr beide dort gemacht habt, aber anscheinend habt ihr die Hölle entfesselt.«

Franny zog den Kopf ein, steckte die Hände in die Taschen und floh.

♣ ♦ ♠ ♥

Freitag

Mit dem ersten Licht endete eine lange, ruhelose Nacht. Angel hatte unruhig geschlafen, war steif, und als sie erwachte, hatte sie Schmerzen und Hunger.

Der Nebel leuchtete grünlich, als würde er auf unheimliche Weise von seiner eigenen Energiequelle gespeist, doch mischten sich andere Farben hinein. Sie blitzten immer wieder kurz auf. Blankes Weiß wie von einem Feuerwerk, Rot, das wie Blut aus einer aufgeschlitzten Arterie hervorschoss. Grün ploppte auf wie die Köder von Fischen, die so tief unter dem Meeresspiegel leben, dass die Phosphoreszenz, die sie selbst erzeugen, das einzige Licht ist, das sie je zu Gesicht bekommen. Während der Nacht war Angel einmal aufgewacht von einem Rumpeln, das sie für einen Donner hielt. Da hatte sie ein langes, schlankes Tier gesehen, eine Schlange oder einen Aal mit abstrusen Fühlern, die über seinem aufgesperrten Maul zuckten. Es kroch durch die Nacht und hob mit seiner heraushängenden Zunge etwas Menschengroßes und Menschenförmiges hoch. Sie meinte, ein schwaches, entsetztes Kreischen zu hören, war jedoch zu müde, und ihre Augen schmerzten noch von dem Nebel am Tag davor, und nachdem sie geblinzelt hatte, waren das Tier und sein womöglich nur eingebildetes Opfer verschwunden.

»He, Leute«, meldete sich eine schwache Stimme von hinter ihr. »Ich muss mal pissen.«

»Na, dann geh pissen«, brachte Angel heraus.

»Kannst du mir helfen?«, fragte Bugsy. »Ich bin groggy. Total müde.«

»Und ich etwa nicht?«, fragte Angel, stieg aber aus dem SUV, ging zur hinteren Tür und half Bugsy aus dem Wagen, indem sie ihn halb stützte, halb zerrte.

»Warum bin ich so müde?«, klagte Bugsy. »So viele Wespen habe ich doch gar nicht verloren.«

Er stützte sich auf Angel, während er sich ein paar Schritte weit schleppte.

»Du kannst es dir nicht leisten, deine wenigen verbleibenden Muskeln zu verlieren.« Sie verzog das Gesicht. »Pinkle mir bloß nicht aufs Bein …«

»'tschuldige«, nuschelte Bugsy.

»Es ist dieser Ort«, sagte Angel leise und sah sich in der verwüsteten Umgebung um. »Er saugt allem das Leben aus. Mach den Hosenladen zu.«

»Ich muss was essen«, krächzte Bugsy.

»In meiner Tasche habe ich was zu essen«, sagte Angel. »Lass uns Tinker suchen.«

»Vielleicht sollten wir besser weg hier. Ich meine, sieh uns an, nur noch drei von uns und die paar Kasachen dort …«

Tinker kam die Straße entlang und hörte Bugsy. »Schön wär's.«

»Die Kasachen sind weg?«, schloss Bugsy matt.

»Genau das, Penner.« Tinker wirkte angepisst. »Ich war die ganze Nacht wach – hätte sowieso nicht schlafen können.« Angel fand, dass er ausgezehrter, besorgter und wütender wirkte als gestern. »Ich habe nicht mitbekommen, wie sie sich aus dem Staub gemacht haben, aber ich habe … Dinge gehört, die um uns herum durch die Gebäude geschlichen sind.«

»Was für Dinge?«

»Woher soll ich das wissen, Sonnenscheinchen«, brüllte

Tinker ihn plötzlich an. »Schreckliche, grässliche, schleimige, würgende, mörderische Dinge. Und sie haben es auf uns abgesehen!«

»Was ist mit den anderen?«, fragte Angel ruhig.

»Die anderen?« Die beiden Männer wandten sich ihr zu.

»Bubbles, Earth Witch, Lohengrin, der Rest … diejenigen, die schon reingegangen sind.«

Tinker biss sich auf die Lippe.

»Wie steht es um die Kommunikation mit Babel?«

»Nicht gut«, sagte Tinker. »Sehr viele Störungen. Statik. Seltsame Pfeifgeräusche. Fast schon Stimmen, als wäre noch etwas anderes in der Leitung …«

»Lass es uns probieren«, sagte Angel. »Ruf Babel.«

Tinker nickte und schaltete das Funkgerät ein, aber es war schlimmer, als er es geschildert hatte. Außer einer unablässigen Flut plärrender, abgehackter Statik mit kurzen Momenten einer klaren Verbindung, die maximal ein Wort oder einen kurzen Satz lang anhielten, war nichts zu hören. Manchmal war es nicht einmal Babels Stimme. Manche Worte waren nicht auf Englisch oder in irgendeiner Erdensprache, und das gelegentliche Gelächter löste einen Schauder aus, der Angel über den Rücken lief wie eine Spinne mit Eisfüßen.

»SSSSSSSSSSSSS*kommt*SSSSSSL*ohehen*SSSSSSSSSS. *fghtagnmwalwlt*SSSSSSSSHAHAHAHASSSSSSSSS*bitte*-SSSSSSSS*wrckgguggh …*«

Mit einer heftigen Bewegung schaltete Tinker das Funkgerät aus.

»Das wird nicht besser«, murmelte er.

»Das wird es nicht«, pflichtete Angel ihm bei. Sie wusste, was sie zu tun hatte. Aber sie wollte es nicht tun. Sie wusste in ihrem Herzen, dass Billy nicht gutheißen würde, wenn sie noch einmal allein und schutzlos in diese Hölle ging, aber ebenso wie das Höllenfeuer und die Verdammnis stand für sie fest, dass er der Erste wäre, der hineingehen würde. »Ich bin einmal herausgekommen. Ich schaffe das auch ein zweites Mal.«

Sie ging zum Kofferraum und holte ihre Tasche heraus. Den gesamten Inhalt kippte sie auf den Boden. Essen und Wasser teilte sie auf zwei Haufen auf, von denen einer doppelt so groß war wie der andere.

»Das musst du nicht«, sagte Tinker, während Bugsy den Essensvorrat beäugte und darauf zurutschte.

Angel schüttelte den Kopf. »Wir haben uns zusammen auf diese Reise gemacht. Man bleibt seinen Weggefährten treu. Billy hat mir diese schlichte Wahrheit beigebracht. Wenn wir nicht füreinander einstehen können, wie sollen wir dann gegen den Widersacher bestehen?«

»Den Widersacher?«

»Den Feind. Den Gegner. Den Teufel.«

»Es gibt keinen Teufel.«

»Den gibt es ganz sicher. Ich habe ihn gesehen und schon oft gegen ihn in seinen vielen Gestalten gekämpft. Er war mir viele Jahre vertraut, so wie er uns allen vertraut ist. Jeder zürnt der Nacht auf seine Weise. Sonst wären wir nicht hier.«

Tinker nickte.

»Versuch weiter, Babel zu erreichen, und lass sie wissen, in was für einer Hölle sich dieser Ort verwandelt hat. Aber um Gottes willen geht, wenn es hier zu brenzlig wird.«

»Mach dir um uns keine Sorgen«, sagte Tinker.

Sie musste an das Spinnenrudel vom Tag zuvor denken. »Und etwas sehr Wichtiges, das ihr dem Hauptquartier melden müsst, falls ihr durchkommt. Sagt ihnen, dass ich in Talas Dinge gesehen habe, die ich schon einmal gesehen habe, als Billy, John Fortune und ich mit dem Highwayman gefahren sind. Könnt ihr euch das merken?«

Tinker nickte. Angel sah Bugsy an, der noch immer auf das Essen auf dem Boden starrte. »Bugsy?«

»Ja. Hab's verstanden.« Er nahm eine Packung von dem größeren Haufen, und Tinker gab ihm einen Schlag gegen den Kopf.

»He!«

»Esst nicht alles«, warnte Angel. »Ihr wisst nicht, wie lange es reichen muss.«

Angel packte die kleinere Portion an Vorräten in ihre Gürteltaschen. Das war schnell erledigt, denn es war nicht viel. Dann stand sie auf und hängte sich den letzten vollen Wasserkanister an den Gürtel. Essen war das eine, aber irgendwo in Talas musste es Trinkwasser geben. Schließlich hatten hier bis vor ein paar Tagen noch Millionen Menschen gewohnt.

»Pass auf dich auf«, sagte Tinker.

Sie lächelte und sprach ein Gebet, worauf ihre Schwingen erschienen. Zum Abschied schmunzelte sie noch einmal, erhob sich langsam und majestätisch in die Luft und verschwand, als würde sie von einem sanften Wind fortgetragen.

♣ ♦ ♠ ♥

Nach ihrer Ankunft im UNO-Gebäude brachte Ray Mollie in ein Büro, aus dem man von weit oben auf Lower Manhattan blickte. Das Fenster ging nach Süden, der East River floss links von ihr. Es war eine neblige Nacht, aber sie konnte den Strahler auf Jet Boys Grab in der Ferne erkennen. Auf dem Schild an der Bürotür stand: BARBARA BADEN.

Baden und Ray gingen für einen Moment hinaus, und Mollie nutzte das, um sich auf Badens Ledersofa auszustrecken, während die beiden anscheinend noch jemanden holten, den sie Mollie vorstellen wollten. Die Couch war bequem, doch Mollie hatte solche Beklemmungen und rollte sich so sehr zusammen, dass ihr Rücken und Hals schmerzten, als hätte jemand auf ihren Wirbeln Xylophon gespielt.

Die Assistentin von jemandem (»Ich bin Juliet, aber sag ruhig Ink zu mir«) steckte den Kopf herein und fragte Mollie, ob sie etwas brauchte. Niemand schien es zu kümmern oder auch nur aufzufallen, dass es mitten in der Nacht war. Bei solchen Arbeitszeiten musste ein Job bei der UNO ja echt ziemlich kacke sein.

»Ich würde alles geben für einen Kaffee.«

Sie erwartete einen Pappbecher wie aus einem Automaten, aber sie bekam eine richtige Keramiktasse. Sogar mit Logo drauf: UNO KOMITEE FÜR AUßERORDENTLICHE INTERVENTIONEN.

Zwei Dinge gingen ihr gleichzeitig durch den Kopf. Erstens: *Das Komitee hat eigene Tassen? Mann, wie dämlich.* Zweitens: *Scheiße, Scheiße, Scheiße. Verfickter Mist. Scheiße.*

Es hätte ihr klar sein sollen, dass das Komitee ebenfalls in die Sache verwickelt war. Das war ein Problem. Noel Matthews hatte für oder vielleicht sogar beim Komitee gearbeitet, als er sie angeheuert hatte, das Gold der Nshombos zu stehlen. Waren die Leute noch wütend auf sie, weil das so übel ausgegangen war? Mist.

Der Kaffee war nicht übel. Noch ehe sie ihn ausgetrunken hatte, kehrten Agent Ray und Baden mit einem kleinen Mann zurück. Der etwas rundliche Kerl stellte sich als J. C. Jayewardene vor.

Baden sagte: »Danke, Miss Steunenberg, dass Sie sich so kurzfristig zu einem Treffen mit dem Generalsekretär und mir bereit erklärt haben. Dafür sind wir Ihnen sehr dankbar.«

Mollie bekam einen trockenen Mund. Schlimm genug, dass Ray den ganzen Weg nach Idaho auf sich genommen hatte, um Mollie in ein Zimmer mit dem Chef des Komitees zu stecken. Aber dann auch noch den verdammten Generalsekretär der verdammten Vereinten Nationen? Hatte der keine Diplomaten und Weltpolitiker, die er belästigen konnte? Wenn jemand wie er sich die Zeit für eine dumme Hinterwäldlerin aus Kartoffelland nahm, dann musste die Lage schon verdammt übel sein, vermutete sie.

Und so war es auch.

Während die Sonne aufging und Ray mit verschränkten Armen in einer Ecke stand, setzten sich Baden und Jayewardene und erzählten Mollie die übelste Geschichte, die sie je gehört hatte. Übel nicht, weil sie unglaubwürdig war – oh, sie glaubte jedes Wort, denn nur etwas vollkommen Schreckliches konnte erklären, was in Talas und im Stall passiert war –, sondern weil sie so verdammt *hoffnungslos* war. Das Ende der Welt und übernatürliches Böses und Asse, die durchdrehten wie die Babyfresser in Talas ... Mein Gott! Mollie und ihre Familie hatten sich fast gegenseitig umgebracht nach nur ein paar Minuten. Wie lange war dieses Team nun schon dort?

In diesem Kontext war Mollies Beteiligung an der Entführung der Joker für den Fight Club fast schon heldenhaft. Klar war sie dazu gezwungen worden, und viele der Leute waren gestorben, aber wenigstens hatte sie mitgeholfen, das unbesiegbare, Welt verschlingende Böse aufzuhalten, auch wenn sie es damals nicht gewusst hatte.

Nichts, was die Typen der UNO ihr erzählten, motivierte sie auch nur im Geringsten, teilzunehmen oder zu helfen. Helfen würde bedeuten, sich freiwillig noch einmal diesen ... diesem ... was es auch war auszusetzen. Horrorshow. Hellraiser. Diese Namen wurden genannt. Mollie würde sich eher umbringen, als das noch einmal durchzumachen. Auch ihre Liebsten würde sie umbringen, wenn sie welche hätte, ehe dieser bösartige Wahnsinn ihrer habhaft werden konnte. Und nicht auf die durchgedrehte Art mit Mistgabel und Gesichtszertrümmerung. Sanft. Um sie vor Schlimmerem zu bewahren.

Obwohl sie die volle Dröhnung Wahrheit von Baba Yaga

erfahren hatten, glaubten Agent Ray und die anderen immer noch, es gäbe eine Möglichkeit, dieses Teil zu bekämpfen. Was für ein Vollpfosten. Sie verstanden es nicht. Nicht richtig. Sie waren nicht drin gewesen. Hatten den Wahnsinn nicht an sich herangelassen, der sie umfangen hatte. Hatten den Schleier aus tiefroter Tobsucht nicht willkommen geheißen, der sich über ihre Geister gelegt hatte.

Sie stand auf und ging wieder zum Fenster. Der Anblick von Jet Boys Grab kam ihr passend vor. Ein Mahnmal des Scheiterns. Er hatte wenigstens eine Chance im Kampf gehabt. Doch gegen Horrorshow hatte niemand auch nur die kleinste verfickte Chance.

Sie bemühte sich, es ihnen klarzumachen. Indem sie auf das Logo auf der Tasse deutete, sagte sie: »Ihr Team ist tot.«

Rays Augen blitzten so wild auf, dass Mollie einen Schritt zurückwich. Er zitterte vor Anspannung wie vor einem Kampf. »Das weißt du nicht! Du kennst meine Frau nicht! Sie könnte … Niemand weiß, was dort vor sich geht.«

»Ich weiß es!«, brüllte Mollie. »Ich weiß es. Ich war da drin, okay? Eine tobsüchtige Sklavin des kopflosen, übernatürlichen Bösen. Sie haben keine Ahnung, wie das ist! Sie haben keine BEKACKTE SCHEIßAHNUNG!« Leute im Großraumbüro drehten die Köpfe zu ihnen um, doch Mollie kümmerte es nicht. »Sie können sich das nicht vorstellen. Man kann nicht dagegen kämpfen. Mir ist egal, wer Sie sind. Mein Vater und meine Brüder haben sich innerhalb von Sekunden krankenhausreif geprügelt. Mindestens zwei von ihnen werden nie mehr ein normales Leben führen, vorausgesetzt, sie überleben ihre Verletzungen. Wenn man jemand ein halbes Dutzend Mal mit einer Brechstange ins Gesicht drischt, dann kann das passieren. Und das sind bloß Normalos, sie alle sind Normalos! Lassen Sie sich das auf der Zunge zergehen. Sie labern was von *Assen*, die seit *Stunden* da drin sind.«

Baden sagte sanft: »Wir müssen wenigstens versuchen, sie zu retten.«

»Und Sie sind die Einzige, die das machen kann«, sagte Jayewardene. Er hatte ein sehr freundliches Gebaren, was im Kontrast zu Ray sehr angenehm war. »Würden Sie uns deshalb bitte helfen? Sie könnten viele Leben retten.«

»Soweit ich weiß«, sagte Baden, »haben Sie eine recht farbenfrohe Akte.« (Agent Ray schnaubte: »So kann man es auch ausdrücken.«) Sie ging nicht auf ihn ein, sondern sprach weiter: »Als Gegenleistung für Ihre Hilfe könnten wir es so einrichten, dass Sie wieder mit einer sauberen Akte beginnen.«

Wow. Die waren wirklich verzweifelt. Doch das bedeutete, dass Mollie feilschen konnte. Ein Druckmittel hatte. Gut. Sie konnte aus diesem Albtraum etwas Gutes herausschlagen. Denn ihre »Akte« war ihr scheißegal. Sie wollte etwas anderes, und diese Typen hatten die Macht, es ihr zu ermöglichen. Wenn sie ihre Hilfe so dringend wollten, dann mussten sie sie sich erst mal verdienen.

Mollie antwortete: »Das ist meine Bedingung: Ich will erst mit Baba Yaga reden.«

Das verschlug ihnen die Sprache. Nach einem Moment der verdutzten Sprachlosigkeit sagte Ray: »Vor gar nicht langer Zeit hast du noch den Eindruck gemacht, als würdest du dir in die Hose machen, weil der Verdacht bestand, sie könnte auf deinem Hof sein.«

Sie funkelte ihn an. »Sie haben gesagt, dass Sie meine Hilfe brauchen. Ich habe Ihnen zugehört. Jetzt bin ich dran. Und ich rühre keinen verfickten Finger, bevor Sie mich nicht zu Baba Yaga lassen.« *Und vielleicht nicht einmal dann. Nicht wenn es bedeutet, dass ich in die Hölle der menschenfressenden Irren zurückkehren muss.* »Aber wenn diese wodkagetränkte Fotze auch nur daran denkt, mich anzuspucken, dann …«

»Das wird sie nicht«, sagte Baden. »Wir sind alle auf derselben Seite, verstanden?«

»Okay«, sagte Mollie, war aber nicht völlig überzeugt. »Gut. Dann lasst uns zu dieser verschrumpelten Hexe gehen. Wo ist sie?«

In einem Krankenhaus, wie sich herausstellte. (*Gut.*) Ray nannte eine Adresse in Jokertown. Mollie dachte kurz nach, rechnete ein wenig mit Querstraßen herum. Sie hatte in New York ein Dutzend Orte für Tore, und nachdem Ffodor darauf herumgeritten war, hatte sie sich auch Orte in verschiedenen Krankenhäusern und Kliniken eingeprägt, aber die Jokertown-Klinik gehörte nicht zu ihnen.

Krankenhäuser … Jetzt fiel ihr erst auf, dass es ihr ohne Ffodors Ratschlag nie gelungen wäre, Dad und die Jungs rechtzeitig ins Krankenhaus zu bringen. Und trotzdem klebten die Selbstvorwürfe an ihr wie Spinnweben.

Um nicht wieder zu flennen, sagte sie: »Ich kann uns nicht direkt hinbringen. Mein nächster Punkt ist fünf Straßen entfernt.«

Ray wirkte beeindruckt. »Das ist ziemlich nah.« Mollie gefiel nicht, wie seine Augenbrauen sich einander näherten, als wolle er ein Rätsel durchschauen. »Wie viele Orte hast du dir in New York eingeprägt?«

»Viele.«

Der SCARE-Agent war schlauer, als er aussah. Er sagte: »Wow. Diese ganzen Joker einzusammeln, muss harte Arbeit gewesen sein. Du tust mir echt leid.«

♣ ♦ ♠ ♥

Als Michelle erwachte, war sie allein.

Der Nebel umarmte sie wie ein perverser Liebhaber. Alles war trüb, aber die Kälte war einer erstickenden Hitze gewichen wie im Dschungel im PPA. Sie stand auf. Es war nicht leicht. Der Aufprall von Anas Erdwand hatte sie schlagartig fett werden lassen. Zwar nicht so fett, wie sie manchmal schon gewesen war, aber jetzt hatte sie Schmerzen. Richtige Schmerzen. Und das machte ihr Angst.

Sie sah sich um und stellte fest, dass sie im Dschungel war. In der Ferne hörte sie das Brüllen von Monster. Als sie ihn das letzte Mal gesehen hatte, hatte sie gegen ihn gekämpft, bis sie beide aufgegeben hatten, aber dazu war sie jetzt nicht mehr in der Lage. Nicht, nachdem etwas so Popeliges wie Anas Erdwand sie derart durch die Gegend geworfen hatte. Sie machte einen Schritt und ächzte.

Nein, nein, nein, dachte sie, und es lief ihr kalt den Rücken hinunter. *Das darf nicht wahr sein. Wie soll ich Adesina beschützen? Scheiß auf die Missgeburt. Ich wäre gar nicht hier, wenn dieses Geschöpf nicht wäre. Ich hätte sie in der Leichengrube lassen sollen bei den ganzen anderen Horrorgestalten.*

Neinneinneinneinnein. Ich liebe Adesina. Michelle klammerte sich an diesen Gedanken, doch er flackerte nur kurz in ihrem Bewusstsein auf.

Und während sie noch daran dachte, öffnete sich der Boden vor ihr. *Ana. Dieses Aas.* Aber sie sah Earth Witch nicht. Aus dem Loch krochen faulende Wesen heraus. Sie waren von dem eiternden Sirup der Leichengrube bedeckt. Der Gestank würgte sie. Um sie herum trat der Dschungel immer näher heran. Schob sie weiter zur Grube.

Auf der anderen Seite der Grube stand Mummy.

»Ich habe dich getötet!«, schrie sie. »Ich habe dich zweimal getötet!«

Michelle hielt die Handflächen vor sich ausgestreckt. Eine Salve zitronengroßer Blasen lösten sich aus ihnen. Sie trafen, sodass Teile von Mummy durch die Luft flogen. Doch es bewirkte nichts. Die Brocken setzten sich wieder zusammen, und Mummy wurde größer.

»Nein«, stöhnte Michelle. Entsetzen machte sich in ihr breit. »Nein, du bist tot.«

Mummy kam auf sie zu. Die Wesen in der Grube krochen

nicht weiter heraus, und Mummy überquerte auf ihnen das Loch. Sie hoben ihre schleimigen Tentakel, die Mummy als Tritte dienten; sie kam unerbittlich auf Michelle zu.

Lauf, dachte Michelle. *Lauf.*

♣♦♠♥

Jayewardene hatte ihr am Morgen eine Nachricht gesandt. *Brauche dich. Großer Saal. So bald wie möglich.* Barbara hatte Ink mitgenommen und war in den Aufzug von den Büros hinunter in das Hauptgeschoss gestiegen.

Vom Podium im Großen Saal gab Jayewardene ihr ein Zeichen. Am Rednerpult unterhalb des Podiums stand der Repräsentant von Usbekistan und sprach auf Russisch. »… große Nation von Usbekistan und unsere Nachbarn in Kirgisistan haben keine andere Wahl. Wenn Kasachstan diese Bedrohung nicht eindämmen kann, müssen wir uns selbst darum kümmern, ehe sie unsere Grenzen erreicht. Gewiss haben die Mitgliedstaaten und der Sicherheitsrat Verständnis dafür …«

»Bleib hier«, sagte Barbara zu Ink, bevor sie sich an dem Sicherheitsmann am Fuß der Treppe vorbeidrückte, hinaufging und sich hinter Jayewardene stellte. Von hier sah sie die geschwungenen Reihen der Repräsentantensitze und ihrer Mitarbeiter, die in Stufen anstiegen. Die meisten Plätze waren belegt, was sie für ungewöhnlich hielt. Sie kauerte sich neben Jayewardene hin. Aus seinem Kopfhörer hörte sie das Raunen des Dolmetschers. »Nach ihm spricht Kirgisistan. Sie sagen beide dasselbe: Wenn die Infektion ihr Zentrum in Talas hat, dann muss Talas zerstört werden. Sie verlangen, dass entsprechende Maßnahmen ergriffen werden.«

»Das dürfen wir nicht zulassen. Wenn stimmt, was Baba Yaga sagt, dann würde das die Tür vollends aufstoßen.«

»Ich gebe Ihnen recht. Aber die Stimmung ist zu ihren

Gunsten. Sie wollen eine Resolution, die es ihnen erlaubt, ihre Grenzen zu schützen.«

»Sie lassen sie Talas zerbomben?«

»Das kann ich weder gestatten noch verbieten, Barbara. Aber ich glaube, dass sie die Stimmen dafür bekommen werden. Russland wird dafür stimmen und alle seine Verbündeten in der Abstimmung mit sich ziehen. Alle Welt sieht, wie sich das Chaos ausbreitet, und macht sich Sorgen, wie weit es kommen wird. Wenn Kasachstans unmittelbare Nachbarn als Erste handeln wollen, wird niemand ihren Versuch verdammen. Selbst den USA und ihren Verbündeten dürfte es so gehen.« Jayewardene sah sie ausdruckslos an. »Russland wird eine Abstimmung verlangen, wenn es sonst niemand tut. Wahrscheinlich bald. Es sei denn, ich habe einen Grund, die Abstimmung hinauszuzögern.« Er sah sie noch immer an.

Sie nickte, stand auf und ging zu Ink zurück. Jayewardene wandte sich wieder den Papieren auf seinem Tisch zu, während der Repräsentant von Usbekistan weiter schimpfte und argumentierte. »Und?«, fragte Ink.

»Ich habe nur eine Sache zu sagen, bevor wir wieder ins Büro hochgehen«, sagte Barbara. »Und das ist Folgendes: Bababadalgharaghtakammunarronnkonnbronntonnerronntuonnthunntrovarrhounawnskawntoohoohoordenenthurnuk!« Und damit entfesselte sie ihre Wild-Card-Fähigkeit und erfüllte damit den ganzen Saal.

Einen Moment lang passierte nichts. Der usbekische Repräsentant sprach weiter, doch jetzt waren die Worte, die durch den Saal hallten, blanker Unsinn. »Ghar thurka jallaci indum …«, dröhnte er, bevor er verblüfft den Mund zuklappte. »Harek ilkad?«, sagte er. Im ganzen Saal klopften die Repräsentanten auf ihre Kopfhörer oder nahmen sie ab, um mit ihren Nebensitzern zu reden. Der Aufruhr fing sacht an und entwickelte sich zu einem Tumult. Überall standen Leute auf, fuchtelten herum und brüllten, als könnten sie sich durch reine Lautstärke verständlicher machen. Auf dem Podium klopfte Jayewardene mit dem Hammer, dass es hallte. Einige Repräsentanten verließen den Saal und riefen dabei Unsinn. Nichts als Chaos.

»Ich glaube, es ist Zeit zu gehen«, sagte Barbara zu Ink, die das Durcheinander mit großen Augen verfolgte.

»Bababadal – was, Mizz B?«, fragte Ink, während sie den Saal durch einen der Hinterausgänge verließen. Das gebrüllte Kauderwelsch hallte auf den Flur hinaus. »Gott, ich höre mich ja so an wie die«, fügte sie hinzu.

»*Finnigans Wake*«, erwiderte Barbara. »Anscheinend ist es das Wort, das Gott nach dem Sündenfall ausstieß. Zumindest hat das mein Englischprofessor in Tel Aviv damals gesagt. Irgendwie kam mir das passend vor.«

»Und du hast dir das *gemerkt*?«

»Ich war im College. Du hast keine Ahnung, wie viele Drinks mir das eingebracht hat, dass ich das rezitieren konnte.«

Ink nickte. »Kann ich mir vorstellen«, sagte sie. Mit dem Kopf deutete sie auf den Tumult. »Was, glaubst du, hilft das?«

»Das verschafft uns immerhin ein paar Stunden und bietet Jayewardene eine Ausrede, die Sitzung nur zögernd wieder aufzunehmen. Vielleicht kann er sie sogar bis morgen aufschieben. In der Zwischenzeit können wir entscheiden, was wir tun sollen.«

»Du kriegst Klaus und die anderen zurück, Mizz B«, sagte Ink. »Ich weiß, dass du das hinkriegst.«

Barbara zwang sich zu einem müden Lächeln. »Danke. Ich hoffe, dass du recht hast. Lass uns ins Büro zurück. Wir haben eine Menge Arbeit vor uns. Du musst mir das Weiße Haus geben …«

♣♦♠♥

Die Blätter der Büsche und Bäume peitschten ihr ins Gesicht. Kriechpflanzen fassten nach ihren Füßen und brachten sie zum Stolpern. Doch es kümmerte sie nicht. Michelle lief weiter. Jedes Mal, wenn sie zurücksah, sah sie Mummy hinter sich.

Hin und wieder schleuderte sie eine Blase, doch die sprengte immer nur ein Stück von Mummy ab, das sich dann wieder mit ihr vereinigte und sie größer machte. Nach ein paar zwecklosen Blasen gab Michelle es auf und rannte, so schnell sie konnte, nachdem sie bereits einen Teil ihres Gewichts verloren hatte. Allerdings war sie immer noch fett.

Kalter und nach Angst riechender Schweiß floss an ihr herab. Beim Rennen rieben ihre Schenkel aneinander. *Scheiße,* dachte sie, und zum ersten Mal hasste sie ihr Fett, denn es hielt sie auf.

Unvermittelt blieb sie stehen und drehte sich um. Diesmal zielte sie nicht auf Mummy, sondern auf den Dschungelboden vor Mummy. Michelle sprengte einen Erdklumpen heraus. Mummy konnte nicht mehr anhalten und stürzte in das entstandene Loch. Dann schuf Michelle etliche weitere Blasen, machte sie so schwer und dicht wie möglich und schichtete sie in der Grube über Mummy auf.

Jetzt war Michelle deutlich leichter. »Versuch erst mal, da rauszukommen, dumme Sau«, keuchte sie. Dann lief sie weiter.

Blindlings hastete sie vorwärts, bis sie Seitenstechen bekam und ihre Lunge brannte. Sie war von einer unsinnigen Furcht erfüllt. Der Dschungel war kein Dschungel mehr. Er verwandelte sich, wurde zu einer Albtraumlandschaft. Manchmal rutschte sie in Blutpfützen aus und kam hart auf Händen und Knien auf.

Sie sah einen kleinen Jungen, der an einem Baum hing, von einem mächtigen Messer durch die Brust an den Stamm genagelt. Ein paar Meter weiter traf sie auf eine Frau in einem schmutzigen und zerrissenen Blumenkleid, die sich systematisch Teile ihres Körpers abschnitt. Den Großteil ihrer linken Hüfte hatte sie bereits weggeschnitten und arbeitete sich jetzt durch ihren Bizeps.

»Kannst du mir helfen?«, fragte sie und hielt Michelle das Messer hin. Es tropfte dunkelrot.

Michelle blieb stehen und griff nach dem Messer. *Klingt spaßig,* dachte sie. *Messer sind zwar nicht mein Ding, aber ich könnte trotzdem helfen.*

Dann hörte sie hinter sich etwas. Aus einem Impuls heraus traf sie eine Entscheidung. Sie entsandte eine Blase, die die Frau in der Brust traf. Dort breitete sich eine purpurne Blutblume aus. Dann fing Michelle trotz ihrer Furcht vor Mummy hysterisch an zu lachen. Sie hatte das Problem mit dem Messer total gut gelöst.

Dann rannte sie weiter. Sie lief an grotesken Selbstverstümmelungsszenen vorbei. Ein Mann zog sich die Haut ab. Seine bläulichen Muskeln schimmerten im trüben Licht. Er sah skeptisch zu ihr auf, widmete sich aber sogleich wieder seinem Werk. Sie hörte ihn einen Schrei ausstoßen. Schmerz oder Hysterie – sie wusste es nicht zu sagen.

Sie begegnete zwei Frauen, die eine dritte zu Boden drückten. Sie skalpierten ihr Opfer und fauchten Michelle mit gelben Zähnen an, doch diese schleuderte ihnen drei Blasen entgegen und trennte ihnen fein säuberlich die Köpfe ab. *Es hat keinen Zweck, jemanden retten zu wollen, der schon so gut wie tot ist. Oder die zwei, die den Tod ohnehin verdient haben.*

Inzwischen tat ihre Lunge nur noch höllisch weh. Jeder Atemzug war, als würde sie einen heißen Schürhaken einsaugen. Und dann verschwand der Dschungel plötzlich ganz.

Michelle fand sich wieder auf den verlassenen Straßen von Talas. Durch den Nebel erschien ihre Umgebung verschwommen, und schließlich konnte sie nur noch ein paar

Meter weit sehen. Unaussprechliche Wesen bewegten sich in einer Entfernung, in der sie ihre tatsächliche Gestalt nicht mehr erkennen konnte. Und sie hoffte, sie nie deutlich sehen zu müssen.

Wieder schob sich ein Pochen in ihr Bewusstsein. Es war, als hätten sich einige Pauker in ihrem Kopf eingenistet und spielten das Gesamtwerk von Joker Plague bei voller Lautstärke.

Sie fasste sich an den Kopf. Das Pochen hörte nicht auf. Es war so laut, dass sie sich übergeben wollte. Und das tat sie auch.

»Hallo Michelle.«

Sie sah auf. Vor ihr stand Earth Witch, aber es war nicht Ana. Es war ein Gestaltwandler, der Anas Haut übergezogen hatte.

Michelle runzelte die Stirn und kniff die Augen zu Schlitzen zusammen. »Du bist nicht Ana«, sagte sie. Blasen bildeten sich in ihren Händen. Sie warf sie. Das hätte sie zumindest gemacht, wenn sich nicht unter ihr die Erde aufgetan und sie verschluckt hätte.

♣ ♦ ♠ ♥

In der Klinik roch es nach Desinfektionsmitteln. Als Mollie den Geruch in die Nase bekam, fiel ihr ein, dass seit ihrem letzten Besuch im Krankenhaus in Idaho bereits Stunden vergangen waren. Waren Jim und Troy noch in der OP? Waren Mick und Brent schon aufgewacht? Hatten sie den Rest von Dads Ohr gefunden? Wahrscheinlich meinten sie, Mollie hätte sie schon wieder im Stich gelassen, dass sie ihr egal wären. Sie hatten alle so eine schlechte Meinung von ihr.

Ffodor war anders gewesen.

Billy Ray zückte seine SCARE-Marke, als sie am Stationszimmer vor der Isolierstation vorbeigingen.

Mollie sagte: »Sie stehen da voll drauf, was? Jetzt mal im Ernst, das ist wie ein sexueller Zwang oder so was.«

Er reagierte nicht darauf. Stattdessen nahm er sie am Ellbogen und lenkte sie einen Korridor entlang und um eine Ecke. Mollie geriet ins Stolpern, als sie die Gorillamannschaft vor der Tür von Baba Yagas Zimmer sah. Ihre Gesichter und Tätowierungen sagten ihr nichts, aber sie erkannte die Sorte Schlagtots. Typisch. Selbst hier, einmal halb um den Globus herum, brachte es Baba Yaga fertig, eine Meute aufrechter Bürger um sich zu scharen, die auf ihren Wink hin Kniescheiben zerschossen. Nach einem kurzen Blick auf Rays Marke und einem Nicken ließen die Gangster sie durch. (»Wichser, Wichser, Wichser«, flüsterte Mollie.)

Baba Yaga lag regungslos auf ihrem Bett, so ausdrucksvoll wie eine Eisstatue. Und – *meine Fresse!* – einer ihrer Arme endete am Ellbogen. Jemand hatte der alten Hexe schwer zugesetzt. *Gut.* Aber sie hatte Farbe im Gesicht, und die Maschinen, an die sie angeschlossen war, gaben unablässiges Piepen von sich. Mollie war hin- und hergerissen. Einerseits wollte sie, dass die alte Schachtel starb, aber nicht, ehe sie ihr Druckmittel ausspielen konnte.

Baba Yaga war nicht allein, stellte Mollie fest. Sie erkannte den Mann, der neben ihrem Bett saß, und zuckte zusammen.

»Scheiße«, sagte sie.

Franny sah von seinem Telefon auf. »Überrascht, mich zu sehen?«

Das letzte Mal hatte sie ihn vor einigen Tagen gesehen, als er gerade in eine Schießerei im Casino in Talas verwickelt gewesen war. Sie hatte die Ablenkung genutzt, um das Schloss seiner Handschellen zu knacken, und hatte ein Tor nach Paris geöffnet.

Mollie versuchte sich an einem gelangweilten Schulterzucken, aber es geriet ihr etwas zittrig. Dasselbe galt auch für ihre krächzende Stimme. »Nö. Ich bin davon ausgegangen, dass Sie klarkommen, sobald ich Ihnen nicht mehr zur Last falle.«

»Oh, na, wenn du es so siehst, vielen Dank. Du bist einfach eine vorausschauende Menschenfreundin.«

»Ich kapier nicht, warum Sie rumheulen«, sagte sie. »Offenbar ist ja alles gut gegangen.«

Franny stand auf und räusperte sich. Da schlug Baba Yaga ein Auge auf. Mollie trat einen Schritt zurück und stieß gegen Ray. *So viel dazu, die Krasse mimen zu wollen.*

»Ah«, sagte die Hexe. »Die kleine Diebin ist zurück.«

»Steck's dir doch in deinen Wodkaarsch, du Bitch.«

»Gör.«

Ray murmelte: »Ach du liebe Güte.«

»He! Wie kannst du es wagen …«

»Wie kann ich es wagen? Wie kannst *du* es wagen!«

Baba Yagas Kiefermuskeln zuckten, als sammle sie einen großen Speichelklumpen. Franny riss Mollie zur Seite und stellte sich mit erhobenen Armen zwischen sie und die Frau auf dem Bett. Baba Yaga wandte sich ab und schluckte, statt den Detective anzuspucken.

Interessant. Was sollte das denn? Normalerweise wurde erst gespuckt, und dann wurden Fragen gestellt. Sie hatte geglaubt, Ray würde sie verarschen, als er meinte, Franny und Baba Yaga würden miteinander auskommen. Das musste ja eine krasse Reise von Talas hierher gewesen sein, wenn Franny es dabei geschafft hatte, ihren Respekt zu verdienen. Soweit sie überhaupt jemanden respektierte.

»Meine Damen! Friede, okay? Wir sind alle auf derselben Seite.«

Mollie verschränkte die Arme. Baba Yaga steckte die Zungenspitze in eine Ecke des Munds und drückte die Wange damit heraus. Es verging ein Moment, während dem sie sich anstarrten.

Die Russin ergriff das Wort. »Dir ist alles erklärt worden.« Das war keine Frage, aber Mollie nickte. Die Alte musterte sie mit zusammengekniffenen Augen. Mollie wollte sich unter ihrem durchdringenden Blick winden. Sie sah weg. Doch Baba Yagas Augen blieben unerbittlich, und sie sagte: »Sie hat was abgekriegt. Ich kann bei ihr das Mal von jemandem erkennen, der Horrorshow ausgesetzt war. Man sieht es in ihren Augen. Es hinterlässt eine Spur. Danach ist niemand mehr derselbe.«

»Ja. Ich hab's gesehen.« Mollie schlang die Arme um sich.

»Aha. War das, als du zurückgekehrt bist, um mein Casino auszurauben?«

Mollie warf Billy Ray einen finsteren Blick zu. »Sie Arschloch.«

Er verzog das verformte Gesicht, zeigte so was wie Empörung. »Weshalb glaubst du, dass ich es ihr gesagt habe? Wir sind keine Idioten, weißt du? Und wegen deines vorhersehbaren Verhaltens bist du nun einmal aktenkundig. Das Komitee und Interpol interessieren sich schon seit einer ganzen Weile für dich. Und beim NYPD bist du auch schon total angesagt.«

»Das stimmt«, sagte Franny. »Du bist, was wir eine Wiederholungstäterin nennen.«

»Sie haben nichts gegen mich in der Hand.«

Billy Ray sagte: »Außer ungefähr dreißig Fälle von Entführung.«

»Ach, papperlapapp. Das können Sie mir nie anhängen. Ich meine, in ein paar Tagen geht die Welt unter, oder? Also viel Glück, wenn Sie mich mit diesem Scheiß belangen wollen.«

Der SCARE-Agent massierte seine Stirn. Dann wandte er sich zu Franny. »Wo um alles in der Welt haben Sie dieses Gör gefunden? Die ist ja echt eine Nervensäge.«

»Wem sagen Sie das?«

Baba Yaga erhob die Stimme, um die Zankerei zu beenden. »Diese Leute glauben, dass du helfen kannst. Aber sie behaupten, dass du eine Audienz bei mir verlangt hast.« Sie zuckte ein wenig zusammen, als wollte sie eine Geste machen. »Also, da wären wir. Bist du gekommen, um dich zu entschuldigen?«

Entschuldigen? *Ihr* gegenüber? Waren jetzt alle verrückt geworden? Vielleicht steckte Mollie immer noch in der bösartigen Wahnsinnsblase und bildete sich nur ein, entkommen zu sein. »Niemals. Ich bin Ihnen gar nichts schuldig, Sie fiese Hexe.«

»Mollie.« Franny tippte sich auf seine Armbanduhr. »Wir haben einen strammen Zeitplan, okay? Wenn du die Sache ein wenig beschleunigen könntest?«

»Okay.« In der Mitte des Krankenzimmers öffnete sich ein Tor nach Idaho. Vielleicht verblasste ihre Angst ein wenig, weil sie so wütend war, denn das Tor wehrte sich nicht so sehr wie die anderen, die sie in den letzten Tagen geöffnet hatte. Ein kalter Wind zerzauste ihr Haar und ließ die Kabel von Baba Yagas Geräten schwanken. Ein Hauch Mistgeruch drang herein. Baba Yaga verzog angewidert den Mund.

»He, halt« – Mollie trat in den Stall, nahm den Louis-XIV-Stuhl und war wieder zurück im Krankenzimmer, ehe Franny seinen Satz beenden konnte – »mal.«

Billy Ray blinzelte den Stuhl an. »Was. Zur Hölle. Ist das?«

»Das ist meine Bedingung, wenn ich helfen soll. Wenn es Ihnen nicht passt, können Sie von mir aus zur Hölle gehen.«

Franny verstand. Sie sah es in seinen Augen. Er schien aufrichtiges Mitleid mit ihr zu empfinden. Das gefiel ihr nicht. »War das jemand, der dir etwas bedeutet hat?«

»Er *ist* jemand, der mir etwas bedeutet.« Mollie schleifte den Stuhl neben Baba Yagas Bett. »Verwandeln Sie ihn zurück.«

Die Russin blinzelte. »Das ist deine Bedingung? Du meinst, wenn ich das tue, dann hilfst du?«

Die gottverdammten Tränen waren wieder da. Alles verschwamm. »Verwandeln Sie ihn zurück. Machen Sie wieder einen Menschen aus ihm!«

Die Hexe schüttelte den runzligen Kopf.

»Verwandeln Sie ihn zurück, und zwar AUF DER STELLE, VERFICKT NOCH MAL!«

Franny versuchte, dazwischenzugehen. »Mollie …«

»Ich kann nicht«, sagte die Russin.

»Sie werden aber. Verwandeln Sie Ffodor auf der Stelle zurück, oder ich schwöre bei Gott, dass ich Ihren beschissenen alten Lederarsch in den Pazifik werfe, tausend Meilen im Nirgendwo.«

»Mollie.« Franny ergriff ihre Arme. Er wollte sie zur Seite ziehen, aber sie ließ Ffodor nicht los. »Sie hat nicht gesagt, dass sie es nicht will. Sie kann nicht.«

Mollie wirbelte zu ihm herum. »Natürlich kann sie das. Sie muss.« Jetzt heulte sie vollends. »Sie müssen ihn zurückverwandeln.«

»Ich kann nicht.«

Billy Ray sagte: »Ich glaube, sie will damit sagen, dass es nur in eine Richtung funktioniert, Kleine.«

Nein. Nein. Nein.

Mollie hob den schweren Stuhl hoch und schüttelte ihn drohend vor Baba Yaga. Die Trauer verlieh ihr Kraft. »Sie müssen ihn zurückverwandeln, damit ich mich bei ihm entschuldigen kann.«

Baba Yaga machte die Augen zu. Schüttelte den Kopf.

»Ffodor muss es hören.« Irgendwo in ihr brach ein Damm, ein Damm, den sie vor langer Zeit errichtet hatte, und nun spülte eine Sturzflut weg, was von ihrer Selbstbeherrschung noch übrig war. Sie bekam Krämpfe und konnte zwischen schmerzhaften Schluchzern nur mit Mühe

Worte hervorpressen. »Er muss … meine Entschuldigung … hören. Machen Sie ihn wieder zu einem Menschen … damit er Sie hören kann und … mir vergibt … dann muss ich … dann muss ich mich nicht mehr so fühlen. Es tut so weh …« Sie fiel auf die Knie, sah nichts mehr vor lauter Tränen. Ihre Nase lief, und sie schmeckte Rotz auf ihrer Oberlippe.

»Bitte«, flüsterte sie. »Bitte verwandeln Sie Ffodor zurück, damit ich ihm sagen kann, dass es mir leidtut. Die Welt geht zugrunde, und ich kann nicht sterben, ohne dass er mir verzeiht.«

Baba Yaga erklärte ihr in einem Ton, der klang wie eine zufallende Mausoleumstür: »Dein Ffodor ist tot.«

»Nein. Er muss wissen, dass es mir leidtut.« Mollie klappte auf dem Linoleum zusammen. Umschlang die Stuhlbeine mit ihren Armen und legte ihren Kopf auf das Sitzpolster. »Es tut mir leid. Es tut mir leid. O Gott, es tut mir so leid. Das ist meine Schuld, es tut mir so leid, so leid, so leid.«

Rotz tropfte von ihrer Nase auf das Polster. Das brachte sie noch mehr zum Weinen. Er hatte es so viel besser verdient. Und dann wurde ihr bewusst, dass sie vor Baba Yaga, die sie mehr hasste als sonst irgendjemand, einen totalen Nervenzusammenbruch hatte, und das Gefühl der Demütigung rief noch heftigere Sturzbäche hervor. »Es tut mir leid, so leid, so leid, Ffodor. Ffodor, bitte vergib mir.« Sie wurde zu einem schniefenden, schluchzenden Häufchen Elend.

»Tja«, sagte Billy Ray. »Das war ja mal ein Spaß, dieser Besuch.«

Franny hielt sie, während sie sich ausheulte. Es dauerte ziemlich lange.

♣♦♠♥

Er hielt ihren bebenden Körper, der sich klein und zerbrechlich anfühlte. Als sie nach Talas aufgebrochen waren, um dort einen auf große Helden zu machen, war sie feist und mehr als anstrengend gewesen, aber die Ereignisse der letzten Tage hatten ihr all das genommen. Sie konnte nicht erneut das toughe Mädchen mimen. Sie heulte wie ein Kind, und trotz allem, was sie den Jokern und ihm angetan hatte, empfand er Mitleid mit ihr.

»Mollie. Er weiß es. Er weiß es«, sagte er sanft. Das brachte sie noch mehr zum Schluchzen.

Er fragte sich, wer dieser Ffodor gewesen sein mochte. Freund, Liebhaber? Ganz sicher ein Komplize. Und offenbar war er der Denkzettel gewesen, der Mollie dazu gebracht hatte, für Baba Yaga zu arbeiten.

Baba Yaga war wieder am Telefonieren. Billy Ray murmelte ebenfalls etwas in sein Handy. Das zerstörte Mädchen auf dem Boden beachteten sie nicht mehr. Das ärgerte Franny, aber er akzeptierte die Realität. Gegen eine Vernichtungsbedrohung der ganzen Welt bedeutete ein leidendes Mädchen nichts.

Allmählich ließ ihr Schluchzen nach. Franny erhob sich ächzend, ging zur Toilette und holte einige Handtücher. Als er an Ray vorbeiging, packte der ihn am Arm und zischte ihm ins Ohr: »Sie wissen, was wir brauchen. Besorgen Sie es uns.«

Franny nickte knapp, riss sich von dem älteren Mann los und kehrte zu Mollie zurück. Sie nahm die Handtücher und wischte sich das Gesicht ab.

»Komm«, sagte Franny freundlich. »Lass uns gehen.«

♣♦♠♥

Michelle erstickte.

Dieses Aas hatte sie lebendig begraben. Ihr blieb nur wenig Zeit, bis ihr die Luft ausgehen würde. Die letzte Luft.

Blindlings verschoss sie eine Salve Blasen. Es tat weh, wenn sie explodierten, aber sie hatte keine Zeit, darüber nachzudenken. Darüber, was das bedeutete. Sie hoffte einfach nur, sich mit ihren Blasen bis zur Oberfläche durchwühlen zu können.

Sie konnte den Atem nicht länger anhalten und atmete aus, doch statt Luft strömte Erde in ihren Mund, und sie würgte. Mit der letzten Entladung, die sie in ihrem inzwischen dürren Körper gespeichert hatte, brach sie durch, und ihre Lunge füllte sich mit abgestandener Luft. Sie hustete sandige Erde heraus. Es kam ihr so vor, als hinge sie an ihrem Unterleib. Aber das konnte nicht sein.

Dann fiel sie.

Sie krachte gegen etwas Hartes, vielleicht gegen Fels oder Beton. Es spielte keine Rolle, denn sie konnte sowieso nichts sehen. Sie befand sich in vollkommener Dunkelheit. Die Dunkelheit war so schwer, dass sie fast wie ein Gewicht auf ihren Augen lag.

Nicht Dunkelheit, dachte sie. *Alles, bloß keine Dunkelheit.*

Etwas in ihrem Hinterkopf sagte ganz leise: *Beweg dich.*

Sie stand auf, streckte die Hände aus. Die berührten nichts. Sie machte einen Schritt nach links, und ihr Fuß platschte ins Wasser. Fast hätte sie das Gleichgewicht verloren und wäre gestürzt, doch sie fing sich wieder.

Wo bin ich?, fragte sie sich panisch. Und dann erinnerte sie sich an einen anderen Ort – einen Ort, der ein Traum sein musste –, und dort gab es Katakomben unter der Stadt. Die hatte sie vergessen.

Gottogottogott, lass mich nicht in der Dunkelheit gefangen sitzen. Sie erinnerte sich an das, was sie vergessen hatte. Nein, sie hatte es nie vergessen, nur ganz tief verdrängt. Sie hatten sie in einen Schrank gesperrt. Oft hatten sie sie dort stundenlang schmoren lassen. Kein Licht war hereingesickert. Und Wesen waren mit ihr da drin gewesen. Wesen, die nur in tiefster, dunkelster Schwärze lebten. Schon als kleines Kind hatte sie das gewusst.

»Mund halten«, flüsterte sie. Sie schlug sich ins Gesicht. »Mund halten. Mund haltenmundhaltenmundhalten.«

Und dann begannen die Wesen zu kriechen.

Furcht vermischte sich in ihr mit kranker Wut. Sie hatte zwar nicht mehr viel Fett übrig, aber sie konnte töten, was immer in der Dunkelheit lauerte. *Kannst du das? Kannst du töten, was du nicht siehst?*

Was immer es war, sie würde es bluten lassen. Und darüber musste sie lächeln.

Beweg dich, sagte die Stimme.

Michelle hielt den Kopf schief wie ein Hund, wenn er widersprüchliche Befehle bekam.

Beweg dich.

Im Dunkeln krabbelte etwas. Ein Lufthauch, als das Wesen sie streifte. Sie kreischte und ließ eine winzige Blase aufsteigen. Sie zerbarst an einer Wand, und ganz kurz blitzte ein wenig Licht auf. Darin erkannte sie ein augenloses Geschöpf. Sein Körper hatte die Farbe brandigen Fleischs. Es hatte lange, gefährliche Krallen, eine Delle, wo eigentlich die Nase sein sollte, und rasiermesserscharfe Zähne.

Es kann mir nichts anhaben. Es kann mir nichts anhaben. Doch, doch, es kann. Nein. Nein! NEIN!

Die Furcht hauste wie ein Lebewesen in ihrer Brust. Sie saugte ihr die Luft aus der Lunge, und ihr war, als beschwere ein Stein ihre Brust.

Beweg dich, sagte die Stimme wieder.

Sie machte einen Schritt nach rechts. Diesmal berührten ihre Finger eine Wand. Sie war rau, und ihre Kanten schnitten ihr ein wenig in die Finger. Das war gut. Zwar tat es ein bisschen weh, aber es verlieh ihr auch eine winzige Menge Fett. *Kleine Bläschen,* dachte sie hysterisch. *Ich habe nur noch kleine Bläschen.*

Sie machte einen zögerlichen Schritt nach vorn. Dann noch einen. Als ihr der Gedanke kam, dass sie für immer hier unten festsitzen könnte – oder eben bis sie hier unten verhungern würde –, kicherte sie. Immerhin gab es Wasser. Übel riechendes, brackiges Wasser, in dem bestimmt irgendwelche blinden Fische lebten. Oder vielleicht auch etwas Schlimmeres. Etwas mit Zähnen und Krallen, etwas ganz Gemeines.

Das Pochen hockte noch immer in ihrem Kopf. Auch das Summen war wieder da, zusammen mit den singenden, brummenden Stimmen, die nie ganz weggingen. Das erfüllte sie mit einer solchen Wut, dass sie sich immer und immer wieder ins Gesicht schlug. Leider machte sie das nicht fett.

Bescheuert, dachte sie. *Wie bescheuert hierherzukommen.* Dieser beknackte Jayewardene. Wenn sie hier jemals rauskäme, würde sie ihn umbringen. Aber langsam. Sie würde dazu vielleicht nicht einmal ihre Blasen nehmen. Es gab so viele schmerzhafte Methoden, jemanden ins Jenseits zu befördern.

Jayewardene war schuld daran, dass sie hier war. Er und diese beschissene Adesina. Ein schwaches Flüstern in ihr sagte: *Adesina. Ich liebe sie.* Und dann wurde der Gedanke von Furcht und Wut zerschmettert.

Beweg dich.

♣ ♦ ♠ ♥

Unten in der Krankenhauskantine brachte Franny ihr eine Tasse angebrannten Kaffee und ein Stück Cheesecake. Mollie aß einen Bissen und schob den Teller von sich. Der Cheesecake schmeckte zum Kotzen.

»Willst du drüber reden?«

»Nein.«

Sie konzentrierte sich darauf, ihren Kaffee umzurühren. Rührte eine halbe Streudose Zucker hinein. In der Kantine gab es nur Magermilch, deshalb hatte der Kaffee nicht nur diese eklige, gerade mal nicht mehr schwarze Farbe, sondern schmeckte auch so. Mit Ffodor zusammen hatte sie das erste Mal Kaffee mit richtiger Sahne getrunken, und seither konnte bei ihr nichts anderes mehr landen. *Krémes kávé,* hatte er es genannt. Die Erinnerung an seine seltsamen ungarischen Vokale zerrte an ihren Mundwinkeln. Sie fuhr sich mit der Zunge über die Lippen. Sie schmeckten salzig, nach Tränen.

»Was ist passiert?«

»Ich habe doch gesagt, dass ich nicht drüber reden will.«

»Okay. Dann rede ich drüber. Ich glaube, ich kann es mir zusammenreimen. Vor ein paar Monaten habt ihr beiden beschlossen, Baba Yagas Casino auszurauben …«

»Das war meine Idee. Anfangs war Ffodor nicht begeistert davon. Ich rede nicht drüber.«

»… aber es ist schiefgegangen. Und sie hat euch erwischt. Wie bin ich?«

»Wow. Aus Ihnen könnte irgendwann einmal ein endgeiler Detective werden. Oh, halt, irgendwann einmal werden wir nicht mehr erleben.«

Franny fuhr im selben ungerührten Ton fort: »Und was ist dann geschehen?«

Mollie stellte ihre Tasse so energisch auf den Tisch, dass Kaffee überschwappte. »Sie wollen, dass ich es ausspreche? Na gut. Ich habe ihn hängen gelassen. Ich habe Ffodor dort gelassen. Sie hat uns erwischt, und ich bin davongelaufen.«

»Das überrascht mich nicht«, sagte er. Er trank einen Schluck und verzog das Gesicht. »Wo hast du eigentlich gelernt, Polizeihandschellen zu knacken? Das gilt doch als schier unmöglich.«

»Ff…« Ihre Stimme brach kurz weg. »Ffodor hat es mir beigebracht.«

»Ihr beide müsst ein Höllenteam gewesen sein.«

»Er war gut zu mir, wissen Sie? Er war der Einzige, der mich nicht wie eine Enttäuschung behandelt hat, so wie meine Eltern. Und auch nicht so, als würde ich bloß toleriert und ansonsten benutzt, wie es bei Berman war. Ffodor hat mich wertgeschätzt. Hat mir Sachen beigebracht.«

»Er hat dein Potenzial gesehen.« Franny gab das Kaffeetrinken auf. Meine Güte, musste der schlecht sein, wenn sogar ein Polizist ihn nicht trinken wollte. »Davon hast du echt viel. Aber du lenkst es immer in unglückliche Richtungen.«

»Wenn das hochgestochen heißen soll, dass ich ein Arschloch bin: Das weiß ich bereits.« Sie seufzte. »Entkommen. Das ist meine Kraft. Ich kann allem davonlaufen, und deshalb renne ich allem davon.«

»Nun, dem kann niemand davonrennen. Nicht auf ewig. Nicht einmal du. Außer wir finden einen Weg, das zu regeln.«

»Tja, dann sind wir wohl alle am Arsch.«

»Nicht unbedingt.«

Sie sah von der Überschwemmung auf dem Tisch auf. »Habt ihr einen Plan?«

♦

Mollie sah zu ihm auf, und in ihren grünen Augen lag ein Hoffnungsschimmer. *Scheiße, nein, sie haben keinen Plan!*, wollte Franny ihr am liebsten entgegenbrüllen.

»*Besorgen Sie es uns.*« Rays kaltherziger Befehl. Franny wollte nicht in Schrecken und Wahnsinn sterben, verunstaltet und irre wie die Leute in der sich ausbreitenden Zone der Finsternis. Mollie war nur ein Strohhalm, an den sie sich klammerten, aber er würde jede noch so geringe Chance ergreifen.

Und das ließ sich nur auf eine Art bewerkstelligen. Er würde sie anlügen, sie manipulieren und benutzen, wie alle anderen sie auch belogen, manipuliert und benutzt hatten. Er wäre verdorben, aber außer ihm würde es keiner wissen. Es würde seine Seele verderben.

In diesem Moment hasste er sich.

♣ ♦ ♠ ♥

»Nein. Noch nicht. Und es tut mir leid, dass ich für deinen Freund nichts tun kann. Er ist nicht mehr in der Lage, dir zu vergeben oder nicht. Und du kannst ihm auch nicht mehr helfen. Trotzdem kannst du Wiedergutmachung leisten. Wenn du uns hilfst, dann hilfst du viel mehr Leuten als nur denen, denen du geschadet hast. Mich eingeschlossen.« Franny seufzte und schüttelte den Kopf. Einen Moment lang wirkte er viel, viel älter, als hätte eine gewaltige Last ihn altern lassen. Er sprach wie jemand, der bei seinem Priester die Beichte ablegte. »Ich habe das alles verursacht … indem ich dort eingedrungen bin. Vielleicht kannst du helfen, es wiedergutzumachen.«

Mollie sah ihn mit zusammengekniffenen Augen an. Mann, was war das für ein Pfadfindertyp! Aber als sie ihm in die Augen sah, erkannte sie dort einen Schatten kauern. Das Mal, das Baba Yaga erwähnt hatte. Er bemühte sich sehr, es zu verbergen.

»Sie haben es auch gesehen, stimmt's?«

Er nickte. »Aber nicht von innen. Nicht so wie du. Aber es war brenzlig, aus Talas herauszukommen. Ich habe Leute gesehen, die … sich ziemlich schlimme Dinge angetan haben.«

Mollie schlang die Arme um sich. *Denk nicht an das Baby denk nicht an das Baby und die Mistgabel und Eingeweide denk einfach nicht dran …*

»Franny, ich …« Ach, scheiß drauf. »Es tut mir leid, dass ich Sie zurückgelassen habe. Ich wusste nicht, dass es so werden würde.«

Er neigte den Kopf zu einem schwachen Nicken. »Ich nehme die Entschuldigung an. Wenn auch sehr reserviert, denn, du weißt schon, du hast mich in einem fremden Land ohne Pass mitten in einer Schießerei versauern lassen. Aber immerhin.«

Mollie holte tief Luft. Hielt sie an. Atmete aus. Versuchte, sich zu beruhigen. Doch es klappte nicht. Dann versuchte sie, etwas zu finden, woran sie sich festhalten konnte, etwas, das ihr die Furcht vom Leib halten würde. Doch sie fand nichts. Sie fing an zu zittern. Von ihrem Zittern geriet der Tisch in Bewegung, und der verschüttete Kaffee machte sich selbstständig und floss als Rinnsal unter den Serviettenspender.

Obwohl sie die Antwort bereits kannte und diese sie mit Entsetzen erfüllte, fragte sie: »Diese Hilfe, zu der Sie mich rumkriegen wollen, die besteht darin, dass ich Tore in diese irrsinnige Zone des Bösen öffne, oder?«

»Wahrscheinlich.«

Schlagartig drückte ihr die Blase. Kurz glaubte sie, sie würde sich in die Hose machen. Aber sie hatte sich heute in Frannys Gegenwart schon genug blamiert. Mit zusammengebissenen Zähnen sagte sie: »Wie geil. Ich kann's kaum erwarten.«

Franny zog sein Handy heraus. »Ich lasse Billy Ray wissen, dass du mit an Bord bist.«

♣ ♦ ♠ ♥

Marcus, Wasel, der Handschmied und ein Joker namens Bulat waren der Karawane vorausgegangen, um zu planen. Sie brüteten über einer Karte, die sie auf der Straße ausgebreitet hatten und an den Ecken mit Steinen beschwerten, damit der trockene Morgenwind sie nicht wegblies. Vor ihnen lag eine Kreuzung. Eine ausgedörrte Asphaltspur traf auf einen schmaleren Feldweg und führte dann auf beiden Seiten bis zum Horizont über flaches Buschland. Der Feldweg war derjenige, auf dem sie gekommen waren. Vor ihnen schlängelte er sich durch ein paar Hügel, wo er sich verlor.

Wasel stieß mit dem Finger auf die Karte und sagte etwas auf Russisch. Der Handschmied und Bulat wechselten skeptische Blicke. Bulat, einer der Dorfältesten, war dünn, hatte eine wettergegerbtes Gesicht, einen schwarzen Schnurrbart und schwarzes Haar. Er trug einen langen Kasachenmantel und einen Hut, den Marcus für eine Art Seemannsmütze hielt. Wenn man ihn im richtigen Moment ansah, wirkte er wie ein Normalo. Aber das änderte sich, sobald man den kleinen Eidechsenkopf bemerkte, der sich unter seiner dünnen Membranhaut bewegte. Der Kopf tauchte manchmal auf, dann verschwand er wieder. Er wanderte von Wange zu Wange, den Hals hinunter zur Brust und wieder hinauf zur Stirn. Er fing Fliegen aus der Luft, wenn sie ihm zu nah kamen.

Bulat sagte etwas, und der Handschmied stimmte grunzend zu. Wasel gab wieder einen Wortschwall von sich. Die beiden Männer ließen sein Geschimpfe schweigend und mit gesenkten Köpfen über sich ergehen. Genervt von den beiden wandte Wasel sich an Marcus. Er sprach ein ruppiges Englisch. »Da lang. Zur A2. Dann die M32. Das ist die beste Strecke.«

»Zur Autobahn?«, fragte Marcus. »Sie haben doch gesehen, wie es auf der Landstraße aus Talas heraus ausgesehen hat. Wenn wir die Autobahn nehmen, müssen wir langsam machen, und bei dem Scheiß, der da abgegangen ist, und da die meisten von uns Joker sind … Das gibt bloß Ärger.«

Wasel schnaubte verächtlich. »Ärger kann ich regeln. Mit diesem Schneckentempo komm ich nicht klar. So können wir nicht weitermachen.« Er zeigte auf die Straße, die sie gekommen waren, und in seiner Geste lag ein gewisser Ekel.

»Ich hätte mich nicht darauf einlassen sollen«, sagte Wasel. »Diese Joker …«

»Vergessen Sie nicht, *weshalb* Sie zugestimmt haben«, sagte Marcus. »Und außerdem haben die Joker Olena gerettet, und sie haben uns mehr als einmal aufgenommen. Sie behaupten, Sie würden Ihre Tochter lieben. Wenn das so ist, sind Sie jedem Menschen in dem Dorf etwas schuldig.«

»Menschen? Ich sehe keine Menschen bei denen.« Die Jokerprozession näherte sich, und Wasel beugte sich zu Marcus heran und sagte: »Fick dich, Schwarze Mamba. Ich weiß mehr über meine Tochter, als du je erfahren wirst. In ihr fließt mein Blut. Vergiss das nicht.«

Olenas Laster, der die Schar müder Reisender anführte, näherte sich im Kriechtempo. Sie waren die ganze Nacht hindurch gereist, viele von ihnen zu Fuß, manche hatten auf den ruckelnden Fahrzeugen zu schlafen versucht. Als der Laster anhielt, machte Olena die Tür auf und drehte sich, sodass ihre Beine heraushingen. Mit einer hochgezogenen Braue sah sie die Männer an. Auch sie war die ganze Nacht auf gewesen. Marcus wusste, dass sie erschöpft sein musste, aber sie legte großen Wert darauf, es sich nicht anmerken zu lassen. »Also, wo lang?«

Fünfzehn Minuten später, nachdem die ganze Gruppe mit sämtlichen motorisierten und unmotorisierten Fahrzeugen, Menschen und Tieren versammelt war und die Kreuzung verstopfte, kam ihnen die Antwort. Sie rollte am Horizont in Form zweier kasachischer Militärfahrzeuge heran. Die Fahrzeuge näherten sich schnell und bremsten erst im letzten Moment ab. Der Kühler des vorderen Lasters kam Wasel, der den Neuankömmlingen entgegenblickte, gefährlich nah.

Der Fahrer warf sich auf die Hupe und brüllte dabei zum Fenster hinaus. Durch das Luftflimmern über der heißen Motorhaube sah Marcus einen Trupp Soldaten auf der Ladefläche des Lasters. Sie standen auf und waren mit Maschinengewehren bewaffnet. Er murmelte: »Scheiße.«

Im Mundwinkel nuschelte Wasel: »Ich rieche keine Scheiße, nur eine Chance.«

Der Offizier stieg aus und fuchtelte wütend herum, schrie etwas auf Kasachisch, was offenbar heißen sollte, dass sie den Weg frei machen sollten. Wasel hörte ihm eine Weile mit erstaunlich gelassener Miene zu, als würde der Mann nur höfliche Nettigkeiten mit ihm austauschen und ihn nicht mit einem Haufen bewaffneter junger Männer im Rücken anschnauzen. Wasel hatte wieder seine Münze in der Hand. Er nahm sie zwischen die Schneidezähne und biss leicht darauf. Als der Offizier innehielt, nahm Wasel die Münze aus dem Mund und sagte etwas auf Russisch. Der Offizier wechselte in diese Sprache und fing noch einmal von vorn an.

Nie war sich Marcus seiner amerikanischen Einsprachigkeit so sehr bewusst geworden. Sollte er hier jemals rauskommen, würde er eine zweite Sprache lernen. Oder gleich drei oder vier.

»Sie fahren zur A2«, übersetzte Olena. »Eilmarsch Richtung Talas.«

»Meine Tochter hat recht«, sagte Wasel. »Das ist sehr gut von ihnen, meinst du nicht auch? Wie edel. Sie sind die Retter. So viele edle Soldaten. Was meinst du, wie viele sind es?«

»Was?«

»Wie viele? Zähl sie mal mit mir.« Wasel legte die Münze in seine linke Handfläche. Die Finger seiner rechten hielt er darüber und tippte mit ihnen gegen den Daumen. Da erschien eine zweite Münze und fiel klimpernd zu der anderen. »Ungefähr so viele, wie bei uns zu Fuß gehen, denke ich mal.« Noch eine Münze. Klimper. Und dann noch eine.

Der Offizier rief etwas, ein einzelnes knappes Wort, worauf die Soldaten ihre Gewehre anlegten und wahllos auf die Joker zielten.

»Wasel«, sagte Marcus. Er schlich näher heran und sagte leise: »Komm schon. Lass die Typen vorbei. Ganz langsam, okay? Wir schaffen das.«

»Ganz langsam«, sagte Wasel. Er ließ eine weitere Münze in seine Hand fallen, die zu Marcus' Erstaunen beinahe überlief. Es waren so viele, dass er gar nicht glauben konnte, dass nicht eine herunterrutschte. »Das Einzige, was ich ganz langsam mache, ist Vögeln. Alles andere mache ich rasch und wild, weißt du? Blinzle nicht, sonst kriegst du es nicht mit.«

Marcus bekam es mit, obwohl es rasch und wild geschah, wie der Gangster versprochen hatte. Einer der Soldaten schoss, wahrscheinlich hatte er aus Nervosität den Abzug versehentlich gedrückt, und er hätte Timur eine Ladung dampfendes Blei verpasst. Wasel schnippte eine Münze aus seiner rechten Hand, die sich so schnell bewegte, dass Marcus sie nicht sah, bis sie zusammen mit der Maschinengewehrkugel ein Stück vor Timur, direkt vor seinen großen Füßen, zu Boden plumpste. Im nächsten Augenblick schleuderte Wasel eine ganze Handvoll Münzen. Einige von ihnen fingen andere Kugeln der plötzlich einsetzenden Salve ab, die auf den ersten Schuss folgte. Andere schwirrten wie ein zorniger Hornissenschwarm durch die Luft. Sie schnitten sich durch die Soldaten, gingen glatt durch sie hindurch, verflüssigten sie, um danach einen Bogen zu machen und das nächste Opfer zu durchschlagen und immer so weiter. Die Soldaten brachen zusammen. Im Fallen feuerten sie blindlings in die Luft. Ein paar chaotische Sekunden lang.

Als es zu Ende war, befanden sich auf den Fahrzeugen nur noch dampfende Haufen zerflossener Menschen, ihre Kleider und die Waffen und Ausrüstungsteile, die sie getragen hatten.

In die benommene Stille, die darauf folgte, trällerte Wasel: »Wie gesagt: eine Chance.«

♣♦♠♥

Barbara stand am Stirnende des Besprechungszimmers und zeigte auf die Karte, die an die Wand projiziert wurde. Ink und Generalsekretär Jayewardene waren mit im Zimmer sowie Snow Blind, Toad Man und Wilma Mankiller – das B-Team des Komitees, wie sie ungerechterweise dachte. *Wie kommst du nur darauf, die auf eine Mission schicken zu wollen, bei der Klaus, Michelle, Ana und die anderen gescheitert sind?*

Man hatte das Zimmer gründlich auf Wanzen abgesucht, der Sichtschutz war vorgezogen worden, damit vom Flur aus niemand sehen konnte, was auf dem Bildschirm gezeigt wurde.

»Das ist das Kosmodrom Baikonur«, erklärte Barbara und zeigte mit einem Laserpointer auf die entsprechenden Gebäude auf der Satellitenkarte. Jayewardene starrte auf sein Laptop, das das gleiche Bild anzeigte. »Und das ist der Rand der Störung von Talas, wie wir sie nach besten Kenntnissen berechnet haben.« Der Laserpointer fuhr zum Rand eines schwarzen Bogens weiter unten im Bild. Sie nickte Ink zu, die ebenfalls ein Laptop hatte, und dann erschienen zwei punktierte Linien auf der Karte, die beide der Bogenkurve folgten. Der zweite und weiter außen liegende punktierte Bogen berührte die Gebäude in Baikonur. »Wie ihr sehen könnt, wird die Störung bei ihrer derzeitigen Ausbreitungsrate den Komplex in sechsunddreißig Stunden berühren und in vierzig Stunden eingeschlossen haben, und dann …«

Barbara zuckte zu Jayewardene gewandt mit den Schultern. »Dann haben wir die Kontrolle der Atomraketen und des nuklearen Materials, des Flughafens, der Startrampe und der gesamten militärischen Einrichtungen verloren. Wir wissen nicht, wer sie sich dann unter den Nagel reißt und was dann mit ihnen gemacht wird.«

Jayewardene nickte. »Und was ist Ihr Vorschlag, Miss Baden?«, fragte der Generalsekretär. »Das Komitee hat bereits einige Asse verloren beim Versuch, die Krise in Talas in den Griff zu bekommen. Es war ein Fehlschlag – und es tut mir sehr leid, dass Klaus derzeit zu den Vermissten gehört.«

Er ist nicht tot. Er kann nicht tot sein. »Es war ein Fehlschlag«, räumte Barbara ein. »Und niemand macht sich darüber mehr Vorwürfe als ich.« *Das ist wahrer, als ich zugeben möchte.* »Aber wir können es uns nicht erlauben, nach Talas auch noch das Kosmodrom zu verlieren.«

»Ich habe persönlich mit Präsident Putin gesprochen«, sagte Jayewardene. »Er hat mir versichert, dass die Truppen vor Ort alles Erdenkliche tun, um heikles Material aus dem Kosmodrom zu schaffen und den Stützpunkt unschädlich zu hinterlassen. Überdies ist bereits eine russische Brigade unterwegs, um mitzuhelfen. Er glaubt, dass das Kosmodrom keine Gefahr mehr darstellen wird, ehe die Störung es erreicht.«

»Auch ich habe mir erlaubt, persönlich mit Präsident Putin zu sprechen«, erwiderte Barbara. »Mir hat er ungefähr das Gleiche erzählt. Ich habe mich aber auch mit Präsidentin Rennsaeler in Washington in Verbindung gesetzt, und aufgrund der Informationen, die sie mir zugänglich gemacht hat, fürchte ich, dass Präsident Putins Behauptungen unglaubhaft sind. Als das Ganze vor ein paar Tagen anfing, hat Präsident Putin auf Premierminister Karinows Bitte hin einen Großteil der im Kosmodrom stationierten

Truppen nach Talas gesandt. Und als die Krise weiter eskalierte, hat er noch mehr Soldaten hinbeordert. Alle diese Einheiten sind praktisch aufgerieben. Die russischen Soldaten, die zurückgeblieben sind, sind demoralisiert und verängstigt, haben Gerüchte aus Talas vernommen und sind viel zu wenige, um die Einrichtung in Betrieb zu halten oder mehr als bloß einen Bruchteil der dort gelagerten atomaren Ausrüstung und Waffen wegzuschaffen. Ich glaube – und ich sage das nur äußerst widerwillig, Generalsekretär, aber es ist nun mal das, was die Daten der NSA nahelegen –, dass Präsident Putin plant, die Atomraketen im Kosmodrom auf Talas abzufeuern.«

Die Worte auszusprechen brachte Barbara unweigerlich ins Stocken. *Und wenn das passiert, dann besteht für Klaus keine Hoffnung mehr, und wenn diese Russin recht hat, dann besteht auch für den Rest der Welt keine Hoffnung mehr.* »Ich muss niemanden erinnern, was Baba Yaga uns mitgeteilt hat: Wenn Tolenka stirbt, wird die Bestie in ihm vollends entfesselt, und das, was wir jetzt erleben, wird dann nur ein Vorgeschmack gewesen sein.«

»Und Sie glauben ihr?«, fragte Jayewardene.

»Das tue ich«, gab Barbara zurück. »Sie hatte keinen Grund zu lügen. Meine Leute haben fast alles, was sie gesagt hat, verifizieren können, und Officer Black hat den Rest bestätigt. Putin beabsichtigt keineswegs, das Kosmodrom aufzulösen. Er will es benutzen, und zwar innerhalb der nächsten sechsunddreißig Stunden. Wir dürfen keine Zeit vergeuden. Soweit wir auf dem Satellitenbild erkennen konnten, macht sich seine Brigade in Russland erst noch zum Aufbruch bereit. Die Transporter sind noch nicht gestartet, und sie werden auch nicht losfliegen, denn Präsident Putin weiß sehr wohl, dass er sie sonst auch verlieren wird. Wir haben nicht genügend Blauhelme, um sie zwischen die Russen und das Kosmodrom zu bringen.« Diesen Punkt quittierte Jayewardene mit einem Nicken. »Aber ein Komitee-Team könnte sie aufhalten. Die Entscheidung, Generalsekretär, liegt bei Ihnen, aber wir brauchen jetzt eine Vollmacht der UNO.«

Barbara wartete, lauschte dem Summen des Projektors und war ganz warm im Gesicht. »Ich stimme Ihnen zu, Miss Baden, wenn auch widerstrebend«, sagte Jayewardene schließlich. Er stand auf. »Innerhalb einer Stunde haben Sie Ihre Vollmacht, Miss Baden. Ich kümmere mich gleich darum. Ich hoffe, dass Sie recht haben. Das hoffe ich für uns alle.«

Und dann nickte Jayewardene allen kurz zu und ging hinaus.

»Das lief gut, Mizz B«, sagte Juliet. »Finde ich.«

»Sollen wir uns bereit machen, Barbara?«, fragte Toad Man und sah die anderen an.

»Ja!«, sagte Barbara und merkte erst dann, wie laut sie gesprochen hatte. Alle glotzten sie an. Sie machte die Augen zu, holte tief Luft. »Ja«, wiederholte sie und spielte ihnen eine Gefasstheit vor, die sie nicht empfand. Dann wandte sie sich zu Juliet. »Verbinde mich mit Ray. Wir brauchen seine Hilfe.«

♣ ♦ ♠ ♥

Angel konnte nur langsam fliegen, und es war mühsam. Sie eierte und kreiste wie ein gedröhnter Schmetterling herum, und obwohl sie eine gerade Flugbahn beizubehalten versuchte, flatterte sie ständig hin und her und vergeudete kostbare Energie.

Talas unter ihr war eine verwüstete, in widerlich grünen Nebel getauchte Höllenlandschaft. Gestalten, die sich am Boden bewegten, waren vage auszumachen, und häufig waren gedämpfte Schreie und Rufe und Schüsse und Explosionen zu hören. Aber sie konnte sich keinerlei Reim darauf machen. Ihr war klar, dass sie tiefer fliegen musste, auch wenn das Gefahr bedeutete.

Als sie vertrautes Terrain und eine Reihe still stehender Fahrzeuge unter sich sah, ließ sie sich davon leiten. Sie ging runter und erkannte in den Fahrzeugen die Wagen, mit denen sie am Abend zuvor in die Stadt gefahren waren. Ein rascher Erkundungsüberflug zeigte ihr, dass alles ruhig war. Hier rührte sich nichts außer den Nebelschleiern. Vorsichtig landete sie auf dem vorderen Panzer.

Von hier besah sie sich die unheimlich stille Stadtlandschaft. Sie formte mit den Händen einen Trichter vor dem Mund.

»*Lohengrin!*«, rief sie. »*Lohengrin!*«

Ihre Rufe hallten schaurig wider, und von irgendwoher, vielleicht auch von überallher, kam schrilles, manisches Gelächter, unmenschlich hoch und laut, und es endete in irrem Kichern. Aus dem dichten Nebel drangen Schreie. Sie klangen fast menschlich, verklangen dann aber wabernd, als würden sie in Blutströmen erstickt. Sie wäre darauf zugegangen, doch konnte sie nicht bestimmen, woher sie kamen. Irgendetwas spielte ihr Streiche.

Sie versuchte es noch einmal, musste aber feststellen, dass es aussichtslos war. »*Onweer! Earth Witch!*«

Hinter ihr hörte sie das Bröckeln von Beton und das Krachen einstürzender Häuser. Sie wirbelte herum. Dann hatte also doch jemand ihren Ruf gehört.

Earth Witch stand auf einem Berg Erde, fünfzehn oder zwanzig Meter entfernt. Ihre Kleider waren mit Erde verkrustet. Ihr schrecklich regungsloses Gesicht war verschmiert bis auf zwei Streifen auf den Wangen, die von ihren beständig strömenden Tränen freigespült wurden.

»Ana!«, kreischte Angel.

Die junge Frau hatte die Arme flehend ausgestreckt, und

ihre Lippen bewegten sich unablässig, aber Angel verstand nicht, was sie sagte, falls sie überhaupt etwas sagte. Mit einem einzigen Flügelschlag erhob Angel sich in die Luft, doch auch Ana setzte sich in Bewegung.

Durch die Straße unter ihr liefen Wellen, der Asphalt riss und teilte sich wie das Rote Meer, und eine Erdfontäne stieg zu dem Hügel auf, auf dem das Ass stand. Die Erde kräuselte sich, geriet in Bewegung wie Sanddünen, die von einem unsichtbaren Wind mit irrer Geschwindigkeit vor sich hergeblasen wurden. Ana drehte Angel den Kopf zu, um den Blickkontakt nicht zu verlieren, während sie wie eine Surferin auf einer Erdwelle die Straße entlang floh.

Angel knirschte mit den Zähnen und machte sich an die Verfolgung. Sie setzte ihre ganze Willenskraft darauf, nicht von dem fliehenden Ass abgeschüttelt zu werden. Doch die junge Frau raste unglaublich schnell im Zickzack durch die Straßen, und Angel merkte rasch, dass sie das Rennen verlor. Die Schmerzen in ihrer verletzten Schulter strahlten auf ihren ganzen Körper aus, doch sie ließ nicht von der Verfolgung ab, bis sie erneut um eine Ecke bog und die junge Frau endgültig aus den Augen verloren hatte. Nicht einmal das Krachen des aufreißenden Asphalts konnte sie mehr hören. Sie sah sich um und stellte fest, dass sie in einem anderen Stadtteil war.

Sie war nicht mehr am Rand von Talas, sondern war ins Stadtzentrum gelangt. Die Gebäude standen dichter und höher, zeigten aber noch mehr Zerstörung als die am Stadtrand. Es kitzelte sie in der Nase, und sie hielt den Atem an, als ihr der allgegenwärtige Gestank von Tod auffiel. Sie schwebte über der Straße und traute sich nicht zu landen, denn alles war von Leichen bedeckt. Doch zu Angels unbeschreiblichem Entsetzen schienen sich die Leichen zu bewegen, zu zucken und sich unnatürlich zu verrenken, als wollten sie in den Haufen scharfer und kantiger Trümmer, die zu ihren letzten Ruhestätten geworden waren, eine bequemere Lage finden. Ihre zerfetzten Kleider raschelten, doch es wehte kein Wind.

Sie konnte sich des Ekels nicht erwehren, als ihr klar wurde, dass es auf den Leichen von wuselndem Ungeziefer aller Größen und Arten nur so wimmelte. Sie hatten stillgehalten, als Angel aufgetaucht war, doch nachdem sie nun merkten, dass sie keine unmittelbare Gefahr darstellte, widmeten sie sich wieder dem Fressgelage.

Es waren Käfer, deren Größe zwischen der von Schaben und der von Hunden schwankte. Die meisten hatten Scheren, mit denen sie in das in der Hitze faulende Fleisch schnitten. Wurmartige, gliederlose Kreaturen, die Schlangen glichen, oder welche mit unzähligen Beinen, die sich in die Leichen hinein- und wieder herausgruben wie Maden im Käse. Ameisenähnliche Wesen mit seltsam vorstehenden Stirnen und viel zu neugierigen Augen, die oft innehielten und Angel nachdenklich betrachteten, während ihre Mundwerkzeuge beim Fressen leise Klickgeräusche von sich gaben. Und schleimige, schneckenartige Tiere, die gar keine Geräusche von sich gaben, während sie den Toten die Augen aussaugten.

Angel krampfte sich der Magen zusammen, doch war da nichts mehr, was sie hätte herauswürgen können, nicht einmal Galle.

Einen Moment lang beobachtete sie das Treiben voller Entsetzen. Und dann krochen und krabbelten die größeren Aasfresser aus ihren Schlupflöchern und Ecken, in die sie sich bei Angels Ankunft geflüchtet hatten. Der Anblick der pelzigen, schuppigen und ledrigen Wesen machte sie so fassungslos, dass sie sich nicht mehr rühren konnte. Als sich auch noch Menschen dazugesellten und sich mit ihren Konkurrenten um die aufgedunsenen, verfaulten Leichen stritten, wandte sie den Kopf ab und schoss wie ein Pfeil in den Himmel.

♣ ♦ ♠ ♥

Michelle ging langsam weiter, fuhr mit den Fingern über die Wand rechts von ihr. Sie konnte nicht sagen, wie lange sie so ging oder wie weit. Die Zeit verstrich anders als sonst. Ihre Kampfstiefel kratzten geräuschvoll auf dem Boden, egal wie sanft sie auch aufzutreten versuchte. Es hallte in der unnatürlichen Stille wider. Doch mit ihr waren hier unten noch andere Dinge. Hin und wieder hörte sie etwas. Schreckliches Glucksen. Ein erstickter Schrei. Das Geräusch von reißender Haut und brechenden Knochen.

Manchmal schoss sie eine Blase in Richtung der Geräusche, und meistens traf diese auf eine Wand. Dann gab es einen Blitz, in dem sie kurz etwas erkannte. Der Anblick brannte sich ihr aufgrund der plötzlichen Helligkeit in die Augen.

In einem solchen Lichtblitz sah sie einen kauernden, nackten Mann. Seine aufgedunsenen Genitalien schleiften auf dem Boden, und er saugte einem Baby die Rückenmarksflüssigkeit aus. Michelle würgte, und dann wollte sie ihn töten, doch sie konnte das Fett nicht entbehren. *Scheiß drauf.* Sie schleuderte eine kugelgroße Blase, hörte den Glückstreffer und das erfreuliche Plumpsen, als der Mann auf den Boden dotzte.

Sie fragte sich, wie Babyrückenmark schmeckte. Es war lange her, dass sie etwas gegessen hatte. Und dann würgte es sie wieder. *NeinneinneinneinneinNEINNEINNEINNEIN …*

Beweg dich.

Sie taumelte weiter, bis sie über die Leiche des Babyfressers stolperte und ihn mit dem Fuß ins Wasser stieß. Dann trat sie auf etwas Weiches, Schmatzendes. Das Baby. Auch das kickte sie ins Wasser. Es platschte. Gleich neben ihr. Sie drückte sich ganz dicht an die Wand, und dann spürte sie einen Luftzug: Etwas kam aus dem Wasser. Ihr Bauchgefühl sagte ihr, dass es etwas war, das die Leichen fraß, die sie eben in den Kanal gekickt hatte.

Rasch hastete sie weiter. Und wieder hatte sie keine Ahnung, wie weit sie gegangen war. Oder wie lange.

Schließlich endete die Wand. Sie streckte eine Hand aus, während sie mit der anderen die Ecke berührte. Nichts. Eine winzige Blase löste sich von ihren Fingerspitzen. Sie traf auf etwas, und in dem Lichtblitz erkannte sie, wo sie war.

Über ihr wölbte sich wie ein Kathedralendach die Katakombendecke. Von dieser Halle gingen Gänge ab wie die Speichen eines Rads. Plötzlich versagten ihre Beine, und sie krachte auf den Boden.

Sie würde sterben, allein in der Dunkelheit.

Beweg dich.

Leck mich, dachte sie. Einen Moment lang spürte sie den Drang, es hinauszuschreien, doch die Angst vor dem, was hier unten noch lauern mochte, war zu groß.

Ich bin Amazing Bubbles. Nichts kann mir etwas anhaben. Aber das stimmte nicht, oder? In diesem Albtraum, dieser Höllengrube, diesem unaussprechlichen Ort gab es viele Dinge, die ihr etwas anhaben konnten. Kugeln. Anas Erdwand. Mummy.

Furcht durchbohrte sie wie ein Dorn. Und Panik machte sich in ihr breit. Eine schreckliche Angst. Beim letzten Mal hatte sich in diese Angst noch Wut gemischt.

Und dann hörte sie das Schlurfen hinter sich. Wie weit entfernt, wusste sie nicht. Aber sie kannte das Geräusch. Dieses Geräusch würde sie nie vergessen. Das Ding im Dunkeln. Sie wusste, was es war. Und es kam sie holen.

♣ ♦ ♠ ♥

Diesmal waren viel mehr Komitee-Beamte da als bei Mollies Aufbruch vor ein paar Stunden. Babel hatte keine Zeit vergeudet und ihr B-Team versammelt.

»He!«

Mollie, Franny und Billy Ray traten aus dem gefalteten Raum und standen neben einer zierlichen Frau, die sich in eine Ecke drückte. Ein paar Haarsträhnen hatte sie sich rot, fast karmesinrot gefärbt. Sie war sogar noch kleiner als Mollie, aber so dünn, dass Mollie dagegen wie eine schwabbelige Sau aussah. *Toll.*

Die andere Frau taumelte zurück, fing sich aber nach ein oder zwei Schritten. »Fieser Trick. Scheiße, Mann, wer bist du?«

»Ich bin eure Fahrerin.« Mollie schnupperte, rümpfte die Nase. Ein Blick nach unten, und sie entdeckte den Deutschen Schäferhund neben der Frau. Sie runzelte die Stirn. Der Hund knurrte und starrte sie mit einem milchigen Auge an. Im anderen Auge schien sich etwas zu winden.

»Hast du 'n Problem?«

»Dein Hund. Der sieht ...« *... aus, als hätte er etwas zu lange überfahren am Straßenrand gelegen.*

»Tja, nun, was erwartest du? Sie ist halt schon eine Weile tot.«

»Aha«, sagte Mollie und versuchte, nicht durch die Nase zu atmen. »Ich nehme an, du bist Joey.« Bisher passte die Frau auf die Beschreibung.

»Für dich immer noch Hoodoo Mama, Arschgeige.«

Ja. Passte hundertpro auf die Beschreibung. *Na toll.*

Joey musterte sie von oben bis unten. Kniff die Augen zusammen. »Warst du nicht vor ein paar Jahren bei *American Hero*?«

Ach du liebe Güte! »Erinnere mich bloß nicht dran«, seufzte Mollie. »In der Show nannte man mich Tesseract.«

Joey gähnte, verschränkte die Arme und runzelte dann

wieder die Stirn, während sie die anderen versammelten Asse beobachtete. Franny und Billy Ray hatten sich entfernt, um Babel zu holen, doch Mollie hatte hierbleiben wollen, um die anwachsende Gruppe zu beobachten.

Sie entdeckte Agent Moon, die Dogge, die mit Billy Ray zu ihrem Hof gekommen war. Dann war da ein Typ, der vollkommen normal aussah und mit einem hohen Tenor und Südstaatenakzent eine bescheuerte Anekdote über seinen Onkel Raymond in Florida erzählte. Die Frau neben ihm, die – mit seidigem französischen Akzent – höflich plauderte, hatte ihre Haare leuchtend magentarot gefärbt. Hätte sie sich neben Joey gestellt, wären alle, die blöd genug waren, die beiden anzusehen, erblindet. Einem Kerl, der wie ein Cowboy gekleidet war, wuchsen zwei große, durchscheinend schwarze Flügel auf dem Rücken. Er trug eine Perlenhalskette, und sein offenes rot-weiß kariertes Hemd entblößte eine sonnengebräunte Brust. Er sprach mit einer hochgewachsenen Frau, die so kräftig wirkte, als könne sie einen Bären niederringen. Ihr pechschwarzes Haar war so strahlend, dass Mollie sich ins eigene Haar fasste. Menno.

Es kamen noch mehr Komitee-Mitglieder. So viele, dass gar nicht mehr alle ins Atrium passten, sondern sich auf die umliegenden Büros verteilen mussten. Mollie fragte sich, wie viele von diesen armen Hunden begriffen, dass sie die entbehrliche zweite Charge waren, die für ein sinnloses Himmelfahrtskommando angeheuert wurde, um die A-Riege zu retten, die inzwischen wahrscheinlich nur noch aus stammelnden Kannibalen bestand.

Joey merkte, dass sie die Leute beobachtete. Sie zeigte auf das Paar auf der Couch. »Das ist Toad. Der ist in Ordnung, der kann was. Das neben ihm ist Simone. Die glaubt, ihre Scheiße würde nach frisch gebackenen Croissants riechen, bloß weil sie französische Kanadierin ist. Als wäre das was ganz Tolles. Aber weißt du, in New Orleans sprechen wir auch Französisch, aber wir tun nicht so, als würde uns die Sonne aus dem Arsch scheinen. Der Typ mit den Teufelshörnern und der roten Strumpfhose ist Mephistopheles. Steig mit dem bloß nicht allein in einen Aufzug. Man nennt ihn nicht umsonst Geiler Sack. Aber wenn dieser Wichser mir krumm kommt, dann reiß ich ihm den Schwanz aus. Die Frau mit den Zöpfen ist Wilma …«

»Ist okay, äh, ist gut. Danke. Wirklich danke. Aber du musst mir die nicht alle vorstellen.«

Wenn sie es wieder herausschafften, konnte Mollie die Namen immer noch lernen. Aber in ein paar Tagen würden Namen ohnehin keine Rolle mehr spielen. Dann wären ihre Namen sowieso nur noch das Heulen des Wahnsinns, das zwischen gefühllosen Sternen widerhallte, und das Geräusch von Zähnen, die sich selbst zerfleischend auf Knochen schlugen.

Außerdem konnte sie ihnen nicht in die Augen schauen, solange sie wusste, dass sie sie wahrscheinlich in ihren Tod sandte.

Joey betrachtete sie durch zusammengekniffene Lider. »Oh, verstehe. Bringt ja nichts mehr, unsere Namen zu lernen, was?«

»Das habe ich nicht gesagt.«

»Nein. Aber es steht dir ins Gesicht geschrieben.«

Mollie wollte das Thema wechseln. »Du bist beim Komitee, nehme ich an. Du musst mit diesen Typen arbeiten.«

»Scheiße, nein. Ich habe diese beknackten Armleuchter eine Stunde lang belauscht.« Geistesabwesend kraulte sie ihren Zombiehund hinter den Ohren. Der gab ein Geräusch von sich, das zwischen einem beglückten Jaulen und dem Entweichen von Zersetzungsgasen bei einer toten Stallkatze an einem heißen Sommertag anzusiedeln war. Mollie hielt die Luft an. »Dem Scheißdreckskomitee war ich nie gut genug. Aber jetzt brauchen sie auf einmal diesen alten

Bayou-Voodoo-Kram, und meine Fresse, hastenichgesehen, plötzlich bin ich also doch gut genug.« Sie schnaubte. »Verfickte Schwanzlutscher.«

Joey fragte: »Und wie kommt's, dass du dich nicht mehr Tesseract nennst? Das ist doch ein scheißgeiler Name.«

Es war verdammt lange her, seit jemand sie so genannt hatte. Es war ihr Name für *American Hero* gewesen. (Jetzt, wo sie darüber nachdachte, hatte die Horrorshow-Apokalypse vielleicht auch ihr Gutes. Denn der Gedanke, dass der völlig unbegabte Clownarsch, der sie aus der Show geschmissen hatte – Jake Butler, der Laureate –, schreiend verrecken würde, wenn ihm ein Heer von spinnenfüßigen Augäpfeln das Hirn durch den Arsch heraussaugen würde, bereitete ihr gehässige Genugtuung.)

Ein paar Teilnehmer des neuen Himmelfahrtskommandos musterten sie etwas eingehender. »Ohhhhh, ja«, sagte der Krötentyp. »Dachte mir doch, dass du mir bekannt vorkommst.«

»Weil genau das passiert«, sagte Mollie, »wenn ich mich so nenne.«

Erst verwandelte sich der Lärm der vielen beiläufigen Gespräche in unverständliches Kauderwelsch, dann trat Stille ein, und alle sahen sich verwirrt an. Lediglich Badens Stimme brachte für alle klar verständliche Worte hervor. »Mollie? Ist Mollie noch hier?«

Ah, verstehe. Sie sah Joey an und sagte: »Deshalb nennt man sie wohl Babel.«

Joey kräuselte die Augenbrauen und sagte: »Gkjj ybq ppjp xif aza bxb?«

Mollie seufzte. Sie hob die Hand und winkte. »Ja. Hier drüben.«

Baden schlängelte sich mit Billy Ray im Schlepptau durch die Menge. Mollie fragte sich, wo Franny hingegangen war. Baden sagte: »Wir sind bereit für dich.«

Eine leichte Panik machte ihr weiche Knie, als wären sie aus Kerzenwachs. »Wollt ihr nicht noch auf andere warten?«

»Wir können nicht mehr warten. Ein anderes Team als das hier haben wir nicht.«

Mollie folgte Baden in ein Besprechungszimmer. Billy Ray und Joey kamen hinter ihnen her. Sie fühlte sich, als ginge sie ihrer eigenen Exekution entgegen, und es war ein Wunder, dass ihre Beine sie überhaupt trugen. Aber sie schaffte es in das Besprechungszimmer, in dem zwei Laptops an die Monitore angeschlossen waren. Ein gewaltiger Flachbildschirm hing am Stirnende eines langen Tischs an der Wand und war in zwei Bilder aufgeteilt. Links sah man ein Satellitenbild oder ein Foto aus großer Höhe. Rechts, etwas unschärfer, war das Bild auf ein Stück Asphalt herangezoomt worden.

»Das ist also Balalaika, hä? Wo liegt das Problem?«, sagte Joey.

»Baikonur. Eine Balalaika ist ein slawisches Musikinstrument, eine Art dreieckige Gitarre«, sagte Babel.

»Von mir aus.«

Auf dem herangezoomten Bild sah man eine dunkle Ecke, wo zwei Lagerhallen aneinanderstießen. Dort sollte das B-Team eintreffen. Auf dem Gesamtbild erkannte man einen weitläufigen, mit Lagerhallen – der Landeplatz war dankenswerterweise rot eingekreist –, Hangars, unterirdischen Silos, Raumfähren und sogar ein, zwei Panzern getüpfelten Betonkomplex. Außerhalb, in der unteren linken Ecke, drängte sich eine bunte Menge gegen den Umfassungszaun. Mollies Magen rebellierte, als ihr klar wurde, dass das lauter Menschen waren.

Es war offensichtlich, dass die Menge gegen den Zaun drückte und herein wollte. Doch flohen sie vor dem Wahnsinn, oder brachten sie ihn mit?

Bei genauerem Hinsehen stellte sie fest, dass es unter den

Flüchtenden bereits Handgemenge und Kämpfe gegeben hatte. Ringsum lagen Leichen verstreut.

… denk nicht an den Stall, denk nicht an den Stall, denk nicht …

Zitternd schenkte Mollie sich ein Glas eisgekühltes Wasser aus einer Karaffe auf dem Tisch ein. Als ihre Kehle sich nicht mehr anfühlte, als wäre sie mit Asche verstopft, fragte sie: »Wie alt sind diese Aufnahmen?«

»Sechs Stunden«, gab Babel zurück.

»Habt ihr nichts Aktuelleres?«

Die Komiteefrau verkrampfte sich. »Ist das ein Problem?«

»Nein. Nein, ich kann das schon machen. Es ist nur … Sind Sie sich sicher, dass der Ort nicht schon absorbiert wurde? Von den, Sie wissen schon …«

»Glauben Sie uns. Er ist sicher. Sonst würden wir ihn nicht als Operationsbasis nutzen. Unser Ziel ist, rein- und wieder rauszukommen, ehe Baikonur eingeschlossen wird.«

»Sei klug. Pass auf dich auf. Sei schnell«, flüsterte Mollie. Ihre Knie zitterten unterm Tisch, wo man sie nicht sehen konnte.

»Was?«

Sie schüttelte den Kopf. »Nichts. Habe mich nur an was erinnert, was mir ein Freund immer gesagt hat.«

Sie setzte sich an den Tisch und betrachtete den Bildschirm. Sie kniff angestrengt die Augen zusammen, um jedes Detail erkennen zu können. Die Winkel der Schatten, die Farbe des Betons, die Rostflecken auf den Hangardächern, die verblichenen kyrillischen Buchstaben auf den Rollbahnen …

Baden sagte: »Reichen diese Bilder?«

Mollie räusperte sich zweimal. Die Druckstellen gaben sich Mühe, jede Unebenheit und jedes Kratzen ihrer Stimme hervorzukitzeln. »Tja, sie sind undeutlich, aber das passt schon. Wenn es hart auf hart gekommen ist, habe ich auch schon ziemlich verschwommene Webcambilder genommen.«

Aber bevor sie in Talas gewesen war … wo sich Leute zertrümmerte Glasflaschen in die Augen stießen … und Babys auf Eisenpfosten spießten … und sich gegenseitig die Gesichter vom Schädel nagten …

Ihre Konzentration verpuffte wie ein geplatzter Ballon.

♣♦♠♥

Angel musste sich dringend ausruhen und brauchte etwas zu essen. Zum Glück fiel ihr ein Flachdachgebäude auf, das noch halbwegs in Schuss zu sein schien und wo sie dem Nebel nicht völlig ausgesetzt wäre. Sie landete ungelenk neben einer kleinen Kuppel über einem Treppenaufgang, über den man ins Haus gelangte.

Ihre Schwingen verschwanden, und es fühlte sich so an, als würde ihr eine große Last von Schultern und Rücken genommen. Sie streckte sich behutsam und wünschte sich, Billy mit seinem Talent als Masseur und seinen kräftigen Händen wäre hier. Das könnte sie jetzt gut vertragen, dachte sie, oder auch nur ein sanftes Streicheln über die Wange.

»Du warst schon immer ein widerborstiges Kind«, sagte eine vertraute Stimme.

Angel richtete sich auf, und eine Furcht erfasste sie, wie sie schon seit Jahren keine mehr gefühlt hatte.

»Halsstarrig«, sagte die Stimme. »Hinterlistig. Intrigant. Gemein. Ein fieses kleines Luder.«

Sie kannte die Stimme. Sie kannte sie gut. Sie drehte sich um und sah sich ihrer Mutter gegenüber.

Sie hatte sich nicht verändert seit ihrem Tod. Kein bisschen. Ihr Gesicht war von einem Netz noch blutender Schnitte überzogen, in denen teilweise noch die Splitter der Windschutzscheibe steckten, und ihre Kehle war aufgeschnitten. Der Gerichtsmediziner hatte dies für die Todesursache gehalten, aber er war sich nicht ganz sicher gewesen. Vielleicht war sie auch an der Scherbenwunde verblutet oder ob der Aufprall gegen das Steuerrad hatte ihr die Brust zerdrückt. Womöglich war sie auch dem Wirbelbruch erlegen, als sie gegen den Baum geschleudert worden war, gegen den das Auto gerast war. Auf dem Asphalt hatte man keine Bremsspuren gefunden. Und auch nicht auf der Wiese, auf die sie im Suff mit neunzig Meilen in der Stunde geprescht war.

Die Worte stürmten unbeherrscht durch Angels Bewusstsein. Sie war zu nichts anderem fähig, als ihre sich nähernde Mutter anzuglotzen. Es war ein Wunder, dass sie aufrecht stehen, ja sogar laufen konnte, wenn man ihr stockendes Stolpern »Laufen« nennen wollte. Was, fragte sich Angel, hielt sie überhaupt zusammen, wo doch literweise Blut ihr Kleid tränkte und an ihrem verheerten Leib herunterlief? Sie hinterließ eine dicke Blutspur. Das meiste kam aus ihrem Gesicht und Kopf – eine besonders scharfe Scherbe hatte sie zur Hälfte skalpiert, hatte ihr Kopfhaut und Haar vom blanken Knochen geschabt.

»Hier dürftest du dich ja richtig zu Hause fühlen«, sagte ihre Mutter und kam schwankend zum Stehen. »Du bist genauso unnatürlich wie alles andere hier. Als Bastard geboren. Dann von diesem unheiligen Virus, der als Zeichen der rechtmäßigen Vergeltung zu den Unwürdigen auf die Erde herabgesandt wurde, in ein verkommenes, genetisches Wrack verwandelt …«

»Es hat mich zu einer Heldin gemacht …«, wagte Angel zu sagen, doch ihre Stimme war die des kleinen Mädchens, das sie gewesen war, ehe ihre Mutter mit dem Messer auf sie losgegangen war.

»*Es hat eine Missgeburt aus dir gemacht*«, kreische ihre Mutter. »Du warst schon immer eine elende Lügnerin, eine

Ungläubige, obwohl ich mich so bemüht habe, dich zu Gott zu bringen. Es hat dich in einen Vielfraß verwandelt, du hast dich immer vollgestopft und dich wie eine Hure durch die Betten der Jungs geschlafen …«

»Ich habe nie …«

»Ich habe gesehen, wie du ihn geküsst hast!«

»Einmal …«, sagte Angel unter Tränen. »… nur ein einziges Mal …«

»Du wolltest sie alle!«

Angel fiel auf die Knie und war zu nichts anderem mehr in der Lage, als den Kopf zu schütteln. »Ich wollte jemanden lieben«, flüsterte sie.

Ihre Mutter lächelte höhnisch. »Tja, du hast ihn ja gefunden. Noch so eine verkommene Missgeburt, genau wie du. Und sieh dich doch an, mit deinem Nuttenanzug, wie du heulst, am Boden …«

»Angel …« Die Stimme kam von hinter ihr, tief und zögernd, suchend. »Angel …«

Noch einmal.

Angel drehte den Kopf, sah nach hinten und erkannte eine alte, hochgewachsene Frau in einem schwarzen Mantel, die sich auf einen Stock stützte. Die Frau betrachtete sie, und Angel stellte entsetzt fest, dass sie keine Augen mehr hatte, nur leere, schwarze Höhlen, und die Wangen darunter hatten schwache rote Flecken wie Schminkreste.

»Du bist es«, keuchte die Alte atemlos. »Ich sehe dich in meinem Geist. Dann sind meine Träume also doch wahr geworden. Ich habe es euch doch gesagt. Ich habe es euch allen gesagt.«

Jetzt erst erkannte Angel im dichter werdenden Nebel hinter ihr andere Leute. Oder Dinge, die wie Leute aussahen. Ein kleiner Junge stand hinter der Alten, klammerte sich an ihren Mantel und spähte hinter ihrem Bein hervor. Er hatte kleine Hörner wie ein Faun und haarige Ziegenbeine.

»Im Traum habe ich dich gesehen, Engel der Gassen. Wir haben viel erduldet und suchen dich schon lange. Wir flehen um deine Hilfe in der Zeit unserer Drangsal.«

Angel wischte sich mit dem Rücken ihres Lederhandschuhs den Rotz ab, der an ihr herunterlief.

Ihre Mutter lachte hysterisch. »Was sind das für widerliche Geschöpfe?«, fragte sie. »In Mississippi würden wir solche abartigen Gestalten nicht dulden.« Sie schüttelte verzweifelt den Kopf, sodass ihr halb abgetrennter Skalp herunterfiel und ihr eines Auge bedeckte. »Ich wusste immer, dass du in der Hölle enden würdest«, sagte sie.

Langsam erhob sich Angel. Sie wandte sich wieder zu ihrer Mutter um.

»Halt die Fresse, du besoffenes Aas«, sagte sie leise und kalt.

Das schien ihre Mutter nicht zu beeindrucken. »Und schon wieder verstößt du gegen ein Gebot«, sagte sie. »Willst du erst gegen alle verstoßen, bevor du Ruhe gibst?«

»Halt's Maul!«

Ohne dass sie danach verlangt hätte, war das Schwert in ihrer Hand. Sie machte einen Schritt nach vorn, ihr Blick war wild und düster, und eine ebenso wilde Freude durchströmte sie. Mit einem unartikulierten Wutschrei holte sie aus und trennte ihrer Mutter den Kopf ab, genau an der Stelle, wo die Scherbe ihr die Kehle aufgeschlitzt hatte. Der Kopf flog weg, und Angel sah ihm nach, wie er einen trägen Bogen in die Luft schrieb. Interessant war, dass nirgends Blut aus der Schnittstelle hervorschoss, sondern sich lediglich dicker grüner Nebel träge in die Höhe wand.

Als der Kopf auf dem Dach aufkam, verpuffte er zu grünem Rauch, und Angels Mutter sackte wie ein durchlöcherter Ballon in sich zusammen und löste sich auf.

»Klingenmadonna!«, rief die Alte aus. »Bitte komm uns zu Hilfe!«

Angel wandte sich ihr zu. »Zeig mir eure Not!«, befahl sie.

Die Alte drehte sich wortlos um. Als die Gestalten hinter ihr die Treppe unter der Kuppel hinunterwankten und -krochen, waren Klicken, Schleifen und Kichern zu hören. Angel folgte ihnen. Zum ersten Mal war ihr Schwert erschienen, ohne dass sie dafür gebetet hatte. Sie dachte kurz darüber nach, dann schob sie den Gedanken beiseite.

♣♦♠♥

»Ich danke euch allen, dass ihr so spontan gekommen seid.«

»Den Blödsinn kannst du überspringen«, sagte Joey Hebert. »Ich will bloß Michelle aus Talas rausholen. Ihr müsst mich dort nur irgendwie hinbringen, damit ich nah genug bin, um meine Kinder einsetzen zu können. Alles andere kriege ich selbst hin.«

Barbara schüttelte den Kopf. »Dazu kommen wir noch, aber erst mal will ich sichergehen, dass sich alle der Gesamtsituation bewusst sind.« Joey stieß sich von der Wand ab und kam näher. Der Zombiehund neben ihr verströmte den Geruch von faulendem Fleisch. Barbara lehnte sich zurück, um den Abstand zwischen ihr und Joey so groß wie möglich zu halten. »Joey, in Talas befinden sich noch mehr Leute, an die wir denken müssen, nicht nur Michelle. Was ist mit denen, mit dem Rest des Teams?« *Klaus vor allem*, dachte sie, sprach den Namen aber nicht aus. »Ja, ich will Michelle genauso gern zurückholen wie du, aber die anderen brauchen wir auch – alle, wenn wir sie ausfindig machen können.«

Joey schüttelte schon wieder den Kopf. Billy Ray beobachtete den Wortwechsel mit amüsiertem Gesichtsausdruck. »Scheiß auf die«, sagte sie. »Wenn diese Arschgeigen bei Michelle sind, dann kann ich sie auch rausholen, das passt schon. Wenn nicht …« Sie zuckte mit den tätowierten Schultern.

An ihrer Stimme, ihrer Haltung und der Art, wie sich ihr Gesicht bei den letzten Worten verzog, erkannte Barbara Joeys Verzweiflung. Der Ekel, den sie in Hoodoo Mamas Gegenwart normalerweise empfand, ebbte ab, denn ihr wurde gerade klar, dass Joey sich genauso um Michelle sorgte wie sie sich um Klaus. Die Gefühle, die Joey zusetzten, waren dieselben, mit denen sie in den letzten Tagen beständig zu kämpfen hatte.

Der Unterschied war, dass Joey vielleicht tatsächlich etwas für Michelle unternehmen konnte. Und womöglich auch für die anderen. *Aber ich nicht. Diese Fähigkeit habe ich nicht, meine Gabe ist anders. Und Klaus hat das gewusst.*

Barbara hob die Hand. »Wir alle wollen Michelle zurück«, sagte sie. »Und alle anderen, die du dort noch findest. Wir brauchen sie.«

»Dann bringt mich doch verdammt noch mal nach Talas!«, sagte Joey. »Wann geht der Scheißflieger? Ich bin bereit.«

»Es gibt keinen Flieger. Wir haben eine bessere Methode.« Barbara sah zu Mollie hinüber, die sichtlich schrumpfte und sich in das dicke Sitzpolster drückte. Dieses Team wies keinerlei Anzeichen von Gruppenzusammengehörigkeit auf. Als Barbara das klar wurde, musste sie sich beherrschen, um nicht den Kopf zu schütteln. »Ich weiß nicht, wie viel ihr derzeit jeweils wisst«, fing sie an. »Deshalb seht es mir nach, wenn ich euch Dinge erzähle, die ihr schon wisst – für andere hier ist das vielleicht neu.«

Barbara selbst fand, dass sich das alles zu trocken und steif anhörte, nicht wie bei Klaus, dessen Worte von Emotionen und Leidenschaft brannten. »Folgendes habe ich von Officer Black und Baba Yaga erfahren«, fuhr sie fort. »Alles, was diese Wesenheit davon abhält, in unsere Welt einzudringen, ist ein Mann namens Tolenka oder Hellraiser, der jetzt in einem Krankenhaus liegt, das das Zentrum der Störung darstellt. Der Mann stirbt. Er *wird* bald sterben. Und dann, so sagt Baba Yaga, kann das Ding in ihm drin nichts mehr aufhalten. So sieht die Situation aus.«

»Dann machen wir den verdammten Hellraiser halt platt«, sagte Joey. »Ist doch supereinfach.«

»Nein!« Das war Franny. »Sie verstehen nicht. Wenn man ihn tötet, ist es vorbei. Dann kann der Horror vollends in unsere Welt eindringen. Ihn zu töten, ist nicht die Lösung.«

»Wie wäre es, den Typen zu schnappen und ihn in eine der Raketen im Kosmodrom zu setzen?«, fragte Ray. »Putin wäre da gleich dabei. Wir schleudern den Mistkerl in die Umlaufbahn oder setzen ihn auf dem Mond ab oder lassen ihn in die Sonne fliegen, verdammt. In jedem Fall wäre er dann weit, weit weg von uns – und meint ihr, dieses Ding überlebt die Sonne?«

»Den Gedanken hatte ich auch schon«, gab Barbara zurück. »Wenn wir Tolenka nicht neutralisieren können, dann können wir ihn vielleicht so weit weg bringen, dass es für uns nicht mehr gefährlich wird. Aber wir wissen nicht, was dieses Ding alles überlebt. Womöglich hüllt es die Sonne dann einfach in dieselbe Finsternis, die jetzt über Talas und Kasachstan liegt, und damit wäre im gesamten Sonnensystem kein Leben mehr möglich. Damit würden wir es vielleicht nur noch schlimmer machen.«

Ray lachte schnaubend durch die Nase.

»Die Russen wollen die Sache beenden. Usbekistan und Kirgisistan wollen Talas zerbomben«, fuhr Barbara fort. »Putin wäre bereit, eine Atombombe abzuwerfen. Präsidentin van Rennsaeler würde dem vielleicht sogar zustimmen. Schlimmer noch, innerhalb von Stunden wird das Kosmodrom von dem Übel aus Talas erfasst werden – und dann wissen wir nicht mehr, wer oder was die dortigen Materialien und Waffen kontrollieren wird.«

»Sie wollen damit sagen, dass wir erledigt sind«, sagte Ray.

Barbara sah ihn finster an. »Nein, ich will sagen, dass ich einen Plan habe. Vielleicht keinen großartigen, aber wenn keiner von euch was Besseres weiß …«

♣ ♦ ♠ ♥

Beweg dich.

Michelle war gelähmt. Es boten sich ihr mehrere Wege, und sie wusste nicht, ob einer von ihnen sie hinausführen würde. Vor Wut und Verzweiflung knirschte sie mit den Zähnen. Der Grund, weshalb sie hier war, war Adesina. Dieses Gör war nichts als eine Last gewesen, seit Michelle sie zu sich nach Hause genommen hatte. Eine schwache Stimme in ihr schrie gegen diesen Gedanken an, wurde aber von ihrer Wut übertönt.

Und jetzt steckte sie im Dunkeln fest, und Mummy war hinter ihr her. Das Schlurfen kam näher.

Zwei Kreuzungen weiter vorn blinkte etwas. Doch das konnte nicht wirklich sein. Es musste eine Halluzination sein. Sie brauchte nur das Wasser zu überqueren, um dorthin zu gelangen. Das Wasser, in dem Gott weiß was hauste.

Das Schlurfen kam näher.

Sie spürte, wie dünn sie inzwischen war. Sie fuhr sich mit den Händen über den Körper. Rippen standen hervor, ihre Hüfte war ganz knochig. Wenn sie überhaupt noch irgendwo Fett hatte, dann an ihren Brüsten, die nie besonders groß gewesen waren. Aber vielleicht groß genug.

Wieder das Blitzen.

Sie sah angestrengt hin. Das Nachbild schwamm als Lichtfleck in ihrer Sicht herum.

Beweg dich.

Leck mich. Ich kann mich nicht bewegen. Ich stecke fest.

Doch sie stand auf und ließ wieder eine winzige Blase davonrasen. Mit jeder Blase dezimierte sie ihren Vorrat, den sie vielleicht brauchen würde, um das Ding zu bekämpfen, das hinter ihr herschlurfte. Mummy.

Schnauze. Die kann nicht hier unten sein. Es muss etwas Schlimmeres sein.

Es gibt nichts Schlimmeres, und das weißt du auch.

Die Blase platzte auf dem Boden jenseits des Wassers. Der Kanal war ungefähr zweieinhalb Meter breit. Aber sie müsste ins Wasser, um hinüberzugelangen. Und bei dem Gedanken schauderte es sie.

Sie beschloss, einen Sprung zu wagen. Sie könnte es auf die andere Seite schaffen. Es erschien ihr so vernünftig.

Sie sprang.

Im Dunkeln verschätzte sie sich – nicht, dass sie es sonst geschafft hätte – und klatschte mit dem Bauch gegen die gegenüberliegende Wand des Kanals. Das brachte ihr ein wenig Fett, aber es tat höllisch weh. Ihre Hände rutschten an den glitschigen Mauersteinen ab, und sie sank in das faulige Wasser.

Es war tiefer, als sie gedacht hatte. Sie ruderte mit den Beinen und hoffte, zur Oberfläche zu gelangen – doch da packte sie etwas am Bein. Sie schrie, und dabei strömte ihr verdorbenes Wasser in den Mund. Was immer es war, fing an, sie nach unten zu ziehen. Verzweifelt fasste sie nach dem Tentakel um ihr Bein und warf eine Blase.

Die kleine Explosion brannte wie Feuer, doch das Ding ließ ihr Bein los. Michelle ruderte davon und brach an die Oberfläche durch. Sie fuchtelte wild, bis sie die Kante zu fassen bekam, und zog sich auf den Absatz hinauf.

Keuchend blieb sie auf dem Weg liegen. Dann hörte sie wieder das Schlurfen. Es war jetzt noch näher. Sie zitterte – ob wegen der Nässe oder wegen des Geräuschs, vermochte sie nicht zu sagen.

Beweg dich.

Die einzige Stimme, die sie im Dröhnen ihres Kopfs noch ausmachen konnte.

Jetzt klang sie wie die von Adesina.

Nur eben auch wieder nicht. Sie war ähnlich, aber tiefer als die Stimme ihrer Tochter. Und sie hatte Adesina enttäuscht. Sie hatte keine Gefahr aufgehalten. Stattdessen lag sie zitternd im Dunkeln und wurde von Mummy geholt.

Beweg dich.

Schnauze. Schnauze. Schnauze.

Michelle bebte am ganzen Leib. Sie hatte kein Fett mehr auf den Knochen, um sie warm zu halten. Doch was sie eigentlich zum Zittern brachte, war das, was durch den Gang auf sie zukam.

Mom, beweg dich!

Sie wollte heulen. Adesinas Stimme. Sie war nur hier, weil sie Adesina vor dem Tod bewahren wollte. Und jetzt war sie in der Dunkelheit mit Mummy gefangen. Und sie hatte komplett versagt.

Dann heulte sie wirklich.

Heiße, bittere Tränen rannen über ihre Wangen. Zitternd und weinend schlug sie sich ins Gesicht, immer und immer wieder.

Wieder blitzte das schwache Licht auf. Sie rappelte sich auf und lief darauf zu. Ihre Schulter stieß gegen die Wand, und sie fragte sich, ob sie an der richtigen Stelle war oder ob sie die Stelle verloren hatte oder wo sie überhaupt war.

Das Schlurfen war jetzt noch näher. Sie hörte schon fast das Keuchen von Mummy.

Aus dem Tunnel kam ein schwaches Schimmern. Michelle rannte auf das Licht zu.

♣♦♠♥

Auch wenn es nicht gerade die angenehmste Arbeit gewesen war, hatten sie die sterblichen Überreste der Soldaten von den Lastwagen geschafft, hatten sich der Fahrzeuge bemächtigt und wandten sich – wie Wasel es wünschte – in Richtung Autobahn. Als sie auf die A2 eingebogen waren, ging es eine Weile lang gut voran. Die Straße war breit und eben, sodass die Laster Gas geben konnten und die Meilen unter ihnen dahinrauschten. Die Transporter fuhren voraus, und dahinter folgten die passableren Fahrzeuge der Dörfler. Die Karren und von Tieren gezogenen Wagen hatten sie zurückgelassen. Sie donnerten an den Fußgängern vorbei, die neben der Straße entlanggingen, und überholten langsamere Fahrzeuge, die oft voll beladen mit Menschen und Vorräten waren. Offenbar waren sie nicht die Einzigen, die Talas hinter sich lassen wollten.

Marcus fuhr auf der Pritsche des ersten Transporters mit. Er saß aufrecht auf seinem zusammengerollten Schwanz und betrachtete die unwirtliche Landschaft, durch die sie fuhren. Heiß wehte ihm die trockene Luft ins Gesicht. Er musste zugeben, dass sie schneller vorankamen und die Dörfler sich ausruhen konnten, was sie bitter nötig hatten. Trotzdem fuhren sie in gestohlenen Wagen, die sie sich durch Mord angeeignet hatten. Das stieß ihm sauer auf.

Er war einer von vielen auf dem Wagen. Sie saßen so dicht, dass sich viele der Joker gegen Marcus' Schwanzspule drückten. Nurassil lehnte sich an ihn und schlief mit geschlossenen Augen. Eine seiner Spielgefährtinnen, Sezim, war sogar auf eine Windung gestiegen und schlief dort. Dabei hielt sie einen Plüschhasen in ihren drei Armen. Früher wäre es Marcus peinlich gewesen, wenn so viele Leute seine Missbildung berührt hätten. In diesem Fall aber fand er es beinahe tröstlich. Keiner der Joker schien ihn für missgebildet zu halten, und die enge Körperlichkeit erinnerte ihn an etwas längst Vergangenes, in seinem

Gedächtnis Begrabenes, das er gar nicht erst zu bergen versuchte.

Als sie sich Schymkent näherten, füllte sich die Autobahn immer mehr. Wasel drängelte sich wüst hupend weiter durch. Eine Zeit lang funktionierte das auch. Die Leute wichen aus, um das große Militärfahrzeug durchzulassen. Doch wenn sie an den anderen Verkehrsteilnehmern vorbeirollten und die erkannten, dass sie voller Joker saßen, verwandelte sich ihre Ehrerbietung in Empörung. Sie schauten böse. Brüllten. Gestikulierten.

»Scheiße«, flüsterte Marcus. »Das könnte böse enden.«

Und das tat es auch. Die M32 – die Straße, die sie Richtung Norden nach Baikonur bringen sollte – war schon zu sehen, als es nicht mehr weiterging. Der Verkehr stand bis zur Ausfahrt, Stoßstange an Stoßstange. Wasel hupte, doch war es aussichtslos. Die Fahrzeuge vor ihnen hätten sich nicht bewegen können, selbst wenn sie gewollt hätten.

Olena stieg aus dem zweiten Wagen aus und zwängte sich durch die Menschenmenge. Sie stieg auf das Trittbrett von Marcus' Transporter und steckte den Kopf über den Pritschenrahmen. »Was ist los?«

Marcus sah mit zusammengekniffenen Augen in die Ferne und sagte: »Ich glaube, am Kreuz mit der M32 ist die Straße gesperrt. Sieht nach Soldaten aus. Das ist schlecht. Selbst wenn wir bis dorthin kommen, wie sollen wir ihnen erklären, dass ihre kasachischen Militärfahrzeuge voller Joker sitzen?«

»Die lassen uns nie durch«, pflichtete Olena ihm bei. »Aber das ist nicht unser einziges Problem.«

In den Fahrzeugen um sie herum wurde gemurrt. Geflüstert. Ein paar Rufe. Die Joker fielen den Leuten anscheinend auf. Und sie waren nicht erfreut, sie zu sehen.

Wasels Tür ging auf. Er sprang auf die Straße, streckte sich und betrachtete die Menschenmenge, die sich versammelte.

Marcus rief ihm zu: »Siehst du? Ich hab dir doch gesagt, dass wir auf der Autobahn am Arsch sind.«

»Wir sind nicht am Arsch«, sagte das Ass. Er deutete mit einer Kopfbewegung zu den Autos, die die Straße vor ihnen verstopften. »Die sind es.« Die Münze tauchte wieder auf, dieses Mal drehte sie sich auf der Kante auf Wasels Fingerspitze.

»Nein«, sagte Marcus. »Wasel, was machst du da? Willst du zwischen hier und Baikonur alle umbringen?«

Der Gangster zuckte mit den Schultern. »Wenn es sein muss.« Er wandte sich um und ging auf der Straße weiter.

Marcus hob das Mädchen auf und setzte sie neben Nurassil. So vorsichtig wie möglich, damit er niemandem wehtat, glitt er über den Rand der Pritsche. Dabei krallte er sich die Karte aus der Fahrerkabine. Er schlängelte sich so schnell um Wasel herum, dass dieser stehen bleiben musste. Marcus faltete die Karte auseinander und sagte: »Es gab schon genug Tote. Es gibt einen besseren Weg. Hier. Wir fahren auf der A2 zurück, fahren auf diese kleine Straße raus. An der sind wir vorbeigekommen, dort war keine Straßensperre. Die geht Richtung Norden und stößt weiter oben auf die M32.«

Wasel sah sich die Route an, die Marcus vorschlug, und die ganze Zeit über wirbelte die Münze auf seinem Finger. »Das dauert länger.«

»Aber es kostet weniger Menschenleben. Wenn du in dem Stau mit deinen Münzen um dich wirfst, kann alles Mögliche passieren.«

Marcus deutete auf die Menschenmenge, die immer dichter herandrängte. Inzwischen zeigten sie mit den Fingern auf sie, und ein paar versuchten sogar, auf den Wagen zu klettern, um einen Blick auf die Passagiere zu werfen. Timur wehrte sie auf einer Seite ab. Der Handschmied und Bulat versuchten, die Leute auf der anderen Seite zu beruhigen.

Olena redete auf Russisch auf eine andere Gruppe ein und argumentierte mit der Anmut der Leidenschaft.

»Was kümmern dich diese Leute?«, fragte Wasel. »Weißt du, was sie sagen? Dass du ansteckend bist. Dass du ein Übel bist, das man vernichten muss. Die würden euch Joker ohne Bedenken auslöschen.«

»Dann bin ich wohl ein besserer Mensch als sie«, gab Marcus zurück.

Jemand warf eine Glasflasche, die am Rahmen der Pritsche zerbarst, und die Joker zuckten vor dem Scherbenregen zurück. »Komm schon«, sagte Marcus. »Bevor das hier außer Kontrolle gerät. Lass uns einen Schritt zurückmachen, um weiterzukommen, und niemand kommt zu Schaden.«

Wasel dachte einen Moment nach und ließ seine Münze dann in seiner Handfläche verschwinden. »Okay. Ein letztes Mal machen wir es auf deine Art. Aber du musst dafür sorgen, dass wir wenden können.«

»Das schaffe ich.« Marcus schoss zu den Fahrzeugen zurück, gerade rechtzeitig, um sich einer Gruppe junger Männer zu stellen, die mit Prügeln und Rohren auf den Handschmied und Bulat zukamen. Marcus stellte sich hoch auf und wälzte sich dann nach vorn, dabei trieb er die Gegner mit einem Schwanzhieb zurück. Einer von ihnen holte mit einem Sechskantschlüssel aus, doch Marcus schnellte vor und schlug ihm so kräftig gegen die Beine, dass diese nachgaben. Das hatte er nicht gewollt, aber er war mit Adrenalin vollgepumpt. Sie kamen zu nah heran, sahen zu bestialisch und wütend aus. Er rief ihnen entgegen, dass die Joker nicht schuld waren. Dass sie Flüchtlinge waren wie alle anderen auch. Doch der Tumult nahm zu.

Marcus stürmte auf die andere Seite des Wagens, wo Timur gegen einen Typen mit einer Schaufel kämpfte. Auch ihm riss er mit dem Schwanz die Beine weg. Eine Sekunde später schwirrte alles Mögliche durch die Luft. Flaschen und Steine prasselten auf sie ein. »Olena«, rief er, »sag ihnen, dass wir umdrehen. Sag ihnen, dass sie uns gehen lassen sollen!«

Während sie das versuchte, sah Marcus sich gezwungen, einen Mann, der eine Pistole gezückt hatte, mit seiner Zunge zu attackieren. Einen anderen Kerl hob er hoch und schleuderte ihn in eine Gruppe sich nähernder Männer. Gleich darauf gelang es einem Typen, auf den Wagen zu steigen. Er holte mit einem Rohr aus, um auf die Frauen und Kinder auf der Pritsche einzuschlagen, doch Marcus warf sich herum. Noch ehe er wusste, was er tat, schnellte ihm die Zunge aus dem Mund und wickelte sich um den Hals des Mannes. Er zerrte ihn vom Wagen herunter. Als der Mann auf den Boden krachte, war er bereits bewusstlos. So hatte er seine Zunge noch nie eingesetzt, aber er hatte keine Zeit, um sich selbst dazu zu beglückwünschen.

Durch harte Arbeit und schiere Kraft, unablässige Bewegung und all die Bedrohlichkeit, die er aufzubringen vermochte, gelang es Marcus, die Menge so weit zurückzutreiben, dass sie von der Fahrbahn herunterfahren und umkehren konnten. Als Wasel auf der anderen Fahrbahn neben ihn heranfuhr, beantwortete Marcus die unausgesprochene Frage im Gesicht des Gangsters. »Ich sagte, dass ich keine weiteren Toten wollte. Aber das macht mich noch lange nicht zum Pazifisten.« Er glitt auf die Pritsche hinauf, ganz vorsichtig, um niemanden zu zerquetschen. »Seid ihr alle okay?«, fragte er. Obwohl er Englisch sprach, schienen sie ihn zu verstehen. Sie machten ihm Platz, hießen ihn willkommen und, so meinte er wenigstens, dankten ihm.

♣♦♠♥

Angel stellte mit Erstaunen fest, dass es sich bei dem Gebäude tatsächlich um ein riesiges Kaufhaus handelte.

Die erste Etage, die sie durchquerten, war Möbeln gewidmet – Betten, Sofas, Tische, Sessel, Stühle. Was man sich nur denken konnte, fand man hier. Die meisten wurden benutzt, es lagen, hockten oder kauerten verängstigte Leute darauf. Es waren die Wehrlosen, die Kranken, Verletzten, Hungernden und die Toten. Auf manchen lungerten auch andere Wesen, von denen ein paar immerhin teilweise menschlich waren, aber auf erschreckende Weise verändert, als handle es sich um die Parodie einer Wild-Card-Epidemie. Das alles hatte Angel schon gesehen. Es war die Miniaturvariante von Jokertown. Sie hatten zu viele Köpfe oder Gliedmaßen oder zu wenige. Sie hatten warzige, ledrige, blutige, sabbernde Haut bedeckt mit Pelz, Federn, Schuppen oder Schleim.

Doch diejenigen, die vollkommen fremd waren und kaum noch menschliche Züge aufwiesen, beunruhigten sie am meisten. Die Wesen mit Hufen und mit von Tentakeln überzogenen Körpern, die windenden Massen aus Protoplasma, die überall Münder hatten, die abscheulichen Geschöpfe mit Gummihaut, großen Fledermausflügeln und leeren Fratzen ohne irgendwelche Gesichtszüge, die aussahen, als wären sie aus Ebenholzblöcken herausgeschnitten worden. Sie alle verstörten Angel, denn sie hatten die Aura fremdartiger Welten an sich, und irgendwie war Angel überzeugt, dass sie niemals menschlich gewesen waren. Sie waren zur Erde gekommen und gehörten nicht hierher.

Doch als sie, geführt von der Greisin in Schwarz, an ihnen vorbeiging, drehten sich alle nach ihr um. Selbst die gesichtslosen Kreaturen aus Schwärze richteten ihre leeren Masken auf sie, und es wurde getuschelt, staunendes Geflüster erfüllte die zweckentfremdete Kaufhausetage mit einem vernehmlichen Brummen.

»Was ist das hier?«, fragte sie die blinde Greisin, die sie mit leeren Augenhöhlen anblickte, als könne sie noch etwas sehen.

»Das ist dein Volk, mein Engel. Sie haben auf deine Ankunft gewartet.«

»Woher wussten sie – woher wusstest du – von mir?«

»Ich habe ihnen erzählt, dass ich dich in meinem Traum erblickt habe oder vielleicht auch in einer Vision – ich kann oft nicht mehr sagen, ob ich schlafe oder wache. Dunkel und Licht unterscheiden sich nicht mehr für mich. Aber ich habe dich gesehen, Engel der Gassen, und ich habe gesehen, dass du uns beschützt und über alles herrschst.«

»Herrschen?«, fragte Angel und kostete das Wort, das süß auf ihrer Zunge schmeckte.

»Ja, Herrin«, sagte die Greisin.

Sie nickte. »Was braucht mein Volk am dringendsten?«, fragte sie. Ihr eigener Magen knurrte, doch Angel achtete nicht darauf, genauso wenig wie auf die Welle von Erschöpfung und Unbehagen, die über sie hereinbrach. »Essen?«, fragte sie.

Die Alte nickte eifrig. »Ja, mein Engel. Es gibt hier noch Vorräte, aber es gelingt uns nicht, an sie heranzukommen.«

»Bring mich hin«, sagte Angel. Der Befehlston gefiel ihr. Nachdem ihre Mutter nun endgültig und wahrhaftig gebannt war, gab es niemanden mehr, der über sie herrschte und sie herumkommandierte. Sie folgte der Alten eine weitere Treppe hinunter.

Die zweite Etage war der Bekleidung vorbehalten, doch war sie gründlich geplündert worden, und in den Blut- oder Sekretlachen lagen nur noch Fetzen und Lumpen und vereinzelte Leichen herum. Angeekelt umging sie die Pfützen. Es graute ihr, denn die Leichen sahen aus, als wären sie angefressen worden. Sie beschloss, ihrem Volk Kannibalismus zu verbieten. In Zeiten der Not war es vielleicht noch verständlich, aber im Allgemeinen war es nicht gesund. Sie rümpfte die Nase. Die Leichen begannen zu stinken. Sie würde anordnen müssen, dass man sie aus dem Gebäude schaffte, das, so ihr Gedanke, ganz gut als ihr zeitweiliges Hauptquartier geeignet war. Später würde sie die Stadt in Augenschein nehmen und etwas Passenderes suchen.

Angel erreichte das Erdgeschoss, die Alte kam hinter ihr her. Jetzt verstand sie auch, weshalb sich hier Menschen versammelt hatten. Im Erdgeschoss war die Lebensmittelabteilung untergebracht.

Es befanden sich immer noch knapp hundert Kreaturen hier – die meisten halbwegs menschlich. Sie liefen größtenteils ziellos umher in den ausgeplünderten, vermüllten Gängen. Manche kauerten am Boden und suchten nach Krumen und den Resten der essbaren Reichtümer, die einst die nun leeren Regale gefüllt hatten. Nur selten hockte jemand in einer dunklen, verborgenen Ecke und machte sich über eine Schachtel Zerealien oder eine Dose Rüben her, und dann stürzten sich rasch andere auf den unglücklichen Finder, und bald war ein ganzer Pulk aus hungrigen, streitenden und keifenden Leibern um ihn versammelt. Normalerweise gab es dabei Tote.

Sie trat auf eine freie Fläche hinaus. Einige bemerkten sie, hielten in ihrem ziellosen Tapsen durch den zerstörten Laden inne und betrachteten sie. Sie achtete nicht auf sie, sondern bewegte sich ganz nach vorn und sah zu den Fensterscheiben hinaus.

Riesige Furchen taten sich im einstigen Parkplatz auf, der Asphalt war in gewaltige Brocken auseinandergerissen und achtlos herumgeschleudert worden. Die Unterseite der Stadt lag offen zutage, Rohre, die unter dem Parkplatz zwischen Gebäude und Straße durch Dolen liefen. Tiefe Gräben taten sich auf, während Erde an den Wänden der Nachbarhäuser aufgehäuft war. Manche Häuser waren fast völlig darunter vergraben. Angel fragte sich, ob das Earth Witchs Werk war oder die Spuren des Zorns oder der Laune eines nur selten gesichteten Leviathans.

Es spielte keine Rolle. Wichtig war nur das Ergebnis der kolossalen Umgrabung. Angel befeuchtete sich die geplatzten Lippen. Durst setzte ihr genauso zu wie Hunger, und da draußen ragten Rohre aus den gebrochenen Dolen, und aus einem schoss klares, sauberes Wasser in einer Fontäne in die Höhe, um anschließend in eine schlammige Pfütze am Grund des Grabens zu platschen.

Und um die Pfütze herum hockte ein Rudel jener Jagdspinnen, denen sie schon einmal begegnet war, und soff und tat weitaus unappetitlichere Dinge.

Wir brauchen das Wasser, dachte Angel.

»Wer ist das?«, fragte eine Stimme hinter ihr mit kindlichem Tremolo. »Ist das die Retterin, die du uns verheißen hast?«

»Sie ist es«, hörte Angel die Alte mit einigem Stolz sagen, und sie drehte sich zu ihr um und erblickte etwas, das sie trotz ihres Wahns ganz und gar nicht erwartet hatte.

Es war kein Kind und auch kein Mensch. Zumindest der Großteil davon nicht. Es war so groß wie sie und viel breiter. Eher ein Haufen Protoplasma als eine Schnecke, aber es hatte die Merkmale von beidem. Sein Gewebe war durchscheinend, und man sah verschwommen Dinge darin herumschwimmen, als wären sie in einem trägen Fluss gefangen oder womöglich eher in einer Art Kreislauf oder Verdauungssystem. An Nahrung hatte es ihm nicht gefehlt, stellte Angel fest. Außer Teilen von Menschen schoben sich auch Teile anderer Fremdwesen in Zeitlupe durch seinen Leib. Anscheinend aß das Ding alles.

Aus einem von zahlreichen Mündern, die unregelmäßig auf dem großen Ball verteilt waren, drang wieder die Kinderstimme. »Es sieht nach einem feinen Leckerbissen aus«, sagte das Wesen. Seine Stimme flößte Angel zugleich Übelkeit und Wut ein, Angel wurde klar, was es hatte verschlingen müssen, um zu dieser Stimme zu kommen. »Wieso sollte ich ihm erlauben, über mich zu gebieten?«, fragte es fröhlich.

»Die Frage ist«, gab Angel kalt zurück, »weshalb ich einer Abscheulichkeit wie dir erlauben sollte zu existieren.«

Sie griff mit leeren Händen danach.

Augenblicklich und mit erschreckender Schnelligkeit reagierte es, ging auf seinem Stummelfuß hoch und streckte zwei gewaltige Tentakel aus, als wollte es sie umarmen und einhüllen. Angel war klar, dass es groß genug war, um das zu bewerkstelligen, aber sie zögerte nicht. Sie ignorierte die Schmerzen in ihrer Schulter und hatte plötzlich ihr Schwert in der Hand.

Aus der Klinge schossen Flammen hervor. Die Kreatur wollte zurückweichen, doch Angel setzte auf Schwertreichweite nach. Ihre Waffe drang durch das gummiartige Gewebe des Wesens, als wäre es aus Gelatine.

Die Tentakel platschten auf den Boden und schlugen dort um sich. Fürchterlich stinkendes Sekret lief aus ihnen heraus. Angel griff am Knauf um und rammte die Klinge wie einen Speer in die Brust des Geschöpfs. Es kreischte grässlich mit seinem kindlichen Tremolo, und Angel stieß links und rechts noch einmal zu, ließ die Waffe bis zum Heft eindringen. Das Gewebe des Wesens fing an zu zischen.

Im Tötungsrausch kam Angel ins Schnaufen. Sie dachte gar nicht an einen Gnadenstoß – wenn sie überhaupt gewusst hätte, wo sie den in der undefinierbaren Körpermasse des Wesens hätte platzieren sollen –, sondern wühlte mit der Klinge im Inneren ihres Gegners herum, als würde sie eine ekelhafte Suppe umrühren, und das Geschöpf brannte von innen.

Der Gestank war so widerlich, dass sie sich erbrochen hätte, wenn noch etwas in ihrem Magen gewesen wäre. Sie hörte die angeekelten Ausrufe der Zuschauer und dazwischen Anfeuerungen. Anscheinend war das Ding nicht gerade beliebt gewesen. Sie fragte sich, wie viele ihrer Gefährten sie in den letzten Tagen an die schleimige Umarmung des Wesens verloren hatten und wessen Kind dem Raubtier Stimme und Englischkenntnisse verliehen hatte.

Es begann zu schrumpeln, und die erbärmlichen Schreie verwandelten sich in unartikuliertes Ächzen, das schwächer und schwächer wurde. Schließlich blieb von dem Wesen nur noch ein verkohlter Klumpen Protoplasma übrig, der vollends zusammensackte und eine fettige Masse bildete. Als sie ihr Schwert herauszog, war es noch immer von reinigendem Feuer umlodert. Sie reckte das Schwert in die Höhe und stieß einen Triumphschrei aus, der von den Umstehenden erwidert wurde.

Die Alte trat auf sie zu. »Verneigt euch«, rief sie laut aus. »Verneigt euch vor unserer Klingenmadonna! Unsere Retterin, die uns aus dieser Wildnis in ein Land des Friedens und des Überflusses führen wird! Auf die Knie mit euch allen!«

Einer befolgte den lautstarken Befehl, dann ein anderer, dann schlossen sich gleich zwei oder drei der Geste an. Angel schlug das Herz höher, als alle vor ihr auf die Knie gingen. Sie hörte ihre gemurmelten Gebete, ihr Flehen, und es war gut.

»Wo sind die Nahrungsmittel, von denen du gesprochen hast?«, fragte sie die Greisin.

»Im hinteren Teil des Ladens«, sagte die Alte. »In den Kühlräumen. Vor allem die Fleischgefrierkammern. Die Wände sind zu stark, es ist uns nicht gelungen, sie zu durchbrechen …«

»Mir wird es gelingen«, gelobte Angel.

Ihr Volk sah zu ihr auf, plötzliche Hoffnung leuchtete in ihren Hungermienen. Sie nickte, lächelte und streckte die Hand aus, um sie zum Schweigen zu bringen. Mit großer Genugtuung stellte sie fest, dass sie fast augenblicklich gehorchten. Der verzückte Ausdruck ihrer Gesichter und Augen war wie Nektar in ihrer ausgetrockneten Kehle.

»Dieses Schwert«, sagte sie und hielt es hoch, »wird jedes Hindernis durchbrechen!«

Ihre Worte verstanden sie vielleicht nicht, aber ihre Geste war unmissverständlich. Sie jubelten.

»Und dann werden wir uns satt essen!«

Vollends hingerissen durch ihre Emotionalität jubelten sie noch lauter und drängten sich um sie, ließen aber einen Gang frei, der ihr erlaubte, zu den Lagerkammern an der Rückwand des Ladenraums zu gehen. Zu ihnen führte lediglich eine Doppeltür aus massivem Stahl, durch deren Türgriffe eine dicke, mit einem großen Vorhängeschloss gesicherte Kette lief.

Angel lachte. Sie gab theatralische Zeichen, und die Menge um sie herum wich zurück, damit sie mehr Platz hatte. Sie rief ihr Schwert herbei, doch zum ersten Mal wollte es nicht erscheinen.

Wie eine Feuerzunge loderte die Wut in Angel. Sie stieß einen Schrei aus, schüttelte die geballte Faust, und irgendwo, irgendwie berührte ihre Seele oder ihr Geist etwas, das sie – sie spürte es – beobachtete, sie beurteilte und, wie sie feststellte, sie für würdig befand. Etwas Schweres war plötzlich in ihrer Hand, aber es war nicht die Klinge, die sie als Ass immer benutzt hatte.

Es war schwerer, unfeiner und zerrte irgendwie an ihrem Bewusstsein, indem es ihr scheinbar unverständliche, aber irgendwie doch heimtückische Gedanken einflüsterte. Es war ganz schwarz, schwärzer als die Nacht, und hatte einen matten Glanz, der einen einzusaugen drohte, wenn man es zu lange anstarrte. Es hatte lange, gezackte Schneiden. Der Knauf war mit Dornen und Stacheldraht umwickelt, die ihre Hand beinahe berührten. Angel war froh um ihre gepanzerten Handschuhe.

Ehrfürchtiges Keuchen und Raunen war zu hören, als sie die Axt testhalber ein paarmal durch die Luft schwang, um ein Gefühl für ihr Gewicht zu bekommen, und das vordere Blatt gefährlich nah an einem Mann in den zerrissenen Resten einer kasachischen Armeeuniform vorbeisauste. Angel drehte ihr Handgelenk nur eine Winzigkeit, worauf die Schneide mühelos die Haut an der Kehle des Mannes ritzte. Mit starrem Blick stand er kurz da, bevor ein dünner, blutiger Sprühregen aus seiner durchtrennten Halsschlagader hervorschoss und in der plötzlichen Stille ein hohes Pfeifen zu hören war.

Er verblutete noch stehend, dann brach er zusammen wie eine abgeschnittene Marionette. Wieder holten die Umstehenden ehrfürchtig Luft. Ein paar applaudierten. Angel starrte ihn beinahe verständnislos an, richtete sich auf, lachte, wandte sich um und durchtrennte die Kette an der Tür.

Gierige Hände rissen die Kette aus den Türgriffen und zerrten die Türflügel auf. Die Fleischgefrierkammer war gefüllt, aber nicht mehr lange.

♣ ♦ ♠ ♥

Michelle hörte das Schlurfen immer noch, und es kam näher.

Doch das Pochen in ihrem Kopf hatte ein wenig nachgelassen. Und das Summen war fast weg. Die furchtbaren Stimmen blieben, und sie waren das Schlimmste. Und allmählich begriff sie, was sie getan hatte.

Schwindel erfasste sie.

Aero. Sie hatte Aero getötet. Und nur weil … nein, sie hatte Aero nicht getötet. Sie hatte Mummy getötet.

Nein, Mom, das hast du nicht.

Scham. Sie schämte sich, wie sie sich noch nie in ihrem Leben geschämt hatte. Und hatte Schuldgefühle.

Ach, scheiß drauf. Sie hatte Mummy töten müssen.

Beweg dich.

Inzwischen herrschte im Tunnel mehr Licht, und sie sah Adesina. *Vielleicht war das alles nur ein furchtbarer Traum. Ich wache gleich auf und …*

Aero erschien und packte Adesina im Nacken. In ihrem zierlichen Nacken, der brach wie ein trockener Zweig. Und Michelle schrie. Sie wusste nicht, wie lange. Es kam ihr vor, als würde sie gar nicht mehr aufhören.

Aero verschwand, bevor sie eine Blase auf ihn werfen konnte, und an seiner Stelle tauchte Joey auf. Sie lächelte Michelle an, doch war es kein Lächeln, das sie jemals in Joeys Gesicht gesehen hatte.

»Ich kann sie auferstehen lassen, Bubbles«, sagte Joey. »Ich bringe sie für dich zurück.« Und während sie noch sprach, stand Adesina vom Boden auf. Adesinas Kopf hing zur Seite, und sie versuchte zu fliegen, hatte ihre Flügel aber nicht unter Kontrolle.

Mom. Die Stimme kam von Adesina, war aber falsch. Sie klang so nah.

Mom, das bin nicht ich. Es ist nichts. Geh weiter.

Michelle starrte den Adesinazombie an, machte einen Schritt auf ihre Tochter zu, doch was auch immer es war, kam nicht auf sie zu. Und Joey hatte noch immer dieses fiese Grinsen im Gesicht.

Obwohl sie hager war, reichte es dafür noch.

Eine kleine Blase flog aus ihrer Hand und nahm Geschwindigkeit auf. Sie war so schwer und fest, wie Michelle sie nur machen konnte. Sie raste immer schneller und traf Joeys linkes Auge. Wie eine Stoffpuppe brach Joey zusammen. Auch Adesina klappte ein.

Michelle ging weiter und stieg über sie hinweg, ohne sich mit einem Blick nach unten aufzuhalten. Jetzt hatte sie etwas Neues und Furchtbares an sich entdeckt. Sie konnte über die Leichen derer gehen, die sie liebte, ohne dass es sie juckte.

Das bist du nicht.

Ich glaube, wir haben genug Beweise für das Gegenteil. Ihr Geist klärte sich, während sie der Stimme folgte, und was sie getan hatte, fiel ihr kleckerweise wieder ein. Ihr Bewusstsein schreckte vor dem, was in Talas geschehen war, zurück. Vor dem, was sie getan hatte. Was sie getan hatte. Was sie getan hatte.

Michelle wusste nichts anderes zu tun, als weiterzugehen. Hin und wieder schlug sie sich ins Gesicht, obwohl sie nicht wusste, warum. Es tat weh.

Der Tunnel stieg langsam an.

Wir sind fast da.

Wer bist du?

Ich bin deine Tochter.

Sie ist tot. Sie ist dort hinten im Tunnel gestorben.

Das bin nicht ich. Ich bin zu dir gekommen. Ich würde dich niemals allein lassen, Mom.

Ich habe dich verlassen.

Das musstest du tun. Und jetzt musst du weitergehen. Das Übel hat es auf uns alle abgesehen. Du musst mich jetzt retten. Ich liebe dich, Mom.

Ich liebe dich auch.

♣♦♠♥

Baikonur hockte auf einer riesigen, eintönigen Ebene. Marcus betrachtete es und versuchte, aus den verwirrenden geometrischen Formen der Anlage schlau zu werden: eckige Keile, im Morgenlicht weiß leuchtende Kuppeln, Silos und Türme, die in den Himmel ragten. Alles sah aus, als wäre es aus einem Film über den Mars. Doch der Mars war ein Planet ohne Leben. Das konnte man von Baikonur nicht behaupten.

»Sieh dir das an«, sagte Marcus mehr zu sich selbst. »Das ist eine verdammte Zeltstadt.«

Dafür, dass die Anlage mitten in einer menschenleeren Ebene errichtet worden war, ging es ringsherum ziemlich hoch her. Eine ganze Armee hatte vor dem Haupttor und entlang der Mauern Stellung bezogen. Tausende Soldaten in Khakiuniformen und Laster und Jeeps in Hülle und Fülle. Weiße, bis an die Zähne bewaffnet und mit grimmigen Mienen. Russen, hatte ihm Olena erzählt. In regelmäßigen Abständen waren Panzer positioniert, deren Geschütze alle nach draußen auf eine sich nähernde, aber noch nicht sichtbare Bedrohung gerichtet waren. Marcus schien es, als wären diese schweigenden Kanonenrohre auf ihn und die Leute gerichtet, die ihm wichtig waren.

Von der Armee abgesetzt und durch einen schmalen, von Soldatenpatrouillen kontrollierten Streifen abgegrenzt, drängten sich die Flüchtlinge. Zehntausende. Männer, Frauen und Kinder, die auf der Suche nach dem Schutz – ob nun tatsächlichem oder symbolischem Schutz – in der Obhut der alten Sowjetmacht hierhergeeilt waren. Es war ein provisorisches Sammelsurium aus Zelten und Unterständen. Rauch von zahlreichen Feuerstellen stieg senkrecht in den klaren, windstillen Himmel.

Die Karawane schob sich so weit in das Flüchtlingslager hinein, wie es ging, und musste schließlich stehen bleiben, weil die Leute, die sich vor ihnen drängten, vor Erschöpfung nicht mehr willens waren, ihnen den Weg frei zu machen. Sie stiegen aus. Marcus und Olena taten alles, um die Fahrzeuge wie eine Wagenburg um die Dörfler herum aufzustellen. Sie teilten Wachen ein, machten ein Feuer und halfen denen, die sich nicht allein auf ihre Decken legen konnten. Marcus hob Nurassil von der Pritsche herunter. Dabei spürte er seine weiche, feuchte Haut. Der Junge sah ihn mit seinen großen Augen an. Obwohl er sich so seltsam anfühlte, lächelte er Marcus mit ehrlicher Freundlichkeit an. Bei Gott, diesem Kind wünschte er nur das Beste. Auch Sezim hob er herunter und sammelte den Plüschhasen auf, den sie dabei fallen ließ, klopfte ihn ab und gab ihn ihr.

»Es wird alles gut«, sagte er zu den beiden Kindern. »Hier sind wir sicher.«

Nachdem die Kinder ihre Plätze hatten und Alija Kekse an sie verteilte, fragte Marcus Olena: »Wo ist dein Vater?«

»Der ist zu den Mächtigen gegangen.« Sie zeigte zu der Anlage.

»Kennt er hier Leute?«

»Natürlich. Wenn es um Atomkram geht, um Korruption, wenn es Macht verspricht – dann hat mein Vater die Finger mit im Spiel. Marcus, ich glaube, wir hätten nicht hierherkommen sollen.«

»Das war eine verrückte Fahrt, was? Aber wenigstens sind wir hier alle zusammen.« Marcus betrachtete die Mauer hinter der Militärabsperrung und sagte: »Wir gehen da rein und suchen uns einen abgelegenen Ort. Einen Raum oder so was, den wir abschließen können, und dort sitzen wir das aus.«

»Die werden uns nicht reinlassen«, sagte Olena. »Meinen Vater schon. Mich auch, wenn ich reinwollte. Aber ein Dorf voller Joker? Nein. Die sind hier, um Baikonur zu schützen, nicht uns. Aber das ist nicht der eigentliche Punkt. Ich wollte so unbedingt von Talas weg, dass ich mir nicht überlegt habe, weshalb mein Vater hierherwollte. Jetzt habe ich Angst, dass er etwas Schreckliches vorhat. Marcus, das ist Baikonur. Weißt du, was das heißt?« Marcus' Miene musste deutlich gemacht haben, dass er es nicht wusste. »Hier gibt es so viele Atomwaffen, dass man damit den Planeten zerstören könnte. Mit Stumpf und Stiel, Marcus. Uns alle. Ich glaube, wir sind an einem üblen Ort gelandet.«

♣♦♠♥

Babel richtete sich in der riesigen Lagerhalle neben ihrem Ankunftspunkt aus New York ein. Das schien eine geeignete Operationsbasis zu sein: ein großer, abgeschlossener Raum, den sie kontrollieren konnten … vorausgesetzt, die böse Wahnsinnszone schloss sie nicht ein. Und vorausgesetzt, das riesige und stets anwachsende Flüchtlingsheer verschaffte sich keinen Zugang in die Anlage. Halb sah es so aus wie in *Jäger des verlorenen Schatzes*: Reihe um Reihe mit Kisten und Regalen, die sich unter dem Licht der Leuchtstoffröhren dahinstreckten. An manchen Stellen waren die Regale locker sechs oder zehn Meter hoch. Mollie hatte ein Bild von Hubsteigern und Gabelstaplern auf Anabolika vor sich. Auf den Kisten klebten Etiketten mit kyrillischer Aufschrift. Ob sie nun Babynahrung oder Plutonium enthielten, erschloss sich Mollie nicht. Ihr war schmerzhaft bewusst, dass Ffodor hatte Russisch lesen können und ihr hätte erklären können, welchem Zweck dieses Lager diente. Sie schluckte den Kloß in ihrem Hals und konzentrierte sich auf den Punkt, wo die eigentliche Arbeit beginnen würde.

In der entgegengesetzten Ecke besprachen sich Babel und Billy Ray mit einem russischen Offizier. In seinen überzogenen braun-grauen Stadttarnfarben wirkte er so, als bestünde seine Diät aus Glasscherben zum Frühstück und sein Ausdauertraining aus Bärenwrestling. Mollie fragte sich, wie schwer es wohl war, ein Vorhaben unter Beteiligung von Komitee, SCARE und der russischen Armee zu koordinieren.

Viele der SCARE-Leute und der russischen Soldaten trugen Gefahrenschutzanzüge. Mollie wusste nicht, was sie davon halten sollte. Würde man ihr einen solchen Anzug geben? Spielte das überhaupt eine Rolle? So ein dämlicher Anzug aus irgendwelchen Viren-Thrillern würde einen feuchten Dreck ausrichten gegen die Flutwelle aus übernatürlichem Bösen.

Joey schlenderte zu ihr und hatte ihren Zombiemischling – und seinen Fäulnisgestank – im Schlepptau. Mollie änderte sofort ihre Meinung bezüglich Schutzanzügen. Manche davon hatten eingebaute Gasmasken und Atemgeräte.

Dicke schwarze Kabelbündel liefen durch die Halle. Manche waren Stromkabel, nahm sie an, denn sie endeten an gigantischen Bogenlampen auf Gestellen, wie man sie bei *American Hero* benutzt hatte, um das Set auszuleuchten. Sie waren in konzentrischen Kreisen angeordnet. Deutlich zu viel des Guten: In der Halle war es viel zu hell. Aber es gab auch noch andere Kabel, deren Zweck ihr schleierhaft war. Sie entdeckte mindestens ein Dutzend Kameras und Apparate, die Mollie nicht einordnen konnte. Anscheinend machte man keine halben Sachen.

Dann kam einer in einem Gefahrenanzug zu ihr und Joey herübergejoggt. »Mollie Steunenberg?«

»Ja.«

Der Mann bedachte sie mit einem kurzen Nicken. »Agent Vigil, SCARE.« Er sprach forsch und rasch, seine Aussprache war so schnittig wie seine Stoppelfrisur. »Die Ausrüstung ist einsatzbereit, es kann losgehen, wann immer Sie so weit sind.«

Er sah sie erwartungsvoll an.

»Ähm, okay. Und was passiert jetzt?«

»Agent Ray hat betont, dass Sie am meisten Erfahrung mit einer Krise dieser Art gemacht haben.«

»Und was für eine Art soll das genau sein?«

»Das hat Agent Ray mir nicht mitgeteilt, Miss.« Er schaute sie weiterhin an, als wäre er der gehorsamste Hund der Welt. Als würde sie gleich aufspringen und die Führung übernehmen. Als wüsste sie, was zum Henker sie tun sollte. Als würde sie sich nicht gleich in die Hose machen.

Joey sah sie an, dann den SCARE-Typen, dann wieder Mollie. Sie sagte: »Oookay. Danke für den Bericht, Ledernacken. Ich muss schon sagen, ihr beide flößt mir totale Zuversicht ein.«

Mollie sagte: »Was hast du denn vor? Was brauchst du?«

»Du machst, was du eben so machst. Öffnest ein Tor nach Talas. Ich trommle die größtmögliche Zehenzettelarmee zusammen.«

Zehenzettel? Oh: Zombies. Nett.

»Tja. An Leichen fehlt es ja nicht. Von daher ist das wohl ganz nützlich, was?« Mollie versuchte sich an einem halbherzigen Lachen, an etwas Galgenhumor, aber es geriet ihr zu einem Schluchzen, das ihr die Kehle zuschnürte wie ein Strick. Mein Gott, tat das weh! Sie fuhr sich mit der Hand über die Augen. Als sie wieder reden konnte, krächzte sie wie ein Frosch und sagte: »Wenn deine, äh, Leute mal auf der anderen Seite sind, muss ich das Tor dann offen lassen? Oder kannst du sie auch so lenken?«

Joey sah den SCARE-Agenten an. »Wie weit sind wir von Talas entfernt?«

»Ungefähr fünfhundert Meilen, Ma'am.«

Sie runzelte die Stirn und stieß ein Pfeifen aus. »Das ist nicht gerade um die Ecke. Aus so einer Entfernung habe ich das noch nie probiert. Über eine solche Distanz etwas Sinnvolles von auch nur einem Zehenzettel zu bekommen … Die Kopfschmerzen werden mich umbringen oder ich bekomme einen verfickten Schlaganfall.« Joey schüttelte den Kopf. »Ich brauche eine Abkürzung, wenn meine Stolperer in Talas irgendetwas Brauchbares tun sollen.«

Mollie hatte sich etwas anderes erhofft. Schon wieder fing sie an zu zittern.

»Bist du dir ganz sicher? Vielleicht könntest du es erst mal ohne die Abkürzung probieren?«

Joey verdrehte die Augen. »Ja, ich bin sicher, verdammt. Ist ja nicht so, dass meine beschissene Karte erst heute Morgen aufgedeckt worden wäre.«

»Wenn ich ein Tor nach Talas offen lassen soll, dann sickert diese übernatürliche Psychoseblase durch. Das passiert ganz schnell.« Mollie schlang die Arme um sich.

… denk nicht an die Mistgabeln denk nicht an die Mistgabeln denk nicht an Daddys fehlendes Ohr denk nicht dran denk nicht denk nicht …

»Tja, wir haben halt keine andere Wahl, verfickt noch mal, oder?«

»Hörst du mir überhaupt zu? Du hast keine Ahnung, was dich erwartet.«

Agent Vigil trat einen Schritt vor. Zu Joey sagte er: »Miss. Wie groß müsste die Öffnung sein, damit Sie agieren können?«

Sie zuckte mit den Schultern. »Nicht so groß. Ich brauche nur eine Verbindung, das ist alles.«

»Würde ein Nadelloch genügen?«

»Keine Ahnung. Vielleicht.«

Er wandte sich an Mollie. »Miss. Könnten Sie das machen? Ein so kleines Tor?« Sie nickte. »Wäre das für Sie akzeptabel?«

Das Tor im Stall war groß genug gewesen für Leute, Werkzeuge, Spielautomaten und Beute. Und die Psychose hatte rasch übergegriffen. Aber vielleicht, ganz vielleicht würde Horrorshows Einflusssphäre langsamer durchsickern, wenn das Tor klein genug war …

Sie spornte sich zu einer Antwort an, ehe sie der Mut verließ. »Ja. Das kann ich«, sagte sie mit zittriger Stimme, die jeglichen Versuch, selbstbewusst zu klingen, torpedierte. »Wo seid ihr dann alle?«

Er zeigte auf ein mobiles Kommandozentrum am anderen Ende der Lagerhalle, hundert Schritte entfernt. Es sah wie ein gepanzerter Winnebago aus, der überall fehl am Platz gewirkt hätte außer auf dem Parkplatz eines Casinos. Auf dem Dach wucherten Antennen und Parabolspiegel.

»Solange wir etwas empfangen, überwachen wir von dort aus alles.«

Mollie fiel auf, dass die meisten Kabelbündel, die hier verliefen, im Kommandozentrum zusammenliefen. Sie schüttelte den Kopf.

»Eure elektrischen Geräte werden ausfallen, sobald ich das Tor öffne.«

Vigil nickte. »Ja, Ma'am. Das hat man uns gesagt. Die Technikausdehnung ist unser Frühwarnsystem. Wir verfolgen die Ausbreitung anhand der elektronischen Ausfälle. Wir bleiben außerhalb der Problemzone und ziehen den Stecker, sobald es sich jenseits unserer Kontrolle ausbreitet.«

Schlau. Die hatten das tatsächlich durchdacht. Dann hatten sie also auf das gehört, was sie Franny, Ray und Babel erzählt hatte, hatten sie ernst genommen und hatten eine Strategie entwickelt. Mollie wusste nicht, wie sie das verarbeiten sollte. Es fühlte sich durchaus … gut an. Trotzdem hatte sie ein Problem.

Ihre Stimme zitterte. *Atme. Ruhig bleiben. Einfach atmen.* »Und wie zieht ihr den Stecker, wenn ich durchdrehe?«

»Damit«, sagte er. Der Lieutenant zuckte mit den Schultern und nahm dabei das Gewehr herunter, das er sich umgehängt hatte. Es war beinahe halb so groß wie Joey. »Wir haben einen Ring aus Scharfschützen aufgestellt.«

Joey wich einen Schritt zurück. »Heiliger verschissener Strohsack! Meine Fresse. Meine verfickte Fresse!« Sie packte Mollie am Arm und zog sie weg. Das war fast schon rührend. »Komm. Diese Wichser können uns am Arsch lecken.«

Mollie sagte: »Beruhig dich. Das sind nur Betäubungsgeschosse.« Sie hielt inne. »Ähm, das sind sie doch, oder? Sie werden mich bloß ruhigstellen und blasen mir nicht den Kopf weg, oder?«

Vigils Mundwinkel zuckte. Der Kerl war so zugeknöpft, dass das für ihn wahrscheinlich so etwas wie ein Schlag in die Magengrube war. »Nein, Ma'am. Mein Befehl lautet, Sie betäuben, mehr nicht. Sie werden ruhig schlafen und hinterher nicht einmal Übelkeit empfinden.«

Mollie nickte. »Okay. Aber Sie sollten den Stecker ziehen, bevor die Gefahrenblase zu groß wird.« Sie warf einen Blick zu Joey hinüber. »Wir könnten ... wir könnten ...« Sie blinzelte, wischte sich die Augen, um die Albtraumbilder aus Talas und dem Stall zu verscheuchen. »Sehen Sie, wenn ich was Seltsames mache, dann zögern Sie nicht, mich zu betäuben.«

Vigil nickte kurz. »Verstanden.« Dann hielt er den Kopf schräg und drückte sich die behandschuhte Hand an den Helm seines Schutzanzugs. Parallel zum Kinn verlief eine kleine Antenne. Kurz verständigte er sich murmelnd mit den anderen Ledernacken und sagte dann: »Von uns aus kann es losgehen.«

Mollie und Joey überschritten mehrere konzentrische Kreise aus Kabeln, Leuchten und elektrischen Gerätschaften, ehe sie das Zentrum erreichten. Dort drehte Mollie sich um und musterte die Fenster. In jedem war jemand im Schutzanzug zu sehen, ein Gewehr wie das von Vigil im Anschlag. Erstaunlicherweise konnte man die SCARE-Leute wegen der Anzüge nicht sonderlich gut von den russischen Soldaten unterscheiden. Allerdings bestand ein großer Unterschied zwischen den US-Schreibtischtätern, die ihre Schusswaffen nur einmal im Jahr auf dem Schießstand benutzten, wenn sie ihre jährliche Zulassung erneuern mussten, und einem kampferprobten Speznas-Killer, der mit seiner Waffe ins Bett ging. Mollie fragte sich, wer von ihnen auf sie schießen würde, wenn es dazu kommen würde.

Vigil, der sich neben das Fahrzeug gestellt hatte, gab ihr mit erhobenem Daumen ein Zeichen.

»Okay«, sagte Joey. »Eine Minute.«

Ihr Blick ging in die Ferne, als würde sie sich sehr konzentrieren. Kurz darauf schwoll das Gemurmel der Menschenmenge jenseits des Zauns zu einem zischenden Grundrauschen an, als donnerten Wellen in einem Sturm gegen eine Klippe. Dann waren Rufe von innerhalb des Kosmodroms zu hören. Hinter dem Kommandozentrum, neben dem Vigil stand, wankte etwas in die Lagerhalle. Und dann begriff Mollie. Joey hatte einige der jüngst Verstorbenen in der Gegend wiederauferstehen lassen.

Männer- und Frauenleichen prozessierten herein. Es war die langsamste und uninspirierteste Conga Line der Welt. Die Normaloleichen hatten eine kreidige Hautfarbe mit schwärzlich lila Flecken, wo sich Blut gesammelt hatte. Unter den kürzlich Verstorbenen waren auch ein paar Joker. Ein Zehenzettel schlurfte auf riesigen Hummerscheren in die Lagerhalle. Schließlich hatte Joey ungefähr ein Dutzend Leichen im innersten Kreis aus Lampen und Kabeln zusammengetrieben.

Keiner der Toten war so verwest wie Joeys Hund, doch der geballte Leichengeruch drehte Mollie den Magen um. Sie schluckte Galle. Meine Güte, wie hielt Joey das nur aus?

Joey riss sich aus ihrer gläsernen Konzentration, wirkte aber noch ziemlich abwesend, als sie sagte: »Okay. Dann kann's losgehen, dieses Scheißtheater.«

Mollie öffnete ein Tor zum Casino, ehe sie noch darüber nachdenken konnte, was sie tat. Bevor sie kneifen konnte. Das Tor hatte ungefähr die Größe einer Speisekammertür und befand sich dort, wo die Spielautomaten gestanden hatten. Der Grund, auf dem es in Talas ruhte, fühlte sich seltsam an, kräuselte sich und wackelte. Beinahe lebendig. Mollie schauderte es.

Durch das Loch im Raumgefüge trieben ölig leuchtende Nebelschwaden. Es roch nach faulendem Fleisch. Schreie hallten und nichteuklidisches Krabbeln. Gegen den niederschmetternden Todesgestank der bösen Wahnsinnszone war der Geruch von Benzin und Zombies in der Lagerhalle geradezu ein Rosenduft und doppelt willkommen. Das Casino hatte sich in eine neblige Höllenlandschaft verwandelt, als hätten sich die aus dem tiefsten Unterbewusstsein hervorgezerrten Albträume eines Hieronymus Bosch, eines M. C. Escher und eines H. R. Giger ein paar Fässer LSD eingeflößt und sich anschließend unter Speed bei einem Dreier blind gevögelt. Mollie konnte nichts erkennen und schon gar nicht sagen, ob sie an der richtigen Stelle herausgekommen war.

Sie schloss das Tor wieder. »Warte mal kurz. Lass es mich noch einmal versuchen. Es spart dir Zeit, wenn es mir gelingt, auf der Straße vor dem Casino eins zu öffnen.« Sie stellte sich die Straße vor, wie man sie durch Baba Yagas Fenster sah, direkt vor dem Casino, wo sie den großen Schlangentypen gesehen hatte.

Die verzogene Geometrie in der Einflusssphäre von Horrorshow machte es Mollie beinahe unmöglich zu erkennen, ob sie das Tor erfolgreich versetzt hatte. Es hätten fünfzig Meter sein können oder nur ein halber Zentimeter. Oder ein Lichtjahr, falls das einen Unterschied machte. Aber es gelang ihr, es noch einmal zu öffnen.

»Okay. Beeil dich.«

Joey schloss die Augen. Sie wurde wieder ganz regungslos. Die Zombies humpelten los und schienen es für ihre Verhältnisse eilig zu haben. Aber sie waren nicht schnell genug. Sie kamen nicht schneller nach Talas, als das Übel von dort einsickerte.

»Kommt schon, kommt schon«, sagte Mollie. »Beeilt euch.«

»Jetzt mach dir mal nicht in die Hose«, sagte Joey mit zusammengebissenen Zähnen.

Das Licht der Lampen des ersten Kreises wurde schwächer, flackerte. Weshalb beeilte Joey sich nicht? Kapierte sie nicht, dass es wichtig war? Begriff sie nicht, was Mollie für sie riskierte? Undankbares Miststück. Mollie ballte die Fäuste. Sie sollte …

Joey verpasste ihr eine solche Ohrfeige, dass es ihr den Kopf herumriss. Das Tor verschwand, und die Lampen leuchteten wieder mit voller Kraft. Mollie blinzelte Tränen weg. Es klirrte ihr in den Ohren, und sie rieb sich die schmerzende Wange. Sie fühlte sich heiß an.

»Autsch! Scheiße.« Joey hatte ihr kräftig eine verpasst.

Mollie zitterte. Diesmal hatte sie viel zu früh angefangen, die Kontrolle zu verlieren.

»Du hast was vor dich hingemurmelt«, murmelte Joey ihrerseits. »Das … klang nicht … gut.« Ihr Blick ging immer noch in die Ferne, als lausche sie einem Gespräch, das kaum noch zu hören war. Sie runzelte die Stirn. Als sie wieder etwas sagte, kamen die Worte unsauber aus ihrem Mund, als wäre sie beim Zahnarzt gewesen und litte noch unter der Wirkung der Spritze. »Ich … äh … ich kann die Zehenzettel kaum noch beherrschen.«

Mollie schüttelte den Kopf und versuchte das Klirren in den Ohren zu verscheuchen. »Okay. Hier.«

Sie konzentrierte sich darauf, das Tor, das sie eben erschaffen hatte, erneut zu öffnen, doch lange nicht so groß. Kleiner als eine Bremse, kleiner als ein Nagel des kleinen Fingers, kleiner als ein Nadelstich. Das erste Loch hatte die Größe eines Basketballs. Sie ließ es sofort wieder zuschnappen. Das nächste hatte die Größe einer Pflaume.

Joey kniff die Augen zusammen und beugte sich vor. Mollie zuckte zusammen. Das Tor verpuffte eine Haaresbreite von Joeys Nasenspitze entfernt. Die Frau drehte sich zu ihr um und wollte sie schon ausschimpfen, doch was sie in Mollies Gesicht sah, beschwichtigte ihren Ärger. »Na schön. Scheiß drauf. Mach weiter. Aber kapp mir bloß nicht die Nase.«

Mollie arbeitete weiter daran, das kleinstmögliche Loch

zu schaffen. Doch schloss sie fast jedes neue Tor so schnell, wie sie es öffnete – sie waren ihr immer noch zu groß.

»Meine Güte, ich krieg hier noch ein Schleudertrauma«, sagte Joey. »Kurz ist es so, als wären die Zombies mit mir im selben Raum, und einen Sekundenbruchteil später sind sie in einem anderen Land. Mach etwas langsamer, bevor ich einen Scheißepilepsieanfall bekomme.«

Doch Mollie konnte nicht anders. Die furchtbare Panik machte es ihr schwer, sich zu konzentrieren. Nach einem halben Dutzend Versuchen brachte sie ein Tor zustande, das nicht größer war als ein Nadelloch. Hätte sie es nicht mit ihrer eigenen Gedankenkraft geschaffen und deshalb gewusst, wo sie hinschauen musste, hätte sie es nicht bemerkt. Sie zeigte es Joey.

»Wie ist das?«

Die kleinere Frau entspannte sich sichtlich. Sie redete noch immer, als führe sie zwei Gespräche gleichzeitig. »Okay. Das ist viel besser. Trotzdem … ist schwer … sie alle im Auge zu behalten, aber jetzt sind sie … nicht mehr so weit weg.«

Mollie beobachtete die Lampen. Noch hatten sie nicht angefangen zu flackern.

♣♦♠♥

Eine Steintreppe führte nach oben. Michelle stieg hinauf. Oben angekommen wand sich eine weitere Treppe empor, bis sie dem Blick entschwand.

Sie blieb vor einer Metalltür stehen, fasste den Knauf und drehte ihn. *So leicht kann das doch gar nicht sein.* Die Tür ging auf. Nachmittagslicht fiel herein und blendete sie. Sie hielt sich die Hände vor die Augen. Als sie wieder etwas erkannte, stellte sie fest, dass sie in einem von einem Metallzaun eingefassten Hof stand. Sie sah sich um und entdeckte ein Schild mit kyrillischen Buchstaben. Das brachte ihr nichts.

Auch hier waberte ein wenig Nebel, aber viel dünner. Sie ging durch das Tor hinaus. In ihrem Kopf war noch immer etwas, aber ihr war einigermaßen klar, was wirklich war, und das war schlecht.

Wie viele Menschen hatte sie umgebracht? Sie wusste es nicht. Ab einem gewissen Punkt hatte sie nur noch getötet, weil es sich gut angefühlt hatte. Und es war so einfach gewesen. Sie wusste, dass sie Aero getötet hatte. Auf schreckliche Weise. Und was sie anschließend mit seiner Leiche getan hatte, hatte sie mit Freude erfüllt.

Ihre Hände fingen an zu zittern. Es hatte eine Zeit gegeben, da hatte sie gewusst, wer sie war und zu was sie fähig war, aber jetzt hatte sie keine Ahnung mehr. Welcher Mensch brachte es fertig, einen freundlichen Kerl wie Aero mit solcher Inbrunst abzuschlachten?

Noch nie war sie so dünn gewesen wie jetzt. Um sie herum herrschte das Massaker. Überall lagen Leichen. Auf der Straße standen aufgegebene Autos und Lastwagen, als hätten ihre Fahrer plötzlich beschlossen, grundlos anzuhalten. In manchen saßen Leichen hinterm Steuer, auf anderen trocknete Blut in der Sonne.

Sie sah in die Fahrzeuge in der Hoffnung, eines zu finden, in dessen Zündung noch der Schlüssel steckte. Und bei vielen war das der Fall, doch keines ließ sich anlassen.

Scheiße.

Sie lief los. Sie musste jemanden finden, dem sie erzählen konnte, was in Talas vor sich ging. Aber sie war sich nicht sicher, ob es noch eine Rolle spielte. Das, was dort sein Unwesen trieb, überstieg die Kräfte des Komitees – und nicht nur die des Komitees.

Sie ging weiter, denn etwas anderes blieb ihr nicht übrig.

♣♦♠♥

Angel lehnte sich mit einem Seufzen zurück und leckte sich zufrieden Fett von den Fingern. Ihr Bauch war angenehm aufgebläht, und sie empfand eine schläfrige Mattigkeit. Zum ersten Mal seit Tagen fühlte sie sich voll und gut genährt. Das Fleisch hatten sie weggeputzt. Freilich hatte sie so viel bekommen, wie sie gewollt hatte, während sie amüsiert zugesehen hatte, wie sich einige ihrer schwächeren Anhänger um die Reste gebalgt hatten. Morgen würden sie erneut nach Nahrung suchen müssen, aber morgen war morgen, und darum würden sie sich kümmern, wenn es so weit war.

Draußen herrschte die Nacht. Der aufgeblähte grünliche Mond erleuchtete die Schattenwesen, die noch um das Wasserbecken herumschlichen. Zu Beginn des Festmahls hatte Angel ihrem Volk befohlen, alle Behälter, die sie finden konnten, zusammenzutragen – es gab noch haufenweise Töpfe und Pfannen in der Hauswarenabteilung. Kühn hatte sie die Tür nach draußen geöffnet, ihre neue Klinge herbeigerufen und Wache gestanden, während ihr Volk Wasser geschöpft hatte.

Niemand hatte gewagt, sie anzugreifen. Angel hatte verächtlich gelächelt. Selbst die Feinde erkannten ihre Macht. Bald würden sie sich wahrscheinlich ihrem Clan anschließen wollen. Im Moment genügte es ihr, dass sie sie fürchteten.

Sie war müde. Sie hatte Schmerzen. Sie dachte an Schlaf, aber plötzlich bemerkte sie eine seltsame, aber irgendwie vertraute Gestalt an den Rand des Wasserbeckens stolpern, wo sie hinfiel, den Kopf in das Wasser tauchte und gierig trank.

In den Schatten um die Gestalt herum bewegte sich etwas, und Angel beobachtete es interessiert.

Eine der Jagdspinnen sprang in die Höhe, doch die Gestalt am Becken schnellte hoch, warf den Arm herum und zeigte auf sie. Donner grollte durch die stille Nacht, und ein

Blitz fuhr aus seiner Hand hervor und äscherte die Spinne im Sprung ein.

Der Mann stand plötzlich auf, und wie ein Virtuose, der ein unsichtbares Orchester dirigierte, zeigte er nach rechts und links, drehte, neigte sich und machte Verrenkungen, die lächerlich gewirkt hätten, wenn das Endergebnis nicht Blitze gewesen wären, untermalt von gelegentlichem Donner, Blitze, mit denen er die Angreifer mit beachtlicher Zielsicherheit und Tödlichkeit aus der Luft holte.

Plötzlich fiel Angel ein Name ein. Doktor Onweer.

Vor den Augen ihres Volks stand sie auf und ging zur Tür. Als sie das Becken erreichte, waren die angreifenden Spinnen entweder ausgelöscht oder wagten keine weiteren Angriffe mehr, und Onweer stand auf den Zehenspitzen, die Arme zum Himmel gestreckt und den Rücken nach hinten durchgedrückt wie ein Bogen.

Er hörte sie kommen und wirbelte zu ihr herum. Sein Kopf mit dem grauen Haar fuhr wild hin und her. Sein Gesicht war mit Schmutz und Blut verschmiert. Aus seiner Brille, die ihm schief auf der Nase hing, war ihm ein Glas herausgefallen, und sein Blick war irre. Vollkommen irre.

»Was ist«, fragte er beinahe im Plauderton, »der Unterschied zwischen rationalen und irrationalen Zahlen?«

Angel machte einen kleinen Schritt nach rechts. Links von ihr war das offene Becken. Rechts der umgepflügte Platz, aus dem das Becken herausgerissen worden war.

»Ich weiß nicht«, sagte sie in trügerisch sachlichem Ton.

»Die Frage ist, zu welchen du gehörst«, gab Onweer zurück. »Es gibt zwei irrationale Zahlen *a* und *b*, sodass *a* hoch *b* eine rationale Zahl ergibt.«

»Klar«, sagte Angel.

»Die Quadratwurzel aus zwei ist eine irrationale Zahl, und doch ist zwei eine rationale Zahl.« Vorsichtig ging er auf sie zu. »Betrachten wir eine Zahl *q*, die gleich der Quadratwurzel von zwei hoch der Quadratwurzel von zwei ist. Entweder ist *q* rational oder irrational.«

Ihr wurde klar, dass Onweer kein Risiko einging. Seine rechte Hand zuckte am Handgelenk, was ihr die nötige Zeit verschaffte, um hinter einen Erdhaufen zu hechten, der dick genug war, um sie vor dem Blitz zu schützen, den er schleuderte und der den Haufen in eine Erdfontäne verwandelte.

»Wenn *q* rational ist«, schrie Onweer, »dann stimmt das Theorem, dass sowohl *a* als auch *b* die Quadratwurzel von zwei sind!«

Angel sprang in die Luft, während sich ihre Flügel ausbreiteten. Mit zwei Flügelschlägen gewann sie an Höhe, dann drehte sie plötzlich bei und machte eine Kehre. Onweer versuchte, ihrer Flugkurve zu folgen.

»Wenn *q* irrational ist«, rief er in den Himmel, »dann stimmt das Theorem, wenn *a* die Quadratwurzel hoch die Quadratwurzel von zwei und *b* die Quadratwurzel von zwei ist, denn …«

Sie duckte sich erst unter einem mit der rechten Hand geschleuderten Blitz weg, dann unter einem linkshändigen. Allerdings verschmorte ihr der zweite die Federn an ihren Schwingen, die sie eng an ihren Leib gedrückt hatte, während sie beinahe auf der Stelle herumwirbelte und ihr Schwert herbeirief. Dann stießen sie aufeinander, die Waffe traf Onweer in der Brust, und sie gingen gemeinsam zu Boden. Sie lag auf seiner Brust, während sie das Schwert in seinen Körper stieß, dass es hinten wieder herauskam.

»… die Quadratwurzel von zwei hoch die Quadratwurzel von zwei hoch die Quadratwurzel von zwei in Klammern ist gleich zwei.«

Er sah sie an, als wäre es die wichtigste Sache der Welt, aber sie hatte keine Ahnung, was er da faselte. Er war vollkommen verrückt. Aber er war auch tot und nicht länger eine Bedrohung für sie oder ihren neuen Rang.

Angel kehrte in das verwüstete Kaufhaus zurück, und die Leute, an denen sie vorbeiging, streckten die Hände nach ihr aus, um sie zu berühren. Sie lächelte grimmig, und sie war schön und schrecklich anzuschauen. So hatte sie sich noch nie zuvor gefühlt. Wie eine bewunderte Königin, eine geliebte Herrscherin. Zwar war ihre Gefolgschaft klein, aber sie würde noch mehr Jünger zu sich rufen, und sie würden herbeiströmen.

Sie kostete die Verehrung ihres Volks wie einen guten Wein. Es war herrlich.

Die Gebieterin, die Gehorsam einflößte, war in ihr Königreich zurückgekehrt.

♣ ♦ ♠ ♥

Samstag

Durch das Nadelloch sickerte das Böse nur langsam von Talas nach Baikonur, aber es war nicht narrensicher. Manchmal flackerten die Lichter des inneren Lampenrings oder die Typen mit den fetten Knarren und den Gefahrenschutzanzügen, die ringsum im Lagerhaus postiert waren, wurden nervös. Dann schloss Mollie das Tor so lange, bis alle – und vor allem sie selbst – sich wieder beruhigt hatten.

Allerdings gelang es ihr nicht gut, Joey vorzuwarnen, und das sorgte für Spannungen. Das Ass aus Louisiana kam ohnehin an ihre Grenzen, weil sie ein Dutzend Zehenzettel lenken musste, die sich immer mehr zerstreuten – falls räumliche Distanz in den Tiefen der Einflusssphäre Horrorshows überhaupt noch eine Bedeutung hatte, was zu bezweifeln war. Im Grunde war es so, als wären die Zombies mit Joey in einem Raum, doch jedes Mal, wenn sich das Nadelloch schloss, wurden sie in eine Entfernung von fünfhundert Meilen katapultiert, und ihr Zugriff auf die untoten Späher wurde sehr viel prekärer, wie sie erklärte.

Oder eigentlich sagte sie: »Himmelherrgottscheißdreck, du beknackte Ziege. Wenn du das ohne Vorwarnung machst, ist das, wie wenn man ein gespanntes Gummi gegen mein Hirn schnappen lässt. Es tut scheißweh, du Arschgeige. Legst du es darauf an, dass ich ein Aneurysma bekomme?«

♣ ♦ ♠ ♥

Michelle entfernte sich von Talas. Jedenfalls war sie überzeugt, dass sie das tat. Ihr Richtungssinn war völlig durcheinander. Vermutlich hätte sie sich an der Sonne orientieren sollen, doch sie traute dem, was sie sah und spürte, nicht mehr. *Genau,* dachte sie. *Vielleicht hast du Aero auch gar nicht getötet.* Doch das war Unsinn, und das wusste sie auch.

Sie wollte nur noch so weit wie möglich aus Talas wegkommen – und so schnell wie möglich.

Obwohl sie schon recht weit von dem entfernt war, was sie für den Kern des Wahnsinns hielt, herrschte um sie herum immer noch Gemetzel. (»Wahnsinn« war ein harmloses Wort für das, was hier geschah. Denn immerhin war es ein Wahnsinn, der die Sonne überschattete.)

Wie Spielzeugautos, mit denen ein Kleinkind gespielt hatte, lagen Fahrzeuge verstreut. Und überall Leichen. Ein junges Mädchen in einem blassrosa Blümchenkleid hing aus dem Fenster eines blassblauen Ladas. In der Hand hielt sie ein blutiges Skalpell. Sie hatte sich die Pulsadern aufgeschnitten und die Augen herausgepult. Unter ihr auf dem Asphalt geronn eine kleine Blutlache. Michelle empfand nichts, denn sie war betäubt von dem, was sie bereits gesehen hatte und von dem, was sie getan hatte.

Unter ihren Stiefeln knirschten die Scherben zerbrochener Windschutzscheiben. Die Straße war uneben und hatte Risse. Manchmal stolperte sie und fiel hin.

Vor ihr lag ein Leichenberg. Die Leichen waren aufgedunsen und blau angelaufen. Einige waren sogar schon geplatzt, und Maden krochen über die Eingeweide. Mit dumpfem Entsetzen erkannte sie, dass faulende Leichen, die sich nicht in Monstrositäten verwandelt hatten, der normalste Anblick geworden waren.

Es standen so viele Autowracks herum, dass Michelle die Hoffnung aufgab, eines zu finden, das noch fuhr.

Schließlich stieß sie auf einen einigermaßen intakten

GAZ, dessen Fahrertür nur noch in einer Angel hing. Sie lief darauf zu und stellte fest, dass die Schlüssel noch in der Zündung steckten.

Sie stieg ein und drehte den Schlüssel. Die Zündung knackte, doch dann tat sich nichts mehr. Sie versuchte es noch einmal und trat dabei aufs Gas. Auch nichts.

»Scheißescheißescheiße!«, schrie sie wütend. Sie schlug so sehr gegen das Lenkrad, dass ihre Hände rot wurden.

Dann stieg sie aus und trat dreimal gegen die schief hängende Tür, um sie vollends aus den Angeln zu lösen. Doch das einzige Ergebnis war, dass ihr der Fuß wehtat.

Sie wollte jemanden umbringen. *Egal wen.*

Der böse Einfluss aus Talas war auch hier noch stark und machte sich bei ihr bemerkbar. Sie musste ganz aus der befallenen Zone hinauskommen. Oder aus Totalbekloppthausen. Sie beschloss, dass sie es von nun an so nennen würde. Ach, wie lustig. Sie lenkte sich ja nur ab. Egal wie, Hauptsache, sie musste nicht daran denken, dass sie Aero umgebracht hatte. Dass sie ihm den Kopf weggeblasen und anschließend seinen Körper in Grütze verwandelt hatte. Trauer erfüllte sie, während das verrückte Summen schwächer geworden war.

Es war, als hätte sie einen Schlag in die Magengrube bekommen. Sie hatte das Unaussprechliche getan. Und zwar nicht nur das, was mit Aero geschehen war. Sie hatte mutwillig getötet. Und sie wusste nicht einmal genau, wie viele Menschen sie umgebracht hatte – oder ob sie noch Menschen gewesen waren. An manche erinnerte sie sich, aber sie hatte den Verdacht – nein, sie wusste, dass es noch mehr gewesen waren. Angesichts ihrer Asskraft mussten es noch weit mehr gewesen sein.

Und Mummy. Sie hatte Aero getötet, weil sie ihn für Mummy gehalten hatte. Es hatte mehrere Versionen von Mummy gegeben, und sie hatte sie alle gelyncht. Oder war es Teil ihres Wahns, dass sie sich das nur einbildete?

Ihr kam es vor, als wären Raum und Zeit verzerrt. Ihre Erinnerung ließ sich nicht recht greifen und war durcheinander. Wie anders sollte sie sich die Wesen erklären, die auf den Straßen herumgekrochen waren? Wie anders sollte sie sich die Selbstverstümmelungen und Selbstmorde erklären und die Freude, mit der ein Großteil des Gemetzels vonstattengegangen war?

Und sie war Teil davon gewesen. Sie hatte Aero getötet. Sie hatte die Frauen im Wald getötet. Den Mann in den Katakomben. (*Oh, er hatte den Tod verdient,* flüsterte es in ihr. *Sie alle hatten ihn verdient.*)

Sie schüttelte den Kopf. Sie war noch nicht aus dem Nebel herausgekommen. Reste davon trieben noch umher.

Und was immer den Nebel und den Wahnsinn verursachte, sie bezweifelte, dass das Komitee es bekämpfen konnte. Sie bezweifelte, dass es irgendeine Macht der Welt konnte.

♣ ♦ ♠ ♥

Die Stunden zogen sich hin. Mollie flößte Joey mit einem Strohhalm Orangensaft ein, damit das halb komatöse Ass nicht zu viel Flüssigkeit verlor, während ihre Zombies eine fremdartige Albtraumlandschaft durchstreiften und nach Überlebenden des A-Teams des Komitees suchten.

Mollie war es gar nicht recht, dass sie das Tor nach Talas so lange offen halten musste. Auch wenn es nur ein winziges Loch war, das sie immer mal wieder schloss, bis das hereingesickerte Übel wieder abgeklungen war. Immerhin schaffte sie es, sich nicht in die Hose zu machen. Das war schon mal eine Leistung.

Schlimmer aber noch als die öden Stunden, während derer Joeys Zehenzettel auf nichts Interessantes stießen, waren die Momente, in denen das Ass auffuhr und verkündete: »Ich glaube, ich hab was.«

Dann musste Mollie ein größeres Tor öffnen, damit sie mit ihren eigenen Augen – und nicht mit den eiternden Zombieaugen – einen kurzen Blick hinüberwerfen konnten. Manchmal brauchte es ein so großes Tor, dass die Typen in den Schutzanzügen mit den Zielfernrohren ihrer Gewehre durch das Loch schauen konnten. Nachdem das erste Mal ein krebsartiges Ding auf mit Augen und Mündern übersäten Beinen durch das Tor gesprungen und nach Baikonur gekrabbelt war, achteten die SCARE-Agenten und ihre russischen Äquivalente darauf, ihre Läufe dauerhaft auf die Tore anzulegen.

Sie waren gute Schützen. Doch gegen die Scheußlichkeit waren die Betäubungsgeschosse nicht sonderlich wirkungsvoll. Das Ding hörte erst nach mehreren fetten Salven auf, sich zu bewegen.

Es kam häufig vor, dass Mollie ein Tor zuschnappen lassen musste, weil etwas versuchte, hüpfend, schwankend, triefend oder schleudernd in das Kosmodrom einzudringen. Vage menschliche Gestalten, die mit den Gesichtern ineinander verschmolzen waren, weil sie sich gegenseitig auffraßen. Vagabundierende Augäpfel, die auf einem Teppich aus Tentakeln dahinkrochen. Einmal sah sie durch den Nebel etwas, bei dem sie geschworen hätte, dass es ein menschlicher Hundertfüßer war.

♣ ♦ ♠ ♥

Am Samstag zog Franny sich für die Arbeit an und hatte den Fernseher an. Aber er bereute es. Überall liefen Reportagen und Berichte über Talas oder vielmehr ein Gebiet Hunderte Meilen rund um Talas, denn das Militär wich immer weiter vor der vorrückenden Finsternis zurück. Auf allen Kanälen wiederholten sich die Bilder von Soldaten, die aufeinander schossen, von einem General, der sich vor laufender Kamera das Leben nahm, von Menschen oder Dingen, die einmal Menschen gewesen sein mochten, die an Leichen nagten, und hin und wieder erhaschte man einen Blick auf irgendeine abartige, unmenschliche Gestalt im Nebel. Die Reporter laberten endlos und breiteten Theorien über die Ursache dieses Phänomens aus.

Anscheinend hatten die Behörden es nicht für nötig gehalten, die Vierte Gewalt über die Vorgänge in Kenntnis zu setzen. Nach kurzem Überlegen gab Franny ihnen recht. Würde man den Leuten mitteilen, dass der Weltuntergang bevorstand, würde die entstehende Panik alles nur noch … was? Es schlimmer machen?

Die Reporter vor Ort sprachen mit gedämpften Stimmen von ihren Gefühlen – Angst, Wut, Lust. Sie versuchten, professionell zu bleiben, aber manchmal verloren sie die Beherrschung. Als Franny sich an seine Gefühle im Krankenhaus erinnerte, brach ihm an Brust und Rücken kalter Schweiß aus. Er schaltete den Fernseher aus und stürzte aus seiner Wohnung.

Die Wache war fast menschenleer, da die meisten Beamten noch mit der Geiselnahme in der Jokertown-Klinik beschäftigt waren. Michael saß bereits an seinem Schreibtisch. Franny setzte sich auf seinen Platz. Neben seinem alten Computer lag ein Aktenstapel, und am Bildschirm hing ein Klebezettel mit einer Nachricht. Sie stammte von Maseryk und besagte, dass er bei den Verhandlungen mit den Geiselnehmern vielleicht als Bote zwischen ihnen und Baba Yaga und Grekor gebraucht würde, dass er aber zwischenzeitlich anfangen solle, die liegen gebliebenen Akten aufzuarbeiten. Franny rieb sich mit dem Daumen über die Stirn und drückte die Augen zu. Als er sie wieder öffnete, starrte Michael ihn an.

»Kopfweh? Jetzt schon? Du bist doch eben erst gekommen«, sagte Michael.

»Ja.« Auch Michael wirkte müde, und ein Schatten von Trauer lag auf seinen Augen. »Alles okay mit dir?«, fragte Franny.

»Familiengeschichte.« Michael verstummte. Franny wartete, denn er spürte, dass sein Kollege eigentlich reden wollte. Dann platzte es aus ihm heraus. »Kavitha, sie hat mich verlassen! Hat unsere Tochter mitgenommen. Isai ist total durcheinander und aufgeregt. Mal gibt Minal mir die Schuld, dann wieder Kavitha.« Er senkte den Kopf und drückte sich die Hand an die Stirn. »Alles läuft so beschissen.«

Du machst dir kein Bild.

Michael sah auf und zwang sich zu einem Lächeln. »Aber hey, wenigstens bist du zurückgekommen.«

»Ja.«

»Also, sollen wir loslegen?« Er hielt eine Akte hoch. »Jemand hat eine Brandbombe in das Büro von Ace Assurance geworfen. Da die für gewöhnlich billige Versicherungspolicen an Joker verchecken und dann keine Auszahlungen machen, überrascht mich, dass das nicht früher passiert ist.«

Franny schüttelte den Kopf. »Man muss sich auch ernsthaft fragen, wie klug es ist, sich so einen Namen zu geben, wenn man Versicherungen an Joker verkaufen will.«

Michael stieß ein schrilles Lachen aus. »Ja, der Gedanke kam mir noch gar nicht. Unglücklicherweise musste der Hausmeister an dem Abend Überstunden machen und war noch im Haus, als die Bombe hochging.«

Franny griff zum Telefon. »Ich fordere eine Liste der Kunden an. Mit der können wir anfangen.«

Fünfzehn Minuten nach seinem Anruf bei der Versicherung lief eine lange Namensliste über Frannys Bildschirm. Er und Michael teilten sie sich und arbeiteten sie eine Stunde lang ab. Es war langweilig und mühsam, und bislang war ihnen kein verrückter Bombenleger ins Auge gesprungen.

Michael stand auf und holte ihnen je eine Tasse des für seine miese Qualität berüchtigten Fort-Freak-Kaffees. Mit einem Seufzen setzte er sich wieder hin.

»Ich kapier halt nicht, wie sie auf die Idee kommt, mich zu verlassen. Kavitha, meine ich. Ich meine, mir wurde doch ein Unrecht zugefügt. Sie war diejenige, die ihren Bruder vor mir … vor uns versteckt hat. Wenn wir das gewusst hätten, dann wäre das, was dir passiert ist … nun, dann wäre es dir vielleicht nicht passiert.«

»Ich denke, dass Menschen instinktiv diejenigen beschützen, die sie lieben«, sagte Franny und musste unwillkürlich an Baba Yaga und Tolenka und Ray und seine Frau denken.

»Ja, schon möglich.« Einen Moment lang verstummte Michael, bevor er hinzufügte: »Im Bett ist es gerade nur sehr einsam.«

»Halt mal, hast du nicht gesagt, dass Minal noch da ist?«

»Ja, aber ich bin es gewohnt, dass sich von beiden Seiten jemand an mich herankuschelt«, antwortete der Detective seufzend.

Franny zwang sich zu einem Lächeln, obwohl er Michael am liebsten geohrfeigt hätte. Der Kerl hatte nur noch eine heiße Mieze im Bett und beklagte sich, während er noch nicht einmal eine Freundin hatte. Seine Gedanken drifteten zu dem jungen englischen Ass ab, der Schauspielerin Abigail Baker. Seit er sie nackt auf dem Gehweg in Jokertown aufgelesen hatte, ließ sie ihn nicht mehr los. Armselig, wie er war, hatte er ihr sogar mit ihrem ehemaligen Stecher Croyd Crenson geholfen, als der Typ mal wieder in einer durch Schlafmangel hervorgerufenen psychotischen Phase gesteckt hatte. Dümmer ging es nicht mehr.

Er widmete sich wieder der Kundenliste und prüfte, ob irgendjemand darauf die Fähigkeit haben könnte, eine Brandbombe zu bauen oder Zugang zu den Materialien für eine derartige Bombe haben könnte. Wieder einmal sprang

Franny die grausame Ironie des Lebens ins Gesicht. Jemand wird von seiner Versicherung übers Ohr gehauen, rastet aus und hat jetzt einen Mord auf dem Gewissen. Franny war überzeugt, dass der unbekannte Täter nicht die Absicht gehabt hatte, Ben Wilson zu töten, doch so war es gekommen.

Genauso wenig, wie ich die Absicht gehabt habe, die Hölle auf Erden zu entfesseln. Aber das hatte er getan, und was spielte es jetzt noch für eine Rolle, ob sie Wilsons Mörder fanden? In ein paar Tagen wäre Wilson ohnehin nur eine Leiche unter tausend anderen. Womöglich unter Millionen. Angewidert stieß sich Franny vom Tisch ab, und die verbogenen Räder seines Stuhls ratterten wie die Zähne eines Skeletts auf dem fleckigen Linoleum.

»Ich besorge mir was zu essen. Willst du mitkommen?«, fragte er Michael.

»Nö, ich habe Minal versprochen, dass ich mit ihr mittagesse. Ihr geht's auch ziemlich mies.«

Franny hatte sich einen vorläufigen Ausweis, Geld und ein neues Handy beschafft. Seine Ersatzmarke würde fünf Tage dauern. Bis dahin wäre es sowieso egal.

Er stand auf dem Gehweg, ließ das Telefon schwankend auf- und abwippen. Schließlich wählte er Abbys Nummer.

♣ ♦ ♠ ♥

Den ganzen Morgen gab es nichts als Ärger. Marcus und Olena verbrachten ihn damit, sich durch die größer werdende Menge von Flüchtlingen zu schieben, die nicht ins Kosmodrom gelassen wurden. Er richtete sich hoch auf seinen Windungen auf, sodass sein Oberkörper weit über Augenhöhe herausragte. Als Drohgebärde, die nicht übersetzt werden musste, hatte er die Fäuste geballt. Die Leute machten ihnen Platz. So konnten sie sich zwar einen Weg durch das Flüchtlingslager bahnen, doch suchten sie nach einer Möglichkeit, hinter die Absperrungen zu gelangen. Das war ihr Ziel. Jedes Mal, wenn Marcus sich der Pufferzone näherte, wurden russische Maschinengewehre auf ihn gerichtet und verscheuchten ihn wieder. Einmal hatte er seine Angst überwunden und war weitergegangen in der Absicht, einfach über den Stacheldrahtzaun zu springen und die Leute drinnen zu überzeugen. Doch eine Maschinengewehrsalve ließ ihn hochfahren. Vor ihm prasselten Kugeln nieder und wirbelten Staub auf. Eine abgeprallte Kugel pfiff an seinem Ohr vorbei. So viel dazu. Zu Olenas großer Erleichterung zog er sich zurück.

»Diese Ärsche meinen es ernst!«, schalt sie ihn. »Siehst du denn nicht die Leichen, die am Rand der Pufferzone rumliegen? Willst du auch so enden?«

Tatsächlich hatte er Glück, dass sie ihn nicht einfach abgeknallt hatten, und das wusste er auch. Mehr als nur der übliche Hass auf Joker lag in der Luft. Die Anti-Joker-Stimmung war so drückend wie der Nebel des Bösen in Talas.

Einmal regte sich Hoffnung in ihm, als er auf ein Kontingent Blauhelme traf. Sie bewachten ein Nebentor, das ein Stück abseits des eigentlichen Flüchtlingslagers lag. Hinter dem Tor reihten sich große Lagerhallen bis in die Ferne. Eine verwirrende Mischung aus Militärs und Zivilisten gingen ein und aus. Marcus ging langsam auf das Tor zu, mit erhobenen Händen, und er versuchte, so wenig bedrohlich wie möglich zu wirken. Olena hielt sich neben ihm. Wie bei den Russen wurden auch hier die Gewehre hochgerissen.

»He, sind hier irgendwelche Amerikaner?«, fragte er. »Könnt ihr vielleicht einem amerikanischen Mitbürger helfen?«

»Zurückbleiben«, antwortete einer der Soldaten. Allerdings hatte er keinen amerikanischen Akzent, aber immerhin sprach er Englisch. »Dieser Eingang ist Komitee-Mitgliedern vorbehalten. Kein Durchgang für Unbefugte. Und Zivilisten.« Doch während er das sagte, ruhte der Blick des Soldaten auf Olena, als wolle er es sich in ihrem Fall vielleicht noch einmal überlegen.

»Und keine Joker«, setzte ein anderer hinzu. Dieser hatte einen anderen Akzent, war aber auch kein Amerikaner. Er trat herbei, wirkte nervös, als wolle er nur allzu rasch Gebrauch von seinem Gewehr machen.

Eine Wespe schwirrte um Marcus' Kopf herum. Mit seiner erhobenen Hand schlug er nach ihr, wenn auch nur matt. »Das Komitee? Dann sind hier Asse? Ich muss mit ihnen reden. Ich weiß, was in Talas vor sich geht. Da nähert sich etwas Böses, Mann. Sie müssen mich …«

Der nervöse Soldat schnitt ihm das Wort ab. »Weg da!«

Marcus erstarrte und versuchte, die vor seinem Gesicht herumtanzende Wespe zu ignorieren. Er flüsterte ihr zu: »Verpiss dich!« Zu den Soldaten sagte er: »Sehen Sie, ich habe die Hände erhoben. Ich will niemandem was tun. Ich habe Informationen …«

Der Jokerfeind unter den Soldaten hob das Gewehr, zielte auf Marcus. »Erlaubnis zur Gewaltanwendung?«, knurrte er durch den Mundwinkel.

»Nicht erteilt«, gab der erste Soldat zurück. Zu Marcus gewandt wiederholte er: »Dieser Eingang steht nur Komitee-Mitgliedern zur Verfügung. Befehl von ganz oben. Gehen Sie weiter. Sofort. Dies ist Ihre letzte Warnung. Wir werden das Feuer eröffnen.«

Marcus zweifelte nicht daran, dass er meinte, was er sagte.

»Vergiss es, Marcus«, sagte Olena. »Idioten. Lass uns gehen.«

»Scheiß auf die«, sagte Marcus. »Wir sollten sowieso mal nach den Dörflern sehen.« Sie zogen sich zurück, gingen ein paar Schritte rückwärts, bevor sie den Soldaten den Rücken zukehrten.

Marcus wälzte schon eine Zeit lang den Gedanken, dass sie weiterfahren sollten, falls sie nicht in den Schutz des Kosmodroms gelangen sollten. Weiter weg von Talas, vielleicht an einen abgeschiedenen Ort, an dem sie das alles aussitzen konnten. Allerdings hatte er gezögert, es Olena, dem Handschmied, Bulat und den anderen Dorfältesten zu eröffnen. Denn er wusste nicht, wie sie es aufnehmen würden, nachdem sie so viel auf Baikonur gesetzt hatten. Doch allmählich schien das ihre einzige Option darzustellen. »Hör mal, Olena, wenn wir vor dem Eingang eingepfercht sind, wenn die Seuche hier ankommt …«

Er unterbrach sich, weil die Wespe erneut auftauchte, genau zwischen seinen Augen, gefährlich nah. »He, was ist denn …« Sie stieß im Sturzflug auf ihn herab, schwirrte zur Seite, als er nach ihr schlug. So etwas hatte er noch nie gesehen. Ein nervtötender grüner Plagegeist von einem Insekt. Gerade hatte er den Beschluss gefasst, das grüne Aas mit seiner Zunge abzuklatschen, als ein Schwarm weiterer grüner Wespen auftauchte. Eine Sekunde lang standen Marcus und Olena in einer Wolke aus Insekten. Dann verschmolzen sie miteinander, setzten sich zusammen und bildeten eine menschliche Gestalt. Wenn auch nur eine halbe Portion, ein völlig ausgemergelter Mann, der gerade mal so groß wie ein Junge war, dessen Gesicht aber wirkte, als wäre er schon ein paar Wochen tot. Er war nackt. Dass der Wespenschwarm an der Stelle, wo seine Genitalien sein sollten, weiterhin umherschwirrte, machte den Umstand nur geringfügig weniger verstörend. Seine Augen waren so grün wie die Wespen.

»Mensch, Infamous Black Tongue!«, rief der Kerl aus. »Wir dachten, du wärst in Talas geröstet worden. Dabei siehst du nicht einmal verbrannt aus. Du steckst ganz schön in der Scheiße, Junge, aber das ist egal, weil wir sowieso alle verrückt werden …« Er hatte noch mehr zu sagen, doch sein

Blick glitt zu Olena. Er musterte sie lange und lüstern. »Hallo, hallo. Weißt du, nach allem, was ich die letzten Tage gesehen habe, sind die Tage der Welt gezählt, sie hat nicht mehr lange. Die Hälfte von mir ist abgeschwirrt, aber es ist noch ein Teil von mir übrig, der dich besser kennenlernen möchte.«

Olena grinste. »Welcher Teil ist das? Derjenige, dem die Welt egal ist, meine ich.«

»Darüber sollten wir sprechen. Jonathan Hive, zu euren Diensten. Und ja, ich meine damit *den* Jonathan Hive.«

Vollkommen unbeeindruckt fragte Olena: »Gibt es mehrere von deiner Sorte, oder warum betonst du das so?«

»Nein, nein. Der Hive von *American Hero*! Erste Staffel, als es noch echt war.«

Olena rümpfte die Nase, als müsste sie an etwas faul Stinkendes denken. »Ich sehe kein amerikanisches Fernsehen. Außer HBO.«

»Oh, du hast ihm nur nie eine Chance gegeben.« Das Ass trat vor, winkelte einen Arm an, um ihn mit einer Drehung unter dem Olenas einzuhängen. So führte er sie fort.

Marcus überholte sie und hielt Bugsy mit vorgereckter Handfläche auf. »Willst du mich verarschen? Sie gehört zu mir, und ich will ja nicht unhöflich sein, aber du siehst aus wie die Leiche eines Geschrumpften.«

Jonathan machte ein finsteres Gesicht. »Verfluchtes Talas. Hab dort die Hälfte meiner Wespen verloren.« Sein Blick wanderte von Olena zu Marcus und wieder zurück. Offensichtlich überlegte er, wie klug sein Vorhaben war. Aus seinem Ohr kroch eine grüne Wespe und hing kopfüber an seinem Ohrläppchen, wo sie sich putzte. »Na gut, sei's drum. Wir sind sowieso geschäftlich hier.«

Beim Tor herrschte Bewegung. Eine Gestalt, die in der Luft schwebte, flog über den Wachen vorbei auf Marcus zu. Hinter ihr lief ein stämmiger Mann, der etwas vor der Brust hielt. Sie kamen, von den Soldaten gefolgt, auf Marcus zu.

»Bugsy, verdammte Scheiße«, sagte der Fliegende. Er hatte olivbraune Haut und wirkte asiatisch. Zwar schwebte er ganz ruhig, doch huschten seine Augen gehetzt hin und her, was eine seltsame Mischung abgab. »Wieso schwärmst du aus und fliegst einfach so weg? Ich habe eine Scheißangst bekommen.«

»Du kriegst wegen allem eine Scheißangst«, sagte Bugsy, und Marcus hatte noch nie jemanden in einem so abfälligen Ton reden hören. »Darf ich vorstellen: Lama. Nicht zu verwechseln mit Llama.« Dann zeigte er auf den Stämmigen, der schnaubend zu ihm aufschloss, und fügte hinzu: »Und mein Butler hier ist Tinker, Produzent schlauer, nutzloser Maschinen.«

»Bugsy!«, rief der Stämmige mit einem Akzent, den Marcus sogleich als australisch identifizierte. »Was hast du dir dabei gedacht? Du hast deine Kleider vergessen, Alter.«

»Dafür habe ich doch dich.« Das ausgemergelte Ass entriss Tinker das Klamottenbündel und schlüpfte in die lächerlich großen Kleider. »Kameraden, darf ich euch einen gewissen Marcus Morgan vorstellen? Alias Infamous Black Tongue. Bewohner der Kanalisation von Jokertown, Wächter der unterirdischen Krypta von Pater Squid. Ein Rächer von beachtlichem Renommee, illegaler Gladiator und ein durch und durch schlechter Junge.«

Olena schlang einen Arm um Marcus. »Er kennt dich!«, sagte sie. »So gut, dass er weiß, dass du ein schlechter Junge bist.«

»Klar kenne ich ihn«, sagte Bugsy und zerrte an dem Gürtel seiner Hose, die glücklicherweise seine schwirrende Scham verbarg. »Habe für *ACES!* Artikel über ihn geschrieben. Er sorgt für gute Presse.«

Marcus kniff die Augen zusammen. »Was hast du über mich geschrieben?«

Tinker grinste. »Wohl besser, wenn du es nicht weißt.«

Bugsy widersprach dem nicht, sondern lächelte Olena lüstern an. »Und du bist?«

»Nicht interessiert«, gab Olena zurück. »Und ich heiße Olena.«

Wieder grinste Tinker. »Die mag ich. Die hat's dir gegeben, Bugsy.«

»Du warst in diesem Albtraum, oder?«, fragte Lama Marcus. »Talas, meine ich.«

Marcus nickte.

»Wir auch«, erwiderte Bugsy. »Mit dem ersten Assteam, das das Komitee reingeschickt hat.«

»Ach ja?« Marcus konnte seinen Eifer nicht verbergen. »Was ist passiert? Habt ihr etwas erreicht?«

Die Wespe an Bugsys Ohr fiel herunter. Er fing sie in der Hand auf und warf sie sich in den Mund. »Nicht so wirklich. Man könnte eher sagen, wir haben gerade mal so überlebt und können davon berichten. Komm. Wir müssen uns unterhalten. Du brauchst ein Briefing. Damit wir sehen, ob du was weißt, was wir nicht wissen. Wir bringen dich rein.«

»Ah«, wandte Tinker ein. »Babel würde das nicht gefallen.«

Bugsy schnaubte. »Was, weil er ein Joker ist? Scheiß auf Babel. Umso besser, wenn es sie ärgert. Kommt.«

Der Jokerfeind wollte protestieren, aber sein vorgesetzter Offizier befahl ihm zu schweigen. Er sagte: »Die sind jetzt Sache des Komitees. Lassen Sie sie in Ruhe, Soldat.«

Als Marcus losging und zum ersten Mal seit Tagen etwas Erleichterung empfand, sagte Olena: »Halt! Marcus, die Dörfler. Wir können sie nicht zurücklassen.«

»Oh, das stimmt.« Marcus blieb stehen. »He, es geht nicht nur um uns. Wir haben ein Dorf mitgebracht. Gute Leute. Sie haben uns geholfen hierherzugelangen. Die müssen wir auch reinbringen.«

Die Asse sahen sich an. »Wohl kaum«, sagte Bugsy. »Wir betreiben hier kein Obdachlosenheim.«

»Vor allem keins für Joker, das steht schon mal fest«, meldete sich der Jokerfeind wieder. Marcus wollte ihm am liebsten eine reinschlagen.

»Dein Dorf besteht aus Jokern?«, fragte Bugsy. »Dann kannst du's gleich vergessen, Junge. Keine Chance. Babel macht alles streng nach Vorschrift, und für einen Haufen unnützer Joker gibt's keine Vorschrift. Kommt. Und das ist keine Bitte. Betrachtet es als einen Befehl des Komitees.« Er ging los, und Lama trottete missmutig neben ihm her. Tinker zuckte Entschuldigung heischend mit den Schultern, bevor auch er sich zum Tor wandte.

»Marcus, wir können sie nicht einfach im Stich lassen«, sagte Olena.

»Ich weiß.« Er dachte rasch nach und sah den Assen hinterher, die sich zum Tor zurückzogen. »Das mache ich auch nicht. Das verspreche ich dir. Aber das ist unsere größte Chance. Um reinzukommen. Um mit denen zu reden, die das Sagen haben. Wir werden einen Weg finden, sie reinzuholen.«

»Das versprichst du mir?«

»Ja. Das verspreche ich dir. Komm.«

♣♦♠♥

Die Sonne brannte erbarmungslos auf sie herab. Seit ihrem Aufbruch aus dem kasachischen Militärlager hatte sie nichts mehr gegessen oder getrunken. Und nachdem sie nun ihr restliches Fett aufgezehrt hatte, war sie ausgemergelt und schwach.

Aber immerhin war sie aus der Wahnsinnszone heraus. Das Entsetzen über das, was sie getan hatte, überkam sie ein ums andere Mal. Sie durchlebte alles immer wieder, und mit jedem Mal wuchsen ihre Scham und ihr Schuldgefühl. Aber trotz ihrer Selbstzerfleischung hatte die Erinnerung daran, wie sie Aero den Kopf weggeblasen hatte, etwas Freudiges.

Und dann kamen die Tränen. Sie liefen heiß und bitter an ihr herab. Wer war sie auf einmal?

Und Adesina hatte sie auch nicht gerettet.

Dieses Gör.

Halt's Maul!

Sie ging weiter. Einen schwankenden Schritt nach dem anderen. Sie wusste nicht, warum.

Doch, das weißt du.

Und sie wusste es. Sie ging weiter, um ihre Tochter und Joey wiederzusehen. Sie wollte bei ihnen sein, wenn die Welt unterging.

♣ ♦ ♠ ♥

Joey sagte: »Ich habe etwas!«

Das konstante Kokettieren mit dem Wahnsinn, das Öffnen von Toren zur Hölle, nur um sie wieder zu schließen, bevor der Teufel es merkte, hatte Mollie ausgelaugt und benommen gemacht. Stunden um Stunden endloser Bedrohung verschmolzen zu … Langeweile.

Diesen Satz hatte sie schon oft gehört. Aber jedes Mal, wenn einer von Joeys Zombies etwas erspähte, was ein Überlebender sein konnte, stellte sich bei näherer Betrachtung mit den eigenen Augen heraus, dass es sich um eine lallende, nur vage menschliche Gestalt handelte, die zu verunstaltet war, als dass man in ihr ein ehemaliges Komitee-Mitglied hätte erkennen können.

»Ach, wie nett«, sagte Mollie, die auf dem kalten Betonboden der Lagerhalle lag. Leider konnte sie die Typen in den Schutzanzügen nicht bitten, ihr ein Kissen oder eine

Decke zu bringen. Denn sie durften sich dem Nadellochportal nach Talas nicht nähern.

»Nein, im Ernst. Ich sehe Furchen im Boden, und das bisschen, was von dem Gebäude übrig ist, wirkt so, als wäre es von einem Erdbeben zerstört worden.«

»Dir ist schon klar, dass es da wahrscheinlich gar keine Erde mehr gibt«, sagte Mollie. »Also nicht im eigentlichen Sinne. Es ist …«

Ana Cortez.

Ungebeten kam Mollie der Name in den Sinn. Sie meinte, die ganzen Informationen, die Babel ihr über das A-Team gegeben hatte, nicht richtig verinnerlicht zu haben. Schließlich hatte sie sich bewusst dagegen gesträubt, dem Briefing Aufmerksamkeit zu schenken. Sie wusste besser als alle anderen, dass die Asse, die mit dem ersten, unseligen Erkundungstrupp in die Stadt gegangen waren, für immer verloren waren. Jetzt aber hallte ein Name aus dem Briefing in ihrem Gedächtnis wider.

Ana Cortez. Earth Witch.

Mit schmerzenden Gliedern setzte sich Mollie auf dem harten Boden auf. »Zeig's mir.«

Wie immer bedurfte es einiger Feinabstimmung und Diskussion, bis sie die Stelle gefunden hatte, auf die einer von Joeys umherwandernden Zombies gestolpert war. Und tatsächlich, auch wenn es in der düsteren nichteuklidischen Nebelsuppe kaum zu erkennen war, war der Boden – sie nannte es nicht Erde – aufgerissen, als wäre er von einer gigantischen Maschine umgepflügt worden. Allerdings funktionierten Maschinen da drin nicht. Die Furche durchschnitt ein Nest aus pulsierenden lila Wurzeln und lief auf ein Gebilde zu, das vielleicht einmal ein Haus gewesen war, jetzt aber nur noch eine zitternde, fließende, mit Blasen und eiternden Wunden übersäte Scholle darstellte. Wo die Furche auf sie traf, war die Fleischstruktur zusammengebrochen, als wäre sie auseinandergerüttelt worden.

Der Furche mit den Augen des Zombies zu folgen und dabei ständig neue Tore zu öffnen und zu schließen, war ermüdend. Doch schließlich stieß sie auf einen Riss, der aussah, als hätte jemand eine Bodenschicht abgezogen, sie gefaltet und wieder hingelegt. Wie ein Unterstand, ein Versteck.

Joey rekrutierte ein paar Leichen, die in der Höllenlandschaft herumlagen, und ließ sie graben. Wenn Zombies etwas richtig gut konnten, dann war es, unangefochten von Verfall und Verwesung in der Erde zu buddeln. Obwohl der Unterstand mit Steinen und Wurzeln befestigt worden war, hatten die Toten ihn schnell aufgebrochen.

Es handelte sich um einen Fuchsbau. Vielleicht auch eine Krypta. In ihr lag eine bewusstlose Frau, vermeldete Joey. Als die Frau vollends ausgegraben war, biss Mollie die Zähne zusammen und erweiterte das Tor nach Talas kurz, um besser sehen zu können. Die Frau in der Höhle war barfuß. Sie wirkte wie Ende zwanzig, und es war, als hätte die Erde sie einfach verschluckt, als hätte sie sie in die Arme genommen. Sie hatte sich eingekapselt, begriff Mollie.

Von der Sicherheit des äußeren Kreises spähte Babel durch ein leistungsstarkes Zielfernrohr. »Das ist Ana!«, rief sie.

Mollie öffnete unter Ana ein Tor und ließ sie in die Lobby der Jokertown-Klinik fallen. Dann ließ sie die Verbindung nach Talas wieder zuschnappen.

♣ ♦ ♠ ♥

»Boston ist vielleicht mal scheiße, total heiß und schwül, aber die Show ist genial. Für die Vorpremiere haben wir tolle Kritiken bekommen. Ich bin mir sicher, dass wir damit an den Broadway gehen werden.«

Franny und Abigail, genannt Understudy, saßen in seinem Lieblingsrestaurant, Mary's Lamb. Mary, verhüllt und mit Maske, ging persönlich herum und goss Kaffee nach und erkundigte sich bei den Gästen, ob ihnen das Essen schmeckte. Abby schmierte dick Ingwermarmelade auf ihren Scone, fuchtelte dabei aber mit den Händen, die ebenso beredt waren wie ihr Mund, weshalb Marmeladekleckse wie Zuckerbomben auf das Tischtuch niedergingen.

»Ich hoffe nur, dass sich die Produzenten nicht für eine Neubesetzung entscheiden. Ich glaube, mich wird es nicht betreffen. Meine Rolle ist klein. Aber *essentiell*, vollkommen essentiell. Und einer der Kritiker hat mich sogar erwähnt.« Sie runzelte kurz die Stirn. »Ich hoffe, das lag nicht an dem Wirbel im Zirkus.«

Franny streckte den Arm aus und legte die Hand auf ihre. Die Bewegung zerrte an seinen Nähten in der Seite, und er zuckte zusammen. Das fiel Abby nicht auf, was ihn nicht überraschte. Sie war eine schrecklich selbstbezogene Person, aber ganz und gar hinreißend.

»Daran lag es sicher nicht. Ich wette, du warst großartig. Gib mir Bescheid, wenn du Premiere hast. Die sehe ich mir an.« *Nur dass es bis dahin keinen Broadway, kein New York und keine Welt mehr geben wird, es sei denn, Babel und Ray und Mollie und die anderen waren erfolgreich.* Doch diesen Gedanken schob er beiseite.

»Ich besorg dir ein Ticket, und es tut mir leid, dass ich mich nicht gemeldet habe. Ich habe deine Nachrichten schon bekommen, aber es war alles so hektisch.«

»Ist schon gut. Ich bin erst gestern wieder zurückgekommen. Ich war in Kasachstan.«

Keine Reaktion. »Ich glaube, dass man am zweiten Akt tatsächlich noch etwas machen muss. Da geht die ganze Energie verloren, und im dritten Akt müssen wir uns total anstrengen, um das alles wieder aufzubauen.«

Franny suchte nach einem Weg, die Blase zu durchdringen, in der sie steckte. Er konnte ihr die erste Hälfte der Geschichte erzählen und wie ein krasser Held dastehen. Der geniale Detective, der den Fall geknackt und dann gegen den Befehl seiner Vorgesetzten gehandelt hat, um die gefangenen Joker zu befreien. Er konnte aus sich einen »Hollywood-Cop« machen, wie Jamal es ausgedrückt hätte.

Oder er konnte das Augenmerk auf seine Verwundung legen und die Mitleidskarte ausspielen. Aber er wollte nicht ihr Mitleid, er wollte … tja, er wollte mit einer Frau ins Bett, und das war vielleicht seine letzte Chance, bevor die Welt zugrunde ging. Doch erst musste er sie aus ihrer Blase herausholen.

Er wandte seine Aufmerksamkeit wieder dem zu, was sie sagte. »… entscheidend, dass der andere Schauspieler dir zuhört, wenn du was sagst, und nicht bloß nachdenkt, wie sein nächster Text geht. Es geht halt nicht ständig bloß um dich, und dieses Mädel, das meine ältere Schwester spielt, klaut mir immer die wenigen Szenen, in denen ich vorkomme …«

»Abby.« Sein Tonfall war so dringend, dass er zu ihr durchdrang.

»Ja, was?«

»Hast du überhaupt irgendwelche Nachrichten mitgekriegt?«

»Ich schaue keine Nachrichten. Da geht es bloß um Kriege und Kriegsgerüchte, wo ich eh nix gegen machen kann. Weshalb sollte ich mir wegen Dingen Stress machen, die ich sowieso nicht ändern kann?«

»Dann weißt du also nicht, was in Kasachstan passiert? Also dort, wo ich bis vor ein paar Tagen war? Wo die Leute verrückt werden und sich gegenseitig umbringen?«

»Äh, nein. Und wenn ich dich so höre, bin ich froh, dass

ich nichts mitgekriegt habe. Gut, dass du nicht mehr dort bist, wenn da solche Sachen passieren.«

Er ergriff ihre Hände. »Abby, etwas Schreckliches dringt in unsere Welt ein. Etwas, das uns alle verrückt werden lässt. Millionen Menschen werden sterben, wenn das Komitee und die anderen es nicht aufhalten können. Wenn sie scheitern, dann wird es keinen Broadway mehr geben für dein Stück. Alles …« Er deutete auf das gemütliche Restaurant. »… ändert sich. Die Welt, wie wir sie kennen, geht zu Ende. Ich werde versuchen, dich zu beschützen. Ich will, aber … nun, vielleicht ist das unsere letzte Chance.« Er griff ihre Hände noch fester. »Manchmal muss man das Leben am Schopf packen. Du weißt schon, *carpe diem* und so.«

Gott sei Dank kam sie nicht mit ihrem *Was?* und kapierte, was er meinte, sodass er es ihr nicht vorbuchstabieren musste. Doch leider verlief das Gespräch nicht wie erhofft. Sie entzog ihm eine Hand und ergriff stattdessen seine.

»Oh, Franny, wie süß von dir, und ich kann dir gar nicht sagen, wie schmeichelhaft das ist. Du bist so ein lieber Freund, und ich weiß, dass ich immer auf dich zählen kann, wenn ich Hilfe brauche, und das bedeutet mir so viel. Aber ich bin echt nicht die Richtige für dich. Du bist so ernst und gewissenhaft. Du brauchst eine, die immer für dich da ist und dich unterstützt. Aber ich bin mit dem Kopf viel zu sehr bei meiner Karriere, trotzdem werden wir immer Freunde bleiben.«

Die Wangen taten ihm weh, so sehr knirschte er mit den Zähnen, als er die furchtbaren, tödlichen Worte vernahm. Leider beließ sie es nicht dabei.

»Und was diese schreckliche Sache angeht. Das werden die Asse bestimmt regeln. Diese ganzen furchtbaren Sachen passieren doch immer nicht, weil ständig jemand da ist, der sie verhindert.«

Die Ereignisse der letzten Woche stürzten auf ihn ein.

Erschöpfung und Schmerz gepaart mit nagenden Schuldgefühlen zerstörten seine fragile Selbstbeherrschung. Er sprang auf. Und zwar so ungestüm, dass der Stuhl nach hinten auf den Boden krachte. Die anderen Gäste und Mary und ihre Kellner, die sechs Teller trugen, erstarrten und sahen herüber.

»So wie jemand die Sachen am 15. September 1946 geregelt hat? Tausende sind gestorben, als sich das Virus ausgebreitet hat. Niemand hat es aufgehalten. Oder wie all die Menschen, die im People's Paradise vor ein paar Jahren gestorben sind? Es ist scheißegal, ob diese Schauspielerin dir deine Szenen klaut. In ein paar Wochen wirst du dir dein Gesicht vom Kopf reißen und auffressen! Und weder die Polizei noch die Armee oder sonst irgendjemand wird etwas dagegen tun können, weil sie alle durchdrehen werden! Verdammt, sie werden nicht einmal mehr menschlich sein. Auch die Körper von Leuten werden verändert, nicht nur ihre Gehirne.«

Er merkte, dass er schrie. Sonst war im Restaurant nur noch die Hintergrundmusik zu hören. Alle starrten ihn an. Er schüttelte den Kopf und machte eine hilflose Handbewegung, worauf die anderen Gäste sich wieder abwandten und ihre Gespräche wieder aufnahmen. Mary und ihre Kellner stellten sechs Teller vor dem Mann ab, der allein in einer Ecke saß.

»Oh, schau, das muss Croyd sein«, sagte Abby freudig. »Anscheinend ist er gerade erst aufgewacht. Ich sollte ihm Hallo sagen. Vielen Dank für das Essen. Nun … ja.« Sie stand auf und ging rasch zu dem anderen Tisch. Zurück zu ihrem Ex. Dem Ass.

Franny warf einen Geldschein auf den Tisch und stürzte aus dem Restaurant. Er stellte sich vor, wie Abby sich in die Monster verwandelte, die die kotzenden Reporter beschrieben. Oder wie sie von irgendeinem Verrückten vergewaltigt und ermordet wurde. Einen entsetzlichen Augenblick lang fragte er sich, ob er wohl dieser Verrückte sein würde. Er war verrückt nach ihr. Was, wenn er alle Hemmungen verlor und nur noch seinem Verlangen folgte?

Er wollte umkehren und sich bei Abby entschuldigen. Bei Mary. Bei allen. Für alles. Dafür, dass er Scheiße gebaut hatte.

♣♦♠♥

Nachdem sie sich stundenlang abgemüht hatten, ging es inzwischen auf den Sonnenaufgang zu. Mollie öffnete gerade ein etwas größeres Tor, um etwas zu inspizieren, was Joey durch die verwesenden Augen ihrer Zehenzettel gesehen hatte. So tief in der Einflusssphäre von Horrorshow schienen Tag und Nacht keine Bedeutung zu haben. Der zerstörerische, schimmernde Nebel erleuchtete alles mit seinem unheimlichen Schein. Joey zeigte auf Schäden an den kaum erkennbaren Überresten von Gebäuden, Straßen und Menschen. Hier und da gähnten in der unwirklichen Szenerie Krater, die auch Einschusslöcher hätten sein können.

»Das ist ihr Markenzeichen«, sagte sie. »Michelle ist da lang gekommen.« Sie linste durch das Tor nach links und rechts, als wollte sie triangulieren. »Ich würde sagen, sie hat hier gestanden, als sie die geworfen hat. Versuch's mal dort.«

Die Lampen flackerten. Am anderen Ende der Lagerhalle wedelte Agent Vigil hastig vor dem Hals herum. Die Bewegung bedeutete: »Unterbrechen«. Mollie mühte sich ab, das Tor zu schließen. Wenn das Übel einmal hindurchgesickert war, gehorchten ihr die Tore nicht mehr richtig, für Mollie war es dann, als müsste sie einen Wasserball von allen Seiten zusammendrücken. Aber es gelang ihr, den Einfall des Übels abzuklemmen. Sie wartete, bis die Lichter wieder normal leuchteten. Das SCARE-Team und sein russisches Gegenstück überprüften die Anzeigen im Inneren des aufgemotzten Winnebagos. Mollie gähnte so sehr, dass ihr Kiefer knackte, während sie auf grünes Licht wartete. Einer der russischen Schutzanzügler hielt den Daumen nach oben (wer hätte gedacht, dass dies ein internationales Zeichen war?). Mollie rieb sich die beißenden Augen, stählte sich und öffnete das zigtrillionste Torpaar, das sie heute Nacht geöffnet hatte. Der talasseitige Ausgang dieser Öffnung befand sich an der Stelle, die Joey angegeben hatte.

Seit sie Earth Witch in ihrem Bau gefunden hatten, hatten sie niemanden mehr gerettet. Mollie hätte schon vor Stunden aufgegeben. Sie konnte sich kaum noch konzentrieren. Doch Joey suchte unnachgiebig weiter nach Bubbles.

Zwischen den Trümmern entdeckten sie Leichen, nur vage als menschliche Leichen erkennbar. Manche waren von den deutlich weniger menschlichen Wesen, die im Nebel herumkrochen, bis auf die Knochen abgenagt worden. Aber Joey rieb sich die Hände. »Also, wird aber auch Zeit. Das ist doch mal eine Ansage. Lass es dort.«

»Ähm …«

»Ich sagte, lass es dort, verdammt. Du machst dein Ding, lass mich meines machen.« Die Leichen bebten, erschlafften wieder, wälzten sich herum und erhoben sich wankend, sofern etwas von ihren Beinen übrig war. Vor ein paar Tagen noch hätte Mollie bei dem Anblick das Grausen gepackt. Jetzt jedoch hoffte sie, dass der Morgen auch weiterhin so harmlos verlaufen würde.

»Aber mach schnell, okay?«

Joey verdrehte die Augen. »Wir sind ein Rettungstrupp und nicht beim Taco-Drive-Through. Also kneif den Arsch zusammen, Schätzchen. Aber jetzt mit diesen Jungs …« Sie stieß den Daumen in Richtung Tor und damit in Richtung ihrer Zombieschergen. »… kannst du die Öffnung auch wieder kleiner machen.«

Mollie machte sich auf die einsetzenden Kopfschmerzen gefasst. Diesmal vermochte sie das Tor in Talas jedoch recht leicht zu verkleinern. Verglichen mit dem erdrückenden Widerstand, den sie bei ihren bisherigen Bemühungen während der letzten Stunden hatte überwinden müssen, war es fast schon eine Freude. Sie gestattete sich ein erschöpftes, erleichtertes Lächeln.

Nach kurzem Überlegen dehnte sie das Portal ein wenig von einem Nadelloch zur Größe einer kleinen Münze. Es hörte sich an, als hätte Joey etwas entdeckt, und je besser Joey arbeiten konnte, desto schneller hatten sie diesen sinnlosen Blödsinn hinter sich, dann würde sie sich zwanzig Jahre lang ins Bett legen können.

Joey murmelte vor sich hin oder sprach mit ihren Zombies, während sie eine Armee erstellte, die nach Bubbles suchen sollte. Mollie sah nicht, was auf der anderen Seite vor sich ging, aber es war ihr auch egal. Sie konzentrierte sich darauf, den Durchgang offen zu halten. Es war ganz einfach. Sie begriff nicht, wieso sie damit bisher so zurückhaltend gewesen war. Die Minuten verstrichen.

Plop. Plop. Plop. Die Glühbirnen des inneren Kreises gingen aus. Etwas weiter hinten sah Mollie die Typen vom Spezialkommando in ihren komischen Schutzanzügen in hektische Betriebsamkeit ausbrechen. Sie sahen aus wie Handpuppen aus Plastiktüten. Mollie lachte. Joey blickte sie stirnrunzelnd an, worauf Mollie auf sie zeigte und sang: »Oh, Quietscheentchen, nur mit dir plansche ich so gerne hier.«

»Ja, äh, merk dir das. Ich glaube, ich habe sie gesehen.«

Joey hatte den Witz nicht kapiert. Ach, scheiß auf Joey. Vielleicht würde die rotznasige Eumelin es ja witzig finden, wenn Mollie sie in Benzin tunken und anzünden würde. Gerade hatte sie sich eine Tankstelle in Cœur d'Alene in Erinnerung gerufen, als ein weiterer Lampenkreis ausging.

Man merkte es richtig, denn in der Lagerhalle war es plötzlich weniger hell. Das war nicht gut. Schließlich mussten sie sehen, was sie taten. Aber Mollie konnte Abhilfe schaffen. Jetzt, da sie darüber nachdachte, fand sie die Lösung sogar recht einfach.

Sie öffnete zwei weitere Tore. Eines nah dem Hallendach, direkt unterhalb der Holme und Träger, das andere eine Meile über Gold Coast in Australien, wo gerade die Sonne aufging. Das war viel besser als das bescheuerte künstliche Licht. Sie machte die Tore größer, damit mehr angenehmes natürliches Licht in die Lagerhalle fiel. Das Interdimensionsloch an der Decke hatte auf einen Schlag zehn Meter Durchmesser. Strahlender Himmel. Das alles tat Mollie, während sie gleichzeitig Joeys Durchgang nach Zombie-Talas offen hielt.

Zwei Torpaare gleichzeitig. Es war unglaublich einfach. Sie konnte beim besten Willen nicht verstehen, wieso sie sich mit etwas so Simplem so abgemüht hatte. Es war kinderleicht. Aus dem Augenwinkel erkannte sie weitere Schaufensterpuppen in Plastikanzügen herumhüpfen und musste kichern.

Joey sagte: »Äh …«

»Eyes in the sky!«

»Bist du dir sicher, dass du das willst?«

Mollie lachte nicht mehr. Diese undankbare Scheißschnepfe. »Ich helf dir doch bloß, du dumme Fotze!«

»He! Ballaballa, oder was?« Joey warf sich zu ihr herum und stieß Mollie mit einem Finger in die Brust. Mollie tauschte das Sonnenportal gegen eines direkt vor ihrem Brustbein, gerade groß genug für Joeys Finger.

»Ich hab echt die Schnauze voll von dir …« Ein Stoß, noch einer. »Du verdammtes Kackgesi…«

Mollie ließ das Portal zuschnappen. Es schloss sich um Joeys Finger, um sich gleich wieder zu öffnen, gerade rechtzeitig, bevor der kostbare abgetrennte Zeigefinger vor der Küste von Queensland ins Meer fiel.

Joey krümmte sich, schrie, hielt sich den blutigen Stummel, der von ihrem Finger geblieben war. Roter Sprühregen spritzte Mollie ins Gesicht und tränkte ihr Hemd – *diese elende kleine Schlampe hatte Mollies Hemd ruiniert.* Joey drückte sich die Hand gegen den Bauch, und ihr Finger landete auf dem Beton, erst der Nagel mit einem Klicken, dann matschig ploppend die rote Lutscherseite. Mollie hob ihn auf – die Fünfsekundenregel –, damit nicht die Maden anrückten und ihn zu ihrer Königin abtransportierten, ehe er geheiligt werden konnte. Beim Sprechen schleckte sie immer wieder Joeys Fingerstummel ab. »Fass mich nicht an. SCHMIER NIEMALS WIEDER DEINEN FRANKENSTEIN'SCHEN GOTTMASCHINENDRECK AN MEIN HEMD!«

Sie schlug Joey auf die Nase. Die Schlampe wurde umgerissen und fiel hin. Mollie setzte nach und ohrfeigte sie ordentlich.

Dann zog sie ihr Hemd aus. Es war beschmutzt und konnte nicht mehr gereinigt werden. Sie knüllte es zusammen und warf es hoch, fing es mit einem Tor auf, das sich über der Müllverbrennungsanlage im Keller ihrer Wohnung in North Dakota befand. Der Finger landete ebenfalls dort.

Joey wälzte sich herum und stand auf. Langsam, gleichmäßig verging die Zeit wie rote Malkreide in einem Fleischwolf.

Jetzt gingen noch mehr Lichter aus. Der nächste Kreis und dann noch einer. Egal. Mollie schuf erneut das australische Sonnentor. Dann war es hell und warm in der Lagerhalle. Die Plastikanzüge schienen wegen irgendetwas rumzustressen.

Zwei Torpaare gleichzeitig. Mein Gott, war das leicht. Weshalb war es nur je so schwer gewesen? Ffodor, dieser Arsch, Ffodor, der war das Problem. Er hatte ihr den Verstand vernebelt, hatte gegen sie gearbeitet, ihre Fähigkeiten unterdrückt, dieser elende Schweinehund. Dem würde sie es zeigen.

Ein Louis-XIV-Stuhl stürzte in die Lagerhalle und zerbarst.

Das Tor nach Talas hielt sie offen. Natürlich, denn sie wollte die Mission nicht unterbrechen. Die Mission war wichtig. Die Mission war ihr Zugang zur Wiedergeburt in einer neuen Welt, einer Welt, die mit Joey gepflastert war.

Eine der falschen Plastikanzugpuppen zielte mit dem Kindergewehr auf Mollie. Sie verlegte das Sonnentor, sodass es den Pfeil einfing und zurück auf den Schützen lenkte, so wie sie es mit dem Taser des Froschfresserpolypen in Paris gemacht hatte. Sekunden später sackte er zusammen, und die hellblaue Feder eines Betäubungspfeils ragte aus seinem billigen Karnevalskostüm. Verdammte Arschlöcher. Sie würde ihnen zeigen, dass man sie nicht angriff. Sie schuf ein Portal unter dem Winnebago und ließ ihn auf den Schützen fallen. Dann …

Etwas krachte gegen ihre Rippen. Mollie wollte sich umdrehen, aber etwas hielt ihre Schulter gepackt wie ein Schraubstock aus Nadeln. Sie schrie.

Knurrend riss Joeys Zombiehund den Kopf vor und zurück, bis sich ein Stück Gewebe aus ihrem Arm löste. Sie schrie erneut. Und öffnete ein Tor unter sich, um dem Zombie-Fido zu entkommen.

Drei Augenkrebse krabbelten durch das Tor von Talas. Joey trat einen Schritt zur Seite. Er platzte und traf sie mit spritzendem schwarzen Sekret.

»Wo bist du hin?«, schrie sie. »Komm zurück, du fetter Kackklumpen, damit ich dich auseinandernehmen kann!«

Hinter dem zerbrochenen Stuhl schlich Mollie sich von hinten an Joey heran. Mit blutüberströmtem Arm griff sie Ffodors Oberschenkel. (Sie unterdrückte ein neuerliches

Kichern: *Ffodor. Oberschenkel. Lauter Os. Osmose. Oktoberfestprognose.*) Sie holte zu einem Schlag aus, mit dem sie der Fotze den Schädel spalten würde.

»ICH HABE DIR GESAGT, DASS DU DEINEN SCHEISSDRECK NICHT AN MEIN HEMD SCHMIEREN SOLLST! ICH HAB'S DIR VERDAMMT NOCH MAL GESAGT!«

Billy Ray rammte sie so kräftig, dass ihr die Luft aus der Lunge entwich und sie beide zu Boden krachten, ein Stück über den Beton schlitterten und sich überschlugen. Ffodors Oberschenkel fiel ihr aus der Hand. Ein Nackenschlag ließ ihren Kopf nach hinten schnellen. Ray holte zu einem noch kräftigeren Schlag aus, in den er die ganze Wucht seiner Schultern legte. Mollie schleuderte ihm ein Portal entgegen, um den Schlag abzufangen, doch Rays Reflexe waren zu schnell. Er wich seitlich aus, ehe sie ihm die Hand am Handgelenk abtrennen konnte. Okay. Sie warf ihn durch eine große Bodenöffnung, die mit einem Loch in der Decke verbunden war. Immer und immer wieder stürzte der SCARE-Agent von der Decke herab, immer schneller und schneller, bis er ganz verschwommen war.

Diese Arschgeigen wollten sie nur ablenken, während sie die Verbindung zu Talas aufrechterhielt. Es wäre einfacher, die Stellung zu halten, wenn diese ganzen Trottel im Magen der Madenkönigin verschwunden wären.

Mollie drehte sich gerade rechtzeitig um, um Joeys Zombieköter zu bemerken, der zu einem Sprung ansetzte und es auf ihre Kehle abgesehen hatte. Sie verrückte das Loch in der Decke. Billy Ray plättete den Zombiehund, als er mit voller Geschwindigkeit, ungefähr zweihundert Stundenkilometern, auf den Boden dotzte.

Joey kreischte, erfüllt von unausgegorener Wut.

Was hatte diese Schnalle für einen Witz über *American Hero* gemacht? Sie hatte es verdient, dass man ihr die Augen in den Rachen stopfte. Aber Mollie konnte sogar noch etwas

Besseres tun. Sie warf sich auf die kleinere Frau und nagelte sie am Boden fest – pipileicht, denn Mollie war schwerer als sie, sollte diese erbärmliche Scheißerin sich noch einmal über ihr Gewicht lustig machen. Sie rammte ihre Zähne in Joeys Augenbrauenbogen. Dann reckte sie den Hals. Haut löste sich mit dem Geräusch eines nassen Bettlakens, das auseinandergerissen wird. Joey schrie. Mollie schluckte warmes, gummiartiges Gewebe, das mit Haarborsten gespickt war.

Joey grub mit ihren verbleibenden Fingern eine Furche in Mollies Gesicht, während von hinten eine eiskalte Hand ihre Kehle umschlang. Und zudrückte. Mollie bekam keine Luft. Brauchte Luft. Mollie riss an dem Arm, konnte ihn aber nicht lösen. Der Schraubstock um ihren Hals schloss sich nur immer fester. Es wurde immer dunkler.

Tschk. Eine Biene stach sie in den Hintern. *Tschk, tschk.* Dann noch einmal zwei, eine in den unteren Rücken, die andere direkt unter der linken Brust. Diese gemeinen Mistviecher.

Wirbelnde Schatten bemächtigten sich der Lagerhalle. Das Letzte, was Mollie sah, bevor alles schwarz wurde, war ein abgetrennter Arm, der von ihrem Hals abfiel. Joey drückte sich eine blutige Hand gegen die Brust und die andere an eine Hackfleischstelle über ihrem Auge. Blut lief ihr übers Gesicht, und durch das Tor wankte eine Bande Zehenzettel. Dann schloss es sich.

♣ ♦ ♠ ♥

Der russische Gangster lehnte an der Wand, sein Stuhl stand schief auf den Hinterbeinen, während er sich mit einem abgenagten Zahnstocher die Zähne reinigte. Er nickte Franny lässig zu – so wie die Kollegen, die die Klinik umstellt hatten, ihm auch zugenickt hatten. Es wurmte

Franny, dass dieser Verbrecher ihn mit derselben Akzeptanz und Vertrautheit behandelte.

Ehe er noch die Krankenhaustür erreichte, ging sie auf, und fünf Männer in teuren, maßgeschneiderten Anzügen kamen heraus. Sie trugen Aktentaschen, die so viel kosteten wie das Jahresgehalt vieler Leute. Zwei von ihnen kannte Franny – es waren die besten Strafverteidiger New Yorks, und sie vertraten nur berühmte und extrem reiche Klienten.

Er konnte nicht anders, als sich selbst mit diesen Leuten zu vergleichen. Franny hatte zwar einen Abschluss in Jura, aber da endeten ihre Gemeinsamkeiten auch schon. Er hatte eine Jeans und ein T-Shirt an, und statt einer Aktentasche von Lederer de Paris für zwanzigtausend Dollar hatte er nur Takeaway-Essen vom Chinesen dabei. Wahrscheinlich hielten sie ihn für den Lieferservice.

Und war er das nicht auch? Er hatte Baba Yaga in New York abgeliefert. Hatte Babel geliefert, hatte Mollie geliefert.

Beinahe warf er das Essen in einen Mülleimer. Essen, das er der Alten gebracht hatte, weil … Er versuchte, sich klarzumachen, weshalb er ihr ein spätes Abendessen gebracht hatte, und stellte fest, dass er eine seltsame Verbindung zu der alten Hexe empfand. Und wenn er ehrlich war, dann wusste er nicht, wohin er sonst sollte.

Das Rückenteil des Betts war nach oben geklappt, und die Alte zappte sich durch die Nachrichtenkanäle.

»Wie ich sehe, hatten Sie Gesellschaft«, sagte Franny.

Baba Yaga grunzte. »Da ich sie zahle, kann man es kaum einen Höflichkeitsbesuch nennen. Was haben Sie mir da mitgebracht?« Mit einem Nicken deutete er auf seine Tüte.

»Chinesisch. Ich hielt Sie jetzt nicht so für den Pizza-Fan.«

Er zog den Rolltisch heran und fing an, die Behälter auszupacken. Baba Yaga sah ihm mit gerunzelter Stirn zu. »Warum sind Sie hier, Junge?«

»Weiß nicht recht. Hatte wohl das Gefühl, dass ich mal nach Ihnen sehen sollte.« Er sah zum Fernseher hinüber.

»Sie haben keinen Schatz, den Sie vögeln können, bevor die Welt untergeht?«, fragte sie. Ihr Ton machte deutlich, dass sie sehr wohl wusste, dass er niemanden hatte.

»Sie scheinen nicht davon auszugehen, dass sie untergeht«, sagte er, während er General Tsos Hähnchen servierte. »Sonst würden Sie sich nicht um Rechtsbeistand kümmern.«

»Ich dachte, vielleicht gibt es noch eine Chance.« Sie zeigte auf den Apparat. »Bis ich gesehen habe, wie erbärmlich Ihre Leute versagt haben. Amerika stellt sich wieder einmal als Enttäuschung heraus.« Sie schnaubte und legte den verbliebenen Arm vor die Brust.

»Wenn Sie auf dem Flug bereits offen mit mir gewesen wären, hätte ich anrufen können. Hätte Sie davon abhalten können, die Asse auszusenden. Auf Grundlage der damaligen Informationen war es das richtige Vorgehen. Sie haben nicht das Recht, sie zu kritisieren, denn Sie haben versagt, weil es Ihnen nur um eine starke Verhandlungsposition ging.« Franny merkte, dass er aufgesprungen war und schrie.

Der Wächter trat in die Tür. Baba Yaga verscheuchte ihn mit einer Handbewegung. Ihre folgende Bemerkung überraschte Franny. »Das ist wohl wahr.« Sie aß ein paar Bissen von dem, was er ihr aufgetischt hatte. »Und es gehört zur Natur des Menschen, dass man sich am Leben und an der Hoffnung festklammert. Wenn sie Tolenka überleben lassen, gewinnen sie vielleicht die nötige Zeit, um eine Lösung zu finden.« Sie kostete noch einmal einen Bissen von General Tsos Hähnchen. »Wie ich höre, haben Sie sich vom Heldentum verabschiedet.«

»Hä?«

»Diese Person von der UNO und der Hässliche kamen

mit Karten an und wollten, dass ich ihnen die Position des Krankenhauses zeige. Die meinten, Sie hätten sich geweigert, ihnen zu helfen. Das hat mich erstaunt. Ich hätte angenommen, dass Sie auf das weiße Pferd aufspringen.«

»Vielleicht habe ich von Ihnen gelernt. Dass ich und meine Angelegenheiten immer vorgehen.«

»Ich wäre gegangen, Francis. Ich habe es angeboten, aber die Ärzte meinten, ich würde die Reise nicht überleben, und Mr Ray traut mir nicht über den Weg.«

»Wollen Sie mir ein schlechtes Gewissen machen?«

»Ich will nur verstehen, weshalb Sie so töricht sind und nicht versuchen, sich zu retten.« Baba Yaga zeigte auf die inzwischen stumm geschalteten Bilder, die über den Fernseher flimmerten.

In Wiederholung wurde ein kasachischer General gezeigt, der eine Pistole zog und einem Journalisten, der ihn interviewte, ins Gesicht schoss. Blut und Hirnmasse spritzten aus dem Hinterkopf des Opfers heraus.

»Bald ist das Ihr Los, Francis. Wen werden Sie erschießen? Oder vielleicht wird Ihnen noch Schlimmeres passieren. Ein paar Überlebende sind irgendwie aus dem betroffenen Gebiet herausgekommen. Ich meine, einige Soldaten haben einen von ihnen zu Tode geprügelt, ehe sie begriffen, dass er ein Mensch war. Gewesen war.«

Am Gaumen klebte ihm nun doch das schlechte Gewissen, ölig und widerlich. »Ich bin nicht besonders. Ganz normal. Was könnte ich dort schon ausrichten?« Auch er zeigte auf den Bildschirm.

»Beim Kampf ums Überleben sterben, anstatt sich zu verkriechen.«

»Leben Sie wohl, Mariamna, es war interessant, Ihre Bekanntschaft zu machen. Vielleicht kann ich in Ihrem Prozess als Zeuge aussagen.«

»Wenn die Welt davonkommt, bezweifle ich, dass es so

weit kommen wird. Meine Anwälte sind recht zuversichtlich, dass die Schuld die Untergebenen treffen wird, die direkt unter der Nase einer zerbrechlichen und verwirrten alten Frau diese schreckliche Verbrechensorganisation geleitet haben.« Der wache Ausdruck in ihren Augen erstarb, und ihre Gesichtszüge erschlafften. Plötzlich wirkte sie wie eine demente Frau. Dann schüttelte sie die Maske ab und lächelte ihn frostig an. »Ich werde nie ein Gefängnis von innen sehen. In der Schweiz und auf den Kaimaninseln habe ich Millionen liegen, und mit Geld kann man alles geradebiegen.«

»Außer das Ende der Welt«, sagte Franny und ging.

♣♦♠♥

»Sei doch kein Idiot, Marcus«, sagte Olena. »Iss. Wann hast du zum letzten Mal eine warme Mahlzeit bekommen?«

»Wann haben die Dörfler zum letzten Mal eine warme Mahlzeit bekommen? Sie sollten mit uns hier drin sein. Platz ist genug.«

Er sagte es, doch gelang es ihm nicht, seinen Worten die gewünschte Überzeugung zu verleihen. In dem lagerhallenartigen Gebäude, in dem sie sich befanden, drängten sich viele Leute, und es war hektisch. Bürokraten, die sich wichtig vorkamen, Anzugträger, die sich in Gruppen zusammenballten, die Handys unablässig an den Ohren delegierten sie eilige Besorgungen an ihre Untergebenen. Die wenigen Asse, die er kannte, waren auch hier: Bugsy, Tinker und Lama, die an einem Tisch in einiger Entfernung irgendein wichtiges Briefing abhielten. Und drum herum wimmelte es von weiteren Menschen, Militärs wie Zivilisten, die die Buffets abgrasten, Doughnuts in sich hineinstopften und Kaffee inhalierten. Schlimmer waren diejenigen, die einfach nur mit glasigem Blick irgendwo herumstanden. Als wäre das nicht nervig genug, traf man überall auf russische Soldaten mit umgehängten Maschinengewehren. Sie wirkten nicht so begeistert von all den Fremden, bedachten Marcus jedoch mit besonders feindseligen Blicken. Er wusste nicht, weshalb sie ihn hassten … ob es daran lag, dass er ein Joker war, oder daran, dass er mit Olena zusammen war.

Olena schien von ihnen kein bisschen eingeschüchtert zu sein. »Russische Ärsche«, nannte sie sie. Ein paarmal schleuderte sie ihnen ein paar ausgesuchte russische Schimpfwörter an den Kopf, und Marcus nahm an, dass sie damit auf an ihn gerichtete Beleidigungen reagierte. Er verstand kein Wort davon, aber das brauchte er auch nicht. Ihre Verachtung ihm gegenüber war auch so klar und deutlich.

Olena nahm den Löffel, den Marcus bisher übersehen hatte. Sie schaufelte einen Berg Kartoffelpüree darauf und schwenkte ihn vor seinem Mund. Doch er biss nicht an, sondern sagte: »Hier drin muss es doch einen abgeschlossenen Bereich geben. Um mehr geht es mir gar nicht. Wir bräuchten nur in einer alten Lagerhalle eine Ecke. Ist das denn zu viel verlangt? Ich sollte mal mit …«

Olena schob ihm den Löffel in den Mund. Dann fasste sie sein Kinn und ermunterte ihn zu kauen. »Iss erst was. Dann kannst du die Welt retten.«

Obwohl er ein schlechtes Gewissen hatte, wenn er aß, solange die Dörfler noch vor den verschlossenen Toren hockten, tat er wie geheißen. Doch er gab sich Mühe, es sich nicht schmecken zu lassen, während er Kartoffeln, Würste und zu weich gekochte Erbsen mampfte. Eine Weile verlor er sich in der schlichten Beschäftigung, den Löffel zum Mund zu führen und zu essen. Ihm fiel nicht einmal auf, wie erleichternd das war. Seit er das Kosmodrom betreten hatte, hatte er nur schlechte Neuigkeiten bekommen. Nach allem, was Bugsy, Tinker und Lama erzählt hatten, war die Lage in Talas nicht nur noch immer beschissen, sondern die dortige Albtraumwelt breitete sich weiter aus. Ein ganzes Team Asse war hineingegangen und hatte rein gar nichts ausrichten können. Das war verdammt frustrierend. Er und Olena waren von irgendeinem Kerl im Anzug, dessen Gesicht Marcus gleich wieder vergessen hatte, ausgefragt worden. Der Typ schien nicht einmal sonderlich interessiert gewesen zu sein, und Babel hatte sich nicht dazu herabgelassen, mit ihnen zu sprechen.

Als er den Blechteller auswischte, stürzten all diese erbärmlichen Neuigkeiten wieder auf ihn ein. Sie waren drinnen, aber was jetzt? Nur schlechte Nachrichten, und alle, die ihm etwas bedeuteten, waren noch draußen, während das Übel sich auf sie zubewegte wie ein alles verschlingender, albtraumhafter Sandsturm. Es näherte sich, dessen war Marcus sich sicher.

»Ich muss mit Babel reden«, sagte er. »Ihr ins Gewissen reden, weißt du?«

»Ich glaube nicht, dass sie mit dir reden will«, gab Olena so trocken zurück, dass Marcus es als Sarkasmus auffasste.

»Was sollen wir denn sonst machen? Wir können hier nicht einfach rumsitzen. Vielleicht sollten wir schleunigst abhauen. Niemand würde uns aufhalten. Lass uns die anderen holen und aufbrechen. Es muss doch einen Ort geben, wo wir das aussitzen können, nur wir unter uns.«

»Und die Welt dabei draufgehen lassen?« Wieder der trockene Ton.

»Ich versuche ja nur … etwas … zu tun!«

Sie legte den Arm um ihn und lehnte ihren Kopf an seine Schulter. »Ich weiß, Marcus. Du hast recht. Wir sollten gehen. Vorräte besorgen. Wasser. Alles an Nahrung, was sie uns mitnehmen lassen. Benzin. Was wir kriegen können und dann abhauen.«

»Sollen wir es deinem Vater sagen?«

»Scheiß auf den«, sagte Olena. »Dem bin ich egal. Ohne

ihn bin ich besser dran.« Und dann sagte sie mit etwas mehr Überzeugung: »*Wir* sind ohne ihn besser dran.«

Marcus drückte ihr sacht die Lippen an die Stirn. »Na schön. Ich sehe mal, ob sie uns helfen werden.« Er stieß das Kinn in Richtung der Stelle, wo die Asse nach ihrem Briefing noch zusammenstanden. »Tinker zumindest. Der scheint in Ordnung zu sein.«

Während er sich durch das Gedränge schlängelte, fiel Marcus jemand auf, und er richtete sich hoch auf. Eine Schwarze – die Erste, die er seit Langem gesehen hatte – war gerade aus einem der vielen Gänge erschienen, die aus der Halle hinausführten. Aber nicht nur die Hautfarbe ließ ihn aufmerken, sondern das schmerzverzerrte, blutüberströmte Gesicht. Um eine Hand hatte sie einen blutigen Verband, und sie hielt sich mit der anderen das Handgelenk. Als ihr Blick auf Marcus traf, starrte sie ihn kurz an, ging dann aber weiter, und andere halfen, ihr den Weg frei zu machen.

Bugsy schien ihn schon zu erwarten, als er sich den Assen näherte. Marcus fragte: »Diese Frau da, was ist mit der passiert?«

»Joey?«, fragte Bugsy. »Auch bekannt als Hoodoo Mama. Tesseract ist ihr passiert. Hat ihr den Finger abgeknipst.«

»Hoodoo Mama, stimmt«, sagte Marcus. »Und … Halt mal. Tesseract? Meinst du Mollie? Diese Schnalle, die die Joker gekidnappt und hierhergebracht hat?«

Bugsy wischte sich das etwas längere Haar aus dem Gesicht. »Genau die. Da siehst du mal, wie verzweifelt wir sind.«

»Verdammt«, sagte Marcus. Er sah sich wieder nach Joey um. Die hatte sich inzwischen gesetzt, umgeben von einigen Sanitätern.

»Du sagst es«, pflichtete Bugsy ihm bei. »Die ist an guten Tagen schon eine Herausforderung, aber nach allem, was ich gehört habe, ist sie jetzt völlig übergeschnappt. Und das ist ein Problem, denn sie ist so ziemlich das einzige Ass in diesem Kartenstapel, mit dem Babel wirklich etwas anzufangen wusste. Könnte womöglich die Welt retten, aber stattdessen knipst sie anderen Leuten lieber die Finger ab. Und Joey kriegt den Finger auch nicht mehr zurück.«

Marcus starrte sie weiter an, und eine Idee schien in ihm Gestalt anzunehmen. Als sie sich vollends herausgebildet hatte, sagte er: »Ich glaube, dass sie das durchaus könnte.« Ohne ein weiteres Wort wandte er sich um und kroch auf Joey und die hektischen Sanitäter zu. Er näherte sich, so weit es ging, hielt inne und beobachtete eine Ärztin, die sich Gummihandschuhe überstreifte.

Sie sagte: »Dann wollen wir mal sehen.« Vorsichtig wickelte sie den Verband um Joeys Hand ab, Streifen für Streifen, bis die blutige Fingerruine zum Vorschein kam. Ein Finger war glatt abgeschnitten. Aus dem Stummel quoll Blut, das am Handgelenk hinunterlief. »Besteht die Möglichkeit, die fehlenden Glieder zu bergen?«

»Nein«, sagte Joey. »Das Scheißteil ist futsch.«

Die Ärztin sog Luft ein. »Das tut mir leid. Wir sterilisieren das und …«

»Hoodoo Mama!«, rief Marcus. Aber das klang komisch, als wäre es eine Beleidigung. »Oder Joey … Schau mal, das klingt wahrscheinlich bescheuert, aber du musst mit mir mitkommen.«

Sie sah durch eine Lücke zwischen den Sanitätern zu ihm auf. Sie hatte blaue Flecken im Gesicht, und über ihrem Auge war die Haut aufgerissen, und es blutete. Eine Pflegerin tupfte sie mit einem Stück Mull ab, aber Joey riss ihren Kopf zur Seite. Zu Marcus sagte sie: »Du bist IBT, was? Wollte sowieso mal bei dir vorbeischauen. Wenn ich mal wieder in Jokertown bin, dachte ich, aber nein. Stattdessen geht's nach Kackkasachstan. Ist das zu fassen, diese Scheiße?« Sie hielt inne, weil ihr Temperament mit ihr durchging. »Du lernst mich nicht gerade von meiner besten Seite kennen.«

»Ich habe jemanden mitgebracht, den du kennenlernen solltest. Hinterher geht's dir besser.«

»Willst du mich veralbern? Sehe ich so aus, als wäre mir danach? Ein andermal sicher, aber …«

»Nein, ich meine jemanden, der dich heilen kann. Dich richtig heilen kann. Dir deinen Finger zurückgeben kann.«

Joey bekam ganz schmale Augen. »Alter, verarschst du mich jetzt? Ich lass mich nicht verschaukeln. Du hast eine hübsche Visage, aber ich würde nicht zögern, dir von einem verdorrten Russenzombie die Fresse abnagen zu lassen.«

»Nein, ich schwör's dir. Ich kenne einen Jo… Ich meine, ich kenne ein Ass, der das kann. Ich bringe dich zu ihm.«

»Dieses Ass, kann der mir meinen Finger zurückgeben? Ich habe keine Ahnung, wie ich das Scheißding wiederfinden soll. Wahrscheinlich knabbert da gerade ein Krebs dran.«

Marcus schluckte. Er hoffte, dass stimmte, was er sagte: »Er kann das.«

♣♦♠♥

Taubheit. Treiben. Eine bewusstlose Wesenheit schwamm in einem gestaltlosen Meer, ohne Gedanken, Erinnerung, Gefühl, Reaktion. Sie war ein körperloser Verstand, der bewusstlos dahinschwebte.

Von irgendwoher, eine Million Meilen entfernt, kam eine Frauenstimme: »Wow. Die hat dich ja ganz schön vermöbelt.«

Eine Männerstimme, ebenso fern: »Ja, nun. Ich habe schon Schlimmeres erlebt.«

Es klang, als fehlten ihm ein paar Zähne. Als wäre er aus großer Höhe gefallen und auf dem Gesicht gelandet.

»Wie geht es ihr?«

»Nicht gut. Nicht gut. Im Grunde ist sie in einer Art Koma seit …« Ein Seufzen. »Der Psychologe sagt, dass sie vielleicht einen dauerhaften psychotischen Zusammenbruch erlitten hat.«

»Verdammt«, sagte die Frau. Zu der Frau gehörte ein Name, ein Klang, ein plappernder Bach, Plappern. Babbeln. Babel. »Muss schrecklich sein, das zu sehen und dann an deine Frau zu denken.«

Wieder ein Seufzen. »Sie ist schon eine ganze Weile da drüben.«

»Sie ist eine Kämpfernatur. Sie ist zäh.«

»Ja.«

»Danke, Mollie«, flüsterte die Frau. »Dank dir konnten wir Ana retten.«

Ein warmes Lippenpaar berührte ihre Stirn. Zitternd. Mitfühlend.

Widerlich.

Die körperliche Berührung weckte Erinnerungen an abgetrenntes Gewebe und Knochen, den Geschmack und die Textur davon auf der Zunge … Der Gedanke an einen Mund erinnerte sie an Krebswesen, die im Schatten herumkrabbelten, ekelhafte, menschengroße Spinnen, die ganz und gar mit eiternden Wunden bedeckt waren und sich selbst mit schuppigen Zungen ableckten und mit Babyzähnen saugten. An Münder, die sich zum Schreien öffneten, aber an den schuppenartigen Augäpfeln in ihrem Inneren erstickten.

Die Berührung von Fleisch. Krankes, eiterndes Fleisch.

Wieder der mitfühlende Kuss. Die entsetzliche, widerwärtige, unwillkommene Berührung.

Ein Schrei teilte das gestaltlose Meer. Er hielt an, bis der Klang ihre Kehle zerhackte und sie Blut hustete.

Doch dann fiel ihr ein, was sie Ffodor angetan hatte, wie

sie seine Leiche entweiht hatte – ihn zertrümmert hatte, seine abgebrochenen, verwandelten Arme und Beine als Keulen benutzt hatte –, und da heulte sie wieder.

♣♦♠♥

»Schau«, sagte Joey, »ich sag doch bloß, dass die kleine Molluske Zauberhände hat. Hat keine fünf Minuten gedauert, der hat meine Hand gestreichelt und ließ mir einen neuen Zeigefinger wachsen. Hat sich auch gut angefühlt. Bisschen wie so richtig geiles Fummeln, wenn du weißt, was ich meine.« Sie zeigte mit dem nachgewachsenen Finger auf Nurassil. »Dieser Junge. Scheiße, wenn der mal erwachsen ist und rauskriegt, was er mit seinen Tentakeln alles machen kann, dann kann er sich vor Mösen nicht mehr retten.«

Nurassil, der von Marcus und Olena flankiert wurde und sich einem Kontingent internationaler Asse gegenübersah, lief hochrot an.

»Echt mal, Joey!«, herrschte Babel sie an. »Ich übersetze das alles. Das ist noch ein kleiner Junge.«

Joey zuckte die Achseln. »Was wahr ist, ist wahr.«

»Als Nächstes bin ich dran«, sagte Bugsy. »Mit Heilen, wohlgemerkt, nicht dieses kranke Joker-Kindersex-Ding.«

Babel ging nicht auf ihn ein. Sie sah Marcus an, der sich unter ihrem Blick sofort unbehaglich fühlte, unbehaglicher als bei allen anderen Assen, die sich um sie drängten. Sie sah gar nicht beeindruckend aus, und er wusste auch, dass ihre Asskraft nicht tödlich war. Trotzdem verunsicherte sie ihn auf eine Weise, wie ihn auch der Bibliothekar in der Highschool verunsichert hatte. Sie vermittelte ihm ein Gefühl, als würde er gleich etwas Falsches machen und sie wüsste es schon. »Ich bin dankbar für das, was der Junge für Joey getan hat, aber bei Mollie ist die Lage schwerwiegender als nur ein einzelner Finger.«

Joey grinste. Sie hielt einen einzelnen Finger hoch, aber nicht den Zeigefinger.

»Diese Informationen gehen euch zwar nichts an, aber nicht ihr Körper braucht Heilung, sondern ihr Verstand, und das ist komplizierter. Ich kann nicht …«

»Ist nicht komplizierter«, sagte Olena. Sie schien das Ass nicht so einzuschüchtern. »Sondern einfach.« Sie legte Nurassil von beiden Seiten ihre Hände an den Kopf, ungefähr da, wo seine Schultern hätten sein sollen. »Er ist ein Heiler. Ob Körper oder Geist, für ihn macht das keinen Unterschied. Ich weiß das. Er hat mich vom Wahn befreit. Ich erinnere mich nicht einmal mehr daran. An nichts.«

»Sie erinnern sich nicht mehr daran?« Babel schien darin keinen Vorteil zu sehen. »Dann geht es nicht. Mollie muss sich erinnern, was da passiert und warum und wie drängend die Lage ist. Wenn diese Heilung einen Gedächtnisverlust zur Folge hat, dann kommen wir nicht zusammen.«

Marcus fand seine Stimme wieder. »Scheiß drauf! Wir hatten bereits eine Abmachung. Wir haben ihn euch gebracht, haben euch gezeigt, was er kann. Wir haben unsere Seite der Abmachung erfüllt.« Mit einem Blick zu Nurassil sagte er: »Du kannst noch mehr Leute heilen, oder? Bugsy helfen? Mollie beruhigen? Ohne ihr die ganzen Erinnerungen wegzunehmen, sondern nur dafür sorgen, dass sie sich ein bisschen besser fühlt?«

Der Junge blinzelte mit seinen großen Augen. Er lächelte. Was er sagte, hörte sich für Marcus wie perfektes amerikanisches Ostküstenenglisch an. »Ja, Marcus. Das kann ich.«

»Guter Junge«, sagte Marcus. Er wollte ihn umarmen. Und warum auch nicht? Er umarmte den Jungen tatsächlich. »Also, Babel, dann steht unsere Abmachung. Nurassil heilt Ihre Asse. Sie lassen seine Familie und das ganze Dorf hier rein. Wir kommen euch nicht in die Quere. Das ist der Deal. Nicht wahr, Nurassil? Das Dorf oder nichts.«

Nurassil nickte. »Das Dorf oder nichts«, sagte er. Steif verschränkte er die Tentakel und wartete, die großen Augen auf Babel gerichtet. Auf diese Weise machte er seinen Standpunkt klar.

Bugsy lachte. »Das ist ja mal ein frecher kleiner Feilscher hier. Gib's zu, Babel, er hat ein Händchen dafür.«

»Sie wollen die Welt retten?«, fragte Marcus, denn er wollte den Schwung ausnutzen. »Dann brauchen Sie diesen Jungen. Haben Sie überhaupt eine andere Wahl?«

Babel grübelte eine Weile lang nach einer anderen Alternative, ehe sie blaffte: »Na gut. Holt sie her.«

Bugsy zeterte: »He, ich sagte doch, dass ich …«

»Holt sie her!«, wiederholte Babel. »Erst Mollie. Dann die Nebendarsteller.«

Olena sagte: »Halt. Sie haben nicht gesagt, dass Sie einverstanden sind. Das müssen Sie. Nurassil leistet seinen Teil. Das Dorf ist in Sicherheit. Sagen Sie es.«

Aus irgendeinem Grund schien Babel Olena genauso wenig zu mögen, wie Olena sich von ihr einschüchtern ließ. Sie verzog das Gesicht, sagte dann aber: »Wie Sie meinen, ich bin einverstanden.«

Als sie Mollie hereinbrachten, erkannte Marcus sie fast nicht mehr. Bei ihrer letzten Begegnung im Casino war sie eine selbstsichere Bauernschlampe gewesen, die den Jokern, die sie geschmuggelt hatte, geradewegs in die Augen gesehen hatte. Und jedem, der ihrem Blick zu lange standgehalten hatte, hatte sie den Stinkefinger gezeigt. Doch jetzt nicht mehr. Jetzt war sie so übel zugerichtet, wie Joey es gewesen war. Sie war zu Tode erschöpft und war selbst mit der Unterstützung zweier Pfleger kaum imstande, sich auf den Beinen zu halten. Trotz allem huschten ihre Augen irre hin und her. Jedes Mal, wenn ihr Blick auf etwas traf, zuckte sie zusammen. Sie wirkte, als wolle sie aus ihrer Haut fahren, zerstört und verängstigt, reumütig und immer am Rande eines Wutausbruchs oder des völligen Kollapses.

Das sahen alle. Doch Marcus erkannte noch mehr. Denn er kannte den Schrecken, der von ihr abstrahlte. Er traf ihn wie ein Schlag in den Bauch. Es kribbelte ihn, Adrenalin schoss in seinen langen Schwanz, und er hatte das dringende Bedürfnis, die Flucht zu ergreifen. Lauter furchtbare Gedanken rasten ihm durch den Kopf, diejenigen Dinge, die in Talas an ihm gezehrt hatten, brutale, abartige Gedanken kopfloser Gewalttätigkeit. Er wollte alle diese Gedanken in sich aufnehmen, und gleichzeitig wollte er sie erbrechen. Und all das wurde von ihrem Anblick ausgelöst.

Zum Glück hatte sie auf Nurassil nicht dieselbe Wirkung. Voller Mitleid sagte der Junge: »Ihr geht es nicht gut. Kommt. Bringt sie zu mir.« Er löste die Tentakelhände von seiner Brust und winkte sie heran.

»Was zur Hölle ist das?«, blaffte Mollie. »Was zur Hölle macht ihr mit mir?« Mit einem plötzlichen Energieschub versuchte sie, sich von den Pflegern loszureißen. Von hinten trat ein großer Kerl an sie heran und wollte sie beruhigen, indem er sie mit kräftigen Armen festhielt. Das fing schon mal nicht gut an.

»Tut ihr nicht weh«, sagte Nurassil. Er sah Babel an. »Ich will ihr Freund sein. Lasst mich mit ihr reden. Nur ich. Geht das?«

Babel schürzte die Lippen. Das war ihre ganze Antwort, doch dann veränderten sich die Gesprächsgeräusche in der Halle. Anfangs hatte Marcus die Hälfte der anwesenden Leute nicht verstanden, doch jetzt verstand er gar niemanden mehr. Aus allen Mündern kamen nur noch Laute, die sich in verstümmelte Silben verwandelten, die keiner Sprache mehr glichen.

»Was denn?« Marcus drehte sich zu Olena um. Sie erwiderte seinen Blick mit offenem Mund und stieß eine Salve

Nonsens aus. Sicher hatte Babel ihre Kraft eingesetzt. Er wollte es Olena erklären, doch die verzog nur das Gesicht und legte ihm die Hand auf den Mund, damit er die Klappe hielt. Zusammen wandten sie sich um und sahen – wie alle anderen – Nurassil und Mollie zu. Sie waren offenbar die Einzigen, die sich verständigen konnten.

Nurassil sagte etwas. Auch wenn seine Worte genauso unverständlich waren wie diejenigen aller anderen, konnte sich Marcus ihre besänftigende Wirkung gut vorstellen, denn seine runden Augen und die sachten Bewegungen seiner Tentakel sagten dasselbe. Er schien auf Mollie zuzuschweben, angetrieben von den unzähligen Knötchen, die er statt Füßen hatte. Mollie wehrte sich nicht mehr, sondern hörte ihm zu. Sie sagte etwas, und nachdem das Gespräch ein paarmal hin- und herging, wurde ihre Miene nachgiebiger. Sie ließ sich von den Pflegern zu einem niedrigen Hocker führen, und kurz darauf stand Nurassil neben ihr. Als er die Tentakel nach ihr ausstreckte, zuckte sie zusammen, aber nicht vor ihm zurück. Und dann streichelten seine Tentakel ihre Stirn, ihr fiel der Mund auf, ihr Gesicht entspannte sich, und ihr Blick ging in weite Ferne.

Schlagartig kehrte alles wieder zur Normalität zurück, und Babel sagte: »Denk dran, du sollst ihre Seelenqualen nur lindern. Nicht zu viel.«

Nurassil wandte sich zu ihr um. »Sie hat so große Schmerzen«, sagte er.

»Ich weiß. Sie hatte schon lange vor dem allen Wunden. Geh einfach nicht zu weit.«

Nurassil kehrte sich wieder Mollie zu, sprach zu ihr, so leise, dass Marcus nicht verstand, was er sagte. Mollie hörte ihm zu. Sie nickte oft. Irgendwann stiegen ihr Tränen in die Augen und liefen ihre Wangen hinab. Marcus sah, dass es gute Tränen waren, und blickte zu den Assen, den Pflegern und Soldaten. Sie waren alle wie gebannt, sogar Babel.

Schließlich nahm Nurassil die Tentakel einer Hand weg, kurz darauf auch die andere.

Mollie packte ihn verzweifelt. »Bitte, hör nicht auf!«, keuchte sie. »Nimm alles weg. Bitte …«

»Nein!«, bellte Babel. »Das reicht, Mollie. Sie brauchen scharfen Verstand. Sie müssen sich erinnern. Nur so werden Sie verstehen, was zu tun ist.« In ihrer Stimme schwang etwas, was beinahe Mitgefühl war, aber es verschwand sogleich wieder, als sie weitere Befehle gab: »Bringt sie weg. Lasst sie ausruhen. Gebt ihr etwas zu essen. Und dann probieren wir es noch einmal.«

Mollie heulte auf, als die Pfleger sie wegführen wollten. »Danach«, sagte sie. »Wenn ich alles getan habe, dann nimmst du mir alles weg. Das machst du doch, oder? Sag mir, dass du das machst.«

»Ja, Mollie«, sagte Nurassil. »Das machte ich für dich. Danach.«

Dadurch wurde sie ruhiger und ließ sich wegführen.

»Hey«, sagte Bugsy und setzte seine ausgemergelte Gestalt auf den Sitz, den Mollie gerade freigegeben hatte. »Jetzt komm ich dran! Bitte gib mir meine ursprüngliche Pracht zurück!«

Babel verdrehte die Augen und wandte sich zum Gehen.

»He!«, rief Marcus. »Nurassil hat seinen Teil erledigt. Jetzt sind Sie dran. Lassen Sie meine Joker rein.«

»*Ihre* Joker? Wer glauben Sie denn, wer Sie sind? Moses?«

»Wäre zumindest ein gutes Vorbild.« Aus irgendeinem Grund fühlte sich Marcus nicht mehr so verunsichert von ihr. Vielleicht lag das an dem erstaunten Gesichtsausdruck, den er bei ihr gesehen hatte, als Nurassil geheilt hatte, oder an dem Wissen, dass sie einen Joker brauchte und es auch wusste.

»Na gut.«

Während Babel Anweisungen gab, dass die Joker hereingeholt und in irgendeiner entlegenen Ecke untergebracht werden sollten, beugte sich Marcus zu Nurassil hinab. »Als nur ihr beide euch verständigen konntet, was hast du da zu Mollie gesagt, um sie zu beruhigen?«

»Nur wer ich bin und was ich für sie tun kann. Lauter nette Sachen. Damit sie keine Angst kriegt.«

Marcus lächelte. »Ja, das hast du gemacht. Und du hast auch noch viel mehr als das gemacht.«

Babel räusperte sich. Als Marcus sie ansah, winkte sie ungeduldig mit ihrem Telefon. Marcus beeilte sich, die letzten Sätze zu sagen, die er loswerden wollte, ehe zwischen ihnen wieder die Sprachbarriere bestand. »Nurassil, das hast du toll gemacht. Für das Dorf. Vielleicht sogar für die ganze Welt. Ich habe dir gesagt, dass du ein Ass bist. Siehst du? Heute hast du es bewiesen.«

Marcus blickte wieder zu Babel hinüber. Sie nickte und sah ihn jetzt anders an als bei ihrer ersten Begegnung. Sie ging hinaus, und Marcus machte sich bereit, mit den Soldaten hinauszugehen und die Dörfler zu holen. Olena wollte mitkommen, blieb dann aber stehen. »Scheiße«, sagte sie.

»Was?«

»Mein Vater.«

Marcus folgte ihrem Blick und entdeckte ihn. Wasel war gerade in die Halle getreten, angetrieben von einer Phalanx von Anzugträgern und Offizieren. Russen, nahm er an. Wie ein Keil schoben sie sich durch das Gewühl, und die Leute mussten vor ihnen ausweichen. Er bellte Olena etwas zu und winkte sie zu sich.

»Was will er?«, fragte Marcus.

»Ich weiß es nicht.« Olena dachte kurz darüber nach. »Geh voraus und hol die Dorfleute. Ich spreche mit ihm.«

»Warte. Was wirst du ihm sagen?«

Sie lächelte, ging auf die Zehenspitzen und küsste ihn. »Keine Sorge. Ich werde ihm sagen, dass er sich verpissen soll. Er und seine Gangster.« Gemächlich schlenderte sie zu den Russen hinüber, was Wasel sichtlich auf die Palme brachte.

Meine Olena, dachte Marcus und witschte los, um die Soldaten einzuholen, die auf ihn warteten.

♣♦♠♥

Später erinnerte sie sich an ihren Namen. Erinnerte sich auch an andere Dinge. Erinnerte sich an alles, was sie vergessen wollte. Zum Beispiel daran, dass sie Joeys abgetrennten Finger wie einen Lutscher abgeleckt hatte, und an das Gefühl von Augenbrauen zwischen den Zähnen …

Mollie drehte sich auf die Seite und erbrach sich explosionsartig in einen Mülleimer. Magensäure brannte ihr in der Kehle, während die Würgekrämpfe die Druckstellen an ihrem Hals reizten. Wahrscheinlich hatte sie dort ein paar neue blaue Flecken, nachdem ein Zombie sie beinahe erdrosselt hätte. Der Brechreiz ebbte weder rasch noch leicht ab. Aber irgendwann tat er es zum Glück.

Sie hörte ihren Atem. Das Blut rauschte ihr in den Ohren im Rhythmus ihres Herzschlags. Als sie sich umdrehte, schabten die Verbände auf ihrem Gesicht an der Bettdecke, laut wie ein Pistolenschuss.

Die Welt außerhalb des Wahnsinns war so ruhig. So still im Vergleich zum rasenden Irrsinn.

Seltsam, dass die Welt in ihren letzten Stunden so ruhig sein konnte. Sie hatte immer geglaubt, das Ende der Welt wäre lauter.

Schritte. Der Boden ächzte unter dem Gewicht eines Mannes. Er kauerte sich neben ihr auf den Boden. Ein Hauch Aftershave kitzelte sie in der Nase, brachte ihren Magen in Aufruhr. Billy Ray. So hieß er. Er berührte sie sanft an der Schulter. Mollie tat so, als spürte sie es nicht. Aber er blieb hartnäckig. »Hunger? Die Russen haben Verpflegungspakete gebracht, den besten Trockenborscht, den man mit Rupien kaufen kann. Und in einem der Schränke haben wir auch Fertignahrung gefunden. Du solltest Flüssigkeit zu dir nehmen.«

Er lispelte ein wenig. Aber es war schon nicht mehr so schlimm wie vorhin, als er mit Babel gesprochen hatte.

Mollie stellte fest, dass sie in der Lagerhalle lag. Im Kosmodrom. Sie lag auf einer Liege unter einer kratzigen Wolldecke.

Dampf wehte ihr ins Gesicht, der den neutralen Geruch von Instantnudeln an sich hatte. Sie stellte ihn sich als feuchten Faden vor, der sich über ihr Gesicht legte, es umschlang und die nach Leichen riechenden Wirbel eines außerweltlichen Nebels gegen ihre ungeschützte Haut blies. Mollie schrie. Schlug um sich, sodass der Styroporbecher umfiel. Sein Inhalt spritzte auf Billy, auf Mollie und die Decke. Doch das meiste platschte auf den Boden. Ohne einen Kommentar putzte er die Sauerei auf. Dann ließ er den Becher bei ihr stehen, und sie trank die restliche Flüssigkeit darin aus. Sie schmeckte salzig. Und fast so schnell, wie sie sie hinuntergeschluckt hatte, erbrach sie sie auch wieder in den Mülleimer.

Ein wenig später versuchte er es erneut. »Wie geht es dir, Kleine?«

»Was …« Mollie sprach nicht weiter, sondern hustete. Vom Schreien hatte sie eine Stimme wie Tom Waits bekommen. Sie schluckte Blut und einen unidentifizierbaren Klumpen von irgendwas und versuchte es noch einmal. »Was glaubst du denn, wie ich mich fühle? Ich habe jemandem die Augenbraue abgefressen. Die *Augenbraue*, um Himmels willen …« Mollie wälzte sich wieder herum und würgte, doch ihr Magen war leer, weshalb sie nur dunkle bittere Galle hervorhustete. Durch das heftige Übergeben gelangte Säure in ihre Nebenhöhlen.

Billy Ray reichte ihr ein Taschentuch. Sie schnäuzte sich die Nase, wischte sich den Mund. Runzelte die Stirn. Versuchte, etwas zwischen ihren Zähnen herauszupulen, und zog eine borstige Augenbraue hervor.

Wieder musste sie sich übergeben.

Selbst Billy Ray schien mittlerweile übel zu sein.

Als das Würgen nachließ und Mollies Körper keinen Tropfen Flüssigkeit mehr hergab, lag sie schlaff wie eine Stoffpuppe auf dem Boden. Billy Ray hob den triefenden, stinkenden Mülleimer auf und ging weg. Ein paar Minuten später kehrte er zurück und stellte ihn neben Mollies Ellbogen ab. Er schnupperte ein paarmal und rümpfte die Nase.

Was für eine Memme. Ein bisschen Kotze? Das war ein beschissener Rosengarten im Vergleich zu dem gespenstischen Schlachthausgeruch, der in Horrorshows Gefolge in die Welt strömte. Er näherte sich immer weiter, mit jeder Sekunde, tick, tick, tick, aber sie konnte ihn schon riechen, als hätte sich das Böse auf ewig in ihre Nasenlöcher eingebrannt.

Ihr tat das Gesicht weh, stellte sie fest. Aber sie war zu sehr mit Erbrechen beschäftigt gewesen, um es zu merken. Mollie berührte den Verband. Nur vage erinnerte sie sich daran, dass ihr das Gesicht zerkratzt worden war. Damals hatte sie es gar nicht richtig gespürt, aber schließlich war sie mit übernatürlichem Ultrablutdurst gedröhnt und total aufgeputscht gewesen. Die Verbände waren größer, als ihr zunächst aufgefallen war – Scheiße. Sie kräuselte die Stirn und spürte, dass etwas an ihrer Haut zerrte. Stiche. Joey hatte ihr wahrscheinlich das halbe Gesicht heruntergerissen. Selbst wenn sie nicht unter Horrorshows Einfluss geraten war, hatte Mollie ihr Gründe genug dafür gegeben.

Ohne von ihren Verbänden abzulassen fragte Mollie: »Wie geht es ihr?«

Billy Ray schluckte. Er wusste, wen sie meinte. »Joey wird wieder.«

»Aber jetzt geht es ihr nicht gut.«

»Ihr werdet beide eine OP brauchen, wenn das alles vorbei ist. Wenn ihr wollt.«

Mollie setzte sich auf. Schlang die Arme um die Knie.

»Sie meinen, wenn ich nicht so aussehen will, als hätte jemand versucht, mir das Gesicht abzuziehen? Puh, das ist eine schwere Entscheidung. Ich wette, Joey wägt gründlich die Vor- und Nachteile eines Gesichts ab, aus dem ein Stück herausgebissen wurde.«

Der SCARE-Agent setzte sich auf das Fußende der Liege. Er versuchte nicht, sie zu umarmen oder sie zu berühren oder auch nur mit ihr zu reden. Er saß einfach nur da, atmete dieselbe Luft wie sie und fragte nichts mehr, denn ihm war klar, dass das das Beste war, was er tun konnte.

Er dachte an seine Frau. Mollie sah es ihm an. Die Sorge lag wie ein Schleier auf ihm.

»Es ist schon wieder passiert«, sagte sie.

»Was?«

»Dass ich mich in eine mörderische, kannibalische Furie verwandelt habe, die vom übernatürlich Bösen angetrieben wird.«

»Du wusstest, dass es so kommen würde, aber du hast deine Angst überwunden und uns trotzdem geholfen. Und es hat funktioniert. Wir haben Ana Cortez gerettet.«

»Das war ja wohl die erbärmlichste Motivationsrede der Menschheitsgeschichte. Ich habe einen Winnebago auf einen von euren Jungs fallen lassen. Hat er … Geht es ihm okay?«

»Nein.« Er wand sich nicht, zögerte nicht, räusperte sich nicht. Mollie rief sich ins Gedächtnis, dass er vor allem anderen ein staatlicher Agent war. Und dass sie eine Verbrecherin war. Andererseits waren diese Unterschiede scheißegal, wenn die Welt sowieso bald in die Dimension des Gesichter fressenden Kannibalenflashmobs eingehen würde.

»Die anderen? Habe ich sonst noch jemanden getötet?«

»Nein. Denen geht es gut. Sind ein wenig verstört, aber sie sind okay. Du hast ihnen einen Mordsschrecken eingejagt.«

»Tja, diese Waschlappen sollen sich mal zusammenreißen. Wenn ich die Augen zumache, läuft da nicht gerade ein Disneyfilm mit Einhörnern und Regenbögen ab.«

Er nickte. »An einem Punkt hast du etwas Seltsames gesagt.«

»Was Sie nicht sagen.«

»Es hörte sich an, als würdest du einen Gottmaschinendreck von Frankenstein erwähnen oder so was. Erinnerst du dich? Ich habe mich gefragt, was das zu bedeuten hat.«

Er gierte danach, etwas zu verstehen. Er wollte unbedingt nachvollziehen, was seine Frau gerade durchmachte.

»Es hat bedeutet, dass ich so dermaßen ausgetickt bin, dass ich völlig den Verstand verloren habe. Ich habe keinen blassen Schimmer, was das zu bedeuten hatte, und ich habe auch garantiert keine Lust, es mir zu überlegen. Aber Sie können darauf wetten, dass es mir in dem Moment vollkommen logisch vorkam. Und deswegen ist das alles ja auch so schrecklich.« Sie brauchte ein paar tiefe Atemzüge, bis sie ihre krächzende Stimme und ihre Tränen wieder unter Kontrolle hatte. »Du merkst gar nicht, dass die Dunkelheit von dir Besitz ergreift, denn du bist so wahnsinnig – wahnsinnig übergeschnappt, wahnsinnig wütend –, dass dir nicht auffällt, dass sich etwas geändert hat. Die Wut kommt dir *so logisch vor*, wenn du in ihr versinkst.« Sie umfasste ihre Knie noch fester und faltete sich noch kleiner zusammen. Weitere Erinnerungen kehrten in entsetzlicher Detailschärfe zurück, und es entwischte ihr ein Schluchzen. Der krampfhafte Versuch, es zurückzuhalten, fühlte sich an, als zerre sie sich einen Muskel in der Brust. Es folgten ein paar mehr Schluchzer. Ehe sie den Schluss ihres Gedankens laut aussprechen konnte, musste sie Galle hinunterschlucken. »Joeys Finger abschneiden, ihn dann aufheben und ablecken …« Sie griff sich den Mülleimer. Würgte. »… den Finger abzulecken, leuchtete mir in dem Moment total ein. Ich musste es tun, es war das Einzige, was ich tun konnte. Ich tat es, weil es innerhalb meines Fischglases ganz offensichtlich das einzig Vernünftige war, was ich tun konnte.« Ein weiterer Galleklumpen brannte ihr in der Kehle. Sie hustete. Obwohl sie nur noch krächzen konnte, sprach sie weiter: »Aber wissen Sie, was das alles noch schlimmer macht? Zu wissen, dass ich barbarisch und voller Freude jemanden verstümmelt habe, während Sie und Gott weiß wer zugesehen haben. Ich fühl mich nackt, als hätte mir die ganze Welt zugeschaut, als ich die Fassung verlor. Schlimmer als nackt. Beim Nacktsein würde es nur um meinen Körper gehen, aber Sie, Joey, das SCARE und Babel und das Komitee und sogar die Scheißrussen, ihr alle habt in meinen Verstand gesehen, als er so kaputt war wie noch nie.«

♦

Die Satellitenkarte, die an Babels Wand geworfen wurde, zeigte einen großen Ausschnitt von Kasachstan. Darüber hatte jemand ein großes, kreuzweise rot und schwarz schraffiertes Rechteck angebracht. Auf dem PowerPoint-Bild wurde es als SCHATTENZONE ausgewiesen. Nach den genauesten Prognosen würde es weniger als einen Tag dauern, bis sie das Kosmodrom Baikonur und die dortigen Atomwaffen eingeschlossen haben würde.

»Warten Sie mal eine Sekunde«, sagte Mollie.

Bis jetzt hatte sie die Sache nicht richtig durchdacht. Und es kam ihr vor, als hätte das niemand getan. Doch jetzt, als sie dem Plan zu diesem Teil der Krisensituation Aufmerksamkeit schenkte, merkte sie, dass er bescheuert überkompliziert war. Babels Leute, die Komitee-Asse der zweiten Riege, versuchten, die Waffen auseinanderzubauen und abzutransportieren, bevor die Kacke hier anlandete. Und zwar entgegen der Einwände der Russen, die Babel und Jayewardene beschwichtigten.

Das war dumm. Sie mussten schneller vorankommen. Lieber jetzt handeln und hinterher um Entschuldigung bitten und so weiter.

Das teilte sie Babel mit und fuhr dann fort: »Was ich damit sagen will: Ihr macht euch zu viel Mühe. Bringt den Kram einfach aus der Gefahrenzone. Schmeißt ihn irgendwo weit außerhalb von Horrorshows Einflusszone hin. Und dann habt ihr alle Zeit der Welt, sie auseinanderzubauen. Oder, keine Ahnung, behaltet sie als Reserve zurück, falls ihr sie später brauchen solltet.«

»Wir können nicht einfach in einen souveränen Staat walzen und einen Haufen Atomraketen und Weltraumbomber mitnehmen.«

»Ihr könnt das nicht, aber ich vielleicht schon.«

»Oh, nein. Nein, nein, nein.« Babel schüttelte den Kopf. »Nie im Leben. Das wäre eine kriegerische Handlung.«

»Hören Sie mal, Sie Oberbürokratin. So langsam zeigt sich, dass Sie immer noch nicht kapieren, was hier für eine Scheiße abgehen wird, wenn Horrorshow hier aufkreuzt. Wenn die ganzen Leute erst mal damit beschäftigt sind, über die Eingeweide der anderen herzufallen, wird sich niemand mehr einen feuchten Dreck um internationales Recht scheren.«

»Wir befinden uns rechtlich ohnehin schon in einer Grauzone. Die Atomwaffen eines anderen Staates wegzunehmen, ist nicht mehr grau.«

»Ach ja««, murmelte Mollie. »Wir wollen die durchgeknallte Blutrauschhorde natürlich nicht vor den Kopf stoßen. Sollen sie ihre Atombomben lieber behalten.« Sie schüttelte den Kopf und spürte unter ihrem Verband ein Reißen, worauf sie zusammenzuckte. »Falls ihr Bedenken habt, dass ihr von der internationalen Staatengemeinschaft erwischt werden könntet«, sagte sie, »kann ich euch nur sagen: Ich weiß, wo man Beutegut unterbringt. Ich bin keine Hobbydiebin, wissen Sie? Ich könnte Tore unter den Raketen öffnen und sie mit welchen über dem Meer koppeln. Oder, keine Ahnung, über Nevada. Ich könnte die Raketen und Bomber mitten im Nichts abwerfen. Ohne viel Federlesen und ohne dass sich jemand abrackern muss. Ist ja nicht so, dass die Bullen euch in flagranti mit einem Haufen kasachischer Bomben unterm Bett erwischen könnten, als wären es Blueray-Player oder Swarovski-Klunker.«

»Das ist eine ziemlich vielsagende Analogie«, sagte Babel. Sie seufzte. »Trotzdem, nein. Wir sind das durchgegangen, okay? Wenn die Raketen in Alarmbereitschaft versetzt werden, werden sie automatisch mit Treibstoff gefüllt.« Sie schlug auf ein Schreiben auf ihrem Tisch, eine Art technischer Bericht, wie es aussah. »Der Treibstoff ist extrem fies. Fies im Sinne von: Enkelkinder mit Flossen. Und die Flugwerke dieser Raketen sind hauchdünn. Wenn man die durch die Gegend schmeißt, dann können die leicht Risse kriegen. Dann haben wir noch ein viel größeres Problem. Selbst wenn der heraussickernde Treibstoff nicht gleich hochgeht, was er sehr wahrscheinlich macht – dann hätten wir Nuklearsprengköpfe in brennendem Raketentreibstoff –, würden die Chemikalien alles und jeden im Umkreis vergiften. Wir sprechen hier von einer Todeszone von zehntausend Quadratmeilen mitten im Ozean. Und da ist das radioaktive Material in den Sprengköpfen noch nicht einmal berücksichtigt. Wir sollten wenigstens versuchen, einen Planeten zu hinterlassen, an dem wir uns erfreuen können, wenn wir die derzeitigen Probleme gelöst haben, okay?«

Grinst du mich etwa an, du beschissene Fotze?

Eine Schneekugel, die als Briefbeschwerer auf dem Tisch stand, verschwand durch einen kleinen transdimensionalen Spalt und fiel von der Decke über Babels Kopf. Sie traf sie direkt auf dem Scheitel und so heftig, dass sie aufschrie und ins Wanken geriet. Die Glaskugel sprang von Babels Kopf ab und zerschellte am Boden. Das alles geschah so schnell, dass das Wasser in der Kugel bereits in den Teppich sickerte, als Mollie bewusst wurde, dass sie wütend war. Sie hielt sich eine Hand vor den Mund, zu spät, um ihr Keuchen zu unterdrücken. »O mein Gott.«

Die Spitze bezüglich ihrer kriminellen Vergangenheit hatte sie gewurmt, und sie hatte sich instinktiv und reflexartig auf gewalttätige Weise gerächt. Noch nie zuvor hatte sie so gehandelt. *Nie.* Nicht, solange sie Herrin ihrer Sinne gewesen war. Sie hatte an ihre Brüder Schläge ausgeteilt und auch welche eingesteckt, aber da ging es nur um Familienkram. Aber sie war nicht gewalttätig. Gar nicht.

Ein blutiges Rinnsal bahnte sich einen Weg durch Babels Haare auf ihre Stirn. Sie lehnte sich gegen den Tisch, spürte das Blut und fasste sich an den Scheitel. Sie zuckte zusammen. Sie hatte Blut an den Fingern. Die Verwirrung in ihrem Gesicht wich einem Stirnrunzeln, als sie die zerborstene Schneekugel sah. Dann sah sie auf den Tisch (unverändert, heil, schuldlos), dann zu der Leichtbaudecke über ihr (ebenso), dann zu Mollie (beschämt und gedemütigt).

»O Gott, o mein Gott«, nuschelte Mollie, die die Finger immer noch vor dem Mund hatte. »Es tut mir leid. Es tut mir so leid. So bin ich gar nicht. Ich schwöre es. Ich bin nicht gewalttätig. Ich bin ein guter Mensch.« Sie fing wieder an zu weinen. Dabei taten ihr die Zombie-Würgemale am Hals weh. »Ich bin nicht böse. Ich bin nicht gewalttätig.«

Nun, zumindest bisher nicht. Jetzt aber … jetzt war sie schon zweimal vom Wahn erfasst worden. Ihr Hang zur übernatürlichen Tobsucht, ihr Drang, den Leuten um sie herum schwere Schmerzen zuzufügen, hatte sich so tief in sie eingegraben, dass sie womöglich nie wieder frei davon sein würde. Der Einfluss Horrorshows hatte eine Spur in ihr hinterlassen, hatte ihre Psyche verändert. Sie hatte zu viel Zeit im Abgrund verbracht. Während sie die mit Babels Blut bespritzten Scherben der Schneekugel betrachtete, begriff Mollie – und es fühlte sich an wie ein Schlag in den Magen –, dass sie nie wieder ins Licht zurückkehren würde, nicht richtig, nachdem sie diese furchtbaren Dinge getan und gedacht hatte. Sie war nicht mehr die Frau, die sie vor einer Woche gewesen war.

Tränen trübten ihre Sicht, sodass sie Babels berechnenden Gesichtsausdruck nicht zu deuten vermochte. Anscheinend war die Frau vom Komitee zu einer Entscheidung gelangt. Sie zuckte die Schultern.

»Ist schon gut«, sagte sie wenig überzeugend. »Wir sind gerade alle etwas gereizt.«

Mollie schniefte. »O Gott ... Ich werde nie wieder normal werden, oder?«

Babel breitete die Arme aus. Es war die berechnendste Einladung zu einer Umarmung, die Mollie je gesehen hatte. Es war, als würde man von einem Roboter umarmt werden. Und auch ungefähr so herzlich. Aber immerhin gab sich die Frau vom Komitee Mühe.

»Ist schon gut«, flüsterte sie. »Das wird wieder. Sie bekommen alle Hilfe, die Sie brauchen. Das schwöre ich. Wir haben gute Leute. Wenn das vorbei ist, sorge ich dafür, dass die UNO alles, was in ihrer Macht steht, tut, um Ihnen und Ihrer Familie zu helfen.«

»Tut das lieber für den Kerl, den ich mit dem Winnebago zerquetscht habe. Und für Joey. Schließlich habe ich die verstümmelt.«

»Ja, klar. Das ist mir wahrscheinlich recht geschehen«, meldete sich jemand.

Mollie klammerte sich fester an Babel. Drückte ihr Gesicht an die Schulter der anderen Frau. Ihr Verband kratzte an Babels Revers. Sie wollte sich nicht umwenden. Sie wollte nicht sehen, was sie Joey angetan hatte.

Die Zombiehirtin sagte: »Ich erinnere mich bloß verschwommen, aber mir ist so, als hätte ich einen ziemlich krassen Scheiß im Kopf gehabt. So sauer war ich noch nie. Und das will was heißen.«

Babel löste die Umarmung und rückte einen Schritt von Mollie ab. Mollie hielt den Kopf gesenkt und Joey den Rücken zugekehrt.

»Es tut mir leid«, wimmerte sie. »Es tut mir so leid, was ich dir angetan habe. Ich war nicht ich selbst. Ich würde doch nie … ich bin nicht …«

Wann hatte sich ihr Leben in eine Folge von Entschuldigungen verwandelt? Wie war es so weit gekommen? Wann hatte sie aufgehört, eine Frau mit einem eigenen Leben zu sein, und war zu einer Frau mit unauslöschlichen Schuldgefühlen geworden?

»Schluss mit der dämlichen Heulerei«, sagte Joey. »Wenn das rum ist, decken wir uns mit ein paar Flaschen ein, knallen uns die Birne weg, schreien, saufen weiter und flennen uns die Augen aus dem Kopf. Aber später. Jetzt müssen wir uns erst mal um diese Scheiße kümmern und Michelle zurückbringen.«

Mollie wischte sich mit dem Ärmel die Nase ab. Nach ein paar Atemzügen drehte sie sich um.

Joey sah grausig aus. Ein großer, saphirblauer Gelverband wackelte über ihrem Auge, wo vorher eine Augenbraue gewesen war. Joey merkte, dass Mollie sie durchdringend anstarrte.

»Bild dir bloß nichts ein. Ich hab's dir auch gezeigt. Du siehst so scheiße aus wie fünf Kilometer Feldweg, Schwester.«

Mollie wechselte das Thema. »Was hat das mit Michelle auf sich?«

Joey verdrehte die Augen und sagte zu Babel: »Verdammte Kacke. Du hast es ihr nicht gesagt?«

»Wir waren durch etwas anderes abgelenkt, bevor du reingekommen bist.«

»Hat mir was nicht gesagt?«, fragte Mollie.

»Sie haben sie gefunden«, sagte Joey und wippte vor Aufregung so sehr auf den Zehenspitzen, dass sie praktisch in der Luft schwebte. »Sie haben Michelle gefunden.«

♥

Ja, okay, sie hatten Michelle Pond gefunden. Zumindest glaubte Mollie ihnen das, als sie ihr das Satellitenbild einer dürren Frau zeigten, die eine Straße entlanghumpelte. Allerdings sah sie nicht wie ein Supermodel aus. Wenn Mollie so scheiße wie fünf Kilometer Feldweg aussah, dann sah die Frau auf dem unscharfen Bild wie fünfzig Kilometer Holperpiste aus.

Allerdings gab es ein Problem.

Das Bild, das an Babels Wand geworfen wurde, war zweigeteilt. Links Michelle, rechts die Karte von Kasachstan mit der »Schattenzone« darauf. Und irgendwo war ein hellgrüner Punkt erschienen: Michelles Position.

Direkt am Rand der Zone des bösen Wahnsinns.

Und sie bewegte sich zu Fuß. Damit war sie zu langsam, um der Blase zu entkommen. Sie würde sie einholen, wenn das nicht bereits geschehen war.

Mollie schüttelte den Kopf und wedelte mit den Armen, als wolle sie ein vorbeifliegendes Flugzeug anhalten. »Wenn ihr tatsächlich glaubt, dass ich noch mal ein Tor zum Reich der durchgeknallten Kannibalen öffne, dann könnt ihr euch mit einer Kettensäge ficken.«

»Mach die Beine breit, Schätzchen. Wenn du dich weigerst«, sagte Joey, »dann kriegen nicht nur wir eine Black & Decker in die Ritze.«

Babel räusperte sich. »Dieses Foto ist weniger als zwei Stunden alt«, sagte sie in einem Ton, der das Wasser aus der Schneekugel auf dem Teppich hätte gefrieren lassen können. »Wir wissen, wo sie ist. Das ist kein Blindkommando wie unsere Suche nach Überlebenden. Bei Ana hat das funktioniert, doch du hattest Glück, dass du sie gefunden hast. Das hier ist kein Glück.« Sie tippte auf das Bild. »Wir wissen, wo sie vor zwei Stunden war. Sie bewegt sich langsam. Sie weiß, dass sie sich von der Schattenzone wegbewegen muss, deshalb können wir sogar sagen, in welche Richtung sie geht. Die Straße verläuft gerade, da hat sie die meisten Chancen. Sie geht weiter auf der Straße.«

Sie fuhr mit dem Finger über die Karte und deutete die Straße anhand des anderen Bilds an. »Sie könnten hier« – sie tippte auf einen aufgegebenen Laster auf dem Foto mit Michelle – »anfangen und eine Reihe kleiner Spähportale öffnen, immer nur ein paar Sekunden. Dann springen Sie mit jedem Mal hundert Meter weiter. Und sobald Sie sie finden, lassen Sie sie zu uns herabfallen.«

Mollie sagte: »Sie gehen davon aus, dass sie rational handelt. Woher wollen Sie wissen, dass sie nicht schon komplett gestört ist?«

»Sie ist zu stark dafür«, sagte Joey. Ihre Aussage war so schlicht und direkt, dass Widerspruch ausgeschlossen war. Eine Tatsachenerklärung und nichts anderes.

Mollie fragte sich, wie es wohl wäre, wenn jemand so unverbrüchlich an sie glauben würde. Fragte sich, wie es wäre, wenn sie es verdient hätte, dass jemand ihr so schlicht und unerschütterlich vertraute.

Babel sah, dass sie schwankte. »Retten Sie noch einmal ein Leben«, sagte sie. »Für uns wäre das ein großer Sieg.«

Mollie biss sich auf die Lippe.

»Bitte«, sagte Joey.

Ich lern's nie. Ich lerne nie auch nur einen verdammten Scheiß.

♣

Billy Ray traf sich in der Lagerhalle mit ihnen.

Er betrachtete Mollie. Ließ sich Zeit dabei. Jedes beschämende Detail ihrer jüngsten Geschichte spiegelte sich in seinem beknackten Gesicht. Denn das war noch entstellter als sonst. Er dachte an ihren Kampf. Die Art, wie sein Blick von Mollie zu Joeys Verbänden und wieder zurück huschte, verriet es.

Und schon wieder fühlte sie sich nackt und beschämt. Scham darüber, was sie ihm angetan hatte. Darüber, dass er versucht hatte, sie ohnmächtig zu schlagen, und darüber, dass sie es verdient hatte. Das Blut stieg ihr heiß in die Wangen.

Er glotzte sie immer noch an.

»Hey, G-Man, wollen Sie mich den ganzen Tag angaffen, oder was?«

Er ballte die Fäuste. Sagte dann aber: »Wie geht es dir?«

»Als ob ein Zombieköter ein Stück von mir abgebissen hätte und jemand mein Gesicht als Boxsack benutzt hätte. Und als ob jemand es hätte abziehen wollen und als ob mich ein anderer Zombie erwürgt hätte wie in einem Bondage-Porno mit Untoten.«

»Okay. Klingt nach einem dieser Tage.«

Man konnte ihn kaum durchschauen, diesen SCARE-Agenten.

Er wandte sich zu Joey. »Lass uns das durchziehen, bevor mir der Kragen platzt.«

Die SCARE-Jungs oder vielleicht auch ihre russischen Gegenstücke hatten die Ringe aus Kabeln und Gerätschaften, die während des Tumults in der Lagerhalle zerstört oder deplatziert worden waren, mehr oder weniger wiederhergestellt. Mollie spürte die Blicke auf sich, als sie mit Joey in die Mitte, in den innersten Kreis aus Lampen zurückkehrte. Alle beobachteten sie und fragten sich, wie schnell sie wieder durchdrehen würde und wie schlimm es werden würde, bevor sie sie überwältigen konnten.

Auch wenn Babel es abstritt, war Mollie überzeugt, dass ein paar von den Typen in den Schutzanzügen diesmal keine Betäubungsgeschosse geladen hatten. Sie würden ihre Gewehre auf sie richten. Richtige Gewehre, mit denen man durch Wände ballern konnte. Vielleicht zielte ein SpezNas-Scharfschütze eben schon auf ihre Schläfe.

Vielleicht hatte Mollie sich deswegen darauf eingelassen. Vielleicht wollte sie ein letztes Mal ausrasten, damit sie sie abknallen konnten wie eine tollwütige Hündin.

Mollie starrte auf das Foto von Michelle, wie sie die Straße entlanghinkte, bis sie die Augen schließen und immer noch alle Details sehen konnte: die Brachfelder, die staubige Straße, den aufgegebenen Laster mit der zerrissenen Plane. Sie stellte sich den Geruch des dünnen Erdreichs vor, das der trockene Wind aufwirbelte, das Flattern der Plane, das Säuseln der Brise im Gesträuch. Mit diesem Bild im Kopf sah sie auf die Mitte des Lichtkreises. In der Luft tat sich ein faustgroßes Loch auf.

In ihrem Kopf verwandelte sich der Geruch des trockenen Erdreichs in den Gestank von Eingeweiden, das Säuseln des Windes wurde zum Wehklagen Tausender Stimmen, die im Wahnsinn heulten, und zum Krabbeln geschuppter Schrecken in einer Landschaft aus gesplitterten Knochen …

Mollie schluckte einen Schrei hinunter. Dabei drückten ihre Male am Hals. Das Tor verschwand.

Sie schüttelte den Kopf und fuhr sich mit den Händen durchs Haar, um den Umstand zu verbergen, dass sie hyperventilierte, und um vorzugeben, dass ihr die ganzen Blicke nichts ausmachten.

»Wollte nur sichergehen, dass es funktioniert«, sagte sie. »Sieht gut aus.« Das war womöglich die am wenigsten überzeugende Lüge, die sie je hervorgebracht hatte. Dieses Mal versuchte sie, nicht an Horrorshow zu denken, nicht an ein auf einen gusseisernen Zaun aufgespießtes Baby und schon gar nicht an den Geschmack von Joeys Augenbraue.

Wieder öffnete sich das Loch im Raumgefüge. Durch die Öffnung sah sie auf eine nasse, von Telefonmasten gesäumte Straße hinunter. Auf der anderen Seite regnete es. Mit ihren Zombies im Schlepptau trat Joey an das Tor heran.

… kupferne Wärme glitt über ihre Zunge, als sie Joeys abgetrennten Finger abschleckte … die gummiartige Textur menschlichen Gewebes zwischen ihren Zähnen … borstige Augenbrauen, die an ihren Lippen kratzten …

Das Tor ploppte zu.

»He!«, sagte Joey. »Was ist denn los?«

Mollie wollte lügen, doch der Kiesel in ihrer Kehle war zu einem Felsbrocken geworden. Sie fuhr sich mit dem Handrücken über die Augen. Jemand legte ihr eine Hand auf die Schulter, aber sie stieß sie beiseite.

»Alles gut«, krächzte sie, obwohl es offensichtlich war, dass nichts gut war. »Hört auf, mich abzulenken. Es ist schwer, das anhand von Satellitenfotos zu machen.«

Das war freilich gelogen. Mithilfe von Satellitenbildern hatte sie die ganzen Leute nach Baikonur geschafft.

Früher ging ihr das ganz leicht von der Hand. Auf diese Weise waren sie auch in Baba Yagas Casino gelangt, um es für den Diebstahl auszukundschaften. Mithilfe von Google Earth war es ein Kinderspiel, auf das Dach zu gelangen …

Ach du Scheiße.

Daran zu denken war ein Fehler, denn ihr fiel Ffodor ein und was für eine schrecklich undankbare Schnalle sie gewesen war – sowohl bevor als auch nachdem die russische Hexe ihn umgebracht hatte –, und dann sah Mollie nichts mehr.

»Ich brauche einen Augenblick«, rief sie. Blindlings rannte sie aus der Lagerhalle.

♣ ♦ ♠ ♥

Über der Straße flimmerte heiße Luft. Welche Richtung es auch immer sein mochte, in die sie da gerade ging, Michelle war sich ziemlich sicher, dass sie nicht zurück in irgendeine Form von Zivilisation führte.

In der Ferne sah sie Gestalten, die auf sie zukamen. Je näher sie kamen, desto mehr sahen sie aus wie Gestalten aus Talas. *Leichen*, stellte sie fest. *Wandelnde Leichname.*

»O Gott«, stöhnte sie. Dann hatte sie sich also doch nicht aus der Stadt des Irrsinns entfernt. Das Ganze war lediglich ein weiterer Albtraum. Sie wollte eine Blase werfen, aber es passierte nichts. Sie hatte kein Fett mehr übrig.

Dann war es das also. Dann würde sie weder Adesina noch Joey wiedersehen. Sie war geschlagen. Diesen neuen Monstrositäten konnte sie nicht mehr entkommen.

Sie hatten es auf sie abgesehen, und sie trat, biss, schlug um sich. Ihre Kräfte ließen nach, und die Toten machten sich über sie her.

Und dann hörte sie Joeys Stimme. »Wehr dich doch nicht, du blöde Ziege! Siehst du denn nicht, dass ich das Scheißrettungskommando bin?«

♣ ♦ ♠ ♥

Zehn Minuten später, nachdem eine weitere Flut von Tränen ihr Entsetzen und ihre Schuldgefühle verwässert hatten, konnte Mollie sich wieder konzentrieren und ein stabiles

Tor über einer verregneten Straße irgendwo in Kasachstan öffnen. Nachdem die Zehenzettel hindurchgewankt waren und Joey ihnen gefolgt war, suchte Mollie sich eine Ablenkung. Sie setzte sich in eine entlegene Ecke der Lagerhalle im Kosmodrom – so weit von allen anderen weg, dass deutlich wurde, dass sie gefälligst in Ruhe gelassen werden wollte – und rief einen Hof in Idaho an.

Das Telefon klingelte. Und klingelte. Und klingelte. Schließlich ging der Anrufbeantworter ran. Ihre Eltern hatten nie auf Sprachnachrichten umgestellt wie der Rest der Bevölkerung des einundzwanzigsten Jahrhunderts, deshalb benutzten sie noch immer diese Maschinen mit den kleinen Kassetten darin. Wie peinlich.

Leise kam etwas, das annähernd wie die Stimme ihrer Mutter klang, durch die Leitung. »Hallo. Sie sind verbunden mit dem Steunenberg-Hof. Wenn Sie dies hören, heißt das, dass wir alle am Schuften sind und nicht ans Telefon können.« *Oder im Krankenhaus liegen mit Wunden von Brechstangen und Mistgabeln,* dachte Mollie. »Bitte hinterlassen Sie eine Nachricht mit Ihrem Namen und Ihrer Nummer und nennen Sie den Zeitpunkt Ihres Anrufs« – (Mollie verdrehte die Augen. »Zum millionsten Mal, besorgt euch eine Mailbox für Sprachnachrichten, zum Donnerwetter.«) – »wir rufen Sie zurück, sobald wir den Dreck der Scholle unter unseren Fingernägeln vorgekratzt haben.«

Piep.

»Äh. Hi, Mommy? Ich bin's, Mollie. Ist jemand da? Kannst du bitte abnehmen?« Sie wartete genau so lange, wie man brauchte, um die Veranda, den Windfang und das Wohnzimmer zu durchqueren, um zum Telefon in der Küche zu gelangen. Doch niemand nahm ab. Mollie seufzte. »Ich, ähm, ich bin gerade in New York. Ich wollte nur hören, wie es allen geht. Sind Jim und Troy aus der Intensivstation raus? Was ist mit Daddy und Brent? Was sagen die Ärzte?

Wann können sie nach Hause?« Sie hatte sich gar nicht überlegt, weshalb ihr das wichtig war, aber bei genauerem Nachdenken war es offensichtlich. »Ich, äh, ich denke, wir, nun ja, ihr alle solltet zusammen sein. Da ist, äh, da passiert gerade was …« Es hatte keinen Zweck, ihnen zu erklären, dass die geisteskranke Tobsucht, die kurz von ihnen Besitz ergriffen hatte, bald über den ganzen Planeten fegen würde wie ein Tsunami des Wahnsinns. In einigen Tagen würden sie das schon selber merken. Aber zumindest eine Weile lang konnten sie noch eine richtige Familie sein. »Und, weißt du, wir sollten zusammenhalten. Als Familie.« Meine Güte, das hörte sich erbärmlich an. Scheiße. »Ich will auch nach Hause kommen. Ich will so gern wieder einen Ort, den ich mein Zuhause nennen kann. Ich vermisse euch so sehr, und es tut mir so leid. Es tut mir leid, Mommy, und Daddy und ihr, Jungs, falls ihr zuhört. Ich kann nicht sagen, wie leid es mir tut, dass ich euch allen so viel Schmerz zugefügt habe …«

Piep.

Sie drückte auf Wahlwiederholung. Doch als die Maschine erneut piepte, wusste sie nicht, was sie noch sagen sollte. Deshalb legte sie wieder auf.

Für jemanden, dessen Leben sich in eine einzige Abfolge von Entschuldigungen verwandelt hatte, kackte sie ziemlich ab, wenn sie eine aussprechen sollte.

♣ ♦ ♠ ♥

Als er mit dem Jokermädchen Sezim – und ihrer Puppe – im Arm durch das Tor zum Kosmodrom schlüpfte, fühlte Marcus sich so gut wie schon lange nicht mehr. Vor und hinter ihm gingen, rutschten oder wanden sich die anderen Joker. Ein paar wurden hineingetragen. Sie schritten durch ein Spalier Soldaten, die sie vor der wütend murrenden Menschenmenge und vor den feindseligen Blicken anderer Soldaten – Blauhelme, Kasachen und Russen, bei denen sie nicht gerade willkommen waren – beschützten.

Sollen sie doch gaffen, dachte Marcus. Es konnte ihnen gleich sein. Wichtig war nur, dass sie ihr Versprechen – mit Nurassils Hilfe – gehalten hatten, die Dorfleute in das Kosmodrom zu bringen. Hier waren sie einigermaßen sicher.

Der Handschmied ging neben ihm und hielt die Hand seiner Frau. »Danke«, sagte er und berührte Marcus an der Schulter. »Danke.«

Marcus schüttelte den Kopf. »Nicht mir. Nurassil. Er war's.« Er wünschte, er könnte ihm alles erklären. Er würde es Olena erklären lassen, ganz sicher. Er sagte, dass er gehen und den Jungen holen würde, reichte Sezim an Alija weiter und machte sich auf den Weg zur Lagerhalle. Er war nur ein paar Schritte weit gekommen, als ein Wespenschwarm aus dem Gebäude hervorschoss, in der Luft beidrehte und auf ihn zuflog. Bugsy setzte sich vor ihm zusammen und sah etwas korpulenter aus als zu dem Zeitpunkt, als Marcus ihn mit Nurassil zurückgelassen hatte. Wieder war er nackt, hatte diesmal aber nicht einmal so viel Schamgefühl, seine Genitalien zu verpixeln.

»Mit deinem Mädchen stimmt was nicht«, sagte er. »Sie hat angefangen, mit diesem Kerl zu reden, und dann haben sie gestritten. Plötzlich tauchen ein paar Russen auf, schnappen sie und schleifen sie weg. Mann, die hat Zeter und Mordio geschrien.«

»Du hast zugelassen, dass sie sie wegschleppen?«, fragte Marcus.

Bugsy wischte sich das schlaffe Haar aus dem Gesicht. »*Zugelassen?* Was hätte ich denn tun sollen? Dir ist vielleicht aufgefallen, dass das ein Stützpunkt der Russen ist?«

»Wo sind sie hin?«

»Komm. Ich habe ihnen eine Hornisse hinterhergeschickt.«

Bugsy löste sich in einen Schwarm auf, und Marcus

schlängelte ihm nach. *Wasel,* fluchte er, *wenn du ihr etwas tust, dann bringe ich dich um. Wenn du sie mir wegnimmst …* Er konnte den Gedanken nicht zu Ende denken. Wenn Wasel mit ihr verschwinden würde, welche Chance hätte Marcus dann noch, sie jemals wiederzufinden? Der Gangster schien zu allem fähig, und das ganze riesige Russland stand ihm zur Verfügung.

Sie gingen um die Lagerhalle herum, zwischen zwei anderen hindurch und hasteten an einem offenen Hangar vorbei, in dem Tinker sich an etwas zu schaffen machte. Bugsy setzte sich wieder zusammen. »Tinker, wir haben eine Jungfrau in Nöten. Was ist das?« Er zeigte auf eine Apparatur, die Tinker gebaut hatte. Es sah aus wie ein Panzer, doch sein Gehäuse schien aus Ölfässern und Alteisen zusammengeflickt zu sein. Darauf war ein drehbares Artilleriegeschütz aufgepflanzt, das von einem Homer-Simpson-Wackelkopf bemannt zu sein schien.

Tinker grinste stolz. »Ich nenne es einen Think Tank. Ein Panzer mit einer programmierten künstlichen Intelligenz. Die sitzt da drin in der Rübe.« Mit einer Berührung versetzte er den Wackelkopf ins Wackeln. »Ist natürlich eine sehr schlichte Intelligenz. Das können wir in die Monsterwolke schicken, ohne Angst haben zu müssen, dass sie verrückt wird und anfängt …«

»Bring das Ding mit! Die steigen in ein Flugzeug. Schaut nach einem Überschalljäger aus.«

»Scheiße«, sagte Marcus, und ihm war klar, dass sie mehr vorhatten, als nur zu entkommen. »Wasel glaubt, dass wir Talas zerstören sollten. Könnte sein, dass er versucht, es auf seiner Flucht zu zerbomben.«

»Das wäre eine sehr schlechte Idee.« Bugsy löste sich wieder in einen Schwarm auf und schwirrte davon. Marcus witschte so schnell voran, dass er ihn fast überholte. Tinker rief ihm etwas nach, doch als Marcus nach hinten sah, humpelte der große Kerl hinter ihnen her. Wie ein gut abgerichteter Hund hielt der Panzer mit ihm Schritt.

Die Landebahn war riesig. Ein Gewirr aus sich kreuzenden Pisten und Hangars und einigen Türmen, die sich bis zum Horizont zogen. Ein Flugzeug landete gerade, etliche andere rollten. Und so weit Marcus sehen konnte, standen überall noch weitere Flieger aller Größen und Bauarten. »Welches ist es?«

»Da«, sagte Bugsy und war plötzlich wieder sein nacktes Selbst. Er zeigte auf einen schlanken Jäger, der gerade auf die Piste rollte. Er war kleiner, als Marcus erwartet hätte, eher wie der Privatjet eines Milliardärs und nicht so, wie Marcus sich einen Jagdbomber vorstellte – ein Privatjet, der sich Atomsprengköpfe umgeschnallt hatte. Er rollte auf das Ende der Piste zu.

»Was jetzt?«, fragte Tinker.

Marcus zeigte auf das Flugzeug, das am anderen Ende der Piste eine langsame Kurve beschrieb. »Wir halten diesen Flieger auf. Kriegt dein Ding das hin?«

»Ich würde mich nicht darauf verlassen«, grummelte Bugsy.

Doch Tinker war zuversichtlicher. »Verlass dich drauf. Homer. Zielerfassung. Leg dieses russische Flugzeug lahm.«

Der Panzer rollte über ein unebenes Rasenstück auf die Piste zu. Der Wackelkopf wackelte, drehte sich und neigte sich. Das Geschütz senkte sich ab.

»Nein!«, schrie Marcus. »Nicht schießen! Olena ist da drin.«

Das Geschütz donnerte, und eine feurige Granate schwirrte über die Rollbahn auf das Heck eines … gänzlich anderen Flugzeugs zu, das nichtsahnend vor einem Hangar parkte.

»Ich hätte es wissen müssen«, sagte Bugsy. »Wieder so ein Tinker-Original.«

»Nein, nicht das Flugzeug!«, rief Tinker. »Das andere!«

Die Geschützmündung schwang herum, feuerte noch einmal, und diesmal traf es einen Hubschrauber.

»Homer, das ist gar kein Flugzeug!«

»Weißt du was«, fuhr Bugsy fort und klang grüblerisch. »Eigentlich stellt sich gar nicht die Frage, *ob* seine Basteleien Scheiße bauen, sondern nur, welche epischen Ausmaße die Scheiße hat.«

Als Nächstes wurden ein Shuttlebus, eine fahrbare Treppe und ein Tankwagen ausgeschaltet. Die Explosion des Tankwagens riss Marcus schier um. Und währenddessen vollendete Wasels Flugzeug sein Wendemanöver und fuhr die lange Piste entlang. Marcus hoffte, dass die Explosion sie zögern ließ. Doch das Gegenteil war der Fall. Das Flugzeug gab Gas und begann mit dem Start.

»Scheiße!« Marcus wand sich auf dem Asphalt. Er schlug von hinten auf den Panzer ein. Der Wackelkopf wirbelte herum und sah ihn an. Homers große Augen wurden noch größer. Marcus versetzte dem Kopf eine solche Ohrfeige, dass er davonflog und im Gras landete. *Okay*, dachte Marcus. *Jetzt ist immerhin das Hirn von dem Teil mal weg.* Blieb aber noch der Jäger, der direkt auf ihn zukam und mit jeder Sekunde schneller wurde. Wenn Marcus jetzt nichts unternahm, würde das Flugzeug an ihm vorbei und nicht mehr aufzuhalten sein. Er spannte die Schwanzmuskeln an und stemmte sich gegen den Panzer. *Verdammt, ist der schwer!* Er drückte fester, seine Windungen zuckten und bebten auf dem kratzigen Boden. Das Flugzeug kam näher, das Dröhnen der Düsen war ohrenbetäubend. Mit jeder Muskelfaser seines Körpers bis zur äußersten Schwanzspitze schob Marcus. Der Panzer kam ins Rollen, langsam, aber … Er schaffte es bis in die Mitte der Piste und drehte sich gerade rechtzeitig um, um im näherrasenden Flugzeug die entsetzten Gesichter der Piloten zu erkennen. Einer von ihnen machte wilde Bewegungen und bedeutete ihm, aus dem Weg zu gehen. Doch Marcus blieb. Er kannte sich mit Flugzeugen nicht aus, war sich aber ziemlich sicher, dass dieses noch nicht schnell genug war, um abzuheben. Mit jeder Sekunde kam es näher, seine Triebwerke schrillten ihm in den Ohren und vibrierten in seinen Schuppen. *O nein …*

Dann drehten sie ab. Das Flugzeug geriet von der Bahn ab und rauschte aufs struppige Gras. Die Vorderräder sackten in eine Senke, und der Schwung des Flugzeugs ließ das Fahrgestell nach hinten klappen. Die Nase krachte herunter, pflügte durch das Erdreich und mähte das Gras. In einer Wolke aus aufgewirbeltem Staub kam das Flugzeug zum Stehen.

Marcus sah keuchend zu, während Bugsy und Tinker herbeieilten.

»Es hat funktioniert!«, sagte Tinker.

Bugsy lachte schallend. »Ja, genau das hattest du geplant, ganz sicher.«

Die Tür des Flugzeugs wurde aufgestoßen. Wasel sprang heraus. Ihm folgte eine Flut von Bewaffneten. Mit rotem Kopf und auf Russisch vor sich hin fluchend musterte der Gangster den Schaden an den Vorderrädern. Auch Olena sprang aus dem Flugzeug, doch sah sie den Flieger gar nicht an. Ihr Blick ging gleich zu Marcus, sie lief zu ihm und warf sich in seine Arme. Ihren schlanken Körper zu spüren, ihre Arme um sich zu haben, das Kitzeln ihrer Haare an seinem Schlüsselbein und ihre Stirn an seinem Hals, das war umwerfend. Aber es währte nicht lange.

Wasel wandte sich zu Marcus um. »Du!«, brüllte er. »Du warst das!« Er stapfte auf ihn zu, von seinen Wachen flankiert.

»Marcus, weg hier!« Olena riss an Marcus' Arm, doch er gab nicht nach. Wenn er schon sterben sollte, dann wollte er seinem Tod ins Gesicht sehen und nicht von hinten abgeschossen werden.

»Du!«, sagte Wasel. »Du …« Er brach ab, weil ihm die Worte fehlten. Stattdessen stieß er mit dem ganzen Körper ein wütendes Knurren aus. Sein Blick war irre, seine Bewegungen so ruckartig und wild wie damals, als er im Dorf das Ungeheuer zertrampelt hatte. In Marcus' Mund lief der Speichel zusammen. Seine Zunge rollte sich zusammen und zuckte wie ein Tier, das jederzeit hervorschießen würde, wenn er es ließ. Aber das tat er nicht. Wasel war zwar in Reichweite und außer sich vor Wut, aber er war sich trotzdem nicht sicher, ob er ihn würde ausschalten können. Immerhin war sein Gegner ein Ass. Und wichtiger noch: Er war Olenas Vater. Zwischen den beiden liefen Dinge, die er nicht verstehen würde. Und er würde alles tun, um Olena zu schützen. In dem Fall wäre es einfach, denn für sie bestand hier keine Gefahr.

Dann klärte sich Wasels Miene, sein Blick schärfte sich und bohrte sich glühend in Marcus. Er sagte: »Du wirst mich nicht aufhalten. Es gibt noch andere Flugzeuge, andere Bomben. Also leck mich, Schwarze Mamba.« Seine Finger schwirrten, und plötzlich tanzte eine Münze zwischen und über seinen Fingern, als wäre sie eine Maus. »Kopf oder Zahl? Was auch immer du wählst …«

Noch ehe Marcus die Schnippbewegung sah, raste die Münze bereits durch die Luft. Marcus sah, wie sie sich ein ums andere Mal überschlug, während sie auf ihn zuflog, mal hell, mal dunkel schimmerte. Hell und dann dunkel. Er wusste, dass dies seinen Tod bedeutete, und doch hatte das Ganze etwas unbestreitbar Fesselndes. Er wusste, dass es entsetzlich war, und wollte fliehen, sich zappelnd fortschlängeln, der Panik nachgeben. Aber sein Blick war so gebannt. Wie ein Fisch, der vom Köder angezogen wird, der seinen Tod bedeutet, starrte er die Münze staunend und gierig an. Er hob instinktiv die Arme, um sie zu fangen.

Doch Olena kam ihm zuvor. Mit flach ausgestreckter Handfläche fuhr ihre Hand nach oben. So schnell. Sie fing die Münze ab, bevor sie ihn im Gesicht traf. Marcus starrte ihre hochgereckte Hand an, direkt vor ihm, eine kleine Faust mit weiß hervortretenden Knöcheln, die sich um die Münze schloss. Von ganz tief unten machte sich in Marcus ein Wehlaut auf den Weg nach oben. Er spürte ihn aufsteigen, ihn hochbrodeln und in dem Maße Gestalt annehmen, wie er das Geschehene begriff.

Wasel begriff es ebenfalls, und er fand schneller seine Stimme als Marcus. Er bellte etwas auf Russisch. Zwei Wörter, immer und immer wieder.

Olena öffnete ihre Hand um die Münze. Sie klebte an ihrer Handfläche und pulsierte vor Energie. Das ließ Wasel verstummen. Olena schüttelte ihre Hand, um die Münze loszuwerden, doch sie hing fest an ihr, eingepflanzt in ihre Haut. Sie starrte sie erneut an, genau wie Marcus und all die anderen. Der Augenblick zog sich hin, lange und still. Niemand rührte sich. Marcus hielt den Atem an, weil er meinte, damit auch die Zeit anzuhalten, und fürchtete, wenn er sie wieder verstreichen ließ, würde Olena das Schicksal ereilen, das alle ereilte, die Opfer von Wasels Münzen wurden.

Olena sagte trocken: »Ich bin nicht tot.«

Als hätten ihre Worte ihn von einer Fessel befreit, kam Wasel auf sie zu. Er machte den Mund auf, um etwas zu sagen, brachte aber kein Wort heraus. Olena – ihre Worte hart und fest wie Stein – sagte: »Ich hasse dich. Ich wünschte, du wärst tot.« Als er erneut etwas erwidern wollte, ohrfeigte sie ihn. Die Hand mit der Münze schlug mit einer solchen Wut und Schnelligkeit zu, dass sie Wasel das Wort abschnitt. Sein Kopf wurde zur Seite gerissen. Als er wieder aufsah, erkannte Marcus in seiner Wange ein rund eingebranntes Loch. »Stirb, Papa! Stirb.«

Unendliche Trauer verzerrte Wasels Miene. Seine Haut spannte sich schrumpelig über seinen Schädel. Seine Augen sanken ein, und die Lippen zogen sich zurück, sodass sie grauenhafte Zähne entblößten. Innerhalb weniger Sekunden entwich ihm vor aller Augen das Leben. Er streckte eine Knochenhand nach seiner Tochter aus, griff aber ins Leere. Dann fiel er zusammen.

»Wow«, sagte Bugsy. »Das war aber mal eine fiese Ohrfeige.«

♣♦♠♥

Michelle hielt Joeys Gesicht zärtlich in den Händen. Sie befanden sich in dem Hangar, der dem Komitee und den Resten der kasachischen Truppen und der Leute vom Roten Halbmond als Basis diente. Soldaten und Leute, die, so vermutete Michelle, für verdeckte Operationen zuständig waren, waren mit allerlei Vorbereitungen beschäftigt. Alle waren bis an die Zähne bewaffnet, und selbst die Ärzte trugen Faustfeuerwaffen.

»Was machst du hier?«, fragte Michelle. Sie zitterte. Ob vor Glück oder Angst, wusste sie nicht. »Wo ist Adesina? Du hättest sie nicht hierherbringen sollen.« Panik versetzte ihr einen schmerzhaften Stich. Adesina musste in Sicherheit bleiben. Was sollte das Ganze, wenn ihre Tochter nicht außer Gefahr war?

Joey lachte und zuckte dann zusammen. »Ich habe sie bei Wally gelassen. Meinst du, ich würde Stupsnäschen hierherbringen? Ich schwöre, du bist so eine oberbeknackte …«

Michelle beugte sich vor und küsste Joey auf die Stirn, neben den Verband.

Dass sie stank und blutverschmiert war, kümmerte sie nicht. Sie war einfach glücklich, dass Joey hier und ihre Tochter in guten Händen war.

»Du hast recht, der wird sie beschützen – so weit das irgendwer kann.« Er würde sie so lange beschützen, bis er vom Nebel eingeschlossen werden würde.

»Und was um alles in der Welt ist mit deinem Gesicht passiert?«, sagte sie und streichelte Joeys unversehrte Wange.

Joey zuckte die Achseln. »Wir haben dich gesucht. Mollie hatte ein Tor nach Talas offen, und dann sind wir beide ziemlich ausgetickt. Sie hat mir einen Finger abgeschnitten mit ihrem verfickten Portal, dann hat sie mir die linke Augenbraue abgebissen.« Joey hob die bandagierte Hand. »Dann hat ihn dieser Jokerjunge nachwachsen lassen. Den Finger halt, die Augenbraue nicht.«

»Ich vermute, du hast dir nichts gefallen lassen«, gab Michelle mit einem angespannten Lächeln zurück. Dann kam ihr kurz der Gedanke, Mollie umzubringen, wurde aber von der Freude über das Wiedersehen mit Joey unterdrückt. Fürs Erste.

»Ich würde gern sagen, dass ich ihr alles heimgezahlt habe«, sagte Joey, schüttelte jedoch den Kopf. »Aber dieses Biest ist völlig durch. Sie ist irre, und das auf eine wirklich kranke Weise. In ihrer Nähe wäre ich vorsichtig, Bubbles.«

»Ich bin so unendlich froh, dich zu sehen«, sagte Michelle, ohne auf Joeys Warnung einzugehen. Ihr fiel auf, dass die anderen Leute in der Halle zu ihnen herüberschauten, aber es war ihr egal.

»Klar freust du dich, mich zu sehen«, sagte Joey. Plötzlich wich ihr permanentes Stirnrunzeln einem schelmischen Grinsen. »Du bist mein Luder.«

Michelle lachte. »Ja. Ja, ich bin dein Luder. Und du bist meins.«

Joey fasste nach oben und zog Michelles Kopf zu sich herab, fing an, sie zu küssen. Erst drängend und ungestüm, dann sanft und zart.

Joey wieder zu schmecken, machte Michelle schwindelig und lebendig und gesund. Es war perfekt.

»Seid ihr fertig?«

Billy Ray.

»Director. Wie immer ein Vergnügen«, sagte Michelle, ohne sich umzudrehen. Sie zog Joey näher zu sich heran. »Und nein, ich bin ganz sicher noch nicht fertig.«

»Nun, musst du aber. Babel wartet auf den Bericht.«

Michelle ließ den Kopf hängen. Sie wollte alles, nur kein Gespräch über die Geschehnisse in Talas.

»Lass uns gehen«, sagte Joey und schob Michelle von sich. »Ausnahmsweise haben diese Schwanzlutscher recht. Wir müssen rausfinden, wie wir das aufhalten können.«

»Ich will nicht …«

Joey verschränkte die Arme. »Ich glaube nicht, dass sich das im Moment jemand aussuchen kann.«

»Du hast halt Eier in der Hose«, sagte Michelle deprimiert.

»Steh aber nicht drauf.«

Michelle lächelte matt.

»Nach euch«, sagte sie und drehte sich zu Billy Ray um. »Aber erst müsst ihr mir was zu essen geben.«

♦

Babel stand an einem Klapptisch. Hinter ihr nahm ein Flachbildfernseher einen Teil der Wand ein.

»Setz dich«, sagte Barbara. Sie hatte Ringe unter den Augen und wirkte übermüdet. »Hast du etwas zu essen und trinken bekommen?«

Michelle nickte. Sie hielt die Wasserflasche in der linken und das Sandwich in der rechten Hand. Es war schon ihre fünfte Wasserflasche, seit sie ins Kosmodrom gekommen war. Und sie fühlte sich, als könne sie noch fünf weitere leeren.

Sie hoffte, Billy Ray würde ihr später helfen, etwas Fett anzusetzen. Bisher hatte er sie immer zu gern verprügelt. Das gehörte zu ihrer Geschichte.

Was, wenn ich keine Schläge mehr einstecken kann, ohne Schmerz zu empfinden?, fragte sie sich mit einem Gefühl von Panik.

»Wir haben ein paar Informationen von Mollie darüber, was innerhalb der Zone passiert, aber wir haben gehofft, dass du uns ein besseres Bild davon geben kannst«, sagte Barbara.

»Ja, kann mir vorstellen, dass Mollie nicht besonders glaubwürdig ist«, sagte Michelle. Sie biss von ihrem Sandwich ab und sprach mit vollem Mund weiter. »Nach allem, was Joey erzählt hat, ist sie ziemlich instabil. Und wenn man Joeys Gesicht als Barometer nimmt, kann daran kein Zweifel herrschen.« Sie stieß ein hohles Lachen aus, griff sich einen Klappstuhl und setzte sich. Das Metall war kalt an ihrem Hintern.

»Ich würde euch gern mehr berichten, aber an einigen Punkten verschwimmt alles.« Sie wich dem aus, was sie Aero angetan hatte. Wollte sich davon distanzieren. Wollte ihrer mörderischen Lust entkommen.

»Ich war nicht mehr ich selbst«, fuhr sie fort. »Ich hatte keine Kontrolle mehr. Wir haben *alle* die Kontrolle über uns verloren.« Ja, das war es. Die Schuld teilen. »Und nicht nur wir wurden verrückt. Die Stadt ist mit jeder Sekunde wahnsinniger geworden. Ich sage euch, wie schlimm ihr es euch auch vorstellt, ihr macht euch kein Bild, wie viel schlimmer es da drin in Wahrheit ist.«

Michelle würde ihnen nicht von Aero erzählen. Sie hatte weder Earth Witch noch Recycler oder Onweer gesehen, seit Joey sie zurückgebracht hatte. Sie waren die Einzigen, die bezeugen konnten, was geschehen war.

Sie musste die Last allein tragen. So viel Scham und Schuld. *Aber es hat dir gefallen. Es hat sich gut angefühlt. Du konntest machen, was du wolltest. Und das Blut. Du hast im Blut gebadet. Du hast es dir nicht einmal von den Händen gewischt.*

Ihr war, als müsse sie sich übergeben.

Erbrechen schien keine schlechte Idee zu sein. Allerdings

konnte es mit ihrem Heulen kollidieren, denn jetzt wollte sie nur heulen. Doch das würde sie nicht zulassen. Nach dem, was sie getan hatte, hatte sie Heulen nicht verdient.

»Ich bin mir nicht einmal sicher, ob ich weiß, was passiert ist, denn an einem gewissen Punkt wusste ich nicht mehr, was wirklich war und was nicht.« *Sag bloß nichts von den Leuten, die du umgebracht hast*, dachte sie, obwohl das Bedürfnis zu gestehen mächtig in ihr hochdrängte. *Sag niemals, was du getan hast. Das brauchen sie nicht zu wissen. Niemand muss das wissen.*

»Leute haben sich gegenseitig aufgegessen. Sie haben Selbstmord begangen. Sie haben sich gegenseitig umgebracht. Es war ein Gemetzel. Blut floss in den Straßen wie Wasser.« Sie keuchte. Nichts konnte ihre Erinnerungen aufhalten. Indem sie darüber sprach, wurden sie Wirklichkeit. Einmal würde sie alles herauslassen und dann nie wieder über das reden, was in Talas passiert war.

»Es ist gut, Michelle«, sagte Billy Ray. »Wir haben Mollie ruhig gestellt, um sie so weit stabil zu kriegen, dass sie ihre Tore nutzen konnte, ohne sich oder jemand anders umzubringen. Jedes Mal, wenn sie ein Tor in die Nähe von Talas öffnet, endet es übel.«

Joey kicherte. »Scheiße, Mann«, gluckste sie. Sie war nahezu hysterisch. »Du kriegst von mir einen Preis für die größte Untertreibung bei deiner Einschätzung einer völlig durchgeknallten Person, Billy Ray.«

Billy hob einen Moment lang die Augenbrauen, und Michelle meinte kurz, es könnte zu einem Streit kommen.

»Könnten wir diesen ganzen Mist, wer wen am liebsten verprügeln möchte, bitte vertagen?«, fragte Barbara. »Lasst uns Mollie dazuholen und uns überlegen, wie wir weiter vorgehen.«

♣♦♠♥

»Ich bin raus«, sagte Mollie.

Doch Babel schenkte Mollies Worten keine Beachtung. Sie benutzte Mollie nur, um zu bekommen, was sie wollte, nämlich dass Mollie ihre Leute rund um den Globus transportierte wie so ein Wohltätigkeitstaxi, und dann hatte sie nicht mal den Anstand, ihr zuzuhören. Dieses undankbare Kackmiststück. Die würde schon noch Manieren lernen, wenn Mollie ihr erst mal …

O Gott.

Sie machte es schon wieder. Überließ sich ihrer Wut. Mollie sah sich um, um sich zu vergewissern, dass der bösartige Einfluss von Horrorshow nicht durch das Tor gesickert war. Doch die Portale waren geschlossen, und die anderen knabberten nicht an den Augäpfeln ihrer Mitmenschen. Nein, so einfach war es nicht.

Sie hatte etwas abbekommen. Der wiederholte Kontakt zum Wahnsinn hatte sie verändert. Als wäre ihr Gehirn umprogrammiert und ihre Wutschwelle herabgesenkt worden – nein, es war nicht nur Wut, es war geifernde Tobsucht –, sodass alles und jedes sie triggern konnte. Es brauchte keinen Stups mehr durch das übernatürlich Böse, um ihre Gedanken in eine gewalttätige Richtung zu lenken. Ihr Emotionsbarometer war zerstört worden. Nun gab es nur noch zwei Gefühlszustände: Entweder war sie kurz davor, sich in ein hilflos lallendes Häufchen Elend zu verwandeln, oder sie fantasierte davon, Leute wegen der kleinsten eingebildeten Kränkungen auseinanderzureißen.

Erneut schauderte es Mollie. Sie zählte die Tage an den Fingern ab. Sechs. War es wirklich noch nicht einmal eine Woche her, dass ihr größtes Problem noch gewesen war, sich zwei schießwütige Pariser Polypen vom Leib zu halten? Das konnte nicht sein. Es musste Millionen von Jahren her sein. Auf einem anderen Planeten. Mit einer anderen Mollie.

»Haben Sie gehört, was ich gesagt habe? Ich sagte …«

Babels Telefon klingelte. Als die Komitee-Leiterin es ans Ohr nahm, fiel Mollie der Name des Anrufers auf dem Display auf: Ink.

»Entschuldige. Da muss ich ran.«

»Klar. Von mir aus.«

Mollie sah auch auf ihrem Handy nach. Nichts. Aus Idaho hatte sie keinen Rückruf bekommen.

Sie überlegte, ob sie ins Krankenhaus gehen sollte, um selbst nach Dad und den Jungs zu schauen. Sie war sogar schon dabei, ein Tor nach Idaho zu öffnen, doch dann stellte sie sich die blanke Verachtung in ihren Mienen vor, ihre Blicke. Das Tor, das gerade entstehen wollte, löste sich wieder auf.

»Verdammt«, sagte sie. Und beschloss, sich mit ein paar Ladendiebstählen abzulenken. Sie verschwand hinter einer Ecke und öffnete ein Tor nach Half Moon Bay.

♣♦♠♥

Die kalten Mauern des Gebäudes im Kosmodrom Baikonur, die sie einschlossen, waren mit grüngrauer Farbe gestrichen, die in dicken Kringeln abblätterte. Barbara wusste nicht genau, wo in dem riesigen Komplex aus Gebäuden, Startrampen und Kontrolltürmen sie sich befanden. Das Gebäude, in das man sie geführt hatte, schien noch aus der Sowjetzeit zu stammen und seither nicht erneuert worden zu sein. Die Vorhänge in dem Besprechungszimmer, in dem sie sich versammelten, bestanden aus einfachem weißem Baumwollstoff und waren an Halterungen über den Fenstern angebracht worden. Der Tisch war aus massiver Eiche und hatte ringförmige Abdrücke von Tausenden Kaffeetassen. Von den Postern an der Wand blickten ernst dreinschauende Soldaten, darüber betonten Slogans in kyrillischer Schrift die Notwendigkeit von Disziplin. An der Decke drehten sich träge ein paar Ventilatoren, und beleuchtet wurde das Zimmer von einer Phalanx von Strahlern, deren Licht von den Ventilatoren mit Schatten verwirbelt wurde.

Barbara mutete das Ganze wie eine Szene aus einem Noir-Film an. Das war ja auch nur zu passend.

Außer ihr war nur noch Billy Ray in dem Zimmer, und er trug seinen weißen Kampfanzug, als erwarte er ein Gefecht. Zwei Kameras standen auf Dreibeinen auf dem Tisch, eine war auf Barbara gerichtet, die andere auf Billy Ray. Einige Flachbildschirme, die aussahen, als wären sie erst vor ein paar Stunden ausgepackt worden, hingen ihnen gegenüber. Von ihnen verliefen Kabel zu einem Server auf dem Boden, und aus den Monitoren blickten ernste Gesichter: Generalsekretär Jayewardene in Brüssel, Präsidentin van Rennsaeler in Washington, Präsident Putin in Moskau, General Ruez von der NATO und der Präsident von Kasachstan Karimow.

»Danke, dass ihr dort seid«, sagte Jayewardene. »Eure Anstrengungen während dieser Krise rechnen wir euch hoch an. Wir stehen vor kritischen Entscheidungen, die schnell getroffen werden müssen, und es ist zwingend notwendig, dass wir alle die Konsequenzen dieser Entscheidungen verstehen und absehen können, bevor wir weitermachen.«

»Es ist ganz einfach«, sagte Putin, dessen Worte von seinem Dolmetscher (unnötigerweise für Barbara) einige Augenblicke versetzt auf Englisch wiederholt wurden. »Wir müssen das Krankenhaus und diesen Tolenka entfernen.«

Präsidentin van Rennsaeler schob sich eine angegraute Haarsträhne aus dem Gesicht und schüttelte den Kopf. »Ihre Agentin hat selbst gesagt, dass die Kreatur, die durch Tolenka in diese Welt einzudringen versucht, damit nur freigesetzt werden würde.«

Putin zuckte die Achseln. »Sie und dieser Tolenka waren

Partner. Sie will ihn beschützen. Wir haben keine Gewissheit, dass ihre Behauptungen der Wahrheit entsprechen. Sollen wir einfach nur warten? Ich sage, wir handeln jetzt und vernichten das Zentrum in Talas. Unverzüglich. Es ist unsinnig, noch länger zu warten.«

Darauf fingen alle gleichzeitig an zu reden.

»… nicht einmal möglich. Die Drohnen, die wir ausgesandt haben, sind alle ausgefallen …«

»… meine Regierung spricht sich eindeutig gegen den Gebrauch atomarer Waffen aus …«

»… keine Garantie, dass die Zielperson durch eine Bombe vernichtet werden kann …«

»… und wenn Baba Yaga recht hat, was dann? Dann bleiben uns nachher gar keine Möglichkeiten mehr …«

Billy Ray seufzte und beugte sich zu Barbara. »Bürokraten«, sagte er. »Alle wollen nur ihren eigenen Arsch retten.«

Barbara gelang sogar ein kleines Lächeln als Antwort darauf. Der Kommentar hätte von Klaus kommen können. Sie wartete, bis sich der Tumult beruhigte, und nutzte die Gelegenheit mit lauter Stimme.

»Vielen Dank für Ihren Standpunkt, Präsident«, sagte sie. *Und das hätte nicht von Klaus kommen können.* »Und Ihre Taktik werden wir womöglich noch anwenden müssen, falls uns keine anderen Optionen mehr bleiben. Aber Director Ray und ich glauben, dass es einen anderen Weg gibt, ein Vorgehen, auf das er und ich uns einigen konnten. Wenn die Eliminierung Tolenkas nicht die Lösung ist – und ich glaube Baba Yaga, denn alles andere, was sie uns gesagt hat, konnten wir bestätigen, und außerdem hat sie keinen Grund zu lügen –, dann muss es anders gehen. Wenn wir Tolenka nicht einfach töten können, dann müssen wir ihn woanders hinbringen.«

»Wohin?«, höhnte Putin. »Vorausgesetzt, sie finden den Kerl und können ihn festnehmen – und ich darf Sie daran erinnern, dass der letzte derartige Versuch des Komitees ein erbärmlicher Fehlschlag gewesen ist, Miss Baden –, wo würden Sie ihn hinbringen? Wo soll er hin?«

»In die Hölle«, erwiderte Ray.

»Mithilfe des Highwayman«, beeilte Barbara sich zu ergänzen. »John Bruckner.«

»Ich war schon mit dem Highwayman unterwegs«, sagte Ray. »Ich habe die Dimension gesehen, in die der Kerl sich Zugang verschafft, und alles darin schreit: Talas. Die entstellten, verdorbenen Gestalten, die Ungeheuer, der Nebel. Das ist der Ort, aus dem die Bestie in Tolenka stammt, und wenn wir Tolenka dorthin bringen und ihn dort lassen, dann …« Ray klatschte theatralisch in die Hände. »Dann schließt sich alles. Soll die Bestie doch aus Tolenka herauskommen – das Tor in unsere Welt wäre dann weg, denn Tolenka ist dieses Tor.«

»Das beruht doch alles nur auf Annahmen«, sagte Präsidentin van Rennsaeler.

»Ja, Präsidentin«, sagte Barbara. »Aber es passt alles zusammen. Was wir in Talas beobachten und die Dimension, durch die sich der Highwayman bewegt. Das ist keine gefährlichere Annahme als die, dass das Problem gelöst würde, indem man Tolenka tötet oder Talas in radioaktiven Schutt verwandelt. Und wenn es nicht klappt …« Barbara zuckte mit den Schultern. »Dann gibt es ja immer noch die andere Möglichkeit. Lasst es uns wenigstens versuchen.«

»Bruckner ist in St. Gilles, wo er seine Strafe absitzt«, sagte Jayewardene. »Wir müssten die Behörden in Brüssel kontaktieren und mit ihnen verhandeln, dass sie ihn freigeben.«

»Haben Sie gehört, was wir gesagt haben?«, spie Ray aus. »Wir haben keine Zeit zu verlieren.«

»Wir müssen die Verfahren, Vorschriften und Bestimmungen befolgen, Director Ray«, gab Jayewardene zurück.

»Dann tun Sie das, Mr Generalsekretär«, sagte Barbara. »Und zwar plötzlich.«

Jayewardenes ernstes Gesicht schien über den Bildschirm zu schwenken, während er die anderen der Reihe nach ansah. »Präsident Putin, Präsidentin van Rennsaeler, Präsident Karimow, General Ruez? Stimmen wir hier überein?«

»Vierundzwanzig Stunden«, sagte Putin prompt. »Nicht länger. Und wir brauchen Komitee-Asse, um Baikonur zu verteidigen.«

»Abgemacht«, sagte Barbara.

Die anderen murmelten ihr Einverständnis. Putins Bildschirm wurde schwarz, die anderen bald ebenso. »Ich rufe Brüssel gleich an«, sagte Jayewardene, bevor er die Verbindung abbrach. »Ich werde mein Bestes tun. Und Sie müssen das Ihre tun, Miss Baden.« In den letzten Satz legte er eine eigentümliche Betonung, und Barbara nickte ihm zu. Dann flackerte sein Bild und ging aus. Jetzt war nur noch das Summen der Ventilatoren zu hören.

»Die kriegen das nie rechtzeitig hin«, sagte Ray zu Barbara. »Bürokraten sind wie alte Hunde. Die lassen sich nicht gern herumschubsen und beißen, wenn man es tut.«

Barbara schirmte sie beide mit ihrer Asskraft ab, denn sie fürchtete, dass irgendwo noch ein Mikro an sein könnte. Sollte das der Fall sein, wäre jetzt nur Kauderwelsch zu hören.

»Jayewardene weiß das«, erklärte Barbara. »Wir geben ihm acht Stunden. Keine Minute länger. Und wir planen so, als würde es ihm nicht gelingen, Bruckner frei zu bekommen. Wenn er uns Bruckner bis heute Abend nicht liefert, holen wir ihn uns selbst.«

♣♦♠♥

Sonntag

Sie brauchte sieben Versuche, um ein Tor in die Registrierkasse zu öffnen. Obwohl sie das Scheißteil direkt sehen konnte, während sie so tat, als stöbere sie einen Ständer mit potthässlichen T-Shirts für Touristen durch, die einen schlechteren Geschmack haben mussten als farbenblinde Fünfjährige mit Hawaii-Fimmel.

Der Raum ließ sich von ihrem Willen nicht mehr so verdrehen und falten wie früher. Früher war es so einfach gewesen. Jetzt ein Torpaar zu öffnen, fühlte sich so an, als wolle sie Gelatine an die Wand nageln. Dass es ihr schließlich doch gelang, verschaffte ihr wenig Trost. Und was hatte es für einen Zweck? Bald wäre das Geld sowieso wertlos, weil man es nirgends mehr würde ausgeben können. Aber ihr war langweilig, und sie hatte Angst, und sie wusste nicht, was sie sonst tun sollte. Alles war besser, als nur in Gesellschaft ihrer eigenen Gedanken herumzuhocken.

Im Innersten bin ich eben einfach eine billige Diebin, auch wenn Ffodor immer beteuert hat, dass ich so viel mehr wäre.

Ihr Telefon klingelte, als ihre Hand in der Kassenlade steckte. Ihre Konzentration war dahin. Gerade noch rechtzeitig zog sie ihre Hand aus der Öffnung, bevor diese zuschnappte. Dadurch verlor sie jedoch das Gleichgewicht und torkelte in einen Drehständer mit kalifornischen Miniaturautokennzeichen mit Frauen- und Männernamen. Mit lautem Geschepper ging der Ständer zu Boden. Tammies,

Quentins, Siennas, Ambers, Johns und Dakotas schlitterten durch die Gegend. Die Leute sahen zu Mollie herüber.

»He!« Der Jokerverkäufer kam auf einem Paar Faunbeinen auf sie zu. »Was soll denn das?«

Mollie beachtete ihn nicht. Mit vor Erleichterung pochendem Herzen sah sie auf ihr Handy, das noch immer brummte. Aber es war kein Anruf vom Hof. Es war die Vorwahl von New York. Mollie seufzte. Und nahm ab.

»Was treiben Sie denn da?«, sagte der Ladeninhaber.

Ins Handy sagte Mollie: »Wer immer Sie sind, Sie können mich am Arsch lecken, denn Ihr Timing ist echt oberkacke.«

Es war Ink. Sie hielt sich nicht mit einem Hallo auf. »Mollie! Administratorin Baden muss unverzüglich mit dir sprechen. Kannst du bitte nach Baiko…«

Mehr verstand Mollie nicht mehr, denn der Verkäufer wählte diesen Augenblick, um sie am Ellbogen zu packen. Und das war dann auch der Augenblick, in dem er aus Leibeskräften zu brüllen anfing. Ein Portalpaar erschien, eine Seite davon direkt an ihrem Ellbogen und so groß, dass sein Arm hindurchpasste. Das Tor blieb so lange offen, bis er den Arm bis zum Ellbogen hineingeschoben hatte, dann ließ sie es zuschnappen. Ein abgetrennter Arm dotzte auf einem Bahnhofsgleis in Tokio auf den Boden.

Blutfontänen ergossen sich auf die T-Shirts. Es spritzte aus dem Schulterstummel heraus wie in einem Gag von Monty Python, nur dass niemand lachte. Stattdessen stimmten die anderen Kunden in das Geschrei mit ein. Einige rannten zur Tür.

Arschlöcher. Mollie platzierte ein neues Tor direkt vor einen der hinausstürmenden Kunden und das Gegenstück *in* einem zweiten Kunden. Kurz darauf spritzten Innereien auf die Schaufenster, und zwei Körper versuchten, die Stelle von einem einzunehmen. Die Explosion klang wie ein unendlich feuchter Furz. Zähne, Wirbel und gekrachte Rippen klapperten gegen die Wände, den Boden und die Decke wie Hagelkörner. Es war verdammt unangenehm.

Eine blecherne Stimme rief: »Hallo? Hallo? Mollie, bist du da?«

Mollie hielt sich noch immer das Telefon ans Ohr. Wütend trat sie aus Half Moon Bay ins Komitee-Büro der Vereinten Nationen. Ink erschrak, brach mitten im Satz ab, als Mollie plötzlich neben ihrem Tisch aufploppte.

Mollie legte auf. »Ich bin beschäftigt. Was ist denn los?«

Inks Gesicht verzog sich misstrauisch. Sie hielt die Hand vor die Nase. »O mein Gott! Was ist mit dir passiert?«

»Mit mir ist nichts passiert. Mir geht's gut«, sagte Mollie. Doch dann stieg ihr ein ekliger Geruch in die Nase. Sie runzelte die Stirn. Der Scheißegeruch geplatzter Innereien war ihr aus Kalifornien gefolgt. Und jetzt fühlte sich die Zugluft der Klimaanlage besonders kalt auf der Haut an, als wäre sie feucht. Sie sah an sich herab und merkte, dass sie voller Blut war. Was denn? Eben hatte sie doch noch ein paar Kröten aus einer Kasse gefi…

O meine Güte. O Gott, ogottogottogottwashabeichgetan?

Das Handy fiel ihr aus den gefühllosen Fingern. Es prallte auf Inks Schreibtisch ab.

»Ich … ich … brauche Hilfe. Ich bin nicht mehr ich selbst. Selbst wenn ich hier bin, bin ich nicht mehr ich selbst. Das Böse, es hat mich zu oft berührt …« Mollie sackte zusammen, rollte sich wie ein Ball zusammen. »Ich glaube, ich habe gerade drei Menschen umgebracht. O Gott, so hilf ihm doch jemand.«

Ink hechtete über ihren Tisch und kauerte sich neben Mollie hin, wiegte ihren Kopf in den Händen. »Wem helfen?«

Mollie wollte ein Tor nach Kalifornien öffnen, konnte es aber nicht. »Die Wut, sie hat wieder von mir Besitz ergriffen. Ich hab es nicht gewollt«, schluchzte sie. »Ich hab's nicht gewollt, es tut mir leid, es tut mir so leid …«

Ink stand auf und drückte eine Taste auf ihrem Telefon. »Ich brauche hier einen Rettungssanitäter, sofort! Im Büro von Administratorin Baden!«

»Nein, nein, nicht hier«, sagte Mollie. Sie schmeckte das Blut des Fremden und Schlimmeres, als ihr die Tränen in den Mund rannen. »Helft lieber ihm. Bitte! Ihr müsst ihm helfen.«

»Wem?«

»Da ist ein Mann mit abgeschnittenem Arm, der verblutet, in einem T-Shirt-Laden in Half Moon Bay. Der stirbt. Er braucht Hilfe. Sein Arm … Ich weiß nicht, wo ich ihn gelassen habe. Und die anderen.« Sie wollte etwas sagen, doch jemand heulte und schluchzte mit ihrer Stimme, und deshalb brachte sie nur abgehackt etwas hervor. »Die anderen … o Gott, die anderen … ich … ich weiß nicht, wie ich das gemacht habe … Jemand muss ihnen helfen!«

Sie wollte den Raum wieder falten, doch glitt er ihr aus den Fingern. Sie bekam ihn nicht zu fassen. Sie konnte sich nicht konzentrieren. Konnte nicht atmen. Die Scham und das Entsetzen waren zu erdrückend. Als würden sich Elefanten auf ihrer Brust paaren. Sie drückten ihr die Luft aus der Lunge und hörten nicht auf damit. Sie pressten und pressten, bis alles dunkel wurde.

♣♦♠♥

Angel wachte auf und war sich nicht sicher, wo sie war. Ihr Kopf brummte, es war ein beinahe unterbewusstes Geräusch wie das Summen eines aufgescheuchten, wütenden Schwarms von Bugsys Wespen, bei dem ihr das Denken schwerfiel. Wie aus einem Glutofen waberte die Hitze über sie hinweg.

Sie setzte sich auf, stützte sich auf die Ellbogen. Sie befand sich in einem kleinen Zimmer, das mal ein Büro gewesen war. Die Möbel darin – ein Tisch, unbequeme Plastikstühle, ein billiges, durchgesessenes Sofa und ein Aktenschrank, der ganz sicher schon bessere Zeiten gesehen hatte – waren an die Wände geschoben worden, sodass Platz für die Matratze war, auf der sie lag. Diese war einigermaßen sauber, nur ein bisschen Blut und andere, nicht identifizierbare Flecken waren darauf, und da sie hundemüde gewesen war, war sie auf der Stelle eingeschlafen. Selbst von den schlechten Träumen, die sie die ganze Nacht geplagt hatten, war sie nicht aufgewacht, und jetzt konnte sie sich nicht mehr an ihren Inhalt erinnern. Aber sie setzten ihr immer noch zu, die fragmentarischen Bilder daraus, die zusammenhanglos in ihrem Kopf herumschwirrten.

Jetzt fielen ihr auch wieder die Ereignisse des gestrigen Abends ein, wie sie in ihr Königreich eingezogen war und es vor dem verrückten Eindringling bewahrt hatte, der nur mathematisch zu denken vermochte. Sie war mit ihm verfahren, wie er es verdient hatte. Sein Tod war sogar eine Gnade gewesen. Sie rief sich jedes kleinste Detail davon in Erinnerung, als die erste Explosion die Fundamente ihres Hauptquartiers erschütterte.

Angel sprang auf und rannte in das große Zimmer ihres Hauptquartiers. Ihre Untertanen liefen kopflos umher und riefen um Hilfe. Der Anblick von Angel schien sie nur noch mehr zu verstören. Sie liefen zu ihr, flehten sie um Hilfe an, drohten, sie zu überwältigen. Sie schrie sie an, schlug mit den Fäusten um sich, stieß sie von sich mit ihrer gewaltigen Kraft. Denn ihr war klar, dass sie nicht ihr Schwert brauchte, um mit diesem Gesindel fertigzuwerden. Sie fielen, krabbelten zur Seite und rannten weg, um ihrem Zorn zu entgehen.

Angel ging nach draußen und stieg auf den Erdwall, den Earth Witch aufgeworfen hatte, als sie den Parkplatz vor dem Kaufhaus umgegraben hatte. Angel drehte sich um, wandte sich nach Westen, wo sie den Ursprung der Explosion vermutete, und sah nach oben. Das Summen gigantischer Insekten lag in der Luft, und hoch über Talas sah sie ein halbes Dutzend Hubschrauber schweben, die Tod und Verderben in Form von Bomben und Granaten herabregnen ließen.

Sie wusste nicht, woher sie kamen, sie wusste nicht, weshalb sie angriffen, doch wurde sie angetrieben von einem ganz neuen, aber urtümlichen Bedürfnis, die Stadt zu beschützen. Im Herzen der Stadt befand sich etwas Kostbares, etwas, das ihr ein dringendes Verlangen zuflüsterte und dafür unaussprechliche Freuden als Belohnung versprach.

Wut mit einem Beigeschmack unheiliger Vorfreude erfasste sie. Aus ihrem Rücken sprossen Schwingen, doch nicht ihre üblichen. Sondern ledrige, fledermausartige Flügel, deren Größe gar nicht passte, die aber anscheinend kräftiger waren. Sie erhob sich in die Luft. Von anderen Dächern und finsteren Verstecken tauchten weitere geflügelte Wesen auf und gesellten sich zu ihr. Gesichtslose Teufel, die aussahen wie aus Gagat geschnitzt, Falter mit Schädelzeichnung, Echsen jeder Größe und Farbe, Schwärme von Insekten, deren Größe von der von Ameisen bis zu der von Hunden reichte. Sie führte sie zu den Hubschraubern, ihr schwarzes Schwert wies den Weg.

Die schnelleren Wesen überholten sie. Sie ließ es zu, und sie bekamen die meisten Raketengeschosse und Maschinengewehrkugeln ab. Sie ging tiefer, um den Kugeln auszuweichen, denn die Schützen nahmen die Ziele ins Visier, die sie für am gefährlichsten hielten. Und da irrten sie sich.

Zu Dutzenden stürzten Saurier und Falter vom Himmel, während Angel tief und unentdeckt unter die Hubschrauber flog, drehte und sich ihnen von hinten näherte. Sie brachte sich in Stellung und holte mit dem schwarzen Schwert aus. Es drang durch die glänzende Metallverkleidung des Heckauslegers, und der Hubschrauber fing an, am Himmel zu trudeln und zu stürzen. Der Pilot eines anderen Helikopters bemerkte sie und versuchte, sein Gefährt nach oben zu bringen. Sie wich dem Maschinengewehrfeuer aus, das aus der offenen Seitentür kam, doch der Kugelhagel folgte ihr, während sie am Himmel Haken schlug und den Schützen schließlich dazu verleitete, in die Schnauze eines seiner Gefährten zu feuern. Sie lachte laut, als die Kugeln entlang einer Linie den Rumpf perforierten. Der Hubschrauber machte sich auf seinen spiralförmigen Weg nach unten in den Tod und explodierte beim Aufprall.

Die Piloten der verbleibenden Helikopter gerieten in Panik, doch Angel würde sie nicht entkommen lassen. Sie tauchte unter einem von ihnen hoch und schlitzte mit dem schwarzen Schwert den Rumpf auf. Sie riss die Klinge herum, um die metallene Bodenplatte zur Seite zu biegen, und zog sich in die Kabine hinauf. Im Inneren wurde sie von vier Bewaffneten ungläubig angestarrt, ihre Schwingen verschwanden, und sie stürzte sich mit ihrem Schwert auf die Besatzung, ehe diese noch reagieren konnte. Als ihre Köpfe und Glieder durch die Kabine segelten, lachte sie vor Freude. Einem gelang es, einen Schuss abzufeuern, und die Kugel streifte sie und fügte ihr eine leichte Verbrennung zu. Angel grub dem Schützen das Schwert in den Bauch und drehte es herum, sodass er auf seinen eigenen Eingeweiden ausrutschte, und sie lachte. Das letzte Besatzungsmitglied stürzte sich lieber in den Tod, als sich ihr zu stellen.

Blutverspritzt und aufgepeitscht rannte sie ins Cockpit und hackte links und rechts auf die beiden Piloten ein. Als der Hubschrauber in den Sturzflug überging, warf sie sich mit ausgestrecktem Schwert nach vorn und durchbrach die Kunststoffhaube, die das Cockpit abschirmte. Einer der riesigen Falter ging tief in Schräglage, und sie krachte auf seinen mannsgroßen Brustkorb, holte tief Luft und schwang sich in die Luft, nachdem ihre Schwingen wieder erschienen waren.

Nur noch ein Hubschrauber war übrig, und er drehte bei und flog auf die Wüste rings um Talas zu. Dort standen Militärfahrzeuge und Soldatenkolonnen bereit, um die Stadt anzugreifen, wenn die Hubschrauber sie schon einmal mürbe gemacht hätten. Doch der Plan war nicht aufgegangen. Unzählige kleine Insekten setzten dem Hubschrauber, der sich wieder aufrichten und fliehen wollte, in Schwärmen nach. Er schaffte es kaum bis zur Stadtgrenze, ehe die Insekten ihn einholten und ihn mit ihren Millionen kleiner Körper einhüllten wie in einen dunklen Nebel. Der Helikopter schwankte, ruckelte und stürzte ab.

Die Bodentruppen versuchten noch zu entkommen, doch der Hubschrauber krachte zur Erde und explodierte in einem Feuerball. Wie ein Kugelhagel gingen Metallsplitter auf die Soldaten nieder. Diese flohen und rannten in die Richtung zurück, aus der sie gekommen waren.

Angel ließ sie laufen, der Rest ihrer Luftflotte nahm die Verfolgung auf. Sie wollte ins Herz der Stadt zurückkehren, um die Belohnung einzusacken, die ihr versprochen worden war.

♣♦♠♥

Die Nachricht von Jayewardene war knapp gewesen: *Freilassung Bruckners frühestens in zwei Tagen. Nicht eher. Bemühe mich weiter, aber …*

Die Auslassungspunkte verrieten Barbara, was sie wissen musste.

Zu Barbara und Billy Ray hatte sich Michelle Pond gesellt, und sie saßen wieder in dem Besprechungszimmer, in dem sie schon vorher gesessen hatten, nur dass diesmal niemand auf die Flachbildschirme sah. Barbara flutete das Zimmer mit ihrer Asskraft, sodass sie sich in einer sicheren Blase der Verständigung befanden und niemand von außerhalb sie verstehen konnte. Billy Ray hatte sich zurückgelehnt und sah in seinem tadellos weißen Anzug fast schon gelangweilt aus, während Michelle ins Leere starrte.

»Der Generalsekretär hat sich bei mir gemeldet«, verkündete Barbara ohne Umschweife. »Bruckner kann frühestens in zwei Tagen aus dem Gefängnis entlassen werden. Uns bleiben keine zwei Tage mehr. Wir haben höchstens noch achtzehn Stunden. Wir brauchen Bruckner, also müssen wir ihn holen. Und dann müssen wir ihn überreden, nach Talas zu fahren.«

»Ich bin da gerade erst rausgekommen«, sagte Michelle. »So eine Scheiße.«

»Ich weiß«, sagte Barbara, und ihr war klar, dass sie dasselbe denken würde, wenn Klaus hier sitzen und ihre Möglichkeiten durchsprechen würde. *Ich will nicht, dass du noch mal dahin gehst*, würde sie ihm sagen. *Bitte geh nicht zurück.* Und Klaus würde den Kopf schütteln. Sie konnte ihn förmlich hören: *»Aber ich muss. Ich muss …«*, würde er sagen.

Die beiden anderen diskutierten weiter. Sie schloss die Augen und ließ ihre Asskraft wirken, sodass sie sich Nonsens ins Gesicht schrien. Langsam beruhigten sie sich wieder, als sie merkten, dass sie gegenseitig nichts verstanden. Als wieder alle ruhig waren, hob sie die Wirkung ihrer Kraft auf.

»Wir haben einen Plan, von dem wir glauben – glauben *müssen* –, dass er funktionieren kann, und wir wissen, wen wir brauchen, um ihn umzusetzen, und dazu gehören alle in diesem Zimmer. Also, hat jemand etwas Konkretes beizusteuern?«

Es herrschte Schweigen am Tisch, bis sich Ray nach vorn beugte, die Ellbogen zu beiden Seiten des Berichts, der vor ihm lag, abstützte. »Ich habe das alles schon gesehen, was du uns aus der Störungszone beschrieben hast«, erklärte er. »Ich habe es gesehen, denn ich bin mit dem Highwayman gefahren und habe einen Blick zu den Fenstern seines Lastwagens hinausgeworfen. In welcher Dimension er auch immer unterwegs ist, es muss dieselbe sein wie diejenige, die Hellraiser angezapft hat. Es *muss* dieselbe sein.«

»Ja. Schon *möglich*«, sagte Michelle.

»Mehr als *möglich* haben wir nicht«, sagte Barbara. »Aber wir brauchen den Highwayman, und wir brauchen ihn jetzt.«

Ray nickte. »Babel hat recht. Wir holen ihn raus, ohne zu fragen. Für Verhandlungen, bürokratischen Papierkrieg und Vorschriften haben wir keine Zeit. Und wenn der Arsch uns nicht helfen will, dann lassen wir ihm eben keine Wahl.«

Barbara sah sich auf dem Tisch um. »Hat jemand eine bessere Idee?« Niemand meldete sich, und Barbara nickte.

»Ich komme mit euch«, verkündete sie. »Ich kann dafür sorgen, dass die Wachen sich nicht absprechen können, um euch aufzuhalten. Michelle, dich brauchen wir. Für St. Gilles und für Talas.« Michelles Miene verdüsterte sich, doch Barbara ließ sich nicht unterbrechen. Nicht jetzt, wo endlich mal etwas in Bewegung kam. Klaus wäre einfach vorgeprescht, ohne Plan, ohne Hilfe.

»Wir handeln *sofort*. Ich habe mir von Ink Karten und Bilder von St. Gilles und von dem Krankenhaus in Talas schicken lassen. Wir finden Tolenka auch gut ohne ihn.«

»Tolenka zu finden ist nicht das Problem«, sagte Michelle.

Barbara gestattete sich ein Lächeln. »Nein, ist es nicht«, sagte sie. »Aber wir schaffen das. Wir müssen es schaffen. Lasst uns loslegen.«

»Was ist mit Jayewardene?«, fragte Ray.

»Der weiß, was wir vorhaben«, erklärte Barbara. Sie sah in die Runde. »Lasst uns alles noch mal durchgehen, damit wir wissen, was wir zu erwarten haben.«

»Verdammter Bürokrat«, sagte Ray, doch zeigte sich ein Lächeln auf seinem Gesicht.

»Nur um sicherzugehen, dass wir alle am selben Strang ziehen«, sagte Barbara. »Mich eingeschlossen.«

♣♦♠♥

Babel ging in ihrem provisorischen Büro im Kosmodrom auf und ab, hatte der Tür den Rücken zugekehrt und telefonierte mit einem Headset, als Mollie mit dem Arm auf Inks Schulter hereinstolperte. Die Tätowierte war kräftiger, als sie aussah, und Gott sei Dank war sie das. Mollie konnte kaum das Tor von New York nach Baikonur öffnen und wäre nicht in der Lage gewesen, ohne Hilfe hindurchzugehen. Wie alles, was Mollie berührte, so war auch Ink blutverschmiert.

Die Administratorin hörte sie und drehte sich zu ihnen um. Erst zuckte ein Lächeln um ihre Mundwinkel, doch es erstarb bei Mollies Anblick. Ein Schatten legte sich auf Babels Augen und erstickte den Funken Hoffnung, der darin aufgekeimt war.

»Ich rufe zurück«, sagte Babel und beendete den Anruf.

Ink setzte Mollie auf der Liege in der Ecke des Containers ab. Mollie sackte in sich zusammen und beobachtete trüb, wie die zwei Frauen von der UNO sich Dinge zuflüsterten. Sie hatte immer gedacht, es handele sich nur um eine Redewendung, eine künstlerische Übertreibung, wenn Leute schrieben, dass jemand die Farbe aus dem Gesicht wich. Aber das war es nicht, denn mit Babels Gesicht passierte genau das.

Mollie wusste, was das bedeutete. Sie wusste, weshalb sie sie in Kalifornien angerufen hatten (*denk nicht an den T-Shirt-Laden, denk nicht an das, was dort passiert ist, denk nicht daran, was ICH DIESEN LEUTEN ANGETAN HABE denk nicht nicht nicht daran, zwei Leute in denselben Körper zu schicken denk nicht nicht nicht an das Geräusch zerreißender, nasser Bettwäsche, wenn sie explodierten wie eine zu volle Wasserbombe o Gott o Gott o Gott denk nicht an das ganze Blut, das an das Schaufenster gespritzt ist, wo es alle sehen können, nicht an das Geräusch, wenn Zähne und gebrochene Rippen gegen die Blätter des Deckenventilators schlagen denk nicht nicht nicht DENK EINFACH NICHT AN SCHEIßKALIFORNIEN*), noch bevor sie Inks Stimme gehört hatte. Sie hatte es ablehnen wollen, es sich nicht eingestehen wollen, und vielleicht hatte das die mörderische Tobsucht angefacht, die in dem … dem … dort ausgebrochen war. Aber es war offensichtlich.

Babel brauchte Mollies Hilfe. Und die Art, wie sie und Ink sie anstarrten und miteinander flüsterten, machte deutlich, dass sie sie mehr als dringend brauchten. Selbst eine Person, die halb verrückt war vor Kummer und Angst vor sich selbst konnte das erkennen.

Sie ertrug es nicht. Die nackte Angst in ihren Mienen. Nicht die Angst um sich selbst – auch wenn die ebenfalls da war –, sondern die Angst, Mollie könnte schon zu wahnsinnig sein, um zu tun, was sie für sie tun sollte. Sie fragten sich, wann sie wieder ausrasten würde, wann sie versuchen würde, sie in einem ihrer Wutanfälle umzubringen.

»Verdammt, hört auf zu flüstern. Ich verliere vielleicht den Verstand und neige immer mehr zu Gewalttätigkeit, aber ich bin nicht blöd. Ihr braucht mich wieder als Taxi.«

Sie starrten sie an. Sahen sich gegenseitig an. Dann gab Babel Ink ein unauffälliges Zeichen, und die Tätowierte ging. Mollie fiel jetzt erst auf, dass sie das Tor nach New York nicht wieder geschlossen hatte. Auch das fiel ihr immer schwerer. Sie wartete, bis Ink im UNO-Gebäude war, bevor sie die Augen zukniff und sich konzentrierte, damit sich das Tor schloss.

»›Neige immer mehr zu Gewalttätigkeit‹? Was genau meinst du damit?«

Erst jetzt fiel ihr auf, dass noch jemand im Zimmer war. Billy Ray, der Typ vom SCARE mit dem eingedellten Gesicht. Er hatte die ganze Zeit über in einer Ecke gesessen. Wahrscheinlich, um bei Babels Telefonat mitreden zu können. Er saß neben der Tür, und weil Mollie so viel Blut in den Augen geklebt hatte (*das Blut von irgendwelchen Leuten denk nicht daran denk nicht daran denk nicht daran, dass sie das nicht verdient haben*), als Ink ihr hereingeholfen hatte, hatte sie ihn nicht bemerkt. Die Frage kam von ihm.

Mollie sagte: »Ich, äh … Früher bin ich nie so wütend geworden. Es ist, als könnte ich es nicht mehr lassen, nachdem ich so oft mit der übernatürlichen Wut in Berührung gekommen bin, wisst ihr? Ich bin verunreinigt und werde nicht mehr sauber. Ich bin in einem Zwischenzustand gefangen und werde so leicht wütend, und wenn ich so richtig koche, mache ich Sachen mit meiner Asskraft, und wenn ich wieder zu mir komme, verstehe ich gar nicht, was ich getan habe oder wie ich es getan habe. Ich bin gefährlich. Man muss mich wegsperren.« SCARE. Also war er eine Art spezieller Staatspolizist, oder? Der konnte so was. »Seht mich an. Ich bin krank, denn ich habe gerade zwei Menschen getötet – Scheiße, inzwischen sind es drei –, bloß weil ein Verkäufer mich angemacht hat, weil ich was umgestoßen habe. Es hätte mir recht geschehen, aus dem Laden geworfen zu werden. Aber sie haben nichts Schlimmes verdient, außer einfach bloß ihr Leben weiterzuleben. Doch dann wollte er mich anfassen, und das hat mich an die Art erinnert, wie Berman mich angefasst hat, und da bin ich so ausgerastet …« Sie wollte die Augen mit dem Handrücken abwischen, doch verschmierte sie dabei nur das Blut auf ihrem Gesicht.

Ray und Babel sahen sich an.

Mollie sagte: »Und jetzt macht ihr euch in die Hose. Woraus ich schließe, dass ihr etwas Wichtiges vorhabt.«

Babel sagte: »Wir glauben zu wissen, wie wir das beenden können.«

»Dass ich ausraste? Dass ich eine durchgeknallte Killerin werde?«

»Wie wir Horrorshow stoppen können. Wir haben einen Plan, um das alles zu beenden.«

Mollies Herz schien sich durch ihr Brustbein meißeln zu wollen. Ihr Puls schlug dreimal so schnell. Erst vor Aufregung, dann vor Angst. »Und ich übernehme den Transport.«

»Ja.«

»Das heißt, ich soll nach Talas zurück, stimmt's? Denn da … da liegt das Epizentrum.«

Babel schüttelte den Kopf und wedelte dazu noch mit den Händen. »Nein. Nein, nein, da brauchen Sie keine Angst zu haben. Das ist das Gute daran. Sie müssen uns kein Tor nach Talas öffnen. Wir brauchen Sie vielmehr, um jemanden aus dem Gefängnis zu holen. Er sitzt in Belgien ein. Ziemlich weit weg von Kasachstan.«

Mollie blinzelte. »Ich verliere zwar den Verstand, aber trotzdem muss ich zugeben, dass ich das jetzt nicht erwartet hatte.« Sie zuckte mit den Schultern. Bis jetzt klang das nicht so schlimm. »Gefängnisse sind einfach. Um wen geht es?«

»Dieses Gefängnis ist nicht einfach«, sagte Ray. »Hast du schon mal vom Highwayman gehört?«

»Nein. Halt mal – so wie Wegelagerer?«

»Nee, anders.«

»Weshalb ist er im Knast?«

»Ah.« Babel räusperte sich. »Kriegsverbrechen.«

Mollie sprang auf. »Sagt mal, macht ihr Witze?«

Auch Ray war hochgefahren. Wow, für jemanden, dessen Gesicht aussah wie schlecht geformter Ton, war er unheimlich schnell.

Die Welt wurde von einer Wahnsinnszone des Bösen aufgesogen, doch anstatt sich darum zu kümmern, wollten diese Schwachmaten, dass Mollie einen Kriegsverbrecher aus dem Kittchen holte? Wie jetzt, damit er die unausweichlichen Schandtaten noch schlimmer machen konnte? Das war ekelhaft. Es machte sie wütend.

(Obwohl sich in ihrem aufgewühlten Bewusstsein eine leise, sanftmütige Stimme meldete, die sagte: *Mit welchem Recht setzt du dich aufs hohe Ross? Was ist schon dabei, wenn er ein Kriegsverbrecher ist? Du hast gerade kaltblütig drei Menschen abgeschlachtet.*)

Sie sagte: »Was treibt ihr für ein gottverdammtes Spiel?«

»Beruhige dich«, sagte Ray und ließ seine Fingerknöchel knacken. »Beruhige dich oder ich stelle dich ruhig.«

Babel fuhr dazwischen: »Ray, damit tust du uns keinen Gefallen!«

Er nahm die Fäuste herunter. Doch Mollie ließ sich nicht verarschen.

»Glauben Sie, Sie wären schneller als ich? Ich könnte Sie augenblicklich ins Meer werfen. Ich könnte Sie nach Talas schicken. Würde mich interessieren, wie lange Sie dort durchhalten, Großer, so ganz allein mitten im Kannibalenflashmob. Meinen Sie, Sie würden Ihre Frau finden, bevor Sie verrückt werden? Noch eine Bewegung und Sie können es herausfinden.« So viele Möglichkeiten. Ein Loch öffnete sich im Raumgefüge. Es umkreiste Ray wie ein Tänzer einen Maibaum. Hindurch erhaschte man Blicke auf isländisches Eis und Feuer. Ein kalter Wind pfiff durch Babels Büro und fuhr in die Papierstapel auf den Brettern, die ihr als Tisch dienten.

»Mollie, bitte hören Sie mir zu«, sagte Babel.

Bisher war Mollie gar nicht aufgefallen, wie einschleimend die UNO-Frau klingen konnte. Es war beinahe angenehm. Sie hielt sich noch ein paar Sekunden damit zurück, Billy Ray in die Hölle zu schicken, um sich anzuhören, was Babel zu sagen hatte.

»Ich weiß, dass es verwirrend ist und einem nicht leicht eingeht. Aber wir erklären es Ihnen, und Sie werden es verstehen. Wir holen ihn nicht aus dem Gefängnis, weil wir ihn mögen oder seine schrecklichen Taten unterstützen. Wir tun es, weil er unsere einzige Hoffnung ist, Horrorshow zu verbannen.«

Warum war sie aufgestanden? Eben war sie noch wütend gewesen. Warum? Weswegen? Sie konnte sich kaum noch daran erinnern. Sie wollte doch bloß Babel noch ein wenig zuhören. Das Tor verschwand.

Sie setzte sich aufs Sofa. »Erklärt mir euren Plan.«

Das taten sie.

Mollie dachte immer noch darüber nach, als einer von Rays SCARE-Leuten mit frischen Kleidern für sie hereinkam. Sie erkannte ihn – es war Agent Vigil. Babel sagte: »Nebenan hat es eine Dusche. Beeilen Sie sich, okay?«

Mollie stand auf. Sie wollte Vigil folgen, blieb dann aber stehen. »Wegen eurem Plan. Ihr verarscht mich da nicht, oder? Ihr meint es ernst, dass ich nicht nach Talas zurückmuss?«

»Vollkommen.«

»Okay. Gut. Denn was mich betrifft, gibt es kein Zurück nach Talas, nie wieder. Mir ist egal, wer da womöglich noch drinsteckt. Ich werde *nie* wieder ein Tor in diese Hölle öffnen. Ganz gleich, wie klein oder wie kurz es ist oder aus welchem rührenden Grund auch immer.«

Sie war ein kaputter, einsamer Feigling, und unter der Dusche weinte sie, bis kein warmes Wasser mehr da war und sich jemand auf Russisch beschwerte.

♣ ♦ ♠ ♥

Marcus und Olena sprachen nicht über das, was geschehen war. Irgendwann würden sie darüber reden, aber Olena machte deutlich, dass sie noch nicht bereit dazu war. Sie und

Wasels Männer waren auseinandergegangen, waren vor den sterblichen Überresten des Asses zurückgewichen in einem unbehaglichen Waffenstillstand. Olena hatte ihre Münzhand zur Faust geballt. Als sie wieder zurück im Komitee-Bereich waren, kramte sie in einem Erste-Hilfe-Koffer herum, holte einen elastischen Verband heraus und wickelte ihre Hand darin ein. Anschließend nahm sie einen zweiten Verband und wickelte auch den noch darum. Marcus sah ihr schweigend zu, war für sie da und wartete darauf, dass sich ihre Blicke berührten. Doch sie sah ihn nicht an, allerdings stieß sie ihn auch nicht von sich. Was sie getan hatte, hatten sie gemeinsam getan, für die Menschen, die sie brauchten.

Die Joker verbrachten die Nacht in einem heruntergekommenen Hangar. Marcus hatte sich beschwert. Er wollte einen Ort, der sicherer war als das riesige Zeltlager, in dem die anderen Flüchtlinge hausten. Aber Babel hatte sie an die Russen verwiesen, und die hatten behauptet, sie hätten sonst keine anderen Räumlichkeiten zu erübrigen. Das Gebäude wirkte wie ein Relikt aus einer alten Wochenschau in Schwarz-Weiß. Muffig. Dunkel und schmutzig, und nur ein paar Glühbirnen funktionierten noch. Eine Wand war halb eingestürzt, sodass sich dort eine Öffnung nach draußen auftat, und die anderen Wände wirkten so, als würden sie jeden Moment nachgeben wollen. Es war schwerlich die sichere Zuflucht, die Marcus sich erhofft hatte.

Überzeugt, dass sie keine zweite Nacht dortbleiben sollten, stand Marcus bereits vor der Morgendämmerung auf mit dem Vorsatz, ihnen eine bessere Bleibe zu beschaffen. Er ließ die Joker in ihrer Abgeschiedenheit zurück – und Olena, die stumm vor sich hin starrte und ihre bandagierte Hand von sich weghielt, als gehöre sie nicht zu ihr – und suchte nach einen besseren Ort oder nach jemandem, der ihm einen solchen zeigen konnte.

Obwohl es sehr früh war, herrschte auf dem Gelände Hochbetrieb. Menschen, Autos, Transporter und Panzer waren in Bewegung. Flugzeuge landeten und starteten, Hubschrauber flappten am Himmel. Ein einziges, riesiges Durcheinander. Darin war Marcus völlig verloren, und es gelang ihm kaum, sich irgendwelchen Verantwortlichen auf Rufweite zu nähern. Und wenn es ihm einmal glückte, brachte es ihm nichts. Im besten Fall beachteten sie ihn nicht, im schlimmsten sah er sich Maschinengewehrmündungen gegenüber. Die Botschaft war klar und deutlich. Die Joker waren auf sich gestellt. Dennoch versuchte er es weiter.

Mit Armen, Schultern und Schwanz gestikulierend versuchte er, sich einem Kader kasachischer Soldaten verständlich zu machen. Da fragte ihn jemand mit öligem Südstaatenakzent: »He, IBT, du weißt schon, dass diese Kackärsche dich nicht verstehen, oder?«

Joey. Sie sah ihn an, und obwohl sie mit ihren legeren Stadtklamotten hier fehl am Platz war, wirkte sie entspannt. Erst wusste Marcus nicht, was er von ihrem etwas raubtierhaften Blick halten sollte. Als sie den Mund ein wenig öffnete und mit der Zunge über ihre Zähne fuhr, war es ihm irgendwie klar. Er lief rot an und war froh, dass die wandelnden Toten, die in einer Reihe hinter ihr stehen geblieben waren, ihm einen Grund gaben, an ihr vorbeizuschauen. Sie standen gekrümmt und entstellt und mit leerem Ausdruck in ihren wurmzerfressenen Gesichtern da. Marcus kroch so nah heran, dass er sie riechen konnte.

»Wer sind deine Freunde?«, fragte Marcus.

Joey zuckte die Achseln. »Woher soll ich das wissen? Einfach irgendwelche Leichen. Man sollte meinen, dass hier in der Gegend noch mehr vergraben sind.« Sie betrachtete Marcus. »Hab gehört, dass du einen übergeschnappten Russen davon abgehalten hast, eine Atombombe auf Talas abzuwerfen.«

»Das hab ich wohl«, sagte Marcus.

»Höre ich da Bescheidenheit raus?« Joey kniff die Augen zusammen. »Das hast du für das Mädchen gemacht, was? Wie heißt sie gleich?«

»Olena.«

»Auf die biste scharf?«

Marcus wusste nicht, was er sagen sollte. Er versuchte es: »Äh …«

»Schon gut«, sagte Joey und grinste. »Musst nicht antworten. Klar biste scharf auf die. Voll international. Hast da so eine kleine Anna Kurnikowa.«

»Wen?«

Joey schüttelte den Kopf. »Egal, was war denn das für ein Geschrei mit den Soldaten?«

»Ich will, dass mir jemand hilft«, sagte er. »Die Russen haben meine Dörfler in eine Ruine gesteckt.«

Joey hob eine Augenbraue. »*Deine* Dörfler?«

»Nicht wirklich meine, aber … ich bin denen was schuldig. Die haben mir mehr als einmal das Leben gerettet.«

Sie hob die Hand und wackelte mit allen Fingern. »Ich verstehe. Mit mir haben sie es auch gemacht. Ich habe mich gar nicht richtig bei dir dafür bedankt, dass du mich von dem kleinen Kerl hast heilen lassen. Das sollte ich aber. Ich meine, danke. Muss echt ganz schön …« An der Art, wie sie das sagte, war einiges mehrdeutig: ihr Tonfall, ihre Pausen, ihr Blick, der von seinem Gesicht nach unten glitt und über seine Brust wanderte. Marcus war kurz davor, sich zu winden – buchstäblich und bildlich –, als ihr Blick wieder nach oben schnellte. »Scheißrussen. Das sind ja mal arschkalte Mistkerle, was? Weißt du was? Bring mich zu der Ruine.« Sie machte eine Kopfbewegung in Richtung ihrer Zombies und wischte sich eine rote Haarsträhne aus dem Gesicht. »Ich setze meine Mannschaft darauf an.«

♣ ♦ ♠ ♥

Sie hätte ein wenig schlafen sollen, während Babel mit ihren Leuten Bilder vom Gefängnis des Highwayman zusammentrug.

Doch stattdessen war Mollie nach Idaho gegangen, um nach ihrer Familie zu sehen. Nachts konnte es auf den Höfen schon mal ruhig sein, aber leer sollten sie nicht sein. Ihr Hof jedoch war verlassen. Sie wusste nicht, wo alle hingegangen waren. Ein paar waren wohl noch im Krankenhaus, nahm sie an. Vielleicht waren die anderen zu Besuch. Was immer sie taten, sie hatten sich nicht die Mühe gemacht, es ihr zu sagen. Mollie checkte sogar ihr Handy, vielleicht hatte sie einen Anruf verpasst. Aber natürlich hatte sie das nicht. Wie ein einsamer Geist streifte sie durch das leere Haus.

In solchen Momenten war Ffodor toll gewesen. Sie wünschte, sie hätte nie von diesem dummen Casino gehört. Sie wünschte, sie hätte ihm nicht damit in den Ohren gelegen, es auszurauben. Sie wünschte sich, nichts davon wäre jemals passiert. Sie wünschte, sie hätte nicht versucht, das Gold zu klauen, und dabei Todd in den Tod geschickt. Sie wünschte, Noel hätte sie nie angesprochen. Sie wünschte, sie hätte erst gar nicht bei dieser bescheuerten Fernsehshow mitgemacht, denn dann hätte Noel sie nie ausfindig gemacht und nichts von all dem wäre passiert.

Sie irrte noch immer durchs Haus und käute die Versäumnisse ihres Lebens wieder, als Babel anrief.

»Mollie, wir sind so weit.«

Babel fragte nicht, wohin sie gegangen war, fragte nicht, wie es ihr ging, fragte nicht, ob sie es sich anders überlegt hatte. Babel tat so, als wäre Mollies Mitarbeit gegeben, als wäre Mollies Wort ein unantastbares Abkommen. Niemand glaubte das, keine Millisekunde lang, aber es war eine schöne Geste des Vertrauens.

»Ich komme«, sagte Mollie.

Und nach sechs Versuchen, ein Tor nach Baikonur zu öffnen, tat sie das auch.

♣ ♦ ♠ ♥

»Wenn ich's dir doch sage, Director, deine Schläge sind wie die von einem kleinen flaumigen Kätzchen«, sagte Michelle. Billy Ray hatte ihr eben einen mörderischen Kinnhaken verpasst. Es hatte kein bisschen wehgetan, und deshalb wollte sie, dass er sie weiter verdrosch. Zwar brachte ihr das nicht so viel Fett ein wie der Laster, der sie eben angefahren hatte, aber das Wissen, dass sie wieder Schläge einstecken konnte, war eine Wohltat. (*Doch du wirst nach Talas zurückgehen*, meldete sich eine sanfte Stimme in ihr, die nicht verstummen wollte. *Du weißt, was dort passiert. Schmerz. So viel Schmerz.*)

Billy Ray hielt den nächsten Schlag einen Zentimeter vor ihrem Bauch zurück. »Du bist echt merkwürdig, Michelle«, sagte er ein wenig bestürzt. »So macht das keinen Spaß mehr.«

Michelle sah sich in dem provisorischen Hauptquartier nach ihren Gefährten um und versuchte, die Hoffnung nicht aufzugeben. Babel schien einigermaßen zuversichtlich zu sein. Aber das war sie immer. Mollie zitterte wie ein Junkie auf Meth-Entzug. Joey war sauer, doch das war beruhigend, denn es entsprach ihrem Normalzustand.

»Keine Ahnung, Billy Ray«, erwiderte sie, während sie eine kleine Blase warf, die über den Boden hüpfte. »Mein Maßstab für merkwürdig hat sich in letzter Zeit ziemlich verdreht.«

Er nickte und holte zu einem neuen Schlag aus. »Michelle, ausnahmsweise sind wir mal einer Meinung.«

♣ ♦ ♠ ♥

Wie sich herausstellte, gestaltete es sich unglaublich schwierig, ein Tor in dem belgischen Gefängnis zu öffnen.

Wie zu erwarten existierte keine passend platzierte Webcam, die die Unterkunft des Highwayman zeigte. Nicht einmal eine im Gefängnishof. Vorausgesetzt, Kriegsverbrechern wurde das Recht zugestanden, einen Übungshof zu nutzen. Aber das sollte man bei den Europäern mit ihrer sozialen Ader eigentlich annehmen. Gemessen am Mangel an nützlichen Webcams hätte St. Gilles aber auch das australische Outback sein können.

Selbst Babel, die ihre Beziehungen spielen ließ, kam nicht an einen Grundriss der Anstalt heran. Zumindest nicht kurzfristig. Und die Belgier würden einen Teufel tun, die Anti-Ass-Schutzmaßnahmen, die zweifellos in dem Gebäude implementiert waren, offenzulegen.

Deshalb musste Mollie erst die Mannschaft auf das Grundstück bringen und dann, wenn sie sich vor Ort orientiert hatten, ein Tor ins Gebäude öffnen.

Während wahrscheinlich Wachen auf sie schießen würden. Super.

Street-View-Bilder zeigten lediglich das Tor des Gefängnisses von St. Gilles, das sich zwischen zwei fetten Türmen mit Zinnen, Wehrerkern und einem Haufen Schießscharten – gottverdammte *Schießscharten* – duckte. Es sah aus wie etwas aus einer HBO-Serie oder einem Geschichtsbuch. Sehr gotisch war das alles. Aber auf dem Street-View-Bild war das Tor geschlossen, und die Mauern waren zehn Meter hoch, sodass man nicht in das Gefängnisgelände sehen konnte.

Satellitenfotos zeigten, dass das Tor auf eine breite Straße hinausging, die nördlich am Gefängnis entlanglief. Die Mauern schlossen einen gewaltigen Komplex ein. Das Gefängnis war um einen hohen Turm in der Mitte errichtet, von dem sechs lange Speichen ausgingen. Zwischen den

Speichen fanden sich ein paar Grünflächen und etwas, das ein Gefängnishof hätte sein können. Eine Speiche verband den mittleren Turm mit dem Haupttor und war vermutlich in einem ähnlichen Stil errichtet. Die anderen fünf Speichen wirkten modern oder zumindest waren sie nicht während der verdammten Kreuzzüge gebaut worden.

Und besser noch: Die modernen Speichen hatten Oberlichter. Dieser Umstand und die Anordnung der Anlage ließen in Mollie einen Plan keimen.

»Okay«, sagte sie. »Ich glaube, ich weiß, wie wir da reinkommen. Aber wir müssen es in zwei Schritten tun, und dann müssen wir uns zur Zelle von diesem Dingenskirchen durcharbeiten.«

»Du meinst den Highwayman. Der heißt Bruckner.«

»Euer Plan beruht darauf, ihn praktisch zum Selbstmord zu überreden. Wenn er euch nicht hilft, sind wir alle tot. Und wenn er es tut, werde ich ihn nie wiedersehen. Weshalb sollte ich mir seinen bekackten Namen merken?«

»Wow, Kleine. Du bist ein wahres Sonnenscheinchen«, sagte Ray.

Bubbles sagte: »Erklär uns deinen Plan, Schätzchen.«

»Erst gehen wir aufs Dach.« Mollie tippte mit dem Fingernagel auf den Bildschirm. »Da, denke ich mal. In der Nähe der Oberlichter. Von dort kann ich reinschauen und drin ein Tor öffnen. Vom Dach gehen wir also dann in diesen langen Gang.«

Babel fragte: »Aber wie finden wir Bruckner?«

»Ich vermute mal, dass das Gefängnis von diesem Mittelturm aus kontrolliert wird. Dort muss sich ein Zentralalarm oder ein Sicherheitskontrollpunkt befinden. Wenn wir da reinkommen, kriegen wir seine Position raus. Wenn wir Glück haben, laufen dort sogar Überwachungsbildschirme, und dann kann ich ein Tor direkt in seine Zelle öffnen.« Sie zuckte mit den Schultern. »Es wäre krass viel einfacher, wenn ich eine Abkürzung zum Turm schaffen könnte. Aber dazu bräuchte ich auf dem Dach erst mal ein Hochleistungsteleskop mit Stativ, damit ich durch die Fenster spechten kann. Und bis ich es dann versuchen könnte, hätten sie uns längst geschnappt. Das Oberlicht ist zwar weiter weg, aber so kommen wir schneller ins Gebäude.«

Das hoffe ich zumindest, verkniff sie sich. *Vorausgesetzt, ich krieg nicht wieder einen Anfall. Vorausgesetzt, ich verliere nicht die Beherrschung.*

»Ha.« Ray verschränkte die Arme und runzelte die Stirn, als heiße er den Plan widerwillig gut. »Das ist … gar nicht so übel.«

Die anderen pflichteten ihm bei. Mollie fragte sich, inwieweit die Zustimmung zu ihrem Plan nur Taktik war, um sie zu ermuntern. Ray sah die anderen an. Babel und Bubbles nickten. »Wann immer du bereit bist, kann's losgehen.«

Mollie betrachtete den Bildschirm und konzentrierte sich.

Wenigstens bestand dieses Mal nicht die unmittelbare Gefahr, dass der Ort von der Schreckenszone des Psychokannibalenflashmobs geschluckt wurde. Uff, nein. Er war mindestens zwei Tage davon entfernt, vielleicht auch drei. Wow, wenn dieser bekloppte Plan scheitern würde, hätte die Welt wahrscheinlich noch eine ganze Woche, ehe der letzte nicht verunreinigte Fleck von der schuppigen, runzligen Inkarnation des bösen Irrsinns überrannt würde. Und diesmal hatte der Plan auch nicht das Manko, dass Atombomben wie eine Kette Feuerwerkskörper in die Luft gehen konnten. Der Druck auf Mollie war demnach um einiges geringer – im Vergleich.

Doch das half nicht.

Der erste Durchgang, den sie schuf, öffnete sich aus Versehen in einen leeren Stall in Idaho. Hier war es ganz ruhig bis auf das Klagen des Windes. Nicht einmal das Scharren von Hufen oder das Muhen von Kühen störte die unheimliche Stille. Wo war das Vieh hingekommen? Wo waren denn alle? Sie hing die Nase in den Wind, der einmal um die halbe Welt blies, und schnupperte. Sie war sich nicht sicher, ob es nach frischem Mist roch oder nicht.

Ray sagte: »Aha, so sieht also ein Stall von innen aus.« Er sah mit vielsagendem Blick auf die ramponierten Spielautomaten, die auf dem Lehmboden herumlagen. Die abgeplatzten kyrillischen Buchstaben, die ausgeschlagenen Zähne und das blutverkrustete Brecheisen verliehen dem Anblick eine postapokalyptische Note. »Ich dachte immer, in Ställen gibt's Heu und Tiere und vielleicht einen Traktor. Was man bei dem Job so alles lernt.«

»Ach, fick dich«, sagte Mollie.

Sie schloss das Tor. Versuchte es erneut. Ein sehr verwirrter Koi ritt auf der Wasserwelle, die aus dem Becken eines Pariser Brunnens in Babels provisorisches Büro schwappte, und patschte ihr ins Gesicht. Innerhalb von Sekunden war alles überschwemmt. Das Wasser stand knöchelhoch. Schimpfend kletterten alle Anwesenden auf die Möbel. Der Fisch, der Mollie mit dem Schwanz im Gesicht erwischt hatte, war nicht der einzige, der auf dem Boden herumzappelte, als sie den Riss im Raumzeitgefüge endlich wieder schloss.

Niemand sagte etwas. Nur das Patschen der Kois auf dem ruinierten Teppich war zu hören. Im Büro stank es nach Brunnenwasser und Taubenkacke. Die Klimaanlage ging an, sodass es Mollie fröstelte. Tropfnass und bis auf die Knochen blamiert, spürte sie die Blicke der anderen auf sich, verurteilend wanderten sie über ihren Körper. Mollie wollte ihnen die Augen herauspulen. Wie konnten sie es wagen, sie wegen ihres Scheiterns zu verurteilen? Sie …

»Alles gut, Schätzchen.« Michelle legte ihr eine Hand auf die Schulter. Mollie zuckte so sehr zusammen, dass sie sich auf die Zunge biss. »Wir haben alle Schiss. Du bist nicht allein. Wir wissen, dass du dein Bestes gibst. Und wir wissen, dass du das hinkriegst.«

Babel sagte: »Willst du ein Beruhigungsmittel?«

Mollie schüttelte den Kopf. »Nein. Spart euch die für die Leute auf, die sie wirklich brauchen.«

Spart sie euch für das Talas-Selbstmordkommando auf.

Eine Menge russischer Soldaten und SCARE-Agenten versammelten sich vor Babels Tür. Sie hatten gemerkt, woher das Wasser kam. Einige kicherten, als sie die Kois sahen. Es war das dumpfe, gezwungene Lachen von Menschen, die auf ihre Exekution warteten.

Babel machte die Tür zu. »Achten Sie nicht auf die.«

Der nächste Durchgang öffnete sich in dem T-Shirt-Laden in Half Moon Bay. In der Meeresbrise flatterte das Absperrband der Polizei, und die Tatortreiniger schrubbten das Blut von der Decke.

Mollie schrie.

♣

Aus Babels improvisiertem Büro in Baikonur fiel Licht auf das Dach eines Gefängnisses fünf Zeitzonen weiter im Westen. Die feuchte Brüsseler Nachtluft wehte ins Kosmodrom.

Das Bürolicht würde sie kaum verraten – aber die Scheinwerfer, die auf das Gefängnis gerichtet waren, sehr wohl. In ihrem Licht erkannte man ein Blechdach, das zu beiden Seiten abfiel. Der Regen prasselte darauf, und kleine Rinnsale flossen auf ihm hinab. Ein paar Meter von dem Loch im Raum entfernt überspannten die leicht kastenförmigen Paneele des Oberlichts den First. Das Ganze ähnelte einem Gewächshaus. Auf den Scheiben glänzten Tropfen, die Mollie an die Tropfen auf dem Fenster eines französischen

Polizeiwagens erinnerten. Vor Ewigkeiten hatte sie die gesehen.

Ray ging als Erster hindurch. Das Blech quietschte ungehalten unter seinen Füßen. Er hockte sich rittlings auf den First und kroch in Richtung Oberlicht. Das sah nicht sehr bequem aus. »Vorsicht«, flüsterte er. »Das ist echt rutschig.«

Bubbles ging als Nächste, dann Babel. Sie watschelten an Ray vorbei zum Oberlicht. Erwartungsvoll sahen sie durch das Tor zu Mollie.

Du musst das nicht tun, sagte die leise, feige Egoistenstimme in ihrem Kopf.

Tatsächlich eine Stimme. Das war neu.

Sie sprach weiter: *Das ist zwecklos und beknackt und wird nicht funktionieren. Du könntest diese Ärsche einfach hängen lassen. Geh so weit weg wie möglich von Talas und genieße die letzten Stunden der Erde.*

»Halt's Maul, halt's Maul, halt's Maul«, murmelte sie und trat durch das Loch im Raum. Immerhin war es ein warmer Regen.

Aber sie war zu sehr damit beschäftigt, das Tor wieder zu schließen, und achtete nicht auf ihre Füße. Sie geriet auf eine Seite des Firsts, statt so wie die anderen einen Fuß links und einen rechts davon zu setzen. Mit ihren Schuhen fand sie auf dem regennassen Blech keinen Halt und rutschte aus. Das Blech dröhnte wie ein Gong, als sie mit der Hüfte und dem Kopf hart aufschlug. Sie schlitterte weiter auf die Dachkante zu. Verwirrt und mit schwirrendem Kopf suchte sie mit den Fingern scharrend nach Halt.

Bubbles rief: »Mollie!«

Es krachte, plumpste, und dann klammerten sich Finger um ihr Handgelenk. Ruckartig endete ihre Rutschfahrt. Ray lag auf dem Dach ausgestreckt und hatte einen Fuß an einem Rohr eingehakt. »Vorsicht, Kleine.«

Der Typ war unheimlich schnell.

Irgendwo in der Nähe durchschnitt eine Alarmsirene die Stille der Nacht.

»Tja, Scheiße, Mann«, sagte Mollie.

♣♦♠♥

Im Gefängnis von St. Gilles roch es nach Testosteron und Wut, nach Pisse und Angst.

»He! Wer seid ihr?«, rief jemand in belgischem Französisch von unten. Ein Mann in Wächteruniform. Barbara aktivierte ihre Assfähigkeit mit dem größtmöglichen Radius. Lediglich um die vier Eindringlinge ließ sie einen Bereich frei. Der Wächter brachte nur noch sinnloses Gequassel hervor, als er in das Mikro brüllte, das er an sein Hemd geklettet hatte. Gleichzeitig stürzte sich Ray – schneller, als Barbara es für möglich gehalten hätte – auf den Mann, stieß ihn gegen die nächste Wand und versetzte ihm zwei rasche Schläge. Der Wächter sackte zusammen, und Ray trat zurück und wischte sich über seinen Anzug, als wolle er sich Flusen abklopfen.

Überall im Gefängnis und in ihrem Kopf hörte Barbara Rufe von Gefangenen und Wächtern, doch diese vermochten sich ihren Mitmenschen nicht verständlich zu machen. Das Chaos breitete sich aus. Irgendwo im ersten Stock heulte noch immer eine Sirene. An allen Türen rasteten Riegel ein.

Außerdem war Hundegebell zu hören. »Hunde«, sagte Ray. »Wieso haben wir nicht gewusst, dass sie Hunde haben? Kannst du Hündisch, Babs?«

Barbara schüttelte den Kopf. »Scheiße«, grummelte Ray.

♣♦♠♥

Hunde. Michelle *liebte* Hunde.

»Ihr habt mir nichts von Hunden gesagt«, erklärte sie. »Ich töte keine Hunde.« *Ausgerechnet in dem Punkt will ich nicht zur Mörderin werden?*, dachte Michelle. *Wahrscheinlich bin ich genauso verrückt wie Mollie.*

»Dann halt die Klappe und unternimm etwas«, knurrte Billy Ray. Er machte den Eindruck, als wolle er gleich auf die Wächter und Hunde zustürmen.

Michelle breitete die Arme aus. Zwanzig Blasen von der Größe einer Orange schossen aus ihren Händen. Weich und gummiartig segelten sie durch die Luft und ploppten wie Seifenblasen, als sie vor den Hunden landeten, sprangen wild herum. Wie erhofft, drehten die Hunde durch. Sie wichen vor den Blasen zurück, bellten und schnappten nach ihnen.

Die Wächter versuchten, die Hunde unter Kontrolle zu bringen, zerrten an den Leinen und riefen Befehle auf Französisch. Doch bald schon stolperten sie über die Leinen und die Blasen.

Michelle entfesselte eine weitere Salve. Die Blasen waren so groß wie Murmeln. Etliche Hundert prasselten über den Balkon und klapperten dabei wie Kastagnetten. Bald war kein Fußbreit mehr frei von den Blasen. Die Wächter und Hunde, die noch nicht auf dem Hintern gelandet waren, zogen sich über die graue Metalltreppe zurück.

Michelle sah über das Geländer. Von ihren Handflächen stiegen Blasen auf und regneten auf den Innenhof hinab. Der war nicht sonderlich groß, und sie verfügte über massig Fett. Sie füllte ihn brusthoch mit irisierenden Blasen und verwandelte ihn dadurch in das größte und schönste Bällebad – allerdings ohne triefnasige, verkeimte Kinder.

In den Blasen gerieten die Wächter und Hunde ins Schwimmen, und als die murmelgroßen Blasen vom Balkon rollten, wurde das Chaos nur noch größer.

Kurz war Michelle stolz auf sich. Diesmal hatte sie es geschafft, niemanden umzubringen.

♣♦♠♥

Der Boden unter ihr bewegte sich wie eine Waage, die sich langsam auf ein Ergebnis einpendelte. Von den Türen kamen Klopfgeräusche, die darauf hindeuteten, dass schwere Bolzen einrasteten.

Mollie sagte: »Was zum Henker war das?«

»Ich glaube, wir sind eingeschlossen«, erwiderte Babel.

Ray ließ die Knöchel knacken. »Bestens, denn das bedeutet, dass alle anderen ausgeschlossen sind. Also lasst uns Bruckner finden und abhauen.«

Mollie stellte sich neben ihn und Babel, die die Steuerung begutachteten. Sie suchte nach einer Möglichkeit, zwischen den gefühlten acht Fantastilliarden Sicherheitskameras im Gefängnis hin und her zu schalten.

Von den abgedeckten Lüftungsschlitzen kam ein leises Klicken. Die Klimaanlage ging an und blies kräftig.

»Äh, Leute …« Bubbles zeigte auf einen der Schlitze. Durch das Gitter drang ein feiner gelber Nebel. Aus den anderen Schlitzen kam dasselbe Gas.

Mollie schnappte nach Luft. Das war ein Fehler. Denn es fühlte sich so an, als hätte ein Grizzly ihr Lava in die Kehle gekackt.

Sie fiel auf die Knie und merkte im selben Moment, wieso der Boden sich wie eine Waage anfühlte. Er war eine. Das musste eine Sicherheitsvorkehrung sein für den Fall, dass es einer Gruppe Gefangener gelang, den Kontrollraum zu erreichen. Zu viert hätten sie eigentlich nicht mehr gewogen als ein Dutzend Wachen. Aber da Bubbles momentan nicht gerade ihre Starschnitt-Figur hatte, taten sie es doch.

In ihren Gesprächen über Sicherheitssysteme hatte Ffodor

ihr gegenüber nie etwas Derartiges erwähnt und schon gar nicht, wie man es umging.

Babel krümmte sich, hustete, und Schleim lief ihr aus der Nase. Billy Ray kniff stöhnend die Augen zusammen. Er trat gegen die Tür. Zwar bekam die Tür eine Delle, aber sie gab nicht nach. Michelle schleuderte Blasen auf die Lüftung, aber auch sie war von dem brennenden Gas geblendet.

Mollies Augen brannten. Sie zu schließen, brachte nichts – es war, als hätten sich ihre eigenen Tränen in Batteriesäure verwandelt.

Saubere Luft, dachte sie. *Ich brauche frische Luft.*

Kurz bevor sie bewusstlos wurde, erinnerte sie sich an ihre Begegnung mit Vaporlock im Casino.

Im Kontrollraum öffnete sich ein großer Riss in der Luft. Er ging auf eine Aussichtsplattform am Mount Rainier hinaus, dreitausendsechshundert Meter über dem Meer. Der niedrigere Luftdruck im Gebirge saugte das Gas durch das Portal hinaus.

♣♦♠♥

»So viel zum Überraschungsmoment«, sagte Ray. Sein Kampfanzug war zerrissen und blutverspritzt, und das meiste Blut schien nicht von ihm zu kommen. »In welcher Scheißzelle steckt Bruckner?«

Barbara musste sich konzentrieren, damit ihre unmittelbare Umgebung nicht von ihrer Asskraft betroffen wurde, während sie die Grundrisse, die Ink ihr besorgt hatte, mit den tatsächlichen Gegebenheiten abglich. Die Rückzüge und Kämpfe, zu denen sie gezwungen worden waren, machten alles nur noch verwirrender. *Ich bin immer Klaus gefolgt. Ich war nie Anführerin im Kampf …* Babel zwang sich zur Konzentration und bestimmte auf Inks Karte die Stelle, an der sie sich befanden. »In der da«, sagte sie und zeigte auf die dritte Tür auf der linken Seite. »Zumindest hoffe ich das. Hat der Wachmann Schlüssel bei sich?« Sie betrachtete die Gestalt, die mit blutender Nase an der Wand zusammengesackt war.

»So geht's einfacher.« Bubbles hatte bereits zwei große Schritte gemacht, und über ihrer Hand schwebte eine irisierende Blase. »Barbara, kannst du dafür sorgen, dass Bruckner mich versteht?«, fragte sie.

Barbara nickte und verschob ihre Kraft so, dass Bruckners Zelle nicht mehr unter ihrem Einfluss lag. Aus der Ferne hörten sie unverständliches Geschrei.

»John«, rief Michelle. »Geh von der Tür weg. Sofort!« Die Kugel bewegte sich aus Bubbles' Hand und wurde immer schneller. Als sie die Stahltür berührte, tat es einen erschütternden Schlag, der Barbara zusammenzucken ließ, obwohl sie mit einer Explosion gerechnet hatte. Staub und Stahlsplitter regneten herab. Dann schoss Ray vor und steckte den Kopf durch das Loch in der Zellentür.

»Hallo Bruckner«, sagte er. »Deine Bewährungshelfer sind hier. Komm raus und lass uns reden.«

♣ ♦ ♠ ♥

»Wieso klaust du mir immer meine Zeilen?«, fragte Michelle Billy Ray und steckte den Kopf durch die kaputte Tür. »Hallo Bruckner, bitte beweg deinen Arsch hier raus, so schnell du kannst. Billy Ray juckt es in den Fäusten, und mal ehrlich: Was ich gerade mit deiner Tür gemacht habe, sollte dich aufhorchen lassen.«

Bruckner hustete und verscheuchte mit wedelnder Hand die Staubwolke vor seinem Gesicht. »Mensch«, sagte er mit einem starken Cockney-Akzent und trat vor. »Billy Ray, wie ich sehe, bist du immer noch eine Schwuchtel mit deinem Overall. Oh, und schau an, du hast eine fette Kuh mitgebracht. Bist du 'ne Lesbe, Süße? Die meisten von euch fetten Schlampen sind Lesben. Für meine Rettung wäre mir ein Ne…«

Michelle trat in Bruckners Zelle und ließ eine baseballgroße Blase auf ihn los, die ihn so heftig in der Brust traf, dass sie ihn fast getötet hätte. Wie ein Kleinkind, das so erschrocken darüber war, dass es laufen konnte, fiel er auf den Hintern.

»Also bitte, Arschloch«, sagte sie, während er aufzustehen versuchte. »Ein mieser Tag. Und er wird noch schlimmer. Billy Ray liebt seinen Overall, und jetzt hast du ihn beleidigt. Und dann auch noch mich. Würde dich am liebsten lassen, wo du bist, aber wir brauchen dich, du armselige Menschenattrappe. Also steh auf und beweg dich, sonst sag ich dem Director, er soll dich auf seine so einfallsreiche Weise vermöbeln.«

Sie packte Bruckner am Arm und riss ihn hoch.

»Ich sagte, BEWEG DICH!«

♣♦♠♥

Bruckner schien weglaufen zu wollen, doch Ray griff ihn kopfschüttelnd am Arm. »Äh-äh«, sagte er. »Du kommst mit uns.« Er sah zu den anderen Zellen. Die Gefangenen hatten sich von den Gitterstäben entfernt, drückten sich bei dem Aufruhr in die Ecken. Ganz in der Nähe prallte pfeifend eine Kugel von der Wand ab. »Ideen?«, fragte er Barbara.

Die Tür zum Zellenblock hatte sie von Mollies Portal abgeschnitten. Es war eine stabile Stahltür. Barbara zeigte darauf und hoffte, sich nicht zu irren. »Wir müssen da lang«, sagte sie. »Michelle, wir brauchen eine Tür.«

»Kommt«, erwiderte Michelle. Schon stieg eine neuerliche Blase von ihrer offenen Hand auf, diesmal eine größere. Sie stob davon wie von einem Wind getrieben, den keiner von ihnen spürte. Als sie in der Wand einschlug, empfand Barbara die Explosion wie einen Schlag vor die Brust, und kurz brach ihre Konzentration ab. Sie hörten Rufe auf Französisch, Beton und Betonstahl stürzten herab, in der Wand tat sich ein Loch auf, und Sonnenlicht rieselte durch einen Vorhang aus Staub. Rasch erneuerte Barbara die Sprachbarriere.

»Los«, sagte sie, noch immer taub vom Lärm der Explosion. Es war anstrengend, die unablässigen Rufe in ihrem Geist zu verwandeln, und sie bekam Kopfschmerzen. »Beeilung!«

Das Quartett ging durch das Loch, und Barbara staunte, wie dick der Stahl war – was umso mehr für Bubbles' Fähigkeiten sprach. »Da rauf!« Barbara deutete auf ein kleines Fenster, das ein Stockwerk über ihnen silbern an der Wand schimmerte.

Ein Wächter lief die Treppe zu ihnen hinauf und rief unsinnige Befehle. Offenbar hatte jemand beschlossen, einen Waffenschrank zu öffnen, denn dieser hatte ein Automatikgewehr in der Hand. Ray ließ ihm keine Gelegenheit, mehr zu tun, als zu schreien und mit seiner Knarre herumzufuchteln. Er stürzte sich auf den Kerl. Ein Tritt stieß ihm das Gewehr aus den Händen, und ein Schlag schleuderte ihn die Treppe hinab. Als sie unten ankamen, riss Ray das Gewehr an sich, das dem bewusstlosen Wächter noch an einem Gurt um die Schultern hing. Er richtete die Mündung auf den Wächter.

»Wir sind nicht hier, um zu töten«, erinnerte ihn Barbara. »Nur um den Highwayman zu holen.« Das Chaos schien ihr zu viel zu werden. Sie fühlte sich verloren, versuchte aber, es sich nicht anmerken zu lassen. Allerdings bezweifelte sie, dass es ihr gelang.

»Ja«, sagte Ray, »aber denen scheint es anscheinend nichts auszumachen, uns umzubringen, und ich habe nicht vor, sie gewähren zu lassen.« Er legte das Gewehr an und feuerte eine Salve in den Gang. »Nur mal Hallo sagen«, erklärte er

Barbara und Michelle. »Vielleicht ziehen die anderen dann die Köpfe ein.«

♣♦♠♥

»Echt mal, Director, was soll die krasse Ballerei?«, fragte Michelle scharf. Nachdem sie Bruckner aus seiner Zelle geholt hatten, begegneten ihnen weitere Wächter auf dem Weg zu Mollies Tor. Billy Ray hielt sich nicht zurück und stellte sie kalt. Michelle zuckte jedes Mal zusammen, wenn leblose Körper auf die Metallgitter fielen.

»Dir ist klar, dass ich das erledigen kann, ohne dass jemand zu Schaden kommt?«, fuhr sie fort. Im Kugelhagel spritzte Putz von den Wänden. Bruckner und Babel duckten sich, doch Barbara wurde von einem Stück Putz am Hals erwischt. Blut kleckste auf ihren weißen Kragen.

Billy Ray sah über die Schulter zu Michelle. Er hatte ein freudiges Leuchten im Gesicht.

Der steht da voll drauf, dachte sie.

»Du musst Bruckner und Babel beschützen«, gab er zurück. »Wie ich meinen Job erledige, ist meine Sache.«

»Ich weiß, aber ich kann das so machen, dass …«

»Willst du diskutieren oder schnell abhauen?«, fragte er. Er hatte sich bereits wieder den Wächtern zugewandt. Seine Muskeln zuckten unter dem Overall, während er einen weiteren Wächter übers Geländer in den Hof beförderte.

»Verzieht euch hinter die Ecke!«, befahl sie Barbara und Bruckner. Zu Billy Ray sagte sie: »Dann geben wir ihnen mal eine Zielscheibe.«

Sie trat in die Schusslinie. Augenblicklich prasselte ein Kugelregen auf sie ein. Es war herrlich. Die ganze Kraft und kein bisschen Schmerz.

♣♦♠♥

Explosionen, Schüsse und Schreie halfen Mollie nicht gerade, sich zu konzentrieren. Jedes Mal, wenn sie das Kosmodrom vor sich hatte, hallte hinter der Ecke ein weiterer Knall wie eine Ohrfeige, und ihre Konzentration war dahin.

»Wir wären so weit«, sagte Ray.

Mollie hatte Belgier immer für besonnene internationale Diplomatenstreber gehalten. Aber die gingen voll ab, als sie merkten, dass Bruckner das Ziel der Ausbruchsaktion war. Es machte fast den Eindruck, als wollten sämtliche Gefängniswärter Nordeuropas verhindern, dass Bruckner entkam. Mollie konnte nur raten, tippte aber, dass Bewährung aufgrund von beschissener Führung bei ihm nicht in Frage kam.

Michelle lugte um die Ecke und bewarf die Wachleute mit explodierenden Blasen, die Späne vom Mauerwerk abplatzen ließen. Mollie fand das ein wenig überzogen, bis sie einen verwegenen Wächter bemerkte, der um die Ecke stürmte. Schließlich mähte Ray sie alle nieder, und da sah sie, dass sie sich mit Schutzausrüstung ausgerüstet hatten. Gut. Schließlich wollten sie sie nicht töten. Sie taten ja nur ihre Arbeit.

»Was geht?« Bruckner wich einer Explosion aus. Er kauerte sich hin und hielt sich die Ohren zu. »Soll das die ganze Nacht dauern?«

Michelle ging wieder in Deckung und berührte Mollie an der Schulter. »Wann immer du so weit bist, Schätzchen.«

»Aha. Ich arbeite dran.«

Mollie versuchte erneut, sich das Kosmodrom vorzustellen. Die martialische Sowjetarchitektur, der Widerhall in der Hangarhalle, die Blutspritzer auf dem Beton, wo sie den Winnebago hatte auf diese armen Schlu…

Vier Wachleute stürmten ihr Versteck. Ray durchschlug den Lexan-Gesichtsschutz einer der Wachen mit der Faust, wirbelte herum und rammte seine Ferse in den Bauch einer anderen. Der Schutzanzug fing den Großteil der Wucht ab, doch der Kerl fiel trotzdem. Michelle warf eine neuerliche

Blasensalve und schleuderte die anderen beiden Wächter zurück.

Ray sagte: »Im Ernst. Jetzt wäre ein verdammt guter Zeitpunkt, hier abzuhauen!«

O Gott o Gott o Gott die sind auf mich angewiesen o Gott und ich habe nicht einmal einen Durchgang nach Brüssel hingekriegt und denk bloß nicht an Half Moon Bay denk nicht nicht nicht an das Geräusch der Zähne im Deckenventilator und jetzt soll ich uns hier rausbringen und kann mich nicht konzentrieren DENK NICHT AN DAS BABY …

Im Raumgefüge tat sich ein Loch auf. Auf der anderen Seite war es dunkel. Deutlich vernehmbar trotz der Schüsse und Explosionen drang das Brüllen ängstlicher Kühe und der überwältigende Gestank von Mist und Kuhpisse heraus. Plötzlich fragte sich Mollie, wer sich um das Vieh gekümmert hatte, wo die halbe Familie im Krankenhaus lag. Verdammter Scheißdreck, sie hatte nicht einmal daran gedacht zu helfen …

Ray sagte: »Das ist nicht das Kosmodrom.«

»Ist gut, Schätzchen, alles gut«, sagte Michelle. »Fürs Erste ist das schon super.« Sie linste um die Ecke, um ein paar mehr Blasen zu werfen, und rief: »Alle da rein! Los!«

»Das kann nicht dein Ernst sein, Puppe«, sagte Bruckner und hielt sich die Nase zu. »Stinkt ja schlimmer als der Arsch von so einem Bimbo.«

Ray packte ihn am Kragen und warf ihn durch das Tor nach Idaho.

♣♦♠♥

»Babel, jetzt bist du dran«, sagte Ray.

In der Nähe des Tors ratterten Schüsse, und beim Laster spritzte Staub auf. Sie hörte, wie eine Kugel über ihrem Kopf vorbeipfiff, und einige andere trafen mit einem Klirren gegen das Metallgeländer. »Wenn ich du wäre, würde ich mich sputen«, fügte Ray hinzu. Mit einer Hand feuerte er das nach oben zielende Gewehr ab, das er dem Wächter abgenommen hatte, während er mit der anderen Hand noch immer Bruckner festhielt.

Barbara schüttelte den Kopf. »Ich komme nicht mit«, erklärte sie. »Ich muss hierbleiben.«

»Was?«, stotterte Ray. »Bist du verrückt? Nach all dem?«

»Mir war von Anfang an klar, dass es sein muss. Jayewardene braucht einen Sündenbock. Und außerdem hat das Ganze mal wieder bewiesen, dass ich mit Bürokratie besser zurechtkomme als mit Schießereien.« *Wie Klaus weiß.* Beim Gedanken an ihn krampfte sich ihr vor Angst der Magen zusammen.

Ray schüttelte den Kopf. »Du bist verrückt. Wenn du die Schuld auf dich nimmst, könntest du jahrelang hier in St. Gilles einsitzen.«

Barbara gelang ein mattes Lächeln. »Das wäre gar kein so übles Ergebnis, wenn ihr es dafür schafft, die Welt zu retten.« Sie winkte ihm, bewegte sich aber nicht. Noch immer kopfschüttelnd stieß Ray Bruckner durch das Tor und folgte ihm. Das Portal leuchtete auf, flackerte einmal und verschwand. Jetzt war hinter ihr nur noch eine Betonwand.

Sie war allein in einem Gefängnis. Mit einem Seufzen ließ Barbara die Sprachbarriere fallen und deaktivierte ihre Asskraft. Wie immer fühlte sie sich danach erschöpft. Sie zwang sich, sich aufzurichten, und hob die Hände.

»Ich ergebe mich«, rief sie den Wächtern, die sich ihr vorsichtig und mit den Waffen im Anschlag näherten, auf Französisch zu. »Sie müssen den Generalsekretär der Vereinten Nationen Jayewardene kontaktieren. Bringen Sie mich zum Generalsekretär.«

♣♦♠♥

Mit schwerem Herzschlag überflog Angel in einer Höhe von sechs Metern die Straßen des verwüsteten Talas. Die Zerstörung um sie herum machte ihr keinen Eindruck mehr. Hier war es eben so. Wenn die Gefahr einmal gebannt sein würde, würde sie ihrem Volk vielleicht irgendwann befehlen, ein wenig aufzuräumen, alles wieder etwas netter zu machen. Denn sie hatte keine Lust, von einer Ruine aus zu herrschen. Sie wollte einen Palast, hell und strahlend und sauber. Sie hatte einen Palast *verdient …*

Dass sich die Außenwelt in ihr Hoheitsgebiet einmischte, machte ihr natürlich Sorgen und erfüllte sie gleichzeitig mit Wut. Sie waren geflohen und hatten sich damit ihres Anrechts auf dieses Reich beraubt, und nun wollten sie es zerstören? *Sie wagen es, mein Reich anzugreifen?*, dachte Angel. *Nichts da.* Sie würde sie die Bedeutung des Wortes Zerstörung spüren lassen.

Sie flog weiter, ohne auf die Schmerzen und die Erschöpfung der letzten Tage zu achten. Sie versuchte, sich auf ihre Aufgabe zu konzentrieren. Sie durfte sich von den Gedanken an die jüngsten Taten nicht ablenken lassen. Oder von den vagen Erinnerungen an vergangene Tage, die sie in einer Welt verbracht hatte, die nunmehr eher Traum als Wirklichkeit war. Sie war die Klingenmadonna, der Engel der Gassen, die Gebieterin, und dies war ihre Welt. Nichts und niemand würde ihr das nehmen. Sie flog auf den Stadtkern zu, denn von dort rief sie etwas, vage, aber hartnäckig. Es war zufrieden mit ihr, es wollte sie belohnen, und sie wollte ihm die Verehrung zuteilwerden lassen, die es verdiente.

Um sie herum bröckelte die Wirklichkeit, aber sie hatte es so eilig, in das sie rufende Herz der Dunkelheit zu gelangen, dass sie nicht auf die Beschaffenheit der Gebäude oder der Straßen oder der Wesen, die sie bewohnten, achtete.

Der Ruf in ihrem Kopf wurde lauter und drängender, und sie wusste, wann sie ihr Ziel erreichen würde.

Ein einzelnes Gebäude ragte höher auf als die anderen, doch schien es nicht mehr aus Stein und Stahl zu bestehen, sondern aus Fleisch und Blut wie ein riesiges, regloses Lebewesen. Zu seinen Fenstern und Türen krochen Dinge heraus und hinein, Wesen wie Würmer der Erde und anderer Orte. Darum herum hielten sich Kreaturen mit kegelförmigen Köpfen und blutroten Tentakeln anstelle von Gesichtern auf, und vernunftbegabte Schnecken mit durchsichtiger Haut und gepanzerte Insekten, die krochen, hüpften oder sich schlängelten und geheimnisvollen Tätigkeiten nachgingen, als kämen sie aus einer anderen Welt.

Am eindrucksvollsten waren jedoch die beiden Wächter. Einer trug eine blutrote Rüstung, die so hell leuchtete, dass man ihn kaum betrachten konnte. Fünf Meter groß. Sein Name, den Angel aus dem hintersten Winkel ihrer Erinnerung grub, lautete Lohengrin. Der andere war sogar noch größer, zweimal so groß wie der Ritter, und er war eine unglaubliche Ansammlung von Müll und Würmern und Leichen, die alle ständig ineinander verliefen, niemals stillstanden, aber auch nicht lebendig waren.

Die beiden Wächter waren wundersam anzuschauen, und Angel wollte mit ihnen eins sein, und die Liebe zu ihrem Gott, der in dem Haus hinter ihnen wohnte, strahlte spürbar von ihnen ab. Ihr dunkler, wunderbarer Gott, der ihr Wonnen verheißen hatte.

»Was ist meine Belohnung, Herr?«, flehte sie laut, und plötzlich spürte sie ein Zucken in ihrem Körper, einen quälenden Schmerz in der Leibesmitte. Sie fiel auf die Knie, hielt sich den Bauch. Eine Hand suchte das Messer, das noch an ihrem Gürtel hing und das sie bis eben vergessen hatte. Sie zog es heraus und schnitt sich – nicht tief – in den Bauch. Ihre Haut zerteilte sich, Blut floss. Keuchend zerrte sie den Lederoverall von ihrem Bauch weg.

Sie schloss die Augen und drehte sich auf den Rücken.

Ihr Magen brannte, als sich ein Gewicht darauf herabsenkte. Sie schrie wie eine Frau, die ein Kind gebar, und durch die intakte, glatte Haut ihres Bauchs zwängte sich ein Kopf, dann eine Brust, Schulter, Arm und Hand. Mit etwas weniger Schmerzen kam eine zweite Hand hervor, etwas seitlicher, nur eine winzige Hand und ein Unterarm, die aus ihr herausragten.

Sie sah auf das kleine Gesicht hinab, verschrumpelt und schreiend, auf das helle Haar und die prallen Lippen. Es war ein Baby, ein Junge, das wusste sie. Er schrie wütend, doch dann schnellte eine rote Zunge aus dem Amorgesicht hervor und leckte Angels Blut, das aus dem Schnitt herausfloss, den sie sich zugefügt hatte, als sie den hinderlichen Overall aufgetrennt hatte. Die Lippen saugten gierig. Die Zunge suchte noch mehr Blut.

Angel wurde von großer Liebe erfüllt. Ja. Das hatte sie schon immer gewollt. Etwas, das sie lieben konnte.

Glücklich wiegte sie sich und gurrte ihr Baby an. Mit dem Messer schnitt sie sich den Unterarm auf und hielt ihn dem Kind hin. Während das Baby eifrig von ihrem Blut trank, dankte sie ihrem Herrn inbrünstig für diese Gabe. Um sie herum trafen heulende Wesen aufeinander, fielen kämpfend oder kopulierend übereinander her in der schwarzen Nacht unter einem grünen, grinsenden Mond.

♣♦♠♥

Sie waren wieder im Befehlszimmer in Baikonur. Zu früh, falls dies das letzte Mal sein sollte, dass Michelle die Propagandaposter, Wände mit grüngrauer, abblätternder Farbe und lausige Neonlichtfunzeln sehen sollte.

»Wir müssen die Sache ganz einfach halten«, sagte Billy Ray. Michelle hätte die Mission auch leiten können, aber ihr war klar, dass Billy Ray die bessere Wahl war. Außerdem würde er die Sache so oder so an sich reißen wollen, da war es einfacher, wenn man sie ihm gleich überließ.

»Finde ich auch«, sagte Michelle mit einem Nicken. »Wir nehmen sonst niemanden mit. Dann hält uns niemand auf. Ganz ohne Ballast, schnell. Ein chirurgischer Eingriff.«

Billy Ray lächelte. Sie sah ihn mit schiefem Kopf an und runzelte die Stirn, denn eigentlich lächelte er sie nie an. »Dann gehen wir das mal der Reihe nach durch«, sagte er. Er streckte den Zeigefinger aus. »Erstens brauchen wir natürlich Bruckner. Aber für den benötigen wir einen Laster – oder irgendein ähnliches Gefährt. Aber keinen mit Computer oder sonst irgendeiner Elektronik. In dieser Rumpelkammer aus der Sowjetära sollten wir so was ja finden.«

Er grinste Bruckner höhnisch an. »Meinst du, das schaffst du, den richtigen Wagen zu finden, Schätzchen?«

»Wenn du glaubst, dass ich da reingehe, dann bist du sogar noch bekloppter als diese Fotze«, gab Bruckner zurück.

Mit einer harten, raschen softballgroßen Blase warf Michelle ihn von seinem Stuhl herunter. »Fürs Protokoll: Mir ist völlig egal, was du willst oder nicht willst. Du bringst uns nach Talas, und uns geht am Arsch vorbei, wie du dazu stehst.« Eine weitere Blase bildete sich in ihrer Hand, doch Billy Ray hielt sie am Arm. Sie ließ die Blase platzen.

»Du besorgst einen Laster. Du fährst nach Talas«, knurrte Billy. »Oder ich überlasse dich Hoodoo Mama, die kann dann ein wenig Spaß mit dir haben.

Also, wo war ich? Zweitens«, fuhr er fort. »Michelle und ich gehen natürlich auch mit. Wir sind die Stärksten. Wir sollten in der Lage sein, Mollie, Bruckner und Black zu beschützen.«

»Weshalb um alles in der Welt braucht ihr Black?«, fragte Joey. Sie wirkte verblüfft.

»Er ist der Einzige, der tatsächlich schon einmal in dem

Krankenhaus war. Er weiß, wie Horrorshow aussieht, und er kann uns führen, wenn wir erst einmal drin sind.«

»Der geht da nicht wieder rein«, unterbrach ihn Joey.

Billy Ray kniff den Mund grimmig zusammen. »Mir ist es scheißegal, was dieser Hasenfuß will oder nicht will.«

Michelle sah zur Decke hinauf. Jemand hatte graue Dämmung auf die Dachsparren gesprüht. *Es ist so schlimm in Talas,* dachte sie. *Was, wenn das, was wir versuchen, nichts bringt? Was, wenn ich nichts erreiche? Ich bin Amazing Bubbles. Man erwartet von mir, dass ich was erreiche.* Es kam ihr wie eine Lüge vor. Nachdem sie Aero getötet hatte, war ihr Leben sowieso eine Lüge. Was auch immer davon übrig war.

Michelle hatte nie daran gezweifelt, dass sie noch einmal nach Talas zurückkehren würde. Denn es war die einzige Möglichkeit, Adesina zu retten. Was danach geschehen würde, spielte keine Rolle.

»Ich komme auch mit«, sagte Hoodoo Mama.

»Nein, du bleibst«, sagte Michelle trocken. Sie stand auf, ging zu Joey hinüber und fasste sie bei den Schultern. »Du bist nicht stark genug.«

Joey machte den Eindruck, als würde sie Michelle nur allzu gern erwürgen. »Da drin gibt es fast nichts anderes als Leichen! Ich hätte eine Armee!« Sie stieß Michelles Hände von sich.

»Und dann drehst du durch, und wir haben es mit einer Armee Zehenzettel zu tun«, gab Michelle gepresst zurück.

»Mollie könnte für mich ein Nadellochtor offen halten, so wie sie es schon mal gemacht hat. Dann könnte ich ein paar Kadaver steuern. Genug, um zu helfen, ohne dabei durchzudrehen.«

O ja, dachte Michelle. *Das kann ich mir prima vorstellen.* »Bist du dir sicher, Liebe?«, fragte sie. Ein paar von Joeys Zombies dabeizuhaben, wäre ein Vorteil. Tote tickten nicht aus.

»Das geht!«, sagte Joey. »Das geht total. So haben wir

dich auch rausgeholt, Bubbles. Mein Gott, du bekackte Schlampe.« Sie funkelte Michelle böse an. Und Michelle erwiderte den Blick betroffen.

Sie schnappte Joey am Arm und zerrte sie in eine Ecke des Büros. »Du kapierst es nicht«, flüsterte Michelle aufgebracht. »Ich will dich noch nicht einmal in der Nähe von dem allen haben. Die Chancen stehen gut, dass wir alle draufgehen werden. Und wer kümmert sich dann um Adesina?«

Plötzlich hob Joey den gesunden Arm und legte die Hand auf Michelles Wange. Fast wäre sie zurückgeschreckt. Das sah Joey so gar nicht ähnlich.

»Ich weiß, warum du mich nicht gehen lassen willst«, sagte Joey und streichelte sacht über Michelles Wange. »Ich weiß. Aber wenn das unser beschissenes letztes Gefecht ist, dann will ich hier an deiner Seite sein. Und wenn wir es nicht schaffen, ist es sowieso schnurz, denn dann sind sowieso alle tot.«

In Michelles Kehle bildete sich ein furchtbarer Kloß. Joey hatte recht. Wenn sie es nicht schafften, wäre ihre Tochter tot.

Sie kehrten zu den anderen zurück. Bruckner machte einen grimmigen schmalen Mund. Billy Rays Ausdruck gab nichts preis, und Michelle vermutete, das lag daran, dass er bereits im Kommandomodus war.

»Okay«, sagte Billy Ray. »Es geht los. Wir besorgen Bruckner einen Laster, holen Franny her und dann brechen wir auf. Kein Getrödel. Wir müssen so schnell wie möglich vorgehen.«

Einen langen Augenblick standen sie da und sahen sich gegenseitig an. Selbst Bruckner brachte es fertig, die Klappe zu halten.

Dann sagte Billy Ray: »Michelle, hol Mollie, bring Black her. Bruckner, besorg einen Laster. Und Hoodoo Mama«, wandte Billy Ray sich an Joey, »beschaff uns ein paar gute Leichen.«

♣♦♠♥

Der Container ächzte unter sachten Schritten. Mollie schlug ein Auge auf.

Michelle stand in der Tür. Sie hatte beinahe ihre Supermodelfigur wieder. »Oh, ich dachte, du schläfst.«

»Tja, nun. Das kann ich nicht mehr so gut in letzter Zeit. Wenn ich die Augen zumache, dann sehe ich, äh, Sachen …«

Michelle nickte. »Aha. Auch ich habe Albträume.«

»Ich würde alles geben, wenn ich die Dinge, die ich gesehen habe, nicht noch einmal sehen müsste. Und ich würde noch mehr geben, wenn ich diese ganzen scheißschrecklichen Dinge, die ich getan habe, wieder ungeschehen machen könnte.«

»Ach, Schätzchen.«

Michelle setzte sich auf die Liege und legte Mollie einen Arm um die Schultern. Mollie verkrampfte sich. Michelle und Joey hatten etwas miteinander.

Mollie flüsterte: »Sie wissen, was ich Joey angetan habe, oder?«

»Ja.«

»Das tut mir so leid.«

»Es war nicht deine Schuld.«

Mollie kam die Erinnerung an Augenbrauen, die zwischen ihren Zähnen pikten. Sie unterdrückte einen Würgereiz und sagte: »Natürlich war es das.«

Ihr Atem kam als keuchendes Schluchzen. Michelle umarmte sie, bis Mollie nicht mehr meinte, schnappatmen zu müssen. Mollie legte den Kopf auf Michelles Schulter und zuckte zusammen, als ihr Verband an den Stichen in ihrer Wange riss.

»Lassen Sie mich raten. Ihr seid gekommen, weil ihr gemerkt habt, dass euer Plan ohne Franny nicht aufgeht. Ihr braucht ihn, um ins Krankenhaus zu gelangen.«

Bubbles' Miene zeigte kurz Erstaunen, doch ihre Mundwinkel hoben sich zu einem schwachen Lächeln. »Ja, genau.«

Das waren eine Bestätigung und eine Frage. Mollie zuckte mit den Schultern.

»Was diese Asskraft angeht, die ich kaum noch benutzen kann: Da ist so etwas in meinem Hinterkopf oder war es, als ich noch nicht dreiviertel durchgeknallt war. Etwas, das immer an so Sachen denkt. Wie ich von A nach B komme, ob ich weiß, wie B aussieht, und so weiter.«

»Das ist dir in Fleisch und Blut übergegangen. Uns anderen nicht.«

»Hmm.«

Michelle rieb sich die Hände. »Wahrscheinlich finden wir ihn auf der Wache. Und wenn er nicht dort ist, können sie uns dort sagen, wo er sich aufhält. Ich vermute, du kennst das Haus?« Manchmal zeigte Michelle so viel Taktgefühl, dass es ihr praktisch aus dem Arsch kam. Aber Mollie war froh, dass sie keine Fässer aufmachte, weil sie Jamal Norwoods Leiche und einen Haufen Mafiosi in Fort Freak abgeworfen hatte. »Wir sollten ihn jetzt holen.«

Mollie stand auf. Die Aluminiumstangen des Bettrahmens schnitten ihr in die Schienbeine. »Nehmen Sie es mir nicht übel, aber ich glaube, Ray und ich sollten nach New York, damit Sie ein Auge auf Bruckner haben können. Zwar kotzt er mich an, weil er immer mit seiner Marke rumwedelt, als würde er sich darauf einen runterholen, aber mal ehrlich. Der Director vom SCARE ist vermutlich der Einzige, der die Bullen davon abhalten kann, mich einzubuchten, sobald ich einen Fuß nach Fort Freak setze.« Mollie sah weg und bekam einen heißen Kopf beim Gedanken an den ganzen Scheiß, den Berman sie hatte für Baba Yaga tun lassen. An jeden verängstigten Joker, den sie gefangen hatten. Sie wollte nicht, dass Michelle das ganze Ausmaß ihrer Beschämung erkannte. Deshalb schloss sie schlicht: »Im Moment bin ich beim NYPD nicht sonderlich populär.«

»Nein«, sagte Michelle. »Das bist du wohl nicht.«

♣♦♠♥

Franny hatte Nachtschicht. Er saß an seinem Schreibtisch und mühte sich mit der Sichtung der Akten. Währenddessen wartete er auf eine Mordmeldung. Außerdem ließ ihn Baba Yagas Gewissheit, einer gerechten Strafe zu entgehen, nicht in Ruhe.

Er nahm seine Tasse und ging zur Kaffeemaschine, als in der Mitte des Mannschaftsbüros ein Loch erschien. Durch die Öffnung drang Tageslicht herein, und Franny erkannte Staub, Jeeps, Laster, Soldaten und Joker – hektische Betriebsamkeit.

Es zeugte von der Abgebrühtheit der Polizisten von Fort Freak, dass niemand panisch darauf reagierte. Vielleicht gewöhnten sich auch alle nur daran, dass Mollie Tore auf der Wache öffnete. Das Mädchen kam nicht allein durch das Portal, sondern in Begleitung von Billy Ray.

Er trug keinen feinen Armani-Anzug. Vielmehr seinen weißen Schutzanzug mit Keramikeinsätzen. An seinem Gürtel hing eine Pistole und auf dem Rücken ein Sturmgewehr. Er wirkte grimmig und entschlossen. Mollie war bleich, hatte Ringe um die blutunterlaufenen Augen. Ihre Haare sahen aus, als hätte sie sie mit einem Handmixer gekämmt. Sofort erkannte Franny, woran das lag, denn sie fuhr sich mit den Fingern durch die Haare und verdrehte ihre Strähnen praktisch zu Knoten.

»Lasst mich raten. Ich komme mit euch, ob ich will oder nicht«, sagte Franny.

»Sie müssen mitkommen. Sie müssen. Sie müssen es aufhalten. HAU AB!« Der letzte Satz war an Rikki gerichtet, die gerade vorbeikam.

Rikki wollte etwas erwidern, doch Franny hielt sie mit erhobener Hand zurück. Die Jokerpolizistin ging weiter, nachdem sie Mollie böse angefunkelt hatte. Mollie kam Franny noch näher, und er musste dem Drang widerstehen zurückzuweichen. In diesem kleinen Körper steckte so viel Irrsinn.

»Sie können alles besser machen. Ich versuch's ja, aber ich mache andauernd … Fehler.«

Sie riss sich an den Haaren, sodass sich ein ganzes Büschel von ihnen löste, und fuchtelte wild herum. Franny zuckte zusammen. Aus der Nähe fielen ihm Stellen auf ihrem Kopf auf, wo sie sich bereits Strähnen ausgerissen hatte. Manche waren blutverkrustet.

Ray nahm Mollie an den Schultern und wollte sie zur Seite schieben. Doch sie bleckte die Zähne und schnappte nach seiner Hand. »Fass mich nicht an, Wichser!«

»Ganz ruhig, Mollie«, sagte Franny freundlich.

»Wie Mollie schon sagte, wir brauchen Sie.« Dann setzte Ray zu Frannys Überraschung hinzu: »Aber ich werde Sie nicht zwingen. Ich bitte Sie um Ihre Hilfe.« Um sie herum war es ganz still geworden. Die anderen lauschten gespannt auf jedes Wort, das gesprochen wurde.

»Wir gehen rein. Wir müssen das Krankenhaus finden, aber uns geht die Zeit aus.« Auf einmal wirkte Ray alt. Alt und niedergeschlagen. »Glauben Sie mir, ich will das nicht. Meine Frau ist auf dem Weg hierher … nun, dorthin … nach Baikonur … Sie führt eine Monsterarmee an. Ich will lieber bleiben und sie aus ihrem Wahnsinn holen. Sie retten. Aber ich weiß, dass das nur eine vorübergehende Lösung wäre. Wenn ich sie richtig retten will, muss ich nach Talas.«

Haben Sie niemand, den Sie lieben? Jemand, für dessen Rettung

Sie alles tun würden? Er sprach die Worte nicht aus, aber sie schwangen mit. Franny dachte an seine Mutter und Abby und seine Freunde und Gefährten vom Revier. Er dachte an den Vater, den er nie kennengelernt hatte. Ein Polizist wie er und ein Mann, der bei dem Versuch, New York vor Wahnsinn und Zerstörung zu bewahren, gestorben war.

Franny sah Michael an. »Sag dem Captain, er soll mich erst feuern, wenn ich wieder zurück bin.«

»Ich weiß nicht, was er damit sagen will. Was soll das heißen? Was meint er?«, bedrängte Mollie Ray. Wieder hatte sie die Hände im Haar und zerkratzte sich die Kopfhaut.

»Halt«, sagte Franny zu Ray, dessen hoffnungsvoller Blick mit diesem einen Wort erlosch. Franny lief zu dem Schrank, in dem die Beruhigungsmittel der Wache aufbewahrt wurden. Sie dienten dazu, den Polizisten zu helfen, wenn sie es mit besonders brutalen oder gefährlichen Asskräften zu tun bekamen.

»Mollie, das könnte dir helfen, mit … dem Kram fertigzuwerden.«

»Sie tun mir doch nicht weh, oder?«

»Nein, dir wurde schon genug wehgetan«, sagte er.

Während sie durch das Tesseract-Tor gingen, sagte Franny zu Ray: »Ich hoffe, dass Sie noch so eine Rüstung übrig haben.«

♣ ♦ ♠ ♥

Wie Würmer kroch das Flüstern über die Innenseite ihres Schädels und machte Andeutungen, die in ihr Gehirn einsickerten, und langsam begriff sie ihre Bedeutung. Sie verstand sie und staunte. Dieses Gebäude in Talas war zu klein, um ihren dunklen Herrn zu beherbergen, auch Talas war zu klein, und selbst die Müllhalde, die sich Kasachstan nannte, war zu klein. Die ganze Welt war zu klein für ihn, doch die

Erde würde sich als Ausgangsbasis für die Mission Seiner dunklen Majestät eignen: das Sonnensystem einzuhüllen, die Galaxis und schließlich das ganze Universum. Und sie, Angel, würde als seine Bannerträgerin auf ewig in seinem dunklen Reich schwelgen.

Die Zeit für Worte war vorbei. Worte bezeichneten nichts. Sie waren Kräusel in der Luft ohne Bedeutung oder Substanz. Lediglich die Anbetung des dunklen Herrn und der Zerstörung, die zu seinen Ehren geschah, hatten Bedeutung, und sie würde die Vorhut seines unaufhaltsamen Heers befehligen.

Sie stand auf. Ihr Kind gluckste, patschte wütend nach ihr. Sie wusste, dass es Hunger hatte, deshalb säugte sie es erneut mit Blut aus ihrem Unterarm. Während sie durch Talas ging, hörten die Kämpfe und das Morden in den Straßen auf. Alle Wesen, groß und klein, schlossen sich ihr an, ihr, der unzerbrechlichen Speerspitze des Willens des Herrn.

Folge dem Licht, flüsterte es leise in ihrem Kopf, und sie tat es. Der glänzende Ritter in der blutroten Rüstung verneigte sich vor ihr ebenso wie der Müllmann, der die Ruhestätte des Herrn bewachte. Die Gefesselten blieben als geringere Wacht zurück, weinten salzige Tränen, wenn sie dazu imstande waren, rissen sich mit ihren Krallen, Pratzen oder Zähnen die Haut auf, wenn sie es nicht waren, heulten und jammerten untröstlich, weil man sie zurückließ, doch Angel scherte sich nicht und beachtete sie nicht.

Sie lief ein halbes Dutzend Schritte, folgte dem Licht und erhob sich in die Luft. Die anderen liefen ihr, so gut es ging, hinterher. Sie hatte keine Ahnung, wie lange sie flog oder wie weit. Das Licht kam immer näher, wurde immer heller und heller, und einen Moment lang fühlte sie sich, als würde sie aufgefressen, Stück für Stück, aber sie setzte ihre Zuversicht in den dunklen Herrn, und Stück für Stück wurde sie wieder zusammengesetzt, um festzustellen, dass sie an einem anderen Ort war, an dem sie den Segen ihres Herrn mit Schwert und Feuer verbreiten würde. Es war, so erfasste sie eine plötzliche Erkenntnis aus ihrem früheren Leben, Sonntag.

♣ ♦ ♠ ♥

Franny hielt eine Spritze in der Hand.

Mollie fragte: »Sie wollen mir diesen Scheiß da in die Vene spritzen?«

»Das macht dich nicht bewusstlos. Es hilft dir nur, ruhig zu bleiben. Das nimmt die Panik.«

»Hören Sie mal, Pfadfinder. Ich werde nie wieder nach Talas zurückgehen, es sei denn, ihr unterzieht mich einer bekackten Lobotomie. *Nie. Wieder*.«

»Niemand von uns ist scharf drauf«, sagte Michelle.

»Scharf? Du bist nicht scharf drauf? Tja, ich würde mal sagen, du schlägst dich ziemlich gut, denn ich, ich bin verdammt panisch. Mir reicht ein halbherziges ›Buh‹, dann mache ich mir schon in die Hose.«

Franny zeigte auf das Spritzenset. »Das sollte helfen, damit du dir nicht in die Hose machst.«

»Kümmert mich nicht, wie harmlos das ist. Wenn Sie mir das hier reinpumpen, bin ich bis oben hin betäubt.«

Er schüttelte den Kopf. »Ich dachte, wir sollten uns vielleicht alle eine Dosis verabreichen lassen, bevor wir aufbrechen.« Er machte den Reißverschluss des Sets zu. »Wir nehmen auch noch weitere Dosen mit. Für, nun ja, später.«

Michelle sah Mollie geradewegs an. Unter ihrem Blick fühlte sich Mollie tatsächlich ein wenig besser, denn es war fast so, als bitte Michelle mit diesem Blick um eine Bestätigung, als betrachte sie Mollie in diesem Punkt als Kollegin. Und vielleicht waren sie das auch, denn Mollie wusste genau, was die andere dachte.

»Ich weiß nicht«, sagte Michelle. »Meine Erfahrungen in der – wie nanntest du das, Schätzchen?«

»Die böse Wahnsinnszone des Psychokannibalenflashmobs.«

»Genau. Meine Erfahrungen innerhalb der BWZPKF lassen mich zweifeln, dass irgendetwas den Wahnsinn von einem fernhalten kann.« Sie zuckte die Achseln. »Aber egal. Ich würd's ausprobieren. Auch wenn es nur ein bisschen hilft oder nur für ein paar Minuten …«

♣♦♠♥

Baikonur war wie ein aufgescheuchter Ameisenhügel. Joker, Normalos, Soldaten, Asse und *Zombies*, beschissene Zombies liefen in alle Richtungen hin und her. Franny hoffte, dass das Umherrennen einen Plan hatte und nicht nur kopfloser Panik geschuldet war. Es war heiß und trocken, und weit entfernt, wo die Monsterarmee näher rückte, stieg eine Staubwolke auf. Ray starrte auf eine fliegende Gestalt in der Ferne. Franny wandte sich ab, denn er wollte den anderen in seiner nackten Trauer, seiner Sorge und seiner Sehnsucht nicht stören.

Während er mit Waffen und Schutzkleidung ausgestattet worden war, hatte Franny erfahren, dass IBT den Weg nach Baikonur gefunden hatte. Das beruhigte sein schlechtes Gewissen ein wenig. Obwohl Baba Yagas Informationen entscheidend gewesen waren, hatte sich Franny zerfleischt, weil er den Jungen zurückgelassen hatte. Zum Glück beteiligte IBT sich an der Verteidigung des Kosmodroms, sodass es unwahrscheinlich war, dass sie sich über den Weg laufen würden, bevor das alles vorbei war – wie auch immer es ausgehen würde. Wenn sie scheiterten, würde es keine Rolle mehr spielen. Und wenn sie es schafften … nun, dann konnte Franny nur hoffen, dass eine Entschuldigung IBT davon abhalten würde, ihn mit seiner Giftzunge abzuklatschen.

Bubbles besprach sich mit der zornigen jungen Schwarzen, die ihn, als sie einander vorgestellt worden waren, wütend angesehen, sich umgewandt und Bubbles angeschnauzt hatte: »*Also, du Ziege, du nimmst ernsthaft diesen verfickten bleichen Jungen mit und nicht mich?*«

»*Ja, denn der weiß, wo das Scheißkrankenhaus ist und wie dieser Arsch aussieht*«, hatte Bubbles zurückgeschossen. Dann hatte sie ihm die Hand geschüttelt und sich vorgestellt. Auch wenn die Lage äußerst ernst war, war Franny ganz aufgeregt, dass er inzwischen schon drei der krassesten Frauen aus *American Hero* kennengelernt hatte.

Im Moment wurden Bubbles und Joey von drei wandelnden Leichnamen flankiert. Anscheinend sollten Joeys »Zombies« sie nach Talas begleiten. Davon war Franny gar nicht begeistert, auch wenn das schlanke junge Ass Bugsy gemeint hatte, dass sie »immerhin frisch« seien. In Frannys Augen war das respektlos, wenn nicht gar gotteslästerlich.

Franny bemerkte Mollie, die neben einem zerbeulten Oldtimer von einem Lastwagen stand. Die Ladefläche war mit einer Plane überspannt, er hatte vier Türen, Haltestangen an der Motorhaube und den Seiten und Trittbretter. Früher einmal war er in Wüstentarnfarben lackiert gewesen, jetzt sah er einfach nur noch aussätzig aus. Bruckner, der untersetzte ältere Brite, der anscheinend die Fähigkeit besaß, durch andere Dimensionen zu fahren, ging um das Fahrzeug herum und trat gegen die Reifen.

Mollie stand vollkommen regungslos da und hatte die Hände seitlich zu Fäusten geballt. Es war erst gut eine Woche her, seit er mit Handschellen an das Mädchen gekettet gewesen war, aber die letzten Tage hatten ihren Tribut gefordert. Von ihnen allen, dachte Franny und fasste sich an die Seite. Er ging zu ihr.

»Hey«, sagte er leise und legte ihr eine Hand auf die Schulter. Heftig wich sie vor ihm zurück, doch dann sammelte sie sich und schien ihn wahrzunehmen. »Ganz ruhig. Brauchst du noch mal eine Spritze?«

»Nein. Ja. Vielleicht. Weiß nicht.« Ihre grünen Augen blickten zu ihm auf. »Wir kommen da nie wieder raus. Einbahnstraße«, flüsterte sie und schien nicht mehr mit ihm zu reden. Sie bemerkte nicht einmal, dass er ihr die andere Hälfte der ersten Dosis spritzte.

»Okay, aufsitzen«, rief Ray, kehrte der anrückenden Armee und seiner Frau den Rücken zu und ging zum Lastwagen.

♣♦♠♥

Die Zombies brachten den Hangar wieder auf Vordermann. Es war kein schöner Anblick – und die Dörfler beobachteten die Untoten weniger dankbar denn entsetzt –, aber sie machten ihr mangelndes handwerkliches Können durch Masse wett, stützten Balken ab, stapelten Kisten auf und schoben alte Gerätschaften und Behälter an die bröckelnden Wände. Als Joey sie abkommandierte, war der Hangar halb von einem Berg Müll verdeckt.

Während die Joker wieder hineingingen, verabschiedete Marcus sich von Olena. Bei ihrer Umarmung packte sie ihn fest, aber nur kurz. Ihre Lippen huschten so flüchtig über seine, dass man es kaum einen Kuss nennen konnte. Dann verschwand sie im Hangar.

Es reichte ihm nicht. Es gab noch so viel zu sagen und so viel zu fragen. Sie hatte immer noch keinen Ton über den Tod ihres Vaters gesagt. Oder darüber, dass sie anscheinend eine Variante seiner Asskraft in ihrer Handfläche kleben hatte. Vielleicht würde er sie nie wiedersehen. Sollte er ihr dann nicht alles sagen, was er ihr irgend sagen wollte?

Ihm schien, dass er es tun sollte, aber das war das Problem. Es gab zu viel zu sagen und zu fragen, zu versprechen und zu hoffen und zu schwören. Zu viel, und es war keine Zeit mehr.

Als letzte Maßnahme schoben die Zombies einen alten Frachtcontainer vor die Tür und sperrten die Joker faktisch ein. Marcus würde zu ihnen zurückkehren, wenn er konnte, aber erst wollte er erfahren, was das Komitee geplant hatte. Mit Joey und ihren Zombiesoldaten schlängelte er sich durch das Treiben. In der Nähe der Lagerhalle des Komitees blieb Joey stehen. Regungslos stand sie da, während ihre untote Armee in den Bereich der Verteidigungsstellungen marschierte. Sie zupfte verspielt an Marcus' T-Shirtsaum. »Du bist ein guter Kerl, Marcus, weißt du das? Was du da für die Joker gemacht hast … Scheiße, ich sag's einfach. Das bringt mich in genau die richtige Stimmung. Wenn wir überleben, sollten wir mal was zusammen machen. Warst du mal in den Bayous?«

»Nein.«

»Dort würdest du dich zu Hause fühlen. So als ob du davor nie woanders zu Hause gewesen wärst. Deine ganze Länge …« Sie lächelte und fuhr ihm mit der Hand über die Schuppen. Ihre Hand verharrte ein Stück über seiner günstigerweise verborgenen Leiste. Mit den Fingerspitzen beschrieb sie dort langsame Kreise. Allmählich begriff Marcus, worauf sie hinauswollte.

Sie wollte gerade etwas sagen, doch ein betontes Räuspern hielt sie davon ab. Jemand sagte: »Ich unterbreche diesen intimen Moment nur äußerst ungern, Joey, aber du wirst im Besprechungszimmer vom Komitee verlangt.« Es war Lama. Oder vielmehr nicht Lama, sondern eine neblige, körperlose Variante von ihm. Er stand direkt neben ihnen, wirkte griesgrämig und beleidigt.

»Sag ihnen, dass wir kommen«, erwiderte Joey.

Lama sah nach unten, als wolle er seine durchsichtigen Fingernägel begutachten. »Ich sage ihnen, dass *du* auf dem Weg bist. Der Schlangenknabe ist nicht erwünscht.« Sein Abbild verblasste.

»Woher weiß man, dass er wirklich weg ist?«, fragte Marcus.

Joey zuckte mit den Schultern. »Ist mir doch scheißegal. Schau, ich muss mich um den Scheiß kümmern. Bleib in der Nähe. Irgendwer wird dich auf dem Laufenden halten. Wir sind ja nicht alle Arschlöcher. Und denk an das, was ich gesagt habe. Höchstwahrscheinlich werden wir alle in einer Stunde oder so erbärmlich verrecken, aber falls nicht … Ich will dich fett vögeln. Und dein kleines Russenmädel, gegen die hab ich gar nichts.«

»Ukrainerin«, korrigierte Marcus. Das war schwach, aber darauf einzugehen, war einfacher als auf das »fett vögeln«. »Oder … halbe-halbe.«

Lächelnd trat sie zurück. Zwar war ihm klar, dass er sich eigentlich auf das Gute und Reine besinnen sollte, aber er starrte ihr trotzdem so lange nach, wie er konnte, und fragte sich: *Würde Olena vielleicht …*

♣ ♦ ♠ ♥

Sie rollten über die Ebene Kasachstans. Die drei Toten klammerten sich an die Haltebügel an der Motorhaube des Lasters, während über ihren Köpfen ein kleines Loch schwebte. Durch dieses Loch sah Franny einen Ausschnitt aus Joeys bandagiertem Gesicht. Er saß auf dem Beifahrersitz und hielt ein Gewehr in der Hand. Auf dem Trittbrett neben ihm stand Michelle. Sie hatte ihr volles Kampfgewicht, und in der freien Hand hielt sie eine Blase. Auf dem Trittbrett auf der Fahrerseite stand Ray mit einem Karabiner. Mollie saß vor sich hin murmelnd auf dem Rücksitz. Ein Blick in den Rückspiegel offenbarte Franny, dass ihr Schweiß übers Gesicht lief und sie zitterte. Ihr Blick war starr auf das schwebende Loch gerichtet.

Bloß ein paar Asse und Zombies mit einem beschissenen Normalo auf Sonntagsfahrt, dachte Franny.

Er fragte sich, wie lange diese Ausfahrt dauern würde. Zwischen Baikonur und Talas lagen mehrere hundert Kilometer. Angeblich konnte Bruckner sie schnell hinbringen, aber von schnell war bislang noch nichts zu spüren. Der alte Sowjetlaster ratterte und ächzte, gewann langsam an Tempo, aber er war kein Tesla. Anscheinend waren Bruckner und Franny auf einer Wellenlänge.

»Scheißteil. Russischer Müll«, grummelte er mit deutlichem Cockney-Akzent.

Sie fuhren weiter. Bruckner drehte am Lenkrad, und am Horizont tauchten Bäume auf, wo eben noch keine Bäume gewesen waren. Regentropfen prasselten auf die Windschutzscheibe. In Baikonur war es wolkenlos gewesen. Noch eine kleine Drehung des Lenkrads und sie fuhren nicht mehr auf Schotter, sondern auf rotem Asphalt, und es war Nacht. Fünf unförmige Monde hingen am Himmel. Eine große, von Stacheln bedeckte Pflanze erhob sich links von ihnen. Franny schluckte und holte keuchend Luft.

Bubbles merkte es. »Alles okay?«, fragte sie im Dröhnen des Motors.

Erst wollte er ihre Frage abtun. Einen auf Macker machen. »*Nö, alles gut. Kinderspiel.*« Doch dann sagte er die Wahrheit.

»Ich habe Angst.« Er lächelte sie schief an.

»Das kann ich dir nicht verdenken.« Die Antwort überraschte ihn. »Ich will nicht nach Talas zurück. Ich bin gerade so entkommen. Aber ich habe ein kleines Mädchen und … Hören Sie, vielleicht hilft Ihnen das, denn ich werde alles tun, um sie zu schützen. Wir brauchen Sie, wenn wir eine Chance haben wollen, das zu schaffen.«

»Ich befürchte halt, dass ich die Nerven verlieren werde«, gestand Franny. »Ich war ganz am Anfang dort, und da war es schon fast überwältigend. Da habe ich Dinge an mir entdeckt … nun, lassen wir es dabei, dass ich wünschte, sie wären mir nie bewusst geworden.«

»Ray hat mir erzählt, dass Sie mit diesem Ding in einem Raum gewesen sind. Aufgrund meiner eigenen Erfahrungen kann ich Ihnen sagen, dass die Wirkung nachlässt, je weiter man sich entfernt. Und es kommt nicht schlagartig. Es kommt allmählich. Deshalb müssen wir abartig schnell sein, ins Krankenhaus rein, den Kerl schnappen und gleich wieder raus, bevor es uns erwischt.«

Das Gespräch mit Bubbles hatte ihn abgelenkt. Er sah durch die Windschutzscheibe und stellte fest, dass sie sich in einer Stadt aus gedrungenen, abgerundeten Gebäuden und Schildern mit einer Schrift, die er nicht erkannte, befanden. Etwas Großes flatterte über sie hinweg, ein fleischiger Flügelschlag fächerte Verwesungsgeruch in den Laster.

Mollie wimmerte. »Scheiße«, sagte Franny.

♣ ♦ ♠ ♥

Die Stoßdämpfer des Zils waren im Arsch. Michelle hörte Bruckner vor sich hinnuscheln, was für eine Scheißkarre das war. Die anderen zuckten zusammen, als sie in ein Schlagloch fuhren. Sie selbst spürte den Stoß nicht, aber sie wusste, dass sie ihn spüren würde, sobald sie in Talas wären.

Bruckner fluchte, weil der Laster so lahm war. Doch solange er sie keine Lesbe, Mollie keine Fotze und Billy Ray keine Schwuchtel nannte, konnte sie sein Geschimpfe ignorieren. Sie bemühte sich, gelassen zu bleiben. Jemand musste gefasst bleiben, denn Franny und Mollie sahen so aus, als würden sie bald die Nerven verlieren, lange bevor Bruckner sie zum Krankenhaus bringen würde.

Drei von Joeys Leichen saßen hinten auf dem Laster. Hin und wieder lächelte eine von ihnen sie an. Ihr war klar, dass es Joeys Lächeln war. Trotzdem war es widerlich.

»Du könntest auch mal zurücklächeln, Bubbles.« Nichts gab einem mehr das Gefühl, geliebt zu werden, als wenn deine Freundin aus dem Mund eines Zehenzettels sprach. *Wie lange kannst du nach dem Tod noch zwitschern?*, fragte sie sich. *So lange wie nötig, wie es scheint.*

Das Land um sie her veränderte sich. Nicht schlagartig wie bei Mollies Toren, sondern nur hier und da ein wenig.

Das Gelände wurde welliger und dann eintönig. Dann kam wieder Steppe, doch war sie jetzt von saftigem Gras bedeckt. Allerdings war das Gras nicht grün, sondern blaulila, während der Himmel eine seltsam grünliche Farbe annahm, als würde gleich ein Tornado losbrechen. Dann ging wieder eine Veränderung vor sich. Es war bestürzend, und wäre Michelle nicht schon einmal in Talas gewesen, hätte sie es wohl überwältigend gefunden. Jetzt aber war es einfach nur interessant. Die Welt verwandelte sich weiter. Und plötzlich waren sie wieder in Talas.

♣♦♠♥

»Tut mir leid, Generalsekretär«, sagte Barbara, ohne zu wissen, ob das Gespräch aufgezeichnet wurde oder nicht. Ihre Stimme hallte in dem Verhörzimmer im St.-Gilles-Gefängnis wider. Sie hob die in Handschellen gefesselten Hände und ließ sie wieder sinken. Das Geräusch, das die Handschellen auf der metallenen Tischplatte machten, an der sie saß, war furchtbar laut und endgültig. »Alles geschah ganz allein auf meinen Befehl hin. Wir mussten Highwayman vor Präsident Putins Ultimatum befreien. Mir schien das die einzige Lösung. Ich übernehme sämtliche Verantwortung für die Geschehnisse.«

»Miss Baden«, sagte Jayewardene leise und mit der Andeutung eines Lächelns auf den schmalen Lippen. »Ich habe dafür gesorgt, dass das nicht aufgenommen wird. Aber ich danke Ihnen für Ihre … Offenheit.«

Barbara lächelte kurz, doch dehnte sie gleichzeitig ihre Asskraft aus, sodass sie beide darin eingeschlossen waren für den Fall, dass Jayewardene sich irrte. Auf einer Aufzeichnung wären nur unsinnige Silben zu hören, während sie und Jayewardene sich bestens verstanden. »Haben Sie etwas von Director Ray gehört? Sind sie …?«

»Ja«, antwortete Jayewardene. »Aus dem Kosmodrom in Baikonur wurde ein Laster entwendet. Die Wachen dort meinen, sie hätten gesehen, wie er verschwand.«

Barbara nickte, doch Jayewardene sprach weiter: »Während Sie hier waren, kam es noch zu anderen Entwicklungen, Miss Baden. Kirgisistan hat sechs Kampfhubschrauber ausgesandt, um Talas zu bombardieren.«

Barbara schnappte nach Luft. »Nein. Haben sie das Krankenhaus zerstört? Ist Tolenka tot?«

Jayewardene blieb ungerührt. »Nein, haben sie nicht. Ihre Hubschrauber sind von einer geflügelten Frau und einem Schwarm fliegender Schrecken abgeschossen worden.«

»War es Midnight Angel?«

Jayewardene nickte. »Ja. Ebenjene Frau, die momentan eine Monsterhorde zum Kosmodrom von Baikonur führt. Präsident Putin hat Präsidentin van Rennsaeler und mich davon in Kenntnis gesetzt, dass er beabsichtigt, Talas mit einem atomaren Schlag auszuradieren, ehe das Kosmodrom überrannt wird.«

»Dann holen Sie mich hier raus«, sagte Barbara. »Wir müssen uns mit Putin treffen, uns mit ihm unterhalten.«

»Sie werden ihn nicht überzeugen.«

»Das muss ich auch nicht«, erklärte Barbara. »Ich muss nur dafür sorgen, dass er nicht in der Lage ist, den Befehl zu geben. *Das* kann ich. Zumindest hoffentlich so lange, bis Ray und Michelle es entweder geschafft haben oder gescheitert sind. Ich muss sie nur für ein paar Stunden aufhalten. Das reicht hoffentlich. Was sind schon ein paar Stunden, Generalsekretär? Wenn es in drei Stunden nicht vorbei ist, dann soll Putin eben seine Bombe schmeißen, was soll's. Drei Stunden, Generalsekretär. Geben Sie meinen Leuten drei Stunden, dann können Sie mit mir machen, was immer Sie wollen.«

Jayewardene starrte sie an. Angesichts seiner ausdruckslosen Miene glaubte sie, verloren zu haben. *Tut mir leid, Klaus. Ich habe es versucht. Ich habe alles getan, und es tut mir leid, dass es nicht ausreicht. Es tut mir leid, dass ich nie mit dir gesprochen und dir alles gesagt habe …*

Jayewardene stand auf und ging zur Tür. Er klopfte, worauf ein Wachmann die Tür öffnete. Hinter ihm stand ein zweiter, der die Hand am Kolben seiner Pistole hatte. »Sagen Sie dem Gefängnisdirektor, dass ich die Gefangene mitnehme«, sagte er. Der Wachmann nickte und schloss die Tür.

»Ich kümmere mich um Putin und bringe ihn dazu, das Zeitfenster einzuhalten, dass er Ihnen zugesichert hat, Miss Baden«, sagte Jayewardene. »Sie bekommen Ihre Stunden – solange Putin der Meinung ist, dass das Kosmodrom ausreichend verteidigt wird. Das ist *Ihre* Aufgabe und Ihre Bürde.«

♣♦♠♥

Michelle sah sich die Höllenlandschaft an und verlor jede Hoffnung. Bruckners Laster war wieder stecken geblieben, und jetzt mussten sie, Billy Ray und Joyes Zombies ihn durch das Meer verdorbenen Fleischs und sich windender, unaussprechlicher Schrecken schieben, um Franny zum Krankenhaus und zu Horrorshow zu bringen.

Wie bin ich nur auf die Idee gekommen, wir könnten das hin-

kriegen? In welchem Universum ist ein solcher Wahnsinn aufzuhalten? Langsam wurde sie wütend. *Scheiße.*

Sie mussten weiter, denn sonst würden sie verrückt werden und zu nichts anderem mehr fähig sein, als sich gegenseitig umzubringen. Oder sich selbst.

Michelle breitete die Arme aus, und eine Lawine von Blasen ergoss sich auf die unebene Straße. Die Blasen bahnten sich einen Weg durch das Sekret, die Tentakelungeheuer und Spinnen. Blut und Innereien flogen in die Luft. Die Schneise war nicht komplett sauber, aber der Laster konnte es hindurchschaffen.

»Weiter«, sagte sie.

♣♦♠♥

Mit seinen schwitzigen Händen konnte er kaum das Gewehr halten. Franny nahm es einmal in die eine, dann wieder in die andere Hand und wischte sich die Feuchtigkeit an den Hosenbeinen ab. Nicht dass er es schon brauchte. Talas war eine Stadt der Toten, nur von Nebel erfüllt und diesem unaufhörlichen Dröhnen wie ein Zahnarztbohrer im Kopf.

»Es ist, als wären meine Abkürzungen in die Welt eingedrungen und hätten die Hölle mitgebracht«, murmelte Bruckner.

Hölle mitgebracht, Hölle mitgebracht, Hölle mitgebracht. Die Worte wiederholten sich wieder und wieder in Frannys Kopf. Doch der Tonfall und das Timbre änderten sich. Einmal war es Schwester Theresa Anthony von der Holy Ghost Elementary School, die den Zweitklässlern von der Hölle erzählte. Ihre Stimme hallte ihm laut in den Ohren. *Eure Finger werden verbrennen, eure Augen werden schmelzen, eure Haut wird schwarz werden und sich von eurem Körper lösen. Nirgends wird es Wasser oder Brause geben. Nichts zum Trinken, um eure Qual zu lindern …* Franny sah nach links. Sie saß auf der Konsole zwischen ihm und Bruckner, doch in den Falten ihrer Haube steckte kein Gesicht, nur Schatten.

Eine der verdammten Seelen hinter ihm wimmerte. Franny wollte sich umdrehen und der geplagten Seele den Kolben des Karabiners in die Fresse hauen. Rays Stimme hielt ihn zurück.

»Black!«, rief er schroff und im Befehlston.

Schwester Theresa Anthony war weg, und Franny erinnerte sich daran, dass das Wimmern von Mollie kam. Er wollte so tun, als hätte es noch nicht angefangen. Dass er noch nicht die Beherrschung verlor und verrückt wurde. Ein neues Geräusch legte sich auf das Dröhnen. Gesang. Ganz hoch und überirdisch. Eine Gruppe von vielleicht fünfzig Kindern mit lang gezogenen Köpfen und riesigen Mündern marschierten am Laster vorbei. Sie gingen in Rautenformation, ein Chor monströser Engel, die Loblieder auf einen toten Gott sangen.

Vor ihnen befand sich ein großes Gebäude. Früher war es vielleicht einmal ein mehrstöckiges Bürogebäude gewesen, doch jetzt war es ein Turm aus blutendem Fleisch. An manchen Stellen pulsierten die rot glänzenden Eingeweide, als würden unter dem triefenden Gewebe Herzen schlagen.

»Ich … ich bin mir nicht sicher.« Die Straße führte auf einen Platz. Nebel zog vorbei, hob sich kurz und gab den Blick auf andere Straßen frei, die von dem Platz abgingen. Drei davon waren mit riesigen Deichen aus Erde, Asphalt und Pflastersteinen versperrt.

»Earth Witch war hier«, sagte Bubbles.

Ein beißender Wind, der den Gestank von Rauch, Kordit und Fäulnis mit sich brachte, riss den Nebel in Fetzen. Jetzt war eine Reiterstatue zu sehen. »Daran erinnere ich mich«, rief Franny. »Nach links.«

Highwayman drehte das Lenkrad. Inzwischen fluchte er unablässig vor sich hin.

»Aufhören! Aufhören! Aufhören! Halt die Scheißfresse!«, kreischte Mollie und schlug Bruckner gegen den Hinterkopf.

Der Laster schlingerte heftig. Franny fasste ans Lenkrad, während Bruckner seine Pistole zückte. Da ließ Franny das Lenkrad wieder los und entriss Bruckner die Waffe, ehe dieser damit auf Mollie zielen konnte. In den wenigen Sekunden, die er gebraucht hatte, um Bruckner zu entwaffnen, war der Laster auf den Gehweg gepoltert und in ein Haus gerauscht. Ray schrie, Zombies fielen von der Motorhaube wie überreifes Obst, und Michelle konnte sich nicht mehr festhalten und fiel hin.

Franny hörte sie »Adesina« murmeln, während sie aufstand und fortging. Bruckner blutete aus der Nase, weil er mit dem Gesicht gegen das Lenkrad geknallt war. Er weinte, sodass sich Tränen in das Blut und den Rotz mischten.

Franny stieß die Tür auf und lief Michelle hinterher. Der Boden fühlte sich seltsam an, als wäre er aus Toffee. »Michelle, Bubbles, warten Sie! Sie haben es versprochen. Sie müssen uns beschützen.«

Ray hatte sich ihm angeschlossen. »Michelle, der Junge hat recht, das kriegen wir ohne dich nicht hin.« Sie streckte die Hand zum Nebel aus und stieß einen Freudenschrei aus. »Scheiße, wir verlieren den Verstand«, grummelte Ray und sah auf seine Uhr. Franny folgte seinem Blick, doch die Zeiger wirbelten im Kreis herum, verwandelten sich in Spinnen und liefen über die schmelzenden Ziffern.

»Nicht mehr viel Zeit. Nicht mehr viel Zeit«, flüsterte Franny. In seiner Tasche kramte er nach dem Rosenkranz seines Vaters, ertastete die Perlen, und die Arme des Kruzifixes schnitten ihm in die Handfläche.

Der Schmerz bescherte ihm einen Moment der Klarheit. Er sah sich um und versuchte, seine eigenartige und veränderte Umgebung mit dem in Einklang zu bringen, was er vor nur wenigen Tagen gesehen hatte. Er hatte schon immer ein gutes Gedächtnis gehabt, und durch die jahrelange Arbeit bei der Polizei war seine Beobachtungsgabe nur noch besser geworden. Plötzlich legte sich ein Bild seiner Umgebung, wie sie wirklich aussah, über das Bild seiner Erinnerung, und er stellte fest, dass sie ganz nah beim Krankenhaus waren.

»Ich erinnere mich. Ich weiß es. Ich weiß, wo wir hinmüssen.« Er zog Michelle am Arm, konnte sie aber nicht von der Stelle bewegen.

»Baby, Mama ist da«, flötete sie. Aus dem Nebel torkelte eine Gestalt und wollte sich in Bubbles' Umarmung stürzen.

Angewidert stieß Franny einen Schrei aus und taumelte zurück. Der ganze Kopf war von saugenden Mündern überzogen. Und auf den Handflächen des Wesens befanden sich noch mehr Münder. Plötzlich waren die Zombies zur Stelle und stellten sich zwischen Michelle und das Monster. Sie bewegten sich steif, aber mit erstaunlicher Kraft. Sie stießen das Ding weg. Anschließend hoben zwei von ihnen Pflastersteine auf und schlugen das Ding zu Brei, während der dritte es festhielt. Mit der Ankunft der Zombies war der Bann gebrochen. Michelle schüttelte sich und grummelte: »Danke, Schatz.«

Sie kehrten zum Laster zurück. Ray klopfte Bruckner auf die Schulter. »Der Junge meint, er weiß den Weg. Vorwärts.«

Franny stieg wieder in die Kabine, und die beiden Asse nahmen ihre Positionen auf den Trittbrettern ein.

♣ ♦ ♠ ♥

Mollie konzentrierte sich auf Joeys nadelgroßes Verbindungsloch zum Kosmodrom, während Bruckner den Laster anhielt. Der Motor tuckerte weiter und pumpte Dieselabgase in ebenjenen Bosch-/Escher-/Giger-LSD-Trip, den Mollie gesehen hatte, als Joey nach Überlebenden des A-Teams gesucht hatte. Die Gegend um das Casino hatte sich in einen Wald aus Knochenbäumen verwandelt, deren mit Pusteln getüpfelten Zweige sich unter der Last pulsierender Organfrüchte durchbogen. Drei sechs Meter lange Tausendfüßer reckten sich vor dem Laster in die Höhe wie Kobras, und in ihren weit aufgerissenen Mandibeln taten sich schreiende Münder auf, aus denen Dutzende glänzend schwarze Spinnenaugen hervorlugten. Von Michelle, die sich unter das Blätterdach duckte, schoss eine Blase herüber, die einen Krater in die Straße riss – wenn man es Straße nennen wollte, denn der Untergrund sah aus, roch und zappelte wie etwas, das nur ein lebenslanger Kettenraucher mit fünf Schachteln am Tag hervorhusten konnte. Es regnete kleine Brocken angesengter Albtraumfüßer auf den Laster herab. Die beiden anderen Ungeheuer wanden sich davon und ließen eine Spur zischenden Schleims zurück. Sie tippelten auf Beinen, die aussahen wie Fangzungen.

Hastig kurbelte Franny sein Fenster auf, beugte sich hinaus und übergab sich. Etwas Besseres als sein Erbrochenes konnte Mollie hier kaum zu riechen hoffen. Die Zombies kamen gleich an zweiter Stelle.

Ray klammerte sich auf Bruckners Seite an das Trittbrett. Er kniff die Augen zusammen und versuchte, im Nebel etwas zu erkennen. Der Diesel lärmte, und ringsum schrie, gurgelte und lallte es, sodass er laut sprechen musste, um gehört zu werden.

»Ist das das Casino? Ich sehe nichts.«

Dunkelheit, Schatten und der unheimliche, vom Wind unbeeinflusste Nebel hüllten alles, was weiter als vierzig oder fünfzig Meter vom Laster entfernt war, in Unkenntlichkeit. Baba Yagas Casino, wenn es das Casino war, war eine vage, nichteuklidische Silhouette, die man nur kurz im treibenden Nebel erahnte. Es bedurfte einer heldenhaften Vorstellungskraft, um in den wankenden, unförmigen Massiven und pulsierenden Tälern Gebäude und Straßen zu erkennen.

Mollie mühte sich, die Umgebung mit ihrer dürftigen Kenntnis der Gegend um das Casino in Einklang zu bringen. Doch kannte sie die nur, weil sie zum Fenster in Baba Yagas Wohnung hinausgesehen hatte (– *ACH DU SCHEIßE ACH DU SCHEIßE DENK NICHT AN DAS BABY DENK NICHT DRAN DENK NICHT AN DEN GUSSEISENZAUN UND FRESSENDE VERRÜCKTE SCHEIßE SCHEIßE SCHEIßE* –), um zu erfahren, was da draußen vor sich ging …

Sie mussten schnell sein. Schneller als schnell. Trotz der Spritze fühlte Mollie sich panisch, verzweifelt, gehetzt. Der Wahnsinn würde jeden Moment von ihr Besitz ergreifen.

Mollie deutete mit dem Finger. »Da! Da müsste der Eingang sein. Wir sind auf der Nordseite des Casinos und schauen nach Westen.«

»Als hätte die bekackte Kompassrose hier irgendeine Bedeutung«, grummelte Bruckner.

Franny fuhr sich mit dem Ärmel über den Mund. »Das Krankenhaus …« Er brach ab, um ein Würgegeräusch zu unterdrücken. »Müsste östlich von hier sein. Hinter uns.«

Bruckner legte den Gang ein und riss das Lenkrad herum. Die Albtraumlandschaft drehte sich im Kreis. Auf dem matschigen Boden ruckelte der Laster. Mollie hielt sich an der Windschutzscheibe fest und glaubte einen Moment lang, dass der Wagen umfallen würde. Michelle stieß einen Schrei aus, und die Zombies mühten sich taumelnd, das Gleichgewicht zu halten. Noch einmal bockte der Laster, diesmal noch heftiger, und der Motor kreischte auf.

Bruckner schlug mit der Faust auf das Lenkrad. In der unwirklichen Höllenumgebung wirkte das kurze Hupen verblüffend gewöhnlich. »Mist! Wir stecken fest. Alle aussteigen und schieben. Das betrifft auch die Monsterpampe dahinten.«

»Wenn du glaubst, dass ich einen Fuß da raussetze«, sagte Mollie und spürte, wie die Wirkung der Spritze nachließ, »dann bist du noch durchgeknallter als ich.«

Franny sagte: »Mollie. Je eher wir weiterkommen, desto schneller sind wir aus der Hölle draußen.« Seine Stimme zitterte vor Anspannung. Sie wusste, dass er sich beherrschen musste, um nicht zu schreien.

»Na gut.«

Sie folgte ihm hinaus. Unter ihren Füßen quatschte es. Sie rutschte aus. Und dann sah sie, weshalb die Räder des Lasters durchdrehten: Unter ihm quollen Tausende haariger, zischender, blutfarbener Tausendfüßer aus der Erde. Sie überschwemmten die Straße und ihre Beine wie eine Decke. Mollie schrie.

Und von nicht weit weg drang das zitternde Kreischen ausgewachsener Albtraumfüßer.

♣ ♦ ♠ ♥

»Wir können Sie nicht nach Baikonur bringen«, hatte Jayewardene Barbara erklärt. »Dafür ist keine Zeit, und inzwischen wäre eine Reise ohnehin zu gefährlich. Sie müssen das Ganze von meinem Büro in Brüssel aus koordinieren …«

Mal wieder saß Barbara vor einer Ansammlung von Flachbildschirmen, diesmal in einem Besprechungszimmer in Jayewardenes UNO-Büro in Brüssel. Und diesmal sahen keine Gesichter aus den Bildschirmen, sondern sie zeigten unterschiedliche Kameraeinstellungen vom Kosmodrom. Mit den Tastaturen konnte Barbara die Kameras steuern, konnte die Bilder drehen oder heranzoomen. Auf einem Monitor war Gagarins senkrecht aufgestellte Sojus-Rakete zu sehen, die am Eingang nahe der Straße und des Bahnhofs stand. Dahinter sah man den y-förmigen Komplex der sich auf der flachen, braunen Ebene in die Ferne ausdehnte. Hier und da drängten sich Betongebäude wie Pilze zusammen, und die Türme der Abschussrampen ragten wie Metallbäume aus der Landschaft. Auf anderen Bildern sah man Startkomplex 81, das Flüchtlingslager, die Gebäude von Bereich 95 und, und, und. Die ganzen Außenbereiche des Kosmodroms vermochte sie zu überblicken.

Und auf dem letzten Monitor das Bild einer Überwachungskamera am Flughafen Krainij, die nach Osten in Richtung der Landstraße gerichtet war. Hier lauerte eine dunkle Nebelbank, und unter den grünschwarzen Schwingen dieses Nebels kam etwas hervor, das aussah wie ein Insektenschwarm aus sich windenden, einem Albtraum von Hieronymus Bosch entsprungenen Kreaturen. Sie krochen und humpelten und zappelten auf den Flughafen und die Kameras zu, ergossen sich auf die Straße wie eine dunkle Flut, eine heranbrandende Welle verformter Menschenmasse. Babel war froh, dass sie keinen Ton hatte. Sie stellte sich das Schreien Tausender Kehlen vor.

Ängstlich fragte sie sich, ob Klaus wohl ebenfalls Teil dieser Horde war, aber sie konnte in der Masse keinen Geisterstahl schimmern sehen.

Über Kopfhörer, die an ein Gerät mit mehreren Kippschaltern angeschlossen waren, hörte sie Stimmen in verschiedenen Sprachen: Capitaine Lefévre, der die NATO-Truppen befehligte, die tags zuvor eingetroffen waren; Oberst Kutnesow, der russische Kommandant der im Kosmodrom stationierten Truppen, Earth Witch, Bugsy, Glassteel, Wilma Mankiller, Toad Man, Tinker, Lama und Snow Blind, der in der Nähe von Area 51, in der die Atomwaffen gelagert und die Joker untergebracht worden waren, Stellung bezogen hatten. »Artillerie, Feuer eröffnen!«, hörte sie Kutnesows Befehl über seine Kommandoleitung. Und kurz darauf gab Lefévre seinen NATO-Truppen denselben Befehl.

Einen Augenblick später wurden die Bildschirme von

Lichtblitzen überzogen, die Geschosse explodierten in den ungeordneten Reihen der Ungeheuer und rissen sie auseinander. Babel war froh, es nur aus der Ferne zu sehen. Zwar konnte sie erkennen, wie dunkle Gestalten von der Wucht der Granaten und Raketen durch die Luft geschleudert wurden, doch waren sie undeutlich und verschwommen – wie winzige Spielzeugsoldaten in den Händen kleiner Kinder.

Nicht wie Menschen. Nicht wie abgetrennte Gliedmaßen und Blutfontänen. Nicht wie Klaus.

Es blitzte weiter, doch der Pulk der Höllengeschöpfe rückte weiter vor, inzwischen sogar im Laufschritt, und hinter ihnen drängten noch mehr aus dem Nebel heraus. »Angriff!«, rief Kutnesow den Soldaten am Eingang zu, und gleich darauf sah Barbara auf dem Bildschirm eine Phalanx aus Panzern auf die Eindringlinge zurollen. Von hinter ihnen feuerten Soldaten Automatikwaffen ab.

Und über den Höllenkreaturen erschien aus dem Nebel eine kleine, fliegende Gestalt: eine geflügelte Frau mit einem flammenden Schwert.

♣ ♦ ♠ ♥

Bruckner ließ den Motor aufheulen, worauf die Albtraumfüßer sich in die Schatten verkrochen. Im Nebel erhoben sich zwei Klötze.

»Da«, sagte Franny. »Das kommt mir bekannt vor. Fahr zwischen den beiden Häusern durch.«

Aus dem Nebel schienen sich kleinere Gestalten zu formen. Der Laster rauschte an ihnen vorbei, und sie streckten fremdartige Gliedmaßen nach ihm aus wie Anhalter, die den Daumen raushielten. Anhalter, die vollkommen aus pulsierender Hirnmasse zu bestehen schienen und statt Armen gigantische Libellenkörper hatten. Ihre augenlosen Gesichter waren nichts als gähnende Schlünde mit Nadelzähnen, die sich nach oben bogen und so lang waren, dass sie wie eine Dornenkrone aussahen. Einer von ihnen stürzte sich auf den Laster.

Ray riss ihn von der Abdeckung herunter und warf ihn in die Schatten zurück. »Hier gefällt es mir nicht«, sagte er.

Sie näherten sich dem Gebäude, auf das Franny gezeigt hatte. Der Nebel teilte sich. Mollie fluchte. Es waren keine Gebäude mehr, sondern eiternde Fleischberge. In den Falten aus wackelndem Tran rannen Eiterbäche herab, die aus offenen Wunden schossen, die früher einmal Fenster gewesen waren. Das schwärende Fleisch war mit dunklen, haarigen Tarantelbeinen gespickt.

»Mir gefällt es hier auch nicht«, sagte Michelle.

Der Fäulnisberg rechts fing an zu wackeln, als Bruckner näher heranfuhr. Plötzlich zuckte er zurück, als wollte er einen angestauten Furz entweichen lassen, und entfaltete einen Vorhang aus Greiftentakeln. Sie schossen klackernd und geifernd auf den Laster zu. Franny und Mollie schrien unisono.

Leck mich, dachte Mollie. *Ich haue ab.*

Sie schloss das Tor zum Kosmodrom und stellte sich einen Riss in der Raumzeit im Armaturenbrett vor, gerade groß genug, um hindurchzuspringen und zu dem warmen, weichen Sandstrand bei Perth zu gelangen. Doch stattdessen öffnete sich ein Tor zwischen dem Laster und den Tentakeln und schnappte gleich wieder zu, als Mollie merkte, dass sie es schon wieder nicht richtig hinbekommen hatte.

Der wackelnde Berg, der früher einmal ein Gebäude gewesen war, stieß einen vielstimmigen Schrei aus, der aus einem Dutzend Mäulern kam, und zog die Tentakelstummel ein. Aus den abgehackten Stümpfen spritzte hellblaues Sekret auf den Laster. Ray gab ein unverständliches Geräusch von sich, etwas zwischen einem Kreischen und einem Ächzen. Bruckner schaltete die Scheibenwischer ein und trat wieder aufs Gas. So rasten sie an dem wimmernden Eitermassiv vorbei.

Ach du Scheiße. Ich bin zu durch, um eine Abkürzung nach Hause zu erschaffen. Jetzt sitze ich hier fest.

Bruckner warf einen Seitenblick zu Mollie und nickte ihr anerkennend zu. Als hätte sie den Laster verteidigen wollen und nicht versucht, die anderen zurückzulassen.

Franny sah sie nicht an. Stattdessen mühte sie sich, das Nadelloch zu Joey ins Kosmodrom zu öffnen, bevor die Zehenzettel nutzlos werden würden.

♣♦♠♥

Sie waren den Tausendfüßern und dem Krakengebäude entkommen, nachdem Mollie ihm die Tentakel abgehackt hatte. Jetzt polterten die Reifen über alle möglichen Hindernisse hinweg, und der Laster schwankte. Franny stellte fest, dass es sich bei den Bremsschwellen um Leichen handelte. Unzählige Leichen.. Einige wirkten normal, andere glichen Gestalten aus Bildern von Hieronymus Bosch. Leere Gesichter, Beine, die zu einer einzigen Fleischsäule verschmolzen waren, überzählige Arme am Rumpf.

»Auch nicht groß anders als in Ruanda«, brummte Bruckner mit erzwungener Gelassenheit.

»Ja, Blödsinn«, war Rays Antwort.

»Ich *hasse* Machoblödsinn«, war Bubbles' Antwort.

Mollie winselte vor sich hin. Das kleine Portal, das über der Motorhaube schwebte, zog sich zusammen, zuckte und verformte sich. Franny fasste nach hinten und packte sie an der Schulter. »Nicht hinsehen.« Eigentlich hatte er einen Befehlston angestrebt. Doch stattdessen zitterte und brach seine Stimme. Er hustete, um das Kratzen aus der vom Erbrechen wunden Kehle herauszubekommen. Die Furcht jedoch ließ sich nicht so leicht verbannen.

»Okay, Tonto, wo lang?«, grunzte Bruckner.

Wenn ich das wüsste, dachte Franny, doch zeigte er vage nach vorn. »Fahr einfach weiter, bis ich was Bekanntes sehe.«

♣ ♦ ♠ ♥

»Meine Fresse«, sagte Bruckner leicht hysterisch. Unter den Achseln breiteten sich Schweißflecken aus, und trotz Joeys Zombies und dem Fäulnisgeruch in Talas konnte man seine Furcht riechen. »Es hört einfach nicht auf.«

Mollie kicherte, und Franny wurde bleich. Aber insgesamt hielten sie sich besser, als Michelle erwartet hatte. *Wunderdrogen,* dachte sie. Ein Zaubertrank aus weiß Gott was. Wahrscheinlich Xanax, Thorazine und eine Spur guten, alten Valiums. Wenn sie darüber nachdachte, kam sie zu dem Schluss, dass sie bei der Menge Drogen eigentlich nicht mehr aufrecht sein und schon gar nicht durch Dantes letzten Höllenkreis poltern dürften.

Ihr war klar, dass sie die Wirkung der Wahnsinnsstadt schon geraume Zeit spürte. Durch die Drogen war das Gefühl ein wenig abgemildert, aber es reichte nicht. Etwas Schleimiges stocherte in ihrem Kopf herum. So fühlte es sich zumindest an. Vielleicht auch nicht. Sie war sich nicht sicher, sie wusste nur, dass in ihrem Kopf alles ein wenig rutschig wurde.

»Wo lang?«, fragte Bruckner Franny. »Sag schon, du elender Angsthase.«

»Lass ihn«, fuhr Michelle ihn an. Sie hasste Bruckner dermaßen. Und es wäre so einfach, ihn umzubringen. In ihrer Hand bildete sich eine winzige Blase.

»Das sieht alles nicht richtig aus«, murmelte Franny und spähte in den Nebel. Michelle schloss ihre Hand, die Blase ploppte leise und war weg.

»Mach dir nichts draus«, sagte Michelle, um ihn aufzumuntern. Manchmal war sie für Momente noch sie selbst. Das Selbst, das sie einmal gewesen war. »Atme tief durch und orientiere dich.«

Billy Ray funkelte sie an. »Wir haben keine Zeit für Atemübungen«, sagte er. Die sonst blassrosanen Narben in seinem Gesicht leuchteten jetzt tiefrot.

»Da lang«, sagte Franny und zeigte mit der rechten Hand.

Bruckner legte den Gang ein und fluchte, als das Getriebe krachte und der Laster einen Satz machte. »Mit dem komme ich nicht mehr weit, ihr hinterfotzigen Ärsche.«

Nichts war für Michelle noch als Talas erkennbar. Sie staunte, dass Franny sich auch nur ansatzweise orientieren konnte. Es war eine einzige schäumende Masse aus Tentakeln, eitergefüllten Hautsäcken, Kreaturen mit leerem Blick und lauter gierigen Mündern auf dem Körper, Föten, die von dornigen Silberbäumen herabhingen, und ein Heer sich ständiger verändernder Ungeheuerlichkeiten.

»Da ist es!«

Michelle spähte in den Dunst. Etwas, das grob wie ein Gebäude aussah, aber aus Fleisch bestand, erhob sich zweihundert Meter vor ihnen. Leichen säumten die Stufen, die zum Eingang hinaufführten. Wenn man eine Tür, die sich hin und wieder in einen mit messergroßen Zähnen gespickten, gähnenden Rachen verwandelte, einen Eingang nennen wollte.

»Ach du Scheiße«, sagte Michelle, als der Nebel sich teilte.

Am Fuß der Treppe, die zum Fleischpalast hinaufführte, standen Lohengrin und Recycler. Recycler, dessen Körper von einem Berg faulenden Fleischs eingehüllt war, hielt sich hinter Lohengrin. Und Lohengrins Rüstung glänzte nicht mehr strahlend weiß, sondern höllisch rot.

Um Lohengrins Schwert züngelten Flammen, die so heiß waren, dass Michelle es gleich spürte. Er überragte sie alle.

Eine Phalanx von Ungeheuern umstand das Krankenhaus. Sie wurden vom Geräusch klappernder Zähne und klickender Spinnenfüße begrüßt. Die Horde dünstete Fäulnisgeruch aus, der ihnen entgegenschlug. Eine Kombination aus Exkrementen, Blut, Eiter und Tod. Michelle würgte es.

»Wie sollen wir an denen vorbeikommen?«, fragte Franny ebenfalls würgend.

»So wie immer«, knurrte Billy Ray. »So wie immer.« Er hechtete nach vorn und zog seine Pistolen. Joeys Zombies sprangen erschreckend behände vom Laster. *Die müssen echt frisch sein,* dachte Michelle.

»Bleib hier«, sagte Michelle zu Mollie und stieß sie in die Kabine des Lasters zurück.

»Bist du bekloppt?«, rief Mollie. Ihr klebten die schweißnassen Haarsträhnen am Kopf. Sie keuchte, und Michelle ahnte, dass die Wirkung der Beruhigungsspritze nachließ. »Ich bin nicht in die böse Wahnsinnszone des Psychokannibalenflashmobs zurückgekommen, um jetzt zu kneifen.« Michelle war überzeugt, dass das Unsinn war. Doch musste sie Mollie vertrauen, denn eine andere Wahl hatte sie nicht.

»Also halte dich wenigstens so weit im Hintergrund und aus der Schusslinie von … na, von was auch immer das ist.«

Michelle wandte sich um und rannte auf die Asse los, die inzwischen die Verteidiger der großen Perversion geworden waren. Aus Michelles Händen quollen Blasen. Faulige Fleischbrocken spritzten aus Recyclers Rüstung heraus. Sie musste sich zur Zurückhaltung zwingen, denn etwas in ihr – ein immer stärker werdender Teil von ihr – wollte sichergehen, dass Recycler nicht überlebte. Leichen waren verschwiegen, und sie wollte ganz bestimmt nicht, dass Tiago über sie redete.

Tiago. Mein Gott. Sie hatte ihn zurückgelassen, und das war aus ihm geworden. Und jetzt wollte sie ihn umbringen. O Gott.

Sie sah zu Billy Ray hinüber, der sich über die Monster hermachte.

Auch sie schoss eine Blasensalve auf sie ab. Sie explodierten, und mit grimmiger Genugtuung beobachtete sie, wie Innereien, schwarzes Sekret und eitrige Fleischbrocken durch die Luft flogen. Billy Rays einst weißer Kampfanzug war voller Blut. Sie spürte, dass auch sie von Spritzern unaussprechlicher Flüssigkeiten getroffen wurde, und sie bemühte sich, es nicht zu genießen.

Lohengrins Schwert fuhr auf Billy Ray nieder, und dieser wich wendig aus. Michelle warf ein paar Blasen, um Lohengrin abzulenken. Mollie köpfte die Schreckgestalten mit ihren Toren. Michelle rätselte, wie Mollie es schaffte, ihre Tore zu nutzen und dabei trotzdem das Nadelloch für Joey offen zu halten, ohne auszuflippen.

Doch dann traf sie eine neue Welle der Perversion, und sie hatte keine Zeit mehr, sich darüber den Kopf zu zerbrechen.

♣ ♦ ♠ ♥

Mollie betrachtete die Asse, die das Krankenhaus verteidigten. Einer war völlig unkenntlich, ein einziger Leichenberg. Der andere jedoch, derjenige in der glänzenden Rüstung, war häufig in Zeitschriften, Werbung und Fernsehen aufgetaucht: Lohengrin. Persönlich war sie ihm noch nie begegnet, doch würde sie ihn jederzeit erkennen.

Auf den Bildern leuchtete sein Geisterstahlschwert allerdings immer silbern. Jetzt tat es das nicht. Es glänzte dunkelrot wie die Zinken einer Mistgabel, mit der man jemand den Bauch durchbohrt hatte.

Scheiße, Scheiße, Scheiße.

♣ ♦ ♠ ♥

Franny stand an der Beifahrertür und umklammerte panisch sein Gewehr. Vor Angst war ihm speiübel. Beim Atmen tat ihm die Brust weh, und es kam ihm so vor, als würde seine Lunge versuchen, die verdorbene, mit Rauch und Fäulnisgeruch schwangere Luft von sich zu stoßen.

Franny befahl seinen Beinen, sich zu bewegen.

♣♦♠♥

Bei Lohengrins Schwertstreichen blitzte jedes Mal ein fleischfarbener Lichtstrahl über das unwirkliche Schlachtfeld. Im rosafarbenen Dämmerlicht erkannte Mollie Franny, der über das Pustelfeld am Boden lief. Auch ein kreischender Albtraumfüßer bemerkte ihn und kroch über das Schlachtfeld. Er war schneller als Franny, und sein schleimiger Leib versperrte dem Polizisten den Weg zum Krankenhauseingang. Der Cop wollte ausweichen, doch der Füßer war gut fünfzehn Meter lang. Ohne nachzudenken öffnete Mollie direkt vor Franny ein Tor. Er hechtete hindurch und fiel auf die Stufen. Dort riss er die Faust hoch und zeigte ihr über die Schulter den erhobenen Daumen, während er in dem sabbernden Fleischberg verschwand, der einmal ein Gebäude gewesen war. Mollie wurde jedoch vom Röcheln eines Dieselmotors abgelenkt.

Sie drehte sich um. Bruckner stemmte sich auf den Schalthebel. Das Getriebe ratterte, als er den Gang einlegte. Dann riss er das Lenkrad herum. Der leere Laster zermatschte drei Spinnenkrabbler, während er auf engem Raum wendete.

Hellblaues Sekret spritzte aus den geplatzten Körpern. Es zischte, dampfte und blubberte überall, wo es auftraf. Über Recyclers faulige Fleischrüstung zog sich ein lang gezogener, grünschwarzer Spritzer, der dampfende Blasen verursachte. Recycler schrie auf.

Vor dem Lastwagen wankten zwei Zombies. Sie hoben

die halb verfallenen Arme, als wären sie Anhalter. Joey wollte Bruckner aufhalten, damit er sich nicht aus dem Staub machen konnte.

Doch Bruckner drückte das Gaspedal durch. Der Laster prallte gegen die beiden Zehenzettel und holperte über die pulsierende Fleischstraße.

»Du elendes Arschloch!«

Leute im Stich lassen, wenn sie Hilfe nötig haben? Das ist meine Rolle.

Sie faltete den Raum. Bruckner trat auf die Bremse. Der schlitternde Laster riss blutige Furchen in die Fleischstraße, und es klang, als würde man ein nasses Laken zerreißen. Der Laster verschwand in dem Portal und tauchte auf der anderen Seite des Schlachtfelds wieder auf, raste direkt auf das Getümmel zu.

»Netter Versuch, Wich…«

Zwei Tentakel schlangen sich um Mollies Arme und rissen sie zu Boden.

♣♦♠♥

Franny wischte sich Schweiß am Ärmel ab und packte seinen Karabiner fester. Die Wesen, die hier Wache hielten, wirkten nicht mehr menschlich, trotzdem wollte er sie nicht erschießen. Außer er musste unbedingt. Es lastete schon genug auf seinem Gewissen.

Er versuchte, etwas Speichel zu sammeln, weil sein Mund trocken war und ihm die Kehle brannte, aber es gelang ihm nicht. Ein paar Monster marschierten hinaus aufs Schlachtfeld. Franny witterte darin eine Gelegenheit und schoss vorwärts, nur um wieder zurückzuweichen, als die Klänge des Kinderchors der Verdammten mit seinen unheimlich piepsenden Stimmen an sein Ohr waberten. Ihn durchlief ein Schauer, und einen Augenblick lang meinte Franny, wenn nicht die grotesken Worte, so doch die Bedeutung dieses Gesangs zu verstehen. Es war ein Lobgesang auf einen neuen Gott, der sich in der Dunkelheit erhob und das Licht verschlang. Das Nichts erschien herrlich verlockend. Wieder einmal tastete er nach seinem Rosenkranz, doch der tröstete ihn nicht. Was konnte der Gott der Christenheit schon ausrichten gegen eine Gottheit, die das Gewebe der Wirklichkeit zu verändern vermochte?

Der Gesang entfernte sich, und Franny erinnerte sich an seine Aufgabe. Er hängte sich den Rosenkranz um den Hals, als könne dieser Furcht und Zweifel verbannen. Der Weg war frei, und eine Tür, die zerbrochen in den Angeln hing, schien ihn einzuladen. Er rannte auf das Krankenhaus zu und hechtete hinein. Wie Käfer in Bernstein waren Kisten voller Konservendosen in die zu rotem Kristall verwandelten Wände eingeschlossen und deuteten darauf hin, dass er sich im Zuliefererbereich befand.

Franny ging weiter und suchte nach Punkten, die er kannte. Schließlich entdeckte er den Eingang, durch den er vor einem halben Leben Baba Yaga und ihren Gangstern hinterhergelaufen war. Der Boden war mit Leichen gepflastert. An der Decke bildeten sich Kronleuchter aus sich verzweigendem Kristall mit Auswüchsen an den Enden, die manchmal Blumen und manchmal krallende Finger waren. Anscheinend schuf der neue Gott sich einen Palast.

Die Lobby war voller Papier, das in der überhitzten Luft herumschwebte. Franny holte Luft und rannte über die Leichen. Eine davon bewegte sich, und Franny geriet ins Straucheln und fiel hin. Ein Mann grub sich unter den Leichen hervor und stürzte sich auf Franny. Drückte ihm die Kehle ab, schnappte mit den Zähnen nach ihm. Gesicht und Hände waren mit triefenden Geschwüren bedeckt. Franny wollte den Karabiner abfeuern, doch der Lauf war zu lang. Er ließ die Waffe fallen und versuchte, den Gegner von sich wegzudrücken, während er spürte und hörte, wie seine Halswirbel ächzten. Was ihn rettete, war der Eiter an den Händen des Mannes, denn deswegen konnte er nicht fest zupacken. Eine Waffe, dachte Franny. Er brauchte eine Waffe. Er wünschte, er hätte an ein Messer gedacht.

Mit einer Hand ließ er los und tastete panisch die faulenden Leichen neben ihm ab. Vor seinen Augen tanzten schwarze Flecken, als er einen Schlüsselbund zu fassen bekam. Den riss er in die Höhe und rammte einen Schlüssel tief in das Auge des Mannes. Der schrie und fasste sich ins Gesicht. Franny rappelte sich auf, hob sein Gewehr auf und schlug es dem Mann wie einen Schlagstock gegen den Kopf. Mit einem widerlichen Krachen entstand eine Vertiefung im Schädel. Der Mann sackte auf den anderen Leichen zusammen und rührte sich nicht mehr.

Im Aufzug, der gerade unten in der Lobby war, flogen Funken, deshalb nahm Franny die Treppe. Mit jedem Schritt fiel es ihm schwerer, die Füße zu heben, seine Muskeln zu einer Bewegung zu zwingen. Nicht nur auf seinem Körper, sondern auch auf seinem Herz und seinem Gemüt lastete ein erdrückendes Gewicht. Alles war verloren. Nichts blieb außer Furcht und Tod. Seine Mutter verwandelte sich in eines dieser Schneckengeschöpfe, seine Kameraden in Fort Freak fielen auseinander. Und er war ein Mörder. Er war in die Hölle verdammt. Ein Luftschnappen verwandelte sich in ein Schluchzen, und er sank auf der Treppe zusammen.

Franny starrte das Gewehr an. Es war besser, sich selbst ein Ende zu machen, und zwar jetzt. Um nicht wie all die Ungeheuer auf der Straße zu enden. So würde er verhindern, dass er immer und immer wieder tötete. Er wollte sich die Mündung unters Kinn halten, doch der Lauf verhedderte sich im Rosenkranz. Er wollte ihn freischütteln, und dabei pendelte der Rosenkranz vor ihm hin und her, die Onyxperlen, das silberne Kruzifix. Das Bild seines Vaters füllte sein Bewusstsein aus. Er hatte nur Bilder von ihm, eine Schachtel mit seinen Medaillen und dieses Kruzifix. John F. X. Black war in der Ausübung seines Amtes gestorben, als er, um Jokertown zu schützen, gegen ein Ass mit schrecklichen Kräften gekämpft hatte. Was würde er über seinen Feiglingsohn denken?

Franny kämpfte gegen die hoffnungslose Trägheit an, die ihn gefangen hielt, doch die Scham reichte nicht aus, um sich loszureißen. Zwar hatte sie ihn begreifen lassen, dass eine äußere Kraft ihm Hoffnung und Mut raubte, sie zersetzte, aber er wusste nicht, wie er sich dagegen wehren sollte.

»Selbstmord ist eine Todsünde«, flüsterte er und neigte den Kopf auf die verschränkten Arme hinab. Das Gewehr ruhte auf seinen Knien. Plötzlich fiel ihm die letzte Predigt ein, die Pater Squid vor seiner Entführung gehalten hatte. Der Priester hatte über Ungerechtigkeit gesprochen, über die Ungerechtigkeit des Wild-Card-Virus und die des Lebens. Dass manche die Fähigkeit erhielten, Berge zu versetzen, und andere nur verunstaltet wurden und leiden mussten. Manche waren reich, manche arm, doch am Ende hatte der Priester gesagt, dass es eine Macht gäbe, die über die Macht der Asse oder das Leiden der Joker oder die Macht des Geldes hinausging – Liebe. Dann hatte er den ersten Korintherbrief zitiert: *Ertragt alles, glaubt alles, hofft alles, duldet alles, aber wisst, dass die Liebe nie strauchelt.*

Franny ließ das Gewehr auf eine Stufe fallen. Er griff das Geländer und merkte, dass es schwarz von Ruß und voller Blut war. Er zog sich hoch.

»Nur noch ein kleines Stück. Ich kriege das hin.«

Er stieg weiter hinauf.

♣♦♠♥

Die Tentakel zogen Mollie über platzende Pusteln und durch schwappende Pfützen aus dampfendem Sekret. Es brannte. Sie krümmte sich, versuchte erst, sich zu befreien, doch wenn sie sich wehrte, lockte das nur noch mehr der schleimigen Ranken an, die sich zu ihr schlängelten, ihre Arme, Beine, Hals, Mund umschlangen. Die Dämonenglieder waren unterteilt wie schwarze borstenhaarige Tarantelbeine, und an jedem Gelenk hockten Bälle aus winzigen Augen. Mollie kniff den Mund zu, doch ein dünner Trieb schaffte es an ihren Lippen und ihren Zähnen vorbei und erkundete ihren Mund mit seinen pulsierenden Borstenhaaren. Der Geschmack von Schwefel und Tod füllte ihren Mund aus, und der Geruch von einem fünf Tage alten, in der Sonne geschmorten Stinktierkadaver am Straßenrand stieg ihr in die Nase. Sie erbrach sich. Gelber Schaum spritzte ihr ins Gesicht, doch die Tentakel zogen sich nur noch fester zusammen. Trotzdem knallte sie auf den eitrigen Boden, wurde immer schneller gezogen, da immer mehr Tentakel sich daran beteiligten, sie … wohin zu ziehen?

Mollie schlenkerte wie eine Forelle im Rumpf eines Kanus. Sie sträubte sich gegen die Tentakel, gegen die tausend nadelartigen Borsten, die sie piksten. Sie richtete sich auf, um zu sehen, wohin sie gezerrt wurde. Ein sabberndes Maul, als wenn Bosch und Giger gemeinsam einen LSD-Trip gehabt hätten …

Ein weiterer Tentakel platschte gegen ihren Kopf wie ein nasses Handtuch. Sie sah nichts.

Sie sah nichts mehr.

Sie konnte den Raum nicht falten, um die Tentakel abzuschneiden. Sie konnte kein Tor unter dem Monstermaul öffnen. Es gab kein Entkommen. Das Klicken wurde lauter wie das Klappern von tausend Würfeln.

Die borstigen Tentakel sonderten einen üblen Schleim ab,

der auf ihrer Haut brannte. *Ogottogottogottogott, es sabbert schon, weil es kaum erwarten kann, mich zu verschlingen.*

Sie suchte verzweifelt nach gedanklichem Halt, nach einem der Dutzenden, Hunderten Orten, die sie in den vergangenen Jahren für Portale benutzt hatte. Doch jedes Mal, wenn ihr panischer Verstand einen gefunden hatte, vermochte sie ihn nicht zu manifestieren. Sie versuchte, den Raum nur ein paar Meter entfernt zu falten, dort, wo die Schleimstricke sie hinzuzerren schienen. Aber wegen des Holperns und Platschens auf dem pulsierenden Untergrund kam ihr Richtungssinn durcheinander, und sie vermochte kein Tor zu öffnen. Weil sie sich auf kein Bild ihrer Umgebung konzentrieren konnte, konnte sie die Tentakel, die sie zu dem Maul zogen, nicht abhacken.

Das Zähneklappern wurde so laut, dass die Erde bebte. Heißer, saurer Atem blies ihr ins Gesicht wie unheimliche Santa-Ana-Winde. Beißender Speichel verbrannte ihre Haut. Aber sie wagte nicht zu schreien, denn dann hätte sich das Nest aus zappelnden Tarantelbeinen vor ihren Lippen an ihren Zähnen vorbeigestohlen und wäre in ihre Kehle gekrochen.

»Mollie!«

Ein Donnern erschütterte die pulsierende Erde, dann in rascher Folge noch einmal wie ein Blitz, der zweimal an derselben Stelle einschlägt. Die Tentakel, die sich um Mollie gewickelt hatten, erschlafften, und dann regnete es rot auf sie herab. Mollie schüttelte die abgetrennten Schleimstricke ab und sprang auf.

Dank der Blasen, die Michelle geschleudert hatte, hatte sich das Maul in einen rauchenden Krater verwandelt. Doch schon wanden sich neue Sprösslinge unter der Maulleiche hervor, als wären hundert Schlangen gleichzeitig geschlüpft. Sie krochen schon wieder auf Mollie zu.

Sie faltete den Raum unter dem Nest und über einem

Vulkan auf Island. Die Schwerkraft riss einen Teil der pervertierten Umgebung heraus und ließ ihn in die Tausende Meilen entfernte Lava stürzen.

♣♦♠♥

Billy Ray war unglaublich schnell, aber Michelle merkte, dass selbst er Mühe hatte, mit dem Schwarm verdorbener Kreaturen mitzuhalten, die auf sie einstürmten.

Scheiße, dachte sie. Sie spürte, wie eine düstere Wut von ihr Besitz ergriff. Sie musste sie in Bahnen lenken. *Dann räume ich mal mit denen auf.* Sie hob die Hände über den Kopf und spreizte die Finger.

Wie Feuer vom Himmel ließ sie Blasen auf die Feinde herabregnen. Eine jede schlug in einen widerlichen Körper ein und riss Löcher. Es fühlte sich an, als flösse das Fett nur so aus ihr heraus. Als sie endlich innehielt, sah sie an sich hinab.

Sie war nicht so dünn wie damals, als sie aus Talas gekommen war, aber auch nicht mehr weit davon entfernt. Sie musste wieder fett werden. Schnell.

»Director!«, rief sie. »Ich brauch dich!«

Billy Ray wirbelte herum, hastete zu ihr und schlug auf sie ein. Es tat irrsinnig weh, und trotzdem richtete er nicht schnell genug ausreichend Schaden an.

Plötzlich sackte sie so rasant zusammen, dass es ihr vorkam, als stürze sie von einem Gebäude.

Die Portale. Sie verschwand an einem Ort – um an einem anderen aufzuschlagen.

Sie krachte auf den Boden. Von den Schmerzen wurde sie fast ohnmächtig.

»Noch mal!«, rief sie.

♣♦♠♥

Die Zombies waren träge. Lohengrins Schwert fuhr durch die beiden letzten wankenden Gestalten, als wären es mit nassen Papierhandtüchern ausgestopfte Vogelscheuchen.

Mollie versuchte, eine Verbindung zum Kosmodrom zu öffnen, damit Joey weitere Leichen aufstehen lassen konnte, doch in dem Moment hob Recycler seine riesige Faust, die vor Plastikspritzen und Biogefahrgutbeuteln strotzte. Anscheinend hatte er den Inhalt der stinkenden Container hinterm Krankenhaus mit den medizinischen Abfällen in sich aufgenommen. Er holte mit der Faust aus, um Billy Ray wie einen Zeltpflock in den Boden zu rammen. Das SCARE-Ass war zu sehr damit beschäftigt, einen Albtraumfüßer abzuwehren, und bemerkte den tödlichen Angriff nicht.

»Ray!«, rief sie und öffnete über seinem Kopf ein Loch im Raum. Recyclers Faust raste herab, verschwand über Rays Kopf und landete platschend im Indischen Ozean vor der Küste von Perth.

»Hinter Ihnen!«

Während Ray noch mit dem riesigen Füßer rang, sah er über die Schulter zurück und stellte fest, dass Recycler zu einem neuen Schlag ausholte. Ray durchtrennte das Monster, warf sich herum und schleuderte Recycler die eine Hälfte des noch zappelnden Ungeheuers ins Gesicht. Rauchendes hellblaues Sekret spritzte Recycler in die Leichenaugen. Das blödsinnige Ass schrie und drückte sich die Hände voller medizinischer Abfälle und gebrauchter Spritzen ins Gesicht.

♣♦♠♥

Seltsamerweise befanden sich in Tolenkas Zimmer keine Leichen.

Schlaff und leer hingen die Infusionsbeutel herab, und es roch nach Pisse und Kot. Die Bildschirme waren schwarz, doch Franny hatte das furchtbare Gefühl, als würden ihn aus der Schwärze Gesichter anstarren. Das dröhnende Brummen war fast zu einem Brüllen geworden. Es zerrte an seinem Verstand, tastete nach einem Zugang, um Wut und Gewalt und seinen glühenden Glauben aus ihm herauszukitzeln. Erschöpfung, zermürbende Furcht und Gebete bildeten ein schwaches Bollwerk gegen diesen Drang. Franny wechselte zwischen dem Ave-Maria und dem Vaterunser ab. So ging er auf das Bett zu.

Der verschrumpelte Alte hatte sich fast wie ein Fötus zusammengerollt. Seine Lippen waren so ausgetrocknet, dass sie aufgeplatzt waren und bluteten. Er schien kaum noch zu atmen. Aus seinen geöffneten Augen blickte Franny eine furchteinflößende Intelligenz an, voller Bosheit und Hass.

Franny packte ihn, und da kam Leben in seine Kehle, und es erklang ein schrilles Heulen. Der Dunkle Gott rief Hilfe herbei. Franny stellte sich vor, wie unförmige Gestalten die Treppe heraufhasteten. Verzweifelt sah er sich um. Ihm blieb keine Zeit. Wer konnte sagen, wie lange Ray und Bubbles noch weiterkämpfen konnten. Immer mehr Monster eilten herbei. Er musste etwas unternehmen.

Franny wischte sich den Schweiß ab, der ihm übers Gesicht lief und ihm in den Augen brannte. Er sah zum Fenster. »Wie wäre es, wenn wir uns ein Beispiel an Bruckner nehmen?«, flüsterte er Tolenka zu. »Eine Abkürzung nehmen?«

Er stolperte aus dem Zimmer und suchte nach etwas, aus dem er ein Seil machen konnte. Der Stationstresen hatte sich in ein eigenartiges nautilusartiges Ding verwandelt. Franny fürchtete, dass in dem Gehäuse etwas wohnen könnte, und machte einen großen Bogen drum herum. Dann entdeckte er einen Schrank mit Bettwäsche und holte einige Laken heraus.

Zurück im Zimmer schlug er die Tür zu und verkeilte einen Stuhl unter der Türklinke. Dann zerriss er hastig die Tücher. Es landeten schon Schläge an der Tür. Sie bog sich nach innen durch. Mit fast gefühllosen Fingern band Franny die Tücher zu einem Seil zusammen. Dann machte er daraus eine Schlinge und band sich den sterbenden Joker vor die Brust wie ein Vater, der ein absurdes Greisenbaby trug. Der Gestank von Kot und Tod haftete dem Alten an, und Franny würgte es. Er atmete durch den Mund weiter. Anscheinend begriff die bösartige Intelligenz, was er vorhatte, denn der Joker trat ihm kraftlos gegen die Beine, doch waren die Tritte so schwach, dass Franny sie nicht weiter beachtete.

Franny hängte sich das Gewehr um, stellte die Räder des Krankenbetts fest und band das Seil an einem der Bettbeine fest. Das andere Ende des Seils wickelte er sich ums Handgelenk und hechtete zum Fenster hinaus. Eigentlich hatte er gehofft, sich langsam hinauslassen zu können, doch das Metallbein des Stuhls, mit dem er die Tür verrammelt hatte, bog sich durch, und die Tür ging quietschend auf. Franny packte das Seil und stürzte sich rückwärts hinaus. Mit Wucht wurde er gegen die Hauswand geschleudert, fing sich aber mit den Füßen ab. Dennoch ging ein heftiger Ruck durch seinen Körper und zerrte die Wunde in seiner Seite. Er seilte sich an der Wand ab und war dankbar, dass er im Fitnessstudio auch eine Zeit lang geklettert war.

Tolenkas Zähne klackten, als er versuchte, Franny zu beißen. Zum Glück hing er so tief vor seiner Brust, dass er nur Kevlar zu beißen bekam.

Was, wenn er stirbt, während ich ihn trage?, dachte Franny. Doch diesen schrecklichen Gedanken schob er gleich wieder beiseite.

♣♦♠♥

Sie waren umzingelt. Schon wieder spürte Mollie, dass sie instabil wurde, weil die Wirkung der Medikamente nachließ.

Mit Michelle und Ray stand sie in einem sich zusammenziehenden Kreis aus Albtraumfüßern, wankenden Gestalten, die einmal menschlich gewesen waren, krabbelnden Augenspinnen und Schlimmerem. Recycler kam näher, und bei jedem seiner Schritte bebte die Erde.

Michelle wollte Blasen werfen, aber sie war zu mager.

Sie brüllte: »Ray! Schlag mich noch mal!«

Zu Mollie sagte sie: »Gib uns Deckung, Kleine.«

Ray folgte ihrem Befehl. Wie im Takt prügelte er auf ihren Bauch ein, und mit jedem Hieb wurde sie ein bisschen dicker. Aber er war müde und wurde immer langsamer. Mit jedem Mal wurden seine Schläge schwächer.

In der Zwischenzeit mühte sich Mollie, etliche Tore aufflackern zu lassen, mit denen sie die Monster abfing, die sich auf sie stürzten. Solange sie ihnen die kleinen Biester vom Leib hielt, brauchte sie sich nicht auf das wandelnde Koloss aus faulendem Abfall und Leichenteilen zu konzentrieren, zu dem Recycler geworden war.

Michelle, die ein bisschen draller war als eben noch, riss sich von Ray los und schleuderte alles, was sie hatte, auf das riesige Ass. Die Explosionen rissen zwar Krater in seine Rüstung, aber er ließ sich nicht aufhalten. Innerhalb von Sekunden war sie wieder hager und hatte keine Blasen mehr.

»Es reicht nicht!«

»Warte«, sagte Mollie. Sie öffnete ein Loch direkt unter Michelle. Von der Schwerkraft wurde das Ass durch das Loch gezogen und kam in einem anderen Portal heraus, das sich ein paar hundert Meter über dem Schlachtfeld vor dem Krankenhaus befand. Sekunden später schlug Michelle auf, und Schockwellen liefen durch die pulsierende Erde, sodass die schwankenden Ungeheuer, die Ray und Mollie umzingelten, von den Beinen gerissen wurden. Als das Model sich aufrappelte, war sie fünfmal so dick wie davor.

»Noch mal!«, rief sie.

Ray gab alles, um den Albtraumzoo um sie herum zurückzudrängen, während Mollie das Ganze noch einmal durchzog. Diesmal platzierte sie das Ausgangstor so, dass Michelle bei ihrer Landung einen Pulk Schreckgestalten zermatschte. Eiernd kam sie auf die Beine, mittlerweile beinahe so voluminös wie Recycler.

Etliche Kinnlappen zitterten, als Michelle ihr zunickte. »Danke«, sagte sie und schoss eine spektakuläre Blasenkaskade auf Recycler ab, der unter der maschinengewehrartigen Salve in die Knie ging.

Doch Mollie beachtete sie nicht mehr. Stattdessen fragte sie sich, wie sie sich vom Schmutz der Frankenstein'schen Gottmaschine reinigen konnte, ehe sie sich der Gnade der Madenkönigin auslieferte und um Heiligung bat.

♣♦♠♥

Michelle und Billy Ray wateten bis zu den Knöcheln in Leichen. Jetzt stand nur noch Lohengrin zwischen ihnen und dem Krankenhaus.

Sie hatte Recycler mit Blasen geschrotet, bis seine Fleischrüstung abgeplatzt war. Der Junge darunter lallte in einer Sprache, die Michelle nicht verstand. Sie wusste nur, dass sie alles geben würde, damit er aufhörte zu labern.

Billy Ray versetzte ihm einen raschen Kinnhaken, worauf Tiago bewusstlos hinfiel.

Jetzt mussten sie nur noch Lohengrin beschäftigen, bis Franny mit Horrorshow herauskommen würde.

In ihrer Hand bildete sich eine fußballgroße Blase, die sie auf Billy Ray schleuderte. Sie traf ihn im Rücken und stieß ihn aus der Bahn des rot flammenden Schwerts. Billy rollte sich ab und stand wieder auf den Beinen, ehe er richtig gestürzt war. Dann wirbelte er zu Lohengrin herum. Michelle sah, dass Lohengrin erneut mit dem Schwert ausholte.

Ihr war klar, dass seine Rüstung nahezu undurchdringlich war. Aber er war nicht immun gegen Prügel in dieser Form. Und dank Mollie war sie jetzt unglaublich schwer und hatte mächtig Blasen-Power.

Sie hob die Handflächen, beugte die Finger und ließ zwischen den Händen eine riesige Blase wachsen. Sie war schwer und hart, und gleich nach dem Aufprall würde sie explodieren. Sie hoffte, dass Lohengrin so zäh war, wie er wirkte, denn sie wollte nicht noch einen weiteren Menschen auf dem Gewissen haben.

Aber es wäre total spaßig, ihn sterben zu sehen, oder?

In ihrem Augenwinkel bewegte sich etwas. Sie blickte auf und sah Franny aus einem Fenster aus der zweiten Etage des Krankenhauses klettern. Er hatte Leintücher zu einem Seil zusammengebunden. Eine groteske Gestalt hatte er sich auf die Brust gebunden. Horrorshow.

Lohengrin wandte sich langsam zum Gebäude um, und Michelle schleuderte ihre Blase. Sie war nicht so mächtig, wie sie geplant hatte, aber sie wollte seine Aufmerksamkeit rasch wieder auf sich lenken.

Die Blase traf ihn in der Brust, und er fiel hin, bevor sie explodierte. Die Schockwelle riss Michelle ein Stück zurück. Es tat weh. Es tat verdammt weh.

Billy Ray war plötzlich neben ihr. Er war voller Blut. »Glaubst du, er bleibt liegen?«, fragte er und wischte sich das Gesicht mit dem Handrücken ab. Dabei wurde sein Gesicht kein bisschen sauberer.

Wie zur Antwort rappelte Klaus sich auf. Billy Ray stürzte sich sofort auf ihn, doch Klaus war schneller. Er ließ die Hand vorschnellen und schlug Billy Ray wie eine Mücke zur Seite.

Billy Ray krümmte sich auf dem Boden. Michelle war entsetzt. Nie hätte sie geglaubt, dass ihn irgendetwas umhauen konnte.

Und jetzt war sie allein.

Sie allein konnte den anderen noch eine Chance verschaffen, Horrorshow wegzubringen.

»Komm schon, Klaus«, rief Michelle und bewegte sich auf seine rechte Seite. Wenn er sich mit ihr drehte, würde er sich von Franny und Bruckner abwenden. »Ich habe mich immer gefragt, wer von uns in einem Zweikampf gewinnen würde.«

Der Kampf war nicht ausgeglichen. Klaus war von einer außerirdischen Macht erfüllt und überragte sie mindestens um zweieinhalb Meter. Doch ihn zu beschäftigen, stellte die einzige Hoffnung dar, Adesina zu retten.

Sie sprengte den Boden unter seinen Füßen. Brocken toter Ungeheuer und fleischigen Untergrunds flogen in die Luft. Lohengrin taumelte und fiel auf die Knie. Dann schlug eine explodierende Blase nach der anderen in ihn ein. Obwohl sie gewaltige Fettmassen angesammelt hatte, wurde sie schon wieder schlanker. Doch blieb ihr nichts anderes übrig, als ihn weiter zu beharken. Jedes Mal, wenn er aufstehen wollte, stieß sie ihn wieder zu Boden. Er wurde immer wütender, aber sie auch. Der rote Nebel legte sich auf ihren Verstand. Diese Angelegenheit ließ sich nur auf eine Weise beenden. Ihr fiel nur ein Weg ein, ihn auszuschalten und den anderen die nötige Zeit zu verschaffen. Nur ein Weg, ihre Tochter zu retten.

Das Beruhigungsmittel hatte seine Wirkung verloren. Deshalb widerstand sie nicht länger, sondern überließ sich der furchtbaren Wut. Sie ließ einen Blasenhagel auf Lohengrin niederprasseln und legte ihren ganzen Zorn hinein.

Er brach zusammen, ließ sein Schwert fallen, das sofort seinen blutigen Glanz verlor. Die Erde bebte, als er aufschlug, und Michelle wankte zurück. Er stand nicht mehr auf.

♣♦♠♥

Die anderen Bittsteller warfen sich Mollie in den Weg. Sie wollten sie auf ihrem Weg zur Madenkönigin aufhalten, griffen sie an, Welle um Welle. Ausgemergelte Albtraumfüßer, schlurfende, eiternde Fleischberge. Aber sie hielt sie auf Abstand und versetzte sie mit Portalen in die Körper ihrer Asselgefährten. Drei auf einmal, zwölf auf einmal, siebenunddreißig auf einmal, bis sie in Blutfontänen zerplatzten. Sie schritt durch ein Land voller Blutgeysire. Jetzt war es nicht mehr weit zur Madenkönigin. Nicht mehr weit, bis Ihre Eitrige Majestät sie mit dem Gewand des Fleischs wiedertaufte wie ein zweiter Bauch, aus dem Mollie wiedergeboren werden würde. Sie leckte sich die Zähne in Vorfreude und schmeckte salziges Blut. Sie musste kichern. Sie war eine unbesiegbare, unbezähmbare gnadenlose Göttin. Sie war eine SCHEIßGÖTTIN, die durch einen See aus ROTEM MAKELDRECK watete und sich den Bauch vollschlug mit Gallertkugeln aus …

Eine Biene stach sie in die Schulter.

Irgendwie schlüpfte eine Biene durch die nichtexistierenden Lücken ihrer Rüstung und stach sie in den Arm. Sie STACH sie in den beschissenen ARM und befleckte sie mit SCHLEIM. Sie schlug das Scheißteil weg – es hatte die Gestalt einer Spritze angenommen, als würde sie sich davon täuschen lassen – und wirbelte herum. Ein Nest von Brutkrebsen hatte sich zu einem zitternden Turm aus Sehnen und Blut aufgetürmt, der die Karikatur einer menschlichen Gestalt darstellte.

Eine kühle Taubheit wanderte ihren Arm hinab bis zur Hand, die den Untergang aller bedeutete, die sich ihr entgegenstellten – bis zu den Fingerspitzen, die vom Sekret ihrer Feinde schwarz waren. Der Krebsturm sah immer weniger wie ein Krebsturm aus und immer mehr wie ein Mensch. Die Täuschung – Frechheit! – machte sie wütend, fachte ihren Zorn an. Doch die Rechtschaffenheit, das Gebot, ihre Feinde zu zerschmettern und sich in ihrem Blut zu baden, war irgendwie nicht mehr ganz erreichbar, baumelte knapp außerhalb ihrer schmutzigen Hände. Es war, als wäre das Bienengift ein undurchdringliches Einwegfenster, durch das das heiße Feuer ihres Zorns noch deutlich sichtbar blieb, aber nicht mehr für sie zu fassen war.

Biene? Nein. Das war eine Spritze.

Der Krebsturm sah tatsächlich immer mehr wie jemand aus. Er sah aus wie Billy Ray, nachdem ihn jemand in eine Baumstumpffräse gesteckt und das, was dabei herauskam, mit Blut und Schleim und Kot und unaussprechlichen Dingen bestrichen hatte. Er schwankte wie ein Preisboxer, der Extrarunden gemacht hatte.

Michelle hinter ihm sah ausgemergelter aus als ein Konzentrationslagerhäftling. Sie hob die Hand dem auf sie zugaloppierenden, dreibeinigen Schleimmonster entgegen, doch die Blasen, die aus ihren Fingern kamen, waren wie Champagnerperlen. Abgestandener Champagner.

Billy Ray hielt Mollies Kopf mit beiden Händen fest. Sie taumelte. Er stützte sich auf sie, bemerkte sie. Er konnte nicht mehr ohne Hilfe stehen.

»Bitte, Kleine, bring uns hier raus …«

Seine Augen drehten sich nach hinten. Er brach zusammen.

Und dann sah sie es. Albtraumfüßer und Augenkrebse, Tausende von ihnen, eine feindliche Armee, die sich in alle Richtungen bis zum Horizont ausdehnte. Hunderte von eiternden Fleischbergen ließen die Erde beben und drangen auf die fünf dem Tod geweihten Asse ein.

Eine Stimme in ihr wollte sich ihnen anschließen.

Eine Stimme in ihr wollte gegen sie kämpfen. Sie zerstören.

Die restlichen Stimmen in ihr wollten EINFACH NUR ABHAUEN, SCHEIßVERDAMMT.

Ein letztes Mal überließ sich Mollie dem Wahnsinn. Dem Wahnsinn, der sie ihre Asskraft auf eine Weise benutzen ließ, derer sie nicht fähig war, wenn sie klaren Verstands war.

Fünf Tore öffneten sich gleichzeitig. Jeweils eines unter Bubbles, Billy Ray, Lohengrin, Recycler und ihr selbst.

Sie fiel durch eine Decke.

Das zweite Mal in dieser Woche brach in Fort Freak Chaos aus.

♣♦♠♥

Marcus schnappte Bugsy, als der aus der Komitee-Besprechung kam. »Hey, was ist los?«

Bugsy hatte eine Gerätschaft mit einem Mikro und einer winzigen Kamera an der Seite auf dem Kopf. Er sah Marcus stirnrunzelnd an und ging weiter. »Da rollt eine gewaltige Scheiße auf uns zu.«

Marcus kroch neben ihm her. »Und das heißt?«

»Sie kommen. Alle. Der ganze Albtraum von Talas mal hundertzehn.«

»Aber ihr habt einen Plan, oder?«

»Und was für einen Plan«, schnaubte Bugsy verächtlich. »Die Chancen, dass der aufgeht, sind verdammt knapp. Das Schicksal der Welt liegt in Tesseracts Hand. Wir sind alle am Arsch.« Er legte eine Hand ans Ohr und fügte zu Marcus' Verwirrung hinzu: »Ach, komm schon, Babel. Scheiß auf Geheimhaltung. Da er nun mal da ist, soll er auch alles erfahren.«

Die Antwort der Komitee-Leiterin konnte Marcus nicht verstehen, aber wie auch immer sie ausfiel, Bugsy ließ sich nicht beirren. Er skizzierte Marcus den Plan, erklärte ihm Tesseracts Auftrag und die Rolle, die der Highwayman dabei spielte. Nichts davon erschien Marcus sonderlich einleuchtend – der alte Knacker sollte die Ursache des Ganzen sein? –, aber er hörte aufmerksam zu. Es musste klappen. Das waren Asse, die besten der Welt. Ihr Plan musste einfach aufgehen. Schon allein die Tatsache, dass sie einen Plan hatten, war beruhigend. Aber nur ein paar wenige Augenblicke lang.

Marcus folgte Bugsy eine Betontreppe hinauf, und dabei glitt sein Schwanz hin und her. Auf dem Dach drängte sich eine Menschenmenge, und zwei Hubschrauber standen mit laufenden Motoren und drehenden Rotoren bereit. Bugsy fasste das Geländer und rief so laut, dass man ihn in all dem Lärm hören konnte: »Sieh die nahende Apokalypse.«

Und genau so sah es aus. Wie etwas, was sich ein hitziger, mit Bildern der Höllen vollgesogener Verstand vor Urzeiten ausgemalt haben mochte. Das Ende der Welt, es schob sich wütend über die weite, staubige Ebene auf das Kosmodrom zu. Die glühende Wolke blähte sich und verschlang alles in der Ferne mit unnatürlicher Geschwindigkeit. Marcus konnte darin Gestalten erkennen, die sich bewegten. Schlimmer jedoch war, dass er wusste, dass der Dunst mehr verbarg, als er offenbarte.

»Sie können es versuchen«, sagte Bugsy offenbar in sein Mikrofon. Dann aber wieder deutlich lauter zu Marcus: »Dann wollen wir mal sehen, was die Jungs in Uniform so können.«

Bitte, flehte Marcus stumm. *Bitte, halte sie auf. Du musst sie aufhalten, um Himmels willen …*

Dann konnte er also doch beten, wenn es darauf ankam. Aber sprach er mit Gott? Ja, doch gleichzeitig sprach er auch mit all den Assen, die das Kosmodrom verteidigen sollten. Er betete zu den Soldaten – Blauhelme, Russen und Kasachen – und den Piloten der Jäger und Hubschrauber und zu den Panzerbesatzungen. Er betete zu mehr als nur dem Gott, an den er nicht glaubte. Er betete zur ganzen Welt, bat die gesamte Schöpfung, ihren Blick auf das Geschehen zu richten und es aufzuhalten.

Bitte, halte sie auf …

Die Panzer eröffneten das Feuer. Die Kanonenrohre spien Zerstörung aus, tiefe, bebende Schläge, die Marcus in seinem Schwanz spürte. Die Geschosse trafen die Wolke, explodierten und rissen die Geschöpfe auseinander. An einer Stelle wurde ein riesiges Ungetüm in zwei Teile gefetzt, und während seine Beine noch ein paar Schritte machten, flog sein Oberkörper durch die Luft. Woanders vergingen etliche Gestalten in einer Wolke aus Blut und Staub.

Ja. Töte sie immer weiter …

Wild entschlossen nahmen die Maschinengewehrschützen die heranrückende Horde unter Beschuss. Hier und da zuckten die missgestalteten Kreaturen, wenn sie von den Kugeln durchlöchert wurden. Einige fielen, wanden sich, krochen weiter, starben heulend. Diejenigen, die es in die vorderste Reihe schafften, bekamen das meiste ab, denn die Soldaten zielten auf sie und perforierten sie, machten blutigen Brei aus ihnen.

Ja. Halte sie auf!

Düsenjäger donnerten über die Ebene wie eiserne Dolche, die den Himmel unglaublich schnell durchschnitten. Sie warfen ihre Bomben ab, drehten bei, bevor sie zu nahe kamen, und schossen nach rechts und links davon, während die Wolke von den feurigen und hoffentlich tödlichen Explosionen aufleuchtete.

Ja!

Und die Kampfhubschrauber. Was für tödliche Schönheiten! Als die Panzer anfingen, sich in Richtung Kosmodrom zurückzuziehen, flogen die Helikopter über sie hinweg und bildeten eine Kette vor der sich nähernden Menge. Mit ihren Maschinengewehren eröffneten sie das Feuer. Zwar drang die Horde weiter vor und die Hubschrauber wichen langsam zurück, doch zerlegten sie dabei die feindliche Front.

Ja, wir schaffen es.

Jeder Tod war ein kleiner Sieg. Ein kleiner Hoffnungsschimmer. Die Monster starben. Und ihre Zahl musste ja endlich sein, nicht wahr? Marcus wandte sich zu Bugsy um, der die Schlacht beobachtete und dabei in sein Mikro sprach. Marcus packte seine Schulter. »Wir schaffen es!«, rief er. »Wir werden sie schlagen!«

Bugsy riss sich los, drehte sich zu ihm und schob das Mikro zur Seite. Dann zeigte er mit dem Finger auf die Wolke. »Ich habe Wespen in dieser Scheiße. Wenn du sehen könntest, was ich sehe, würdest du nicht …«

Ein kollektives Keuchen ließ ihn abbrechen. Sie sahen beide zur Ebene hinüber, wo etwas Niedriges mit langen Gliedern aus der Wolke herausraste. Ruckartig und unglaublich schnell schoss es nach vorn wie eine Wüsteneidechse. Es sprang in die Höhe und packte einen der Hubschrauber, hielt ihn fest, riss und zerrte an ihm. Ein paar panische Sekunden lang hielt sich das Gefährt in der Luft, dann kippte es und stürzte wie ein Fels nach unten. Am Boden verwandelte es sich gleich in einen Feuerball. Die Rotoren wühlten sich in den Boden, bis sie abbrachen und ihre Bruchstücke durch die Luft rasten. Ein Trümmerteil traf einen anderen Hubschrauber, der heftig ins Schlingern geriet und einen schwarzen Rauchschweif hinter sich herzog. Er machte kehrt. Zwar gelang ihm eine Notlandung, doch stürzten sich die Monster auf ihn, kaum dass er am Boden war. Die ganze Hubschrauberkette drehte – vermutlich auf einen Befehl hin – ab, um sich zurückzuziehen. Die

Ersten schafften es auch, andere jedoch gerieten ins Wanken und Schlingern. Einer nach dem anderen stürzte ab. Einige zerschellten am Boden, andere konnten landen, wurden dann aber von der tobenden Horde überrannt.

»Nein«, flüsterte Marcus. Mir nichts, dir nichts war die Hoffnung, an die er sich geklammert hatte, dahin. Es wurde noch schlimmer.

Einer der Düsenjäger flog zu weit. Er verschwand in der Wolke, um kurz darauf wieder knapp über den Köpfen der vordersten Ungeheuer aus ihr hervorzuschießen und auf das Kosmodrom zuzuhalten. Das Flugzeug wackelte, seine Schnauze ruckte nach unten, hielt sich einen Moment, kippte noch ein Stück und neigte sich zur Seite. Es sah aus wie ein toter Gegenstand, ein Metallkeil, der nicht von seinen Düsen angetrieben wurde, sondern willenlos durch die Luft wirbelte. Ein Stück vor den Absperrungen ging er zu Boden, zog eine Furche ins Gelände, stieß gegen einen Panzer und überschlug sich, bis er gegen den Erdwall krachte und Zäune und Stacheldraht mit sich riss. Er explodierte, sodass das Gebäude wackelte und alle auf dem Dach umgestoßen wurden. Marcus blieb am Boden, bis der Trümmerregen, der auf sie herabging, nachließ. Dann richtete er sich auf seinen Windungen auf, um das Ausmaß des Schadens zu betrachten. Es war übel. Der Jäger hatte eine Bresche durch alle ihre Verteidigungslinien geschlagen.

»Scheiße«, sagte Bugsy. »Wir haben ihnen die Tür aufgemacht.« Er rief: »Ana! Mach bitte die Tür zu!«

Eine Frau – ihrem Kopfhörer mit Kamera und Mikrofon nach zu schließen eines der Komitee-Mitglieder – rief zurück: »Ich muss näher ran. Muss den Boden besser sehen.«

»IBT«, sagte Bugsy. »Hilf ihr. Das ist Earth Witch.«

Als er aufs Dach gekommen war, hatte er nicht geglaubt, etwas anderes tun zu können, als zuzuschauen. Kraftvoll, schnell und behände witschte er durch die Menge. Er hob die Frau hoch, und als er mit ihr über das Geländer glitt, schrie sie auf. Er brauchte alle Kraft, um den Sturz abzufangen, indem er beim Aufkommen mit aller Macht nach vorn schoss. Neben der Furche setzte er Earth Witch ab.

»Danke«, sagte sie und löste sich aus seiner Umarmung. »Das nächste Mal könntest du vorher fragen.« Dann machte sie sich gleich ans Werk. Sie deutete auf etwas. »Da. Diese Stelle. Scheuch alle Leute dort weg.«

Er brüllte und gestikulierte, bis alle Soldaten gegangen waren und nur noch er auf dem Fleck stand. Unter ihm fing die Erde an zu beben, ein durchdringendes Zittern, von dem es ihm im Schwanz kitzelte. »Du auch«, sagte Ana vor Konzentration angespannt. »Stell dich hier neben mich.«

Als er um sie herumschlüpfte, fiel sein Blick erneut auf den Graben. Jetzt war er nicht mehr leer. Hetzende Soldaten drängten sich in ihm, sie waren auf dem Rückzug und liefen, so schnell sie konnten. Hinter ihnen ragte die Wolke in den Himmel, und die Ungeheuer davor nahmen mit jeder Minute schrecklichere Gestalt an. Inzwischen konnte Marcus sie auch hören, ein Durcheinander aus Heulen und Brüllen, aus Elend, Verzückung und Blutdurst. Dazwischen tiefes, urtümliches Bellen.

Ana fluchte. »Idioten! Die Tore sind doch noch offen.«

Es half nichts. Die Soldaten wirkten wahnsinnig, verzweifelt. Bald schon liefen welche auch an Marcus und Ana vorbei. Sie türmten so kopflos, dass Marcus sich vor Ana stellte und sich auf seinen Windungen hoch über die Soldaten aufrichtete, damit sie sie nicht niederrannten. Von oben sah er über das Soldatenheer hinweg. Die ersten Ungeheuer hatten das Grabenende bereits erreicht. Sie stürzten sich auf die fliehenden Soldaten, sprangen ihnen auf den Rücken und zerrten sie zu Boden, rissen an ihnen mit Fingern, Krallen und Zähnen. »Du musst die Bresche schließen«, sagte er. »Sie kommen.«

»Lass mal sehen«, sagte Ana.

Marcus beugte sich herunter und hob sie hoch. Mit gepressten Lippen betrachtete sie die Lage. »Halte mich«, sagte sie. Marcus drückte sie gegen seine Brust, damit sie etwas sehen konnte, schlang die Arme um sie. Vertraulich, aber daran dachte er gerade gar nicht. Er schwang herum und betrachtete die heranstürmende Horde. Wesen, die er nur als Monster bezeichnen konnte. In allen möglichen Größen und Formen, kein einziges glich dem anderen. Alle waren entstellt. Der da hatte riesige Kiefer. Der andere einen viel zu kleinen Kopf. Arme und Beine mit Gelenken an der falschen Stelle, sodass ihre raschen Bewegungen grotesk aussahen. Viele wirkten versehrt, aber sie liefen trotzdem weiter. Eine einzige Masse verunstalteter Menschen, schreiende Leute mit gebleckten Zähnen, getrieben von einer Tobsucht, die Marcus nur allzu gut kannte. Auch jetzt spürte er sie, wie die heiße Brise, die die sich nähernde Wolke vor sich hertrieb und zu ihnen wehte. Eine der Kreaturen gewann Vorsprung vor allen anderen. Irgendwie menschlich, aber nicht ganz, geisterhaft weiß wie ein Skelett. Ihre Arme waren gebogen wie Fleischhaken. Und ihr Blick war unverwandt auf Ana gerichtet.

»Setz mich ab«, rief Ana. Als er das tat, ging sie auf die Knie. Sie umfasste das Kruzifix um ihren Hals und schlug mit der anderen Hand auf das feste Erdreich. Die Erde bewegte sich. Wie von einem Erdbeben vibrierte der Boden. Marcus, der sich wieder hoch aufgerichtet hatte, schwankte. Kurz kam es ihm so vor, als würde das Erdreich unter ihm verschwinden. Das war nicht der Fall, aber es verschwand unterhalb des Grabens. Die auseinandergerissene Erde wurde weggesaugt, sodass plötzlich ein tiefes Loch entstand. An der offenen Stelle bildete sich gleichzeitig eine Beule aus Erde und Stein, ein Turm erhob sich, weil die Erde an einer Stelle abgezogen und in eine andere geschoben wurde. Die meisten Angreifer – und etliche fliehende Soldaten – stürzten in den Abgrund. Dem Ding mit den Fleischhaken gelang es weiterzurobben, indem es die Arme in die Erde grub. Schreiend sprang es aus dem Graben und holte mit beiden Armen aus, um Ana von beiden Seiten aufzuspießen. Marcus hechtete nach vorn. Er packte beide Arme des Ungeheuers und rammte ihm mit Wucht die Stirn ins Gesicht, brach ihm die Nase und stieß seinen Kopf nach hinten. Dann schleuderte er das Ding mit blutigem Gesicht in den Graben, wo es mit Armen und Beinen ruderte.

Und dann stürzte der Turm in das Loch, eine Brandungswelle aus Erde und Stein, die die gestürzten Kreaturen fortspülte und alles und jeden unter sich begrub. Kurz darauf schob Ana einen Erdwall vor sich her, der die Lücke in den Absperrungen mehr als schloss.

Nur langsam erhob sie sich. Als sie etwas keuchte, begriff Marcus, dass sie nicht ihn meinte. »Danke … Ich habe getan, was ich konnte … Es wird sie nicht lange aufhalten, Barbara. Das steht fest.« Sie lauschte kurz und sagte dann: »Okay.« Zu Marcus gewandt setzt sie hinzu: »Danke. Du hast mir das Leben gerettet. Du hast was gut bei mir.«

Marcus rieb sich die Stirn. »Kein Ding.«

♣♦♠♥

Die Soldaten aus Russland und der NATO machten einen ungeordneten Rückzug. Barbara schrillten Kutnesows und Lefévres Befehle in den Ohren. Sie schaltete von einem Bildschirm zum nächsten. Überall das Gleiche. Sie griff zu der Steuerung vor ihr. Die Befehle bellenden Stimmen in ihrem Kopfhörer brachen ab. »Barbara?«, hörte sie Ana – Earth Witch – sagen.

»Es ist so weit«, sagte sie, an alle Asse gerichtet, ins Mikrofon. »Tut, was immer ihr könnt, um sie so lange wie möglich zurückzuhalten. Lasst sie nicht an die Waffen heran und verschafft Michelle und Ray die Zeit, die sie benötigen. Und ansonsten …« Nichts weiter. Der Plan, den sie sich zurechtgelegt hatten, würde aufgehen oder nicht. »Passt gut auf euch auf. Viel Glück euch allen.«

Sie biss sich auf die Lippe, als sie ihre Antworten hörte. *Auf meinen Befehl hin werden noch mehr Menschenleben in Gefahr gebracht. Noch mehr Tote. Wie viele muss ich wohl noch in den Tod schicken?*

Darauf kam keine Antwort, und sie konnte nichts anderes tun, als zuzuschauen.

♣♦♠♥

Der Dunst erfasste sie und war körperlich spürbar. Er war warm und ranzig und schrecklich, eine widerwärtige Berührung, die Marcus mit einer ganzen Menge von Albtraumerinnerungen erfüllte. Er musste gegen den Drang ankämpfen, sich umzuwenden und zu fliehen. Er redete sich ein, dass es kein Entkommen gab. Jetzt nicht mehr. Sie waren hier, und jetzt galt es, alles, was in ihrer Macht stand, zu tun, um die Monster aufzuhalten. Er hoffte, dass die Asse Pläne hatten, doch er selbst war kein Ass. Er war einfach nur er. Trotzdem konnte und würde er kämpfen.

Deshalb fand er sich in der ersten Reihe der Soldaten. Jetzt waren sie alle auf derselben Seite, bereit, das Kosmodrom zu verteidigen, sollten die Ungeheuer die Barrikade überwinden. Die Horde draußen machte einen Höllenlärm, ein misstönendes Elend aus Heulen, Bellen und Brüllen. Es wurde auch gekämpft, denn ein paar Soldaten waren ausgesperrt worden und fanden jetzt den Tod. Von den Türmen schossen Maschinengewehre ins Getümmel, ohne zwischen Freund und Feind zu unterscheiden. Marcus konnte es ihnen nicht verübeln. Er würde es genauso machen. Bei dem

Gedanken fiel ihm auf, dass er keine Waffen hatte. Weshalb hatte er nicht um eine Bazooka oder so etwas gebeten?

Als Erstes erkletterten spinnenhafte Krabbler die Barrikaden und sprangen auf der anderen Seite herab. Sie hatten Haken an den Enden ihrer langen, vielgliedrigen Beine. Keiner von ihnen war wie der andere. Es waren alles Variationen einer ähnlichen Perversion mit hartem Panzer auf dem vorderen Rumpf und den Beinen. Einer von ihnen kam unweit von Marcus auf. Vor Freude klackerten die Mundwerkzeuge, als er das Bein ausstreckte und damit einen Soldaten aufspießte. Er stopfte sich den Mann in den Mund, biss ihm die Beine ab und zerkaute ihn, während der Soldat schrie und stammelte. Die anderen Soldaten schossen auf ihn, doch die Kugeln prallten wirkungslos an seinem Panzer ab. Das Ungeheuer stürzte sich auf die Feinde und weidete weitere Opfer aus, während es noch am ersten nagte.

Marcus schlich hinter seinem Rücken herum. Da. Seine knollige Rückseite war ungeschützt. Marcus rammte mit aller Macht in sie hinein. Er drückte sich gegen die borstige Haut und schlug mit den Fäusten auf ihn ein. Einmal. Zweimal. Immer und immer wieder. Dabei stieß er sich mit dem Schwanz nach vorn ab, um seinem Gegner keine Gelegenheit zu geben, sich umzudrehen. Mit jedem Schlag wurde er wütender. Und dann durchbrach einer seiner Schläge die Haut. Seine Faust drang tief in das Ding ein, und gelbe Schmiere spritzte heraus, die übler roch als alles, was er zuvor erlebt hatte. Er wich zurück und würgte.

Immerhin war das Teil tot. Aber es war nicht das einzige. Auch andere hatten sich auf die Soldaten gestürzt, schlitzten, spießten und fraßen. Marcus packte eines der Beine der Krabblerleiche und drehte es so lange, bis es brach. Eine Waffe. Mit beiden Händen hielt er sie gepackt und machte sich ans Werk. Drei weitere Krabbler tötete er, indem er sich hinter sie schlich und sie mit dem Haken aufriss. Dann glitt er an der Wand nach oben und schlitzte einem weiteren Krabbler den Bauch auf, als er gerade über die Barrikade kletterte. Er stieß den Haken hinein, riss und stieß den Kadaver von sich, während die Körperflüssigkeit auf ihn herabschwappte. Doch diesmal würgte es ihn nicht. Er drehte sich um und sah über die Mauer.

Mein Gott, es sind so viele! Alle Formen und Größen. Und alle auf ihre Weise grauenerregend. Manche hatten sich in Stacheldraht verheddert, doch andere nutzten die Sterbenden, um auf ihnen hinaufzuklettern. Ein Geschöpf, das so aussah wie die Zeichnung eines Elefanten von einem Kind, das noch nie einen Elefanten gesehen hatte, warf mit seinem Rüssel einen der Türme um, der auf ein Stück Stacheldrahtzaun stürzte. Sofort drängten die Ungeheuer durch die Bresche.

Marcus wollte sie abfangen, als ihm im Dunst eine Bewegung auffiel, die zu heftig war, als dass er sie hätte ignorieren können. Das Wesen, das er Mähdrescher nannte, tauchte im sich kräuselnden Nebel auf, nahm viel zu rasch seine monströse Gestalt an. Er bewegte sich schnell, wirkte aber trügerisch langsam. Er war noch gewaltiger als damals, hatte noch mehr Beine, und sein Leib war mit hunderten jener Folterkammern gespickt. Ein Panzer feuerte auf ihn. Die Granate riss einen Teil des unförmigen Kopfs der Kreatur weg, doch bildete er sich sofort nach. Mit einem Bein warf der Mähdrescher den Panzer um und ging weiter.

Marcus wusste nicht, ob das, was als Nächstes geschah, geplant war oder ob die Ungeheuer jetzt erst bemerkten, dass Mauern, Barrikaden und Stacheldrahtzäune diesen Giganten nicht aufhalten konnten. Scharen von ihnen hasteten zum Mähdrescher, sprangen auf seinen Rücken, kletterten an ihm hinauf, indem sie die Kammern als Griffe und Tritte benutzten. Einige klammerten sich auch einfach an seinen Beinen fest, wenn er an ihnen vorbeiging. Der Mähdrescher trampelte einen Teil der Befestigung nieder. Die Geschosse und Granaten, die auf ihn abgefeuert wurden, konnten ihm nichts anhaben. Seine Beine zertraten Teile der Mauer, schleiften Stacheldraht und Pfosten mit sich, malmten Anas Erdwälle nieder. Auf dem Gelände sprangen die Mitfahrer ab. Und hinter ihnen schwärmten die anderen auf der geebneten Bahn herein.

Mein Gott, dachte Marcus. Der Teil ihres Auftrags, den Feind am Eindringen zu hindern, hatte sich erledigt. Jetzt ging es nur noch darum, ums Überleben zu kämpfen. Diejenigen, die ihm etwas bedeuteten, so lange wie möglich am Leben zu halten. Kein anderer Gedanke zählte mehr. Alles, was er tat, musste diesem Zweck dienen. Mit dem Hakenbein in der Hand stieß er sich von der Mauer ab und schlängelte sich, so rasch es ging, zum Hangar zurück. Zu den Dörflern und vor allem zu Olena.

♣♦♠♥

Barbara hackte wie wild auf die Tasten ein. Sie wollte sich einen Überblick über die Lage verschaffen, die immer chaotischer wurde, während der Südteil des Komplexes überrannt wurde.

Klick. In der Nähe von Gagarins Sojus sorgte Earth Witch dafür, dass sich zwischen den Angreifern gähnende Abgründe auftaten. Barbara sah, wie die Ungeheuer hineinstürzten, mit Klauen und Tentakeln ruderten, mit den Flügeln schlugen, während sie wie ein Wasserfall in die Tiefe rauschten, die sich anschließend über ihnen schloss.

Klick. Die drei riesigen, sechs Meter hohen Roboter stammten von Tinker. Er hatte sie aus Ersatzteilen des Militärs, Mastenkränen, Gerüsten und Raketen zusammengebastelt. Jetzt sahen sie wie die Invasionsarmee aus einem schrägen Roman von H. G. Wells aus. Sie marschierten in die Reihen der Höllenkreaturen hinein, spuckten Feuer aus ihren vielen drüsenbewehrten Armen, alles, was ihnen vor die riesigen Füße kam, zertrampelten sie. So bahnten sie drei flammende, rauchende Schneisen durch die Eindringlinge.

Klick. In der Nähe des Jokerflüchtlingslagers ließ Toad Man seine Zunge hervorschnellen, packte Ungeheuer und zerrte sie in seinen Schlund. Eben schoss die Zunge des Asses erneut heraus, diesmal fuhr sie auf eine vierarmige Gestalt mit dem Gesicht eines Tintenfischs und einer russischen Kalaschnikow zu. Die Zunge wickelte sich um ihren Hals, und die große Kröte zog sie zu sich heran. Die Kalaschnikow wirbelte durch die Luft, und mit den vier Armen rudernd verschwand die Kreatur in Toad Mans Maul. Barbara sah die Beule, die seinen Hals hinunterwanderte.

Klick. Mit fliegenden schwarzen Zöpfen packte Wilma Mankiller den bärenköpfigen Joker unter den herandrängenden Feinden. Mit seinen Pranken schlug er nach ihr, doch zu spät. Sie hob ihn hoch, als wäre er federleicht, und schleuderte ihn in die Gegner hinein.

Klick. Snow Blinds magentarotes Haar glühte in der Kamera. Auf Barbaras Bildschirm war sie in der Tür des Raumfahrtmuseums zu sehen. Dort stellte sie sich einer Angriffswelle, die von einer menschlichen Eidechse angeführt wurde, deren Haut in Flammen stand und deren Atem als blauer Feuerodem entwich. Beim Gehen hinterließ das Wesen Feuerpfützen. Doch Snow Blind hatte ihre Asskraft bereits aktiviert, und während die Eidechse auf das Museum zumarschierte, erblindeten sie und ihre Gefolgsleute plötzlich. Verwirrt und verloren stolperten sie umher, und der Flammenatem der Eidechse schoss in alle möglichen Richtungen und steckte ein paar ihrer eigenen Leute in Brand. Snow Blind legte eine AK-47 an und drückte ab …

Klick. Bei den Gerüsten der Messstation des Saturn hielt

sich Glassteel in seiner flüssigen Form mit einem Trupp NATO-Soldaten auf. Auf dem Bildschirm wirkte es so, als herrschte auf den Gerüsten schattenhafte Bewegung, als würde das Gebiet von roten und schwarzen Ameisen überrannt. Glassteel wirkte unglaublich klein im Vergleich zu den Tausenden Kreaturen. Doch plötzlich schmolz das Gerüst unter dem Einfluss von Glassteels Asskraft, und der Schwarm stürzte inmitten der Stahlträger zu Boden. Die NATO-Truppen eröffneten das Feuer auf die benommenen Ungeheuer.

Für einen Augenblick fühlte Barbara eine flüchtige Hoffnung. Der Highwayman hatte Talas inzwischen doch bestimmt erreicht. Bestimmt hatten sie Tolenka herausgeholt. Ganz bestimmt, denn sonst bestünde überhaupt keine Hoffnung mehr. Mit den Assen und den Soldaten, die das Kosmodrom verteidigten, konnten sie den Angriff bestimmt zurückhalten. Wenn auch nicht für immer, aber wenigstens lange genug.

Eine Bewegung auf dem Bildschirm erregte Barbaras Aufmerksamkeit. Midnight Angel kam mit flammendem Schwert von oben herabgesegelt. »Nein!«, schrie Barbara und fummelte an den Knöpfen ihres Mikrofons herum. »Glassteel! Über dir!« Sie sah, dass Glassteel den Kopf hob, aber es war zu spät. Das Schwert von Midnight Angel sauste herab.

Kopflos stürzte Glassteel zu Boden.

♣♦♠♥

Marcus verfluchte sich dafür, dass er Olena und die Dörfler allein gelassen hatte. Er hätte bei ihnen bleiben sollen, mit ihnen eingeschlossen, zu ihrem Schutz. Gab es etwas Wichtigeres? Er ließ nicht zu, dass ihn auf dem Rückweg zum Hangar irgendetwas aufhielt. Er wand sich an Wesen vorbei, die Menschen verspeisten. Er kroch an Leichen vorbei oder über sie hinweg. Alles, was ihn nicht beachtete, beachtete er auch nicht. Jede Sekunde, die verging, war ihm zu viel, und die Strecke zum Hangar war länger und unübersichtlicher, als er es in Erinnerung hatte.

Behalte einen kühlen Kopf, ermahnte er sich. Immerzu schüttelte er den Kopf und versuchte, sich zu konzentrieren. Aber als reichten die Abscheulichkeiten um ihn herum noch nicht aus, musste er auch eigene ekelhafte Gedanken abwehren. Wie widerlich verlockend der Geruch von Innereien war, wie er bei den verzweifelten Schreien einer Frau einen Ständer bekam und stehen bleiben und zusehen wollte, wie die verdorbenen Männer, die sich um sie keilten, sie vergewaltigten. *Das bist nicht du*, dachte er. *Das ist dieser Scheißhorrorshow. Nicht nachgeben. Denk an Olena.*

Wie ein Mantra wiederholte er sich das noch immer, als er den Hangar erblickte. Was er sah, ließ alle Gedanken ersterben außer dem einen: *Töte es.*

Bei dem »es« handelte es sich um ein Geschöpf, das den hundeartigen Rudeltieren glich, die ihn und Olena auf ihrer Flucht aus Talas verfolgt hatten. Es hockte auf dem Hangar und scharrte auf dem Metalldach. Ein Stück hatte es bereits weggebogen. Marcus ließ sein Hakenbein fallen und wirbelte auf das Ding zu. Er richtete sich auf und schwang sich aufs Dach. Hinter ihm wischte sein gerollter Schwanz hin und her, und er krachte mit voller Wucht in die Kreatur, sodass sie beide torkelnd ans andere Dachende gerissen wurden. Sie wälzten sich herum. Marcus schaffte es, den Hals des Hundewesens mit beiden Händen zu packen und seinen Kopf auf das rostige Dachblech zu schlagen. Beinahe wären sie gegen ein Stück Rohr geknallt, das aus dem Dach herauskam. Und dann fielen sie über den Rand hinab. Marcus fiel nur ein Stück, denn er schaffte es, seinen Schwanz um das Rohr zu wickeln. Mit aller Macht hielt er sich fest, während er gleichzeitig noch stärker am Hals des Hundewesens zupackte. Ein Moment unglaublicher Anstrengung, seine Hände zogen sich zusammen, und jede Muskelfaser in seinem Schwanz spannte sich an. Und dann ein Knacken, als der Hals des Geschöpfs unter seinem eigenen Gewicht nachgab. Er ließ es fallen und wand sich wieder nach oben, um nachzusehen, wie viel Schaden das Dach genommen hatte. So schlimm war es gar nicht. Noch nicht jedenfalls. Er gab sich Mühe, das Blech wieder hinunterzubiegen.

Nachdem er das erledigt hatte, sah er auf. Um ihn herum herrschte weiterhin Chaos. Überall wimmelte es von Eindringlingen. Er dachte: *Kommt schon, ihr Wichser. Wagt es bloß nicht, da reinzugehen.* Kaum hatte er es gedacht, wünschte er es sich. Er wollte, dass es jemand versuchte. Er wollte sie töten. Mehr noch, er würde sie ficken, während er sie tötete. Vielleicht sogar noch mehr. Er würde …

Eine Gestalt fiel ihm auf, die aus dem Himmel herabsegelte. Eine Frau. Sie landete mitten im Flüchtlingslager. Als sie am Boden war, erschien ein Schwert aus schwarzen Flammen in ihrer Hand.

Marcus wusste, wer das sein musste. *Midnight Angel*. Er hatte gehört, dass sie bei der Expedition des ersten Ass-Teams in Talas verschollen war. Doch jetzt war sie hier, sie lebte noch. Der Hoffnungsschimmer, den dieser Umstand in ihm auslöste, reichte aus, um seine irrsinnigen Gedanken zu verscheuchen. Vielleicht waren auch noch andere Asse am Leben! Ihm fiel ein, dass gerade welche auf einer Mission waren. Es gab eine Möglichkeit, das alles zu beenden. Und dass sie hier war, war der Beweis dafür.

Doch die Hoffnung währte nur so lange, bis Angel das Schwert herabfahren ließ. Sie mähte alles vor ihr nieder. Mit schlagenden Flügeln sprang sie in die Höhe und landete an einer anderen Stelle. Mit ihrer Klinge schlug sie Köpfe ab. Trennte Arme ab und hieb entsetzte Flüchtlinge in der Körpermitte entzwei. Sie wirbelte herum und ließ ihr Schwert ein ums andere Mal herabsausen.

»Nein!«, rief Marcus. »Du bringst die Falschen um! Das sind nicht die Monster.« Er zögerte einen Augenblick, ehe er eine Entscheidung traf. Der Hangar war unversehrt. Für den Moment waren die Dörfler in Sicherheit, und er konnte nicht einfach mit ansehen, wie Unschuldige abgeschlachtet wurden. Er glitt vom Dach herunter, hob das Hakenbein auf. Dann machte er sich zu Midnight Angel auf.

♣♦♠♥

… und vor ihr gewahrte sie, zischelnd und ganz allein, die Große Schlange. Angel raste auf sie zu, ließ ihre Ehrengarde aus Ausgezehrten, Werwölfen und gepanzerten Tausendfüßern zurück, die so lang wie große Hunde waren.

Der Schlangendämon kam rasch näher. Von der Hüfte aufwärts war er ein junger Schwarzer, ansonsten aber eine scheinbar endlose Schlange. Die bunten Ringe, die sich über die kieselige Oberfläche seines Schwanzes zogen, waren schön anzusehen, aber Angel wusste, dass solche Schönheit das Böse verbarg.

»Midnight Angel«, rief er ihr zu. »Warum tust du das?«

Doch sie hatte keine Worte mehr.

Sie fauchte ihn an. Er war ein Handlanger des Vaters der Lügen, und sie war entschlossen, sich nicht in ein Netz aus Täuschungen verstricken zu lassen. Den Knauf ihres schwarzen Schwerts mit beiden Händen gepackt, griff sie an.

Er war schnell, das musste sie ihm lassen. Sie hackte auf seinen Schwanz ein, doch huschte er schnell wie eine Schlange aus ihrer Reichweite. Er machte den Eindruck, als wollte er noch mehr sagen, wusste aber, dass sie kein Ohr für sein Flehen hatte. Mit Dämonen gab sie sich nicht ab, mit ihnen verhandelte sie nicht. Sie erschlug sie.

Er schoss davon, Angel setzte ihm nach, er schlängelte sich um einen umgefallenen Laster herum. Sie verfolgte ihn unerbittlich, obwohl ihr die Beine wehtaten und die Schulter mehr als schmerzte. War sie etwa schon wieder halb ausgekugelt, fragte sie sich. Allerdings blieb ihr nichts anderes übrig, als die Zähne zusammenzubeißen, der Schlange nachzusetzen und sie zurück in die Hölle zu schicken, zum Ruhm des dunklen Herrn.

Sie lief um die Vorderseite des Lasters herum, und etwas schnellte auf sie zu, mehrere Zentimeter dick, und traf sie am Oberkörper, sodass sie gegen eine Wand geschleudert wurde. Sie krachte gegen das Gemäuer. Einen Moment lang war ihr schwarz vor Augen, und sie rang um Atem. Gleichzeitig verschwand ihr Schwert. Ihr Baby heulte, und die Wut kochte noch heißer in ihr, wenn das überhaupt möglich war.

Sie roch seinen Schlangenmief und schlug halb blind zu, während sie die rechte Hand zur Faust geballt hatte. Sie traf raue, kieselige Haut, doch nur mit ihrer geschwächten linken Hand, in die sie nicht all ihre Kraft legen konnte. Nichtsdestotrotz hörte sie ein gequältes Ächzen und spürte, wie unter der rauen Haut Knochen brachen.

Krampfartig pumpte ihre Lunge, um an Sauerstoff zu kommen.

♣♦♠♥

Ein paar panische Augenblicke lang, während Marcus davonhastete, um dem schwarzen Schwert zu entgehen, versuchte er, auf Angel einzureden. Sie brauchte ihn nicht anzugreifen, sagte er. Sie wären auf derselben Seite. Sie wäre nur schon zu lange in dieser Scheiße und könne nicht mehr klar denken. Doch bald schon gab er seine Versuche auf. Sie war tatsächlich schon zu lange in dieser Scheiße. Viel zu lange, wie es aussah. Es hieß, Midnight Angel sei eine schöne Frau, doch das hier war ein Monster. Sie war eine ausgemergelte, verdorbene Version ihrer selbst, hatte einen irren Blick und geschrumpelte Lippen, die immerfort zu einem Zähnefletschen verzogen waren. Wenn sie mit dem Schwert ausholte, biss sie zu. Ihre Schwingen waren dunkel und ledrig, schief und fledermausartig. Wenn sie mit ihnen schlug, wehte ein Gestank, der fast so schlimm war wie der der Eingeweide der Spinnenteile. Das Schlimmste war das Baby, das aus ihrer Brust herausschaute. Es zischte und knirschte mit dem zahnlosen Mund. Es wand sich so sehr, als wolle es aus dem Körper, der es gefangen hielt, ausbrechen und selbst angreifen.

Nein, was immer Midnight Angel einmal gewesen war, dieses Geschöpf war nicht mehr sie.

Und das bedeutet, dachte Marcus, *dass du sie töten musst. Töte sie,* wiederholte die Stimme in seinem Kopf, die einerseits die seine war, andererseits aber auch nicht. Die Stimme aus der Arena, die Stimme der Wut, die in Horrorshows Nähe von ihm Besitz ergriffen hatte. Jetzt war sie wieder da, und er lauschte ihr mit Freude.

Als sie erneut neben ihm landete und mit ihrem Schwert auf ihn einschlug, stieß er ihre Waffe mit dem Hakenbein aus der Bahn. Der Schwung ihres abgelenkten Hiebs riss Angel zur Seite. Wie ein japanischer Schwertkämpfer griff Marcus seine Waffe. Er konnte das. Er würde sie töten, verdammt. Er hielt seinen Schwanz unter seinem Oberkörper in Bewegung, sodass nur eine sich windende, verwirrend bunte Masse zu sehen war. Hoch erhoben, wehrte er jeden Schwertstreich ab. Damit brachte er Angel nur noch mehr in Rage. Kreischend griff sie ihn immer und immer wieder an. Ihre Hiebe waren kraftvoll und stürmisch, aber auch unbeherrscht und schlampig.

Nachdem sie ihn einmal mit einem Schlag von oben verfehlt hatte, brachte er seinen Haken hinter eines ihrer Beine.

Er riss den Haken zu sich heran. Die Spitze grub sich von hinten in ihren Oberschenkel und zog ihr das Bein weg. Fliegend wirbelte sie herum, flatterte mit den Flügeln und hätte ihm fast den Kopf abgetrennt. So nah sauste die schwarze Klinge an seinem Kopf vorbei, dass seine Haare Feuer fingen. Mit flammendem Kopf und dem Geruch von brennendem Haar in der Nase kämpfte er verzweifelt weiter.

Dank einer Kreatur, die wie eine riesige Fliege ohne Flügel aussah, bekam er eine kurze Verschnaufpause. Denn sie griff Angel an, anscheinend wollte sie das Baby mit ihrer Schnauze einsaugen. Angel zerteilte sie von oben nach unten und aus Wut noch einmal von links nach rechts. Gevierteilt stürzte das Geschöpf zu Boden.

Marcus blieb genug Zeit, um sich hektisch auf den Kopf zu schlagen und die Flammen zu ersticken. Sein Schädel rauchte, und irgendwie spürte er die Schmerzen, doch war er zu sehr von mörderischer Wut erfüllt, um sie richtig wahrzunehmen. Er hasste Angel, wie er je irgendetwas oder jemand gehasst hatte. Und er hasste das zappelnde Baby in ihrer Brust. Als sein Blick auf dessen winzige Mörderaugen fiel, handelte er, noch ehe ihm klar war, dass er handeln würde. Die Zunge schnellte aus seinem Mund und klatschte dem Baby ins Gesicht. Marcus spürte, wie das Gift auf das Baby spritzte, in seine Augen, seine Nase und seinen Mund. Er ließ seine Zunge auf dem Gesicht, denn es gefiel ihm.

Stirb, dachte er. *Stirb, du kleines Scheißmonster aus …*

Doch er konnte den Gedanken nicht zu Ende denken, da Angels Schwert aufblitzte und ihm die Zunge abtrennte.

Marcus schrie. Vor Schmerz und Angst und Elend, doch tat er es leise, denn er brachte kein anderes Geräusch hervor als ein gurgelndes Murmeln und Stöhnen. Er ließ das Hakenbein fallen, tastete den Mund mit den Fingern ab und suchte verzweifelt nach seiner Zunge. Aber sie war weg. Nur ein wunder Fleischstumpf war noch übrig.

Er konnte es nicht fassen. Sie hatte ihm die Zunge abgeschnitten. *Seine Zunge!* Wortlos, stumm brüllte er ihr all seinen Groll entgegen.

Irgendwie schien sie ihn zu hören. Sie sah von ihrer Brust auf. Ihr Blick fiel auf ihn. Sie sah ihn mit bebendem Hass an wie eine Naturgewalt. Sie kam auf ihn zu, plötzlich hatte sie das Schwert wieder in der Hand. Marcus blieb keine Zeit mehr, sich nach dem Hakenbein zu bücken. Stattdessen wandte er sich zur Flucht.

Wütend brüllte Angel ihm nach, und das trieb ihn umso mehr an. Er tastete nach etwas – egal was –, mit dem er sich wehren konnte. Doch war da nichts. Keine Zunge. Keine Waffe. Er hob ein Maschinengewehr auf und drückte den Abzug. Nichts passierte. Er warf es weg.

Er raste zwischen zwei Gebäuden durch, durch eine Unterführung und kam am Rand einer der Rollbahnen heraus. Dort drehte er sich um und wollte sich orientieren. Doch wusste er nicht, wo er war. Das waren nicht die Rollbahnen, auf denen er Wasel gestellt hatte. Oder vielleicht waren sie es, sahen aber in dem seltsamen Licht und mit all dem Chaos anders aus. Die Szenerie jenseits des riesigen Felds war noch infernalischer als zuvor. Überall zerrissen Männer und Frauen, Ungeheuer und Tiere sich gegenseitig. Auch die Toten hatten sich erhoben und kämpften – mit den Verletzungen, die sie getötet hatten: gebrochene Knochen und Glieder, Wunden und Bisse. War das Joeys Werk? Wahrscheinlich, aber momentan sah es so aus, als wäre auch das Teil des Wahnsinns.

Über allem triumphierte der Mähdrescher. Mit seinen Armen sammelte er Unglückliche ein und warf sie in die elenden Gruben seines gewaltigen Leibs. Der Anblick brachte Marcus beinahe zur Aufgabe, eine unglaubliche Hoffnungslosigkeit erfüllte ihn.

Angel schwang sich in die Luft, flog über eines der Gebäude und raste auf ihn zu. Er wusste nicht, was er tun sollte, deshalb beugte er sich vor und sprintete los, geradewegs durchs Pandämonium. Geradewegs auf Angel zu.

Er schlang seinen Schwanz um sie und drückte zu.

♣♦♠♥

Barbaras Blick glitt von Bildschirm zu Bildschirm. Wo auch immer sie hinsah, herrschten Tod und Zerstörung. Gagarins Sojus und das Museum am Eingang des Geländes waren bereits vom Nebel eingehüllt, die Höllenkreaturen wanderten ungehindert davor herum. Tinkers Roboter und Drohnen waren allesamt zerschmettert. Snow Blind und Toad Man zogen sich mit den verbleibenden NATO-Truppen und russischen Soldaten zur Startrampe der Energia weit im Norden zurück. Wilma Mankiller war nirgends mehr zu sehen. Earth Witch wirkte erschöpft und angeschlagen. Sie versuchte, rund um das Flüchtlingslager eine gewaltige Rampe zu errichten, doch Barbara konnte sich nicht vorstellen, dass sich die Horden davon aufhalten lassen würden.

Sie legte einen Schalter um, um mit ihnen allen zu sprechen. »Haltet durch«, sagte sie. »Nur noch ein bisschen. Mehr brauchen wir nicht. Nur noch ein bisschen …«

Sie ließ den Schalter los. Dann war sie nicht mehr in der Lage, die Trauer, den Schmerz und das schlechte Gewissen zu unterdrücken, und schluchzte.

Es ist meine Schuld. Es ist meine Schuld. Ich habe sie alle getötet.

♣♦♠♥

Angel und IBT waren in einer Umarmung gefangen wie eine von einer griechischen Tragödie inspirierte Skulpturengruppe. Sein Schlangenleib wickelte sich um ihren Körper, ihre Hände spannten sich um seinen Hals, sodass er ihr kein Gift ins Gesicht spucken konnte. Inzwischen war ihr schwacher Arm nahezu nutzlos. Da sie in Marcus' Körperschlingen auch in die Höhe gehoben wurde, hatte sie auch keinen Hebel mehr.

Sie spürte, wie ihr Brustkasten zusammengepresst wurde und auf ihre inneren Organe drückte. Sie spannte ihre Muskeln an, um möglichst viel Druck von ihrem sterbenden Baby zu nehmen. Alles in allem lief es auf ein Kräftemessen hinaus, und ihr war klar, dass sie stärker war als die Schlange. Sein Gesicht lief schon an.

Von kreischendem Lachen in ihrem Rücken wurde sie abgelenkt, doch ließ sie kein bisschen locker. Ein Blick auf ihren Gegner zeigte ihr das Entsetzen in seinen Augen, und er wollte vor dem runden Dutzend Ungeheuer mit ihren reißenden Klauen und Fängen zurückschrecken.

Angel wurde schwarz vor Augen. Der Druck auf ihrer Brust war unerträglich. Eine Nanosekunde lang konnte sie wieder klar denken.

So also ist der Tod, dachte sie.

♣♦♠♥

Marcus drückte und drückte und drückte. Ein Hochgefühl. Mörderisches Hochgefühl. Alle Muskeln in seinem Körper waren angespannt, zitterten vor Freude am Mord. Er spürte, wie Angels grauenvoller Körper zerquetscht wurde. Er spürte das Beben der krachenden Rippen und den Augenblick, als der Schädel des Babys platzte. All das war herrlich und hätte niemals aufgehört, wenn nicht ein Teil seines Bewusstseins den Mähdrescher bemerkt hätte, der über ihm vorbeiglitt. Und die Monster und wandelnden Toten, die sich um ihn scharten.

Als er überzeugt war, dass Angel tot war, löste er seinen Griff. Seine Windungen erschlafften und glitten von ihr herunter. Er richtete seinen Oberkörper auf und sah auf ihren zusammengefallenen, leblosen Körper herab. Kurz empfand er Genugtuung, als er sie tot daliegen sah. Zufriedenheit. Erfüllung trotz seiner Erschöpfung. Und dann schaute er sich um. Das Chaos war unverändert, nur dass es weniger wie Chaos aussah, sondern wie die Welt, die von nun an existieren würde. Er begriff, dass er in dieser Welt triumphieren konnte, so wie eben. Er brauchte nur zu töten. Zu töten und zu essen und sich zu nehmen, was er wollte, und an nichts anderes einen Gedanken zu verschwenden. Eine völlig reine Lebensweise. All das spürte er ganz deutlich. Überhaupt keine Furcht. Lediglich Blutdurst.

Töte weiter, sagte er sich. *Töte auf ewig weiter*. Die Frage war nur, wen als Nächstes. Suchend sah er sich um. Es gab so viel Auswahl. Das Töten wäre sehr, sehr …

Der Aufprall war so erschütternd, dass er erst gar nicht begriff, was ihn getroffen hatte. Etwas rammte ihn von der Seite, hielt ihn wie ein Schraubstock gepackt und hob ihn hoch. Riss ihn so schnell vom Boden weg, dass sein Gehirn im Schädel schwappte. Eine Sekunde lang wurde ihm schwarz vor Augen, und dann war alles wieder da, lauter Bewegung, er in der Luft, alles verschwamm, bis sich der Griff löste und er in eine winzige Kammer geworfen wurde, ganz eingezwängt mit eingerolltem Schwanz. Er sah hinaus auf die wütende Schlacht weit unten. Er sah die riesigen Arme, die die Ernte eintrieben, und da wusste er, dass er sich im Mähdrescher befand. Panisch wie jemand, der von einem Balkon springt, versuchte er zu entkommen. Doch es ging nicht. Etwas hielt ihn fest.

Das Monster fing an, ihm das Leben auszusaugen. Es fühlte sich an, als würde ihm jeder Tropfen Flüssigkeit entzogen. Seine Zellen wurden zerteilt, sein Gewebe schmolz von innen heraus. Es tat weh, aber die körperlichen Schmerzen waren nicht das Schlimmste. Sondern die absolute Verlassenheit, die damit einherging, das Leiden, die Sehnsucht danach, dass die Existenz einfach aufhören möge, und die Gewissheit, dass es auf ewig so weitergehen würde. Jetzt war ihm klar, weshalb die Gesichter in den Zellen so völlig trostlos gewirkt hatten. Nicht nur wegen der Qual, weil ihnen das Leben ausgesaugt wurde, sondern weil diese Welt sich am Elend unendlicher Leiden labte. Jetzt begriff er, dass dies vor Urzeiten begonnen hatte und für immer so weitergehen würde. Ohne Ende. Ja, er würde sterben, aber die Qual würde anhalten. Die Qual obsiegte. Jedes edle Ideal, jede Überzeugung, jede Vorstellung von Liebe und Gerechtigkeit und Güte … all das wurde bezwungen von der Welt, die nun war und immer sein würde.

Er dachte an Olena, und sein Elend wurde noch größer.

♣ ♦ ♠ ♥

Es waren keine Monster mehr übrig, die ihn auf dem Weg zurück zum Laster hätten aufhalten können. Sie waren von Ray und Bubbles abgelenkt. Als Franny den Laster erreichte, sah er zum Eingang des Gebäudes. Was er dort sah, erfüllte ihn mit Angst.

Bruckner erinnerte ihn an ihr Vorhaben. »Bringen wir es hinter uns, Kumpel! Der alte Sack ist ja schon am Abröcheln.«

Bruckner stieß Franny hinten in den Lastwagen und ließ die Klappe herunterfallen. Franny löste die Lakenschlinge, rollte sie zusammen und legte sie als Kissen unter Tolenkas Kopf. Der Alte wehrte sich nicht mehr, und seine eingesunkene Brust schien sich kaum noch zu bewegen. Franny legte eine Hand auf den greisen Schädel, und die wenigen verbliebenen Haare fühlten sich fettig an.

»Es ist bald vorbei. So oder so«, sagte er und fragte sich, ob der Russe ihn hören und verstehen konnte.

Bruckner schob das Fenster zwischen Fahrerkabine und

Ladefläche auf. Der Wagen machte einen Satz, als Bruckner den Gang einlegte und sie vor dem Krankenhaus zurückstießen. Sobald der Platz reichte, machte Bruckner kehrt und fuhr eine Straße entlang, deren Häuser alle ein eigenartiges blaues Material abzusondern schienen. Die Gebäude schwankten und neigten sich, als wollten sie das vorbeifahrende Gefährt genauer betrachten. Franny durchlief ein Schauer. Er wusste nicht, ob Bruckner es gesehen hatte.

»Fahren Sie schneller!«

»Das *probier* ich ja. Verdammtes Scheißteil.«

»Oder bringen Sie uns zumindest von dieser Straße weg! Jetzt gleich!«

Bruckner raste um eine Kurve. Franny packte Tolenka und hielt ihn fest, damit er nicht gegen die Seitenwand schlug. Ihm war himmelangst, was ein solcher Aufprall bei dem Halbtoten anrichten mochte. Der schlaffe Mund bewegte sich, und ein Krächzen kam heraus. »Ma … ma … ma …«

War es das? Starb er und rief noch einmal nach seiner Mutter? Doch Franny wagte eine wilde Spekulation und sagte: »Mariamna? Der geht es gut. Sie ist in Sicherheit. Ich habe sie in die Staaten gebracht.«

Eine klauenhafte Hand packte Frannys Unterarm. Tolenkas Augen wechselten die Farbe, und einen Moment lang schienen es die Augen eines Menschen und nicht Fenster in die Finsternis zu sein. Franny redete weiter in der Hoffnung, dass der Mensch noch eine Weile dablieb.

»Sie hat mir von Ihnen erzählt. Von den Tänzen auf Botschafterempfängen und … und den gemeinsamen Missionen. Sie trägt noch Ihre Medaille.« Die schlaffen Lippen bewegten sich – ein Lächeln oder eine Grimasse? »Sie hat mir erzählt, wie tapfer Sie sind. Ich habe die Kassetten gehört. Ihre Warnung kam bei uns an. Wir haben sie ernst genommen. Wir kümmern uns.«

Ein Entweichen von Luft, das ein Seufzen hätte sein können, auch wenn Franny fürchtete, Tolenka würde damit vollends sein Leben aushauchen. Er hielt den Russen noch fester und flüsterte: »Halten Sie durch. Nur noch ein kleines bisschen.«

Der Motor des alten Lasters dröhnte, die Räder vibrierten, und sie fuhren immer schneller. Um das Ruckeln abzufedern, hielt Franny Tolenka fest. Draußen sah es unheimlich aus, aber waren sie noch in Talas oder schon an diesem anderen Ort?

»Bruckner, Sie müssen mir sagen, wenn wir … dort sind.«

»Ist schwer zu sagen, Kumpel, denn *dort* sieht gerade genauso aus wie *hier*.«

»Wir müssen ganz sicher sein.«

»Ich weiß!«

Sie fuhren weiter. Tolenka wand sich in Frannys Armen, aber er schien sich nicht gegen den Polizisten zu wehren. Er focht einen anderen Kampf aus. Ein Zischen ging durch den Laster, kaum verständliche Worte, von denen Franny die Haare zu Berge standen.

Durch seine Gedanken wob sich ein Faden aus Gewalt. Er sah auf die deformierte Schreckensgestalt in seinen Armen hinab. Eine solche Perversion durfte nicht am Leben bleiben. Eine neue Majestät stand kurz vor ihrer Geburt. Lediglich dieses Scheusal hinderte sie am Leben.

Franny beobachtete benommen und fasziniert zugleich, wie seine Hand zu dem dünnen, faltigen Hals wanderte. Der Laster schlingerte, er musste sich festhalten, und damit war der Bann gebrochen. Er nahm seine Umgebung wieder wahr. Sie fuhren durch ein tiefes, giftgrün und gelb beleuchtetes Tal. Das Licht kam von einem riesigen, aufgeblähten Mond, der den Himmel ausfüllte und den Horizont berührte. Um sie herum erhoben sich kolossale Berge, deren unnatürlich scharfkantige Spitzen aussahen wie Zahnreihen, die den Himmel zerfleischten und den Mond verschlingen wollten.

Franny musste nicht erst auf Bruckner warten, um zu wissen, dass die Zeit gekommen war. Mit dem Alten in den Armen kroch Franny auf den Knien zur Klappe.

»Jetzt oder nie, Kumpel!«, rief Bruckner.

Franny sah in das zerfurchte Gesicht und versuchte, die Reste des schönen Mannes auf dem Foto darin auszumachen. »Sie haben es geschafft. Jetzt können Sie sich ausruhen.«

Er rollte den schrumpeligen Körper von der Ladefläche. Der prallte auf den schiefergrauen Boden und krachte auseinander. Im selben Moment rissen auf dem Mond tausende Münder auf und schrien. Die Berge setzten sich in Bewegung, und aus dem Nebel aus Blut trat etwas, das jeder Beschreibung und jedem Begriff spottete. Ein schwarzer Wirbel, der rasant zu einer enormen, verwachsenen Gestalt anschwoll. Funkelnde rote Zeichen liefen über den Körper. Der Laster wurde von einem undefinierbaren Wutgeheul erfasst wie von einem Orkan. Bruckner versuchte, das Fahrzeug unter Kontrolle zu behalten, schaltete einen Gang runter und trat auf die Bremse.

Die Münder des Mondes wurden zu Augen, die weinten und das Tal mit einem Meer aus Verfall füllten. Der Geruch von verbranntem Gummi mischte sich in die anderen übelkeiterregenden Gerüche, als die Flüssigkeit anfing, die Reifen zu zersetzen. Die Abdeckplane fing Feuer. Wenn die Säure bis zu ihm ansteigen würde, würde auch Franny brennen.

Er schreckte zurück, als die Flüssigkeit durch die Löcher in der Leinwand schwappte. Doch es war nur Wasser, das ihm ins Gesicht tropfte. Draußen verwandelte sich der Eiter allmählich in schwarzes Wasser und die Berge in Bäume mit langen Moosbärten.

Franny ließ sich auf den Rücken fallen und starrte die Plane über ihm an, doch sah er dort nur das schattige Antlitz Gottes. Des Gottes, dem er sich widersetzt und dessen Pläne er durchkreuzt hatte. Irgendwann würde dieser Gott ihn finden, und er würde dafür bezahlen. Es schüttelte ihn.

Durch die Furcht, die ihn gepackt hielt, drangen andere Geräusche. Stimmen und Hupen, Verkehrslärm. Es gelang ihm, sich aufzusetzen. Sie befanden sich auf einer Straße, die im Kreis um eine Säule mit einer Statue führte.

»Wo … wo?« Mehr brachte er nicht heraus.

»Trafalgar Square. Keine Ahnung, wie es bei dir aussieht, Kumpel, aber ich könnte was zu trinken vertragen.«

♣♦♠♥

Selbst auf den Bildschirmen und über die Kopfhörer war der Augenblick, an dem die Veränderung einsetzte, für Barbara zu *spüren*. Der düstere, stürmische Nebel schmolz dahin, als würde er in ein gigantisches Vakuum gesaugt. Viele der Schrecken, die auf das Kosmodrom zumarschiert waren, verschwanden mit ihm, jene Kreaturen, die aus der anderen Welt kamen, die Horrorshow angezapft hatte. Und die anderen, diejenigen, die der Nebel verändert, verdorben und verunstaltet hatte, deren Verstand okkupiert und missbraucht worden war – sie verwandelten sich in ihre ursprüngliche Gestalt zurück. Auf den Bildschirmen sah sie sie torkeln, verloren, verwirrt. Angewidert ließen sie die Waffen fallen, die sie in der Hand hatten, gingen auf die Knie oder hoben die Hände dankend zum Himmel.

Barbara sackte gegen die Stuhllehne. »Es ist vorbei«, hörte sie Ana in ihrem Kopfhörer flüstern, und sie wollte antworten: *Nein. Jetzt beginnt der schwerste Teil erst …* Aber sie sagte nichts. Sie schloss die Augen. *Der schwerste Teil. Das Warten, bis ich erfahre, ob ich Klaus jemals wiedersehen werde …*

♣♦♠♥

Marcus schrie schon wieder. Stumm, den Mund voller Blut, mit einer Hoffnungslosigkeit, die über alles hinausging, was er bisher erlebt hatte, bettelte er um seinen Tod. Nichts anderes wollte er noch. Dass alles vorbei wäre, für ihn und die Welt, sonst nichts.

Er war darin so gefangen, dass er auch dann noch schrie, als die Zelle um ihn herum sich auflöste. Er merkte, dass er fiel, aber er hielt es für einen Teil der Folter des Mähdreschers. Er fiel durch Gewebe, das sich auflöste, als sein Körper sich hindurchzwängte. Er ruderte mit den Armen. Wie ein Ertrinkender schlug er um sich. Sein Schwanz suchte nach einem Halt, doch da war keiner, und er stürzte noch immer. Inmitten herabregnenden Unrats krachte er unsanft auf den Boden. Er und tausend andere. Die Lebenden und die Toten. Widerliche Körper, die um ihn herum zur Erde dotzten.

Er nahm die Hände schützend über den Kopf und richtete sich auf. *Was ist passiert?*, fragte er, und da erblickte er es. Er sah es. Er hörte es. Fühlte es. Verstand es. Der Mähdrescher war verschwunden. Und alle Wesen, die in ihm gefangen gewesen waren, purzelten zur Erde, ganz gleich, ob sie tot oder noch am Leben waren. Er sah, dass auch andere Ungeheuer verschwanden. Ein schweineartiges Ding von der Größe eines Busses hob den Kopf und bellte, während seine Beine sich auflösten. Noch ehe es auf den Boden krachte, war der Rest auch verschwunden. Würmer, die auf dem Boden zuckten, wanden sich ins Nichts. Schwerfällige Monster wurden gehenden Fußes körperlos. Viele von ihnen brüllten, wenn sie verschwanden, aber wahrscheinlich hatten sie noch Glück. Sie waren nicht von dieser Welt. Sie waren, dachte Marcus, von der Hölle, in die sie gehörten, hierhergebracht worden.

Nicht so aber die entstellten Menschen. Die waren leicht auszumachen, denn welche Gestalt sie auch immer hatten, sie verschwanden nicht. Stattdessen wanden sie sich und brüllten und zitterten, während ihre Körper sich zurückverwandelten. Die Qualen der Verwandlung waren offensichtlich. Ihnen dabei zuzusehen, war grauenhaft, aber in mancher Hinsicht war es auch schön. Menschen wurden wieder zu Menschen! Die Luft war so klar, wie sie es seit der Ankunft der Horde nicht mehr gewesen war. Die Schöpfung schimmerte. Die Welt leuchtete, als würde sie von neuer Schöpfung triefen. Im plötzlichen Licht blinzelte Marcus. Es war herrlich. Sagenhaft.

Ja, während es heller wurde, sah er noch größere und furchtbarere Geschöpfe verschwinden. Es waren diejenigen, die noch nachgerückt wären, die Leviathane der anderen Dimension, größer noch als der Mähdrescher, aber sie hatten in dieser Welt keinen Anker mehr. Sie verblassten ins Nichts, während die Welt – die Welt, die Marcus kannte und plötzlich mit einer vollkommenen Hingabe liebte – wieder zu sich selbst zurückfand.

Mein Gott, fühlte sich das gut an! Er keuchte. Verwundet, versengt und halb tot spürte er, wie er von Begeisterung erfüllt wurde. Sie stieg in ihm auf, bis er sie laut hinaussingen wollte. Allerdings fehlte ihm dazu die Zunge. Aber die Welt tat es. Sie sang. Die Schöpfung wurde in diesem Augenblick zu einem Chor unzähliger verschiedenartigster Stimmen.

Das, dachte er, *das ist, wie wenn man der Geburt einer Welt zuschaut. Das ist, wie wenn man Gott bei seinem Werk zuschaut.*

♦

Die Euphorie – so schön sie war – verflog, sobald Marcus Olena und die Dörfler einfielen. Er war nicht zu ihnen zurückgekehrt! Ihnen hätte alles Mögliche passiert sein können. Wenn einer von diesen Hunden sie erschnüffelt hatte … Plötzlich erschien es ihm ganz und gar furchtbar, dass er nicht die ganze Zeit über bei ihnen geblieben war. *Bitte, Gott, gib, dass sie noch am Leben sind.*

Er kroch auf den Hangar zu. Zwängte sich durch die erstaunte Menschenmenge und schlängelte sich im Slalom um die Leichen und Trümmer herum. Mit bang schlagendem Herzen achtete er nicht auf all das. Seine Angst war genauso groß wie zuvor im dichtesten Nebel.

Und als er endlich einen Blick auf den Hangar werfen konnte, wurde es nur noch schlimmer. Um das Gebäude herum türmten sich Leichen. Menschen und Joker, dann waren die Flüchtlinge also in den Wahnsinn verwickelt worden. Zwischen den Leichen torkelten Überlebende, die misstrauisch und erschüttert wirkten. Alle waren mit Narben aus der Tortur herausgegangen: Zerrissene Kleider, zerkratzte Gesichter, Bisswunden auf den Armen. Einige hielten sich gebrochene Glieder, humpelten oder lagen stöhnend da, wenn sie aufgrund ihrer Verletzungen nicht mehr gehen konnten. Viele waren rot und braun vor lauter Blut und Schmutz. Ob es ihr eigenes Blut oder das von anderen war, wollte Marcus sich nicht ausmalen.

Der Anblick des Hangars war Marcus fast zu viel. Er sah wie ein Haufen Gerümpel aus, wie Treibgut einer Flutwelle oder die Trümmer, die ein Tornado zurückließ. Für einen Moment fürchtete er sich davor, noch näher heranzugehen. *Es spielt keine Rolle, wie er aussieht,* rief er sich ins Bewusstsein. *Der hat vorher schon scheiße ausgesehen. Vielleicht ist alles in Ordnung mit ihnen.*

Er kroch näher und machte sich an die Arbeit. Er riss Bretter weg und schob Gegenstände zur Seite, um erst einmal die Tür zu finden. Als er sie entdeckte, kämpfte er gegen den Container und andere Dinge an, die er zur Seite rücken musste. Er rief nach Olena und den Dörflern, rief ihre Namen und nannte den seinen und sagte ihnen, dass nun alles vorbei wäre. Sie wären in Sicherheit. Keine Antwort. Er hasste dieses Schweigen. *Vielleicht haben sie Angst,* dachte er. *Halten sich bedeckt, verstecken sich. Vielleicht …* Er machte sich noch viel panischer ans Werk.

Als er die Tür endlich frei hatte, blieb er keuchend stehen und starrte sie an. Die Tür schien noch intakt zu sein, doch da kam ihm der Gedanke, dass die Tür sie vielleicht in einem Gefängnis des Wahnsinns eingeschlossen hatte. Kaum war ihm dieser Gedanke gekommen, wurde er gleich wütend. Selbst wenn sie nicht von den Horden gefunden worden waren, konnte in dem abgeschlossenen Raum alles Mögliche geschehen sein. Der Wahnsinn machte sich nichts aus Wänden und Beton und Stahl. Sie wären nicht mehr sie selbst gewesen. Es wäre nicht einmal ihre Schuld gewesen, wenn sie übereinander hergefallen wären. Drinnen mochte das Gemetzel genauso groß sein wie draußen. Er wollte den Gedanken abschütteln. Spekulieren hatte keinen Sinn. Er musste es einfach herausfinden. Er fasste den Türknauf, drehte ihn und ging hinein.

Nach dem hellen Tageslicht konnte Marcus in dem Dämmerlicht zunächst gar nichts erkennen. Die wenigen Lampen, die am Abend zuvor noch gebrannt hatten, waren ausgegangen. *Olena?* Er versuchte es, brachte aber nur ein Nuscheln heraus. Er probierte es mit anderen Namen. Jirgal. Bulat. Timur. Niemand antwortete. Das Schweigen in der Dunkelheit war bedrohlich. Vorsichtig kroch Marcus weiter und streckte die Arme nach vorn aus. Er schlängelte sich an den schon lange außer Betrieb gesetzten Flugzeugen vorbei, an den ausrangierten Maschinenteilen. Allmählich gewöhnten sich seine Augen an das spärliche Licht, das durch die Ritzen in Decke und Wänden sickerte. Schatten ragten auf, bewegungslos. In der Stille wirkte das Schaben seiner Schuppen auf dem feuchten Beton unglaublich laut.

Nachdem er um einen Kistenstapel herumgekrochen war, sah er sie und dachte: *Nein, Gott, tu mir das nicht an …*

Aber Gott hatte ihn nicht erhört. Der Beweis dafür befand sich vor seiner Nase, die abgerundeten Umrisse von Menschen, die alle auf einem Haufen lagen. Ihre Jokerleiber waren ineinander verschlungen, gegeneinander gelehnt, mit den Armen miteinander verschränkt, zu einem intimen Teppich verwoben. Vollkommen regungslos. So regungslos wie … der Tod. Ihm war klar, dass er genau das sah. Die Gewissheit erfasste sein Herz, krampfte es zusammen, sodass er es körperlich spürte, als stürbe in ihm etwas ab. Natürlich waren sie übereinander hergefallen, nachdem sie hier in der Finsternis gefangen und wahnsinnig geworden waren. Er hätte sie niemals verlassen sollen. Wenn er geblieben wäre, hätte er vielleicht … Doch was er hätte tun können, vermochte er nicht zu sagen.

Langsam wand er sich weiter, hatte Angst vor den Einzelheiten, wusste aber, dass er sie sich anschauen musste. Im Näherkommen konnte er einzelne von ihnen unterscheiden. Timurs riesige Gestalt überragte alle anderen. Er sah Sezim, das kleine Mädchen, das mit ihren drei Armen immer noch ihre Puppe umklammerte. Und Bulat lag flach auf dem Rücken, und die kleine Eidechse, die unter seiner Haut lebte, war genauso regungslos wie er selbst. Ihr Kopf sah aus seiner Wange heraus. Jirgal lehnte Schulter an Schulter an seiner Frau, und Nurassil lag fast direkt daneben, in der Mitte des ganzen Knäuels. Das war Marcus zu viel. Er zog den Kopf ein, drückte die Finger auf die geschlossenen Augen und brüllte sein Elend hinaus. Er brüllte lange, denn er empfand so viel Elend, und außerdem wollte er sich vor dem drücken, was er noch tun musste.

Als seine Tränen versiegt waren und er es nicht länger aufschieben konnte, hob er den Kopf, holte tief Luft und suchte weiter nach Olena. Er fand sie nur zu schnell. Sie lag am anderen Ende der Gruppe auf dem Rücken. Mit einer Hand – die bandagierte Hand – hielt sie sich den Bauch. Die andere hatte sie seitlich ausgestreckt, die Finger mit den Wurstfingern eines der Jokerkinder verschränkt. Marcus drückte sich an sie. Wieder kamen ihm die Tränen. Er versuchte, sie wegzublinzeln, doch sie entwischten ihm, als er sich über sie beugte.

Olena, es tut mir so leid, dachte Marcus. *Ich hätte hierbleiben sollen. Ich wäre lieber mit dir gestorben.* Plötzlich fiel ihm Pater Squid ein, wie er im Augenblick seines qualvollen Todes den Namen seiner längst verlorenen Liebe hinausgebrüllt hatte. Würde es bei ihm genauso sein? Jahre später, wenn er aus dieser Welt scheiden würde, hätte er dann Olenas Namen auf den Lippen? Ja, dessen war er sich gewiss. Und jeder Tag von heute bis zu jener Todesstunde wäre eine Qual, weil sie nicht an seiner Seite sein würde. *Ich liebe dich. Ich werde dich immer lieben.*

Er wollte sie nach draußen tragen und schob die Arme unter sie. Da öffnete sie die Augen und sah ihn an. Sie musterte ihn einen Moment und fragte dann: »Ist es vorbei?«

Marcus starrte sie an, benommen und verständnislos. Sie setzte sich auf. Ihre Arme schlangen sich um ihn und zogen ihn zu sich heran. Er spürte die Wärme ihres Atems, ihre Lippen streiften seinen Hals, und ihre Stimme war voller Gefühl. »Du bist ganz blutig. O mein Gott, du bist verletzt. Aber es ist vorbei, oder? Deshalb bist du hier. Sag mir, dass es vorbei ist.«

Marcus wäre zu keiner Antwort in der Lage gewesen, selbst wenn sein zungenloser Mund nicht voller Blut gewesen wäre. Viel zu sehr freute er sich, dass sie sich bewegte, sprach, ihn hielt. Er hob die Hand und strich ihr zögerlich übers Haar. *Sie lebt,* dachte er.

Und nicht nur sie. Die anderen regten sich nun auch. Timur erhob sich und streckte die langen Arme. Jirgal wachte plötzlich auf, wandte sich um und sagte etwas zu seiner Frau. Auch sie schlug die Augen auf und antwortete ihm. Einer nach dem anderen regten sich die Joker. Sie setzten sich auf, unterhielten sich. Sie umarmten sich. Sie lächelten. Sie weinten Freudentränen.

Wie?, fragte sich Marcus.

Als hätte sie ihn gehört, löste sich Olena. Sie wandte sich um und beobachtete das Erwachen mit ihm und beantwortete seine unausgesprochene Frage: »Das war Nurassil.«

Nurassil. Natürlich. Der Junge befand sich in der Mitte der Gruppe. Die Dörfler scharten sich um ihn, berührten ihn, dankten ihm. Einige verneigten sich sogar, und der Junge lächelte und antwortete ihnen leise, doch seine großen runden Augen waren auf Marcus gerichtet. In seinen Zügen lag so viel Mitgefühl, so viel Schönheit in seinem Jokergesicht. Der Junge hob die Arme und streckte seine Tentakelhände zu Marcus aus.

»Geh«, sagte Olena. »Lass dich heilen. Lass dich heilen, Marcus.«

♣ ♦ ♠ ♥

Epilog

Angel erwachte in einem Krankenhausbett mit einem Tubus im Hals und einer Venenkanüle im Arm. Neben ihrem Kopf piepten ein Monitor und das Beatmungsgerät.

Als sie Tubus und Schlauch herausriss, plärrte der Monitor los. Sie erinnerte sich an den Kampf gegen … die Schlange … wie an einen besonders widerlichen Traum, doch fühlte sich ihr Körper an, als wäre er real gewesen. Allein das Atmen war eine Qual.

Und wo sie schon einmal bei widerlichen Träumen war …

Sie sah auf ihren Bauch hinab. Dort sah sie nur blaue Flecken und einen Schnitt, kaum mehr als ein Kratzer von einem scharfen Messer. Sie wälzte sich zur Seite und erbrach sich, doch kam nichts aus ihrem Magen, nicht einmal Galle. Erschöpft vom Würgen, hörte sie, dass jemand ihren Namen rief.

»Angel!«

Es war Billy.

Ray war so zerbeult und mitgenommen wie nach jedem Kampf. Er zog ein Bein nach, als er ins Zimmer kam. Doch der Schmerz, den seine Züge verrieten, wurde überdeckt von einer feierlichen Freude. Er half ihr auf und umarmte sie fest. Das tat höllisch weh, aber es waren gute Schmerzen.

»Diesmal war ich mir nicht sicher, Kleines«, murmelte er in ihr Haar. »Mich hat nur noch der Gedanke angetrieben … das Verlangen, dein Gesicht zu sehen.« Er runzelte die Stirn und hielt sie auf Armeslänge von sich, als sie keine Antwort gab.

»Oh, Billy.« Sie merkte, dass sie ihm nicht in die Augen sehen konnte.

Er zog sie wieder in seine Umarmung. »Hey, Angel, was ist denn los?«

Sie war unaussprechlich müde. »Ich habe dich verraten, Billy«, sagte sie. »Ich habe meine Welt verraten. Meinen Gott habe ich verraten. Ich habe schreckliche Dinge getan und hatte schreckliche Wünsche. Gelüste. Ich habe Gott gelästert. Ich habe mich selbst über alle anderen gestellt …«

»Das warst nicht du«, sagte er leise und strich ihr mit den Fingerspitzen über die Wange. »Das liegt hinter uns. Alles ist wieder in Ordnung.«

»Ist es das, Billy?« Endlich entspannte sie sich, schmiegte sich an seinen schmutzigen und schlecht sitzenden Anzug.

»Mit der Zeit, Kleines.«

Sie nickte, doch war ihr klar, dass es lange, lange dauern würde, wenn es überhaupt wieder gut werden würde. *Erlöse meine Seele vom Bösen, Herr,* betete sie demütig. *Und heile das Herz dieser Streiterin.*

♣♦♠♥

»Halt! Haben Sie eine Erlaubnis für diesen Bereich?«, fragte der Soldat. Er war groß, hatte ein junges Gesicht, und unter seinem blauen Helm schauten blonde Haare hervor. Ernst hielt er sein Gewehr umklammert und nicht mit der angeberischen Lässigkeit, die man von den Russen gewohnt war. Marcus tippte auf einen Skandinavier.

Er antwortete nicht gleich, sondern spähte an dem Soldaten vorbei auf den Eingang des Casinos. Das sah nun viel weniger bedrohlich aus als beim letzten Mal. Nichts in Talas sah so aus wie davor. Jetzt wirkte alles eintönig, verblichen, als wären selbst Steine, Stahl und Zement durch die Hölle gegangen. Nun, so wie er selbst. »Erlaubnis?«, fragte er mit einer Zunge, die ihm immer noch ganz neu und schick und vollkommen vorkam, ein Geschenk von Nurassil. Eine pinkfarbene Zunge. Olena hatte schon gewitzelt, dass er bald IPT heißen würde. »Ach, komm schon. Nach allem, was passiert ist, wollt ihr immer noch irgendwelche Papiere sehen? Das ist Kriegsgebiet, überall, und wir sind die Überlebenden. Mehr Erlaubnis brauche ich nicht.«

»Ja, aber das ist nicht irgendein Ort.«

»Ich weiß«, sagte Marcus. »Die werden sich für mich verbürgen. Ich war in Baikonur mit dem Komitee. Rufen Sie sie an, wenn es nötig ist.«

Der Soldat dachte einen Moment nach und gab seine offiziöse Strenge auf. Er lächelte. »Ich habe die Nummer nicht. Aber ich kenne Sie. Ich habe das Video gesehen. Bevor das alles losging, waren Sie in Talas, nicht wahr? Sie haben bei den Zweikämpfen mitgemacht.«

Marcus schnappte nach Luft. *Na toll.* »Schauen Sie, das war nicht so, wie es den Anschein hatte. Ich habe das nicht aus freien Stücken getan.«

»Ich weiß«, sagte der Soldat. »Ich habe das Video gesehen, wo Sie nicht kämpfen wollten.«

Marcus sah ihm in die grauen Augen. »Das haben Sie gesehen, was?«

Der Soldat sagte etwas, wahrscheinlich *ja* auf Schwedisch oder so. »Das hab ich gesehen. Da musste ich drüber nachdenken, was ich tun oder nicht tun würde, um am Leben zu bleiben. Das ist keine leichte Frage. Verstehen Sie, was ich meine?«

»Ja«, sagte Marcus. Er atmete lange und erschöpft aus. Der Soldat war wahrscheinlich in einem ähnlichen Alter wie Marcus, aber Marcus kam sich so viel älter vor. Viel zu alt jedenfalls für sein Alter. »Ich glaube nicht, dass man das wissen kann, ehe man damit konfrontiert wird. Aber ich bilde mir gern ein, dass jeder irgendeine Grenze hat. Etwas, was man nicht mehr macht. Oder dass man jemanden so liebt, dass man für ihn stirbt. Den meisten Leuten stellt sich diese Frage allerdings nie.«

»Meinen Sie, dass es besser so ist? Dass man sich die Frage nicht stellen muss?«

Marcus zuckte die Achseln. »Ja, wahrscheinlich schon. Aber …« Er drehte den Hals, um zu Olena hinüberzublicken, die bei dem kasachischen Fahrer wartete, der sie zum Flughafen bringen sollte. »Ich weiß nicht. Es ist kompliziert.«

Der Soldat nickte. »Das stimmt.« Er trat zur Seite und forderte Marcus mit einer Bewegung auf, an ihm vorbeizugehen.

Im Inneren des Casinos lag alles voller Trümmer. So ziemlich alles, was man auf den Kopf stellen konnte, war auf den Kopf gestellt worden. Überall lagen Kleider, Flaschen und Glasscherben verstreut, Pokerchips, Papierschnipsel und Kram, den man eigentlich nur noch als Schutt bezeichnen konnte. Er wand sich zwischen den Wetttischen und Roulette-Rädern, kroch an den Spielautomaten vorbei. Am Eingang des Tunnels zur Arena hielt er kurz inne, und Erinnerungen schwappten über ihn herein. Doch dann ging er weiter. Schließlich war er aus einem bestimmten Grund hier. Er würde das jetzt durchziehen.

Der Tunnel öffnete sich in die Arena. Die Sitzreihen, das Panzerglas um den Ring herum, das Drahtnetz darüber. All das wirkte kleiner, hinfälliger, als er es in Erinnerung hatte, heruntergekommen wie ein Vergnügungspark, der schon bessere Tage gesehen hatte. Baba Yagas Loge hing noch über ihm, doch Marcus warf nur einen kurzen Blick darauf. Wenn er es irgend vermeiden konnte, wollte er nicht an sie denken. Er schlängelte sich zum Ring hinunter und durch eine Tür, die offen geblieben war.

Und da war er. Umgefallen und halb von Trümmern bedeckt. Marcus richtete den seltsamen, verqueren, schmerzhaft schönen Gebetsstuhl auf, der einmal Pater Squid gewesen war – und noch immer war. Er hob ihn hoch und ging damit zurück zu Olena und dem wartenden Lasterfahrer. »Hey«, sagte Marcus. »Vorsicht. Das ist kein einfacher Stuhl.« Fast hätte er noch mehr gesagt, aber er wusste nicht, wie er es sagen sollte. Der Kerl verstand ihn sowieso nicht.

Er kroch zu Olena hinüber, die die Zerstörung mit Erstaunen betrachtete. Als er neben ihr stehen blieb, sagte sie: »Ist das wirklich alles passiert? So wie du gesagt hast?«

»Du erinnerst dich immer noch nicht daran?« Sie schüttelte den Kopf, und Marcus war aufs Neue erleichtert. Nicht nur erinnerte sie sich nicht an den Albtraum von Talas, auch die Schrecken von Baikonur blieben ihr erspart. In dem baufälligen Hangar im Kosmodrom hatte Nurassil ihnen geholfen. Als die Situation schlimm wurde, die Bestien draußen geheult hatten und die Dörfler anfingen, den Verstand zu verlieren, hatte er sie dazu gebracht, sich an den Händen oder Tentakeln oder Flossen oder was auch immer zu fassen. Als sie alle miteinander verbunden waren, ließ er seine Asskraft strömen, ließ sie von einem zum nächsten fließen, bis sie sich beruhigten und vergaßen. Er hatte sie in einen tiefen Schlaf versetzt, dass selbst der Tumult vor dem Hangar sie nicht hatte wecken können. Er hatte sich ihnen angeschlossen, und so hatten sie einen Traum des Vergessens geträumt, während es um sie gewütet hatte.

Danach hatte Nurassil denen, die es wünschten, Vergessen angeboten. Viele nahmen das Angebot an. Flüchtlinge und Soldaten. Normalos, Asse und Joker, kasachische und russische Soldaten, sogar ein paar Komitee-Mitglieder. Sie alle erkannten in Nurassil auf ihre eigene Weise und aus ihren eigenen Gründen das Wunder, das er darstellte, und ließen sich herab, ihn um seine heilende Berührung zu bitten. Marcus selbst war schwer in Versuchung gewesen, aber er entschied sich dafür, die Erinnerungen zu behalten. Sosehr er vergessen wollte, wusste er doch, dass er sich erinnern musste, sowohl an die Schrecken der anderen Dimension als auch an die Schönheit der Rückkehr der eigenen Welt. Und er hatte versprochen, sich für Olena zu erinnern, um ihr alles erzählen zu können, damit auch sie es wusste, aber nicht mit dem Schrecken aus erster Hand leben musste. Hoffentlich würde sie nie die Albträume bekommen, mit denen Marcus selbst fest rechnete. Kein posttraumatisches Stresssyndrom. Und wenn sie bei gesundem Verstand war, war seine Chance, den seinen nicht zu verlieren, auch größer.

»Ja«, sagte Olena. »Aber du hast mir nicht von meinem Vater erzählt. Und von dem hier.« Sie hielt die Hand mit der Münze in der Handfläche hoch. Darüber hatte sie einen engen Fahrradhandschuh gezogen. Mollie hatte ihn ihr besorgt. Hatte in ihr ganz legal gekauft, hatte sie ihr versichert.

»Wir haben ein paar lange Flüge vor uns. Sparen wir uns das dafür auf.«

»Wenn wir weit über allem sind und alles ganz winzig aussieht?«

Das gefiel Marcus. »Ja.«

»Dann lass uns gehen«, sagte sie.

»Kommst du wirklich mit?«

Sie nickte. Sie beugte sich zu ihm heran, ging auf die Zehenspitzen und gab ihm einen Kuss. »Ich habe doch immer gesagt, dass ich das möchte, oder nicht? Das habe ich schon bei unserer ersten Begegnung gesagt. Ich wusste es. Jetzt weißt du es auch.«

»Aber ich weiß nicht, was passieren wird«, sagte Marcus. Er war sich nicht sicher, weshalb er weiterredete, aber er konnte sich nicht stoppen. »Ich könnte Schwierigkeiten bekommen. Du weißt doch … das in der Arena. Ich habe Menschen getötet. Kann gut sein, dass bei unserer Ankunft Bullen auf mich warten.«

»Wenn da Bullen sind, dann kriegen sie von mir aber was zu hören«, sagte Olena. »Ich verklickere denen, dass du Infamous Black Tongue bist, der geholfen hat, die Welt zu retten. Das stimmt, und bald werden alle das wissen. Du solltest dir keine Sorgen machen. Du bist ein Held.« Sie stieg in den Laster und fing sofort an, mit dem Fahrer zu quatschen.

Marcus hievte sich auf die Ladefläche. Als der Wagen losfuhr, legte er eine Hand auf Pater Squid. »Pater, ich hoffe, fliegen macht dir nichts aus. Ich habe dich nie gefragt, aber ich denke mal, du bist viel in der Welt herumgekommen. Das ist bloß eine Reise mehr. Vielleicht die letzte, in Ordnung?«

Mit seiner Hand auf dem Gebetsstuhl sah Marcus auf und ließ den Blick über die Landschaft schweifen, die an ihnen vorbeizog. Dieser Ort, der ihm zunächst so fremd vorgekommen war, kam ihm nun gar nicht mehr fremd vor. Er hatte einen Gedanken, der ihm nie zuvor gekommen war: dass er auf der ganzen Erde zu Hause war, auch weit weg von den Orten, die er kannte. Die Welt kam ihm nicht mehr gar so groß vor, wenn es auch auf der anderen Seite des Globus Menschen gab, die ihm etwas bedeuteten und denen er etwas bedeutete.

Trotzdem fühlte es sich gut an, nach Hause zu kommen, ganz gleich, was ihn dort erwartete. Sollte die Polizei ihn nicht aufgreifen, würde er geradewegs nach Jokertown gehen. Er würde Pater Squid in die Kirche Our Lady of Perpetual Misery bringen. Pater Squid hatte gesagt, sie wäre eine Zuflucht. Jetzt wäre sie auf immer seine Zuflucht.

Vielleicht, dachte Marcus, *wird sie auch meine werden.*

»Pater«, sagte Marcus. »Ich bringe dich heim.«

♣♦♠♥

Michelle machte die Augen auf. Joey sah auf sie herab. Joeys Stirn, von der Mollie ein Stück herausgebissen hatte, war frisch verbunden.

»Wird ja mal höchste Zeit, dass du aufwachst.«

Michelle wollte sich aufsetzen, merkte aber, dass sie schwach war. Ihre Hände gingen instinktiv zu ihrem Körper, um zu ertasten, wie fett sie war. Sie spürte Hüftknochen und Rippen und ließ es dann. Später war noch genug Zeit, Fett anzusetzen. Aber sie hatte Schmerzen. Sie hatte immer noch Schmerzen.

»Da will dich jemand sehen«, sagte Joey. Sie hatte einen seltsamen Tonfall.

Michelle gab sich einen Ruck. In der Ecke sah sie ein Jokermädchen sitzen. Michelle schätzte sie auf vierzehn oder fünfzehn, ungefähr das Alter, in dem Michelle sich von ihren Eltern emanzipiert hatte. Das Mädchen trug ausgebleichte Jeans, niedrige Converse Chucks und ein *American-Hero*-Shirt.

Sie hatte hohe Wangenknochen, weit auseinanderstehende braune Augen, dicke, volle Lippen und kupferfarbene Dreadlocks, die ihr bis zur Hüfte hinabfielen. Ihre Haut hatte die Farbe von Obsidian, und aus ihrer Stirn standen Fühler hervor. Als sie aufstand, entfalteten sich auf ihrem Rücken große schillernde Flügel.

»Adesina?«, fragte Michelle. Das konnte nicht sein. Das konnte nicht ihre Tochter sein. Aber ihr Bauchgefühl sagte ihr, dass dieses fremde Mädchen Adesina war.

»Hallo Mom«, antwortete ihre Tochter und kam zu Michelles Bett herüber. Ihre Stimme klang wie die von Adesina, nur war sie tiefer und klangvoller. Statt ihres welpengroßen Insektenkörpers hatte Adesina nun menschliche Gestalt und Größe bis auf die vier Reste von Insektenbeinen an ihrem Oberkörper. Sie hatte Schlitze in das T-Shirt geschnitten, durch die sie herausstanden.

»Du bist so anders«, sagte Michelle. Sie berührte Adesinas Wange. Sie war nicht mehr weich und warm, sondern hart und kalt.

»Aber ich bin noch dieselbe. Ich bin immer noch deine Tochter. Du bist immer noch meine Mom.«

»Und du hast mich gerettet«, sagte Michelle, während ihre Hand von Adesinas Gesicht herabsank. Das schlechte Gewissen überwältigte sie. »In den Katakomben. Du hättest nicht dort sein dürfen. Was du alles gesehen haben musst …«

»Ist gut, Mom.« Adesina zeigte auf ihren Körper. »Siehst du, mir geht es gut. Und mit dir ist auch wieder alles okay.« Doch lag ein leichtes Zittern in ihrer Stimme.

Ihr geht es gar nicht gut, dachte Michelle. In ihrer Kehle bildete sich ein dicker Kloß, und sie bemühte sich, nicht zu weinen.

Michelle hatte nur Adesina beschützen wollen. Das war ihre Verantwortung. Es war das, was Mütter taten. Sie beschützten ihre Kinder. Dafür hatte sie das alles getan.

Die Reise nach Talas. Der Schrecken. Die vielen Toten. Aero.

Aber sie hatte Adesina gar nicht beschützt. Hätte sie es getan, würde jetzt nicht eine Fremde neben ihrem Bett stehen. Die Fremde, in die ihre Tochter sich hatte verwandeln müssen, um zu überleben.

»Es tut mir leid, Kleine«, sagte Michelle. Jetzt konnte sie die Tränen nicht mehr zurückhalten. »Es tut mir so leid.«

»Wir reden später darüber«, sagte Adesina. Ihre Fühler zuckten. »Alles wird gut. Schau, ich bin in Sicherheit.« Sie zögerte, und als sie weitersprach, war das Zittern weg. »Ich bin, wie ich sein soll.«

♣♦♠♥

Barbara hatte in Brüssel davon erfahren. »Barbara, er lebt.« Inks Stimme knisterte durch den Lautsprecher, und als sie das hörte, erschlafften Barbara die Finger, sodass sie beinahe den Hörer fallen ließ. Lohengrin war am Leben.

»Klaus …?«

»Ja. Klaus. Tesseract hat ihn nach Jokertown gebracht. Ich habe über den Generalsekretär alles organisiert, sobald ich davon erfahren habe. In einer Stunde geht ein UNO-Frachtflug von Brüssel. Dort habe ich dir einen Platz …«

Jetzt war sie zurück in New York. Wie zum Hohn war der Himmel wolkenlos blau, und sie sah ihn, nicht mehr Lohengrin, sondern Klaus, an einem Fenster, durch das er auf das Treiben und die Hektik der Stadt hinabblickte.

Sie spürte, wie sich die ganze Angst, die ganzen schrecklichen Bilder und Befürchtungen, was ihm widerfahren sein mochte oder dass er womöglich nicht überlebt haben könnte, in diesem Augenblick in Luft auflösten. Plötzlich fühlte sie sich leicht.

»Klaus! Mein Gott …« Barbara eilte zu ihm und umarmte ihn, drückte ihn fest an sich. »Klaus … Ich hatte solche Angst, du könntest … du könntest …« Sie küsste seinen Hals, seinen Mund, und ihre Finger wühlten durch seine goldenen Haare.

Und dann merkte sie, dass er die Umarmung nicht erwiderte, dass sie genauso gut hätte einen Fremden küssen können. »Klaus?«

Er sah zu ihr herab, sein eines Auge fand sie nur langsam. Die schwarze Augenklappe war weg – stattdessen trug er eine provisorische Klappe mit einem Gummiband im zerrauften Haar. Die Andeutung eines Lächelns kräuselte seine Lippen und verschwand dann wieder. Er machte den Mund auf, doch heraus kam nur ein Schluchzen. Mit einiger Mühe schluckte er es hinunter, dabei hob sich sein Kehlkopf, und er nahm die Hand hoch, um ihre Wange zu berühren. Sie drückte sie, hielt sie an ihrer Wange. »So entsetzlich«, sagte er. Seine Stimme war rau und gebrochen, als hätte er tagelang wie ein Wahnsinniger gebrüllt. »Barbara, was ich getan habe … *Es war schrecklich*«, beendete er den Satz auf Deutsch.

»Es war nicht deine Schuld«, erklärte sie ihm. »Das weißt du.«

Er schüttelte stumm den Kopf. Sein Blick suchte den ihren, und sie sah die Feuchtigkeit, die sich in seinen Augen sammelte. »Ich hatte recht«, sagte er. »Du musstest in New York bleiben. Du hast das Team zusammengestellt, das uns gerettet hat. Du hast getan, was ich nicht konnte.«

Sie schüttelte den Kopf, während sie ihn wieder umarmte. Sie wollte nicht darüber reden, es kümmerte sie nicht. »Klaus, ich habe nie verstanden, wie es für dich ist, nicht wirklich. Ich habe dir nicht gut zugehört, habe nicht verstanden, was du mir zwischen all den Worten hast mitteilen wollen, und das tut mir leid.« Sie trat einen Schritt zurück und hielt noch immer seine Hand. »Von nun an«, sagte Barbara, »werden wir nichts voreinander verheimlichen. Wir werden das Team sein, das wir schon immer hätten sein sollen. Wir werden uns immer sagen, was wir empfinden, was wir denken. Es wird keine Geheimnisse zwischen uns geben. Versprich mir das.«

Klaus' Hände zitterten. Sie hielt ihn fester. Er schüttelte den Kopf. »Nein«, sagte er mit toter, leerer Stimme und schlaffem Gesicht. Als sein Blick den ihren wieder traf, war keine Zuneigung mehr darin, nur Schmerz. »Nein«, wiederholte er. »Das kann ich dir nicht versprechen, Barbara. Es gibt Dinge, die ich dir nie erzählen werde. Es gibt Dinge, die immer verborgen bleiben müssen.«

Sie nickte, auch wenn sie nicht zustimmen wollte, aber ihr war klar, dass sie keine Wahl hatte. Im Moment jedenfalls nicht. »Dann sollten wir über das Komitee reden, was wir tun müssen, um weiterzumachen, um uns zu erholen.«

Noch ehe sie ausgesprochen hatte, fing er an, den Kopf zu schütteln. »Tu, was du meinst, tun zu müssen, Barbara. Was auch immer dir am besten erscheint. Was mich angeht …« Er holte langsam und tief Luft, schloss dabei das gesunde Auge, als wolle er die ganze Welt aussperren. »Ich weiß nicht, ob ich das noch machen kann. Ich weiß es nicht.«

»Klaus …«, setzte sie an, doch er ließ die Hände fallen.

»Ich bin so müde«, sagte er und tappte zurück zu den Krankenzimmern. »So müde«, hörte sie ihn noch einmal sagen zu niemandem.

Sie sah ihm nach, wollte, dass er stehen blieb, sich umdrehte, zu ihr zurückkehrte, aber das tat er nicht.

Nach einigen Sekunden folgte sie ihm.

♣ ♦ ♠ ♥

Maseryk hatte ihn nicht gefeuert. Stattdessen war Franny beurlaubt worden. Er sollte sich so viel Zeit lassen, wie er brauchte.

Als er das Büro verlassen hatte, hatte der Captain ihm auf die Schulter geklopft. »Ray hat mir erzählt, was Sie dort drüben gemacht haben.« Franny zuckte zusammen und wartete auf die Rechnung für all seine Vergehen und Versäumnisse. »Was für eine Ironie, was? Dieser ganze Haufen Asse, und ein Normalo rettet die Welt.«

»Aber ohne den Haufen Asse wäre das nicht gegangen.« Als er schon fast aus dem Büro war, fiel ihm etwas ein, und er drehte sich noch einmal um. »Was passiert mit Baba Yaga, Sir?«

»Der Staatsanwalt erhebt keine Anklage. Zu wenig Befugnisse. Und anscheinend machen eine Handvoll Joker noch kein Verbrechen gegen die Menschlichkeit aus, weshalb Brüssel den Fall auch nicht anfasst.«

»Dann kommt sie ungeschoren davon?«

»Sieht so aus.«

Franny hatte nur den Kopf geschüttelt, aber es wurmte ihn. Es beschäftigte ihn und drang in seine Träume ein, vertrieb die Albträume von Talas und dem Dunklen Gott. Die kurzen Intervalle, in denen er Schlaf fand, waren abwechselnd mit Entsetzen und Wut erfüllt.

Er fand, dass Baba Yaga es verdient hatte zu erfahren, dass Tolenkas letzte Gedanken ihr gegolten hatten, ja sogar seine letzten Worte, und so kehrte er in die Jokertown-Klinik zurück. Noch hatte sie nicht bemerkt, dass er in der Tür zu ihrem Zimmer stand. Sie war in einen schicken, businessmäßigen Rock und ein Jackett gekleidet. Im Zimmer stand eine ganze Sammlung Louis-Vuitton-Taschen. Sie hatte sich offensichtlich eine neue Garderobe zugelegt.

Heiligte der Zweck die Mittel, fragte sich Franny, während sie ein letztes Stück in die größte der Taschen packte. Ja … wahrscheinlich, wenn buchstäblich das Schicksal der Welt davon abhing, aber …

Und dann fiel sein Blick auf die Kassetten und den alten Rekorder im Mülleimer. Er wurde von einer kalten Gewissheit erfüllt, beschloss aber, ihr eine Chance zu geben.

»Aufbruch?«

Sie drehte sich um. »Zurück, Junge? Ich dachte, Sie hätten genug von mir.«

»Hatte ich auch, aber ich wollte Ihnen von Tolenka erzählen.«

Sie machte den Koffer zu, hatte aber Mühe, mit nur einer Hand den Reißverschluss zuzuziehen. »Hier ist er nicht gestorben, das ist ja wohl klar. Was gibt es denn sonst noch?«

»Er hat versucht, Ihren Namen zu sagen. Sein letzter Gedanke galt Ihnen.«

Sie schnaubte verächtlich und sagte: »Ein Held und auch noch ein Romantiker. Sie sind ein …«

»… ein sentimentaler Tropf, ein Trottel, ja, ich weiß. Was

haben Sie mit seiner Medaille gemacht, Mariamna? Ist die auch im Mülleimer?«

»Ich habe sie Grekor gegeben. Der sammelt so Kram. Artefakte der alten Zeit, als Amerika noch Angst vor uns hatte. Wir hätten euch schlagen sollen. Ihr seid alle so sentimentale Trottel.«

»Sie haben nach ihm gerufen, als Sie im Delirium lagen.«

»Weil ich Angst hatte, er könnte endgültig gestorben sein, und das hätte mein Ende bedeutet.« Ihre Stimme war barsch, und Franny hörte keinerlei sanfteren Töne heraus.

»Ist das Ablenkung? Oder ist Ihnen der Mann, mit dem Sie gearbeitet haben, mit dem Sie geschlafen und den Sie jahrzehntelang beschützt haben, wirklich scheißegal?«

»Erst Sentimentalität und jetzt Psychogelaber. Sie sind wirklich armselig, Francis.« Sie merkte ihm etwas an, worauf ihre Brauen nach oben ruckten. »Was, Junge?«

»Nichts. Danke, dass Sie die Dinge für mich klargestellt haben.« Er wandte sich zur Tür um, hielt aber noch einmal inne und sah zu ihr zurück.

»Darf ich fragen, wohin Sie gehen?«

»Wollen Sie mich besuchen kommen?«

»Wer weiß?«

»Paris. Dort war ich schon eine Weile nicht, und dort gefällt es mir.«

»*Bon voyage*, Mariamna.«

♣ ♦ ♠ ♥

Die Totengräber begriffen nicht, weshalb sie einen Stuhl beerdigen sollten, aber sie waren dankbar für die Arbeit.

Mollie genoss die Sonne auf ihrer Haut. Mit ihrer Begleitung von Aufsehern stand sie am Rand eines Friedhofs in einem entlegenen ungarischen Dorf. Zumindest behauptete die elektronische Fußfessel, dass sie in Ungarn war.

Ffodor war in einer geografischen Falte geboren worden, in der Kroatien, Slowenien und Ungarn zusammenstießen. Er hatte immer vorgehabt, sie einmal hierherzubringen, einfach nur so.

Aber das war vor einer Million Jahren gewesen. Vor Horrorshow. Vor Baba Yaga. Vor dem Fight Club und vor dem verpfuschten Casinoraub. Bevor sie die Kontrolle über ihre Asskraft verloren hatte. Und ihren Verstand.

Ihr Knöchel juckte. Die Fußfessel war so eingerichtet, dass sie jegliche Unregelmäßigkeit ihrer GPS-Standorte feststellte, zum Beispiel, wenn sie durch ein Tor ging. Stellte sie ein Problem fest, wurde sie gottserbärmlich getasert (was das Duschen zu einer nervenaufreibenden Sache machte) und so lange mit Drogen betäubt, bis ein Bergungsteam sie einsammeln konnte.

Sie schob einen Finger unter das Band, um sich zu kratzen. Einer ihrer Aufpasser runzelte die Stirn. Ein paar Herzschläge lang kochte in Mollie eine Wut, dass sie meinte, explodieren zu müssen wie ein isländischer Vulkan – trotz der Menge an Psychopharmaka, die die Ärzte ihr verschrieben hatten. Doch Mollie rief sich ihr autogenes Training ins Gedächtnis und fing sich rechtzeitig wieder.

Sie wollten, dass Mollie ein emotionaler Zombie blieb. So war es am besten. Es passierten schlimme Dinge, wenn sie wütend wurde.

Ihre Ärzte hatten sie an den plastischen Chirurgen verwiesen, der Joey behandelt hatte, doch Mollie hatte abgelehnt. Zusatzoperationen konnte sie sich nicht leisten. Die Arztrechnungen ihrer Familie waren schweinisch hoch, und der Erlöse aus der Versteigerung des Diebesguts in ihrer Wohnung in North Dakota, ganze achtundsechzigtausend Dollar, waren an die Familien von Jamal Norwood und der Leute gegangen, die sie in Half Moon Bay umgebracht hatte.

Außerdem … Mollie hatte die Narben verdient. Und noch

viel Schlimmeres. Verglichen mit dem, was sie … Ffodor, Joey, ja sogar Berman angetan hatte, war sie mit ein paar entstellenden Narben noch gut davongekommen.

Aber ihre seelischen Wunden konnten es mit denen aller anderen aufnehmen.

Dr. Swanson gähnte leise hinter vorgehaltener Hand. Sie hatte Jetlag. Den hatten sie alle. Sie waren den ganzen Weg von New York hierhergereist. Auf die primitive Weise. Mit Maschinen.

Mollie nutzte ihre Asskraft nur noch selten, und jedes Mal musste ein Komitee-Bürohengst ihr vorher eine Genehmigung unterzeichnen. Normalerweise ging es bei den Aufträgen darum, Abkürzungen zwischen schmutzigen Lagerhallen irgendwo auf der Welt zu schaffen, damit Nothelfer rasch Nahrung und Wasser in ein Krisengebiet schaffen konnten.

Der Cheftotengräber hieß seine Leute mit Graben aufhören. Sie wussten, was sie taten. Die Ränder gingen senkrecht in die Tiefe, und das Loch war tief genug, um einen Louis-XIV-Stuhl zu beerdigen.

In Einklang mit dem altehrwürdigen Brauch ihrer Zunft traten die Totengräber ein paar Schritte zur Seite, um den Trauernden Raum zu geben, und zündeten sich unverzüglich Zigaretten an. Der seltsame Geruch lockte ein trauriges Lächeln auf Mollies Gesicht. Das war Ffodors Marke gewesen.

Mollie wartete auf das Nicken ihrer Aufpasser, bevor sie in das Grab stieg. Sie wollten ihr helfen, den Verstorbenen ins Grab zu senken, doch Mollie wollte es unbedingt allein machen. Der Stuhl war elend schwer, doch sie konnte ihn gerade so über den Rand hieven und setzte ihn sacht auf dem Lehm ab. Er war nicht schief und wackelte nicht. Zu ihrer Therapie gehörte auch das Erlernen von handwerklichen und anderen neuen (ehrlichen) Fähigkeiten, deshalb hatte sie die Schäden, die Ffodors verwandelte Leiche während ihres Streits mit Joey erlitten hatte, eigenhändig repariert.

Nur Leim. Keine Schrauben, keine Krampen. Die Vorstellung, etwas in Ffodor hineinzubohren, ertrug sie nicht.

Sie weinte nicht. Sie hatte schon genug geweint für ein ganzes Leben. Weinen war auch das Einfachste. Aber was kam nach den Tränen? Da wurde es schwer. Furchteinflößend. Da musste man sich entschuldigen und wiedergutmachen und mit seiner Schuld umgehen. Noch war sie nicht bereit, sich ihrer Familie zu stellen. Dr. Swanson hatte ihr schon prophezeit, dass das eine Weile dauern würde.

Mollie kniete in der feuchten Erde. Sie legte den Kopf auf den Sitz. Seufzte.

»Ich habe dir unrecht getan, Ffodor Mathias«, sagte sie. »Du bist wegen meiner Arroganz gestorben, wegen meiner Überheblichkeit, meiner Gier. Du warst wirklich, wirklich gut zu mir. Du hättest etwas Besseres verdient. Und es tut mir so unendlich leid. Diese Reue werde ich mein ganzes Leben mit mir herumtragen. Das verspreche ich dir.«

♣♦♠♥

Franny hatte es endlich nach Paris geschafft.

Er hatte nur einen kurzen Blick darauf erhascht, als Mollie ihn in Talas im Stich gelassen hatte. Aber jetzt war er endlich hier. Der Typ, der nie weiter als bis nach Florida gereist war, um seine Großeltern zu besuchen, war inzwischen in Talas, Teheran und Paris gewesen. Er musste sagen, Paris toppte alles.

In der Annahme, dass Baba Yaga aufs Beste logieren würde, hatte Franny sich eine Liste mit den teuersten Hotels der Stadt des Lichts heruntergeladen. Durch sechzehn der fünfundzwanzig bei Forbes gelisteten Schuppen hatte er sich bereits durchgearbeitet. Hôtel Fouquet's Barrière kam als Nächstes. Laut einem Artikel kostete die Nacht dort 1487 Dollar netto. Er konnte sich nicht vorstellen, wie man so viel Geld für ein Bett ausgeben konnte. Allein schon der Kauf des Flugtickets hatte seine mageren Ersparnisse aufgezehrt.

Mit dem Blumenstrauß in der einen Hand tastete er mit der anderen in seiner Manteltasche nach der Phiole mit dem Trump-Virus und berührte anschließend die Spritze in seiner Brusttasche. Er würde sie nicht töten. Nicht eigentlich. Es gab einen Grund, weshalb man das Trump-Virus normalerweise nur bei Pikdamen anwendete. Wenn man es einem stabilen Ass verabreichte, riskierte man eine von vier möglichen Folgen – es passierte nichts, die Asskraft ging verloren, das Virus wurde erneut aktiviert und erschuf einen Joker oder der Patient starb. Verabreichte er es Baba Yaga, würde er damit nicht zum Mörder. Er würde ihr eine Chance lassen. Mehr, als ihre Opfer von ihr bekommen hatten.

Natürlich müsste er sich wegen ihrer Wachen etwas einfallen lassen, wenn er sie einmal ausfindig gemacht hatte. Er war überzeugt, dass sie bewacht war. Sie würde sich auch dann nicht sicher fühlen, wenn alle ihre mafiösen Konkurrenten im Blut und Wahnsinn von Talas draufgegangen wären.

Das Hotel lag an der Champs-Élysées. In der Ferne erhob sich der Arc de Triomphe. Das Hotel war ein weißes Gebäude mit blauem Dach und der Form des Flatiron Buildings in New York. Unter der roten Markise ging er an einer Reihe schwarzer Löwenstatuen vorbei zum Eingang und betrat das Hotel. Die Lobby glitzerte in Goldtönen, und die karmesinroten Dekokissen und Läufer auf dem goldenen Marmorfußboden sorgten für farbliche Akzente. Er ging zur Rezeption, die mit leuchtenden Kristallplatten verkleidet war.

Der hochmütige Rezeptionist sah ihn schief an. »Ich habe eine Sendung für Mariamna Solowjowa.«

»Wir werden es Madame zukommen lassen«, sagte der Mann. Seine Worte waren gleichermaßen von seinem französischen Akzent wie von Verachtung gefärbt, und Franny wollte ihn schlagen.

Er diskutierte nicht, sondern übergab dem Mann die Blumen. Er ging weg und versteckte sich hinter einem goldenen Vorhang. Ein paar Augenblicke später kam ein Portier zur Rezeption und holte den Strauß ab. Franny nahm eine Position ein, von der er die Aufzüge sehen konnte, und beobachtete die aufleuchtenden Zahlen. Der Aufzug hielt im vierten Stock.

Dann schlüpfte er auf die Toilette und wählte die 17. Laut seinen Recherchen war das in Frankreich der Polizeinotruf. Da er annahm, dass der Telefonist ihn fragen würde: *Um was für einen Notfall handelt es sich?*, fing er gleich an loszureden.

»Ich bin Gast im Hôtel Fouquet's Barrière, vierter Stock. Als ich aus meinem Zimmer kam, sah ich Bewaffnete. Ich konnte mich verdrücken, aber ich glaube, da passiert etwas.«

»*Un moment s'il vous plaît.*«

Das verstand er. Ein paar Sekunden später meldete sich eine andere Stimme in der Leitung. »Sie wollen einen Notfall melden?«

Franny wiederholte seine Geschichte.

»Ihr Name, Sir?«

»Ach du Scheiße!«, flüsterte Franny.

Dann zog er seine Pistole und schoss in die Kloschüssel. Das Wegwerfhandy, das er sich besorgt hatte, warf er auf den Boden, trat darauf herum und schmiss die Trümmer ins Klo, spülte sie runter.

Bei all dem Marmor war der Schuss ohrenbetäubend

gewesen, deshalb huschte er schnell hinaus, denn gleich würde jemand auftauchen, um nachzusehen. Er hastete zum Hoteleingang und vernahm mit Genugtuung das Heulen sich nähernder Martinshörner.

Die wenigen Leute in der Lobby wirkten verwirrt. Der Rezeptionist erschrak, als Polizeiautos vor dem Hotel anhielten. Franny stahl sich ins Treppenhaus und rannte hinauf. Als er im vierten Stock ankam, hörte er hinter sich Stiefelschritte die Treppe hochkommen. Er eilte weiter in den Gang.

Vor einer Tür stand unverwechselbar ein Gangster. Und besser noch, er hatte seine Waffe gezogen. Als Franny plötzlich auftauchte, schoss er, doch damit hatte Franny gerechnet und warf sich zur Seite. Die Kugel streifte ihn seitlich, doch die kugelsichere Weste, die er unter seinem Hemd trug, fing die Wucht ab.

Er kauerte auf dem Boden, als die Polizisten aus Treppenhaus und Aufzug herausstürmten. Sie sahen einen Kerl mit einer Waffe und reagierten, wie Franny es erwartet hatte. Ein Leibwächter weniger. Ein zweiter kam aus dem Hotelzimmer. Der war so klug, seine Waffe wegzuwerfen. Während seiner Verhaftung trat auch Baba Yaga aus dem Zimmer.

Sie spie Gift und Galle, spuckte jedoch glücklicherweise nicht richtig. Auf Französisch schrie sie die Polizisten an. Die machten einen verwirrten Eindruck. Der erste Gangster lag blutend auf dem Boden. Ein weiteres Martinshorn heulte, als der Krankenwagen eintraf. Aus den anderen Zimmern schauten Gäste heraus. Es wurde immer chaotischer. Franny machte die Spritze klar und stürzte sich ins Getümmel. Er drängte sich immer weiter vor, bis er neben Baba Yaga stand. Plötzlich erkannte sie ihn. In ihren kalten Augen konnte er ablesen, dass sie begriff, was vor sich ging. Sie knetete ihren Mund. Franny rammte ihr die Nadel in den Schenkel und drückte den Kolben runter, dann sprang er zurück.

Sie schrie und bekam Krämpfe. Die Umstehenden wichen zurück, sie fiel zu Boden. Ihr Rücken zog sich zusammen, als wolle er sie zu einem Ring verbiegen. Sanitäter stürmten mit einer Trage aus einem Aufzug. Es herrschte großes Durcheinander, weil alle gleichzeitig in fünf verschiedenen Sprachen redeten und die Sanitäter zwischen dem blutenden Gangster und der sich krümmenden Greisin hin- und herhuschten. Am Ende gewann die Alte.

Sie mussten sie auf der Trage festschnallen, da sie so heftig zuckte. In Franny rangen Genugtuung und schlechtes Gewissen um die Oberhand, während er ihre Verwandlung beobachtete. Ihr Armstumpf fing an, sich aufzublähen. Eine abartige Klaue bildete sich, die um sich schlug und schnappte. Aus ihrem Rücken wuchsen Knochenplatten wie das Rückgrat eines Stegosaurus. Ihr Brauenwulst wurde zu einer Hornplatte. Sie hob die Klaue zum Gesicht, und da trat blankes Entsetzen in ihre Augen, und sie fing an zu schreien.

Franny ging. Der Gerechtigkeit war Genüge getan. Für Jamal und Jose und Tolenka und Pater Squid. Die dunklen, freundlichen Augen des Priesters erschienen vor seinem geistigen Auge, und Franny plagten Zweifel. Der Priester würde es ihm nicht danken. Er hätte Franny zur Vergebung gemahnt. Bedauern und Schuldgefühle erfüllten ihn. Er war zu einem Monster geworden wie die Frau, die er bestraft hatte.

Franny lehnte sich an die Wand und weinte.

♣ ♦ ♠ ♥

Abspann

In den Hauptrollen | geschaffen und geschrieben von

Marcus (Infamous Black Tongue) Morgan | David Anthony Durham
Barbara (Babel) Baden | Stephen Leigh
Bathsheeba (Midnight Angel) Fox | John Jos. Miller
Francis Xavier (Franny) Black, NYPD | Melinda M. Snodgrass
Michelle (Amazing Bubbles) Pond | Caroline Spector
Mollie (Tesseract) Steunenberg | Ian Tregillis

In den Nebenrollen | erschaffen von

Mariamna (Baba Yaga) Solowjowa | Ty Franck
Horrorshow (Tolenka alias Hellraiser) | Ty Franck
Josephine (Hoodoo Mama) Hebert | George R. R. Martin
Billy (Carnifex) Ray | John Jos. Miller
Olena Dawidenko | David Anthony Durham
Wasel Dawidenko | David Anthony Durham
Adesina Pond | Caroline Spector
Klaus (Lohengrin) Hausser | George R. R. Martin
Jirgal (Handschmied) | David Anthony Durham
Nurassil, Sohn von Jirgal | David Anthony Durham
Jonathan (Bugsy) Tipton-Clarke | Daniel Abraham

Pakash (Lama alias Han) Bhandary | Royce Wideman
Hal (Tinker) Anderson | Carrie Vaughn
John (Highwayman) Bruckner | George R. R. Martin
G. C. Jayewardene | Walton Simmons

In anderen Rollen | erschaffen von

Ana (Earth Witch) Cortez | Carrie Vaughn
Marcel (Doktor Onweer) Orie | David D. Levine
Cesar Antonio (Aero) Clerc | Walton Simmons
Tiago (Recycler) Gonçalves | David D. Levine
Samuel (Vaporlock) Palmer | Stephen Leigh
Juliet (Ink) Summers | Caroline Spector
Wally (Rustbelt) Gunderson | Ian Tregillis
Yerodin (Ghost) Gunderson | George R. R. Martin
Abigail (Understudy) Baker | Paul Cornell
Mummy, verstorben | Victor Milán
Die Familie Steunenberg aus Cœur d'Alene | Ian Tregillis
Captain Chavvah Mendelberg, NYPD | Melinda M. Snodgrass
Detective 1st Grade Michael Stevens, NYPD | Mary Anne Mohanraj
Detective 3rd Grade Joan (Razor Joan) Lonnegan, NYPD | John Jos. Miller
Iwan (Onkel Iwan) Grekor | John Jos. Miller
Inkar (Tulpar) Omarow | Caroline Spector

Mit | erschaffen von

Ricardo (Lhama alias Juan) Nunez | Victor Milán
Buford (Toad Man) Calhoun | Royce Wideman
William (Tinkerbill) Chen | Ty Franck

Dr. Bradley Finn | Melinda M. Snodgrass
Temir Bondarenko | Stephen Leigh
Andrij | David Anthony Durham
Schnauzer, Mief, Glatze | Melinda M. Snodgrass
Alija, Bulat, Sezim, Timur | David Anthony Durham
Andrej, Ice Man | John Jos. Miller
Shadow, ein russischer Killer | John Jos. Miller
Jeanne (Moon) Duff, SCARE-Agentin | Walter Jon Williams
Huginn und Muninn, SCARE-Agenten | Ian Tregillis
Lorra (Cocomama) Juarez | Kevin Andrew Murphy
Juan (Curare) Leal | Kevin Andrew Murphy
Ibrahim (Bote in Schwarz) Montalvo | Kevin Andrew Murphy
Amare (Peregrine) Sweet | Gail Gerstner Miller
General Nabijew, Dr. Rahal | Caroline Spector
Dr. Asil Basar | Caroline Spector
Nurlan, Dasha | Caroline Spector
Jamal (Stuntman) Norwood, verstorben | Michael Cassutt
Deputy Inspector Thomas Jan Maseryk, NYPD | Chris Claremont
Sergeant Homer (Wingman) Taylor, NYPD | Steve Perrin
Streifenpolizist Benjamin (Beastie) Bester, NYPD | Kevin Andrew Murphy
Tom (Brave Hawks) Diedrich | Steve Perrin
Glassteel | Daniel Abraham
Wilma Mankiller | Daniel Abraham
Simone (Snow Blind) Duplaix | Walton Simmons
Mephistopheles alias Randy Devil | Ian Tregillis
Jimmy, Margaret, Mrs. Klein | Caroline Spector